KB094444

GOD'S † KNIGHT

INNOCENT

가즈 나이트 1

INNOCENT

이경영 지음

네오픽션

차
례

등장인물

휀 라디언트
그랜드 크로스 나이트, 광황이라 불리며 신계 최강의 자리를 군건히 지키던 전사. 어떤 사건 이후 수십 년간 행방불명되었다가 다시 세상에 모습을 드러낸다. 두려울 정도의 냉정함과 침착함을 가지고 있지만, 그에 따른 어두운 면도 있는데…….

크리스 프라이드
로하가스 제국에 의해 인간 병기로 개조된 여성. 남자 이상으로 호탕하고 개방적인 성격이지만 그보다 더욱 따뜻한 마음씨를 가지고 있다. 인간의 수준을 넘어선 검술 실력을 지니고 있다.

슈웰 브렌든
부모를 잃고 혼자 버려졌다가, 살기 위한 투지를 발휘하여 휀을 따라나선 것이 계기가 되어 그의 제자 아닌 제자가 된 소녀. 클라리스를 만난 이후, 그녀를 위해 검을 쓸 것을 맹세하게 된다. 붙임성이 있고 활발한 성격.

클라리스 에스토드
에스토드 왕국의 공주. 유전자병에 의해 몸의 색소가 없다. 신체에 대한 콤플렉스와 주위 상황으로 인해 성격이 점차 어두워지지만, 휀과 크리스 그리고 슈웰 등의 사람들을 만나면서 점차 밝은 성격을 되찾아 간다. 머리가 상당히 영특하며, 의외로 침착한 면을 보이기도 한다. 그러나 알 수 없는 이유로 인해 악마들의 표적이 되었는데…….

마르티네즈 베르토
말스 왕국에서 건너왔다가, 운이 없게도 가이라스 왕국의 전쟁에 휩쓸린 가련한 여성. 나이에 어울리지 않는 뛰어난 지휘 능력과 판단 능력을 자랑하지만, 죽음에 대한 공포와 불안감 탓에 종종 판단력을 잃을 때가 있다. 자존심이 강하고, 지기를 상당히 싫어한다.

리오 스나이퍼
휀에 대해서, 그리고 2백 년 전 일어난 고신전쟁에 대해 알고 있다는 것 외엔 수수께끼에 휩싸인 검사. 브라디란 이름의 가디언을 데리고 다니며, 상당한 실력을 가지고 있다. 휀의 명에 따라 의형제 지크와 함께 용병 생활을 하는 중.

지크 스나이퍼
이 세계와는 다른 스타일의 옷과 무기를 사용하는 특이한 청년. 복장과 무기만큼이나 특이한 성격과 유머 넘치는 언변을 가지고 있지만, 그의 격투술은 사바신과 함께 타의 추종을 불허한다. 그러나 그리 꼼꼼한 성격은 아니다.

사바신 커텔
휀을 알고 있다는 것 외엔 알려진 바가 없는 청년. 직선적이며 호전적이지만 상당히 순수한 성격을 가지고 있다. 약초에 대한 지식이 대단하다. 지크와 짝이 잘 맞는다.

브라디
리오가 데리고 다니는 가디언. 능력에 대해서는 밝혀진 바가 없지만, 해박한 지식과 뛰어난 정보 수집 능력을 가지고 있다. 그러나 콧대가 높고 남을 배려하지 않는 말을 할 때가 종종 있다는 단점도 있다. 술과 고기를 즐긴다.

길트 디모트 알렉세이
가이라스 왕국의 제1왕자. 강한 의지를 가지고 있지만 그것뿐이라는 것이 크나큰 단점. 수도 붕괴 직전까지는 모든 공부를 제대로 하지 않았지만, 붕괴 후 라이세네프, 랜시 등을 만나면서 점차 강해져 간다.

라이세네프
검의 신 트라이모스가 사용하던 검 중의 검. 트라이모스가 사멸한 후, 신의 전차와 관련된 일을 끝으로 행방불명되지만 이번 일을 계기로 다시 세상에 모습을 드러낸다. 검이면서도 의식을 가지고 있으며, 상당한 비밀도 간직하고 있다.

다르칸
최후의 악마대공. 그가 수천 년이 넘게 행방불명되었던 이유나 다시 나타난 이유 등은 베일에 가려져 있다. 갈색 피부와 검은 머리가 매력 포인트. 정장을 즐겨 입으며, 색안경을 좋아한다.

바이칼 레비턴스
리오를 찾아온 것으로 보이는 용족 청년. 리오뿐만 아니라 리오의 동료들도 그를 아는 듯하다. 군것질을 좋아하며, 자존심이 지나치게 강하다. 하지만 그만큼의 실력도 가지고 있다

prologue

휀 라디언트.

그를 흔히 칭하는 단어, 그랜드 크로스 나이트와 광황(光皇)이란 거룩한 별칭은 그 스스로 붙인 이름이 아니다.

그는 그저 광인(光刃) 플렉시온을 들고, 주신(主神)의 명을 따라 임무에 관계된 존재와 임무에 방해되는 존재를 베어 냈을 뿐 광황이란 이름에 걸맞은 훌륭한 일이나 남을 돕는 일 따위는 수백 년간 하지 않았다.

적색의 패치, 그리고 흑색의 선으로 이루어진 순백색 배틀 코트가 눈앞에 나타났을 때, 선신계의 천사와 악신계의 악마들은 그 자리에서 굳어지고 만다.

얼음의 악마를 얼어붙게 하는 냉정함, 빛의 천사를 불태우는 찬란한 빛. 그 절대적인 강함에 천사들과 악마들은 경외감 어린 저주를 퍼붓는다.

저 녀석이 광황이다. 그랜드 크로스 나이트다.

그가 누구인지 알고, 또 그에게 표적이 된 존재는 자신의 운명을 저주하며 죽음의 나락으로 빠져들기를 기다린다. 표적이 아닌 존재는 자신의 동료들에게 광황을 만나 살아남았다는 일화를 평생 자랑으로 삼는다.

그러나 그 절대적인 존재가 어느 틈에 무너졌다.

태어난 지 20년도 안 된, 너무도 가녀린 은발의 여신에 의해 광황이 무너지고 만 것이다.

그가 수백 년간 잊고 있었던 '감정'을 알게 됐다는 소문이 퍼지자, 그를 적대시하던 모든 존재들은 광황이 무너졌다며 수일간 즐거워했다. 사랑이란 감정에 데워진 그의 피가 다시는 식지 않을 거라는 이유였다.

그들이 그를 두려워한 이유는, 그가 마치 기계처럼 일말의 감정에도 휩쓸리지 않고 오직 임무만을 처리한 탓이었다.

무덤에서 요람까지, 무덤에 있는 시체를 다시 한 번 죽이고, 요람에서 잠을 자는 갓난아이마저 피 한 방울 남기지 않고 소멸시킬 정도의 그런 무정(無情)이 그들은 두려웠다.

그가 감정에 눈을 떴다는 말은 다른 이들이 두려워했던 이유가 사라졌다는 말과도 같았기에 천사와 악마들이 함께 즐거워한 것도 무리는 아니었다. 게다가 그 소문에 반응하듯, 그로부터 신계의 시간으로 수십 년간 휜 라디언트라는 존재는 어떤 세계에도 나타나지 않았다. 그랬기에 모든 이들은 더더욱 즐거워했다.

그러나 그들은 모르고 있었다.

감정을 아는 자만이 감정에 대해 철저히 무감각해질 수 있다는 사실을…….

그리고 그를 부르듯, 모든 것을 일깨우는 무한의 순결 그리고 순수의 결정체가 1억 년의 긴 잠에서 깨어난다.

영혼의 검이 봉인한 신의 전차와 함께.

1장
백색의 재상

1

금발의 마녀

올해로 여덟 살이 된 슈웰은 더 이상 울지 않았다.

아무리 울어 봤자 자기 앞에서 썩어 가는 부모와 친구들의 시체가 다시 깨어나지 않는다는 사실을 하루 만에, 정확히 말하면 반나절 만에 깨달은 것이다.

그녀와 함께 가까스로 살아남은 몇몇 사람들은 그녀를 홀로 두고 떠났다. 자신의 아이도 책임지기 힘겨운 상황에 남의 아이까지 떠맡는다는 것은 그야말로 어불성설이다. 그런데 그 아이는 도대체 무슨 말을 들었기에 그 사람들을 그냥 보낸 것일까. 그 이유는 그녀만이 알고 있었다.

타 버린 마을 구석구석에 누운 채 곤충과 잡새들의 먹이가 되어 가고 있는 사람들의 시체. 오직 바람만이 그 시체들이 입은 옷자락을 들썩일 뿐이었다. 보통 때는 사람들을 피해 다니느라 정신 없던 파리와 잡벌레들은 단백질 덩어리로 변한 시체들 위에 쉴새없이 알을 뿌렸다.

"저리 가."

슈웰은 허리와 머리가 각각 두 동강 난 부모의 시체를 수숫대로 치며 얼굴을 찡그렸다. 물론 시체에게 말하는 것은 아니었다. 아빠와 엄마의 시체 위에 알을 낳으려는 파리 떼들을 쫓기 위함이었다.

그러나 슈웰의 매서운 눈을 어떻게 피했는지, 시체 안에서 알을 깐 구더기들은 어느덧 피부를 뚫고 밖으로 비어져 나오기 시작했다. 매일 아침 자신의 뽀얀 볼에 키스를 해 주던 엄마의 입에서 피를 문 구더기들이 끝없이 밀려 나왔다. 자신을 올려놓고 힘차게 움직이던 아빠의 목에서도 비슷한 광경이 펼쳐졌다.

하지만 슈웰은 울지 않았다. 울어 봤자 받아 줄 사람이 없었기 때문이다.

"졸려……."

슈웰은 잠이 왔다. 벌써 사흘 동안 아무것도 먹지 못했다. 브롤과 트루바들이 먹다 흘린 고기 조각이나 빵 조각을 먹은 것이 다였기에 한참 클 나이인 그녀의 몸은 점점 쇠약해져 갔다.

추웠다. 점점 잠이 몰려왔다. 슈웰은 얼굴을 무릎 사이에 파묻었다.

저벅.

"엉?"

사람의 발소리.

그녀는 살며시 눈을 떴다. 운이 좋았는지, 그 소리의 주인공을 찾기는 어렵지 않았다.

코트를 입은 금발의 남자가 저만치에서 걸어오고 있었다. 마치 천사의 것과 같은 백색의 옷이었기에 슈웰은 3일 만에 미소를 지었다. 아, 드디어 살았다, 하는 안도의 미소는 아니었다.

그녀는 그저 살아 있는 사람이 반가울 뿐이었다. 그녀는 죽음이라는 개념을 알기엔 너무도 어렸다.

이윽고 그 남자가 슈웰 앞으로 다가왔다. 부모의 시체 사이를 지나가는 그 남자를 향해 슈웰은 웃으며 손을 뻗었다.

"혜에."

그러나 남자는 슈웰을 쳐다보지도 않았다. 단 한순간의 머뭇거림도 없이 남자는 길을 계속 걸어갔다.

"어어."

눈을 휘둥그레 뜬 슈웰은 마치 동물과도 같은 소리를 내며 일어나더니, 점점 멀어져 가는 백색 코트의 남자를 따라갔다. 지금 일어나서 저 남자를 따라가지 않으면 자신에게 뭔가 불길한 일이 일어날 것 같은 예감 때문이었다.

남자의 발걸음은 의외로 빨랐다. 하지만 슈웰은 더 빨랐다. 도저히 사흘을 굶은 아이 같지 않은 움직임이었다. 그녀의 의식은 몰랐지만 그녀의 몸은 알고 있었다. 지금 이 움직임이 8년이란 짧은 삶을 더 연장하기 위한 몸부림이란 것을.

"자, 잡았다……."

흙투성이 슈웰의 손이 드디어 남자의 코트 자락을 움켜쥐었다. 그러나 남자는 멈추지 않았고, 결국 그녀는 코트를 놓치고 말았다. 그래, 내가 너무 작아서 남자가 못 알아본 것이겠지. 슈웰은 다시 남자를 향해 뛰어가 다시금 코트 자락을 움켜쥐었다.

"잡았다. 아……!"

남자의 코트는 다시금 슈웰의 손을 떠났다. 그래, 내가 너무 약하게 잡아서 남자가 느끼지 못한 것이겠지. 슈웰은 다시 뛰었고, 다시 코트 자락을 붙잡았다. 이번엔 강하게, 손가락 끝의 표피가 벗겨져 피가 날 정도로 세게.

"……."

남자는 드디어 멈췄고, 슈웰을 바라봤다. 그 남자가 봤다는 것을 희미한 눈으로 알아챈 그녀는 숨이 너무 가쁜 나머지 웃음으로 첫인사를 대신했다. 하지만 코트 자락은 놓지 않았다.

남자는 다시 시선을 돌리며 중얼거렸다.

"살기 위해 날 따라온 것은 칭찬해 주겠다. 하지만 사라져."

남자는 자신의 코트를 강하게 끌어당겼다. 그러나 흙 소리가 들릴 뿐, 코트가 움직이지 않았다. 남자는 다시 슈웰을 바라봤다. 손톱이 위로 들릴 정도로 세게 끌어당겼는데도 그녀는 코트 자락을 놓지 않았다.

남자는 슈웰의 손에서 묻어난 열 개의 붉은 선을 차갑게 내려다봤다. 그에 반해 슈웰은 그가 자신을 오랫동안 바라보고 있다는 착각에 빠졌는지 다시 웃으며 힘없이 말했다.

"저랑…… 놀아요."

"……."

남자는 다시금 코트를 잡아당겼다. 남자의 힘을 당하지 못한 슈웰은 코트를 놓쳤고, 남자는 다시 어딘가를 향해 걸어가기 시작했다. 쓰러진 슈웰은 멍하니 남자를 바라봤지만, 남자는 단 한 번도 뒤돌아보지 않았다.

또다시 잠이 밀려왔다. 조금 전보다 훨씬 더 세차게 쏟아졌다. 숨을 쉴 때마다 흙가루가 콧속으로 들어왔지만 그녀는 결국 잠에 빠져들었다.

정말 편했다. 이제부터 아예 땅에서 잘까 하는 생각마저 들 정도였다.

"아얏."

갑자기 팔이 따끔거렸다. 쓰릴 정도로 아픈 통증을 느끼며 슈웰은 단잠에서 깨어났다.

그녀의 팔에 처음 보는 줄기가 꽂혀 있었다. 커다란 열매에 꽂힌 그 줄기는 슈웰의 피를 모조리 뽑아낼 것 같은 기세로 꿈틀댔다. 사실은 그 줄기를 통해 열매의 수액에 든 각종 비타민과 미네랄, 그리고 물이 들어오는 것이었지만, 이런 일을 처음 접해 본 슈웰은 너무나 겁이 나서 팔에 박힌 줄기에 손을 가져갔다.

"떼어 내면 죽는다."

갑자기 들려온 목소리에 슈웰은 움찔하며 옆을 돌아봤다. 잠들기 전에 봤던 백색 코트의 남자가 보름달을 등진 채 자신 곁에 앉아 있었다. 남자의 표정이 약간 무섭게 느껴졌지만, 슈웰은 인상을 찡그리며 투덜댔다.

"하지만 너무 아픈걸요. 아픈 건 싫어요."

"……."

남자의 시선이 아이의 팔에 꽂힌 줄기로 향했다. 가볍게 한숨을 내쉰 남자는 줄기를 살짝 움직이며 중얼댔다.

"잘못 꽂혔군."

"아…… 그런가 봐요. 한결 편해졌어요. 고마워요, 아저씨."

슈웰은 방긋 웃었다. 그녀의 마을 주민들이 '피로를 풀어 주는 명약'이라고 부를 정도로 밝고 예쁜 미소였지만 남자의 차가운 표정은 변하지 않았다. 그는 곧 자리에서 일어나며 나지막이 말했다.

"그것까지 맞으면 보통 때처럼 움직일 수 있다. 여기서 30분 거리에 마을이 하나 있으니, 그곳으로 가도록."

순간 슈웰은 덜컥 겁이 났다. 그녀가 누워 있는 곳은 집도 아니고, 비바람을 피할 수 있는 동굴도 아닌 야행성의 굶주린 야수들이 판치는 들판이었다. 굶주린 야수가 얼마나 무서운지 그녀는 잘 알고 있었다. 지금처럼 보름달이 뜬 밤, 두 살짜리 동생이 집 앞에서 굶주린 야수에게 물려 간 이후 그녀는 동생을 영영 보지 못했다.

슈웰은 남자의 코트를 다시 붙잡으며 소리쳤다.

"시, 싫어요! 전 동생처럼 야수들하고 살기 싫단 말이에요!"

그러나 남자의 발걸음은 멈추지 않았다. 그는 싸늘한 눈으로 슈웰을 바라봤다.

"네가 야수들하고 함께 살건, 저녁 식사가 되건 나하고는 상관없겠지."

그러자 슈웰의 양 볼이 불룩해졌다. 불만을 표시하듯, 입안에 숨을 잔뜩 불어넣더니 그녀는 억지로 팔의 줄기를 뽑고 남자의 앞을 가로막으며 소리쳤다.

"그런 심술궂은 말을 하다니…… 너무하잖아요, 아저씨! 아저씨는 심술쟁이!"

남자는 묵묵히 슈웰을 바라봤다. 그 차가운 눈동자 속에 도사리고 있는 뜻을 오해했는지, 그녀는 그 눈을 정면으로 쏘아봤다.

"눈싸움이라면 저도 지지 않아요!"

"……."

남자는 슬며시 고개를 저었다. 잠시 바람을 맞으며 뭔가를 생각하던 그는 살짝 허리를 굽히며 물었다.

"부모가 보고 싶지 않나?"

그러자 슈웰은 더러워진 자신의 금발을 긁적였다. 손가락이 곤란스레 움직일 때마다 그녀의 엉겨 붙은 단발도 조금씩 찰랑거렸다. 이윽고 그녀는 검지를 일자로 펴 입을 감추듯이 하며 조심스레 말했다.

"이건 비밀인데요, 옆집 아저씨가 마을을 떠나면서 그랬어요. 제가 열 살을 더 먹고 다시 마을로 돌아오면, 잠드신 아빠랑 엄마가 다시 깨어나신다고 말이에요. 신기하죠?"

슈웰은 다시 활짝 웃었다. 잠시 아이의 밝은 웃음을 바라보던 남자는 몸을 펴며 나지막이 중얼거렸다.

"따라와라."

반가운 제의였다. 슈웰은 박수를 치며 좋아했다.

"우아, 정말이죠? 그럼 어디로 가게 되나요? 혹시 아저씨 집?"

남자는 천천히 발걸음을 옮기며 답했다.

"신성 에스토드 왕국의 수도다."

"그래요? 거기서 뭐 하시게요?"

자신을 따라오는 슈웰의 계속되는 물음에 남자는 간단히 대답했다.

"네가 알 바 아니다."

남자의 말투는 처음부터 끝까지 쌀쌀맞았다. 하지만 슈웰은 어느 정도 익숙해졌는지 걸음을 빨리했다. 그녀는 탈진 상태였던 수 시간 전보다 훨씬 가뿐한 몸놀림으로 남자의 앞에 섰다.

"그럼 우리 자기소개 해요. 저는 슈웰 브렌든이라고 하거든요? 아저씨는요?"

남자는 슈웰의 옆을 슬그머니 돌아 계속 전진하며 자신의 이름을 바람에 흘려 보냈다.

"휀 라디언트."

휀은 그 직후 허리에 찬 검을 천천히 빼 들었다. 검에 관한 무서운 기억을 가진 슈웰은 움찔하며 주위를 둘러봤다. 어느새 그들 주위엔 살의에 찬 하얀 눈동자 수십이 혈흔 가득한 반월형(半月形) 검을 든 채 서 있었다.

"여기서 인간들이 꿈틀댈 줄은 몰랐는걸? 3일 전에 인간들을 도살한 이후 야수들만 상대해서 심심했던 참에 잘됐군. 크큭, 최고의 용병 집단이라 불리는 우리에게 죽는 것을 고맙게 여겨라, 인간!"

가죽과 쇠붙이 등을 동원해 나름대로 화려하게 꾸민 브롤 부대의 리더가 자신의 긴 뒤통수를 흔들며 미소를 지었다.

신성 에스토드 왕국에서 브롤이나 투르바의 대규모 부대와 소규모 독립 부대가 보이기 시작한 것은 최근의 일이었다. 에스토드 왕국의 한 신하가 지금까지 확인된 그 야만족의 머릿수를 집계한 결과가 나온 직후 무릎을 꿇고 기도를 올렸다는 일설이 있을 정도로 에스토드 왕국을 침범한 야만족의 숫자는 대단했다.

도대체 어디서 브롤과 투르바들이 대량으로 밀려들어 왔는지는 알 수 없지만, 확인된 그 야만족 군대의 규모는 에스토드 왕국 정규군을 능가했다. 브롤과 투르바의 침공이 시작된 지 3개월이 흐른 지금, 그들을 에스토드 왕국에서 보는 건 흔한 일이었다.

자신의 팔에 꽂힌 줄기를 봤을 때와는 비교할 수 없을 정도로 겁에 질린 슈웰은 즉시 휀의 코트 자락을 붙잡았다.

"브, 브롤이다! 아저씨, 도망가요! 어서 도망가자고요!"

그러나 휀은 움직이지 않았다. 그의 시선은 자신이 현재 원형으로 포위됐다는 것을 냉정히 확인할 뿐이었다.

"브롤은 머리가 나쁘지, 크기에 비해."

휀이 내뱉은 말은 슈웰과 브롤들의 정신을 일순간 마비시켰다. 지금 상황을 이해하지 못해서 그런 망언을 터뜨린 것일까, 아니면 공포감에 취해 미쳐 버린 것일까. 하지만 휀의 말은 끝난 것이 아니었다.

"그 덕분에 상대를 구별 못 하는 것이 브롤의 장점이지. 무턱대고 강한 자에게 덤벼 죽어 나갈수록 고용주의 입장에선 행복하다. 지불할 금액이 줄어드니까. 그래서 너희 브롤은 최고의 용병이란 말을 듣는 것이다."

"뭐, 뭐라고!"

휀과 슈웰을 포위한 모든 브롤들의 눈이 순식간에 뒤집어졌다. 한편, 말을 마친 휀은 몸을 숙여 슈웰의 옷자락을 왼손으로 단단히 붙들었다. 슈웰은 무슨 짓이냐고 물으려 했지만 그것을 신호로 수십의 브롤들이 일제히 달려든 탓에 그 말은 쏙 들어가고 말았다.

"저 녀석을 쳐 죽여라! 녀석의 코트로 속옷을 만들어 입어야 내 직성이 풀리겠다!"

대장 브롤의 피 섞인 외침은 자존심에 상처를 입은 부하들의 피를 끓게 만들기에 충분했다.

그들이 각자의 무기를 자신에게 휘두르려는 찰나, 휀은 들고 있던 슈웰을 하늘 높이 던져 올렸다.

"아악!"

휀의 비명은 아니었다. 갑작스러운 상황에 터진 슈웰의 비명이었다. 그러나 그녀는 비명을 지르면서도 지상에서 벌어지는 경이적인 광경을 똑똑히 지켜봤다.

마치 브롤들의 시간이 정지한 것처럼 휀의 몸이 엄청난 속도로 움직였다. 주위에 피어난 잡초들이 진공 회오리에 꺾여 하늘 높이 치솟을 정도로 휀의 몸 회전은 가공할 만한 것이었다.

검과 몸이 하나 된 스핀이 끝난 직후, 휀은 자신에게 검을 휘두르려다 태엽 풀린 인형처럼 멈춰 버린 대장 브롤을 바라보며 낮게 말했다.

"죽어."

순간, 마치 잔잔한 호수 중앙에 파문이 일듯, 거대한 진공의 파문이 휀을 중심으로 사방을 향해 퍼져 나갔다. 그 파문에 휘말린 브롤들은 자신들이 여태껏 만든 시체들보다 더욱 처참한 모습으로 갈려 땅 위에 흩어졌다. 그들이 들고 있던 무기와 방패들도 예외는 아니었다. 휀 주위에서 꿈틀대던 모든 것이 그렇게 사라져 갔다.

"욱!"

지상으로 떨어지는 도중 휀에게 다시 잡힌 슈웰은 옷이 죄이며 전해진 통증에 자신도 모르게 신음을 터뜨렸다. 휀은 그녀를 내려 주고 검을 거둔 후 아무 일 없었다는 듯 다시 발걸음을 옮겼다.

"우아……!"

브롤들의 사체 중앙에 선 슈웰은 자신도 모르게 감탄을 터뜨렸다. 믿을 수 없을 만큼 강했다. 마을을 지키겠다며 어설프게 검을 휘두르다가 죽어 간 병사들과 지금 등을 돌린 채 걸어가고 있는 남자는 차원이 달랐다.

"가, 같이 가요, 아저씨!"

그의 실력에 감명받은 것일까, 아니면 그가 일으킨 피바람에 감동한 것일까. 어쨌거나 슈웰은 환희에 찬 얼굴로 주먹을 꼭 쥔 채 휀을 따라갔다.

모습을 보아하니 이 도시에 사는 사람은 아니다. 화려한 금발에 말끔한 얼굴, 그리고 눈부실 정도로 흰 코트는 어지간한 귀공자도 울고 갈 정도로 기품이 넘쳤다. 하지만 그런 사람의 주머니를 노려야 할 자신들은 지금 본업을 포기한 채 후미진 골목 그늘에 숨어

가쁜 숨을 몰아쉬고 있었다.

　모두 그 남자와 눈을 한 번씩 마주친 후였다.

　'들켰다.'

　소매치기들은 도저히 믿을 수 없었다.

　도시 입구부터 시장까지 통하는 도로 곳곳에 배치된 동료 10여 명이 모조리 그 남자에게 음흉한 목적을 들켜 버린 것이다. 들킨 것뿐만 아니라 반수 이상이 그 자리에서 오줌을 지렸을 정도로 공포감마저 느꼈다.

　"젠장, 그 고아원의 빌어먹을 금발 마녀는 장난이잖아? 저런 괴물이 도대체 어디서 나타난 거지?"

　겁에 질린 소매치기단 두목은 기가 막히다는 듯 한숨을 내쉬었다.

　에스토드 왕국엔 2백 년 전, 로하가스 제국 붕괴 후 탄생한 고아원이 하나 있었다. 처음엔 고신전쟁 직후 생긴 제국 내란의 피해자, 즉 전쟁 고아들의 작은 피난처에 불과했는데, 2백 년이 지난 지금은 규모가 상당히 커져 고아원이라기보다는 거대한 성당에 가까웠다.

　20년간 이어진 대륙 혼란기를 평정한 신성 에스토드 왕국의 건국 후부터 지금까지, 그 고아원은 이상하게도 어떤 세력에도 속하지 않는 독립적인 단체가 되어 있었다.

　에스토드 건국왕 브링헬드 1세의 지시가 있었다고는 하지만, 두 개의 요검(妖劍)을 든 금발의 마녀가 고아원 설립 직후부터 지금까지 고아원을 지키고 있다는 전설 아닌 전설이 아무도 그 고아원을 건드리지 못하게 했던 이유다.

　사실 이 두목이란 남자는 젊었을 때 친구들과 함께 그 고아원을 습격한 적이 있었다. 그러나 전설대로, 환상의 검술 실력을 지닌 금발 여성에게 동료의 반을 잃고 오른팔까지 잘린 채 쫓겨난 이후 그는 이 도시에서 소매치기단을 이끌며 근근히 살아가고 있었다.

그의 기억은 그야말로 처절했다. 고아원 문 앞에 버티고 선 금발의 미녀, 그리고 그녀의 양 손바닥에 나타난 칠흑 빛의 요검. 공기를 박차듯이 빠르게 움직이는 그녀의 엄청난 솜씨 앞에 동료들은 차례차례 목숨을 잃어 갔다.

그때 그가 본 금발 마녀의 눈빛은 마치 새끼를 밴 암컷 야수와도 같이 사납고 두려웠다. 그러나 지금 그가 본 남자의 눈빛은 그것과는 또 다른 공포감과 압박감을 던져 주었다. 검을 뽑지도 않았고, 또 공개적으로 자신들에게 시비를 건 것도 아닌데 몸이 굳어졌다. 아니, 몸의 세포 하나 하나가 본능적으로 움직이길 거부했다는 것이 옳다.

하지만 그 남자를 졸졸 따라다니는 너저분한 아이는 아무것도 모르는 듯 마냥 미소를 짓고 있었다. 두목은 그것조차 이상스럽게 두려웠다.

"휀 아저씨, 어딜 먼저 들리실 건가요?"

휀은 대답 대신 턱으로 근처의 옷가게를 가리켰다. 슈웰 역시 그 의견엔 동감이었다. 찢겨지고, 구멍나고, 게다가 냄새가 날 정도로 더러운 지금의 옷은 너무 불편하고 부끄러웠다.

"후웅, 하지만 그 전에 목욕부터 하고 싶은데……."

"목욕을 한다 해도 또 그 옷을 입어야 할 테니 옷을 먼저 갈아입는 게 낫겠지."

휀은 호주머니에서 꺼낸 담배를 입에 물며 금화 두 개를 던져 주었다. 난생처음 거금을 손에 쥔 슈웰은 활짝 웃으며 옷가게로 뛰어 들어갔다.

잠시 후, 슈웰이 입고 나온 새 옷은 남자아이들이나 입는 거칠고 활동적인 복장이었다. 휀은 그녀를 묵묵히 바라보다가 담배 연기를 뿜으며 말했다.

"나에게 검술을 배울 생각인가?"

슈웰은 놀란 듯 입을 동그랗게 모으며 고개를 끄덕였다.

"어떻게 아셨어요, 아저씨? 히힛, 저 아저씨에게 검술 배울 거예요. 아저씨처럼 강한 사람이 돼서 브롤이나 트루바들을 혼내 주고 싶거든요. 괜찮죠?"

휀은 고민스러운 듯 담배 연기를 뿜었다. 표정엔 변화가 없었지만 멋진 조각상 같은 그의 코에서 뿜어진 연기의 길이는 그 고민의 깊이를 대변하기에 충분했다. 잠시 후 그의 입이 움직였다.

"좋을 대로."

"와!"

슈웰은 마치 선물을 사러 가는 아이처럼 즐거워했다. 지금 자신이 무엇을 배우려고 하는 건지 이 아이는 알고 있는 걸까. 어쨌거나 휀은 자신이 알 바 아니라는 듯 계속 발걸음을 옮겼다.

그렇게 둘이 움직이려는 찰나, 마을 입구 쪽에서 베테랑 상인들의 손님 부르는 소리보다 더 큰 목소리가 들려왔다.

"모두 도망쳐요! 브롤의 대부대가 도시 쪽으로 들어오고 있어요! 살고 싶으면 빨리 도망치란 말이에요!"

예상외로 그 목소리의 주인공은 금발의 여성이었다. 남자 이상의 크고 우렁찬 목소리로 사람들에게 위험을 알린 그녀는 동행으로 보이는 아이들 여럿을 챙기느라 나름대로 혼란스러워 보였다. 슈웰보다 어려 보이는 아이들은 울며 보챘고, 슈웰 또래의 아이들은 공포에 질려 우왕좌왕했으며, 슈웰보다 큰 아이들은 금발의 여성과 함께 다른 아이들을 달래느라 정신이 없었다. 한마디로, 이래 저래 도망칠 수 없는 상황이었다.

그 모습을 불쌍히 바라보던 슈웰은 벌써 멀리 걸어간 휜에게 달려가 그의 코트 자락을 다시 잡아당기며 애원했다.

"아저씨, 아저씨! 저 사람들 도와줘요. 저대로 두면 다른 사람들처럼 브롤들에게 괴롭힘을 당할지 모르잖아요. 아저씨는 강하니까, 제발요!"

하지만 휜은 변함없이 담배 연기를 들이마실 뿐이었다.

"내가 상관할 바 없어."

슈웰은 침을 꿀꺽 삼키며 도시 입구를 바라봤다. 도시 정문 밖 멀리서 말을 타고 맹렬히 달려오는 브롤의 대군단이 보였다.

자신의 마을이 당하기 전과 똑같은 상황이었다. 위기를 알린 사람의 등장과 사람들의 대피, 그리고 도살. 다른 점이 있다면 지금이 도시는 방어를 위해 달려가는 병사가 아무도 없다는 것이었다. 물론 있다 하더라도 결과는 같았겠지만.

슈웰은 다시 휜을 바라봤다. 담배를 입에 문 채 별 관심 없이 걸어가는 저 남자라면 지금의 상황을 어떻게든 바꿔 놓을 수 있을 것만 같았다. 결국 그녀는 금발의 여성과 아이들이 있는 쪽으로 달려가기 시작했다.

"저, 갈 거예요! 휜 아저씨가 저 사람들을 구해 줄 때까지 저 사람들하고 같이 있을 거예요!"

"……"

휜은 길게 담배 연기를 내뿜으며 슈웰 쪽을 바라봤다. 그 순간 그의 눈썹이 살짝 꿈틀댔다. 아이들을 지키던 그 여성이 엄청난 기세로 브롤의 부대를 향해 달려가는 모습을 본 직후였다.

"녀석들, 죽고 싶으면 나에게 덤벼 봐! 한 걸음도 이 도시 안으론 들어갈 수 없다!"

그 금발의 여성은 거성을 토하며 양팔을 벌렸다. 그 자세로 브롤들을 막겠다는 것일까. 아니었다. 그녀의 양손에서 흑색 연기가 뿜어지는가 싶더니, 그 연기는 이내 검은색 검으로 바뀌어 그녀의 손에 잡혔다. 무서운 기세로 달려들던 브롤들도 그 광경을 본 직후 말의 속도를 늦췄다.

"이런, 금발의 마녀!"

선두에 선 브롤의 입에서 그 말이 터지기가 무섭게, 그 여성은 야수와도 같은 포즈로 두 검을 휘두르며 브롤의 진영 속으로 돌진해 들어갔다.

"마녀는 누가 마녀야! 하앗!"

흑색과 적색, 그 절묘한 색의 조화가 죽음이란 단어로 변해 브롤들을 휘감았다. 모든 브롤들이 말 위에 타고 있었는데도 그녀는 인간 이상의 탄력을 발휘해 브롤의 길쭉한 머리를 공중으로 날려 보냈다. 마치 배고픈 암표범 한 마리가 토끼 떼 속에서 발톱과 어금니를 휘두르는 것처럼 그녀의 모습은 아름답고도 잔인했다.

"이, 이런! 당황하지 마라! 공격해!"

브롤들은 갑작스레 닥친 상황에 혼란스러워했다. 원체 상황 파악 능력이 떨어지는 종족이기도 했지만 그 여성의 움직임이나 실력은 그들을 혼란시키기에 충분했다.

"우아! 선생님 잘한다! 역시 우리 선생님!"

우왕좌왕하던 아이들은 언제 그랬냐는 듯 박수를 치고 팔을 치켜들며 그 여성을 응원했다. 그들 뒤에 선 슈웰은 멍하니 그 여성의 모습을 바라보고 있을 뿐이었다.

"여전히 머리는 나쁘군."

역시 그녀의 모습을 지켜보던 훼은 뭐가 그리 맘에 안 드는지, 물고 있던 담배를 옆쪽으로 버리며 슈웰이 있는 쪽으로 천천히 다가가기 시작했다.

한편 부대 뒤에서 금발의 여성이 날뛰는 모습을 지켜보던 브롤의 대장은 당황하는 부하들과는 달리 여유 있는 표정이었다. 그의 피부색 역시 회색인 부하들의 그것과는 달리 적색이었다. 그녀의 활약에 의해 숨진 부하의 숫자가 수십에 달할 무렵, 그 대장은 손을 앞으로 뻗으며 명령을 내렸다.

"그 마녀는 상대하지 말고 도시 안쪽으로 들어가라! 어차피 숫자는 우리가 더 많다! 전진!"

대장의 판단은 브롤이 내린 것이라고 할 수 없을 정도로 냉철했다. 그녀에게 온 신경이 집중되어 있던 브롤들은 곧바로 그녀를 무시한 채 도시 안쪽으로 밀려들어 갔다.

"아, 안 돼!"

갑작스러운 상황 반전을 막기 위해 그녀는 다시 브롤에게 달려들었지만, 그녀 혼자서 도시 안쪽으로 밀려들어 가는 브롤을 모두 막을 수는 없는 노릇이었다. 결국 그녀는 아이들이라도 살려보겠다는 마음에 급히 도시 쪽으로 향했다.

「옆으로 비켜.」

"엉?"

그녀의 머릿속에 갑자기 남자의 차디찬 목소리가 울렸다. 그 목소리에 반응하듯 그녀는 몸을 멈춘 즉시 옆으로 움직였고, 순간 엄청난 굵기의 광선이 도시 안쪽에서 바깥쪽을 향해 일직선으로 뿜어졌다. 그 범위 안에 든 브롤과 그들이 탄 말들은 비명조차 지르지 못하고 그 빛의 파동에 휩쓸려 사라졌다.

"뭐야!"

가까스로 그 광선의 범위에서 벗어난 금발 여성은 침을 꿀꺽 삼키며 도시 안쪽으로 향했다. 그 상황에서도 그녀의 머릿속엔 지금 지나간 황색 광선의 모습이 떠나지 않았다.

아주 오랜 옛날, 그 광선과 똑같은 것을 봤을 때와 같은 충격이 새롭게 다가온 탓이었다. 그녀는 혹시나 하는 마음으로 도시에 들어섰다.

"선생님! 여기예요, 선생님!"

다행스럽게도 아이들은 무사했다. 자신의 아이들과 함께 있는 낯선 아이 역시 무사했다. 그러나 잠시나마 그녀의 신경은 아이들에게서 떠나가고 말았다. 앞에 서 있는 백색 코트의 남자를 본 직후였다. 그녀의 변한 표정에 아이들은 어리둥절했다.

"마, 말도 안 돼……! 말도 안 돼!"

오랫동안 그를 기다렸던 것처럼 그녀는 여러 가지 감정이 교차된 표정을 지은 채 그 남자, 휀에게 달려갔다. 그러나 휀은 턱으로 그녀의 뒤쪽을 가리키며 차갑게 말했다.

"적이 아직 남았다."

"엉? 아, 아아……."

마치 머리를 망치로 맞은 듯 잠시 머리를 흔든 그녀는 다시 정신을 집중하며 뒤를 돌아봤다. 그 모습에 아이들의 얼굴은 못 볼 것을 봤다는 듯 새파랗게 질렸다.

"이, 이상해……! 크리스 선생님이 누구의 말을 따르다니 말이야."

"맞아! 선생님은 한 번도 저러신 적이 없는데……?"

어쨌거나 아이들의 걱정을 뒤로하고 그녀는 다시 달려드는 브롤의 잔여 병력을 향해 돌진했다. 병력의 절반 이상을 이미 잃어버린 브롤들이었지만, 그 뒤떨어지는 머리에서 비롯된 만용은 복수심으로 이어져, 보이는 것은 닥치는 대로 부수고 죽였다.

이성을 잃은 적을 상대하는 것은 정신만 똑바로 차리면 의외로 간단한 일이다. 적의 무모한 공격을 피한 후, 일격을 날리면 끝이었다. 그런 식으로 잔여 병력을 처리한 그녀는 천천히 그리고 당당히 도시 안으로 말을 몰고 들어오는 대장 브롤의 모습을 볼 수 있었다.

"네가 대장인가! 귀찮으니 어서 덤벼라!"

적색 피부를 지닌 그 브롤은 자신의 앞에 선 크리스를 향해 미소를 던지며 그 말을 받아넘겼다.

"후, 넌 보통 인간과 좀 다르구나. 어지간한 인간이었다면 지쳐서 헉헉대고 있을 텐데, 마치 지금 싸움을 시작한 것처럼 펄펄 날고 있으니 말이야. 그러나 미안하지만 넌 내 상대가 될 수 없다."

"뭐?"

그렇게 당당하고 여유로운 브롤을 처음 만나 보는 그녀였기에 황당함은 더욱 컸다. 하지만 뭔가를 보여 주겠다는 듯 말에서 내린 대장 브롤의 몸에서 뿜어지는 기운은 예사롭지 않았다. 온몸에서 흑색의 아지랑이를 흘리기 시작한 대장 브롤은 안광을 내뿜으며 말했다.

"비행선도 없는 이런 소도시쯤은 사실 나 혼자서도 문제없지. 형식을 갖추느라 부하들을 끌고 온 것인데, 설마 이런 강자를 만날 줄은 몰랐다. 물론 네가 아니라 네 뒤에 선 남자를 뜻하는 것이다."

브롤은 아이들 앞에 서 있는 훼인을 도발하듯 손가락으로 가리켰다. 그러자 금발의 여성은 가소롭다는 듯 크게 웃기 시작했다.

"허, 뭐라고? 하하하핫! 네 녀석, 지금 저 휀 라디언트를 상대하겠다고 말한 거야? 이거 금년에 들은 우스갯소리 중 최고인데그래? 하하핫!"

그녀는 이마를 붙잡은 채 대소를 터뜨렸다. 그녀의 반응에 자존심이 상한 브롤은 이내 송곳니를 드러내며 소리쳤다.

"크윽, 닥쳐라! 그렇게 웃는 것도 마지막일 것이다!"

순간 그 브롤의 허리와 둔부가 터지는가 싶더니 그 얇은 몸 안에 있었다고는 믿어지지 않을 정도로 거대한 뭔가가 튀어나왔다. 마치 곤충의 배 부분처럼 생긴 그 부위에서 이내 두 쌍의 다리가 솟아났고, 막 구워진 고기처럼 부드럽던 그 다리는 연기와 함께 서서히 각질로 변해 갔다. 물론 브롤의 뒤쪽만 변한 건 아니었다. 크게 부풀기 시작한 브롤의 몸은 이내 세 쌍의 팔을 가진 곤충형 괴물의 형상으로 변했다.

"뭐야, 이건?"

그녀의 미간이 금세 일그러졌다. 브롤이 그렇게 변할 수 있다는 것을 보지도, 듣지도 못한 그녀였다. 물론 보통의 브롤이 그렇게 변할 수 있을 리가 만무했다. 지금 그녀 앞에서 변신한 존재는 브롤의 탈을 쓴 괴물이었다.

"그대로 먹어 주마, 인간!"

변신을 끝낸 적색 키틴질의 괴물은 금발 여성에게 날카로운 팔들을 휘두르기 시작했다. 1층짜리 상가 건물을 케이크 자르듯 하는 세 쌍의 거대한 팔들이 교묘한 시간 차를 두고 그녀를 공격했고, 그녀는 브롤의 군대를 상대할 때와 같은 동물적인 감각과 운동 능력으로 모든 공격을 피했다.

"후, 아무래도 내가 상대할 녀석은 아닌 것 같은데? 큰 건 귀찮아서 말이야. 그럼 난 이만!"

괴물의 공격 범위 밖으로 벗어난 그녀는 아이들이 있는 곳으로 재빨리 물러섰다. 그러고는 휀의 등판을 손바닥으로 펑 치며 씩 미소 지었다.

"오랜만에 실력 좀 볼까, 그랜드 크로스 나이트님?"

"……."

휀은 팔짱을 낀 채 아무 말도 하지 않았다. 그러나 그의 싸늘한 뒷모습을 바라보는 그녀의 눈은 든든한 둑을 보는 농부의 눈과 흡사했다.

그사이 괴물은 그의 코앞까지 접근해 왔다. 그러나 이상하게도 일순간에 건물들을 동강 낸 괴물의 팔 여섯 개는 휀과 아이들 바로 위에 정지한 채 움직이지 않았다. 모두를 언제든지 쉽게 유린할 수 있다는 괴물의 제스처였다.

"크큭…… 어떠냐, 인간? 아까 내 부하들을 쓸어버릴 때와 같은 힘을 한번 발휘해 보시지? 냉정한 척하면서 말로 나를 따돌릴 생각은 추호도 하지 마라! 난 그런 것 따윈 쉽게 간파할 만큼 머리가 좋으니까! 자, 죽을 테냐! 아니면 나와 대결할 테냐!"

휀은 가볍게 말을 던졌다.

"대결은 사양하지."

그러자 그 말을 오해한 듯 더욱 기세등등한 괴물은 크게 웃으며 소리쳤다.

"뭐라고? 하하핫, 내 강대한 모습과 힘이 두려운 모양이구나! 하긴 나약해 빠진 인간이라면 그럴 만도……."

"대결이란 단어의 뜻을 모르고 있군."

휀에게 말이 끊긴 괴물은 움찔하며 그를 내려다봤다. 슬며시 자신의 검을 뽑은 휀은 눈을 감으며 중얼대듯 말했다.

"대결이란 공격과 방어가 어느 정도 적절히 조합된 행위를 뜻한다. 한쪽의 일방적인 공격으로 끝날 싸움이나 이미 승부가 갈린 싸움을 대결이라 하진 않지."

"뭐……?"

괴물의 눈이 당황한 듯 크게 꿈틀댔다. 다시 눈을 뜬 휀은 검의 끝을 괴물의 머리 쪽으로 향하며 나지막이 말했다.

"저승에서 되뇌어라."

거대한 파동과 함께 괴물의 머리를 휘감은 적황색 빛이 공중으로 치솟은 것은 그 말이 떨어진 직후였다.

어찌 보면 들러리가 되어서 싸운 것처럼 느껴지는 금발의 여성. 일부에서는 2백 년 이상 젊음을 유지하고 살아 왔다 해서 금발 마녀라 불리는 그녀의 정식 이름은 크리스 프라이드였다.

그녀가 어디 출신인지, 부모가 누구인지, 어떤 이유로 2백 년 이상 살 수 있었는지는 그녀가 데리고 있던 아이들조차 알지 못했다.

하지만 휀은 그 모든 의문에 대한 해답을 어느 정도 알고 있는 듯했다.

"후, 시원한데!"

크고도 짧았던 전투가 지나간 도시의 큰 식당. 다른 손님들의 두려움 섞인 시선이 있긴 했지만 식사를 하는 휀과 크리스 일행은 그리 신경 쓰지 않는 듯했다.

한곳에 모여 게걸스럽게 식사를 즐기는 아이들—슈웰을 비롯한—의 옆 테이블에 자리 잡은 크리스는 시원스레 맥주를 들이켜고 한숨을 내쉬며 소매로 입가의 거품을 닦았다. 그 자세나 알코올 기운 섞인 숨을 내뿜는 힘 등은 중년 아저씨에 가까웠지만 앞에 앉은 휀에게는 별다른 관심거리가 아닌 듯했다.

크리스는 두툼한 유리잔을 내려놓으며 씩 미소 지었다. 앞으로 나올 말이 길다는 것을 암시하는 듯도 했지만, 일단 그 미소만은 2백 년을 산 사람답지 않게 순수했다.

"하하, 오래 살다 보면 자네를 어찌어찌 만날 수도 있겠지 생각은 했지만, 이거 실제로 만나니 감회가 새로운걸? 그동안 어떻게 지냈나?"

그녀는 말투도 행동 못지않았다. 그러나 휀은 앞에 놓인 고급 증류주에 더 관심 있는 듯했다. 술을 조금 들이켠 그가 나지막이 대답했다.

"그럭저럭."

너무 간단한 대답이었기에 크리스는 잠시 주춤했지만, 곧이어 휀이 자신과 시선을 마주친 순간 다시 웃음을 지었다. 그녀 역시 어느 정도 휀에 대해 파악하고 있는 듯했다.

그녀는 머리를 긁적이며 다시 입을 열었다.

"내가 어떻게 지금까지 살아 있었는지 궁금한 얼굴인데그래? 후훗, 별거 아냐. 태아 때부터 훈련을 받을 수 있을 정도로 우리는 배양기 안에서 자란다고 예전에 말했잖아. 배양기 속의 그 인공 양수가 아무래도 우리의 신체 구조를 기본부터 상당히 바꿔 놓은 것같아. 정상적인 인간은 20대 후반, 30대부터 늙어 가지만, 우리는 20대 초반의 젊음을 그대로 유지할 수 있게 되는 거지. 물론 아이도 가지지 못하고 말이야."

크리스는 쓸쓸히 웃고는 다시 잔을 들었다. 휀은 긴 담배 하나를 입에 물며 물었다.

"너와 같이 배양된 존재가 더 없나?"

잔인한 질문이었다. 크리스는 어깨를 으쓱할 뿐이었다.

"몰라. 대다수가 말스 왕국에서 벌어진 최종 결전 때 공중요새와 운명을 같이했다는 것 외엔 확실한 정보가 없어. 생존자야 물론 있겠지만 그 사람들이 크게 문제를 일으킨 적은 없었으니 자네가 그리 신경 쓸 필요는 없을 거야."

그렇게 안심시키긴 했지만 휀의 생각은 약간 다른 듯했다. 그는 술로 목을 적신 후 싸늘히 말을 흘렸다.

"오늘 상대한 변종 브롤의 제조에 너희를 만들 때 사용했던 기술이 일부라도 들어가 있다면 얘기는 달라지겠지."

"……!"

그 말에 맥주를 넘기던 크리스의 목이 일순간 멈췄다. 휀은 물고 있던 담배를 손가락 사이에 끼우며 말을 이었다.

"내가 신경 쓸 바는 물론 아니다. 하지만 네가 기를 쓰고 지키려 했던 아이들에겐 중요한 요소가 될지도 모른다. 그 변종 브롤이 말했듯 보통 인간들은 녀석들을 상대할 수 없으니까."

"그렇군……."

크리스의 얼굴이 금세 흐려졌다. 테이블에 팔을 기댄 채 몸을 숙인 그녀는 무거운 목소리로 말했다.

"고신전쟁이 끝난 후, 완전히 붕괴된 로하가스 제국에서 기나긴 내란이 일어났지. 난 어떻게든 그 전쟁에 휘말리지 않기 위해 이리저리 피해 다녔지만 역시 싸움을 위해 만들어져서 그런지 싸움을 피할 수 없었어."

크리스는 가볍게 웃음을 흘렸다. 휀은 시선을 그녀에게 둔 채 별

다른 움직임을 보이지 않았다. 그녀는 계속 말을 이었다.

"실력 좋은 여자 용병으로 이름을 날리며 살아가고 있을 무렵, 나는 서로 손을 잡고 피난길에 오른 아이들 일곱 명을 볼 수 있었지. 모두 형제라 하더군. 훗, 자식을 왜 그리 많이 뒀는지는 몰라도, 그 아이들의 부모를 저주하고 싶다는 기분이 들더라고. 저 불쌍한 아이들을 책임지지도 못하면서 왜 죽어 버렸냐고 물어보고 싶었지. 그런데 적군을 죽이는 동안 퍼뜩 생각이 들더라고. 혹시 내가 저 아이들을 고아로 만든 건 아닐까…… 하고 말이지. 인간적인 스토리 하나쯤은 만들 수 있잖아. 부인을 일찍 보낸 아버지가 있었는데, 그는 아이들 일곱을 먹여 살리기 위해 용병이 되었다. 근데…… 죽었다. 이렇게 말이야. ……결국 아이들은 고아가 되는 거지. 그 생각을 하니 괜한 죄책감이 들더라고."

팔을 세워 머리를 살짝 기대고 있던 휀이 담배 연기를 길게 흘리며 중얼댔다.

"지나가는 개미 하나 하나에 신경을 쓰다 보면 걷지도 못할 텐데."

"음? 후훗, 난 바보라서 그런지 몰라도 신경이 쓰이더라고."

크리스는 여전히 웃어넘길 뿐이었다. 그녀는 계속 말했다.

"어느 정도 내란이 끝난 후, 난 상당량 축적한 돈을 가지고 고아원을 차렸어. 근데 어떠한 적이나 사건과 마주쳐도 힘들다는 생각을 해 본 적이 없던 내가 고아원이 생긴 지 이틀 만에 눈물을 쏟았지. 고아원은 작디작은데 왜 그리도 애들은 꾸역꾸역 밀려들어 오는지……. 솔직한 심정으로, 우리 고아원에 애를 버리고 도망가는 부모들을 칼로 베어 버리고 싶었던 적이 한두 번이 아니었어. 아이들이 귀찮다는 생각도 해 봤고."

크리스는 슬그머니 옆자리의 아이들을 돌아봤다. 새로운 친구 슈웰과 재미있게 놀고 있는 아이들을 보며 그녀는 얘기를 계속 이어 나갔다.

"저 아이들은 여행하는 도중 발견한 고아들이야. 훗, 저 아이들은 조금 나은 편이지. 초기에 들어온 아이들은 대부분 불구이거나 전쟁의 충격에 따른 정신적 장애를 가지고 있었어. 말 잘 듣길 기대하는 건 무리였지. 하여간 그렇게 고생이 계속되고 있을 때, 도둑 한 무리가 나타났어. 난 아이들을 지키기 위해 다시 칼을 들었는데, 정말 의외의 일이 일어났지. 그렇게 말도 잘 안 듣고 투정만 부리던 아이들이, 다리 하나 팔 하나가 없어 움직이기도 힘든 아이들이, 목발을 짚으며 친구의 부축을 받으며 모조리 고아원 밖으로 나가서 인간 장애물을 만든 거야. 서로 손을 잡으며…… 친구에게 손이 없으면 그 친구와 어깨동무를 하면서……."

그때의 모습이 떠오른 것일까. 크리스는 웃으면서도 눈물을 흘렸다. 휀은 남은 술을 모두 비우며 계속되는 그녀의 얘기를 경청했다.

"한참 칼을 휘두르며 달려오던 도둑들은 그 광경에 멈추고 말았어. 도둑 중의 상당수는 자신들에게 향한 아이들의 부릅뜬 눈을 보면서 눈물까지 흘리더라고. 그 떼도둑의 두목이 나에게 다가와서 말하더군. 자신들도 이 고아원을 돕겠다고. 처음에 난 안 된다고 했지만 그 두목이란 남자가 자신들도 이 내란의 희생자란 사실을 모르냐며 울부짖는 모습에 입을 다물었어. 결국 그렇게 합세한 10여 명의 장정들과 나, 그리고 아이들을 돌보겠다며 자원해서 온 아주머니들과 함께 고아원은 계속 커져 갔지. 처음에 받았던 고아들도 웬만큼 일을 할 수 있게 되면 즉시 우리를 도왔고 말이야. 물론 처음 멤버들은 다 저세상 사람들이지만 그 전통만큼은 여전히 남아 있어. 이 대륙을 평정하고 에스토드 왕국을 세운 브링헬드

1세가 우리를 독립적인 단체로 분류하면서도 영구 조약을 통해 정규군으로 우리를 지켜 주고 있는 것도, 아마 나를 비롯한 모두가 포기하지 않고 고아원을 지켜 왔기 때문이라고 생각해. 후훗, 그것만 생각하면 정말 뿌듯하지."

다시 즐거워진 크리스는 맥주로 마른 목을 적신 뒤 장난스러운 질문을 휀에게 던졌다.

"후훗, 부럽지 않아, 자네? 자넨 나처럼 뿌듯한 경험을 해 보지 못했을 것 같은데 말이야."

그녀는 다음에 나올 휀의 대답을 예상해 봤다. 내가 상관할 바 아니다, 부럽다는 감정은 나에게 없다 등등을 예상하고 있던 그녀의 기대는 단숨에 깨졌다.

"부럽다기보다는 불쌍하군."

"뭐?"

그녀의 눈이 크게 꿈틀댔다. 그녀 자신이 지금까지 해 왔던 고생이나 업적이 단숨에 무시당했다는 생각 때문이었다.

휀은 담배를 비벼 끄며 말했다.

"눈가에 잔주름 대신 눈물 자국이 박혀 있으니까."

한마디로 생겨난 오해는 한마디로 가볍게 풀렸다. 휀은 계산을 위해 카운터로 향하는 도중 슬그머니 그녀의 어깨를 두드렸다. 그의 손이 스친 곳을 지그시 누르고 있던 크리스는 카운터 앞에 선 휀의 뒷모습을 보며 쓸쓸히 중얼거렸다.

"난 자네가 더 불쌍한걸. 나에게 보여 줘야 했을 미소도, 눈물도 모두 세월 속에 잊고 말았으니까 말이야."

그녀는 생각했다. 2백 년 전 휀을 처음 만났을 때나 지금이나 그 뒷모습은 그의 냉정함만큼이나 쓸쓸하다고……

모두 함께 음식점을 나선 크리스는 곧바로 물었다.

"이제 어디로 갈 건가? 자네 성격상 돌아다니면서 일을 처리할 것 같진 않은데 말이야."

"에스토드 왕국의 수도."

"오호, 그래? 그럼 나와 같이 가지 않겠나? 가는 도중에 우리 고아원이 있으니, 그곳까지만 같이 가세. 2백 년 전과는 많은 게 달라졌으니 길 안내도 필요할 것 아냐. 게다가 자네에게 그 귀여운 아이를 맡기긴 힘들 것 같은데? 아이에게나 자네에게나."

좋은 제의였다. 그러나 어떻게 생각하면 휀이 크리스와 다른 아이들을 떠맡게 되는 것으로 보일 수도 있었다. 코트 주머니에 손을 찔러 넣은 채 생각하던 휀은 이윽고 짧게 한숨을 내쉬었다.

"좋을 대로."

"후훗, 좋아. 그럼 오늘은 이래저래 피곤하니까 여관이나 알아보러 가세. 너희는 여기 있어라, 알았지?"

"예, 선생님!"

"그래. 아, 슈웰도 잘 돌봐야 한다?"

"네!"

아이들에게 손을 흔들어 보인 크리스는 벌써 멀찌감치 걸어가고 있는 휀을 향해 재빨리 뛰어갔다. 슬그머니 휀과 팔짱을 끼는—억지로 밀어 넣었다고 하는 편이 옳겠지만—그녀의 모습에 슈웰은, 예전에 자신의 부모에게서 비슷한 모습을 봤던 기억이 떠올랐는지 씩 웃으며 뒷짐을 지었다.

"아, 근데 슈웰. 저 코트 입은 아저씨는 누구야? 네 아빠?"

갈색의 더벅머리 소년이 묻자 슈웰은 가볍게 대답했다.

"아니, 심술쟁이야."

그 난해한 답변에 소년을 비롯한 아이들은 멍하니 서로를 바라볼 뿐이었다.

"린라우 정도의 형제가 그렇게 소멸됐다, 이겁니까?"

"후, 말하자면 그렇지. 괜히 머리 굴려 보려다가 하찮은 인간에게 당했으니 녀석은 악마계 전체의 수치나 다름없어. 악마대공이라는 이름도 아깝고. 물론 가즈 나이트라는 녀석들이 끼어든 상태였긴 하지만 말이야."

강철로 이뤄진 사각의 방.

그 방의 천장에는 사람을 비롯한 가지각색의 생물들이 온몸에 상처가 난 채 거꾸로 매달려 있었다. 반쯤 죽은 그 육체에서 흘러나와 바닥에 떨어진 핏방울들은 바닥에 미세하게 팬 홈을 통해 방 중앙의 욕조 속으로 흘러 들어갔다. 그 욕조 속에 몸을 담근 갈색 피부의 남자는 실망감에 찬 얼굴로 고개를 흔들었다.

"제가 잠에 빠져 있던 동안 정말 수많은 일이 있었군요. 게다가 가즈 나이트……. 주신계 쪽에서 그런 계획이 있을 거라는 정보를 잠들기 전에 듣기는 했지만, 메타트론과 미카엘 정도의 최상급 천사들까지 누를 정도의 힘을 가졌을 줄은 상상도 못 했습니다. 행방불명됐다고 전해지던 두 존재가 확실히 소멸됐다는 말은 반갑지만, 그들을 소멸시킨 일곱 명의 건달 집단은 듣기 거북하군요."

그 말에 욕조 옆 의자에 앉은 아이스 블루 머리의 여성은 유리같이 투명한 자신의 단발 끝을 손가락으로 비비 꼬며 웃었다.

"그 건달들 때문에 골치 아픈 일들이 한둘이 아니었어. 선신계는 나름대로 녀석들과의 충돌을 피하느라 정신이 없었고, 우리 악신계는 우리대로 녀석들을 없애기 위해 온갖 노력을 다 해 봤지만 헛

수고였지. 특히 다른 가즈 나이트들은 모르겠지만 제일 처음 정식 가즈 나이트가 된 휀 라디언트란 녀석은 디아블로 님을 제외한 전 악마왕들과 싸우면서 단 한 번도 패하지 않았을 정도로 강하고 귀찮지. 멸신의 권위까지 주신에게 받은 상태여서 어지간한 중급 신도 찔리는 부분이 있으면 녀석을 슬슬 피해 다녀."

남자의 눈이 순간 크게 벌어졌다.

"예? 신의 사자가 멸신의 권위를 가지고 있단 말입니까? 그런 어처구니없는⋯⋯!"

"엉? 진짜라니까. 이 리리스 님의 말을 못 믿는 거야, 다르칸?"

다르칸은 슬쩍 웃으며 고개를 저었다. 그가 머리를 흔들 때마다 같이 흔들리는 칠흑빛 머리카락은 그가 가진 마성의 미모와 맞물려 으스스한 느낌까지 주었다.

"후훗, 혹시라도 그렇게 느끼셨다면 용서해 주십시오. 귀부인(鬼婦人) 리리스 님을 악마대공 따위인 제가 어찌 거스르겠습니까."

리리스는 씩 웃고는 자리에서 일어났다. 그녀는 천장에서 떨어지는 핏방울 하나를 손가락 위에 거짓말처럼 사뿐히 얹었다. 루비보다 반짝이는 그 핏방울을 감상하듯 바라보던 그녀는 일순간 핏방울을 증발시키며 무겁게 말했다.

"그 휀 라디언트가 이 세계에 왔어. 11년 후의 우리 계획을 알고 온 것인지 아니면 그 늙은 인간과 다르칸 너와의 계약 때문에 온 것인지는 몰라도 일단 경계하는 게 좋을 거야. 녀석이 감정에 눈을 떠 예전보다 약해졌다는 소문이 있지만 난 그런 소문 따윈 믿지 않아. 옥 위에 티끌이 떨어져 있다 해도 옥은 옥이니까."

"아, 예."

다르칸은 자신이 보고 있는 리리스가 지금까지 수 시간 동안 옆에서 수다를 떨던 리리스인가 잠시 의심이 들었다. 순박해 보이던 눈빛은 사라지고 표독스러운 눈빛만이 남아 있었다. 말투 역시 달랐다. 하지만 그런 의심은 잠시였다. 리리스의 이중적인 면은 태고부터 유명했다.

리리스는 다시 활짝 웃으며 손을 흔들었다.

"후훗, 순수의 결정체를 찾으러 가기 전까지 계속 힘이나 축적해 놔. 난 밖에서 놀고 있을 테니 준비되면 연락해, 알았지?"

"예, 알겠습니다."

리리스가 나간 후, 악마대공 다르칸은 양팔로 팔베개를 하며 잠시 생각에 잠겼다. 전대 대천사장 미카엘과 동등한 힘을 지녔다고 전해지는 리리스가 아무에게나 보이지 않던 자신의 이중적인 면을 드러낼 정도로 휀 라디언트란 자는 막강한 것일까. 만약 그렇다면 자신이 깨어나자마자 받은 명령은 어떻게 되는 것일까. 최악이었다. 검 하나에 의해 외계의 기계 덩어리와 함께 봉인됐다가 깨어나자마자 이런 고민에 부딪힌 그에게 떠오른 해결책은 단 하나뿐이었다.

"결론은…… 힘이군."

다르칸은 자신의 힘이 완전히 회복되는 9년 후를 기약하며 다시 피의 욕조 속으로 몸을 밀어 넣었다.

아이들과 함께 노숙을 준비하던 크리스는 측은한 표정으로 휀과 슈웰 쪽을 돌아봤다. 자신과 만난 도시를 떠난 이후, 슈웰은 고기 등의 고단백질 식품만을 먹고 검의 수련만을 해 왔다. 수련이라고는 했지만 휀은 친절히 가르쳐 주기는커녕 지시를 내리고는 나무에 기대앉아 방관하기가 일쑤였다. 결국 보다 못한 크리스는 노숙 준비가 끝나자마자 휀에게 다가갔다.

"이봐, 휀. 아직 여덟 살밖에 안 된 어린아이인데, 고기만 먹이면서 수행을 시키면 애가 어떻게 버텨 나가겠나? 한참 자랄 나이에 다른 영양분은 배제하고 단백질만 섭취시킨다는 것은 너무 심한 것 아닌가?"

그러나 휀은 아무 대답도 하지 않았다. 게다가 슈웰 역시 멈추지 않고 계속 검만을 휘둘러댔다. 슈웰 본인은 스승의 방침에 그리 불만은 없는 것 같았다. 크리스는 알 수 없는 사람들이라 생각하며 다시 따지고 들었다.

"뭐, 좋아. 어떻게 하든 이제 상관 안 하겠는데, 좀 친절하게 가르쳐 주는 건 어때? 지금 애가 무턱대고 검만 휘두르는 것처럼 보인다고 생각지 않아? 어디가 잘못됐으니 이렇게 해라 정도는 말해 줄 수 있잖아?"

"······."

휀은 슬그머니 자리에서 일어나 어디론가 걸어갔다. 그 무신경한 표정과 몸짓에 화가 난 크리스는 결국 팔을 걷어붙이며 그를 따라나섰다.

"이봐! 도대체 사람 말을 뭐로 듣는 거야! 거기 서!"

그렇게 둘이 사라지자 둘의 뒷모습을 바라보던 아이들은 킥킥 웃으며 한마디씩 던졌다.

"히힛, 저러니까 꼭 부부 같아."

"맞아. 잔소리하며 긁는 부인에 그 소리가 지겨워 슬그머니 피하는 남편······. 딱이잖아."

여자아이들의 말에 남자아이들도 동감한다는 듯 웃어 보였다.

그런 와중에도 슈웰은 끝없이 검을 휘둘렀다. 휘두른다고는 했지만 종(縱)베기 자세였기에 보기에도 상당히 지겨웠다. 그러나 슈웰은 어느 때보다도 진지하게 검을 휘둘렀다. 검을 휘두른다는 것이 예전에 친구들끼리 하던 소꿉놀이나 줄놀이보다도 훨씬 더 재미있는 모양이었다.

"도대체 말을 좀 해 봐! 답답하게 사람 질질 끌고 다니지 말고!"

휀을 한참 동안 따라가던 크리스는 결국 거의 뛰듯이 하여 그를 붙잡는 데 성공했다. 가볍게 한숨을 내쉰 휀은 나무에 기대더니 이내 담배를 물었다. 왠지 보는 이마저 담배를 피우고 싶게 만드는 그의 흡연 모습은 불량스럽다기보다는 그를 위해 만들어진 것을 사용하는, 지극히 당연한 모습처럼 느껴졌다.

휀은 연기를 살짝 뿜으며 그녀에게 물었다.

"몸무게가 얼마나 되나?"

"나?"

의외의 질문에 놀란 크리스에게 휀은 살짝 고개를 끄덕였다. 곤란한 표정을 지은 채 고민하던 그녀는 멋쩍은 미소를 지으며 말했다.

"웬만한 장정보다 훨씬 무거울걸? 자네도 알다시피 검으로 단련된 몸이라 근육도 많고, 키도 어지간히 크고……."

"그거다."

"뭐?"

크리스는 말을 멈췄다. 휀은 담배를 옆으로 내리며 말을 이었다.

"현재 슈웰은 검을 휘두르는 중노동을 한 번도 해 보지 못한 상태다. 검의 파괴력에 상당한 영향을 미치는 몸무게 역시 한참 미달. 그 몸무게를 불리기 위해 고기를 먹이는 것뿐이다. 네가 지금까지 한 식사 역시 단백질이 대부분이다. 너 역시 체중과 근육의 중요성을 알기 때문이지 않나."

그러자 크리스는 슈웰이 더없이 측은하게 느껴졌다. 어린 나이에, 다른 사람도 아닌 휀에게 수련을 받아 그 애 역시 자신과 같은 인간 병기의 길로 들어서는 것은 아닌가 하는 생각이 들었다. 그녀는 몇 개월 다듬지 않은 탓에 상당히 거칠어진 머리를 손으로 긁적이며 말했다.

"뭐, 그래. 이해해. 분명 자네가 훈련을 시킨다면 슈웰은 나 이상의 검사가 되겠지. 하지만 검을 잡지 않아도 될 나이의 아이에게 검을 쥐어 준다는 건 너무 잔인하지 않아?"

"지금 잡든 나중에 잡든 저 아이는 검을 잡게 된다. 숙명이니까."

크리스의 눈동자가 멈췄다. 그 눈동자에 어린 수많은 질문에 대답하듯 휀은 담배 연기를 길게 내뿜으며 말했다.

"자신의 부모와 마을 사람들이 시체로 뒹구는 동안에도 저 아이는 어떻게든 살아남기 위해 무엇이든 먹으며 자신의 생명을 지탱했다. 그리고 나를 만났을 때 역시 살기 위해 자신도 모를 정도의 악력을 발휘해 나를 멈추게 했다. 사흘을 굶었는데도 날 뛰어서 따라잡았지. 게다가 내가 만든 살육의 현장을 보고 본능에서 우러나오는 환희를 느꼈어. 저주 내리기 좋아하는 이 나라 종교 지도자들의 표현을 빌리자면 '피를 부르는 아이'라 할 수 있겠지. 검에 대한 소질보다는 살육에 대한 소질이 있다. 그런 탓에, 언젠가는 검을 잡게 된다. 난 조금 일찍 쥐어 준 것뿐이다."

"……."

크리스는 살짝 미간을 일그러뜨린 채 휀을 바라봤다. 그러다가 이내 웃으며 어깨를 으쓱했다.

"그 아이의 소질을 억제하기 위해, 아이가 소질에 따라 사람들을 마구잡이로 죽이게 되는 미래를 바꾸기 위해 자신이 가르치시겠다…… 이거겠지? 후훗, 역시 자네는 착한 사람이야."

"오해를 하고 있군."

그 한마디에 크리스의 얼굴이 다시 굳어졌다.

대기를 진동시키는 소리가 멀리서 들려왔다. 자연이 허락한 바람과는 상당히 먼 기름 냄새가 잔뜩 낀 바람이 숲에 쌓인 먼지를 휘날리며 둘에게 불어왔다. 머리카락이 심하게 날려 이마와 눈가를 괴롭히는데도 휀은 손가락으로 살짝 하늘을 가리키며 말했다.

"앞으로 10년 동안 이 세계는 끔찍한 전쟁에 휘말리게 된다. 이 대륙만이 아니라 다른 대륙도 마찬가지지. 폐쇄적 지형의 말스 왕국은 모르겠지만 가이라스 왕국은 그 존재 자체가 사라지게 될지도 모른다. 지금 브롤이나 투르바, 콜코 같은 야만 종족들이 난동을 부리는 건 그야말로 장난에 불과하다. 난 그때를 대비해서 무기를 키우는 것이다."

"뭐, 뭐라고? 그게 무슨 소리야! 전쟁이라니! 그리고 무기를 키운다는 건 또 뭐야?"

크리스의 목소리는 이전까지와는 비교되지 않을 정도로 높아졌다. 반면 휀은 변화 없는 목소리로 말했다.

"괴물로 변한 브롤을 벌써 잊은 건가? 빵집에서 빵을 찍어 내듯 그런 존재들이 수도 없이 생산되어 이 세계를 혼란에 빠뜨린다면 네가 운영하는 고아원도 더 바빠지겠지. 내가 사용할 만한 무기가 될 정도의 전사가 한 명이라도 더 생긴다면 고아원 운영에 조금이라도 도움이 될 거다."

"그것 말고! 전쟁이 일어나는 이유 말이야!"

군청색으로 변한 하늘에 네 개의 거대한 회전날개를 지닌 여객용 비행선이 굉음을 내며 나타났다. 하늘을 나는 범선. 굳이 외양을 나타내자면 동화에 나오는 말처럼 표현할 수밖에 없는 에스토드 왕국의 최고 교통수단은 몰고 왔던 굉음과 함께 남쪽 저편으로 사라졌다. 아까부터 불어왔던 바람은 비행선의 회전날개가 일으킨 것이리라. 휀은 다시 잦아드는 바람 속에 말을 흘렸다.

"순수와 순결의 결정체. 그것을 위해서다."

밤.

크리스는 도저히 잠이 오지 않았다. 그 짧은 대답 이후 이어진 휀의 놀라운 말들은 그녀의 본능을 억제하기에 충분할 정도로 강력했다. 그녀는 떨리는 마음을 진정하려는 듯 자신의 옆에서 자는 아이의 머리카락을 연신 쓰다듬어 보았지만 놀란 그녀의 심장은 쉽게 진정되지 않았다.

'또다시 전쟁이…… 고아들이 만들어진단 말인가.'

나무들 사이로 불어오는 바람에 모닥불이 심하게 흔들렸다. 역시 이 대륙의 북풍은 그녀가 태어났을 때나 지금이나 여전히 매서웠다.

추위와 눈으로 대변되는 이 대륙이라 해도 1년 내내 눈이 내리는 것은 아니었다. 일명 봄이라 불리는 3개월간, 이 대륙은 하늘에서 내리는 하얀 저주로부터 잠시 풀려난다. 안타깝게도 지금은 눈이 내릴 시기가 가까워지고 있는 달이었다. 여행을 하며 고아들을 구제하던 크리스가 급히 고아원으로 돌아가려는 이유 역시 눈을 피하기 위해서였다.

모닥불이 애처롭게 흔들리자 장작으로 바람막이를 한 크리스는 휀 옆에 꼭 붙어서 자는 슈웰을 바라봤다. 자신이 주는 모포를 마다하고 휀이 덮고 자는 코트의 일부에 몸을 의지해 자고 있는 아이의 모습 역시 흔들리는 모닥불처럼 애처로웠다.

"이렇게 바람이 부는데도 코트를 전부 내주지는 못할망정, 옆에서 애가 자든 말든 상관도 안 하고 돌아누워 자다니, 정말 너무하잖아."

혼잣말치고는 목소리가 상당히 컸다. 마치 휀에게 들으라는 듯이.

다시 바람이 불어왔다. 하지만 이상하게도 바람이 불 때마다 본능적으로 몸을 움츠리는 다른 아이들과 달리 슈웰은 표정 하나 바뀌지 않았다. 아이의 육체가 선천적으로 강해서일까? 그건 아니었다. 지금의 바람은 크리스조차 얼굴을 구길 정도로 매서웠다.

"신기한 아이네……. 엉?"

자리에 눕던 크리스는 움찔하며 다시 몸을 일으켰다. 문득 스치는 것이 있었다. 가만히 휀이 누운 방향을 바라보던 그녀는 이내 허탈한 미소를 지으며 자리에 누웠다.

'바람 부는 방향 쪽에 일부러 누웠군, 저 친구. 무기를 다루는 사람치고는 너무 상냥한데? 후훗.'

그 예상이 옳을지도 모른다는 것을 증명하듯 계속 불어오는 바람에도 옆으로 누운 휀에게 가려진 슈웰의 머리카락은 전혀 떨리지 않았다. 잦아드는 바람 소리 뒤로 잠자는 아이들의 숨소리가 새근새근 들려왔다.

2

순수의 결정체

며칠을 계속 걸어온 탓에 슈웰을 비롯한 아이들은 상당히 지쳐 있었다. 휀이나 크리스는 특별한 신체 덕분에 그리 지치지 않았지만 오는 도중 쉬지 않고 검을 휘둘러 댄 슈웰은 특히 힘겨워 보였다. 게다가 지금은 언덕길이었다.

크리스의 등엔 제일 어린 여섯 살짜리 소피아가 업혀 있었다. 자신이 왜 고아가 됐는지도 모르는 그 아이의 과거는, 떼도둑 사이에서 소피아를 겨우 구해 온 크리스도 아는 바가 없었다. 확실한 것은 제일 어리다는 것과 말수가 적다는 것뿐이었다.

여섯 살짜리 여자아이의 몸무게가 무겁게 느껴질 리가 만무한 크리스였지만 그녀의 얼굴은 일그러져 있었다. 자신의 앞에서 피곤에 지친 발걸음을 계속 옮기고 있는 슈웰 때문이었다.

"슈웰, 힘들지 않아?"

그녀가 묻자 슈웰은 오아시스를 만난 사람처럼 눈을 반짝이며 크리스를 돌아봤다. 그러나 그녀의 시선은 일행 앞에서 묵묵히 걸음을 옮기고 있는 휀의 뒷모습을 향했고, 뭔가를 생각하던 그녀는 이내 고개를 저었다.

"아니에요, 크리스. 괜찮아요."

크리스는 계속 걸음을 옮기는 슈웰의 모습에서 이상한 두려움까지 느꼈다. 죽음이라는 단어의 확실한 개념조차 모르는 여덟 살짜리 아이가 무엇 때문인지는 몰라도, 친절한 말 한마디 건네지 않고 힘든 수련만 계속 시키는 휀을 절대적으로 신봉하고 있는 것이다.

저 아이는 휀을 닮고 싶어 한다. 크리스는 그렇게 생각할 수밖에 없었다.

'휀의 비정하기까지 한 냉정함을 배우려는 것일까 아니면 내면에 숨겨진 빛을 배우려는 것일까.'

그런 질문을 마음속에 던지며 걷던 크리스는 자신이 어느새 언덕 정상에 서 있다는 것을 알았다. 그 언덕 밑으로 뻗은 길의 끝엔, 에스토드 왕국에서 손꼽히는 대도시 크롬의 웅장한 모습이 펼쳐져 있었다.

"우아! 대단해, 대단해요! 크롬이 크다는 말은 자주 들었지만, 저렇게까지 큰 줄은 몰랐어요. 휀! 저기 비행선 좀 보세요!"

어느 순간부터 휀을 부르는 호칭에서 '아저씨'라는 말을 훌쩍 떼어 버린 슈웰은 처음 접하는 대도시의 모습과 그 도시의 상공에 떠다니는 거대 비행선들의 모습에 감동한 듯 피로를 잊고 펄쩍펄쩍 뛰어다녔다. 다른 아이들 역시 크롬을 처음 접하는 듯 벌린 입을 쉽사리 다물지 못했다.

"자, 가자, 애들아! 크롬이 우리를 기다리고 있잖니?"

"예!"

목적지의 모습에 힘을 얻은 듯 크리스의 등에 업힌 소피아를 제외한 모두는 언제 피곤했냐는 듯 펄펄 날 듯이 달려갔다. 슈웰 역시 그들처럼 도시를 향해 신나게 뛰어가고 싶었지만, 휀이 아무 행동도 하지 않고 가만히 있는 탓에 불타오르는 욕구를 최대한 자제하며 서 있었다. 휀이 자신을 버리고 갈지 모른다는 생각은 그녀의 머릿속에 언제나 잠재되어 있었다.

"가지 않을 건가?"

"예? 헤헤, 같이 가면 안 돼요?"

슈웰은 슬그머니 휀의 코트를 잡아당겼다. 아이의 생각을 이젠 어느 정도 알고 있는지, 결국 휀은 죄수처럼 슈웰을 뒤에 둔 채 크롬을 향해 내려갔다.

현재 에스토드 왕국의 최고 교통수단은 비행선이다. 기계 기술의 결정체인 거대 회전날개와 마법 기술의 결정체인 바람의 돛이 결합되어 나온 이 비행 기계는 2백 년 전, 로하가스 제국에서 만든 중력 변환기에 의한 비인간적인 구동 방식—사람의 마력을 이용해 중력 변환기를 움직이는 방식. 상승이나 하강 시 급격한 중력 변환의 충격에 따른 마력 역류로 인해 사망자가 자주 생겨났다—을 탈피해 바람의 마력이 비축된 돛으로 배를 띄우고, 회전날개로 배를 움직이는 친환경적 구동 방식을 채택한 덕분에 안전하고, 빠르고, 무리 없는 항해를 할 수 있었다. 물론 마력 비축 기술의 개발이나 회전날개의 효율성을 높이는 문제 때문에 첫 비행선이 성공적으로 떠오르기까지 120년, 기술 보완과 보급엔 40년이란 세월이 흘렀지만 덕분에 에스토드 왕국 사람들은 다른 어떤 왕국보다 편하고 빠른 이동 수단을 가지게 되었다.

최초로 개발된 비행선 에스테바라스. 그 비행선이 개발되고 실험에 성공한 곳이 바로 비행선의 천국이라 불리는 대도시 크롬이었다.

하루 동안 여관에서 피로를 푼 휀 일행은 크리스의 고아원과 인접한 도시 베르텐을 경유해 수도로 가는 여객용 비행선 벨리에나에 몸을 실었다. 특등석이나 화물칸이라고는 없는 3급의 소형 비행선이었기에 객석엔 닭과 돼지를 비롯한 가축들 틈에서 돈을 벌어 보려는 사기 도박꾼들, 그리고 모험가 등등 많은 사람들이 뒤섞여서 북적댔다. 조용하고 깔끔한 것을 좋아하는 휀이 그 비행선을 선택할 이유는 없었지만 그것을 타지 않을 수도 없었다. 수도로 가는 도중 베르텐을 경유하는 비행선은 이것뿐이었다.

"하하, 이거 미안한데? 우리 때문에 괜히 자네가 피해 보는 것 같아서 말이야."

크리스는 휀의 머리 위로 떨어진 닭털들을 손수 털어 주며 멋쩍은 미소를 지었다. 하지만 휀의 반응은 여전히 덤덤했다.

슈웰과 아이들은 창밖으로 펼쳐진 드넓은 비행장의 모습과, 비행장 위에서 뜨기만을 기다리고 있는 중·대형의 고급 비행선들을 보며 감탄을 아끼지 않았다. 3급 이하의 소형 비행선들은 사실 볼품없었지만 2급 이상의 중형 또는 대형 비행선들은 거대 범선을 그대로 옮겨 놓은 듯 멋지고 웅장한 자태를 자랑했다.

금장이 화려하게 박힌 특급의 초대형 비행선들은 그야말로 귀족들이나 타는 것이었다. 그중 쿠덴베르그 가(家) 전용 비행선 라인하이트는 하늘을 나는 예술품이라 불릴 정도로 크고 화려한 위용을 자랑했다. 청색의 거대한 마스트 세 개와 달의 여신 이클립스의 선수상, 금빛을 띤 금속으로 이루어진 고풍스런 장식을 선체 전체에 두른 그 비행선은 크롬 비행장 중앙에 전시된 것처럼 굳건히 정박해 있었다.

"휀, 저거 너무 멋있다고 생각하지 않으세요? 한 번쯤 가지고 싶다는 생각이 들 정도로 멋져요."

창문을 얼굴로 밀듯이 창문에 바짝 붙은 슈웰은 라인하이트를 가리키며 휀을 바라봤다. 자신의 머리 위에 또다시 올라앉은 닭을 슬그머니 밀친 그는 가볍게 한숨을 내쉬며 말했다.

"나중에 주지."

"예?"

그 말에 아이들의 얼굴은 하나같이 뚱했다. 아이들이 듣기에도 황당한 말을 너무도 당연하다는 듯 내뱉었기 때문이다. 슈웰은 휀이 진짜로 저 비행선을 주면 어쩌나 불안해하며 다시 구경에 열을 올렸다.

출발하기 직전, 의족을 한 덩치 좋은 노인이 기장실 문을 열고 나오더니 객석을 향해 버럭 소리를 질렀다.

"이봐, 손님들! 그 빌어먹을 돼지와 닭 좀 조용히 있게 하시오! 너무 시끄러워서 다른 비행선과 충돌할지, 같이 곡예비행을 할지 알 수가 없잖소!"

오른쪽 볼에 크게 난 흉터와 육중한 근육질 몸, 그리고 거친 스포츠 머리에 수염이 난 노인이었다. 하지만 그 무섭게 생긴 노인의 성난 목소리와는 달리, 이 비행선을 두 번 이상 타본 승객들은 킥킥 웃으며 고개를 끄덕였다. 다시 기장실로 향하는 노인의 모습을 무표정한 얼굴로 바라보던 휀은 비행선의 회전날개가 움직일 즈음 크리스에게 시선을 돌렸다.

"저 노인은 누구지?"

"응? 아, 이반 할아범? 이반 크레믈린이라고 이쪽 분야에선 베테랑이지. 한 10년 전부터 여객용 비행선을 맡았고, 나도 10년 전부터 이반을 봐 왔어. 말은 거칠게 하지만 승객의 안전을 최우선으로 생각하는 좋은 사람이야."

휀은 묵묵히 팔짱을 꼈다. 크리스는 그가 무슨 생각을 할까 궁금해하면서도 묻지는 않았다. 대답해 주지 않을 것이 뻔했다.

나라에서 지정한 고도 이상 올라가지 못하도록 법으로 정해 놓은 탓에 비행선들은 대부분 저공비행을 한다. 산지를 통과할 때는 계곡을 따라 이동하거나 산을 깎아 만든 비행선 전용 운하를 이용한다. 비행선의 부력과 절대적인 관계를 가지는 바람의 돛과 그 돛에 마력을 충전하는 마법사들 때문이다.

돛에 저장된 마력의 소모량은 고도에 따라 달라진다. 더 높은 고도에서는 당연히 더 많은 마력이 소모된다.

처음 민간 수송용으로 비행선이 퍼졌을 때 회사들은 무조건 더 높은 고도에서 운항하길 바랐고, 그에 따른 엄청난 마력 소모를 충당하느라 회사에 고용된 마법사들이 중노동에 시달려야 했다. 마법사 조합의 원성이 점점 커짐에 따라 회사 연합과 마법사 조합의 합의에 의해 정해진 고도를 법으로 지정했고, 결국 모든 비행선들은 비상시를 제외하고는 일정 고도를 유지하게 되었다.

비행선이 뜬 지 한 시간 정도 지났지만 슈웰과 아이들은 여전히 창밖으로 보이는 지상의 절경을 감상하며 하늘의 세계에 점점 더 빠져들었다.

"네 무기는 어디서 구했지?"

휀의 물음에 크리스는 소피아와 손가락 놀이를 계속하며 가볍게 대답했다.

"아, 내 쌍검? 그건 벨벳 크로스라는 건데, 실종된 아이를 찾으러 들어간 동굴 안에서 어떤 마족과 계약을 한 후 얻은 거야. 계약 조건? 아, 영혼을 팔거나 하진 않았으니 안심해. 그 꼬마 마족이 먹고 싶어 하는 사탕을 잔뜩 쥐어 줬으니까 말이야."

휀은 아무 말 없이 눈을 감았다. 알겠다는 뜻이었다.

"와, 철새들이다! 휀, 철새예요, 철새!"

슈웰이 호들갑을 떨자 휀은 다시 눈을 뜨고 창가를 바라봤다. 그의 행동에 크리스는 역시 달라진 게 없구나, 하고 생각하며 흐뭇한 미소를 지었다. 2백 년 전, 로하가스 제국에 의해 '생산된' 인간 병기로만 살아온 자신에게 사람다운 생활이 무엇인지 가르쳐 줄 때와, 지금 슈웰의 말에 반응해 고개를 돌리는 휀의 모습은 전혀 다를 것이 없어 보였다. 물론 그녀의 느낌이 그렇다는 말이었다.

"여기서 수도까지 얼마나 걸리지?"

"무슨 말이야?"

휀의 갑작스러운 물음에 크리스는 하던 놀이를 멈추고 그를 돌아봤다. 이전까지는 냉정하다고만 느껴졌던 그의 분위기가 지금은 얼음보다 더 차가웠다. 휀은 기장실로 향하며 창가를 슬쩍 가리켰다.

"봐."

뭔가 불안했다. 즉시 창밖을 내다본 크리스는 새까맣게 몰려오는 무언가를 보고 경악을 금치 못했다.

"세, 세상에……! 악마잖아!"

그녀의 목소리가 컸던 것일까. 시끄럽게 떠들던 승객들은 물론 뛰놀던 가축들까지 침묵에 잠겼다. 하지만 그 침묵은 오래가지 않았다. 창가에 모여 밖을 확인한 사람들은 비행선을 향해 빠른 속도로 몰려드는 악마들의 모습을 보고 공포에 미쳐 날뛰기 시작했다.

원형의 작은 압력 유리를 통해 그런 사람들의 모습이 보인 것일까. 비행선에 신경을 집중한 채 날아오던 검은색의 갖가지 악마들은 평소대로 악의에 찬 미소를 띠며 손에 든 무기를 굳게 거머쥐었다.

"서, 선생님! 무서워요!"

"선생님!"

소피아를 비롯한 아이들이 크리스의 곁으로 몰려들었다. 하지만 아무리 크리스가 강하다 해도 공중에서는 뾰족한 해결책이 있을 리 없었다.

어떻게 아이들을 안심시킬까 고민하던 그녀는 아이들을 꼭 안아주며 전설을 지어내기 시작했다.

"얘들아, 너희 그랜드 크로스 나이트의 전설에 대해 알고 있니?"

"예?"

불안에 떨던 아이들의 눈동자가 이내 잦아들었다. 근처 좌석에 앉은 사람들도 지푸라기를 잡는 심정으로 그녀의 얘기에 귀를 기울였다. 효과가 있다고 생각한 그녀는 만족한 듯 빙긋 웃으며 말을 이었다.

"하늘을 나는 인공의 새에게 악마들이 쳐들어올 때, 하이볼크라 불리는 신 중의 신이 보낸 그랜드 크로스 나이트가 사람들 앞에 나타난다는 얘기가 있단다. 그 무적의 기사는 이 세계에 두 번 나타났지. 한 번은 아주 옛날에 벌어진 환수전쟁 때, 또 한 번은 2백 년 전 벌어진 고신전쟁 때……."

한편 기장실에 들어간 휀은 이반이 자신을 돌아보기가 무섭게 크리스에게 던졌던 것과 똑같은 질문을 던졌다.

"여기서 수도까지 얼마나 걸리나?"

이반의 얼굴이 일순간 굳어졌다. 악마들이 오고 있는 것을 방금 부기장과 함께 확인한 그에게 휀의 질문은 너무나도 엉뚱한 것이었다.

"뭐라? 아니, 이런 무례한 젊은이를 봤나! 지금 도망가기 바빠 죽겠는데 수도는 무슨 얼어죽을 수도야! 지금 방어 기지가 있는 쪽으로 방향을 돌릴…… 윽!"

순간 이반의 턱에 휀의 장검이 와 닿았다.

"얼마나 걸리나?"

그는 슬그머니 청년의 눈을 바라봤다가 이내 눈을 감았다. 단순한 위협이 아니었던 것이다. 반항하면 죽이겠다는 의지가 실린 칼끝이자 눈빛이었다. 밤톨만 한 침을 삼킨 그는 이제까지 느껴 보지 못한 위압감을 풍기는 그 청년에게 다시금 시선을 돌렸다.

"최대 속도를 낸다면 한 시간 정도? 하지만 저 악마들은 수도 쪽에서 밀려오고 있네. 한 마리라면 몰라도 수십, 아니 수백에 가까운 녀석들을 어떻게 떨쳐 내고 수도까지 직행한단 말인가? 가려면 자네 혼자 회전날개 떼어서 가게나. 난 죽기 싫어."

휀은 검을 거두며 간단히 방법을 말했다.

"그럼 길을 만들어 주겠다. 비행선은 일단 멈추도록."

"뭐라?"

황당한 말이었지만 이상하게도 그럴듯하게 들렸기에 이반은 더이상 말하지 않았다.

휀은 기장실에 있는 외부 출입구를 열었다. 압력차로 인해 바깥쪽으로 뿜어지는 내부의 공기로 인해 그의 금발과 코트가 심하게 뒤흔들렸지만 문 바깥의 악마들을 보는 그의 눈과 표정은 전혀 흔들림이 없었다.

불안에 떨고 있는 다른 아이들과는 달리 슈웰은 여전히 창문에 붙은 채 비행선에 거의 근접해 온 악마들을 뚫어지게 바라봤다. 무엇 때문인지는 모르지만 보통 사람들이 악마를 보고 본능적으로 몸을 움츠리는 것과는 달리, 슈웰은 마치 신기한 애완 동물을 보듯 탐구심 가득한 눈으로 악마들을 바라보고 있었다.

"으악!"

순간 좌석의 맨 끝에서 비명이 터져 나왔다. 사람들의 시선은 즉시 그곳으로 향했고, 그들은 어느새 비행선 외벽을 강습해 승객 한 명을 잡은 악마의 끔찍한 모습을 보았다. 시커먼 양의 머리에 사람과 소의 모습을 반반 섞은 것 같은 그 저급 악마의 등에서는 거대한 날개가 꼬리와 함께 펄럭였다.

"크하하핫! 불쌍한 인간들! 주력 부대와 합류하려다가 약간 늦어 버린 우리에게 걸리다니, 너희는 그야말로 운이 없구나! 크후후, 너희가 믿는 신에게 구원을 바란다면 포기해라! 그 구원이 도착할 때면 너희는 이미 지옥에서 춤을 추고 있을 테니까!"

악마의 털북숭이 손에 잡힌 남자와 크리스를 비롯한 다른 승객들은 초긴장 상태에 빠졌다. 도망치지도, 반항하지도 못하는 이 상황에서 과연 구원을 바라며 정성스레 기도하는 사람이 있기는 할까.

"와, 훼이다! 크리스, 훼이에요, 훼!"

악마가 들어왔건 말건 아랑곳하지 않고 창밖을 바라보던 슈웰의 기쁨에 찬 목소리에 크리스는 자신도 모르게 주먹을 불끈 쥐었다. 다른 승객들은 훼이 누구지, 하는 의문과 악마로 인한 공포가 뒤섞여 혼란스러운 듯 어리둥절한 표정을 지었다.

반면 악마는 달랐다.

"훼?"

잡고 있던 승객을 놓고 밖으로 나온 악마의 표정은 일순간 의심에서 경악으로 뒤바뀌었다.

금발에 순백색 배틀 코트, 그리고 플렉시온이란 이름의 검을 든, 자신이 아는 광황 휀 라디언트와 비행선 밖에 두둥실 떠 있는 남자의 인상 착의가 너무도 비슷했기 때문이었다.

"으, 으아아아악!"

왠지 몰라도 휀을 보자마자 기겁한 악마는 비명을 지르며 동료들에게로 돌아갔다. 그 악마의 도망치는 모습을 흘끔 본 휀은 가볍게 한숨을 내쉬며 오른손을 살짝 쥐었다.

"귀찮군."

비행선을 향해 돌진하던 악마들은 백이면 백, 모두 그 자리에 멈춰 버렸다. 게다가 그 좋던 기세도 이미 어디론가 사라져 버린 상태였다. 도망쳐 온 자신의 동료에게 뭔가 얘기를 전해 들은 악마들은 이내 불안한 얼굴로 술렁이기 시작했다.

"훼, 휀 라디언트래! 저 녀석이 그 휀 라디언트래!"

"그 광황 녀석 말이야? 수십 년 동안 나타나지 않았다고 하던데……?"

"모, 몰라. 하여튼 맞는 것 같아. 저 녀석 몸에서 뿜어지는 위압감이나 녀석의 손에 모여지고 있는 엄청난 빛의 힘이나…… 뭘로 봐서도 말이야."

악마들은 잔뜩 긴장한 얼굴로 전열을 가다듬기 시작했다. 만약 앞에 있는 금발의 전사가 자신들이 알고 있는 그 광황이 아니라 해도 그에게서 느껴지는 힘이 워낙 막강했기 때문이다.

이윽고 전열은 완전히 갖춰졌고 악마들은 지금껏 훈련해 왔던 대로 입체적인 공격 작전을 펼치기 위해 슬금슬금 앞으로 전진했다. 그때 금발의 남자가 꾹 쥐고 있던 주먹을 펴며 뭔가를 그들에게 뿌렸다.

"응? 뭐지?"

악마들의 몸이 다시 멈췄다. 서로의 몸 사이사이가 마치 은하수가 흐르는 것처럼 반짝였다. 분명 빛의 힘이었지만 아직까진 그들에게 아무런 해도 입히지 않았다. 이상하게도 편안하게 느껴지기까지 했다.

한편 휀은 폈던 오른손을 다시금 불끈 쥐며 중얼댔다.

"레이브 라이트. ……죽어."

순간 악마들 사이를 흐르며 반짝이던 빛들은 이내 시력의 한도를 넘어선 빛으로 변하며 연쇄 폭발을 일으켰다. 그 폭발력은 가공할 만한 것이어서, 백에 가까운 악마 군단의 육체를 산산이 찢고도 모자라 비행선에 간접 타격을 줄 정도였다.

"악!"

폭발의 여파로 인해 선체가 한쪽으로 바짝 기울어지면서 사람들이 뒤엉키는 대혼란이 벌어졌다.

다행히 잠시 후 비행선은 중심을 잡았고, 사람들도 타박상을 입은 부분을 매만지며 다시 일어섰지만 아무도 불만을 터뜨리는 사람은 없었다. 악마들에게 잡혀 처참한 죽음을 당하는 것에 비하면 가벼운 타박상쯤 아무것도 아니라는 것을 그들 역시 알고 있었다.

"윽, 뭐지, 저 남자? 악마들을 한 번에 소탕하다니……."

"게다가 두둥실 떠 있었어. 아까 들어왔던 악마도 저 남자를 알고 있었고."

사람들은 갑자기 다가온 거대한 힘의 존재에 다시금 불안감을 느꼈다. 지금 자신들을 구해 준 존재가 적인지 아니면 아군인지 알 수도 없었고, 또 인간 이상의 힘을 발휘했다는 것 역시 그 불안감을 더욱 가중시켰다. 크리스에게서 그랜드 크로스 나이트의 얘기를 들은 사람들 역시 마찬가지였다.

"크리스 선생님, 휀 아저씨가 그랜드 크로스 나이트예요?"

품에 안긴 소피아의 물음에 크리스는 살짝 고개를 끄덕였다. 그렇지만 그녀는 웃고 있지 않았다. 문득 며칠 전 휀에게 직접 들은 얘기가 떠올랐기 때문이다.

'그래, 휀이 개입해야 할 정도의 일이니 이건 시작에 불과하겠지. 악마들이 저렇게 많이 나타났다 해도 이상할 게 없어.'

크리스는 질끈 눈을 감았다. 이제부터 10년 동안 벌어질 혼란에 대한 불안감 때문이었다.

기장실 문을 통해 휀이 다시 안으로 들어오자 웅성대던 사람들은 일시에 말문을 닫았다. 모두의 시선이, 심지어 가축들의 시선까지 자신에게 집중된 것을 확인한 그는 벽에 붙은 주황색 확성기를 입에 가져가며 말했다.

"이제부터 이 비행선은 수도를 향해 직행한다."

사람들은 모두 할 말을 잃었다. 중간에 아이들과 내려 고아원으로 갈 계획이었던 크리스는 그럴 줄 알았다는 듯 힘없이 웃으며 고개를 내저었으나, 이유를 알 리 없는 다른 사람들은 두뇌의 경직이 풀어지기가 무섭게 대들고 나섰다.

"무, 무슨 소리요! 우리보고 집에 가지 말라는 소리요?"

"베르텐에 계시는 어머님께서 사경을 헤매고 계시는데 어쩌란 말이오! 이건 인정머리 없는 처사요! 우리는 꼭 베르텐으로 가야겠소!"

사람들의 반발은 점점 거세졌다. 하지만 휀은 단 한마디로 그 상황을 일축해 버렸다.

"그럼 여기서 내려."

사람들은 침묵 마법에라도 걸린 것처럼 말문을 닫았다. 화가 나긴 했지만 그렇다고 물건을 던지며 덤빌 수도 없는 상황이었기에 '착한' 승객들은 한숨만 푹푹 쉬는 것 외엔 별다른 도리가 없었다.

설득(?)이 끝난 것을 확인한 휀은 다시 기장실로 들어갔다. 그가 들어오자마자 이반이 고개를 돌리며 말했다.

"이봐, 또 한 가지 문제가 있는데 어쩔 건가?"

"무슨 말이지?"

이반과 부기장은 즉시 항로용 지도를 펼쳐 보였다. 현재 위치에 X표를 친 이반은 수도를 가로막듯 위치해 있는 산맥과 그 산맥을 가로지른 붉은색 길을 가리키며 말했다.

"이대로 간다면 이 비행선용 운하를 통과하지 못할 걸세. 어떤 비행선이든 지정된 시간 내에만 운하를 통과해야 하거든. 만약의 사태에 대비하기 위해 만든 법규라는데, 하여튼 갑작스런 상황을 고려해 10분 내외의 여유 시간을 주긴 하지만 10분을 넘기거나 너무 빨리 도착하거나 하면 운하를 통과시켜 주지 않는다네. 우리가 운하를 통과해야 하는 지정 시간은 16시인데, 지금은 11시밖에 되지 않았네. 크롬에 있는 운하 관리 지부에 이 상황을 연락하지 못했으니 강행 돌파 외엔 운하를 통과할 방법이 없어. 그러나 우리가 강행 돌파를 하면 운하를 따라서 설치된 대공포들이 이 비행선을 가루로 만들 걸세. 어쩔 텐가?"

어느새 담배를 문 휀은 잠시 지도를 주시하더니 이윽고 지시를 내렸다.

"일단 운하 근처로 가 보도록. 어떻게든 통과할 수 있을 것이다."

"음…… 좋네, 한번 자네 말을 믿어 보지. 운하까지는 30분 정도 걸릴 테니 그 시간 동안 방법이나 생각해 두게. 이거 오랜만에 스릴을 만끽하겠는걸? 하하하!"

이반은 울상을 짓고 있는 부기장의 어깨를 강하게 치고 회전날개 엔진에 시동을 걸었다.

비행선이 서서히 움직이기 시작했다. 기장실 벽에 기대선 휀은 이반이 준 지도를 보며 뭔가 곰곰이 생각하기 시작했다.

한편 크리스는 자신의 양 손목에 새겨진 마검의 문장을 어두운 표정으로 바라보았다. 타오르는 불의 형상으로 새겨진 문장이 지금 진짜 타오르는 것처럼 뜨겁게 달아올라 크리스를 괴롭히고 있었다.

"선생님, 왜 그러세요? 어디 아프세요?"

갈색 더벅머리 소년 조니가 크리스 앞에 얼굴을 들이밀었다. 크리스는 장난스레 아이의 머리를 팔꿈치로 쿡 찍으며 웃어 보였다.

"응? 아냐. 고아원에 있을 아이들이 걱정돼서."

"아, 그런데 선생님, 그 휀이란 아저씨가 그랜드 크로스 나이트예요? 아까 보니까 정말 세던데……."

"저도 궁금해요."

"저도 그래요."

아이들이 차례로 자신에게 시선을 돌리자 크리스는 난감했다. 아까는 아이들을 진정시키기 위해 전설 속 그랜드 크로스 나이트의 이야기를 들려주기는 했지만, 휀의 정체를 사실대로 털어놓을 수도 없는 노릇이었다.

"누구건 무슨 상관이야. 일단 우리를 도와주고 있는 착한 사람이잖아."

아이들과 크리스는 일시에 슈웰을 바라봤다. 미간을 찌푸리고 있는 그녀를 멍하니 바라보던 아이들은 볼을 잔뜩 부풀린 채 투덜 댔다.

"도와주는 건 모르겠는데, 무슨 착한 사람이 그렇게 살벌한 표정만 짓고 담배만 뻑뻑 피워 대? 게다가 말투도 전혀 친절하지 않잖아. 크리스 선생님 얘기만 좀 들어 주는 편이고, 우리는 아예 말도 못 꺼내게 하고 말이야. 너무하잖아."

"윽."

슈웰은 순식간에 궁지에 몰리고 말았다. 그러나 뜻밖에도 아무 것도 모를 것 같은 여섯 살짜리 소피아가 그녀를 구제해 주었다.

"아냐, 휀은 착한 사람이야."

평소에 말이 별로 없는 소피아가 그렇게 말하자 모두 깜짝 놀라서 눈을 휘둥그렇게 떴다. 그 예상치 못한 상황에 불안감마저 느낀 조니가 넌지시 그녀에게 물었다.

"어째서?"

순간 소피아는 붉게 물든 두 볼을 양손으로 감싸며 나지막이 대답했다.

"잘생겼잖아."

"……."

아이들은 잠시 할 말을 잃었으나 곧 자기네들끼리 휀이 나쁜 사람이라는 둥, 아니라는 둥 하면서 와자지껄 떠들어 대기 시작했다. 덕택에 크리스는 휀의 정체에 대해 얘기할 필요가 없었다. 하지만 그 문제는 언제 어디서든 또다시 제기될 수 있는 것이었기에 크리스는 방심해서는 안 되겠다고 생각하고 있었다.

얼마 후 비행선은 운하가 위치한 티오로벨 산맥에 도착했다. 수도가 위치한 로벨 평원을 마치 성벽처럼 가리고 있는 그 산맥에는 이반이 말한 대로 비행선 통과용 운하가 있었다.

오로지 마법만을 사용하여 수십 년에 걸쳐 제작된 그 거대 운하의 길목에는 비행선용 대공포가 다수 설치되어 있었다. 그래서 테러를 저지르려는 불법 비행선이 운하의 정문을 어찌어찌 통과한다 해도 도중에 격침당할 수밖에 없는 죽음의 길목이기도 했다.

운하를 통과하지 않고 수도로 가려면 육로를 따라가거나 기상이 변화무쌍한 산맥 위쪽을 넘어가야 했다. 하지만 육로는 시간이 너무 오래 걸리고, 또 산맥 위를 넘어가는 것은 기상을 조절할 수 있을 정도의 최고급 마법사가 있지 않는 한 불가능하기 때문에 결국 비행선을 이용한 테러는 불가능했다.

그걸 너무도 잘 알고 있는 이반은 30분 전, 자신들의 눈앞에서 엄청난 힘을 보여 줬던 금발의 청년이 이 운하에 대한 문제를 어떻게 처리할지 궁금했다. 그러나 처리할 필요가 없었다. 그 사실을 확인시켜 준 것은 산산조각 난 파편으로 변해 버린 운하의 1번 갑문이었다.

이반과 부기장의 얼굴은 이내 하얗게 질렸다.

"이럴 수가! 40년간 단 한 번도 파괴된 적 없던 티오로벨 운하 갑문이 저렇게 되다니!"

물론 갑문만 파괴된 것은 아니었다. 갑문을 중심으로 위치한 갑문 통제소와 대공포대 모두가 철저히 부서져 있었다. 절반 이상이 뜯겨 나간 통제소 안에는 시체로 변한 직원들만이 뒹굴 뿐이었다.

"빨리 운하를 통과하는 것이 좋아. 그렇지 않으면 부서지는 건 운하만이 아닐 테니까."

흥분할 대로 흥분한 이반은 휀의 말이 나온 직후 자리에서 벌떡 일어나며 그의 코트 자락을 거칠게 붙잡았다.

"무슨 소리야! 에스토드 왕국에, 브링헬드 전하께 무슨 일이라도 생긴단 말인가! 어서 말해 봐! 말해 보라고!"

휀은 자신과 키가 비슷한 이반을 내려다보듯 대답했다.

"계속 이 비행선 안에 있었던 나에게 무슨 말을 듣겠다는 건가? 차라리 자신의 눈으로 직접 보는 게 낫지 않겠나?"

"흠…… 알겠네."

이반은 즉시 조종석에 앉아 엔진의 스위치를 모조리 올렸다. 평소엔 절반밖에 올리지 않던 그가 그런 행동을 취하자 젊은 부기장은 걱정스레 한숨을 내쉬며 이반에게 말했다.

"기장님, 아직도 미련을 떨치지 못하신 겁니까?"

"……."

둘만의 문제라고 생각한 것일까. 휀은 아무런 말도 행동도 하지 않았다. 이반은 아무런 말 없이 조종간을 당겼다.

올해로 59세를 맞은 에스토드 국왕 브링헬드 5세는 자신의 왕비와 세자 부부, 그리고 손녀 클라리스 공주를 침통한 눈빛으로 돌아봤다. 5분 전 숨을 거둔 제2기사단 단장의 피맺힌 마지막 보고와 성 밖에서 들려오는 폭발음은 갑작스런 악마 대군의 기습에 상처 받은 그의 마음을 더욱 아프게 만들었다.

브링헬드 5세는 한숨과 함께 말을 흘렸다. 마치 자식들에게 유언을 남기는 아버지와도 같은 얼굴이었다.

"세자 부부는 클라리스와 함께 성을 탈출하거라. 되도록 가이라스 왕국으로 피신하는 것이 좋을 게다. 말스 왕국의 현재 국왕은 너희를 이용하고도 남을 사람이지만, 가이라스 국왕은 믿을 만한 사람이니 너희와 우리 에스토드 왕국의 미래를 반드시 도와줄 것이다."

"아, 아바마마……!"

중년의 세자 부부는 눈물과 함께 고개를 떨궜다. 2백 년 동안 아무 일 없이 번영을 누리던 자신들의 왕국이 악마란 초인적 존재들에게 단 하루 만에, 정확히 두 시간 만에 수도가 반 괴멸 상태에 빠졌다. 그들에게는 지금의 상황이 정말 악몽처럼 느껴졌다. 하지만 악마들이, 그것도 군대를 이뤄서 왕국에 쳐들어올 줄 그 누가 알았으랴.

세자는 어떻게 원한을 갚아야 할지 모르는 현실에 한탄하며 브링헬드 5세 앞에 무릎을 꿇었다.

"반드시, 반드시 왕국을 재건하겠사옵니다, 아바마마! 지금 이 자리에서 아바마마와 선조께 맹세하옵니다! 으흐흑……!"

왕은 뭐라고 해 줄 말이 떠오르지 않았다. 그는 한없이 울고 있는 아들 대신 손녀에게 팔을 벌리며 애써 미소를 지었다.

"짐에게 와 보거라, 클라리스 공주여."

"네, 할바마마."

손수건으로 눈물을 훔치던 왕비는 왕에게 우물쭈물 다가가는 어린 공주의 모습을 안타깝게 지켜봤다. 입고 있는 흰색 드레스보다 더 하얀 피부와 하얀 머리카락, 하얀 눈썹, 그리고 하얀 눈동자를 지닌 아홉 살의 클라리스 에스토드 공주는 눈물이 나오려는 것을 억지로 참고 있었다. 자신마저 울게 된다면 주위에 있는 어른들이 더 슬퍼할 것만 같아서였다.

클라리스를 따뜻하게 안아 주던 왕은 공주가 성에서 탈출한 후 겪게 될 험난한 일들을 떠올리고는 더 이상 참지 못하고 끝내 눈물을 흘렸다. 하지만 그는 공주를 괜스레 걱정시킬까 봐 아무런 말도 하지 않았다. 그 모습을 본 근위병들의 눈시울마저 뜨거워졌다.

"건강하거라……."

"예, 할바마마."

왕은 공주의 작은 등을 두드려 주고 옥좌에서 일어나 세자 부부 옆에 대기하고 있던 무관들에게 명을 내렸다.

"자, 근위대장은 세자 부부를 어서 성 밖으로 대피시켜라! 제1기 사단장은 성 밖의 병사에게 최대한 시간을 끌도록 지시 내려라!"

"예!"

먹이를 찾은 개미들이 움직이듯 알현실에 있던 모두는 발걸음을 빨리하며 각자 맡은 일을 수행하기 위해 분주히 움직이기 시작했다. 공주는 할아버지와 헤어지기 아쉬운 나머지 할아버지의 마지막 모습을 한순간이라도 더 보려고 애썼지만, 결국 아버지에게 안겨 서둘러 방을 빠져나가야 했다.

제8기사단장 발렌시아는 마치 벽돌이 무너지듯 차례차례 무너지는 군대를 보며 이를 갈았다. 에스토드 왕국 최대의 적이라 불리는 야만 국가 드라켄의 침공을 막고 그들을 제압하기 위해 그토록 오랫동안 훈련해 왔건만, 예상치 못한 악마들과 브롤, 투르바의 연합 공격에 그 노력이 물거품으로 변해 버렸다. 그는 지금의 현실이 너무나도 분했다.

"이런 빌어먹을! 도대체 어디 숨어 있다가 튀어나온 거야! 아무리 악마들이라고 하지만 적어도 준비할 시간은 줘야 할 거 아냐!"

물론 준비할 시간이 있었다 해도 이기기 힘들다는 사실을 알고 있는 그였지만, 그렇게 소리라도 쳐야 분이 풀릴 것 같았다. 옆에 있는 부관과 병사들도 이해하는지 그에게 아무런 말도 하지 않았다. 그때 어수룩하게 생긴 병사가 그에게 뛰어오더니 숨을 몰아쉬며 자신이 받은 명령을 전달했다.

"단장님! 전하께서 방어에 주력해 최대한 시간을 끌라는 명령을 내리셨습니다!"

"뭐라고? 시끄러워!"

순간 발렌시아가 분을 이기지 못하고 병사에게 주먹을 휘둘렀다. 그는 어리둥절한 표정으로 자신을 보는 병사에게 또다시 화풀이를 했다.

"전방의 병사들이 마구잡이로 공격해서 죽어 나가는 줄 알아? 녀석들도 방어를 위해, 살기 위해 싸우고 있잖아! 그런데도 죽고 있다고! 뭐? 최대한 시간을 끌어? 상대는 악마야. 알기나 해!"

"아, 알고 있습니다만······."

병사는 말을 이으려다 멈췄다. 성격이 너무 급해 질풍의 장군이라 불리는 발렌시아가 또다시 자신에게 분노를 퍼부을 것만 같았던 것이다.

발렌시아의 말대로 전방 상황은 처참했다. 브롤이나 투르바는 그런대로 상대할 만했지만 악마들은 그렇지 않았다. 그들은 인간이상의 힘과, 인간으로선 상상할 수 없는 공격 기술로 에스토드 왕국의 병사들을 철저히 유린하고 있었다.

"악! 아아악!"

악마의 배에 달린 입속으로 하체가 빨려 들어간 병사는 하체가 잘근잘근 씹히는 끔찍한 느낌에 사방으로 팔을 휘두르며 괴로워했다. 여러 개의 팔을 가진 악마에게 팔다리와 머리가 뜯겨 즉사해 버린 병사는 오히려 행복한 편이었다. 악마가 뿜어 내는 산성액을 뒤집어쓰고 온몸이 녹아드는 고통 속에서 죽어 가는 병사들도 허다했다. 불공평하게도 악마들은 병사들이 휘두르는 검과 창에 가벼운 상처만 입을 뿐 죽진 않았다.

전투용 비행선만 띄울 수 있었더라도 상황이 조금은 나았을 것이다. 그러나 악마들이 맨 처음 노린 것이 바로 그 비행선이었다. 자신들에게 조금이나마 피해를 입힐 수 있는 것부터 그들은 철저히 없애 버렸다.

죽어 가는 모든 병사들이 한 번쯤 저 멀리 격침되어 추락해 있는 비행선들에 눈길을 돌릴 만큼, 전투용 비행선들은 에스토드 왕국 사람 모두에게 있어서 최고의 병기이자 마지막 희망이었다.

수도 외곽을 지키던 모든 부대는 결국 두 시간 만에 괴멸되고 말았다. 악마와 브롤, 투르바 들은 성문을 맡은 발렌시아 부대를 향해 천천히 접근하기 시작했다.

"하핫, 크하하하핫! 일찍이 이 악마군단장 드골님께서 오늘처럼 재미있게 인간 도살을 해 본 적이 없었다! 희망이 사라진, 절망에 빠진 인간들의 모습만큼 멋진 것도 없지. 하하하핫!"

발렌시아는 육중한 몸 위에 병사들의 시체를 주렁주렁 매단 채 자신에게 다가오는 악마의 모습을 보았다. 마치 거대한 산양이 도끼를 들고 일어선 것 같은 그 악마는 누런 송곳니를 드러낸 채 웃으며 발렌시아를 향해 손가락을 뻗었다.

"네가 마지막 남은 인간의 대장이냐? 크큭, 눈빛 하나는 죽여 주는구나. 하지만 이해가 안 가는군. 죽을 게 뻔한데 부질없는 저항을 계속하려 들다니. 후후후후……."

"후, 네 말대로 부질없을지 모르지."

씩 웃은 발렌시아는 손에 들린 창을 악마 앞에 불끈 쥐어 보이며 말을 이었다.

"분명 너희에게 죽어 간 우리 병사들은 죽을 걸 뻔히 알면서 쓸데없는 저항을 했을지 모른다. 하지만 그건 어디까지나 너희 시각일 뿐이다. 이제 죽을 나도 그렇고, 앞으로 죽어 갈 병사들도 이미 죽은 병사들과 같은 생각을 가지고 있지. 우리는 해야 할 일을 다 했다! 한 나라의 병사로서, 명령을 받은 병사로서 말이다! 우리에게 죽음은 명예로운 것이다!"

발렌시아는 고함을 지르며 악마 드골에게 돌진했다. 드골은 오른손에 든 도끼를 번쩍 치켜들며 자신감 넘치는 광소를 터뜨렸다.

"죽음이 명예롭다? 우하하핫! 그거야말로 네 생각이다! 시체가 돼서 명예를 생각해 봐라, 인간!"

"조언을 해 줄 정도로 똑똑해졌군. 제973악마군단장 드골."

"윽?"

순간 드골과 휘하의 악마들 그리고 발렌시아 부대의 움직임이 멈췄다. 발렌시아와 드골은 마치 약속이나 한 듯 같은 방향으로 시선을 돌렸고, 그들은 어렵지 않게 이쪽으로 서서히 다가오고 있는 한 남자의 모습과 그의 뒤에 허깨비처럼 떠 있는 주황색 비행선 한 대를 보았다.

'누구지……?'

발렌시아는 자신도 모르게 창을 내리며 그 남자를 자세히 관찰했다. 화려한 금발과 그에 어울리는 순백색 코트, 그리고 차갑고도 수려한 용모는 발렌시아가 절로 무릎을 꿇을 정도의 위엄을 갖추고 있었다. 하지만 이해할 수 없었다. 저런 남자가 도대체 어디서, 또 어떻게 이곳까지 왔단 말인가. 멀리 보이는 저 비행선을 타고 왔다는 것은 어느 정도 추론할 수 있었지만 평원을 반쯤 뒤덮다시

피 한 악마들을 어떻게 뚫고 올 수 있었는지 도저히 이해할 수 없었다. 물론 지금까지는.

한편 악마들은 자신들을 향해 서서히 다가오는 그 남자로부터 슬슬 뒷걸음질을 치기 시작했다. 그것은 드골도 마찬가지였다. 지금까지 자신이 인간들에게 주었던 공포감이 마치 자신에게 되돌아오는 것 같은 착각마저 들었다. 그는 자신의 눈과 길쭉한 턱, 그리고 몸을 부들부들 떨며 그 남자의 이름을 읊조렸다.

"훼, 훼, 훼 라디언트……! 네가 어째서 여기 있는 거냐!"

훼은 물고 있던 담배를 옆으로 내뱉으며 나지막이 말했다.

"답할 이유가 있을까?"

"윽……!"

드골은 예상치도 못한 상황에 이를 악물었다. 보통 인간들만 상대한다고 방심하면서 천천히 일을 처리한 것이 후회되었다.

사실 악마들은 두 시간 정도면 별로 내세울 만한 무기가 없는 이 도시를 충분히 전멸할 수 있었다. 수만 년간 전투만을 일삼은 악마들에게 인간이란 상대는 그들이 지르는 비명을 즐기면서 싸울 정도로 간단한 존재였고, 또 인간들이 마법을 사용해 봤자 어지간한 급수가 아닌 이상 자신들에게 통하지 않았기에 별 걱정 없었다. 상대하기 귀찮은 선신계 천사나 용족에 비하면 인간은 연습용 목각 인형과도 같은 존재였다.

그런 존재들을 처리하고 아직 성숙되지 못한 순수의 결정체만 뺏으면 그 결정체가 성숙되기까지 10년 동안 탄탄대로인데, 지금 그들의 계획은 한 남자의 등장과 함께 상당한 수정이 필요하게 됐다.

"인간 주제에 감히!"

드골이 앞에 닥친 사태에 대해 생각하는 사이, 입대한 지 얼마 안 된 악마 하나가 기세 좋게 몸을 날렸다. 드골, 발렌시아와 함께 삼각 구도 형태로 서 있던 휀은 가볍게 한숨을 내쉬며 말했다.

"부하 교육은 여전하군."

휀에게 달려들던 악마는 그의 팔이 뻗은 직후 공중에서 멈추고 말았다. 악마는 발버둥쳤지만 좀처럼 몸을 움직일 수 없었다. 웬만한 인간은 단숨에 정신이상자로 만들 수 있는 악마의 농후한 마기(魔氣)도, 인간의 육체쯤은 갈기갈기 찢어 놓을 수 있는 경이적인 물리력도 휀에게는 통하지 않았다.

휀이 폈던 손을 다시 쥔 순간, 그 악마의 몸은 보이지 않는 거인의 손아귀에 잡힌 것처럼 뒤틀리고 구겨지더니 이내 핏덩이로 변해 바닥에 흘러내렸다.

상황을 가볍게 처리한 휀은 드골에게 물었다.

"순수의 결정체는 어디 있나? 꼴을 보니 아직 빼앗지 못한 것 같은데."

지나치게 긴장한 나머지 연신 침만 삼키고 있던 드골은 그제야 미소를 띠며 대답했다. 그들에게도 사실 최후의 카드가 남아 있었던 것이다.

"후, 즐기다 보니 그렇게 됐지. 하지만 안심하진 마라, 휀 라디언트. 우리만 순수의 결정체를 노리는 게 아니니까 말이다! 하하하! 순수의 결정체는 귀부인 리리스 님께서 친히 맡으셨지. 하긴 리리스 님이라면 널 충분히 맡으실 수 있으실 거다. 어떠냐, 두렵지?"

그의 긴 혀가 휀 앞에서 춤을 췄다. 묵묵히 그를 바라보던 휀은 즐거워하는 드골에게 물었다.

"얘기 끝났나?"

"엉?"

"죽어."

순간 드골에게 뻗은 휀의 손에서 거대한 빛의 기둥이 뿜어졌다. 갑작스러운 상황에 방비도 하지 못한 드골과 그의 뒤에 일직선으로 서 있던 악마들은 그 기습적인 빛의 파동에 일순간 휘말려들고 말았다.

"비, 비겁한⋯⋯! 으아아아아악!"

발렌시아는 눈앞에 펼쳐진 광경을 도저히 믿을 수 없었다. 자신들을 그토록 사정없이 압도했던 악마의 군단장과 그의 부하 일부가 수수께끼의 남자가 펼친 공격 한 번에 처절히 격파된 것이다.

그 빛의 공격이 끝난 후, 전장엔 마치 유리 위에 쌓인 먼지를 손가락으로 훑어 낸 것처럼 거대한 길이 뚫렸다.

자신들의 대장과 동료 다수를 한꺼번에 잃은 악마들은 정신적 충격과 혼란에 휩싸인 채 우왕좌왕하며 후퇴하기 시작했으나, 일단 포문을 연 휀의 공격은 그들을 쉽게 놓아 주지 않았다.

적들이 어느 정도 멀리 후퇴한 것을 본 그는 하늘을 향해 오른손을 뻗으며 나지막이 중얼거렸다.

"룩손 드라이버."

휀은 그대로 빛을 하늘에 연사하기 시작했다.

진형을 잃고 브롤, 투르바들과 뒤엉켜 한참을 도망치던 악마들은 난데없는 굉음에 움찔하며 뒤를 바라봤으나 이미 상황은 늦었다.

"하, 하늘이다!"

한 악마의 외침에 공중으로 시선을 돌린 악마와 야만족들은 입을 다물지 못했다. 하늘로 올라갔던 빛줄기들이 마치 비처럼, 한곳에 모인 자신들을 향해 떨어지고 있었다.

"아아아악!"

맨몸으로 비를 피할 수 없듯 악마들 역시 그 빛의 소나기를 피할 수는 없었다. 그들에게 떨어진 빛의 파동들은 단순히 밀어내기만 하던 이전과는 달리 막강한 폭발력을 과시했고, 그 범위 안에 있던 악마들은 물에 풀어지는 진흙처럼 산산이 흩어졌다.

발렌시아와 그의 부하들은 넋이 나간 채 그 광경을 바라봤다. 그렇게 많던 악마들이 이렇게 쉽게 죽어 나가리라고는 예상치 못한 그들은, 일을 적당히 마치고 자신들에게 몸을 돌린 휀에게 불안한 시선을 돌렸다.

"다, 당신은 도대체 누구시오?"

그러나 휀은 발렌시아의 질문을 무시하고 자신의 질문부터 던졌다.

"순수의 결정체, 아니 클라리스 공주는 어디로 도망쳤나?"

"예? 공주님 말씀이십니까?"

발렌시아는 명령을 전달했던 병사에게 무의식적으로 시선을 돌렸다. 발렌시아에게 맞은 얼굴을 부여잡고 있던 병사는 발렌시아와 마찬가지로 자신도 모르게 대답했다.

"고, 공주님은 세자 전하와 함께 북쪽 문을 통해 탈출하셨습니다만……."

휀은 북쪽을 바라보며 몸을 공중으로 띄우고 발렌시아에게 다시 물었다.

"이반 크레믈린이란 노인을 아나?"

발렌시아는 심각한 표정으로 고민했다. 이반, 이반 크레믈린……. 그리 낯선 이름은 아닌 듯 그는 이내 '아' 하며 고개를 끄덕였다.

"예, 알고 있습니다. 하지만 10년 전 강제 퇴역된 분인데……."

"됐다. 뒷정리를 부탁한다."

"예!"

발렌시아는 마치 최면에라도 걸린 것처럼 자신의 상관도 아닌 훼네게 경례를 붙였다. 미쳤다는 말이 안 나오는 게 오히려 이상한 상황이었지만, 주위의 병사들도 최면에 걸린 듯 그의 상관과 함께 경례를 붙였다.

그들의 최면 아닌 최면이 풀린 것은 잠시 후 도착한 크리스가 훼의 행방을 물은 직후였다.

"도대체 우리에게 무슨 원한이 있어서 이런 짓을 하는 건가! 우리는 너희에게 미움받을 짓을 한 적도 없고, 또 이런 저주를 받을 만한 죄를 지은 적도 없다! 이유를 말해다오!"

세자는 앞에 떠 있는 날개 달린 여인 리리스에게 물었다. 홀연히 나타나 세자 부부의 앞길을 막은 그녀는 근위대 전원을 가루로 만든 사람치고는 밝은 미소를 지으며 말했다.

"원한은 없답니다. 그저 당신의 따님이 필요할 뿐이죠. 우리 악신계 사람들에겐 꼭 필요한 아이거든요. 그건 그렇고 아이가 엄마를 많이 닮았군요? 너무 하얀 것 빼곤 말이에요, 후후······."

"닥쳐라! 무슨 일이 있어도 클라리스만큼은 내줄 수 없다! 설령 목숨을 잃는다 해도!"

세자는 이를 악물며 검을 빼 들었다. 그의 비장한 눈빛을 본 리리스의 웃음은 이내 표독스럽게 변했다.

"목숨을 잃는다 해도······? 그럼 죽어!"

순간 그녀의 날개가 크게 펼쳐진다 싶더니 세자와 부인의 몸을 거짓말처럼 삼켰다. 그 두 개의 번데기는 인형을 안은 채 서 있는 클라리스의 머리 위로 옮겨졌고, 리리스는 폭소와 함께 잔악한 송곳니를 드러냈다.

"부모의 피를 물려주마, 직접적으로 말이야! 하하하핫!"

마치 걸레를 쥐어짜듯 리리스의 날개가 기형적으로 크게 뒤틀렸다. 뼈가 으스러지는 소리, 살이 뭉개지는 소리와 함께 번데기의 끝에서 피가 분출되었고, 그 피를 정면으로 맞은 클라리스는 머리부터 발끝까지 붉게 물들었다.

클라리스의 눈과 입은 크게 벌어졌다. 계속 뿜어지는 그 피들은 어린 공주의 하얀 피부를 타고 입속으로 점차 흘러 들어갔다. 물론 클라리스는 삼키지 않았다. 계속 흘러드는 피 때문에 호흡이 곤란했지만, 그녀는 피를 억지로 뱉어 내었다.

"맛있니? 후훗, 맛있겠지! 정의와 사랑, 우정이란 죄악에 휘말린 인간의 피는 최고거든! 너희 부모의 피를 마셔라, 어서! 그 피를 마시고, 지저분한 순수와 순결의 틀에서 벗어나는 거다! 하하하핫!"

"싫어하는 것을 억지로 시키는 성격은 여전하십니다, 리리스 님."

리리스의 광기는 나지막이 들려온 목소리에 일순간 멈췄다. 그녀는 다시 날개를 펼쳐 안에 있는 찌꺼기를 떨어낸 후, 클라리스 뒤에 서 있는 남자를 바라봤다.

"이런, 이런……. 내가 너무 늦었군, 휀 라디언트. 미안, 난 멋진 대사만 들으면 잠깐 제정신으로 돌아오거든. 어쨌거나 오랜만이네?"

리리스는 다시 순박한 미소를 지었다. 누군가 나타났다는 것을 느낀 클라리스는 슬그머니 뒤를 돌아봤다. 처음 보는 금발의 남자가 코트 주머니에 손을 찌른 채 무거운 얼굴로 서 있었다. 휀은 덤덤한 표정으로 리리스에게 말했다.

"저는 당신의 선택에 따르겠습니다."

그러자 리리스는 가볍게 어깨를 으쓱했다.

"흥, 어차피 싸우겠느냐 그냥 가겠느냐, 둘 중 하나일 텐데 거창하게 선택까지 할 필요는 없겠지. 아, 그 얼간이 드골은 어떻게 했어? 죽였어?"

"그렇습니다."

"어머, 그래? 안됐네. 하지만 어쩔 수 없지. 드골과 그 악마 군단은 자네가 나타날 걸 계산에 넣고 부른 것이니까. 좋아, 난 반쯤 목적을 이뤘으니 이만 갈게. 어차피 자네와는 싸우고 싶지 않으니까."

휀의 눈이 살짝 꿈틀댔다. 하지만 리리스가 지금 한 말은 사실이었고, 바꿔 말하자면 휀의 일이 반쯤 잘못됐다는 뜻과 같았기에 그의 포커페이스가 조금이나마 깨진 것은 이상한 일이 아니었다.

그 표정 변화를 재미있게 지켜보던 리리스는 자신의 꼬리로 머리를 긁적이며 공간의 문을 열었다.

"자, 그럼 그 아이가 스무 살이 되는 해에 다시 보자고. 그럼 그때까지 수고해, 광황님. 안녕."

그녀는 마치 소풍을 가는 사람처럼 즐겁게 손을 흔들며 공간의 문 안으로 사라졌다. 남은 것은 한 덩이의 찌꺼기가 된 세자 부부와 그들을 호위하던 근위대의 시체, 피범벅이 된 클라리스 그리고 휀뿐이었다.

적막감 속에서 리리스가 사라진 지점을 지켜보던 휀은 클라리스를 슬쩍 돌아봤다. 그녀는 반쯤 풀린 눈으로 자신의 손에 묻은 피를 바라보고 있었다. 다른 사람 같았으면 깜짝 놀라며 얼른 그녀를 말렸을지 모르지만 휀은 달랐다. 그 역시 놀라긴 했으나 클라리스가 피를 보고 있는 모습에 놀란 것은 아니었다.

'생각을 읽을 수 없다.'

휀은 혹시나 하고 다시 한 번 그녀의 생각을 읽어 보려 했지만 그럴 수 없었다. 자신이 생각했던 것 이상의 엄청난 정신 방어 능력이었다. 그것이 클라리스의 의식적인 능력인지 무의식적인 능력인지는 알 수 없었으나 경이적인 수준인 것만은 확실했다.

문득 클라리스가 휀을 돌아봤다. 아무 말 없이 그녀와 시선을 마주하던 휀은 주머니에서 손수건을 꺼내 그녀의 양손을 닦아주며 물었다.

"왕궁으로 돌아가시겠습니까?"

그녀가 고개를 끄덕였다.

그녀는 아무런 말도 하지 않고 휀을 신기하다는 듯 바라봤다. 분명 오늘 처음 본 사람이고, 정체불명의 인물인데도 어린 마음에 뭔가 끌리는 모양이었다. 물론 부모가 죽었다는 현실의 충격에서 아직 벗어나지 못했기 때문에 그런 것일 수도 있었다. 어쨌거나 얼굴까지 그녀를 정성스레 닦아 준 휀은 그녀를 안아 들고는 천천히 왕궁 쪽으로 걸어갔다.

크리스는 발렌시아를 잘 알고 있었다. 12년 전 그녀가 맡은 고아 중 한 명인 발렌시아는 머리가 영특하고 무술 쪽 재능 역시 출중했지만, 출세를 하고 싶다는 이유로 고아원을 빠져나간 초유의 문제아였다.

오로지 실력만으로 2년 만에 기사단장이 된 발렌시아는, 이제까지 크리스에게 용서를 빌겠다는 다짐을 여러 차례 했지만 정작 고아원을 찾아간 적은 한 번도 없었다. 그런 탓에 크리스와 발렌시아 사이의 골은 상당히 깊었고, 2년 만에 만난 지금도 둘은 별다른 대화 없이 적당한 거리를 유지한 채 왕궁으로 향하는 중이었다.

"출세했다는 소문은 들었지만 상당히 멋있어졌는걸? 머리도 많이 길렀고."

크리스가 쓸쓸히 웃으며 말을 건넸다. 앞장 서서 걷고 있던 발렌시아는 반곱슬의 단발을 매만지며 입을 열었다.

"기르는 게 더 낫다는 생각이 들더군요. 그런데 선생님, 그 백색 코트를 입은 남자는 누구입니까? 처음 본 순간부터 그 남자의 지배력에 정신이 홀린 것 같았습니다만……."

누구나 느끼는 휀의 카리스마. 그의 능력이 발휘되는 상황을 접해 보지 못한 사람은 모르는 그의 지배력은 가끔 신성하게 느껴질 정도로 강한 인상과 무의식에 가까운 신뢰감을 주곤 한다. 크리스는 발렌시아 정도의 사람이라면 그의 카리스마를 확실히 느꼈을 거라고 생각하며 말했다.

"후후, 사이비 종교 교주는 아니니 안심해. 휀 라디언트라고, 좋은 사람이야."

'좋은 사람'이라는 말에 크리스와 함께 있던 아이들과 발렌시아는 일순간 같은 표정을 지었다. 좋은 사람이라고 하기엔 뭔가 거부감이 드는 모양이었다. 그들의 표정에 머쓱해진 크리스는 머리를 긁적이며 한마디 흘렸다.

"정말인데……."

병력이 집결되어 왁자지껄한 왕궁 안에 들어선 크리스는 마음씨 좋아 보이는 병사에게 아이들을 맡긴 뒤, 발렌시아와 함께 알현실로 들어섰다. 맨 먼저 그녀의 눈에 띈 것은 갑작스러운 전투 종결에 웅성대는 기사들도 아니었고, 이런저런 생각을 하며 나름대로 고민하는 대신들도 아니었다. 왕비와 함께 옥좌에 앉아 세자 부부를 걱정하고 있는 브링헬드 5세의 모습이었다.

"전하, 크리스 프라이드 원장께서 오셨습니다. ……전하?"

"음……. 음? 아아, 미안하네, 발렌시아. 어서 오시오, 크리스 원장. 짐의 실례를 용서해 주길 바라오."

크리스와 발렌시아가 온 것도 의식하지 못한 브링헬드 5세였다. 그만큼 세자 부부에 대한 걱정이 크다는 것이었기에 크리스는 단도직입적으로 현재 일에 대해서 얘기했다.

"아닙니다, 전하. 그런데 전하, 클라리스 공주님께 어떤 특별한 점이 있습니까? 공주님을 한 번도 뵌 적이 없어 모르겠지만, 이번에 쳐들어온 악마들이 클라리스 공주님을 노렸다는 것으로 보아 그만한 이유가 있을 것이라 생각합니다. 말씀해 주십시오."

"공주가……?"

크리스에게 왜 왔는지도 묻지 않고 계속 세자 부부를 생각하던 왕의 얼굴이 꿈틀댔다. 왕의 얼굴을 본 왕비가 고개를 갸웃거리며 얘기를 꺼냈다.

"클라리스 공주라면…… 글쎄요, 태아 때부터 가지고 있었던 병 때문에 몸 전체가 하얗다는 것 말고는 특별한 것이 없답니다. 궁중 마법사나 교황께서도 별말씀을 안 하셨고요."

"예……."

직접 보지 않아 어떤지는 알 수 없었지만 크리스는 공주의 몸 전체가 하얗다는 말과, 예전에 훼에게 들었던 순수의 결정체에 대한 얘기를 충분히 맞춰 볼 수 있었다. 훼이 이곳에 나타난 까닭과 악마들이 이곳에 쳐들어온 까닭이 어느 정도 일치되었다.

"전하! 전하! 클라리스 공주님께서 돌아오셨습니다!"

한 병사의 급박한 보고가 들어오자 왕은 안도의 한숨을 내쉬며 자리에서 일어났다. 그러나 그 한숨은 이내 멎어 버렸다. 클라리스가 세자 대신 처음 보는 금발의 남자에게 안겨, 그것도 피범벅이 된 채 돌아온 것이었다.

"이, 이런! 무관들은 뭘 하는 건가! 저 괴한으로부터 공주를 어서 떼어 내라! 세자는, 세자 부부는 또 어디 있는 게냐!"

왕은 반쯤 이성을 잃은 채 소리쳤다. 급변한 상황에 놀란 무관들 역시 클라리스를 데려온 휀에게 일제히 달려들었다.

"아, 안 돼!"

휀이 당할까 봐 소리친 것은 아니었다. 크리스는 무관들의 몸이 일격에 박살 나는 장면을 상상하며 그에게 소리쳤으나, 휀은 사실 살육을 그리 즐기는 편이 아니었다. 물론 휀의 말에 의해 설득력을 잃긴 했지만.

"가까이 다가오면 공주를 죽이겠다."

휀이 클라리스의 뒷머리에 손을 가져가자 성난 파도와 같던 무관들의 움직임이 일시에 멈췄다. 그는 그대로 공주와 함께 어전으로 향했고, 클라리스를 내려놓으며 나지막이 말했다.

"휀 라디언트라 합니다. 처음 뵙겠습니다."

"무, 무어라?"

브링헬드 5세는 휀의 당돌한 태도에 일순간 말을 잃었다. 무릎을 꿇기는커녕 목례조차 하지 않는 그의 모습에 무관들의 분노가 다시 끓어올랐지만, 일단 그가 클라리스를 데려온 이상 세자 부부의 행방도 알 것이라는 생각에 왕은 감정을 삭히며 그에게 물었다.

"세, 세자 부부는 어떻게 됐나? 또 근위대는? 모두 무사하긴 한 건가?"

"모두 죽었습니다."

알현실 내부는 마치 찬물을 끼얹은 듯 단번에 침묵의 도가니로 변했다. 얼굴이 하얗게 질린 왕은 왕비의 부축으로 겨우 몸과 마음을 추스르며 다시금 물었다.

"주, 죽었다는 건가 아니면 죽였다는 건가! 확실히 말해 보게!"

휀은 살짝 몸을 굽히더니 클라리스의 어깨에 손을 대며 답했다.

"어차피 제가 말해 봤자 믿지 못하실 테니 공주마마께 직접 들으십시오."

왕을 비롯한 모두의 시선은 곧 어린 클라리스에게 집중됐고, 잠시 동안 왕의 얼굴을 바라보던 공주는 크고 흰 눈을 깜박이며 얘기했다.

"아바마마와 어마마마 그리고 근위대 전원은 갑자기 나타난 악마에게 모두 돌아가셨습니다. 저는 이분의 도움을 받아 왕궁으로 돌아올 수 있었습니다, 할바마마."

"뭐……?"

아홉 살짜리 아이치고는 청산유수와도 같은 답변이었다. 때문에 국정에만 신경 쓴 나머지 손녀가 뭘 하는지도 모르는 어리석은 왕이었다면 분명 공주가 휀에게 위협당해 저런 말을 했을 것이라 생각했을지도 모르지만, 브링헬드 5세는 그렇지 않았다.

클라리스가 6세 때 이미 자신의 머리보다 두꺼운 레호아스 교의 성경을 정독하고, 책 두께의 3분의 1에 해당하는 독후감을 썼을 정도로 총명하다는 사실을 그는 잘 알고 있었다. 게다가 위협을 당한 것치고는 공주가 너무도 침착했기에 왕은 일단 냉정히 상황 판단을 해 보기로 했다.

그때 크리스가 거들었다.

"전하, 이 남자의 무례함을 용서해 주십시오. 이 남자에 대한 것은 저희 고아원의 이름을 걸고 보장할 수 있사오니, 그의 입에서 전하의 심경을 거스르는 말이 나오더라도 너그러이 용서해 주시기 바랍니다. 게다가 이번에 쳐들어온 악마의 대군단을 막은 것도 그입니다."

"음?"

왕은 움찔하며 발렌시아를 바라봤다. 그 젊은 기사단장은 고개를 반쯤 숙이며 말했다.

"그렇사옵니다, 전하. 제가 직접 보고 들은바, 저 남자가 경이적인 힘을 발휘하기도 전에 악마들은 저 남자를 본 순간부터 두려움을 느끼며 몸을 피하려 했사옵니다. 게다가 그 악마들 역시 공주님에 대한 얘기를 입에 담았으니, 분명 우리가 모르는 어떤 일에 대해 저 남자는 알고 있을 것이라 생각되옵니다."

왕은 다시금 휀을 바라봤다. 감정을 읽을 수 없는 그 남자의 눈빛은 버릇없다기보다는 그런 태도가 당연한 듯 느껴졌다. 지금껏 수많은 인재를 접해 본 그가 보기에, 휀은 윗사람의 능력을 뛰어넘고도 남는 실력을 지녔으면서도 윗사람의 보좌와 명령을 충실히 이행하며 보완해 주기도 하는 최고의 신하로 생각됐다. 왕의 생각을 읽은 것인지 묵묵히 기다리기만 하던 휀은 가볍게 숨을 내쉬며 말했다.

"장소를 옮기는 것이 좋겠습니다, 전하."

3

쉽지 않은 고백

크리스와 발렌시아는 휀과 왕 그리고 왕비 셋이 회담 중인 방 밖에서 꽤 오랜 시간 동안 휀에 대한 얘기를 나눴다.

처음 만난 후부터 지금까지 크리스가 보고 느낀 사실에 발렌시아는 놀라움을 감추지 못했다. 2백 년 이상을 살아온 크리스도 놀랍지만, 끝을 알 수 없는 힘을 지닌 채 그녀보다 몇 배는 더 오래 살아온 휀이란 존재가 더욱 놀라웠다.

"자네가 옛날에 들은 것처럼 난 로하가스 제국에 의해 반쯤 인공적으로 만들어졌지. 인간으로서의 부끄러움이나 슬픔 등의 감정이 철저히 배제된 채 말이야. 그런 나를 다시 인간으로 만들어 준 사람이 휀이지. 후훗, 방법이 그리 감동적이지는 않았지만 지금도 난 감사하고 있어. 물론 당사자에게 고맙다고 말한 적은 없지. 그래 봤자 그는 즐거워하지도 않을 거고, 또 내가 고맙게 여길 거라는 사실을 계산에 넣고 있을 테니까. 어쨌든 내가 아는 사실은 그가 수백 년 전 일어난 환수전쟁의 주인공인 그랜드 크로스 나이트가 확실하다는 거야. 고신전쟁 때도 나타났고. 어쨌든 만나기 이전의 일이나 다른 개인적인 사항은 나도 알지 못해."

"그렇군요."

발렌시아는 고개를 끄덕이면서도 크리스의 표정을 계속 주시했다. 평상시와 다르게 느껴진 탓이었다.

자신이 어떻게 태어났고, 지금까지 어떻게 살아왔는지 아이들에게 얘기해 줄 때의 크리스는 당시의 발렌시아가 보기에도 슬퍼 보였지만, 지금은 아니었다.

분명 이야기의 맥락은 비슷했지만 그녀는 아름다운 추억을 떠올리는 듯한 표정을 짓고 있었다. 그때와 지금의 차이는 단 하나, 휀이란 남자가 그녀의 옆에 있고 없고 뿐이었다.

"저, 선생님. 한 가지 실례되는 질문을 해도 되겠습니까?"

"응? 뭔데?"

발렌시아는 속으로 자신이 어딘가 잘못되어도 한참 잘못됐다 생각하면서도 결국 질문을 꺼내 들었다.

"그 휀이란 분, 사랑하십니까?"

"……"

질문을 받은 직후, 돌처럼 굳어진 그녀의 표정을 본 발렌시아는 드디어 자신이 죽을죄를 지은 것이라 생각했다. 그러나 다행스럽게도 크리스의 얼굴은 이내 풀어졌다. 그녀는 손바닥을 흔들며 고개를 저었다.

"아, 아냐. 그냥 친구 사이지, 뭐. 2백 년 동안 보지 못하다가 최근에 겨우 봤는데 어떻게 사랑까지 할 수 있겠어?"

"2백 년 동안 보지 못했어도 그리워할 수는 있지 않습니까?"

발렌시아가 내린 자신의 정신 상태에 대한 결론은 이랬다. 난 미친 것이 분명하다. 아까 만난 악마의 힘에 의해 미친 것일 수도 있고, 휀이란 남자의 압도적인 카리스마에 정신이 이상해진 것일 수도 있다. 어떻게 2년 만에 만난, 그것도 스승이자 어머니 같은 사람에게 이런 말을 던질 수 있단 말인가.

둘 사이에 무거운 침묵이 흘렀다. 결국 발렌시아는 붉어진 얼굴로 여기저기 두리번거리는 크리스 앞에 무릎을 꿇을 마음의 준비를 했다.

"뭐라고! 재상의 자리를!"

그 침체된 분위기를 살린 것은 방 안에서 터져 나온 왕의 고함이었다. 크리스는 그 인간이 또 헛소리를 지껄였구나 생각하며 다짜고짜 방 안으로 들어갔고, 그녀는 얼굴이 시뻘겋게 변한 채 일어서 있는 브링헬드 5세와 그를 바라보고 있는 휀의 모습을 보았다.

왕은 크리스와 발렌시아가 들어온 것도 모르는 듯 계속 고함을 내질렀다.

"아니, 아무리 자네가 전설적인 존재이며 우리 나라와 공주까지 구해 줬다 하지만, 재상의 자리를 내 달라는 말을 그렇게 쉽게 할 수 있는 것인가? 말도 안 되네!"

휀은 가볍게 맞받아쳤다.

"능력으로 보나 경력으로 보나 제가 재상이 못 될 이유도 없다 생각됩니다. 그리고 아까 말씀드렸다시피 앞으로 10년 동안 이 세계는 전체적인 혼란에 빠지게 됩니다. 악마들은 나타나지 않을지 모르지만, 에스토드 왕국을 유린하고 있는 브롤이나 투르바, 콜코들이 지금보다 더 활개 치고 다닐 것은 분명합니다. 저는 그것 역시 막아야 하기에 재상의 자리를 달라고 말씀드렸습니다. 물론 주시든 주시지 않든 저에게 큰 상관은 없습니다."

"음……."

왕은 어찌할까 고민했다. 왕비 역시 고민하는 듯했다. 둘의 고민은 상당히 오랜 시간 동안 이어졌고, 발렌시아가 지루하다는 생각이 들 즈음 드디어 답변이 나왔다.

"좋네. 그럼 자네를 임시 재상으로 임명하도록 하지. 직위에 대한 자네의 대우 등은 오늘 일에 대한 뒤처리가 끝나면 곧바로 해줄 것이니 걱정 말게. 그러나 문제가 있네."

"무엇입니까?"

오랫동안 경직된 자세를 취하고 있던 왕은 자세를 편히 고치며 얘기를 이었다.

"우리 신성 에스토드 왕국은 레호아스교의 교리에 따라 법을 만들었네. 자신의 가정을 지키지 못하는 자는 나라도 지키지 못한다는 것에 근거해서 준장이나 차관 이상의 직위를 얻으려면 우선 가정이 있어야 하네. 즉 부인이나 자식이 있어야 한다는 말이지. 자식밖에 없다 해도 피가 이어지지 않은 양녀는 인정하지 않네. 그런데 자네는 부인이 없지 않나? 자식도 없고."

휀은 아무 말도 하지 못했다. 거기까지 지켜본 크리스는 휀도 막다른 골목에 다다를 때가 있구나 생각하며 그를 불쌍히 여겼지만, 그 상황이 역전되기까지 걸린 시간은 그야말로 잠시였다.

"제 부인은 저기 있습니다."

"응?"

그 말 직후, 모두가 자신을 바라보자 크리스는 자신의 옆에 슈웰이라도 왔을까 하며 주위를 두리번거렸다. 그러나 옆에 있는 사람은 발렌시아 한 명뿐이었기에 그녀는 순간 움찔하며 소리쳤다.

"무, 무슨 소리야! 난 자네랑 같이 밤을 보낸 적도 없고, 결혼 반지도 없는데 내가 어째서 자네 부인이야! 그리고 난 고아원 일이 더 중요하단 말이야!"

그녀의 심각한 얼굴과는 달리 휀은 손을 옆으로 휙 저으며 간단히 받아넘겼다.

"밤은 지내면 되고, 결혼 반지는 만들면 되고, 고아원 일은 다른 사람에게 부탁하면 돼. 그리고 진짜 결혼하는 건 아니지 않나."

그 말이 나온 순간, 크리스의 불끈 쥔 손이 이내 풀려 버렸다. 그것은 분노도 아니고 황당함도 아닌 뭔가에 대한 엄청난 실망감이었다. 그런 모습으로 휀을 바라보던 그녀는 이내 책상을 내리치며 고함을 질렀다.

"그런 억지가 어디 있어! 이건 자네의 임무를 위해 내 희생을 원하는 거잖아! 10년 후의 일이 아무리 중요하다 해도 내 인생은 내 것이야! 자네를 안다는 이유 하나만으로 내 인생을 자네에게 맡기긴 싫어! 그리고 자네는 날 사랑하지도 않아!"

"내가 알 바는 아니겠지."

"뭐……?"

그런 상황에도 휀은 표정 하나 바뀌지 않았다. 왕과 왕비 그리고 발렌시아는 눈물을 흘리지 않는 것이 이상할 정도로 몸을 떨고 있는 크리스를 걱정스러운 눈빛으로 바라봤다.

그들이 생각하기에도 크리스에게 던진 휀의 한마디 한마디는 너무 심한 것이었다. 그 말들을 직접 접한 그녀의 기분도 어느 정도 이해되는 듯했다. 물론 어느 정도의 수준이었지만…….

"가겠어."

이윽고 크리스는 짧게 중얼대며 바람처럼 방을 나갔다. 이 상황에 말할 입장이 아닌 발렌시아는 왕과 왕비에게 간단히 목례한 뒤 그녀를 따라나섰다. 왕비 역시 일어나며 자기 생각을 말했다.

"전하, 분명 휀 님은 상황 판단 능력이나 냉철함 등에선 최고의 재상감일지도 모릅니다. 그러나 단 한 사람도 책임지지 못하는 사람에게 이 나라 국민의 머리를 모두 책임지라고 하는 것은 무리가 아닐까요? 전하께선 유념하여 주십시오."

왕은 말없이 고개를 끄덕였다. 왕비가 나간 직후 잠시 고민하던 왕도 몸을 일으키며 말했다.

"일단 자네에 대한 문제는 급하게 처리할 필요가 없다는 생각이 드니 오늘 일에 대한 뒷정리가 마무리되면 다시 이야기하세. 오늘 하루 너무나 많은 일을 겪어 몹시 피곤하군. 아들 내외 일도 그렇고 말일세. 거취 문제는 걱정하지 말고, 아무 여관이든 가서 편히 지내게."

"알겠습니다."

결국 방에는 휀 혼자 남게 되었다. 깍지 낀 손에 이마를 기댄 그는 다른 사람 앞에선 잘 보이지 않는 고뇌 어린 표정을 지은 채 뭔가를 생각했다.

한참 시간을 보내던 그는 이내 쓰디쓴 미소를 지으며 중얼댔다.

"냉철함? 상황 판단? 후…… 그거야말로 내가 알 바 아니겠지."

그의 손가락 마디에서 우두둑 소리가 터져 나왔다. 마치 마법에 걸린 사람처럼 휀은 그 상태, 그 자리에서 더 이상 움직이지 않을 것 같았다.

슈웰은 코트를 얼굴에 덮고 누워 있는 휀의 분위기가 이전까지 와는 좀 다르다고 느꼈다. 평상시에는 담배를 피든 술을 마시든 그 차가운 표정만큼은 가라앉지 않던 그였지만 그날 저녁만큼은 그렇지 않았다.

방 안에서 한참 검술 연습을 하던 그녀는 잠시 쉴 겸 휀이 있는 침대 옆에 앉으며 그에게 물었다.

"그렇게 코트를 덮고 있으면 숨 쉬기 불편하지 않나요? 저는 이불만 덮어도 괴롭던데……."

휀은 아무런 말도 하지 않았다. 슈웰은 입을 비죽 내민 채 투덜대다가 다시 검을 잡고 일어서며 씩 웃었다.

"하긴, 휀도 피곤하고 지칠 때가 있겠죠. 푹 주무세요. 보통 때 늦잠 자면 크리스 선생님께서 뭐라 하시던데……. 하지만 아무리 선생님이라 해도 휀이 늦잠 잔다고 혼내지는 못할 거예요. 히힛, 혼내려 하시면 제가 휀을 지켜 드릴게요."

슈웰은 자신의 가슴을 두드려 보이고는 다시 검술 연습에 정진했다. 휀 때문이 아니라 누가 지켜보지 않아도 그녀는 검술 연습 하나만큼은 확실히 해 나갔다.

하지만 꼭 강해지고 싶다거나 휀에게 배운 검술로 야만족을 쓰러뜨리겠다는 생각은 그녀의 땀방울 속에 녹아들어 있지 않았다.

특별한 말 없이 자신과 다른 사람들을 지켜 주는 휀의 모습, 그녀는 그 모습을 닮고 싶을 뿐이었다.

그녀가 수련할 때, 휀 이외의 사람에게는 말 한마디 꺼내지 않는 것도 어찌 보면 그 이유와 일맥상통했다.

"슈웰, 있니?"

그때 밖에서 크리스의 목소리가 들려왔다. 연습을 방해받은 슈웰은 방문을 열자마자 검지를 입술에 대며 인상을 구겼다.

"선생님, 쉿!"

"응?"

의아해하는 크리스에게 휀의 모습을 가리켜 보인 슈웰은 아주 작은 목소리로 속삭이듯 말했다.

"휀은 지금 자고 있어요. 다른 때는 잠도 제대로 못 잤으니 오늘 만큼은 쉬게 해 주자고요, 선생님."

"으응……."

크리스는 휀의 얼굴을 가린 코트를 보며 안쓰러운 표정을 지었다.

이 세계에 있는 어느 누구보다도 그의 마음을 잘 알고 있다고 자부하던 자신이, 휀은 겉과 속이 다른 게 확실하며 그는 사실 따뜻하고 좋은 사람이라고 주장하던 자신이 단 한마디에 움찔해서 그토록 심한 말을 퍼부은 것은 아닐까.

그런 생각에 그녀는 오후의 일을 사과하러 온 것이다.

사실 그녀는 휀이 여느 때처럼 담배를 입에 문 채 슈웰을 훈련시키고 있을 것이라고 예상했다. 자신의 실언에 다른 사람도 아닌 휀 라디언트가 설마 크게 흔들리겠냐, 했지만 휀의 분위기는 그녀의 예상을 철저히 깨뜨렸다.

'내일 사과할까?'

하지만 이 방법은 자신만 편할 뿐, 어느 정도 열릴 기미가 보이던 그의 마음이 더욱 굳게 닫혀 버린 듯 느껴졌다.

그녀가 문턱에 서서 한참 고민하고 있을 때, 어느새 배낭 쪽으로 갔던 슈웰이 뭔가를 들고 다시 쪼르르 달려왔다.

그녀는 손짓으로 크리스를 부르며 손에 꼭 쥔 물건을 보여 줬다. 그것은 다름 아닌 반지였다.

"이거 봐요. 휀이 크롬의 보석상에서 산 건데, 예쁘죠? 하지만 여자가 아니라 남자한테 선물해 주려고 산 것 같아요. 여자 손가락에 들어갈 반지치고는 너무 크더라고요."

아이에게 반지를 받아 든 크리스는 혹시나 하는 마음에 그 반지를 왼손에 끼워 보았다. 놀랍게도 꼭 맞았다. 손가락 마디가 웬만한 남자보다 굵은 그녀의 손에 마치 맞춘 것처럼 딱 맞았다.

그것을 잠시 바라보던 크리스는 반지를 다시 아이의 손에 쥐어 주며 말했다.

"슈웰."

"예?"

슈웰은 별 생각 없이 크리스를 올려다봤고, 그 직후 굳어진 슈웰의 양 볼 위로 따뜻한 물방울 두 개가 각각 떨어졌다.

"서, 선생님……!"

크리스는 불안감을 느낀 아이의 볼을 살며시 닦아 주며 애써 미소를 지었다. 하지만 일단 흘러내리기 시작한 그녀의 눈물은 멈출 줄을 몰랐다. 그녀는 슈웰을 꼭 안은 채 당부하듯 말했다.

"슈웰, 선생님이 부탁 하나 해도 될까?"

슈웰은 고개를 끄덕였다. 크리스의 말이 이어졌다.

"지금처럼 순수한 마음으로 휀을 믿고 따라 주렴. 이 선생님은 저 남자를 오랫동안 생각해 왔으면서도 완전히 이해하진 못한 것 같아. 내가 지금까지 알고 있던 휀이란 남자의 모습은 가식적인 것이었어. 아마, 네가 알고 있는 휀의 모습이 그의 진짜 모습일 거야. 후훗, 아무래도 선생님은 이 반지를 받을 자격이 없다는 생각이 드는구나. 그럼 건강해라, 슈웰. 오랫동안 같이 있고 싶었는데, 그렇지 못해 미안하구나."

타 버린 자신의 집 앞에서 부모의 시체를 보면서도 눈물 한 방울 흘리지 않던 슈웰도 이번만큼은 눈물을 흘렸다. 자신의 울음을 받아 줄 사람이 있기 때문이겠지만, 그녀가 이대로 떠나면 뭔가 안 좋은 일이 생길 것만 같은 불안감이 들어 그녀도 모르게 눈물을 머금고 만 것이다.

슈웰이 가지 말라고 입을 열려는 순간, 둘을 비춰 주던 방 안의 불빛이 뭔가에 의해 크게 가려졌다. 둘의 시선은 곧 방 쪽으로 향했고, 바닥까지 가라앉아 있던 그들의 분위기는 이내 바뀌었다.

"이 세상에서 나에 대해 잘 안다고 말할 자격이 있는 사람은 단 한 사람뿐이다. 괜한 착각에 빠져 2백 년간을 헤매 온 것 같군, 크리스 프라이드."

"뭐……?"

예상과는 달리, 휀이 내뱉은 말은 평소보다 더 차가웠다. 크리스의 눈에 다시 힘이 들어갔고, 평소 같으면 심술쟁이라며 따지고 나서야 할 슈웰은 침을 삼키며 크리스 옆에 섰다.

의자에 앉은 휀은 담배를 물며 말을 이었다.

"네가 2백 년 동안 날 기다렸든 기다리지 않았든 내가 알 바 아니다. 임무와도 관계 없지. 널 만난 것은 솔직히 예상 밖이었다. 지금까지 꾸물거리며 살아 있을 줄은 몰랐다. 너도 내가 다시 돌아올 줄은 예상하지 못했을 것 아닌가. 우리가 만난 것은 말 그대로 우연일 뿐, 사랑의 힘이란 나약한 단어가 이어 줄 필연은 아니다."

"웃기지 마! 도대체 왜 그래. 내가 뭘 잘못했기에 나한테 이러는 거야! 그래, 오후에 내가 한 말은 실수였어. 실언이었다고! 하지만 그것 때문에 이렇게 심한 말을 할 이유는 없잖아!"

크리스의 목소리가 어찌나 컸던지 다른 방에 있던 사람들이 불만 어린 얼굴로 복도에 슬며시 나와 그녀에게 시선을 집중했다. 그러나 크리스는 개의치 않고 다시금 목소리를 높였다.

"착각에 빠진 건 내가 아니고 자네야! 그래, 자네가 사람 심리를 꿰뚫는 데 일가견이 있다는 건 인정해. 하지만 자네는 자신이 거부하고 있는 감정에 대해 전혀 알지 못하고 있어! 자네는 분명히 달라졌지. 2백 년 전 내가 만난 휀 라디언트는 그 감정을 아예 의식하지 못하고 있다고 생각될 정도로 차가웠지만, 지금의 자네는 달라! 자신이 거부하려 한 그 감정에 자신이 휘말려 방황하고 있어! 그렇기 때문에 지금 나에게 그런 심한 말을 한 거겠지. 날 미련 없이 보내기 위해서!"

휀은 묵묵히 그녀를 지켜보기만 했다. 복도에 나온 손님들도 마찬가지였다. 숨을 몰아쉬기까지 하며 휀을 쏘아보던 크리스는 곧 숨을 가라앉히며 말했다.

"이제 다시는 자네 앞에 나타나지 않겠어. 하지만 그 전에 한 가지 고백할 것이 있고, 한 가지 듣고 싶은 것이 있어. 좋잖아? 이별 선물치고는 말이야. 나도 솔직히 말할 테니 자네도 솔직히 말해 줘."

그가 고개를 끄덕이자 크리스는 몸에 힘을 주고 말했다.

"나, 자네가 '내 부인은 저기 있다'라고 말했을 때 사실 기뻤어. 가슴도 두근거렸고. 내가 그랬지? 자네는 날 사랑하지 않는다고 말이야. 난…… 자네를 사랑했어. 자네가 어떻게 생각하고 있든지 말이야. 그래…… 이제 끝났어. 자넨 날 어떻게 생각했지?"

턱을 받친 채 크리스를 바라보던 휀은 아주 가볍게 대답했다.

"10년 동안 같이하기엔 좋은 여자라고 생각한다."

"어째서?"

다시 일그러진 크리스의 얼굴은 그다음 말이 나온 직후 거짓말처럼 풀리고 말았다. 휀은 일정 시간 방의 공기를 어지럽히다가 사라지는 담배 연기처럼 쓸쓸히 말했다.

"난 임무가 종결되면 떠나야 하니까."

그녀가 원했던 말은 아니었지만 크리스는 굳은 표정, 굳은 자세로 휀을 바라봤다. 구경꾼들이 방으로 돌아간 후에도, 눈을 비비며 잠을 참기 위해 노력하던 슈웰이 결국 침대 위에 쓰러진 후에도 마찬가지였다. 휀 역시 담배 한 갑을 다 태울 때까지 크리스를 바라봤다.

이윽고 자정을 알리는 종소리가 들려왔다. 한숨과 함께 표정과 자세를 푼 그녀는 허탈하게 웃으며 방문을 천천히 닫아 주었다.

"나, 갈게."

휀은 대답 대신 마지막 담배를 재떨이에 비벼 껐다.

여관 밖으로 나온 크리스는 휀의 방에 불이 꺼지는 것을 보며 아이들이 있을 자신의 여관으로 향했다.

기쁜 얼굴로.

3개월 후.

"아, 역시 드레스는 몸에 안 맞아. 기분 같아선 속옷만 입고 나가고 싶지만, 유부녀에다가 재상 부인이라는 꼬리표까지 있으니 그럴 수도 없잖아. 이 비단 장갑도 영 아냐. 차라리 가죽 장갑이 훨씬 낫지."

크리스는 거칠게 장갑을 벗어 던지며 투덜댔다. 마차로 왕궁을 빠져나온 후부터 저택에 돌아온 지금까지 그녀의 불평 불만은 끊이지 않았다. 물론 그녀의 불만은 다른 귀족 부인들이 심심할 때마다 내뱉는 투정보다는 훨씬 더 인간적인 것이었다.

3개월 사이 그녀의 모습은 많이 변해 있었다. 거칠다 못해 원시적으로까지 보이던 그녀의 장발은 깔끔히 정돈돼 틀어 올려졌고,

안 하던 화장도 살짝 하고 있어 3개월 전에 귀족이 된 것치고는 상당한 기품을 흘렸다.

그러나 외모만 준비됐을 뿐 그녀는 아직 재상 부인이라는 지위에는 상당히 어울리지 않았다. 그녀와 함께 연회에 참석한 귀족의 말을 굳이 빌리자면 한마디로 웃기는 매너의 소유자라고나 할까.

2개월 전 결혼식 피로연에서 나온 그녀의 묘기, 맨손 격파는 지금까지 화제로 남아 있었다.

"그건 그렇고 이이는 안 들어오고 뭘 하는 거야? 하긴, 사바신 씨나 그이나 수백 년 넘게 밖에서 지냈으니 안에서 얘기하는 건 익숙하지 않겠지. 할 수 없지 뭐. 나 먼저 자야지."

크리스는 드레스 끈을 풀며 욕실로 향했다.

한편 휀은 저택 밖에서 누군가와 얘기를 나누고 있었다. 아니 금방이라도 울 것처럼 표정을 일그러뜨린 흑색 코트의 남자에게 하소연을 듣고 있다는 쪽이 더 옳았다.

"제발 다른 사람하고 교대하게 해 줘! 애들 관리한다는 게 이렇게 어려운 건 줄 정말 몰랐다고. 차라리 애들하고 화끈하게 싸움이나 했으면 좋겠지만 그럴 수도 없잖아! 내가 애들하고 어울린다고 생각한 거야 아니면 내가 싫어서 그런 거야? 잘못한 게 있으면 사과할 테니 제발 자리 좀 바꿔 줘, 대장! 바꿔 주면 몸종이라도 할게! 마차도 끌어 줄 수 있어!"

장대한 기골과 하늘을 향해 뻗친 엄청난 머리를 지닌 그 남자의 이름은 사바신 커텔.

휀과 잘 아는 사이로 보이는 그는 3개월 전 휀에게 연락을 받고 크리스 대신 고아원을 지켜 주기로 했다. 하지만 밤새 울고, 짜증 내며, 이것저것 해 달라는 것도 많은 그 작은 악마들을 보살피기에 그는 너무나 나약한 존재였다. 물론 육아에 무지한 어지간한 남자들은 모두 마찬가지일지도 모른다.

"네가 해."

"시, 싫어! 차라리 바이론에게 하라고 해! 녀석은 애들한테 겁이라도 줄 수 있을 거 아냐!"

별다른 반응을 보이지 않던 휀은 역시나 담배를 물며 눈을 감았다. 안 된다는 뜻이었다.

"바이론은 따로 하는 일이 있다."

"뭐? 설마 녀석에게 수녀원을 맡긴 거야?"

잠시 사바신을 바라보던 휀은 슬며시 방향을 돌려 집으로 향했다. 그것이 무슨 뜻인지 너무나 잘 알고 있는 사바신은 홀로 바람을 맞으며 괴로움을 밤하늘에 토했다.

저택에 들어온 휀은 하인들과 가구가 들어오지 않아 상당히 썰렁한 거실을 바라보며 슈웰의 방으로 향했다. 옷장과 침대, 책상을 제외하곤 빈 방과 다를 바 없는 그녀의 방은 여덟 살짜리 아이가 사용하는 방치고는 너무 넓기도 했지만, 너무 썰렁했다. 여자아이들 방이라면 당연히 있어야 할 간단한 장식이나 커튼조차 없었다.

슈웰이 자는 모습을 지켜볼 때마다 휀의 눈은 한층 가늘어졌다. 봉제 인형을 끌어안고 자야 할 나이에 슈웰은 거친 검을 끌어안고 잔다. 그 모습이 휀에게도 조금은 안타깝게 느껴지는 모양이었다.

그녀가 덮은 이불을 정돈해 준 휀은 크리스가 있는 옆방으로 들어갔다. 재상 취임식 후 열린 연회 내내 지루하다, 지루하다 노래를 부른 탓인지 크리스는 어느새 이불 속에 파묻혀 있었다. 창밖으로 성의 모습을 잠시 바라보던 휀은 뭔가 문득 생각났는지 부인의 한쪽 볼을 토닥였다.

"성으로 가겠다. 내일 돌아오지."

그러자 크리스가 살며시 그의 손을 잡고는 빙긋 미소를 지어 보였다.

"오늘도 독수공방하라고? 후후, 너무하네. 오늘 같은 날엔 그냥 집에 있으면 안 돼?"

보통 남편이라면 미안하다며 웃기라도 하겠지만 훼의 표정은 역시나 변함없었다. 하지만 남편이 어떤 사람이란 것을 잘 아는 크리스는 간다는 말이라도 해 줬다는 것이 고마울 뿐이었다.

"공주님 때문이구나? 뭐, 하는 수 없지. 하지만 순순히 보내 주는 대신에 키스해 줘. 안 해 주면 보내지 않을 거야."

그녀의 손에 상당한 힘이 들어간 것을 느낀 훼은 짧게 한숨을 지으며 몸을 숙였다.

"슈웰의 내일 훈련은 잊지 말도록."

언제 했는지 모를 정도로 짧게 키스를 해 준 그는 그 말을 남기고 방을 나섰다. 작별 인사가 깊지 않아서였는지 불만스러운 표정을 지은 크리스는 이불을 머리끝까지 덮으며 투덜댔다.

"내가 미쳤지, 저 인간이랑 결혼을 했으니……."

신혼 부부 사이에 흔히 튀어나오는 불평이었다.

성에 도착한 훼을 맨 처음 맞은 것은 발렌시아였다. 이번 달 야간 경비를 맡은 부대가 8기사단인 탓에 낮과 밤이 반쯤 뒤바뀐 그는, 피로에 철저히 찌든 얼굴로 경례를 붙였다.

"제8기사단 단장 발렌시아와 이하 기사단 전원, 각하를 환영합니다! 충성!"

"충성!"

횐은 지친 제8기사단의 모습을 묵묵히 바라봤다.

3개월 전, 악마들이 침공한 이후 4분의 1 이하로 줄어든 병력 탓에 원래는 편히 쉬고 있어야 할 고급 전투원들까지 경비병의 역할을 대신하고 있었다.

일단 기사단이 경비를 맡고 있으니 성의 방어는 확실하겠지만, 대낮에 일이 터진다면 경비를 맡은 기사단은 출전이 거의 불가능하기에 분명 비효율적이라고 할 수 있었다. 그렇다 해도 성의 경비를 안 할 수도 없으니 수도 주둔군의 고생은 이루 말할 수 없었다.

"국무대신은 언제 퇴근했나?"

"……."

재상의 질문에 아무런 대답도 하지 않자 기사들은 흘끔 발렌시아를 바라봤다. 그때 기사단 전원은 끔찍한 광경을 본 것처럼 눈을 질끈 감았다. 발렌시아는 놀랍게도 경례를 붙인 채 잠들어 있었다. 횐은 물고 있던 담배를 바닥에 버리며 성안으로 들어갔다.

"내일부터 성으로 나오지 않아도 된다고 전하도록."

"아……!"

기사들은 젊고 패기 넘치는 단장을 잃었다는 슬픔에 대답 대신 한탄을 터뜨렸다. 하지만 횐의 말은 끝난 게 아니었다.

"아, 누군가 국무대신에게 직접 전하는 게 낫겠군. 그가 이유를 듣고 싶다고 하면 내 방으로 직접 오라고 해라. 가급적 빠르면 좋겠지."

"네? 아, 예! 수고하십시오!"

마치 솟아날 구멍을 찾은 듯 기사들은 피로를 잊고 재빨리 경례를 붙였다. 생각해 보면 나이 지긋한 국무대신이 오늘 부임한 젊은 재상에게 잘릴지도 모를 상황이었지만, 마치 최면에 걸린 듯 기사들은 지금 기뻐하고 있었다. 최후의 드라마틱한 반전 때문일까 아니면 그만큼 국무대신이 인기가 없다는 뜻일까. 역시나 기사들만이 아는 일이었다.

공주의 방 앞에서 휀은 며칠 전에도 본 광경을 보았다. 비극의 주인공처럼 입가를 덮고 있는 왕비와 비슷한 표정의 궁인들 다수는 열린 문을 통해 보이는 방 안의 상황을 도저히 믿고 싶지가 않은 듯했다.

"아, 재상 각하."

한 궁인의 목소리와 함께 다른 궁인들은 모두 왕비의 뒤로 물러섰다. 휀을 본 왕비는 고뇌 어린 한숨을 내쉬며 그를 반겼다.

"아아, 재상. 마침 잘 오셨습니다. 공주가 또……."

휀은 살짝 목례를 하고 방으로 들어가며 말했다.

"새 인형이 필요할 것 같습니다. 궁인을 시켜 준비해 주십시오."

"예? 하지만 며칠이 지나면 또 이런 일이 벌어질 텐데, 어째서 인형을 다시 준비해 달란 말입니까?"

휀은 마치 야수에게 뜯긴 고기처럼 처참히 뜯어진 봉제 인형의 팔을 주워 왕비에게 들어 보였다.

"인형이 없다면 사람이 이렇게 됩니다."

그 말에 왕비와 궁인들은 설마 하면서도 아무 말 하지 않았다. 그럴 수도 있다는 생각이 든 것이다.

휀은 배와 팔 등이 뜯기고 찢어진 인형들 속에 파묻혀 멍하니 창밖을 바라보는 클라리스 공주를 쳐다봤다. 한 손엔 가위를, 다른 한 손엔 송곳을 든 그녀의 하얀 모습은 섬뜩할 정도로 아름다웠다.

휀은 얼굴 여기저기 인형에서 나온 솜들을 묻힌 어린 공주에게 다가가 부드럽게 솜들을 털며 말했다.

"공주마마, 제가 왔습니다."

"휀…… 경?"

풀려 있던 그녀의 눈에 다시금 빛이 돌아왔다. 인형들을 뜯고 자르는 등 침묵의 난동을 부리다가도 휀만 오면 그녀의 의식은 정상으로 돌아왔다.

그 광경을 보던 왕비는 그제야 안도의 한숨을 내쉬었지만 세자 부부가 죽은 후 3개월간 그런 상황이 계속되었기에 그 안도감도 이전보다는 많이 무뎌진 상태였다.

"또…… 인형들이 이렇게 됐어요. 역시 제가 그런 모양이에요, 휀 경."

클라리스의 표정이 시무룩해졌다. 당신이 한 게 아니라고 하며 그녀를 설득하던 휀도 이젠 다른 방도를 찾아야겠다고 생각했는지, 오늘은 이전과는 달리 클라리스의 작은 손을 자신의 손으로 포개며 물었다.

"보통 때 무슨 생각을 하십니까?"

공주가 하얀 눈을 깜박이며 대답했다.

"보통 때 말입니까? 음…… 그냥, 쓸쓸하다고 생각해요. 많은 사람들이 제 곁에 있지만 만약 제가 공주가 아니라면 저 사람들이 과연 제 곁에 있을까, 하는 생각도 들고요. 모두가 공주님, 공주님 하면서 받들어 주지만 따뜻함이 느껴지지 않거든요. 할마마마도 얇은 벽을 제 앞에 두신 채 말씀하시는 것 같고……."

휀은 그 말을 들으며 왕비와 궁인들을 바라봤다. 자못 무서운 눈빛이었기에 왕비도, 공주를 전담했던 궁인들도 움찔하며 어색한 표정을 지었다. 그는 클라리스의 손을 자신의 얼굴에 대며 물었다.

"저에게는 어떤 느낌을 받으십니까?"

어떻게 보면 속된 질문이었지만 클라리스는 밋밋한 미소를 지으며 답했다.

"따뜻해요. 휀 경은 말씀을 잘 안 하시지만 돌아가신 아바마마처럼 따뜻하게 느껴진답니다. 가끔은 휀 경이 너무 엄하게 느껴지지만……."

그런 대화 중에도 휀의 표정은 전혀 변함이 없었다. 잠시 공주를 바라보던 휀은 그녀를 향해 자신의 오른손을 펴 보였다.

"손을 대 주시겠습니까?"

클라리스는 기꺼이 왼손을 뻗었다. 이윽고 왕비와 궁인들의 눈앞에 놀라운 일이 벌어졌다. 휀의 팔목 보호대 위에 새겨진 문장, 즉 그랜드 크로스 나이트의 문장이 하얀빛을 발하기 시작한 것이다.

휀이 손바닥을 떼자 클라리스의 손바닥 앞엔 백색 빛을 내는 구체 하나가 만들어졌다. 그 구체는 마치 살아 있는 생물처럼 공주의 주위를 돌며 재롱을 떨었고, 신기함에 눈을 반짝이던 클라리스는 오랜만에 활짝 웃으며 기뻐했다.

"우아, 신기해요. 정말 신기해요, 휀 경! 이게 뭐죠?"

"제가 없을 때, 저 대신 공주님을 지켜 줄 당신의 친구입니다. 당신을 위해 존재하고, 당신에 의해 존재합니다. 공주님이 슬퍼하시면 그 존재도 슬퍼할 것이고, 공주님이 기뻐하시면 그 존재도 기뻐할 것입니다."

"그렇군요. 아야, 간지러워."

그 빛덩이는 마치 애완동물처럼 클라리스에게 붙어 몸을 비볐

고, 그녀 역시 그 빛덩이를 부드럽게 만지며 즐거워했다. 곧 휀이
일어서며 말했다.

"공주님이 주무실 때 그 존재는 사라집니다. 하지만 공주님이 언
제고 원하신다면 그 존재는 다시 공주님의 손바닥 위에 나타날 것
입니다."

"예. 감사합니다, 휀 경."

공주는 빛덩이를 양손에 꼭 안으며 감사를 표했다.

상황이 어느 정도 풀린 것을 느낀 왕비는 곧 궁인들을 시켜 방을
정리하도록 했다. 휀이 만들어 준 빛덩이를 가지고 즐겁게 노는 클
라리스를 잠시 동안 바라보던 왕비는 방을 나서는 휀을 따라나서
며 그에게 물었다.

"재상, 도대체 저 빛덩이는 무엇입니까? 무엇이기에 공주를 저
토록 따르며, 왜 공주가 저토록 즐거워하는 것입니까?"

휀은 방문을 굳게 닫고 대답했다.

"공주님 자신입니다."

"네?"

"일종의 염체(念體)라고 할 수 있는 저 빛은 세자 부부가 돌아가
신 후 가식된 정에 휩싸여 외로워하시던 공주께서 가장 바라던, 진
정한 친구에 대한 염원이 뭉쳐진 것입니다. 공주님 자신이니 공주
님을 따르는 것은 당연한 것, 저는 그 염원을 실체화해 드린 것뿐
입니다."

"그렇군요……."

왕비는 고개를 천천히 끄덕였다. 이전에 공주가 말한 것처럼 클
라리스가 태어난 후 지금까지 자신이 공주에게 보였던 가식이 조
금은 후회가 되는 모양이었다.

훼은 자신의 집무실 쪽으로 향하며 말을 남겼다.

"공주님을 공주님이라 생각지 마시고 손녀라고 생각해 보십시오. 당연한 말일지 모르지만, 왕비마마께서 아시다시피 왕족 간에는 그런 관계가 힘들지 않습니까. 그럼 전 집무실로 가 보겠습니다. 안녕히 주무십시오."

"아, 아아…… 고맙소."

훼의 뒷모습을 잠시 동안 바라보던 왕비는 다시 공주의 방으로 들어갔다. 아직도 그 빛덩이와 함께 놀고 있는 공주에게 가까이 다가가고 싶었지만 그녀는 그러지 못했다. 공주가 하얗게 태어난 직후부터 지금까지 그 아이에게 너무나 큰 죄를 저질렀다는 생각이 불현듯 들었기 때문이다.

"아, 할마마마. 이 친구가 할마마마께 인사하고 싶대요. 와 주세요, 할마마마."

공주가 웃으며 손짓했다. 아주 어렸을 때도 그와 비슷한 제의를 했던 공주였지만 사실 왕비는 그 제의를 거절한 적이 많았다. 그러나 이번만큼은 거절할 수 없었다.

그녀는 주름진 손으로 클라리스의 몸을 꼭 껴안으며 나지막이 말했다.

"좋은 친구를 두게 돼서 좋겠구나, 클라리스. 이 할미는 네가 너무나 부럽단다."

"예, 감사합니다, 할마마마."

왕비는 클라리스의 머리에 쓸쓸히 볼을 묻었다. 방을 정리하던 궁인들에겐 그 모습이 이상할 정도로 숙연하게 느껴졌다.

다음 날 새벽같이 눈을 뜬 슈웰은 하품을 흘리며 정원으로 나왔다. 3개월 전부터 지금까지 그녀는 아침엔 크리스에게 체력 훈련을, 저녁엔 휀에게 검술 훈련을 꾸준히 받아 왔다. 그 덕분에 지금은 휀을 처음 만났을 때보다 훨씬 굵직한 몸을 가지게 되었다.

그녀는 오늘도 어김없이 크리스와 더불어 기초 체력 훈련을 해야 했다. 미리 정원에 나와 몸을 풀며 슈웰을 기다리던 크리스는 그녀가 나오자마자 인상을 살짝 구기며 어김없이 꾸중했다. 크리스는 사실 훈련 시에는 휀 이상으로 엄했다.

"또 늦게 일어났구나, 슈웰. 그이가 아무 말도 안 하고 있지만 사실 혼낼 날을 벼르고 있다는 것 너 알아?"

하지만 그럴 때마다 슈웰은 웃었다.

"이히히, 선생님이 너무 일찍 일어나시는 거예요. 자, 시작해요, 선생님."

생기발랄한 아이의 반응에 금세 얼굴을 푼 크리스는 단단한 근육질의 팔을 드러내며 씩 미소를 지었다.

"좋아! 자, 준비운동으로 달리기부터 할까?"

"예!"

둘은 힘차게 정문을 나와 새벽 거리를 달리기 시작했다.

한편 운동에 열중한 나머지 둘이 미처 보지 못한 것이 있었으니…….

"젠장, 형수님은 운동 한번 되게 시끄럽게 하시네. 에구, 나도 애들한테 빨리 가봐야지. 밤새 여기 있었던 거 대장한테 걸리면 죽기 직전까지 얻어맞을 텐데……."

저택 담벼락 밑에 웅크린 채 밤을 지낸 흑색 코트의 거한 사바신은 막 지핀 담배 연기를 새벽 공기와 함께 들이마시며 옅게 깔린 안개 속으로 사라졌다. 물론 거기까지는 멋있게 보였을지 모르지

만 그가 있던 자리에 남겨진 햄 껍질과 깔끔히 비워진 술병들, 그
리고 담배꽁초의 잔해는 고아원으로 가는 그의 뒷모습을 더욱 초
라하게 만들었다.

2장
전쟁의 시작

1

붉은 머리의 기사

　6년이란 세월이 그야말로 순식간에 지나갔다. 그 짧은 시간 동안 어린아이는 청소년이 되고, 청소년은 성인이 되고, 성인은 중년으로 변해 간다.

　그러나 그 시간을 거스르듯 변함없는 외모의 크리스는 커튼 사이로 쏟아지는 아침 햇살을 맞이하며 힘껏 기지개를 켰다.

　"하암, 늦잠을 자 버렸네. 그건 그렇고 여보, 안 일어나요? 오늘은 이른 아침부터 회의가 있다고 했잖아요. 하여튼 밤새 일하지 말라고 그렇게 말했는데도 꼭 4일은 기본으로 새고 온다니까."

　그녀의 말에 반응하듯 마치 죽은 사람처럼 조용히 자고 있던 휀은 머리를 긁적이며 자리에서 일어났다. 그 역시 외견상 변한 것은 아무것도 없었다. 포커페이스 역시 변함없었다.

　잠시 머리를 흔들어 정신을 차린 그는 슬그머니 부인에게 손을 내밀었다.

"옷."

간단한 그의 말투 역시 변한 건 없었다. 크리스는 웃으며 남편의 헝클어진 머리를 만져 주었다.

"알았어요, 알았어. 아직 시간이 많이 남았으니 걱정 마요. 식사 가져올 테니 조금만 기다려요."

적당히 머리를 틀어 올린 크리스는 간편한 복장으로 갈아입은 후 방을 나섰다.

6년이란 시간 동안 그들의 저택은 상당한 변화를 거쳤다. 우선 화려해진 복도와 거실, 그리고 방을 꽉 채운 수많은 가구들이 그 변화를 말해 주었다. 또한 집 안 구석구석을 청소하고 관리하는 하인들의 모습은 가장 큰 변화라고 할 수 있었다.

"안녕히 주무셨습니까, 마님. 오늘 아침 식사는 무엇으로 준비할까요?"

이 큰 저택을 실질적으로 관리하는 집사 란슬롯은 오늘도 어김없이 일찍 일어나 크리스를 맞이했다.

5년 전 집사로 고용된 그는 그야말로 휀에게 어울리는 깔끔하고 시원한 용모의 노인이었다. 퇴역 기사로 변방에서 근근이 살아가던 그가 모든 후배들의 예상을 깨고 집사로서 수도에 돌아온 정확한 이유는 휀 말고 아무도 알지 못했다.

5년 전, 그는 사실 수도 방위군 총사령관으로서 휀의 부름을 받아 수도로 돌아왔다. 그러나 휀의 제의를 거절하며 대신 이런 말을 했다고 전해진다.

"총사령관? 허헛, 그런 어려운 일 말고 각하 댁의 사령관이나 시켜 주십시오. 에스토드 왕국과 공주님을 책임지신다는 각하의 집 안 꼴이 이게 뭡니까? 강국엔 손님도 많이 찾아오시는 법, 아무리

격식 없이 편히 사신다 해도 기본은 지켜야 하지 않습니까."

그렇지 않아도 썰렁한 저택 거실에 나무 의자 두 개만 놓여 있었다. 결국 휀은 아무런 반론도 펼치지 못했고, 61세의 노장 란슬롯은 그날부터 집사로서 휀의 저택을 관리하기 시작했다. 하인과 가구들이 들어오기 시작한 것도 그때부터였다.

"식사는 간단히 해 주세요, 란슬롯. 아, 슈웰은 아직 돌아오지 않았나요?"

크리스의 물음에 란슬롯은 웃으며 고개를 끄덕였다.

"예, 아가씨께선 방금 전에 운동을 나가셨습니다. 어제 각하와 함께 늦게 돌아오신 탓인지 기상도 늦어지신 듯합니다."

"그래요? 하긴, 그이는 나보다 슈웰하고 더 오래 붙어 다니니까, 호호홋."

"허헛, 그래도 각하께선 마님을 더 위하실 겁니다. 슈웰 아가씨께서 시집을 가시면 이 넓은 집에 두 분밖에 안 계실 것 아닙니까?"

크리스는 멋쩍은 미소를 띨 뿐이었다. 과연 슈웰이 시집을 갈 때까지 휀이 자신의 곁에 있어 줄까. 10년이란 세월 중 6년이 흘러 버렸는데……

"아, 그리고 두 시간 전에 손님이 한 분 찾아오셨습니다."

"손님요?"

예정에도 없었고, 남편에게도 들은 적이 없었다. 하지만 믿을 만한 사람이었는지 란슬롯은 계속 말을 이었다.

"예. 두 분 모두 주무신다 말씀드리니 오후에 다시 찾아뵙는다고 하셨습니다."

"그래요? 그분 성함은요?"

"아, 저도 일어난 지 얼마 되지 않아 정신이 없었던 탓에 미처 여

쫓지 못했습니다. 붉은 장발에 회색 망토 등 특이한 복장을 하신 미남이셨는데……."

"예? 아, 그, 그렇군요……."

란슬롯의 주름졌지만 날카로운 눈은 일순간 흐려진 크리스의 표정을 놓치지 않았다. 그녀의 표정을 보아 그리 달갑지 않은 손님 같았지만, 그 손님에게서 풍기던 분위기로 보아 그럭저럭 믿을 만했기에 그는 더 이상의 말하지 않았다.

잠시 후 휀과 식탁에 마주 앉은 크리스는 연신 찻잔을 스푼으로 휘젓기만 했다. 그 손님에 대한 것을 물을까 말까 망설이는 듯했다.

크리스를 내심 의식하면서 식사를 마친 휀은 자리에서 일어나 코트를 챙기며 말했다.

"오늘 집에 손님이 온다. 내가 돌아올 때까지 잘 대접해 주도록."

속으로 궁얼대며 기다린 보람이 있다고 생각한 그녀는 휀의 코트를 슬슬 다듬어 주며 물었다.

"그래요? 그 손님이란 사람, 누구인데요?"

"당신 첫사랑."

크리스의 표정이 완전히 굳어졌다. 보통 때는 키스해 달라, 선물 사다 달라 하며 일단 길을 막아야 할 부인이 별다른 반응을 보이지 않자 휀은 가볍게 한숨을 내쉬며 물었다.

"내 말이 너무 과했나?"

"아, 아니에요. 미안해요, 여보."

남편의 볼에 살짝 키스를 해 준 크리스는 함께 현관까지 나왔다. 거기까지는 여느 때와 같았지만 오늘 그녀의 분위기는 왠지 어색하기만 했다. 현관문을 열자 찬바람이 눈발과 함께 안으로 밀려 들어왔다. 추위도 잊을 겸 담배를 문 휀은 발걸음을 옮기며 말했다.

"그가 오면 슈웰의 검술을 봐 달라고 해. 요즘 슈웰이 공주님과 함께 있으라 훈련을 게을리했거든. 어쨌든 오늘은 일찍 들어오지."

"예, 수고해요. 무리하지 말고요."

크리스는 왕궁으로 향하는 남편을 향해 손을 흔들면서도 쓸쓸히 한숨을 지었다. 과연 손님을 봤을 때, 자신이 여느 때와 다름없이 태연하게 행동할 수 있을까 하는 의문이 들었다. 물론 결혼하기 전에 만났다면 그녀도 별 부담이 없었겠지만 지금은 그때와 상황이 너무나도 달랐다.

"하……."

그녀는 연신 한숨을 내쉬며 현관문을 닫았다.

올해로 14세가 된 슈웰.

그녀는 추운 날씨에도 간편한 차림으로 거리를 달렸다. 내리는 눈송이가 그녀의 몸에 닿자마자 사라질 정도로 그녀의 아침 운동은 보통 사람이 건강을 유지하기 위해 하는 조깅과 크게 달랐다. 그녀의 양팔과 다리 그리고 양어깨에 놓인 두툼한 납덩이는 그녀가 내디딘 지면을 크게 울릴 정도로 무거웠다. 운동이라기보다는 하루 훈련의 시작이라고 보는 게 옳았다.

그녀가 에스토드 왕국 수도를 돌 때 어쩔 수 없이 지나쳐야 하는 지역이 있다. 그녀 또래의 여자아이들도 나이를 속인 채 일하곤 하는 이른바 사창가였다.

휀이 재상이 된 이후 영업 시간과 영업 지역이 상당히 축소되었지만 완전히 사라지지 않고 남은 것이 그곳이었다.

누가 그랬을까. 무당과 창부란 직업은 고대부터 지금까지 이어져 내려온, 인간의 정신적인 면과 본능적인 면을 대표하는 '위대한' 직업이라고.

하지만 그 지역은 슈웰과 직접적인 관련이 없었다. 물론 관련자의 손길이 그녀에게 뻗어 왔다면 그 지역의 존폐는 그 누구라도 보장할 수 없었을 것이다. 그리고 슈웰 역시 좀 꺼려진다는 느낌만들 뿐 그 지역에 대해 큰 관심은 없었다.

한참 그 지역을 통과하던 슈웰은 문득 여자 서넛에게 잡혀 있는 한 남자의 모습을 보았다. 먼 거리였던 데다 눈발 때문에 흐릿하게 보이긴 했지만 그의 엄청난 붉은 장발만큼은 또렷이 보였다. 그리고 남자의 머리 위를 빠르게 왕복하는 이상한 생물체 역시 눈에 띄었다.

"아아, 저 언니들 또 죄 없는 사람 잡고 있네. 헷, 오늘만큼은 그냥 넘어가 드릴 수 없지!"

이전에도 비슷한 상황이 있었던 모양이다. 어쨌든 슈웰은 단숨에 그곳으로 달려갔고, 남자를 둘러싸고 있는 창부들을 향해 고래고래 소리쳤다.

"언니들! 또 죄 없는 사람 잡고 그럴 거예요! 저번에 제가 분명히 혼내 드린다고 말씀드렸을 텐데요!"

그러자 창부들은 일순간에 인상을 구기며 되받아쳤다.

"무슨 소리야, 근육질 꼬마! 우린 이 오라버니께 감사드리고 있을 뿐이야!"

"예?"

슈웰은 뭔가 잘못 생각했다고 느꼈는지 얼른 그 자리에 멈춰 섰다. 자신 때문에 오해가 생긴 것을 느낀 듯 큰 키의 남자는 머리를 긁적이며 그녀를 돌아봤다. 요즘 휀을 보면서 잘생겼다는 느낌을 새롭게 받고 있는 그녀에게 처음 보는 그 남자의 얼굴은 정말 신선

한 충격이었다. 뭔가 날카로우면서도 부드러운 느낌에 슈웰은 자신도 모르게 멍한 표정을 지었다.

그걸 아는지 모르는지 남자는 가볍게 말을 던졌다.

"아, 이상한 오해를 한 모양이군. 이 아가씨들이 동료가 쓰러졌다며 나에게 도움을 청했거든. 피로가 가중되어 생긴 호흡곤란이었나? 음…… 하여간 그랬지."

남자는 빙긋 웃으며 다시 여자들에게 시선을 돌렸다.

"그럼 잘 있어요, 아가씨들. 자신의 몸이 아픈지 정도는 잘 관리하고요."

"예, 고마워요, 오라버니! 나중에 놀러 오면 화끈하게 서비스해드릴게요!"

여자들은 직업 특유의 콧소리를 실어 작별 인사를 던졌다. 그녀들에게 손을 한 번 흔들어 보인 붉은 장발의 남자는 슈웰의 어깨를 슬쩍 두드리며 말했다.

"직업에 귀천은 없으니 앞으로 이상한 생각으로 남을 오해하지마, 아가씨. 후훗, 그럼 나중에 또 보지."

"아, 예……."

슈웰은 자신을 스쳐 지나간 그 남자의 뒷모습을 돌아봤다. 그는 휀보다 큰 키에 약간 더 강건하고 훌륭한 몸을 지니고 있었다. 휀의 몸도 예술에 가까웠지만 그 남자는 더욱 대단해 보였다. 기교는 모르겠지만 힘에선 절대 자신의 스승에게 뒤지지 않을 거라는 생각이 들었다. 그렇다. 숙련된 검의 냄새였다.

"저기, 잠깐만요! 아저씨, 잠깐 기다리세요!"

슈웰은 급히 그 남자를 따라가려 했지만 그 순간, 그녀의 앞길을 가로막는 작은 존재가 있었다.

"아저씨라니!"

"힉?"

눈앞에 날개를 파닥이며 갑자기 날아든 존재는 오만 가지 인상을 쓴 채 슈웰을 노려봤다. 그 남자의 머리 위에서 이리저리 날아다니던 '그것'이었다. 겉모습은 작은 요정 페어리와 비슷했지만 보통의 페어리보다는 몸집이 훨씬 크고 눈매도 매서웠다.

또한 날개의 형태 역시 페어리의 그것과는 차이가 있었다. 어쨌거나 그 존재는 슈웰의 코끝을 손가락으로 쿡쿡 찍으며 경고했다.

"아저씨라니, 그런 실례가 어디 있어? 우리 리오 님을 늙은이 취급하지 마!"

"리오……? 저분 성함이 리오였군요?"

"그래! 하여튼 리오 님 뵌 것을 영광으로 생각하고 따라오지 마. 리오 님은 너 같은 꼬마 상대할 시간이 없으시다고."

그 존재는 팔짱을 끼며 콧방귀를 뀌었다. 물론 그런 말을 듣고 가만히 있을 슈웰도 아니었다.

"뭐라고요? 아니, 그럼 잠깐의 말조차 받아주지 못하는 대단한 분이 왜 저런 복장으로 이런 곳에 계시는 거예요! 말도 안 돼요!"

"뭐라! 머리에 피도 안 마른 것이 이 빛의 가디언 님께 반기를 들다니! 널 당장에…… 읍!"

그때 남자의 큰 손이 그 존재의 작은 입을 막았다. 남자는 고개를 설레설레 저으며 타이르듯 말했다.

"브라디, 남에게 그런 식으로 얘기하지 말라고 몇 번이나 얘기했잖아. 아, 미안해, 아가씨. 나에게 특별히 할 말이라도 있나?"

원했던 질문이 들어오자 슈웰은 크게 고개를 끄덕이며 답했다.

"예! 저랑 일대일 대결을 해 주세요!"

남자를 향해 투덜대며 발버둥 치던 존재와 남자가 이내 비슷한 표정을 지었다. 슈웰은 도전했다는 것 자체가 기뻐 미처 보지 못했지만, 왠지 지겨운 기색이었다.

"리오 님은 아무래도 조용히 사실 수 없을 것 같아요. 간단하게 끝내시죠, 그냥."

"흠, 지금 살풀이를 하는 게 일단 후일을 위해서라도 좋겠지. 튕기면 따라올 성격으로 보이니까."

서로 소곤대던 둘은 결론이 난 듯 남자는 슈웰 앞에 섰고, 브라디라는 존재는 근처 빵집의 간판 위에 내려앉아 둘의 볼일이 끝나길 기다렸다.

남자는 능숙한 솜씨로 슈웰에게 윙크를 보내며 말했다.

"후훗, 아가씨처럼 귀여운 소녀가 너무 진지하게 나오니 가슴이 두근대는걸? 자, 그럼 잘 부탁해."

"예! 저도 잘 부탁드립니다!"

슈웰은 11세 때부터 수면과 식사 때 외엔 반드시 검을 착용했다. 검의 무게에 대한 의식을 없애기 위한 훈련 중 하나였는데, 덕분에 그녀는 아무 때나 도전하고 도전을 받아들일 수 있었다. 그 때문인지 그녀가 12세 이후 거리에서 싸움을 벌인 횟수는, 그녀를 야단치는 크리스에게 남편이 집에 들어오는 횟수보다 많을 정도였다.

그녀가 검을 들고 자세를 잡자마자 남자는 재미있다는 듯 미소를 띠었다.

'나이에 비해, 아니 보통 사람치고는 기본이 아주 잘 잡혔군. 누가 가르쳤는지는 몰라도 몸 전체에 자신의 무게를 싣는 방법을 잘 알고 있어. 반응 속도 역시 빠를 것 같고. 검을 좀 잡았다 자부하는 웬만한 얼간이들보다 강하겠는데?'

남자는 마음속으로 감탄하며 천천히 자신의 검을 뽑아 들었다. 특이하게도 각진 부분이 보이지 않는 바스타드 소드 계통의 검이 었다. 게다가 그 검은 채색이 된 것인지 재질상 그런 것인지는 몰라도 짙은 보라색을 띠고 있었다.

하지만 슈웰은 그 사실을 의식하지 않았다. 어떤 모양, 어떤 형태를 가지고 있든 벽에 장식되어 있지 않고 사람의 손에 들린 이상 무기일 뿐이라는 생각이었다.

"어?"

이윽고 남자의 자세를 본 그녀는 자신도 모르게 소리를 냈다. 뭔가 이상했다. 남자의 자세나 기백에서 빈틈이라고는 전혀 찾아볼 수 없었다. 뭔가 불공평하다는 기분마저 들 정도였다.

'뭐야, 사람 맞아?'

그 남자는 지금껏 그녀가 상대했던 어떤 사람보다 강해 보였다. 강하다는 말보다 아예 차원이 틀리다는 말이 옳았다.

휀이나 크리스와 정식 대련을 해 보지 못했던 그녀로선 정말 상상도 못했던 상대가 틀림없었다.

"어머, 리오 님께서 왜 저렇게 상대하시지? 너무 진지하실 필요 없는데? 저 아이, 끽해야 보통 어른들보다 강한 정돈데 말이야."

턱을 괸 채 중얼대던 브라디는 뭐가 불만인지 또다시 인상을 구겼다. 인상 쓰는 것이 버릇인 모양이었다.

한편 아무리 눈으로 페인트를 넣고 자세를 바꿔도 상대가 빈틈을 보이지 않자 조급해진 슈웰은 자신도 모르게 큰 기합을 넣으며 그에게 달려들었다.

"하아앗!"

검끼리 충돌하는 둔탁한 소리가 거리를 울렸다. 하지만 단 한 번

뿐이었기에 자고 있거나 아침을 먹는 근처 주민들의 관심을 끌진 못했다. 슈웰의 전력이 담긴 횡베기를 한 팔로 간단히 막아 낸 남자는 그녀를 이전과는 다른 진지한 눈으로 내려다보며 낮게 말했다.

"타점에 대한 감각이나 힘을 싣는 타이밍 등등 모두 기대 이상이야. 여기서 슬슬 상대해 줬다간 네 검술을 망칠 것 같아 진지하게 상대해 주기로 했지. 일단, 네가 고칠 점 한 가지를 말해 주마."

남자는 슈웰의 검을 막은 상태로 팔에 힘을 넣었다. 놀랍게도 그녀는 마치 끈끈이에 달라붙은 곤충처럼 공중으로 끌어 올려졌고, 그녀가 악 소리도 내기 전에 남자는 장작을 패듯 그녀를 바닥에 그대로 메다꽂았다.

"허억!"

등부터 바닥에 떨어진 슈웰은 갑작스레 밀려온 호흡곤란에 구토 증세까지 느끼며 몸을 꿈틀댔다. 아마 아침을 먹고 나왔다면 토했을 것이다. 하지만 그런 상황에서도 그녀는 남자의 엄청난 실력에 놀라움을 감추지 못했다.

남자가 펼친 기술은 아주 간단한 것처럼 보이지만 사실은 절대 그렇지 않았다. 모든 물체에 중심이 있듯이 슈웰의 검도 그녀가 전력을 다해 휘두름과 동시에 그녀와 한몸이 되어 중심점을 가지게 된다. 그 남자가 마법이나 접착제를 사용하지 않고도 그녀를 검과 함께 들어 올릴 수 있었던 것도 슈웰의 검에 실린 중심점이 사라지기 직전 그것을 자신의 검날로 깨끗이 잡아낸 덕분이었다.

그 보이지도 않는 중심점을 검에 실려 온 감각만으로 잡아냈다는 것 자체가 초고수라는 증거였기에 슈웰은 당했으면서도 기쁨을 감추지 못했다.

"감정 조절을 배워. 육체적인 면에선 더 이상 배울 것이 없다 해도 과언이 아닐 정도지만 정신적으론 너무 급해. 불나방처럼 말이지."

"그, 그렇군요……! 콜록!"

슈웰은 심하게 기침을 하면서도 도움 없이 일어났다. 남자는 상당히 강한 아이구나 생각하며 물었다.

"자, 계속할 수 있겠니?"

"물론이죠! 전 아직 제 모든 것을 보여 드리지 않았어요!"

검을 옆에 꽂은 그녀는 곧바로 몸에 붙인 추들을 떼어냈다. 그녀의 몸무게만큼 될 듯한 무거운 추들이 둔한 소리와 함께 바닥에 떨어졌는데도, 정작 그녀의 상대인 붉은 머리 남자는 그리 놀라지 않았다. 오히려 웃으며 충고까지 해 주었다.

"아, 추를 떼는 건 좋은데, 몸매를 보여 줄 생각이 아니라면 떼지 마. 떼어 내면 넌 방어도 못할 정도로 가벼워져. 그리고 더 이상의 힘 조절은 나에게도 힘들단다."

무슨 소리인지 얼른 이해할 수 없었지만 가벼워진 무게 탓에 더 힘들어질 수 있다는 말이 어느 정도 이해가 되긴 했다. 기술을 중시하는 상대라면 속도가 어느 정도 중요하겠지만 힘을 중시하는 상대라면 얘기가 다르다.

몸무게와 힘의 차이가 상당하다는 전제하에 상대의 위력적인 공격을 모조리 피할 만큼 경이적인 속도를 낼 수 있다면 모를까, 단 한 번이라도 적중될까 말까 상황에서 몸무게를 줄인다는 것은 오히려 더 불리할 수밖에 없었다. 겉으로 보기에도 그 남자와 슈웰의 무게 차이는 엄청났다. 신장과 힘 역시 그가 월등히 우세했다. 게다가 그는 기술에서도 무서울 정도의 차이를 보여 줬다.

결론적으로 현 상황에서 슈웰이 그 남자를 이긴다는 것은 불가능했다.

"그, 그래요?"

결과는 그녀 역시 알고 있었지만 마치 버릇처럼 남자에게 반문을 던졌다. 남자는 빙긋 웃으며 어깨를 으쓱했다.

"그럼. 자, 여기서 대결을 마치자. 더 이상 나도 보여 줄 게 없으니…… 응?"

한없이 부드러울 것 같던 남자의 미소가 일순간 굳어졌다. 간판 위의 브라디도 움찔하며 수도 중심을 가로지른 큰길을 바라봤다. 무슨 상황인지 아직 알아채지 못한 슈웰은 남자의 망토 자락을 잡고 늘어지기 시작했다.

"안 돼요! 승부를 갈라야 한단 말이에요! 제가 먼저 다운돼서 이러는 건 아니니 오해하지 마세요! 승부란 반드시 어느 한쪽이 패배를 인정할 때까지……."

"내가 졌다."

의외의 한마디에 슈웰의 눈동자가 커졌다. 하지만 그녀는 뭐라 따질 수 없었다. 그의 얼굴에 살기 어린 미소가 떠오른 것을 보았기 때문이다.

다행히 그 미소가 노리는 것은 슈웰이 아니었다. 그의 시선은 큰길 중앙을 나란히 걸어오고 있는 세 명의 괴한에게 집중되어 있었다.

"후, 간만에 몸 좀 풀어 보겠는걸? 브롤하고 트루바하고만 싸워서 내가 브롤이 된 게 아닐까 가끔 착각이 들 정도였는데 말이야. 브라디, 아이를 부탁한다."

"옙!"

브라디의 자신 있는 목소리를 뒤로하고 남자는 대로를 향해 뛰기 시작했다.

"3주 전, 가이라스 왕국이 정치적으로 일단 붕괴됐다는 사실은 모두가 잘 알고 있을 것이다."

이른 아침부터 개장된 왕국 국무회의실.

수많은 문무관이 한곳에 모인 자리에서 휀은 붉은 딱지가 붙은 가이라스 왕국의 지도를 주먹으로 살짝 치며 그날의 회의를 개시했다.

그 젊은 재상이 부임 직후부터 가이라스 왕국은 언젠가 붕괴될 것이라고 수차례 예언한 덕분에, 대부분의 대신들은 며칠 전 가이라스 왕국의 수도가 대파되었다는 소식을 들었을 때도 그리 놀라지 않았다. 다만 미래에 대한 불안감이 커져 회의실 분위기는 숙연하기까지 했다.

"드디어 전쟁이 시작되나 보군."

에스토드 왕국 공군 최고사령관 이반 크레믈린은 짧은 백발을 긁적이며 나지막이 중얼댔다.

이반은 사실 16년 전 전투비행선 훈련 도중 일어난 대형 참사로 강제 퇴역을 당했으나 휀이 재상으로 부임한 직후 공군 최고사령관으로 복귀했다.

휀을 만난 과정부터 엄청난 우연이라 할 수 있었지만 이반을 아는 대신들은 그가 언젠가는 복귀할 것이라 믿고 있었다. 브링헬드 5세와의 개인적 친분을 떠나 에스토드 왕국에서 이반만큼 비행선을 잘 알고 군대 규모의 비행선단을 운영할 수 있는 사람이 없다는 것은 자타가 공인하는 사실이었다.

"사령관님, 각하께서 특별히 말씀하신 사항이라도 있습니까?"

이반의 말을 얼핏 들은 발렌시아가 물었다. 이반은 옆에 앉은 새까만 후배를 흘끔 보며 답했다.

"자네도 참, 저분이 하시는 말씀 중 특별하지 않은 게 있나? 내 말은 그럴 것 같다는 거지."

"그렇군요. 혹시나 해서 여쭸습니다."

올해로 28세의 제1기사단장 발렌시아는 대선배를 향해 멋쩍은 미소를 지어 보였다. 처음 제8기사단장을 맡았을 때부터 지금까지 그는 부하들에게 훼 이상으로 엄한 모습을 보여 왔지만, 이반 같은 선배들 앞에서는 귀여운 후배의 모습을 잃지 않았다. 물론 2년 뒤면 서른이니 늙은이들 앞에서 주책을 떤다는 말을 듣기는 했다.

"집중해라."

그때 재상의 목소리가 들려왔고 이반과 발렌시아는 얼른 정색하며 시선을 돌렸다. 훼은 모두에게 말했다.

"모두 알다시피 개척자의 나라라 불리는 가이라스 왕국의 국민들이 정부가 붕괴됐다 해서 우리 나라나 말스 왕국으로 도망쳐 올 가능성은 없다. 있다 해도 소수겠지. 대량의 용병을 구한다는 내용의 가이라스 왕국 문서가 이미 말스 왕국과 우리 나라에 퍼진 것을 보면, 분명 해방군의 성격을 띠는 비정규군이 만들어지고 있는 중이거나 만들어진 후일 것이다. 내가 모두에게 말하고 싶은 것은, 가이라스 왕국의 일에 일체 개입하지 말라는 것이다. 공적으로든 사적으로든."

그 말이 나오자 회의실은 잠시 소란스러워졌다. 백 년 넘게 동맹 관계를 유지해 온 나라의 일에 일체 개입하지 말라는 지시는 국가 간의 예의를 봐서라도 사실 지키기 힘든 것이었다.

그러나 곧 훼의 설명이 뒤따랐다.

"현 상황에서 우리가 개입하게 되면 분명 가이라스 왕국에게는 도움이 될 것이다. 그러나 개입한 만큼 귀찮은 상황이 뒤따르게 된다. 가이라스 왕국의 수도쯤 되는 도시가 정보조차 남겨지지 않을 정도로 빨리 대파됐다는 것은 위협적인 일이 아닐 수 없다. 그런 상황이 우리 나라에서도 발생하지 않으리라는 보장이 없다. 6년 전 악마 군단에 의해 우리 수도의 병력 대다수가 제대로 싸워 보지도 못한 채 전멸됐던 것이 바로 그 증거다."

6년 전에 겪었던 충격을 여전히 기억하고 있는 대신들은 곧 입을 다물었다. 휀의 말이 다시 이어졌다.

"간단히 말해 남의 나랏일에 관심 둘 여유가 없다는 말이다. 지금의 상황은 가이라스 왕국에만 편중된 것이 아니라, 이 세계 전체와 관계된 것일 수 있으니 일단 우리는 우리 나라에서 벌어질 수 있는 사태에 대한 대비를 하도록 한다. 우선 비행선단 보급과 이동에 관련된 공중항모 제작 안건을……."

"각하! 큰일 났습니다!"

그때 근위병 하나가 회의실 문을 박차고 들어오더니 성 밖에서 일어난 비상사태를 빠르게 보고했다.

"엄청난 힘을 지닌 악마 셋이, 수도 정문 수비대를 무력화하고 수도 안으로 난입했습니다! 수비대 전원이 쥐도 새도 모르게 당한 관계로 보고가 늦어졌다 합니다! 각하, 지시를 내려 주십시오!"

대신들 사이가 다시 술렁거렸다. 그러나 정작 휀이 내뱉은 말은 바짝 긴장한 모두를 허무하게 만들었다.

"놔둬."

"예?"

모두 자기 귀를 의심했지만 휀의 표정은 한 치 변화도 없었다. 그는 공중항모에 대한 안건 서류를 뒤적대며 근위병에게 말했다.

"알아서 처리할 에이전트가 수도에 와 있으니 걱정 말도록. 모두 공중항모 안건에 대한 서류나 꺼내라."

한참 고개를 갸웃대던 모두는 결국 서류를 찾기 시작했다. 하나같이 불안한 표정이긴 했지만, 일단 휀이 문제없다고 했기에 별말하지 않았다.

그가 재상이 된 이후 6년간, 그가 문제 있다고 한 일은 곧장 문제가 생기고, 문제없다 한 일은 정말로 문제가 생기지 않는 것을 대신들은 직접 보아 왔다. 그렇기에 불안한 표정을 짓기는 했지만 그리 큰 걱정은 하지 않았다.

그러나 근위병은 그렇지 않았다. 한참을 우물쭈물하던 그는 조심스레 입을 열었다.

"저, 각하. 지금 말씀드리긴 죄송하지만, 방금 전 공주님께서 슈웰 아가씨를 만나시겠다며 성 밖으로 나가셨습니다. 호위병도 두시지 않았고, 복장도 평상복을 입고 나가셨기에……."

재상의 시선이 자신에게 향하자 근위병은 이제 죽었구나 생각하며 눈을 감았다. 하지만 휀의 입에서 나온 것은 사형 선고가 아니었다.

"언제까지 거기 있을 생각인가. 지금 대신들과 회의 중이란 것을 모르나?"

"예?"

멍한 표정의 근위병 뒤로 대신들의 폭소가 흘렀다. 근위병이 된 지 얼마 안 된 탓에 재상의 성격을 미처 파악하지 못한 그는, 결국 긴장된 회의실의 분위기를 푸는 양념거리가 된 채 회의실을 나섰다.

"이야, 이거 오랜만에 리오 님 실력을 보겠는데? 화끈한 상대가 없다며 요즘 엄청 심심해하셨는데 말이야."

어느새 간판에서 내려온 요정 같지 않은 요정 브라디는 슈웰의 어깨에 앉으며 미소를 지었다. 리오라는 남자가 뛰어가는 모습을 계속 바라보고 있던 슈웰은 움찔하며 물었다.

"그래요? 저분이 도대체 얼마나 강하신데요?"

브라디는 청록색 머리를 긁적이며 입을 비죽 내밀었다. 약간은 짜증 난 모습이었지만, 그녀는 소녀의 궁금증을 어렵지 않게 풀어 주었다.

"엄청."

"……."

"쳇, 그런 눈으로 보지 마. 나도 사실 리오 님의 진짜 실력을 본적은 없단 말이야. 확실히 말해 줄 수 있는 건, 네가 생각하고 있는 강함과 리오 님의 강함은 다르다는 거야. 리오 님의 상대는 사람이 아니거든."

그 말에 슈웰은 입을 동그랗게 모으며 되물었다.

"오, 그렇군요? 그럼 몬스터 헌터 같은…… 아얏!"

작지만 날카로운 팔꿈치로 슈웰의 머리를 찍어 내린 브라디는 그렇지 않아도 자주 구기는 얼굴을 더욱 구기며 소리쳤다.

"닥쳐! 드래곤도 단독으로 상대할 수 있으신 분을 감히 몬스터 헌터에 비유하다니! 나한테 물어보지 말고, 어지간한 악마나 천사 붙잡고 물어봐! 리오 스나이퍼가 어떤 분이신지 말이야!"

"그런 게 어디 있어요! 좋아요. 악마는 예전에 봤으니 됐고, 천사는 데려와 봐요! 데려와 보라고요!"

"뭐라고? 쪼끄만 게 어디서 대들어!"

둘이 한참 말싸움을 하는 동안, 리오란 남자는 그 세 명의 괴한들 앞을 막아 섰다. 물론 코앞까지 가서 양팔을 벌리고 막은 것은 아니다.

상당한 거리를 둔 채 그는 오른손을 앞으로 뻗으며 괴한들에게 말했다.

"멈춰라. 마족인지 악마인지는 모르겠지만, 일단 더 이상 도시 안쪽으로 들어오는 것은 용서하지 않겠다. 물론 관광할 목적으로 이곳에 온 거라면 내가 사과하지."

흑색 로브와 두건으로 몸과 머리를 완전히 덮은 괴한들은 그 말에 따르듯 이내 멈췄다. 그러나 안쪽에서 튀어나온 것은 비웃음이었다. 셋 가운데 중간 정도의 키를 가진 자가 이윽고 두건을 벗어던졌다.

"오호, 뭐 하는 녀석인지 몰라도 우리가 그쪽과 관련 있는 존재란 걸 느꼈나 보군. 기를 숨겼는데도 알아차리다니, 감각이 꽤 좋은데그래? 인간치고는 말이야."

머리가 모조리 뒤로 뻗친 데다 달궈진 강철처럼 주황색으로 신비롭게 빛나는 그 남자의 헤어 스타일은 상당히 파격적이었다. 게다가 깡마른 얼굴과도 기이하리만큼 잘 어울렸기에 리오는 자신도 모르게 휘파람을 불었다.

"후, 칭찬해 줘서 고맙군. 어쨌건 본론으로 넘어가지. 꺼져."

리오의 마지막 말에 반응하듯 잠시 옆의 동료들을 돌아본 남자는 이내 킥킥대며 한쪽 손을 앞으로 뻗었다.

"크큭, 우리를 보통 마족이나 악마로 생각하는 모양인데…… 그건 말 그대로 착각이다, 빨간 머리 친구. 내 헤어 스타일처럼 멋진 착각이지."

"뭐라고?"

리오의 눈썹이 꿈틀댔다. 그를 향해 뻗은 남자의 손이 그의 머리처럼 주황색으로 빛나더니 이내 활활 불타기 시작했다. 남자는 대소를 터뜨리며 소리쳤다.

"하하핫, 그렇다! 이 연옥(煉獄)의 마신, 헬리온 님에게 죽는 걸 감사히 여겨라! 네가 이 나라 수도의 첫 번째 제물이다!"

순간 남자의 손에 압축되던 화염이 굉음을 일으키며 리오를 향해 날아갔다. 리오는 본능적으로 양팔을 교차해 자신의 앞을 막았다. 그러나 경이적인 공격의 기세를 막기엔 역부족이었는지 화염탄에 직격당한 그는 이내 불길에 휩싸이고 말았다.

"앗! 아저씨!"

갑작스러운 상황에 움찔한 슈웰이 검을 잡고 뛰어나가려 했으나 브라디는 팔꿈치로 그녀의 머리를 쿡쿡 찍으며 그녀를 제지했다.

"이봐, 괜히 가서 로스 구이 되지 말고 여기 있어. 쓸데없는 짓을 잘하는구나, 넌?"

"무, 무슨 소리예요! 리오인가 뭔가 하는 사람이 홀라당 타는 꼴을 보고도 그런 소리가 나와요?"

공중으로 슬그머니 날아오른 브라디는 슈웰의 머리 위에 안착하며 피식 미소 지었다.

"얘는, 리오 님이 그렇게 쉽게 당하실 것 같아? 그냥 구경이나 하라니까."

슈웰은 의아한 눈으로 리오를 바라봤다. 놀랍게도 분명 화염에 휩싸여 있긴 했지만 괴로워하는 기색은 없었다. 책상다리를 한 채 턱을 괸 브라디는 가볍게 한숨을 내쉬며 중얼댔다.

"어쨌거나 책하고 파일에서만 보았던 마신이란 존재를 진짜 보게 될 줄은 몰랐네. 헬리온이라……. 그럼 옆에 있는 둘은 폭풍의 마신 게일러와 지진의 마신 아스가르드인가?"

슈웰은 전혀 알아들을 수 없는 말이었다.

한편 불에 휩싸인 리오를 보고 자아도취에 빠진 헬리온은 이마에 손을 댄 채 웃음의 강도를 더욱 높여만 갔다.

"하하하하핫! 꼴좋구나, 멍청이! 나의 힘이 너무 강했던 거냐? 괴로워하지도 못한 채 즉사한 모습이 너무도 멋지구나! 하하하! 그런 모습을 볼 때마다 이 헬리온 님의 몸은 더더욱 불타오른다!"

"후후, 그런가?"

예상치 못한 웃음소리에 헬리온은 멈칫했다. 헬리온은 상대가 화염에 휩싸인 채 웃음을 띠고 있자 흠칫 놀라며 동료들 쪽으로 뒷걸음질 쳤다. 리오는 기합으로 몸을 덮은 화염을 밀어내고 검술 자세를 잡으며 중얼댔다.

"그럼 타 버려라. 재는 귀찮으니 남기지 마."

"이, 이 녀석! 감히 인간 주제에!"

리오의 도발적 언행에 흥분한 헬리온은 결국 자신의 로브를 벗어 던졌다. 안에 입은 흑색의 타이트한 가죽 옷이 말랐지만 탄탄한 그의 몸을 더욱 두드러지게 했다. 게다가 그의 양손에서 빛나는 연옥의 화염과 거기에서 뿜어지는 엄청난 마기는 거리에 멍하니 있던 몇몇 사람들을 금세 공포에 질리도록 만들었다.

"게일러, 아스가르드! 저 건달 녀석은 내가 맡을 테니 절대 나서지 마라! 만약 나서면 내가 용서치 않겠다!"

그러자 셋 중 가장 키가 작은—작다고 해도 평균 키 이상인—남자가 두건을 벗으며 싱긋 웃었다.

"후후, 여전하구나, 헬리온. 그 기백은 좋지만 주의하는 게 좋아. 저 녀석, 단순한 인간 같지 않다. 네 연옥의 불을 정면으로 맞고도 눈 하나 깜짝 하지 않았잖아."

"시끄러워! 닥치고 구경이나 해, 게일러!"

마치 잔뜩 웅크렸던 용수철처럼 강하게 튀어나간 헬리온은 전력을 다해 리오를 공격했다. 단순한 차기와 주먹질처럼 보였지만 마신의 공격인 만큼 동작 하나하나가 강력하기 이를 데 없었다.

하지만 그 강력한 공격을 리오는 모조리 피해 냈다. 보통 사람에게는 보이지도 않을 정도로 빠른 그의 스텝……. 그 스텝으로 인한 공기의 흔들림은 근처 거리에 살짝 쌓인 눈을 리오의 키 높이까지 밀어낼 정도로 강력했다.

표정만큼이나 여유롭게 헬리온의 공격을 피하는 그 모습에 슈웰은 벌어진 입을 도저히 다물 수 없었다.

"대, 대단해! 제가 저런 분이랑 검을 겨뤘군요! 감동적이에요!"

손을 크게 마주친 슈웰은 마치 감동적인 연극을 본 사람처럼 눈을 반짝이며 즐거워했다. 반면 머리 위의 브라디는 입을 비죽 내밀 뿐이었다.

"네가 언제 리오 님과 검을 겨뤘니? 일방적으로 당했지."

하지만 리오의 보이지 않는 동작을 보기 위해 어느 때보다도 집중하고 있는 슈웰의 귀에는 빈정대는 그 소리가 들리지 않았다.

"이봐, 아스가르드."

팔짱을 낀 채 동료의 싸움을 보고 있던 게일러는 팔꿈치로 옆의 거한을 툭 치며 말을 이었다.

"아까 헬리온에겐 그냥 단순한 인간 같지 않다고만 했는데, 네가 보기엔 어때? 저 빨간 머리 녀석, 헬리온의 공격을 모조리 읽고 있어. 공격만 안 할 뿐이지 상상외로 강할 것 같은데 말이야."

거한의 두건이 끄덕였다. 갈색 얼굴의 헬리온과는 달리 뽀얀 얼굴의 게일러는 자신의 회청색 단발을 쓸어 올리며 길게 한숨을 내쉬었다.

"아무래도 다르칸 님께서 우리에게 말씀하시지 않은 부분이 있는 것 같군. 우리가 세상에 없었던 수천 년 동안 인간이 마신과 대적할 정도로 진화할 리 없지 않나. 상대할 만한 자는 휀 라디언트라는 자 외엔 없다고 들었는데……."

거한 아스가르드의 두건이 다시금 끄덕였다. 게일러는 동료의 묵묵함에 익숙한지 이내 웃으며 중얼댔다.

"그건 그렇고 헬리온 녀석, 볼케이노 꺼낼 때 됐지? 지난번 가이라스 왕국 수도를 박살 낼 때도 꺼내지 못했다며 아쉬워했으니까."

한편 헬리온은 상당히 짜증 난 상태였다. 하찮게 생각했던 인간이 자신의 공격을 모두 피하고 있는 것도 그랬지만, 상대의 여유 있는 표정이 이상스럽게도 역겹게 느껴졌다.

"버러지 같은 녀석, 이거나 먹어라!"

"큭!"

순간 헬리온 손을 크게 휘두르자 리오의 발밑에서 큰 진동과 함께 화염이 치솟아 올랐다. 화염은 그리 위협적이지 않았지만 진동만큼은 그의 스텝을 방해하기에 충분했다. 리오는 움찔하며 검으로 방어했다.

"잡았다!"

이어서 헬리온의 오른손 스트레이트가 리오의 검에 내리꽂혔다. 검과 함께 상대의 몸을 박살 낼 심산이었는지 그 공격은 가공할 만한 힘과 속도를 가지고 있었다.

그러나 리오의 여유는 꺾이지 않았다.

"과연?"

주먹이 검에 닿았다고 생각한 순간, 리오는 교묘히 검을 옆으로 틀었고, 헬리온의 주먹은 지붕에 닿은 빗방울처럼 검의 옆면을 따라 미끄러졌다. 완전히 중심을 잃은 헬리온의 눈이 커지기가 무섭게 높게 들린 리오의 팔꿈치가 상대의 뒤통수에 내리꽂혔다.

"크윽!"

얼굴부터 지면에 처박힌 헬리온은 눈앞에 보이는 눈덩이들에 이를 부드득 갈며 몸을 일으켰다. 어느새 그와 거리를 둔 리오는 살짝 손가락질을 하며 씩 미소 지었다.

"눈밭에 쓰러져 놀다니, 나이를 잊은 그 순수함에 감동마저 느껴지는군. 후훗, 계속 놀아 볼까, 친구?"

"큭! 그 더러운 입을 깨끗이 지져 주마!"

머리끝까지 화가 난 헬리온은 마치 무언가를 잡듯 앞쪽으로 양손을 뻗었다. 그러자 그의 손 사이에서 거대한 화염이 일어나는가 싶더니 어느새 그의 손에 묵직한 츠바이헨더가 들려졌다. 헬리온의 머리처럼 주황색으로 빛나는 그 양손대검은 화염을 머금은 채 주인의 손에 이끌려 움직였고, 검이 머금은 화염에 만족한 듯 헬리온은 악의에 찬 미소를 지으며 리오를 쏘아봤다.

"영광으로 알아라! 나의 검, 볼케이노에 의해 죽는 것을!"

볼케이노를 양손에 거머쥔 헬리온은 마치 성난 들소처럼 리오에게 달려들었다. 이번엔 리오도 피하지 않겠다는 듯 자신의 보라색 검을 불끈 쥐며 정면으로 달려들었다.

"영광으로 생각하지! 죽는다면!"

슈웰은 정말 안타까웠다. 자신의 눈이 조금만 더 좋았더라면 했던 적이 일찍이 없었다.

지금껏 휀이 자신에게 보여 준 검술은 역동적이라기보다는 오직 태양 하나만 떠 있는 하늘처럼 정지한 듯하면서도 일순간에 모든 것을 압도하는 일격필살이었기에, 사실 슈웰은 배우려야 배울 수도 없는 검술이었다.

그런 의미에서 그럭저럭 배울 만하다고 생각한 것이 크리스의 검술이었는데, 남성을 능가하는 엄청난 운동량을 가진 그녀의 역동적 검술만큼 박력 있는 것도 없어 보였기 때문이다. 그러나 그런 슈웰의 생각을 지금 눈앞에서 붉은 장발을 흔들어 대고 있는 남자가 확실히 바꿔 주었다.

빠른 것도 빠른 것이지만 도저히 다음 동작을 예측할 수 없었다. 크리스나 휀에게서 귀에 못이 박히도록 들어왔던 페인트였는데, 그의 페인트는 단 한 번에 그치지 않았다.

눈과 머리의 속임에 이은 어깨의 속임, 그리고 다리와 발의 미세한 움직임으로 그는 상대를 꼼짝없이 붙들어 놓았다. 그로 인해 상대가 그의 공격을 예측할 수 있는 것은 자신을 향해 보라색 검광이 꿈틀대는 그 찰나뿐이었다.

힘에 있어서도 그는 그리 두껍지도 얇지도 않은 바스타드 소드하나로 상대의 츠바이헨더를 가볍게 퉁겨 낼 정도로 대단했다. 게다가 몸의 탄력도 상당해 남자 자신의 막강한 힘을 배가해 주기까지 했다.

그야말로 슈웰이 바라던 이상적인 검술과 육체를 지닌 사람이었다.

"멋져요! 정말 이겨 보고 싶어!"

슈웰의 외침에 브라디는 움찔하며 아래를 내려다봤다. 소녀가 표현한 감정이 방금 전까지 자신이 예상했던 감정과는 전혀 달랐기 때문이었다. 그녀는 소녀의 반응이 납득되지 않는 듯 그녀의 머리를 툭툭 치며 말했다.

"이봐, 흥분하지 말라고, 꼬마. 리오 님 보고 감동할 정도면 나중에 바이론 님이나 슈렌 님 보고 기절하겠다."

"예? 누구요?"

슈웰은 브라디에게 맞은 부위를 긁적이며 위를 올려다봤다. 브라디는 자신이 말한 인물들에 대해 설명해 주며 소녀의 엉뚱한 감정을 바로잡아 주려고 노력했다.

그렇게 설명하는 동안 브라디의 눈에 언뜻 한 소녀가 들어왔다. 색안경과 털모자 차림의 백발 소녀는 대로에 쌓인 구조물 뒤에 숨어서 리오와 헬리온의 싸움을 지켜보고 있었다.

브라디는 그저 거리를 지나던 사람 중 하나겠지 하고 생각하며 계속 설명을 이어 나갔다.

한편 헬리온은 자신을 유린하고 있는 빨간 털의 인간을 무슨 수를 써서라도 없애고 싶었다. 풍기는 냄새는 분명 인간이었지만 도저히 인간이라고 할 수 없었다.

수천 년 전 자신이 봤던 용사나 영웅들은 사실 우스울 정도로 형편없는 육체와 실력을 가졌으면서도 전설의 무기로 불리는 탁월한 성능의 도구와 비슷한 실력의 동료 그리고 인간이 아닌 다른 존재들의 힘을 빌리는 등 상당히 비겁한 수법으로 자신들을 공략했다.

하지만 지금 자신이 상대하고 있는 인간은 그렇지 않았다. 단독으로 마신급의 상위 정령을 상대할 정도의 힘을 지닌 것은 물론이거니와 자신의 말을 툭툭 받아치는 더러운 입버릇까지 정말 마음에 들지 않았다.

"잡념인가!"

"큭!"

순간 상대의 손이 자신의 얼굴을 덮쳤다. 헬리온은 피하기 위해 볼케이노를 움직이려 했지만, 일순간 당황한 자신보다 상대의 반응 속도가 빠를 것은 불을 보듯 뻔했다.

자루 끝으로 관자놀이 부분을 후려쳐 상대의 움직임을 막은 리오는 재차 검을 휘둘러 상대의 몸통을 갈랐다. 그러나 쉽게 끝날 일이 아니었는지 필사적으로 몸을 움직여 큰 타격만은 피한 헬리온은 땅에서 비어져 나온 용암처럼 활활 빛나는 자신의 상처를 움켜쥐며 뒤로 물러섰다.

"크으윽, 이런 제기랄! 넌 도대체 어떤 녀석이기에 나를 방해하는 거냐!"

리오는 헬리온에게 향한 칼끝을 살짝 흔들며 웃어 보였다.

"후훗, 그냥 지나가던 떠돌이 기사지."

"뭐? 녀석, 죽여 버리겠다!"

리오의 언행에 흥분할 대로 흥분한 헬리온이 있는 힘껏 볼케이노를 휘두르자 그 양손대검이 지나간 자리에서 생겨난 화염의 파도가 리오를 향해 무서운 기세로 날아들었다. 그에 질세라 리오가 망토를 세차게 휘둘러 만든 공기의 충격파가 거리를 울렸고, 거기에 부딪힌 화염의 파도가 위로 솟구쳐 사라지고 말았다. 하지만 두 힘의 충돌로 인해 주위의 건물 유리창들은 모조리 운명을 달리했다.

"아무래도 오늘은 이만 가야겠군. 쉽게 누를 수 있는 상대가 아닌 것 같아."

게일러는 웃으며 두건을 다시 썼지만, 두건 밑으로 보이는 그의 갸름한 턱에 한 줄기의 땀방울이 흘러내렸다.

'방금 볼케이노를 이용한 헬리온의 공격은 이 도시에 새로운 직선 도로를 만들고도 남을 정도의 위력이지만 느린 것이었다. 그런데 저 녀석은 피할 수 있는데도 굳이 막아 냈다. 걸리적거릴 것이

전혀 없는 허허벌판이었다면 헬리온 녀석, 지금쯤 엉망으로 쓰러졌겠지.'

"헬리온, 그만 가자."

게일러의 담담한 말에 헬리온은 더더욱 흥분하며 그를 돌아봤다.

"무슨 소리야! 난 이 녀석과 승부를 마무리 지어야 한단 말이다! 녀석을 이 자리에서 구워 버리지 못하면 속이 끓어 미칠지도 몰라! 누구도 날 방해하지 못한다, 심지어 너희도!"

"다르칸 님 앞에서 그 소리를 하시지."

헬리온의 표정이 단숨에 굳어졌다. 잠시 볼케이노를 바라보던 그는 결국 검을 소거한 후, 동료들에게 돌아가면서 리오를 돌아봤다.

"이봐, 너, 이름이나 가르쳐 주지그래? 그 정도 실력을 가졌다면 어디서든 꽤나 유명할 것 같은데 말이야."

전투가 끝난 것을 짐작한 듯 리오는 검을 거두며 가볍게 대답했다.

"리오, 리오 스나이퍼."

잠시 후, 헬리온을 비롯한 세 명은 게일러가 만든 폭풍에 휘말려 어디론가 사라졌다. 그들이 사라진 자리를 바라보던 리오는 왠지 무겁게 한숨을 내쉬었다.

"다르칸이라……. 이번 일도 꽤 귀찮겠는데."

그렇게 고민하는 그의 앞에 두 작은 존재가 다가왔다. 슈웰과 브라디였다. 브라디는 리오의 풍성한 머리 속에 몸을 묻으며 호들갑을 떨어 댔다.

"역시 리오 님 실력은 알아줘야 한다니까요! 그 사탕발림만 아니면 리오 님만큼 멋진 사람도 정말 없을 텐데……."

'사탕발림'이란 말에 리오의 표정이 일순간 어색해졌지만, 웬만큼 익숙한 말인지 그는 브라디의 턱을 손가락으로 쓰다듬으며 말했다.

"아아, 알았으니 이제 아까 그곳이나 다시 찾아가자. 아무리 그 집 주인들이 잠꾸러기라고 해도 지금쯤은 일어났겠지."

"그래요. 아, 잘 있어라, 꼬마야. 좀 귀찮긴 했지만 헤어지려니 아쉽네? 히히."

뭔가 말하려는 듯 우물쭈물하던 슈웰은 브라디의 기습적인 작별 인사에 결국 하려던 말을 접고 아쉽게 손을 흔들었다.

"네. 그럼 나중에 꼭 다시 봬요, 아저씨. 브라디 씨도요."

"건강하거라."

리오는 슈웰의 머리를 살짝 비벼 주고 방금 전의 소동으로 거리에 밀려 나온 사람들 틈을 이리저리 비집고 걸어갔다. 아쉬움에 찬 눈으로 그의 뒷모습을 바라보던 슈웰은 몸을 가볍게 풀며 집 쪽으로 방향을 돌렸다.

"아, 배고파. 빨리 아침 먹고 오후 수련을…… 응?"

그때 그녀의 눈에 한 무리의 인파가 보였다. 뭔가를 구경하듯 원을 이룬 채 빽빽이 모여 있는 사람들의 모습에 호기심이 발동한 그녀는, 인파를 비집고 들어가며 사람들에게 물었다.

"뭐예요? 무슨 일이에요, 아저씨들?"

자신들의 다리와 허리춤 사이를 헤집는 악동이 누군지 웬만한 사람들은 다 알고 있었기에 사람들은 친절히 대답해 주었다.

"아, 슈웰 아가씨군요. 웬 소녀가 기절해 있는데, 어느 집 아이인지 통 모르겠네요. 수도에서는 처음 보는 아이 같은데……."

"그래요? 어디 보자…… 악!"

쓰러진 아이를 본 순간, 슈웰은 경악에 찬 얼굴로 비명을 질렀다. 누워 있는 것은 눈밭과 구별이 안 될 정도로 새하얀 피부와 머리를 가진 소녀였다.

색안경과 털모자 때문에 얼굴이 완전히 보이지는 않았지만, 슈웰이 알기로 그런 외모를 가진 자기 또래의 소녀는 이 수도에 단 한 명뿐이었다.

"비켜요! 어서 비켜요!"

누가 만질세라 그녀를 급히 들쳐 업은 슈웰은 자신의 집을 향해 뛰기 시작했다. 그러나 너무 급한 나머지 몸에 달고 있던 추를 떼어내는 것도 잊은 그녀는 얼마 가지 못해 급속도로 지치기 시작했다. 추와 소녀까지 합해 거의 자기 몸무게의 두 배에 가까운 짐을 지고 있으니 무리도 아니었다.

그러나 다행히 힘겹게 뛰어가는 그녀의 모습을 뒤에서 애처롭게 바라보는 두 명이 있었으니…….

"리오 님, 아무래도 저 애와 보통 인연이 아닌 것 같아요."

"흠, 안타깝군."

마침 같은 방향으로 가고 있었기에 리오는 기어가다시피 하는 슈웰에게 얼른 다가갔다.

"어디로 갈 거냐? 병원? 아니면 집?"

슈웰의 얼굴을 본 순간 리오와 브라디는 할 말을 잃고 말았다. 자신들을 돌아본 슈웰의 떨리는 눈동자 속에 '도와주세요'라는 말이 빙글빙글 맴도는 것 같았기 때문이다. 벌써 숨이 턱까지 차올랐는지 그녀는 대답도 제대로 하지 못했다.

결국 리오는 그녀의 등에 업힌 하얀 소녀를 가볍게 받아 업으며 브라디를 바라봤다.

"상태가 어때? 병원에 가지 않아도 괜찮겠어?"

"진찰해 볼게요. 음……."

브라디는 손에 빛을 모아 소녀의 머리 쪽으로 가져갔다. 그러나 그 순간 엄청난 스파크와 함께 브라디의 몸이 허공으로 퉁겨 나가고 말았다.

"으악!"

"브라디!"

하지만 큰 충격을 받지는 않았는지 브라디는 머리를 흔들며 다시 중심을 잡았다. 갑작스러운 상황에 놀란 슈웰은 눈을 껌벅거렸지만, 곧 브라디가 괜찮다는 듯 손을 흔들어 보이자 그녀도 안도의 한숨을 내쉬었다.

브라디는 마법 대신 물리적인 방법으로 소녀를 진찰했고, 잠시 후 얼굴을 찡그린 그녀는 머리를 긁적이며 말했다.

"아, 진찰하는 도중 생각났는데요. 이 아이, 아까 리오 님하고 헬리온의 싸움을 구경하던 사람 중 하나였어요. 헬리온의 공격을 리오 님께서 막으셨을 때 있잖아요. 그때의 충격으로 기절한 것 같아요. 리오 님과 상당히 가까이 있었으니까요. ……리오 님?"

"음…… 음? 아, 그랬군."

리오가 진지하게 대답했다. 브라디의 부름에 다시 미소를 띤 그는 슈웰을 보며 말했다.

"네 친구인가 보구나?"

그녀가 고개를 끄덕이자 리오가 말했다.

"그래, 큰 부상은 없는 듯하니, 네 집에서 일단 쉬게 하자. 집이 어디니?"

그럭저럭 숨을 돌렸는지 슈웰은 당당히 가슴을 펴며 대답했다.

"예. 라디언트 가(家) 저택이에요."

손님과 함께 거실에서 차를 들면서도 크리스는 무슨 말부터 해야 할지 몰랐다. 앞에 앉은 남자를 다시 보겠다며 어떻게든 살려고 했던 2백 년 전의 기억이 새로웠다.

하지만 그 남자는 변한 것이 전혀 없었다. 더 길어지지도 짧아지지도 않은 머리와 여유 있는 미소……. 다른 점이라면 요정 같지 않은 요정을 하나 데리고 다닌다는 것뿐이었다.

"좋은 집인데? 한 번쯤 이런 집에서 사는 것도 괜찮겠다 싶었는데 말이야."

결국은 그가 먼저 얘기를 시작했다. 크리스는 조금이나마 마음이 편했다.

"응, 그렇지. 그이처럼 까다로운 사람도 별 탈 없이 6년이나 살아온 집이니까."

차를 한 모금 넘긴 리오는 웃으며 고개를 끄덕였다.

"후훗, 그렇다면 더 대단하군. 하지만 내가 보기엔 아름다운 부인이 함께 있어서 그런 게 아닐까 싶은데?"

"응? 지, 짓궂기는! 그런데 슈웰은 어떻게 만났나?"

그녀의 옛 말투가 오랜만에 되살아난 느낌이었다. 리오는 가볍게 어깨를 으쓱했다.

"만난 장소를 밝히긴 좀 곤란하고…… 어쨌든 우연치 않게 만났지. 아, 그렇고 보니 이제야 저 아이의 실력이 설명되는군. 사실 저 나이 때 저런 기량을 가지기는 쉽지 않거든. 한판 붙자고 했을 땐 상당히 겁이 없는 아이구나 생각했는데, 막상 붙고 보니 그런 생각이 싹 가시더군. 웬만한 기량의 전사와 비교해도 밀리지 않을 정도로 기본기가 탁월해. 스승이 휀과 크리스였으니 더 이상 말이 필요 없겠지."

"잠깐, 저 아이와 한판 붙었다고?"

"그래, 짧긴 했지만."

그러자 긴장으로 가득했던 크리스의 얼굴은 이내 구겨지고 말았다. 그녀는 짜증스레 찻잔을 들며 중얼댔다.

"모르는 사람에게 시비 걸지 말라고 그렇게 말했건만, 하여튼 어쩔 수 없는 애라니까. 조금이라도 강해 보이는 사람이 나타났다 싶으면 그 자리에서 대결하자고 떼를 쓰거든. 지금까지 지지 않은 게 신기하지만, 그러다 큰 해라도 입으면 어쩌려고……."

리오는 웃으며 가볍게 받아넘겼다.

"음, 설마. 이렇게 걱정해 주는 사람이 있는데 그럴 리는 없겠지. 그런데 그 슈웰인가 하는 아이는 도대체 누구지? 설마 둘 사이에서……."

그의 갑작스런 말에 크리스의 얼굴이 화끈 달아올랐다. 그녀는 급히 손을 내저으며 말했다.

"아, 아냐! 자신들에 대해서는 리오 본인이 더 잘 알면서 그런 소리를 해? 그이나 나나 후손과는 상관없는 사람들이잖아. 아이가 태어날 리 없지."

그렇게 말은 했지만 그녀의 표정은 어딘지 아쉬워 보였다. 그걸 읽었는지 리오는 들고 있던 찻잔을 내려놓으며 고개를 저었다.

"미안하군. 실언한 것 같아. 하지만 있는 것도 좋을지 모르겠다는 생각이 드는군. 휀과 크리스가 같이 서 있는 모습을 아직 보지는 못했지만 둘은 아주 잘 어울리거든. 후훗, 이것도 실언인가?"

크리스는 쓸쓸히 미소를 지었다. 아마도 그녀의 생각 역시 비슷했던 모양이다.

다시 차를 들던 리오는 문득 떠오르는 것이 있었다. 바로 슈웰의 친구라는 하얀 머리의 소녀였다.

"아까 데려온 아이 말이야. 하얀 머리의 귀여운 아이……. 보통 아이가 아닌 것 같던데?"

크리스는 옆에 있던 하녀에게 찻잔을 내가라는 손짓을 하고 고개를 끄덕이며 다른 하녀가 준비해 온 과일의 껍질을 벗겨 냈다.

"역시 잘 아네? 우리 에스토드 왕국의 공주님이셔. 세자 부부께서 돌아가신 후, 거의 고아나 다름없게 됐지만 그이가 신경을 많이 써 준 덕분에 지금처럼 밝게 자라실 수 있었지. 슈웰하고 아주 친해. 부모가 없다는 공통점이 있어서 그런지는 몰라도."

그러나 리오가 기대한 대답은 아닌 듯했다. 리오는 팔짱을 끼며 나지막이 중얼댔다.

"그래? 흠, 한 나라의 공주라는 것보다 더 대단한 무언가 같은데……."

"어째서?"

클라리스 공주가 어떤 존재인지 남편에게 자세히 듣기는 했지만 왠지 새로운 사항이 나올 것만 같았다. 그의 대답이 곧 이어졌다.

"알고 있는지는 모르겠지만, 무의식 중의 정신 방어력이 상당해. 내가 데려온 그 요정 아이 있잖아? 사실 광(光) 계열 신들에게 내려지는 신의 하인이야. 일명 빛의 가디언이라고도 하지. 공주를 진찰하기 위해 그 아이가 마법을 쓰려 했는데, 엄청난 반발력에 밀려 나가고 말았어. 정신 방어 수준을 굳이 따지자면, 우리 이상이라고나 할까? 아마 휀도 그 아이의 속마음을 읽을 수 없을 거야."

"응……."

그 역시 클라리스가 어떤 존재인지 어렴풋이 느끼고 있었다.

사실 크리스는 클라리스를 볼 때마다 불안감을 느꼈다. 남편이 자신에게 말한 10년이 가까워지는 것도 이유였지만, 자신의 거대한 운명에 대해 아무것도 모르는 그 아이에게 미안한 마음이 들어서였다.

자신이 어떤 존재인지, 자신의 부모가 왜 죽어야 했는지, 왜 이 세계의 사람들이 고통받아야 하는지, 그 이유를 아이는 전혀 몰랐다.

남편과 남편의 동료들이 일을 잘 처리해 준다면 모르고 넘어갈 수도 있겠지만, 아이가 그 사실에 대해 알아 버린다면 얼마나 고통스러워할까 생각하면 두렵기까지 했다.

"마님, 각하께서 돌아오셨습니다."

란슬롯이 다가와 휀의 귀가를 알렸다. 리오는 현관에서 눈을 털고 있는 휀의 모습을 보며 가볍게 한숨을 내쉬었다.

기억나는 것은 자신이 지켜보고 있던 붉은 머리의 남자가 다가오는 화염을 향해 망토를 크게 휘두른 모습뿐, 그 이후로는 어두컴컴했다.

아버지와 어머니가 유명을 달리한 후, 어두운 것을 세상에서 제일 싫어하게 된 클라리스는 지금의 상황에서 빠져나가기 위해 힘껏 눈을 떴다.

"으응……."

"아, 공주님! 정신이 드세요?"

눈을 뜨자마자 보인 것은 친구 슈웰의 모습이었다. 6년 전에 만나 지금까지 사귀어 온 그 아이는 자신과 달리 한없이 명랑하고 쾌활했다. 교과서적으로 흔히 얘기하는, '자신의 부족한 점을 채워 줄 수 있는 친구'로서 클라리스는 그 아이를 상당히 좋아했다. 어쨌든 그녀는 눈을 뜨자마자 슈웰이 보인 것에 감사하며 물었다.

"여기가 어딘가요, 슈웰? 내 방은 아닌 것 같은데요."

슈웰은 클라리스의 손을 꼭 잡으며 대답했다.

"예, 저희 집이에요, 공주님. 안심하세요."

"그렇군요. 아, 그 붉은 머리의 전사님은요?"

붉은 머리의 전사? 아, 리오인가 하는 사람. 슈웰은 아쉽다는 듯 머리를 긁적이며 말했다.

"예, 조금 전 다른 곳으로 떠나셨어요. 사실은 저희 집을 찾아오신 손님이셨지요. 그런데 공주님께서 어떻게 그분을 아세요?"

"예, 슈웰을 만나러 오는 도중에, 그분께서 싸우시는 모습을 보았답니다. 상당한 실력을 가지셨던데…… 슈웰도 아는 분인가?"

슈웰은 란슬롯이 직접 가져다준 간식을 자신과 클라리스 사이에 놓으며 고개를 끄덕였다.

"히힛, 제가 잠깐 오해를 살 만한 행동을 해서 그분과 인연이 닿게 됐죠. 실력을 겨뤄 보기도 했어요. 공주님 말대로 정말 강한 분이셨죠. 그런데 공주님, 무슨 일로 저를 찾아오셨나요?"

크고 하얀 눈을 깜박이던 클라리스는 곧 미소를 띠며 대답했다.

"이유라 할 것이 있나요. 그냥 심심해서요. 하늘에서 떨어지는 눈을 오랜만에 직접 맞고 싶기도 했고요. 아, 오늘 여기서 자고 가도 괜찮나요? 요즘 할마마마께서 몸이 편치 않으셔서 혼자 잠을 잘 때가 많거든요."

사실 한 나라의 공주가 집에 묵는다는 것은 엄청난 영광이었지만, 슈웰에게는 처음도 아니었기에 쾌히 승낙하며 자리에서 일어났다.

"물론이죠. 그럼 휀과 크리스를 불러올 테니 잠시 기다려 주세요, 공주님."

급히 방을 나선 슈웰은 휀의 서재로 향했다. 잠자는 시간이 아니면 그가 거의 서재에 있다는 것을 슈웰은 알고 있었다. 하지만 그는 웬일인지 거실에서 크리스와 얘기를 나누는 중이었다. 거실로 내려가던 슈웰은 문득 그들의 대화를 들었다.

"가이라스 왕국의 길트 왕자가 살아 있다고요? 그런데 왜 그 사실을 리오에게 말해 주지 않은 거죠?"

휀의 대답은 간단했다.

"당신이 느끼는 대로 상당히 의외의 일이긴 하지만 리오에게 주어진 용병 임무와는 상관없어. 인연이 닿는다면 리오와 만날지도. 그리고 당신이 알 바도 아니지 않나."

크리스는 결국 포커페이스의 남편을 향해 손을 휘저으며 투덜대듯 말했다.

"후, 알았어요, 알았어. 당신 하는 일이 다 그렇지, 뭐. 어머, 슈웰? 무슨 일이니?"

둘의 시선이 자신에게 향하자 슈웰은 어색한 미소를 지으며 클라리스에 대해 말했다.

"공주님께서 깨어나셨거든요? 그리고 오늘 우리 집에서 주무신다는데, 일단 두 분을 모셔 와야 할 것 같아서요."

잠시 서로를 바라보던 부부는 거의 비슷한 표정으로 자리에서 일어났다. 부부는 서로 닮는다고 했던가? 물론 그 이상한 이론과 지금 상황은 별 관계 없었다.

사실은 크리스가 남편의 무표정 속에 숨겨진 이유를 조금이나마 알게 됐다는 것이 더 옳았다.

'귀찮아.'

공주가 집에 올 때마다 그녀는 모시게 돼서 영광이라는 인사, 저녁을 대접하게 돼서 영광이라는 인사, 주무셔서 영광이라는 인사 등등 인사만으로 저녁부터 다음 날 아침까지를 보내야 했다.

귀찮지 않을 수 없는 상황이지만, 그렇다고 해서 간식 하나 던져 주고 잘 자라고 말할 상황도 아니었기에 크리스는 불만을 표정으로 표현할 수 밖에 없었다.

"귀찮으면 가서 자."

남편의 말에 그녀의 입꼬리가 축 늘어졌다. 이 남자는 6년이나 같이 지내 온 여자에게 이런 차가운 말밖에 하지 못하는 건가 하는 생각이 들었다. 하지만 6년 동안 변함없이 그의 말은 1차로 끝나지 않았다.

"잔다는 사람을 깨워서 데려오라고 할 정도로 공주님은 나쁜 아이가 아냐."

그 한마디에 마음이 풀어진 크리스는 뒤따라오는 남편의 양 볼을 잡아 좌우로 늘리며 씩 미소를 지었다.

"후후, 진짜 그럴 순 없잖아요, 귀염둥이 씨. 빨리 올라가요. 공주님 기다리시겠어요."

부부는 빠른 걸음으로 계단을 올라갔다.

그날 밤, 크리스는 뜬눈으로 밤을 지새며 생각해 봤다. 이제 4년밖에 남지 않은 지금, 이 앞에 무슨 일이 벌어질까 하는 것이었다.

리오를 보고 가슴이 설렌 것은 아니다. 그와의 대면은 처음에만 조금 긴장됐을 뿐, 그다음부터는 무슨 말을 했는지 기억이 안 날 정도로 편했다. 딱 하나, 확실히 기억나는 건 '아이'에 대한 것뿐이었다.

"늦잠을 잘 생각인가?"

"아, 아니에요. 우리 아이 때문에…… 읍!"

크리스는 남편의 갑작스러운 말에 움찔한 나머지 이상한 소리를 해 버렸다. 잠시 경직된 채로 있던 휀은 혹시나 하는 생각이 들었는지 이내 시선을 부인 쪽으로 돌렸다.

"우리 아이?"

"그, 그러니까……."

크리스의 등 뒤로 땀이 흘렀다. 그냥 헛말이었다고 하면 될 것을 그녀는 왠지 그렇게 말하기 싫었다. 그런 그녀를 꽤 오랫동안 바라보던 휀은 다시 돌아누우며 말했다.

"앞으로 희망 사항을 얘기하고 싶으면 현실적인 것을 말하도록."

다음 얘기가 또 있을까. 그러나 이번만큼은 2차로 나올 말 따위 없었다. 하지만 크리스는 화를 내기는커녕 남편의 등에 얼굴을 묻으며 물었다.

"그럼 그것 말고, 다른 건 다 들어줄 수 있죠?"

"……."

"1년을 730일로 할 순 없나요? 시간이 가지 않게 하는 것도 좋겠어요. 아, 시간을 6년 전으로 되돌리는 것도 괜찮겠군요. 해 주세요. 해 주면 좋겠어요."

마치 인형처럼 그녀는 강약도 높낮이도 없이 불가능한 말들을 줄줄 읊었다. 그것이 무슨 뜻인지 알고 있는 휀은 길게 한숨을 내쉬고 돌아누워 부인의 머리를 깊숙이 안았다.

"미안하군."

크리스는 눈을 질끈 감은 채 숨을 멈췄다. 숨을 들이쉬었다가는 남편에게 우는 것을 들킬 것 같았다. 휀도 그것을 느꼈는지 이내 몸을 일으키고 담배를 물었다.

"많이 변했군, 당신이나 나나. 6년이란 짧은 시간 동안."

그러자 크리스의 입에서 웃음과 울음이 한꺼번에 터져 나왔다. 그녀는 눈가를 대충 닦으며 고개를 저었다.

"저는 모르겠지만 당신은 아니에요. 수백 년 동안 감추고 있던 당신의 상냥함이 겉으로 조금 드러나게 된 것뿐이죠. 후후, 당신은 착한 사람이에요. 그리고 좋은 남편이고요."

"그렇게 생각하는 이유는?"

슬며시 일어난 크리스는 남편의 어깨에 머리를 기대며 대답했다.

"착한 사람을 착한 사람이라고 하는데 무슨 이유가 있겠어요?"

"상당히 비논리적이군."

기분 좋은 말을 듣고도 휀의 표정에는 일체 변화가 없었다. 하지만 그와 크리스는 마치 연극 속의 배우처럼 아무런 신호 없이 창밖으로 시선을 돌렸다.

에스토드 왕국은 1개월간 백야 현상을 맞이한다. 신비롭기까지 한 회색의 밤하늘과 그 밤하늘 위를 어지러이 여행하고 있는 오러의 무리들, 그리고 주위의 모든 빛이 모여 형상화된 듯한 눈송이들은 두 부부의 체온을 더욱 따뜻하게 해 주는 듯했다.

"분위기 좋지 않아요, 여보?"

휀은 별말이 없었다. 크리스는 고양이가 어리광을 부리듯 남편의 어깨에 볼과 목을 비비며 말했다.

"있잖아요, 저 아이를 갖고 싶어졌어요."

"불가능할 텐데."

"알아요. 하지만 방법이 있어요."

휀은 그녀에게 시선을 돌렸다. 아직 눈물자국이 채 가시지 않은 그녀의 표정은 어느 때보다 밝아 보였다. 크리스가 웃으며 말했다.

"우리 둘 다 나중에 다시 태어나는 거예요. 평범한 인간으로요. 그렇게 되면 아이를 가질 수 있을 것 아니에요?"

반대편으로 고개를 돌린 휀은 담배 연기로 방을 흐리며 허무하게 중얼댔다.

"꿈같은 얘기군."

"맞아요."

의외의 동의였다. 그녀는 다시 이불을 덮고 누우며 말을 맺었다.

"그게 제 꿈이거든요."

방은 다시 조용해졌다. 휀의 담배가 타들어 가는 나지막한 소리만 들릴 뿐이었다.

2

다가오는 전운(戰雲)

다음 날 아침.

훼의 저택을 향해 질주하는 한 사람이 있었다. 하지만 슈웰은 아니었다. 수도 정문 보초인 그는 새파랗게 질린 얼굴을 연신 손으로 훑으며 저택의 대문 안으로 들어섰다.

보통 때 같으면 제복이 흐트러진 건 아닌지, 얼굴에 뭔가 묻은 것은 아닌지 확인했겠지만 지금은 그럴 상황이 아니었다.

그는 다급히 현관문을 두드리며 소리쳤다.

"각하! 재상 각하! 큰일 났습니다! 어서 나와 주십시오, 각하!"

현관문이 열린 것은 한참 뒤였다. 잠이 덜 깬 얼굴로 문을 연 집사 란슬롯은 헝클어진 백발을 대충 정리하며 병사에게 이유를 물었다.

"무슨 일인가, 이른 아침부터? 각하께서는 오늘 휴일이시라……."

"지금 그게 문제가 아닙니다! 어젯밤, 카테고리아 항구가 드라켄 왕국의 습격으로 대파되었습니다!"

"뭐라고!"

너무 놀란 나머지 란슬롯의 머리카락은 다시금 엉망진창이 되어 버렸다. 병사의 보고는 계속됐다.

"기적적으로 퇴각한 병사들이 방금 전 비상 비행선으로 돌아왔습니다! 그들의 보고에 따르면, 카테고리아 항구에 밀려든 드라켄 왕국군의 수는 브롤, 투르바, 콜코 등을 포함해 약 40만 정도라 합니다! 우리 병사들이 퇴각하면서 확인한 수가 40만이니, 그 이상의 병력이 들어왔을 가능성도 높습니다! 비상사태입니다!"

카테고리아 항구는 수도에서 도보로 7일 정도의 거리에 위치한 전략 항구 기지였다.

전초 기지보다는 방어 기지의 성격을 띠고 있었기에, 항구지만 배보다는 장거리 포대 수가 더 많았고, 병사들 역시 포병과 궁병, 사격병 중심으로 구성되어 있었다.

에스토드 왕국 동쪽에 위치한 드라켄 왕국의 주요 목적은 에스토드 왕국의 100분의 1에 불과한 자신들의 작고 메마른 섬을 벗어나는 것이었다. 그렇듯 세력 확장을 노리는 그들의 야만적 공격을 백 년 이상 막아 온 곳이 바로 카테고리아 항구였다.

그런 중요 전략 요충지가 무너진 이상, 에스토드 왕국 수도의 운명은 그야말로 바람 앞의 등불이었다.

"란슬롯, 자네는 종탑으로 가 주게."

"예?"

그때 그들의 뒤에서 휀의 목소리가 들려왔다. 어느새 복장을 갖추고 나온 휀은 자신에게 경례를 붙이는 병사에게 이어서 지시를 내렸다.

"넌 즉시 프라이드 고아원으로 가서 임시 원장을 맡고 있는 사바 신이란 남자를 수도로 데려와라. 그가 꼭 같이 가야 할 사람이 있다고 하면 같이 데려오도록."

"아, 예!"

경례를 마친 병사는 다시 정문 쪽으로 뛰어갔다. 불안한 표정의 란슬롯은 현관을 나서는 휀에게 조심스레 물었다.

"각하, 40만 이상의 병력이라면 문제가 큽니다. 우리 왕국의 전 병력이 약 80만이라고 해도, 그 병력이 모두 수도로 모이려면 적어 도 한 달 이상 소요되니, 적이 수도를 직접 노리고 있는 이상 정말 급박한 사태가 아닐 수 없습니다. 대비책이라도 있으십니까?"

휀은 담배를 물며 또박또박 대답했다.

"수도 주둔 병력은 22만. 근처 요새의 병사를 집결하면 8만. 지금 그 병사가 10만을 부르러 갔고, 또 10만이 이틀 정도면 도착할 테 니 50만은 3일 정도면 완성되네. 큰 문제는 없어."

그 얘기를 들은 란슬롯의 하얀 눈썹이 크게 꿈틀댔다. 수도의 군 대 사정에 해박한 그로서는 도무지 이해할 수 없는 말이었다.

"예? 아니, 수도 주둔 병력이 언제 12만에서 22만으로 불어났습니 까? 게다가 아까 그 병사는 사바신 님을 모시러 간 것일 텐데……."

젊은 재상의 답변은 간단했다.

"내가 10만. 사바신, 그리고 사바신과 함께 있을 자가 합해서 10만. 이틀 후에 올 지원이 10만. 알아들었으면 어서 종탑으로 가게."

"예……?"

란슬롯은 이해할 수 없다는 듯 고개를 갸웃거리며 휀을 배웅했 다. 자신이 어떻게 된 게 아닐까 하는 생각도 들었지만, 휀이 방금 전 내뱉은 전략적 설명은 누구에게나 난해한 것이었다.

어쨌든 6년 전 휀이 말했던 그 대혼돈의 전초전은 그렇게 시작됐다.

왕궁 내 대회의장에서 국왕 입회하에 긴급 대책 회의가 열리기까지 걸린 시간은 그리 길지 않았다. 그건 다시 말해 다른 대신들 역시 가까운 시일 내에 전쟁이 일어날 것을 어느 정도 짐작하고 있었다는 말과 같았다.

회의 준비가 끝날 때까지 기다리던 수많은 대신들 중 이반이 머리를 긁적이며 투덜댔다.

"예상되는 적의 숫자는 40만……. 일단 3일 내로 소집할 수 있는 우리 병력은 약 21만 정도. 허허, 차라리 갓난아이라면 좋겠군. 이런 상황이라면 숫자 개념을 모르는 편이 더 나을 테니까."

"우리 병사 한 사람당 두 명 이상만 없앤다면 그럭저럭 상대는 할 수 있지 않을까요?"

발렌시아가 담배를 권하며 다가왔다. 이반은 기다렸다는 듯 기꺼이 후배의 담배를 물며 미소 지었다.

"그 냄새 나는 거인, 콜코의 엉덩이 냄새나 맡아 본 다음 그런 소리를 하게나. 녀석들 한 명당 우리 병사 10명 이상이 사라질 게 뻔해. 특별한 무기가 없다면 말이지."

"하긴 그렇군요. 그런데 사령관님, 60만 이상의 전력이 싸우려면 어떤 곳이 좋을까요? 저는 메레벤토스 평원 쪽이 낫다고 생각합니다만."

"그곳이 좋겠지."

이반은 폐 속의 연기를 뱉어 내며 말을 이었다.

"일단 그곳의 장점은 아무것도 없다는 것이지. 심지어 언덕까지 말이야. 마치 반죽용 밀대로 밀어 버린 것처럼 평평한 땅이지. 있다면 잡초 정도? 후후, 어쨌건 지반도 단단해서 매복에 필요한 구덩이를 만들기 힘드니 적에게나 우리에게나 공평한 곳이라고 할수 있지. 남자의 전장으로선 최고야."

발렌시아는 어깨를 으쓱할 뿐이었다. 그들 말고 다른 대신들 역시 비슷한 얘기를 나누고 있었다. 하지만 전투에서 질 것을 두려워하거나 어디로 피난을 갈지 고민하는 대신은 없었다.

아직 일주일 정도 시간이 있어서일까, 아니면 달리 믿는 구석이 있어서일까. 전자가 됐든 후자가 됐든 일단 모두는 상당히 여유롭게 보였다.

이윽고 종이 울리자 대신들은 서열대로 차례차례 회의장에 입장했다. 다른 때 같으면 휀이 중앙 의석에 있어야겠지만 오늘은 브링헬드 5세가 직접 착석해 있었다. 말 그대로 국가적 비상사태였기 때문이다.

휀이 처음 왔을 때보다 주름살과 흰 머리, 흰 수염 등이 늘어났지만 아직 왕권 교체의 얘기가 나올 정도로 늙지 않은 브링헬드 5세는 수염을 매만지며 대신들을 바라봤다.

"저 사람들, 오늘 같은 날에도 꽤 여유 있구려. 10년 전, 드라켄 왕국에서 네 번째 침공을 해 왔을 때는 수도를 옮겨야 한다며 난리를 치던 사람들이었는데 말이오. 허헛, 기강을 잘 잡았구려, 재상."

왕의 옆에 서 있던 휀이 목례로 답했다.

"아직 부족합니다."

보통의 대신 같으면 '전하의 은혜입니다' 등의 예의를 갖췄겠지만 휀은 달랐다. 브링헬드 5세의 직접적인 은혜가 있지 않은 일이면 절대 그런 말을 붙이지 않았다.

브링헬드 5세 역시 그런 휀에게 불만은 없었다. 오히려 그런 말로 자신을 느슨하게 놓아주지 않는 재상이 고마웠다.

모든 대신들이 자리에 앉자 국왕은 회의 시작의 종을 울린 후 확성기를 입가에 가져갔다.

"일이 워낙 급한 것이니 회의 개시 의식이나 출석 확인 등은 모두 생략하겠소. 우선 현재 상황에 대해 재상에게 들어 봅시다."

왕에게 확성기를 넘겨받은 휀은 묵묵히 대신들을 돌아봤다. 왕뿐만 아니라 모두가 자신을 지켜보고 있다는 사실을 몸으로 느끼고 있는데도 그의 심장은 생리적 박동 외에는 특별한 움직임을 보이지 않았다.

그는 주저 없이 중앙 의석 뒤에 위치한 에스토드 왕국 지도를 가리키며 얘기를 시작했다.

왕궁 외부는 방금 전까지 들려오던 경보의 종소리가 끝난 탓인지 이상스러울 정도로 조용했다. 거리를 오락가락하는 수도 주민들의 모습도 차분하기만 했다. 40만 이상의 군대가 쳐들어온다는 사실을 그들은 알고 있을까?

하지만 그 사실을 알고 있는 크리스와 슈웰 그리고 클라리스 공주 역시 차분하기만 했다. 클라리스를 성에 데려다주기 위해 크리스와 함께 저택을 나선 슈웰은 차갑게 불어오는 눈보라에 몸을 잔뜩 웅크린 채 투덜거렸다.

"크리스 선생님, 우리도 마차 좀 마련하면 안 되나요? 다른 귀족들은 모두 마차를 이용하는데, 우리만 꼭 걸어 다니잖아요."

몸을 움츠린 슈웰이나 클라리스와는 달리 별반 추위를 느끼지 못하는 듯 걸어가던 크리스는 자신도 답답하다는 듯 눈썹을 찡그렸다.

"누구는 말에 알레르기 있어서 이러는 줄 아니? 그이가 장만하지 않는 걸 나더러 어쩌라고."

"에이, 침대까지 같이 쓰는 사람이 그런 말도 못 해요? 나 같으면 다 들어주겠다."

슈웰은 버릇처럼 양 볼을 불만스레 부풀렸다. 색안경과 털모자로 몸을 최대한 가린 클라리스는 빙긋 웃으며 말했다.

"왕궁하고 저택하고 그리 멀지도 않잖아요, 슈웰. 몸도 건강하면서 그런 약한 소리 하지 말아요. 저도 멀쩡히 오는걸요, 뭐."

"미워요, 공주님."

슈웰은 마차에 대한 기대가 상당히 큰 모양이었다.

그런데 세 사람 뒤로 빠르게 접근하는 두 그림자가 있었다.

"어이, 형수님! 같이 좀 갑시다!"

"응?"

크리스는 움찔하며 뒤돌아봤다. 검은 코트에 하늘로 뻗친 머리, 그리고 빨간 머리띠로 나름의 스타일을 만들려고 노력한 거한 사바신이 귀엽게 손을 흔들며 이쪽으로 달려오고 있었다. 그리고 그 뒤에는 처음 보는 녹색 머리의 미청년이 머쓱한 미소를 지은 채 거한을 따라왔다.

거한이 누군지 알고 있는 크리스는 활짝 웃으며 그들을 반겨 주었다.

"이야, 이게 누구예요? 사바신 아니에요? 그이가 불러서 왔나요?"

크리스 앞에 멈춰 선 사바신은 씩 웃으며 고개를 끄덕였다.

"하핫, 말씀대로 대장이 힘 좀 쓰라고 해서 왔죠. 어쨌거나 고아원 애들이 우리가 떠난다고 얼마나 슬퍼하던지 저도 눈물이 날 정도였다니까요."

그러자 사바신 옆에 선 녹색 머리 청년이 머리를 긁적이며 중얼거렸다.

"그럴 리가! 그 애들이 얼마나 좋아했…… 읍!"

그의 입을 즉시 틀어막은 사바신은 억지웃음을 지으며 그를 소개했다.

"아…… 하하, 소개가 늦었죠? 이 녀석은 레디 키드라고, 제 친구예요. 같이 고아원을 지켜 준 좋은 녀석이죠. 자, 형수님께 인사드려라."

입이 거친 손에 막혔는데도 미소를 잃지 않은 레디는 즉시 허리를 깊숙이 숙였다.

"처음 뵙겠습니다, 형수님. 레디라고 합니다."

"아, 예. 크리스 프라이드입니다."

크리스 역시 인사를 하면서도 상당히 의외란 생각을 했다. 사바신처럼 호남형의 남자에게 레디와 같은 미남형의 친구가 있을 줄은 상상도 못했던 것이다.

레디의 첫인상이 상당히 좋았는지 몸을 움츠리고 있던 슈웰은 앞으로 나서며 먼저 인사했다.

"슈웰 브렌든이라고 해요. 히힛, 슈웰이라고 불러 주세요. 반가워요, 레디 오빠."

그녀가 손을 내밀자 레디는 가볍게 악수하며 고개를 끄덕였다.

"그래, 반갑다, 슈웰."

"예. 근데 사바신 아저씨, 빨리도 오셨네요?"

'아저씨'라는 호칭 때문일까. 사바신은 어색한 미소를 띤 채 대답했다.

"응, 비행선인가 뭔가 하는 거 타고 왔거든. 그런데 저 꼬마는 누구야? 꽤 귀엽게 생겼는데?"

클라리스 앞에 성큼 다가간 사바신은 큰 손으로 그녀의 머리를 토닥이며 물었다. 그 순간 얼굴이 하얗게 질린 크리스는 손을 휘저으며 그를 말렸다.

"사, 사바신! 에스토드 왕국의 제1공주님께 그런 무례한 행동을 하면 어떡해요!"

"공주? 아하, 그렇구나."

잠시 클라리스를 바라보던 사바신은 이내 씩 웃으며 그녀를 번쩍 안아 들어 올렸다. 이 황당한 사태에 크리스와 슈웰은 정말 기절이라도 하고 싶었다.

사바신은 깔끔한 이를 드러낸 채 웃으며 클라리스에게 인사를 올렸다.

"우아, 이렇게 보니 더 예쁘네요, 공주님. 하핫, 지크 녀석이 있었으면 침을 질질 흘렸겠는걸? 녀석, 요즘 바람둥이가 되겠다며 눈에 핏발을 세우던데 말이야. 안 그래, 레디?"

"바람둥이가 아니라 바람이 되겠다고 했잖아. 그리고 공주님 좀 빨리 내려 드려. 무서우시겠다."

그러자 사바신은 눈을 크게 뜨며 공주에게 물었다.

"응? 제가 무서우세요, 공주님?"

클라리스는 방긋 웃으며 답했다.

"너무 높아서 무섭긴 하네요. 하지만 사바신 님은 그렇게 무섭지 않아요. 정말 좋은 사람 같아요."

공주의 말에 더욱 의기양양해진 사바신은 공주를 자신의 넓은 어깨에 앉히며 즐겁게 웃었다.

"하하핫, 역시 안목이 높으시다니까? 그럼, 기념으로 제가 가시는 곳까지 말이 되어 드리죠. 근데 공주님 이름은 뭐예요?"

"클라리스 에스토드랍니다."

공주를 태운 사바신은 즐겁게 왕궁으로 향했다.

그의 안하무인(眼下無人) 성향을 잘 알고 있는 레디는 크리스에게 대신 사과했다.

"죄, 죄송합니다, 형수님. 하지만 사바신이 나쁜 마음으로 저런 것은 아니니 이해해 주세요."

미간이 일그러질 대로 일그러진 크리스는 한숨과 함께 표정을 풀며 손을 내저었다.

"음, 괜찮아요. 공주님도 좋아하시니 할 말은 없죠. 그런데 지크라는 사람이 누구예요? 이름은 얼핏 들은 것 같기도 한데……."

레디는 친절히 대답해 주었다.

"사바신하고 스타일만 다를 뿐 성격이 비슷한 친구죠. 아, 그냥 같다고 보시면 될 거예요."

그러자 크리스는 어깨를 으쓱하며 천천히 왕궁 쪽으로 향했다.

"오호, 그래요? 저런 존재가 하나 더 있다니, 신의 저주로군요."

그 말이 무엇을 뜻하는지 레디는 잘 알고 있었다. 하지만 그도 상당 부분 동감하는 바였기에 별말 없이 크리스, 슈웰을 따라 왕궁으로 향했다.

"그렇게 해서 결전을 벌일 장소는 메레벤토스 평원으로 최종 확정됐소. 출정 시일은 외부 요새의 병력이 집결하는 대로 그대들에게 통보할 것이오. 그럼, 이상으로 회의를 마치겠소. 당분간 재상 중심의 비상 체제를 유지해 주기 바라오."

마치는 종소리와 함께 왕이 퇴장하자 이어서 휀이 그 자리에 앉으며 대신들에게 말했다.

"지상군 사령관 볼보스와 공군 사령관 이반은 30분 후 내 방으로 와 주기 바란다. 그리고 대신들은 절대 적의 병력에 대한 사실을 유출하지 않도록. 유출해야 할 상황이라면 개인적으로 나를 찾아와 허가를 얻길 바란다. 이상."

휀까지 자리를 뜨고 나서야 비로소 대신들은 회의장을 빠져나갔다. 그러나 다른 사람들이 그럭저럭 홀가분하게 떠날 수 있었던 것과는 달리 휀에게 지목된 두 사령관은 여전히 근심 그 자체였다.

"허, 이거 원. 나머지 공부 하는 느낌이군."

풍체 좋고 수염이 많은 이반과는 달리 약간 마른 편인 지상군 사령관 볼보스는 멋지게 기른 자신의 얇은 턱수염을 긁적이며 투덜댔다.

이반은 사관학교 동기생인 볼보스의 어깨를 툭 두드리며 설레설레 고개를 저었다.

"그래도 퇴물 취급을 하는 것보다는 낫지 않나. 잠깐 걷지."

두 노장은 휀의 직무실로 가는 도중에 위치한 왕궁 정원으로 향했다. 이반은 벤치에 쌓인 눈을 툴툴 털어 내고 볼보스와 나란히 앉았다. 볼보스가 요즘 금연을 위해 노력하고 있다는 것을 잘 아는 이반은 혼자 담배를 물며 말했다.

"2주일 내로 대전투가 벌어질 텐데 이상하게 긴장이 안 되는군. 30년 전엔 국지전만 일어나도 잠이 안 왔는데. 늙어서 그런가?"

"자네보다 젊은 나도 긴장이 안 되는걸, 뭐."

세월 얘기가 나올 때마다 자신이 이반보다 한 달 늦게 태어났다는 것을 강조하는 볼보스였다. 그 문제에 대해선 이제 따지기도 지쳤는지 이반은 손을 한 번 젓고 말을 이었다.

"그건 그렇고, 크리스 여사님 말일세. 이번에 근위대를 맡으실지도 모른다는 말이 있던데, 괜찮으실까? 그분 실력은 익히 들어 알고 있지만, 그래도 6년 동안 검을 잡지 않으셨으니 좀 걱정되는군."

그 말에 볼보스는 가볍게 실소를 흘렸다.

"허, 별 걱정을 다 하는군. 우리보다 세 배는 더 오래 사신 분이야. 자기 관리는 우리보다 철저하시겠지. 처음 재상 부인이 되셨을 때와 비교해 많이 귀부인다워지셨지만, 지난번 슈웰 아가씨를 가르치시는 모습을 보니 검술이나 몸놀림은 여전하시더군. 우리가 걱정할 바는 아닌 것 같아."

"음, 하긴."

담배를 입에서 떼던 이반은 문득 정원 안으로 들어오는 다섯 명을 보았다.

호랑이도 제 말 하면 온다 했던가. 그들은 크리스와 슈웰, 클라리스 그리고 처음 보는 청년 둘이었다. 이반은 곧바로 자리에서 일어나 크리스 일행에게 뛰어갔다.

공주가 너무 반가워서였을까? 아니었다. 반가움보다는 황당한 표정이었다.

"이, 이 무례한 녀석! 공주님의 옥체를 감히 어디다 모시는 거냐! 어서 내려 드리지 못할까!"

왕궁 정문을 통과한 이후에도 사바신은 여전히 클라리스를 어깨 위에 올려놓고 있었다. 이반을 향해 손을 흔들려던 크리스는 이럴 줄 알았다는 듯 고개를 푹 숙이며 사바신의 허리를 찔렀다.

"빨리 공주님을 내려 드려요, 사바신. 이반 사령관님만큼 화나면 무서운 사람도 드물다고요."

그러나 사바신의 관심은 다른 곳에 있었다.

"레디, 옥체가 뭐야?"

반쯤 새파랗게 질린 레디의 대답이 이어졌다.

"왕족의 몸을 말하는 거야. 알아들었으면 빨리 내려 드려."

"아아, 그렇구나. 옥체란 말을 많이 듣긴 했는데, 그게 뭔지 지금까지 몰랐거든. 하하핫!"

그래도 정신은 있었는지 사바신은 슬그머니 클라리스를 바닥에 내려 주었다. 그녀가 내려오자마자 이반은 이리저리 살펴보며 문제가 없는지 확인했다.

"공주님! 무섭지 않으셨습니까? 다치신 곳은 없으십니까? 아, 말씀만 하십시오. 감히 목말을 태운 이 버릇없는 건달패의 목을 이 노물이 단숨에⋯⋯."

"아, 아닙니다, 이반 사령관. 오히려 편하고 재미있었는걸요. 너무 흥분하지 말아 주세요. 사바신 님, 여기까지 데려다주셔서 정말 감사합니다."

클라리스는 쓰고 있던 털모자와 색안경을 벗으며 사바신을 바라봤다.

아무것도 존재하지 않고, 아무것도 느껴지지 않는 그녀의 하얀 눈동자⋯⋯. 말은 들었어도 설마 했던 사바신과 레디는 내심 움찔했지만 내색하지 않았다. 만약 그랬다가 공주의 마음에 상처라도 입으면 휀에게 목이 날아갈 것이 뻔했다.

사바신은 웃으며 답례하려 했다. 그때 클라리스가 쓸쓸히 웃으며 먼저 말을 꺼냈다.

"아, 제가 여러분을 갑자기 놀래 드린 것 같네요. 저는 태어날 때부터 모든 게 하얗답니다. 보통 사람에겐 신기하게 느껴지는 것이 당연하죠. 제 실수예요. 이런 모습을 진작 보여 드렸어야 하는

데……."

사바신과 레디는 고개를 숙인 클라리스에게 무슨 말을 해야 할지 알 수 없었다. 곁에 있던 이반과 멀리서 지켜보던 볼보스 역시 묵묵했다. 그때 크리스가 사바신의 어깨를 툭 쳤고, 사바신과 레디는 슬그머니 그녀를 돌아봤다.

"뭘 하는 거예요, 둘 다? 무슨 죄라도 지었어요? 어서 들어가요. 그이가 기다리느라 지쳤겠어요."

"아, 예……."

둘은 별다른 인사도 하지 못하고 크리스를 따라 안으로 들어갔다. 이반과 볼보스 역시 자신들의 일이 생각났는지 공주에게 짧은 인사를 하고 허겁지겁 그들을 따라갔다.

정원에 남은 것은 슈웰과 클라리스뿐이었다. 오른손엔 색안경을, 왼손엔 흰색 털모자를 든 클라리스는 짧은 한숨과 함께 슈웰에게 말했다.

"역시 저는 이 모자와 안경이 없으면 밖에 나가지 못하나 봐요. 이것들이 없으면 나를 보고 모두 놀라죠. 슈웰이 정말 부러워요. 다른 사람들처럼 색이 있는 눈동자를 가지고 있으니…… 앗!"

순간 클라리스의 이마에 두루뭉술한 눈덩이 하나가 날아들었다. 단단히 뭉치지 않아 아프진 않았지만 클라리스는 자신에게 눈을 던진 슈웰을 멍한 눈으로 바라봤다.

다른 눈덩이를 뭉쳐 든 슈웰은 최대한 긴 호선을 그리며 웃고는 눈덩이를 슬쩍 내밀었다.

"히힛, 차갑죠? 저도 공주님이랑 똑같이 이 눈이 차갑게 느껴져요. 우린 다른 거 없어요."

"……."

"공주님께서 자신이 다른 사람과 다르다는 것을 의식할수록 공주님과 그런 공주님을 걱정하는 다른 사람들이 상처 입을 뿐이에요. 아까 사바신 아저씨랑 레디 오빠도 공주님께 죄송해서 어쩔 줄 모르더라고요. 그럼 안 되잖아요."

그 말을 들은 클라리스는 묵묵히 돌아서더니 이내 웅크려 앉았다. 슈웰은 아차 하며 머리를 긁적이다가 결국 터벅터벅 공주에게 다가갔다.

"왜 그러세요, 공주님. 이러시면 제가 죄송…… 윽!"

그때 클라리스의 몸이 회전하는가 싶더니 거대한 눈덩이가 슈웰의 얼굴에 날아들었다. 기습을 가한 클라리스는 언제 시무룩했냐는 듯 활짝 웃으며 다시 눈을 뭉쳤다.

"말도 없이 공격한 대가예요, 슈웰. 후훗."

"너무해요, 공주님!"

둘은 곧 서로에게 눈덩이를 던지기 시작했다. 둘은 날아오는 눈을 피하지도 않았고, 나중엔 눈을 뭉치지 않고 뿌려 대기만 했다. 그렇게 둘은 정말 오랜만에 재미있게 눈싸움을 하며 시간을 보냈다.

"다행이죠? 슈웰과 공주님을 이렇게 지켜보는 것만으로도 행복해지네요. 후훗, 저 둘이 서로 모르는 사이였다면 정말 어떻게 됐을까요."

둘의 모습을 창을 통해 지켜보던 크리스는 옆에 같이 서 있는 휀의 어깨에 기대며 웃음을 띠었다. 휀 역시 부정할 마음은 없는 듯 묵묵히 부인의 어깨에 손을 올렸다.

그때 휀 부부를 지켜보던 사바신이 노장들에게 물었다.

"근데 할아버지들은 여기 왜 왔어요?"

이반은 볼보스와 마찬가지로 떫은 표정을 지은 채 나지막이 답했다.

"국가 비상사태 때문에."

"오호, 그래요? 축하해요."

사바신은 길게 한숨을 내쉬었다. 자신들이 왜 이 방에, 그것도 극장 관객처럼 일렬로 앉아서 휀 부부를 바라봐야 하는 것일까. 넷은 휀이 헛기침을 하며 자신들을 향해 돌아설 때까지 막막한 회의감을 느껴야만 했다.

저녁 식사 시간.

슈웰이 휀과 함께 왕궁에 남은 탓에 테이블을 이용하는 사람의 숫자는 늘지도 줄지도 않았다.

크리스와 사바신, 레디는 함께 식사를 하며 이런저런 얘기를 나눴다. 고아원 이야기로 시작해서 나중엔 점차 휀과 그 주위의 사람들 얘기로 이어졌다.

"그래요? 리오 씨하고 사귀는 여자라…… 그렇다면 상당히 예쁠 것 같은데요?"

크리스의 물음에 사바신은 킥킥 웃으며 대답했다.

"하핫, 예쁘긴 엄청나게 예쁘죠. 그래도 성격은 의외로 무지 세더라고요. 광휘의 여신이 아니라 질투의 여신이라니까요, 하하핫!"

"예? 무슨 말이죠?"

"최근에 리오 녀석을 보셨다니 설명하기 쉽겠네요. 녀석 머리 위에 비리비리 날아다니는 빛의 가디언 아가씨 보셨죠? 사실 그 애는 그 여신님을 보좌하기 위해 주신 할아범이 내려 주신 건데, 그여신 아가씨가 리오에게 그 앨 붙여 버렸죠. 도움을 주기 위해서다하긴 하지만 사실은 리오 감시용이에요. 녀석이 눈웃음 한 번 때리고, 말발 죽이게 깔면 어지간한 여자들은 꼬리를 내리잖아요. 그럴 때마다 곧이곧대로, 또는 눈덩이처럼 살을 붙여서 그 여신 아가씨에게 보고해 버리죠."

후식으로 나온 과일을 들던 크리스는 그 말에 결국 실소를 터뜨리고 말았다.

"그래요? 너무하네요. 여러분 같은 사람들이야 오랜 시간 동안 수많은 사람과 접하게 되니 외도 아닌 외도를 할 수도 있잖아요. 눈 맞는 사람이 한둘이겠어요?"

그러자 레디가 배시시 웃으며 고개를 저었다.

"하하, 아니에요, 형수님. 사바신이나 저, 지크에게는 그런 로맨스가 없어요."

그 말을 뱉은 직후, 레디는 아차 하며 사바신 쪽을 바라봤다. 심한 연애 콤플렉스가 있는 사바신 앞에서 로맨스라는 말을 꺼낸다는 건 성난 황소 앞에서 빨간 머플러를 목에 두르는 것과 같았다.

하지만 일이 번진 건 다른 쪽이었다.

"자, 잠깐. 그럼 그이에게도 그런 로맨스가 있었단 말이에요?"

"네?"

막 화를 내리던 사바신과 긴장하고 있던 레디는 움찔하며 크리스를 바라봤다. 생각해 보니 자신과 지크, 사바신 외엔 모두 '어떤 일'이 있었다는 말이나 마찬가지였다.

레디는 해명하려 했으나 이미 불은 기름에 옮겨 붙은 후였다.

"그, 그러니까요, 형수님. 제 말뜻은 그게 아니라…….."

"어서 말을 해 봐요, 레디 씨! 도대체 그이가 몇 명하고 놀아난 거죠? 설마 리오 씨만큼?"

'큰일이다.'

몸을 깊숙이 숙여 크리스의 시선을 피한 사바신은 슬그머니 식당 밖으로 빠져나갔다. 그를 붙잡고 싶었지만 그럴 수 없었던 레디는 결국 그녀의 매서운 취조에 홀로 시달려야만 했다.

아예 저택 밖으로 빠져나온 사바신은 식후의 담배를 즐기며 레디를 마음속으로 위로했다. 그는 기분 좋게 연기를 뿜으며 중얼댔다.

"구해 주지 못해서 미안하다, 레디. 하지만 난 살고 싶었어."

그는 미소를 띠며 중얼거렸다.

"아저씨, 추운데 여기서 뭐 하세요?"

멀리서 슈웰의 목소리가 들려왔다. 사바신은 미소를 띤 채 그녀가 오는 쪽을 돌아봤으나 안타깝게도 그녀의 뒤에 휀이 서 있었다.

사바신 앞에 쪼르르 달려온 슈웰은 그가 묵묵부답이자 인상을 쓰며 다시 물었다.

"뭐예요, 대답도 안 하시고. 무슨 일 있어요?"

"아, 아니, 별로. 그런데 대장, 왜 이리 빨리 왔어?"

양손을 주머니에 찔러 넣은 휀은 그를 슬쩍 지나치며 간단히 답했다.

"대답할 이유가 있나?"

"그, 그런 건 아니지만…… 어쨌든 들어갈 때 조심하는 게 좋아, 대장."

휀은 별다른 반응 없이 저택 안으로 들어갔다. 사바신은 왠지 불안했는지 슈웰의 손을 잡아끌며 급히 그를 따랐다.

그러나 그가 안에서 본 것은 그야말로 의외의 광경이었다.

"어머, 때마침 돌아왔군요, 당신? 역시 우리는 뭔가 통한다니까. 후훗, 빨리 들어가요, 여보. 오늘 저녁 식사가 굉장히 맛있게 됐거든요. 어서요, 다 식겠어요."

뭐가 그리 신났는지 크리스는 휀의 코트를 손수 벗겨 주기까지 하며 그를 식당으로 이끌었다. 또다시 당황한 사바신은 빙긋 웃으며 자신에게 다가오는 레디에게 이유를 물었다.

"무, 무슨 말을 한 거야? 설마 저렇게 데려간 다음 칼로 찌르는 건 아니겠지?"

"아냐. 대장…… 아니, 휀 선배와 세이아 여신 사이에 있었던 얘기를 솔직히 말씀드린 것뿐이야. 사실, 그 얘긴 누가 들어도 멋진 사랑 얘기잖아. 그걸 말씀드리니 형수님도 엄청 감격스러워하시더라고. 그이에게 그런 면이 있었다니…… 하시면서 말이야."

"젠장……."

뭔가 다른 것을 기대했을까. 사바신은 불만스레 입술을 내밀었다. 하지만 그보다 더 불만에 휩싸인 인물이 있었으니…….

"아저씨, 팔 아프다니까요! 왜 갑자기 사람을 끌고 들어와서 이러는 거예요!"

시간은 그렇게 흘러갔다. 일단은 평화롭게…….

3장
평원의 사투

1

회색의 광전사(狂戰士)

드라켄 왕국의 습격 소식이 전해진 지 8일이 지났다.

7일째 접어든 날, 인접 요새의 1만여 병사가 소집된 직후, 에스토드 왕국 군대 2만은 결전지 메레벤토스 평원으로 진군했다.

공군 병력 5천 명이 포함되지 않아 하늘이 조금 불안하긴 했지만 그래도 병사들과 각 장군들의 표정에서는 긴장감 외에 큰 불안감을 찾아볼 수 없었다.

클라리스 공주가 자신들 사이에 있다는 사실도 불안을 가중시키지는 못했다. 일단 클라리스가 재상과 함께 있다는 것도 이유 중의 하나였지만, 가장 큰 이유는 진군하기 전부터 보통 병사나 기사 중에 클라리스의 얼굴을 본 사람이 없다는 것이었다.

그렇다고 해서 클라리스가 따라오지 않았다는 것은 아니다. 조금 답답하긴 했지만, 자기 때문에 병사들이 불안해할지도 모른다는 얘기를 들은 후 클라리스는 휀의 마차나 천막에서 한 발자국도 나오지 않았다. 병사들은 처음 공주에 대한 얘기를 접했을 때 말고는 공주를 거의 신경 쓰지 않았다.

거의 갇혀 있다시피 한 클라리스였지만 지금 상황이 견디지 못할 정도는 아니었다. 크리스나 슈웰 등 낯익은 사람들이 많았기 때문이다. 그런데 전력에 대단한 플러스 요인이 되는 크리스는 그렇다 쳐도 아직은 애송이에 불과한 슈웰은 왜 여기 있는 것일까?

전투에 대한 경험을 쌓게 하기 위한 것도 있었지만 가장 큰 이유는 클라리스 때문이었다. 좋고 싫음을 겉으로 잘 드러내지 않는 성격인 그녀에게 슈웰은 6년 동안 마음의 통역관 역할을 해 준 중요한 인물이었다.

어쨌든 모든 병사들은 한 발 한 발 전진할 때마다 조금씩 가중되는 긴장감을 즐기듯 홀가분한 표정으로 진군을 계속했다.

그러나 그와는 다른 이유로 선두를 맡은 돌격 보병대의 표정은 조금 좋지 않았다.

"이봐, 새로 대장을 맡은 저 남자 말이야. 왠지 무섭지 않아? 피부색도 그렇고……."

한 병사의 말에 다른 병사가 동감을 표시했다.

"응. 게다가 기분 나쁜 웃음소리도 장난이 아냐. 뭔가 꺼림칙해. 아무리 재상 각하께서 직접 부르셨다지만 맘에 들지 않는군."

두 병사와 다른 병사들의 시선이 곧 무기 마차 쪽으로 쏠렸다. 직육면체 모양으로 생긴 무기 보관 마차 위엔 팔시온 계열의 거대한 검을 든 회색 피부의 거한이 정좌하고 있었다.

에스토드 왕국의 차가운 날씨에도 아랑곳하지 않고 상의를 입지 않은 그 남자의 뒷모습은 회색 피부와 회색에 가까운 은색 머리만 아니었다면 정말 멋지다는 생각이 들 정도였다. 숨 쉴 때마다 꿈틀대는 굵직한 근육들……. 군살이란 없었다. 어떠한 갑옷보다도 더 웅장하고 단단해 보였다.

남자의 빈틈없는 팔 근육이 무겁게 춤을 췄다. 그의 묵직한 손이 잡은 것은 다름 아닌 작은 술통이었다. 남자는 50도가 넘는 40년 산 증류주 원액을 벌컥벌컥 들이켜더니 흑색의 탄탄한 손목으로 입가를 닦으며 낮게 웃음 지었다.

"크크큭, 멋진 경치에 멋진 술이로군."

주위의 병사들은 그 남자의 웃음소리를 들을 때마다 몸서리를 쳤다. 그의 웃음은 광기 그 자체였기 때문이다. 그래도 안심이 되는 것은 그 남자가 적이 아닌 아군이라는 점이었다.

그때 남자가 탄 마차 뒤로 거대한 목도를 든 남자가 다가왔다. 돌격 보병대 임시 부대장 사바신이었다.

"어이, 바이론. 추운데 술 좀 같이 마시자고. 보아하니 독한 것 같은데 말이야."

회색의 거한 바이론은 별말이 없었다. 허락하는 뜻이란 것을 잘 아는 사바신은 씩 웃으며 마차 위로 가볍게 올아갔다.

사바신도 컸지만, 몸집은 바이론과 비교할 수 없었다. 키 차이는 손 하나 길이만큼밖에 나지 않는데도 근육이 더욱 우람해서인지 바이론이 사바신보다 월등히 커 보였다.

비정상적이라고 할 수 있을 만큼 부푼 바이론의 근육과 상당히 단련된 듯한 사바신의 근육 역시 차이가 컸다. 물론 단단하기는 마찬가지였지만.

술을 한 모금 마신 후 크게 숨을 뱉은 사바신은 머리를 강하게 흔들더니 입을 열었다.

"우아, 상당히 센데? 그건 그렇고 바이론, 그 하얀색 공주 어떻게

177

생각해? 며칠 겪어 보니까 되게 착하던데……."

바이론이 나지막이 웃음을 흘렸다.

"크큭, 알아 봤자 네 머리엔 도움이 안 될 텐데?"

"그래도 내가 느끼는 거랑 네가 느끼는 거랑 좀 다를 거 아냐. 난 그게 궁금한 것뿐이라고."

말을 맺은 사바신은 다시 술 한 모금을 넘겼다. 잠시 아무런 말도 하지 않던 바이론은 특유의 굵직한 목소리로 대답했다.

"휀이 데리고 다닐 정도의 가치는 있다. 크큭, 그래도 그것보다 더 크게 느껴지는 것이 있긴 하지. 너도 알 것이다. 착한 사람일수록 그늘 역시 크다는 것을……."

"무슨 말이야?"

눈을 휘둥그레 뜬 사바신에게 바이론의 답변이 이어졌다.

"크크큭, 인간이 가진 수천 개의 가면 중 '착하다'는 가면을 벗기면 뭐가 나오는지 아나? 악마가 나온다. 그것도 고약한 냄새를 풍기면서 말이지. 크크크큭, 착한 짓을 하면서, 남에게 좋은 모습을 보이면서 인간이 속으로 쌓는 더러운 감정은 그 농도가 진하다. 이렇게 비유하면 좋겠군. 황금 가면을 보는 사람은 그 화려함에 웃음을 짓지만, 정작 그 가면을 쓴 사람의 표정은 일그러진다. 가면 속에서 풍기는 황금의 고약한 냄새 때문에, 크크크……."

"그, 그럼 설마 그 공주도 그렇다는 얘기야?"

그러자 바이론은 광소를 터뜨렸다.

"크큭, 크하하하핫! 그런 보통 인간이었다면 휀이란 녀석이 신경이나 쓸까? 크크큭, 그 공주는 겉이나 속이나 똑같다. 내가 느낀 건 고작 그 정도다."

경험에서 나오는 통찰력이라고 해야 할까, 아니면 동물적인 감각이라고 해야 할까. 어쨌거나 바이론의 그 말은 사바신의 가슴 깊숙이 와 닿았다. 그는 담배를 물며 나지막이 중얼댔다.

"휀이 그 아이를 지키려고 하는 이유를 어느 정도 알 것 같아. 만난 지 일주일 남짓 됐지만 난 그처럼 깨끗한 아이를 본 적이 없어. 얼굴도 예쁘고 가끔 보여 주는 미소도 귀엽지만, 그런 것을 떠나서 그 아이를 지켜 주고 싶었어. 지켜 주지 않으면 정말 큰일이 벌어질 것 같아. 깨끗한 유리컵에 흠집이 날까 두려운 것과는 차원이 다른 느낌이야. 무섭기까지 하다니까."

바이론보다 짧긴 하지만 어느 정도 연륜이 쌓여서일까, 사바신 역시 그럴듯한 말을 늘어놓았다. 바이론이 비웃지 않는 것만 봐도 그랬다. 아마 그 역시 같은 생각을 했는지도 모른다.

"아, 어제 형수님 봤지? 세이아 아가씨와는 비교할 수 없지만 그래도 예쁘지 않아? 휀과 딱 어울리더라고. 그 얼음덩어리 같던 휀 녀석도 그 여자 앞에서는 부드럽게 보이더라니까. 하하핫!"

"크큭, 모르지. 녀석에겐 세이아의 대타일지도……."

바이론의 말에 사바신은 어깨를 으쓱했다.

"쩝, 그럴지도 모르지만 일단 둘 다 서로를 믿고 좋아하는 것 같았어. 이번 일이 끝나고 둘이 헤어지게 되면 그 둘만큼이나 주위 사람들도 아쉬워할 거 같아."

"크크큭, 어울리지 않게 감상적인 말을 떠벌리는군. 6년 동안 꼬마들하고 놀아서 그런가?"

"꼬마들 얘기는 꺼내지도 마. 말만 들어도 기저귀 냄새가 콧속에서 진동하는 것 같다고. 레디 녀석을 불렀기에 망정이지, 안 그랬으면…… 우욱."

사바신은 손을 휘휘 저으며 기억을 지우려 애썼다. 그때 멀리서 휴식 시간을 알리는 종소리가 들려왔다.

사바신은 즉시 일어나 자신의 목도를 휘두르며 대열 정지 신호를 보냈고, 거기에 맞춰 대열은 천천히 정지했다.

"자, 점심이나 먹어 볼까? 넌 점심 안 먹어도 괜찮지?"

사바신은 미리 싸 온 빵과 햄을 주머니에서 꺼내며 바이론을 바라봤다. 하지만 바이론은 대답 대신 다시 술을 들이켤 뿐 아무 말도 하지 않았다.

'녀석은 단백질 보충을 도대체 어디서 하는 걸까? 설마 피를 마시는 걸로?'

사바신은 잠시 그런 의문이 들었다.

"아저씨! 사바신 아저씨!"

이윽고 멀리서 슈웰의 목소리가 들려왔다. 때마침 식사를 끝낸 사바신은 올 것이 왔다는 듯 씩 웃으며 바이론의 어깨를 두드렸다.

"하핫, 어제 내가 말했지? 너하고 한판 붙어 보고 싶어서 미칠 지경인 아이가 있다고 말이야. 어서 만나 봐. 저기 왔으니까."

바이론의 굵은 목이 슬그머니 방향을 바꿨다.

대열의 맨 끝에서 여기까지 뛰어온 탓인지 마차 옆에 선 슈웰은 숨을 크게 몰아쉬었다. 그러면서도 그녀는 자신을 흘끔 바라보고 있는 회색 거한의 모습을 조금이라도 더 자세히 보려고 애썼다.

웬만큼 호흡을 진정시킨 그녀는 활짝 웃으며 자신을 소개했다.

"처음 뵙겠습니다! 저는 슈웰 브렌든, 열네 살입니다! 갑작스런 제 행동에 좀 당황스러우실지 모르겠지만 대련을 부탁드립니다, 바이론 님!"

소녀의 제안에 바이론은 간단히 답했다.

"크큭, 꺼져라."

"예? 아, 아니 왜요!"

슈웰의 얼굴은 금방 흐려졌다. 바이론은 다시 술을 마시며 대답했다.

"미안하지만, 난 검을 장난으로 휘두르진 않는다. 크크큭, 대련 따위로 실력을 키울 생각이면 다른 얼간이를 찾아봐. 지금 네 꼴은 개미가 힘을 키우겠다며 사자의 꼬리를 붙잡고 있는 것과 마찬가지다."

수준이 맞는 상대를 찾으라는 말이었다.

그러나 브라디를 통해 바이론의 얘기를 너무 감명 깊게 전달받은 탓인지 슈웰은 포기하지 않고 다시 말했다.

"좋아요. 그럼, 이 휴식 시간 동안만이라도 저를 가르쳐 주세요. 저는 꼭 아저씨에게 검술을 배우고 싶단 말이에요."

바이론은 그 당돌한 꼬마를 다시 돌아봤다. 소질이 있어 보이긴 했지만 천부적으로 보이지는 않았다. 대신 훈련으로 엄격히 다져진 매우 훌륭한 몸을 가지고 있었으나 뭔가 중요한 것이 빠진 것 같았다. 그것이 무엇일까?

"크큭."

바이론이 갑자기 실소를 터뜨리자 슈웰과 사바신의 표정이 변했다. 슈웰은 비웃음을 당했다는 생각에 얼굴을 찡그렸고, 사바신은 그럴 만한 상황이 아닌데도 웃음이 나왔다는 사실에 놀란 얼굴을 했다.

그가 웃음을 터뜨린 이유는 이것이었다.

'크큭, 사람을 죽여 본 적이 없군. 가장 중요한 걸 배우지 못했어.'

그의 생각을 읽을 능력이 없는 슈웰은 바이론이 계속 알 수 없는 미소만을 흘리자 결국 화를 버럭 내며 말했다.

"아저씨, 너무하잖아요! 싫으면 싫다고 화끈하게 얘기하시지, 왜 이상하게 웃기만 하는 거예요! 제가 그렇게 우습게 보이시나요?"

"크큭, 그렇게 보였나?"

대답과 함께 바이론은 천천히 몸을 일으켰다. 사바신은 혹시나 하며 그를 말릴 준비를 했으나 마차에서 내린 회색 거인은 소녀의 작은 머리를 약간 강하게 토닥이며 말했다.

"네 검술은 즐기는 검술이다. 내 검술도 즐기는 검술이다. 그러나 내 검술 앞엔 '살육'이란 단어가 붙지. 크크큭, 그 차이를 넘지 못하는 한 넌 나에게 검술을 배울 수 없다."

남자의 큰 손이 만든 그늘 속에서 소녀의 갈색 눈동자가 반짝였다.

살육.

6년 전, 자신의 부모를 생명체에서 유기 물질 덩어리로 변하게 만든 짤막한 단어.

열 살이 되던 해, 마차에 치어 죽은 사람의 모습을 보고 그녀는 자신의 부모가 10년만 자면 깨어나는 잠에 빠진 것이 아니라 죽었다는 사실을 깨달았다.

자신의 동생 역시 들판의 야수들과 함께 살고 있는 것이 아니라 그들의 식사거리로 생을 마감했다는 것 역시 깨달았다.

결국 그녀는 이루 말할 수 없는 충격에 빠졌으나 휀과의 대화로 안정을 찾을 수 있었다.

"모든 생명은 죽는다. 그 모든 생명의 종착역이 바로 죽음이다. 그것은 막을 수도 되돌릴 수도 없다. 그러나 자연스러운 죽음이 아닌 다른 존재에 의한 죽음은 막을 수 있다."

소녀는 그 해법을 물었고, 대답은 이내 주어졌다.

"힘이다. 상대를 뛰어넘을 수 있는 힘이 있다면 원치 않는 죽음을 막을 수 있다. 금전적인 힘으로 그 존재를 매수해 위기를 넘기거나 물리적인 힘으로 그 존재를 제압하는 것이다. 그 두 가지 중 하나를 가지고 있다면, 자신에게 닥치는 죽음은 물론이거니와 다른 사람에게 닥친 죽음까지도 막을 수 있다."

"하지만 남을 해치는 건 좋지 않은 행동이잖아요. 자신과 남을 위해 싸우는 것도 좋지만 기본적으로는 남을 해치는 것인데……."

그 질문에 대한 대답은 간단했다.

"싫으면 하지 마."

그 짧은 답변 속에 숨겨진 뜻을 소녀 슈웰은 아직까지 이해하지 못했다. 그러나 잠시 후 그녀는 어렴풋이나마 그 뜻을 이해할 수 있었다.

"우선 현장 견학부터 시켜 주마. 크크큭, 마침 재미있는 녀석이 다가오고 있군."

그 말에 사바신은 움찔하며 주위를 둘러보았다. 그는 뭔가 거대하고 불결한 것이 날아오고 있음을 느꼈다.

그들에게 시선을 집중하고 있던 몇몇 병사들 덕분인지 다른 돌격 보병대 병사들 역시 긴장감으로 침을 삼키며 주위를 둘러보았다.

"근데 이게 무슨 냄새지? 뭔가 썩는 냄새가 풀풀 풍겨 오는데?"

한 병사의 불평이 다른 병사들의 긴장감을 약간이나마 해소해 주는 듯싶었다. 그러나 그 불평은 이내 공포로 변해 하늘을 울렸다.

"저, 저걸 봐! 뭔가 날아오고 있다!"

병사들의 시선이 일시에 전방으로 향했다.

빠른 속도로 커지고 있는 두 개의 존재, 그것은 다름 아닌 최강의 생물 드래곤이었다.

그러나 그 거대한 생물이 지면에 발자국을 찍었을 때 병사들은 공포보다 더 무섭게 번져 오는 악취에 인상을 찡그렸다.

"욱, 뭐야, 이 냄새는!"

"빌어먹을, 드래곤좀비다!"

한 노련한 병사의 말대로 그 두 마리의 드래곤은 이제 거룩한 최강의 생물이 아닌 공포와 살육의 저주에 농락되고 있는 불쌍한 언데드 몬스터에 지나지 않았다.

거의 썩어 버린 육체에서 각종 곤충의 유충들이 야릇한 냄새의 액체와 뒤섞여 비어져 나왔고, 찬란한 브레스가 뿜어져야 할 입에서는 정신마저도 부식시키는 듯한 유독 가스가 새어 나왔다.

그렇다 해도 우습게 볼 수는 없었다. 최강의 생물로 만들어진 좀비인 이상 좀비 중에서는 최강이었기 때문이다.

그러나 대검을 불끈 거머쥔 회색의 거한에게는 그것이 우습게 보이는 모양이었다.

"크크큭, 드래곤좀비라……. 살아 있는 드래곤을 벨 때보다는 덜하지만 그래도 녀석을 베는 감촉은 즐길 만하지. 녀석을 벤 것이 하도 오래전이라 거의 잊을 뻔했는데 이거 신의 가호가 따르는군. 크큭, 크크크큭, 크하하하핫!"

바이론은 이내 이마를 잡고 광소를 터뜨렸다. 병사들은 그가 공포에 질린 나머지 미친 것이라 생각하고 슬슬 뒷걸음질을 쳤지만, 드래곤좀비의 냄새를 잊으려는 듯 담배를 피우는 사바신과 '현장 견학'에 집중한 슈웰만은 꿈쩍도 하지 않았다.

"쿠오오!"

이윽고 으르렁대기만 하던 드래곤좀비 한 마리가 바이론을 향해 돌진했다. 뛸 때마다 썩은 살점이 튀고 뼈가 흔들렸지만 신경은 앞에 보이는 회색 생명체에 집중되어 있었다.

바이론이 공격 범위 내에 들어오자 드래곤좀비는 뼈와 근육만이 앙상하게 남은 앞발을 들어 올리며 공격 태세를 갖췄다.

"쿠오오오!"

자신을 노린 드래곤좀비의 거성이 터지자 여전히 이마를 잡은 채 웃고 있던 바이론의 두 눈이 붉은색으로 번뜩였다. 그의 입술이 버릇처럼 움직인 것은 그 직후였다.

"크큭, 죽는 거다!"

순간 엄청난 폭음과 함께 거대한 충격파가 바이론 앞쪽에서 기둥처럼 솟아올랐다.

그 모습에 슈웰은 도저히 입을 다물 수가 없었다. 바이론의 자세와 검의 위치가 바뀐 것으로 보아 그가 검으로 대기 중에 충격파를 만든 것이 분명했다.

예전에 리오라는 남자가 망토로 만든 충격파로 상대의 공격을 무효화하는 것을 두 눈으로 똑똑히 본 슈웰이었다. 그러나 지금의 충격파는 그때의 그것과 파괴력의 수준이 달랐다.

"마, 말도 안 돼!"

그 충격파에 휘말린 드래곤좀비의 상반신은 어디론가 사라졌다. 남은 하반신이 꿈틀댄 것도 잠시, 그 드래곤좀비는 뼈와 피부 조각으로 완전히 나뉘며 산산이 흩어졌다.

일격에 하나를 처리한 바이론은 다시금 광소를 터뜨리며 다른 하나를 향해 돌진했다.

"크하하하핫! 우오오오!"

단숨에 드래곤좀비의 머리 높이까지 뛰어오른 바이론은 검으로 상대의 머리를 무지막지하게 쳐 내렸다.

베어졌다기보다는 터져 나갔다고 보는 것이 옳을 정도로 드래곤좀비의 머리는 크게 부서져 바닥에 떨어졌으나, 역시 좀비이기 때문인지 신체가 사라진 것에 개의치 않고 적에게 공격을 퍼부었다.

드래곤좀비의 머리가 있던 부분, 즉 목구멍에서 무서운 소리와 함께 시커먼 가스가 뿜어졌다. 머리가 잘린 닭이 목의 단면에서 피를 뿌리며 날갯짓을 하는 것과는 그 규모와 공포 면에서 차원이 다른 광경이었다.

병사들의 얼굴은 점점 질려 갔지만 그 광경을 만든 사람의 반응은 조금 달랐다.

"크큭, 부식 가스인가? 그렇다면 놀이의 흥미가 떨어지지. 크크큭, 슬퍼서 미칠 지경이구나! 크하하하하핫!"

마치 즐기는 듯 바이론은 광소를 더욱 높여 갔다. 그 웃음소리를 따라 돌려진 드래곤좀비의 목구멍에서는 가스가 강하게 분출됐고, 거기에 맞춰 바이론은 오른손을 뻗었다. 그러자 그의 굵직한 팔뚝을 붉은빛의 문자들이 사납게 휘감았다. 1급 마법, 플레어의 주문진(呪文陳)이었다.

그것이 완성된 직후, 바이론의 손에서는 적황색의 빛이 뿜어졌고 가스를 순식간에 삼켜 버린 그 거대한 빛줄기는 드래곤좀비의 육체까지 휩쓸고 하늘 높이 치솟았다. 천정(天頂)에 다다르자 그 빛은 대폭발을 일으키며 저주받은 드래곤의 몸을 완전히 소거시켰다.

"뭐야, 무슨 일인가?"

전열에서 들려온 폭발음과 비명에 놀라 달려온 사령관 볼보스는 드래곤좀비가 나타났다는 것을 증명해 주는 뼈와 고기 조각, 그리고 공포와 황당함에 질린 병사들의 모습에 할 말을 잃고 말았다. 물론 그에게 결정타를 날린 것은 이마를 잡고 웃는 바이론의 파괴적이고 광적인 모습이었다.

"재상 각하의 측근들은 모두 이해하기 힘들군. 그나마 정상인 사람은 크리스 여사이신가?"

볼보스는 쓸쓸히 웃으며 혼란에 빠져 있는 병사들을 정리하기 시작했다.

드래곤좀비의 습격 사건이 벌어진 날 저녁. 전투복 차림의 크리스는 빵과 우유, 그리고 햄 등을 평소의 배 이상으로 먹어 대는 슈웰의 모습에 놀라움을 금치 못했다.

그녀와 함께 식사를 하던 클라리스와 레디는 입만 벌리고 있을 뿐이었다.

"슈웰, 아침하고 점심 먹지 않은 거니? 왜 이렇게 많이 먹어?"

가슴을 두드리면서 빵을 삼키던 슈웰은 이번엔 우유 반 컵을 단숨에 들이켜고 대답했다.

"몸을 불리려고요. 생각해 봤는데 제 몸이 다른 사람들에 비해 너무 가냘픈 것 같더라고요. 오늘부터라도 많이 먹고 몸을 불릴 거예요."

크리스는 오랜만에 푼 머리를 긁적이며 레디를 바라봤다.

"오늘 애 누굴 만났기에 이러나요? 혹시 알아요, 레디?"

수프를 숟가락으로 휘적대던 레디는 평소대로 팔자(八字) 눈썹을 만들며 웃어 보였다.

"바이론 선배를 만난 모양이에요. 대련은 하지 못했겠지만, 대신 그분이 드래곤좀비와 싸우는 모습을 봤을걸요? 맞지, 슈웰?"

슈웰은 먹으면서 고개를 끄덕였다. 그러자 크리스는 한숨을 길게 쉬며 충고했다.

"슈웰, 설마 그 아저씨처럼 몸을 불릴 생각은 아니겠지? 여자는 그렇게 되고 싶어도 될 수가 없어. 가끔 별종이 나타나긴 하지만 여자는 근육이 아무리 늘어 봤자 나 정도가 한계야. 그리고 지금의 네 몸매도 그리 가냘프진 않을걸? 혹시 가냘프다는 단어의 뜻을 모르는 건 아니겠지?"

슈웰은 먹던 것을 멈추고 불만스레 크리스를 올려다봤다. 크리스는 클라리스의 등을 살짝 토닥이며 말했다.

"공주님의 경우를 생각해 봐. 넌 공주님에 비해 곰 아가씨라니까? 그리고 혹시라도 남과 똑같은 검술을 펼치고 싶다고 생각한다면 그 생각은 지금 버려."

"예?"

크리스의 말대로 생각하고 있던 슈웰의 몸이 움찔했다. 그녀와 레디, 클라리스는 이어진 크리스의 말에 집중했다.

"검술이란 것은 자신의 몸에 맞춰 개발하고 발전시키는 것이 정석이야. 간단히 예를 들어 40평생 찌르기만 연습한 사람과 40평생 다양한 검술을 익힌 사람이 붙으면 찌르기만 연습한 사람이 이긴단다. 왜일 것 같니?"

슈웰은 대답 대신 고개를 갸웃거렸다. 크리스는 자신의 식사를 간이 식탁 위에 옮긴 뒤 자리에 앉으며 말을 이었다.

"찌르기만 연습한 사람은 찌르기라는 기술을 수천, 수만 번 사용하면서 어떤 상황에서 어떻게 찌르기를 하면 이긴다는 것을 익히게 되지. 찌르기를 단순한 기술이 아니라 필살의 기술로서 승화시킨다는 말과 같아. 그것이 자신만의 검술이 지니는 강함이야. 물론 그만큼 익히기도 어렵지만 말이지. 나와 그이가 6년 동안 너에게 기본 기술만 가르친 이유는, 네가 자신의 검술을 완성시킬 수 있도록 기반을 다져주기 위함이었어. 우리는 네가 네 자신의 검술을 완성하기 쉽게 도와주고 있는 것뿐이란다."

"응…… 예."

슈웰은 슬그머니 대답하며 수저를 놓았다. 가만히 그녀를 지켜보던 클라리스는 심각한 표정으로 크리스의 말을 되새기고 있는 슈웰의 앞쪽 탁자를 숟가락으로 두어 번 두드렸다. 슈웰의 시선이 자신에게 향하자 그녀는 빙그레 웃으며 말했다.

"슈웰은 잘할 수 있을 거예요. 지금까지 하루도 거르지 않고 열심히 훈련해 왔잖아요. 그리고 또 즐겁게 해 왔고요. 그런 정성 때문에라도 저는 슈웰이 꼭 강한 검사가 될 수 있을 거라고 믿는답니다. 그래야 예전의 약속을 지켜 주실 수 있을 것 아니에요."

공주가 말한 그 약속이 어떤 것인지는 몰라도 잠시나마 시무룩해졌던 슈웰의 표정은 이내 밝아졌다. 추가로 레디가 그녀를 응원해 주었다.

"사바신에게 들었어. 바이론 선배가 너에게 살육이란 것을 말했다고 말이야. 그 말에 대해서는 크게 신경 쓰지 않아도 괜찮아. 하지만 너무 신경을 안 쓰면 그것도 곤란할지 몰라. 내가 주제넘게 나서는 것인지는 몰라도 칼을 막을 수 있는 것은 결국 칼뿐이라는 사실을 알아둬야 해."

"이야, 레디가 그런 말을 하다니, 의외인데요?"

크리스의 칭찬에 그렇지 않아도 부끄러움을 잘 타는 레디의 얼굴이 붉게 물들었다. 그는 버릇처럼 머리를 긁적이며 말을 이었다.

"바이론 선배가 말한 살육의 진짜 뜻은 바로 경험이야. 슈웰의 나이가 어린 만큼 경험도 부족하다는 말이지. 앞으로 일어날 전투를 지켜보면서 그 경험을 간접적으로 쌓아 봐. 바이론 선배가 네 앞에서 드래곤좀비를 처리한 것처럼 이 전투에 참가한 모든 사람들이 너에게 멋진 경험을 안겨 줄 테니까. 아, 혹시 내 말에 기분이라도 상한 건 아니지?"

"아, 아니에요. 좋은 말씀들 감사합니다!"

슈웰은 예전처럼 밝게 웃으며 모두에게 허리를 굽혔다.

그리고 밤이 됐다.

클라리스 등이 깊이 잠든 것을 확인한 슈웰은 검을 들고 천막을 나섰다. 크리스가 자신에게 말했던 그 '자신만의 검술'을 조금씩이나마 그리고 하루빨리 익혀 보고 싶었다.

식사 후 미리 봐 두었던 공터로 간 슈웰은 자신보다 한 발 먼저 자리를 차지한 사람들이 있다는 사실에 인상을 찡그렸다. 하지만 그 사람들이 휀과 바이론이란 것을 알고는 숨죽이며 그들의 얘기에 귀를 기울였다.

"크큭, 지금의 너라면 사바신이 담배 한 대 태울 시간에 없앨 수 있다는 말이다."

그 전에 무슨 얘기가 오갔는지 슈웰은 알 수 없었지만 바이론이 휀에게 한 말은 상당히 충격적이었다. 휀은 덤덤히 연기를 흘리며 물었다.

"어째서?"

상대의 자존심을 뭉개기 충분한 소리를 했는데도 바이론은 아무렇지도 않은 듯 가볍게 술을 들이켰다. 그는 이내 광기 어린 미소를 지으며 답했다.

"그 이유에 대해선 네가 더 잘 알 텐데. 크크큭, 넌 지금 죽기를 두려워하고 있다. 죽어도 몇 개월 후면 다시 나타나는 주제에 말이지. 자세히 말하자면 죽는다는 개념보다 자신이 죽은 후 곁의 사람들이 슬퍼할 모습을 두려워하고 있다. 크크큭, 틀린 말인가? 하지만 틀린 말이라고 하면 고작 4만을 상대하기 위해 나와 사바신, 레디를 끌어들인 이유가 설명이 안 되는군. 그 쓰레기들 4만 때문에 가즈 나이트가 넷이나 동원되다니, 크크크큭."

휀은 별다른 대답도 항변도 하지 않았다. 그는 담배꽁초를 옆쪽으로 버리며 낮게 중얼댔다.

"틀린 말은 아닌 것 같군. 내가 약해졌다는 것도, 두려워한다는 것도 그리고 판단 능력이 저하됐다는 것도……. 네 말을 인정하겠다."

순간 바이론의 묵직한 주먹이 그의 안면에 날아들었다. 휀은 중심을 잃고 바닥에 쓰러졌고, 바이론은 그의 멱살을 잡아 들어 올리며 눈을 번뜩였다.

"멍청한 녀석……!"

입가에서 피를 흘리면서도 휀은 아무런 말을 하지 않았다. 그리고 그를 보는 바이론의 얼굴에서 더 이상 광기를 찾아볼 수 없었다.

"처음이군. 휀 라디언트의 나약한 모습을 보는 건 말이야."

"실컷 구경하도록."

바이론의 이에서 부드득거리는 소리가 터졌다.

그 광경을 지켜보던 슈웰은 어찌해야 할까 망설였다. 자신이 나가서 바이론을 말려야 하는 것일까 아니면 조금 더 상황을 지켜봐야 하는 것일까.

그러는 동안 바이론의 얘기가 다시 이어졌다.

"네가 진짜로 두려워하는 것을 가르쳐 줄까? 넌 너에게 다가오는 그 따뜻한 감정에 자신이 변해 간다는 사실을 두려워하고 있다. 네가 가즈 나이트가 되기 전의 모습으로 변할까 무섭겠지? 그때의 추하고 비겁한 모습으로! 그러나 착각하지 마라!"

바이론은 휀의 몸을 땅바닥에 내던지고는 바닥에 쓰러진 휀을 향해 계속 말했다.

"넌 달라진 게 없다! 자신의 진짜 모습을 9백 년 가까이 얼음의 가면으로 가려 온 네 모습이 그걸 증명하고 있다! 비겁하지 않나? 그리고 미안하지도 않나? 그런 가식적인 모습에 감명받아 너를 따르다가 바보같이 사라져 간 사람들에게 말이다! 넌 제2, 제3의 누이를 만들어 왔다! 그리고 지금도 만들려 하고 있다!"

"……."

휀은 묵묵히 입가의 혈흔을 닦아 냈다.

그때 멀리서 누군가의 발소리가 들려왔다. 술통을 들고 바이론을 찾던 사바신이었다.

"이, 이봐! 무슨 일이야, 둘이서! 왜 이유도 없이 싸우고 난리야!"

사바신은 급히 휀을 부축해 나무에 기대어 놓고 바이론을 바라보며 물었다.

"도대체 무슨 일이야? 난 분위기 좋은 것 같아서 술까지 가지고 왔는데……."

"크큭, 방해하지 마라. 난 나약해 빠진 녀석을 혼내 주고 있을 뿐이다. 너도 혼나고 싶나?"

사바신이 보기에 바이론은 평소 이상으로 흥분해 있는 것 같았다. 휀 이상으로 냉정하게 상황을 판단하는 그가 저토록 흥분하는 이유가 뭘까. 한참을 생각하던 그는 바이론이 말한 것에서 힌트를 얻은 듯 나름대로 진지한 표정을 지으며 말했다.

"대장은 약해지지 않았어. 아니, 오히려 강해졌다 할 수도 있어."

"오호, 어째서?"

바이론은 재미있다는 표정을 지었다. 사바신의 변호가 계속됐다.

"대장은…… 지금 대장 주위에 있는 사람들을 지키려 하고 있어. 이전처럼 다른 사람들의 정을 피하지 않고, 그 마음을 받아들이려 하고 있다고. 바꿔 말하자면 자신의 약점을 자신의 강점으로 만들려 하고 있는 거야. 사실 바이론 너도 그럴 거 아냐. 아무리 너라고 해도 봉제 인형 만들기 같은 건 첨부터 잘할 수 없을 거야. 바늘에 찔릴 수도 있고, 눈알을 세 개 달거나 할 수도 있고 말야. 지금 대장은 그런 상황이야. 머리 쓰는 방법이라고는 박치기밖에 모르는 나지만, 적어도 그런 건 느낄 수 있어."

바이론은 시선을 휀에게 돌렸다. 그는 고개를 푹 숙인 채 아무 말도, 행동도 취하지 않았다. 사바신의 변론에 기뻐하기는커녕 자신이 더욱 비참하게 느껴지는 모양이었다.

바이론은 다시금 광소를 터뜨리며 그에게 말했다.

"크크크큭, 좋아. 꼬마의 말을 믿어 보지. 대신 4년 후 네가 더 강해지지 않았다면 난 널 없애 버릴 것이다. 크크큭, 벌써부터 기대되는군."

바이론은 사바신이 들고 있는 술통을 빼앗듯 낚아채고는 진영 앞쪽으로 슬그머니 사라졌다. 사바신은 머리를 긁적이며 휀에게 다가갔다.

"녀석의 말 따위 신경 쓰지 마. 나나 레디는 매일같이 듣는 말인걸, 뭐. 자, 한 대 피자고."

그가 권한 담배를 휀은 별 거부 없이 받아 들었다. 사바신은 씩 웃으며 말했다.

"나, 대장이 참 부럽다? 좋은 부인도 있고, 또 따르는 사람도 많고 말이야. 병사나 장군이나 모두 대장을 믿고 있더라고. 하핫, 난 언제쯤이나 다른 사람들에게 그런 믿음을 줄 수 있을지 모르겠어.

몸만 듬직했지 주위 사람들에게 정신적 지주 정도로 생각되지는 않는 것 같아. 아, 나 대장 위로하려고 이러는 거 아냐. 솔직한 심정이야. 나 거짓말 같은 거 할 수 있을 만큼 머리가 좋진 않다고."

사바신은 하늘 높이 담배 연기를 내뿜고 크게 심호흡하며 말을 이었다.

"나약해졌다고 생각하지 마. 그 나약함마저도 부러운 사람이 여기 있으니까. ……와, 이거 내가 한 말치고는 죽이는데? 하하하핫!"

그는 즐겁게 웃으며 휀을 데리고 막사 쪽으로 향했다.

풀숲에 숨어 있던 슈웰은 슬그머니 그들이 있던 장소로 나왔다. 그들이 간 방향을 바라보던 그녀는 별다른 말 없이 검을 뽑고는 느낌에 따라 검을 휘둘렀다.

휀이 바이론에게 치욕을 당한 것에 슬퍼할 겨를이 없다고 생각했다. 자신이 쓰러져 울면 휀이 다시 걱정할 테고, 그렇게 되면 다시 이런 일이 벌어질 거라는 느낌이 들었다.

그렇게 소녀는 자신이 강해져야 하는 이유를 차츰 깨닫기 시작했다.

사흘 뒤, 에스토드 왕국군과 드라켄 왕국군은 예정대로 메레벤토스 평원을 둘로 가른 채 전투를 개시했다.

에스토드 왕국군의 첫 상대는 브롤이나 투르바가 아닌 드라켄 왕국 정규군이었다. 상대가 정규군부터 투입했다는 사실도 의외였지만 기마대가 가진 파괴력은 정말로 예상 밖이었다.

기마대의 전력이 가이라스 왕국 다음으로 강한 에스토드 왕국이었는데, 이번에 그들이 상대한 드라켄 왕국 기마대의 전력은 가이라스 왕국의 최고 전투 집단, 템플러와 맞먹을 정도였다.

전력 차이는 상대 기마대가 가진 말과 무기의 차이 때문이었다. 드라켄 왕국의 말들은 몸집이 크고 힘이 좋은 데다 상당히 호전적이어서 기마대의 말로 적격이었다. 그러나 부대를 만들 정도로 그 개체 수가 많지 않았기에 일단 두려움의 대상은 아니었다.

하지만 지금은 그렇지 않았다. 도대체 무슨 재주를 부렸는지 브롤까지 그 희귀한 말을 타고 있을 정도였다.

게다가 무기도 강력했다. 드라켄 왕국의 제련, 제철 기술은 세계 최하위 수준이었다. 드라켄 왕국에서는 청동검을 철검이라고 우긴다는 우스갯소리가 있을 정도로 그들의 무기는 무뎠는데, 말과 마찬가지로 그들이 지금 가진 무기는 평균 이상의 강도를 가지고 있었다.

깨끗이 완패당할 뻔한 에스토드 왕국의 기마대가 겨우 이길 수 있던 것은 에스토드 왕국만이 가진 무기, 기계식 장거리 대포 덕분이었다.

보통의 대포보다 훨씬 크고 사정거리도 긴 에스토드 왕국의 기계식 대포는 그 놀라운 정확도로 인해 상대에겐 비행선 다음으로 무서운 무기 중 하나였다.

철통으로 만든 포신 속에 화약과 쇠구슬을 같이 넣는 다른 국가의 것과는 달리, 탄(彈)이라는 신개념을 도입한 그 새로운 대포는 탄두와 탄두를 날릴 때 사용하는 화약을 탄피라는 단단한 철통 속에 점화판과 함께 집어넣어, 발사 시에 대포 끝에 달린 충돌봉이 점화판을 때려 탄두를 날리는 첨단의 기술이 사용되었다. 게다가 재장전 시에는 빈 탄피를 빼고 다른 탄을 넣으면 곧장 재발사가 가능했기에 발사 속도도 경이적이었다.

사용하는 탄두도 떨어진 후 바로 폭발하는 것과 떨어진 다음 일정 시간이 지난 후 폭발하는 것, 그리고 폭발하며 주위를 불태우는 것 등 매우 다양했다.

이번 첫 전투 때 사용한 탄두는 폭발하며 주위에 쇠구슬 등의 파편을 날리는 신무기로서, 반경 수 발자국 이내의 모든 생명체를 산산조각 내는 위력을 지니고 있었다. 그 무기를 이용해 적 기마대의 후방을 쳤기 때문에 에스토드 왕국의 기마대가 승리할 수 있었던 것이다.

그러나 예상외의 피해를 입은 것은 부정할 수 없었기에 제2기사단 단장 스바우츠는 귀환하자마자 곧장 휀의 앞으로 달려가 무릎을 꿇었다.

"죽여 주십시오!"

그의 첫마디는 이것이었다.

출전하기 전, 최소의 희생으로 최대의 효과를 내겠다며 호언장담을 한 그였다. 그러나 결과는 과반수가 넘는 희생자였기에 휀의 막사 안으로 들어오는 그의 얼굴은 그야말로 창백 그 자체였다.

일단 그를 내보낸 볼보스 사령관은 예상을 초월한 적의 전력에 고심하며 그것에 대처할 방법을 생각했다. 결론은 수도에서 이반이 이끄는 공군이 도착할 때까지 어떻게든 싸워 보는 것이었지만, 선발대가 사실상 당했다는 소식에 군의 사기도 상당히 꺾여 있는 상태여서 그것도 쉽지는 않았다.

"각하, 정말 예상외의 일이 벌어졌으니 이제 어떡하면 좋겠습니까? 저쪽에서 총공격이라도 감행한다면 정말 막기 힘들 것 같습니다만."

휀을 바라보는 볼보스의 깡마른 얼굴은 애처로웠다. 역시 지금 상황에 대해 생각하던 휀은 옆에 따라 놓은 와인을 들며 방법을 말했다.

"그럼, 적에게도 예상외의 일을 벌여 놓으면 되겠군."

"예?"

볼보스는 여전히 여유로운 상관을 보며 고개를 갸웃거렸다.

그때 한 병사가 막사 안으로 뛰어들며 다급히 전황 보고를 했다.

"각하! 적이 대공세를 감행해 오고 있습니다! 예상되는 돌격대의 숫자는 3천 정도이며, 모두 기마병입니다! 지시를 내려 주십시오!"

볼보스는 올 것이 왔다는 생각에 자신의 얼굴을 감싸 쥐었다. 그가 생각해도 지금은 돌격대를 적진에 뿌리기 딱 좋은 상황이었다.

이쪽이 당황하는 순간을 적이 놓칠 리 없었다. 사기가 떨어지거나 당황하는 적에게 가장 적합한 공격은 매서운 돌격, 상대는 교과서적인 패턴으로 공격해 오고 있었다.

휀은 들고 있던 유리잔을 내려놓으며 병사에게 말했다.

"제1돌격대장에게 전해라. 단독 돌파다."

"예?"

이것은 또 무슨 말인가. 사람 하나를 그냥 죽게 내버려 두겠다는 작전인가? 병사는 고개를 갸웃대면서도 막사를 나와 제1돌격대가 있는 쪽으로 향했다.

"하하하핫! 에스토드 녀석들, 당황하는 꼴이란! 그 기계식 대포만 없었다면 적 본진까지 직접 노릴 수 있었지만, 어쨌든 작전은 성공이야. 하하하핫!"

드라켄 왕국 총사령관 볼더는 호쾌한 웃음을 터뜨리며 첫 번째 공격이 성공한 것을 자축했다. 그는 선발대가 이기지는 못한다는 사실을 예상하고 있었다. 협력자가 제공한 말과 무기로 기마대가 무장하긴 했지만 에스토드 왕국군의 포격을 어느 정도 예상했기에 그가 첫 전투에서 노린 것은 승리가 아닌 적의 혼란이었다.

상대가 갑작스러운 전력 차에 당황한 것을 본 즉시 그는 미리 준비한 제2부대를 출진시켰고, 그는 조금 뒤 날아올 적 방위선 돌파 소식을 기대하듯 웃음의 정도를 더욱 높였다.

"후후, 저번에 보낸 드래곤좀비 두 마리를 어떻게 처리했는지는 모르겠지만 오늘로서 드라켄 왕국의 연패 역사는 끝난다. 그 재상인가 뭔가 하는 녀석이 강하다는 소문은 있지만 그래 봤자 인간인데 어쩌겠나? 하하하하핫!"

동물의 가죽을 뭉치고 다져서 만든 의자 팔걸이가 크게 흔들렸다. 그는 마치 어린애처럼 팔걸이를 두드리며 자아도취에 빠졌다.

"사령관님! 사령관님!"

그때 병사의 목소리가 그의 귀를 간질였다.

승리의 소식인가?

그는 하던 행동을 멈추고 두근거리는 가슴을 진정시키며 병사의 소식을 기다렸다.

"사령관님!"

털가죽 상의를 걸친 근육질의 병사가 험상궂은 얼굴을 막사 안으로 들이밀었다. 볼더는 기대감만큼이나 빠르게 일어서며 물었다.

"그래, 돌파에 성공했느냐!"

병사가 잠시 우물쭈물했다. 뭔가 이유가 있는 듯했지만 그는 곧 주먹을 불끈 쥐며 대답했다.

"예!"

"오오오!"

볼더는 뛸 듯이 기뻤다. 전투의 중반 내지는 후반에 가서야 방심한 에스토드 왕국군을 어느 정도 누를 수 있으리라 생각했다. 그런데 전투 초반인 지금 적 방어선 돌파라는 쾌거를 이룬 것이다. 이것은 역사적인 사건이었다.

자신 없는 얼굴로 서 있던 그 병사는 이내 표정을 흐리며 제대로 상황 설명을 하기 시작했다.

"저, 사령관님. 역으로 돌파를 당하고 있습니다만……."

"응? 뭐라고!"

볼더는 비보로 바뀐 상황을 직접 보려고 막사를 나왔다.

병사는 회색 피부에 대검을 든 거한이 혼자, 그것도 맨몸으로 돌진하면서 기마대를 유린하고 있다고 설명했다. 믿을 수 없었던 그는 소식을 전한 병사와 함께 말스 왕국에서 수입한 대형 망원경으로 전장을 확인했다.

전장이란 원래 지옥과도 같지만 지금 볼더가 보고 있는 모습은 진짜 지옥이었다.

말과 함께 나락에 떨어진 병사들과 공포에 질린 그들 사이에서 광란의 춤을 추고 있는 회색 악마의 모습은 가히 압권이었다.

그가 가진 대검은 주인의 가공할 만한 힘과 어우러져 말과 병사를 동시에 두 동강 냈다. 창과 검 등으로 대항하는 병사 역시 무기와 함께 산산조각 났다. 그 대검에 당한 병사는 마치 나무 막대에 퉁겨 배가 터진 곤충처럼 내장에 비어져 나온 채 죽어 갔다.

스쳐 지나가기만 해도 사망이었다. 살아서 바닥에 꿈틀대는 병사들 역시 팔이나 다리가 없었다. 완전 분해되어 즉사한 병사는 차라리 다행이었다.

문제는 거기서 끝나지 않았다. 3천 명의 기마대를 먼지 훑듯 일직선으로 돌파한 그 괴물이 본진을 향해 달려오고 있었다.

"마, 막아라! 저 녀석을 막아! 무슨 수를 써서라도 저 미친 녀석을 막아라!"

당황한 사령관의 명령에 따라 곧바로 후방의 용병들이 방어진을 향해 움직였다. 브롤과 투르바 그리고 콜코 등이었는데, 브롤과 투르바는 방어진 앞쪽을 단단히 했고, 콜코들은 본진 바로 앞에 새로운 최종 방어선을 만들었다.

"온다, 온다!"

이윽고 들판의 잡초와 먼지를 휘날리며 회색의 남자가 들이닥쳤다. 브롤과 투르바는 괴성을 지르며 방어진 앞으로 뛰어나가거나 뒤에서 화살을 날리기 시작했다.

"크큭, 크하하하핫! 울부짖어 봐라, 쓰레기 녀석들!"

원시적인 동작으로 들판을 달리던 남자는 자신을 향해 겁 없이 달려오는 브롤들을 보며 검을 뒤로 늘어뜨렸다. 그러고는 대성과 함께 앞쪽 지면을 강타했다.

"죽는 거다!"

이어서 그를 필두로 대형의 검기가 파도처럼 땅 위를 달려 나갔다. 그 박력에 움찔한 브롤들은 급히 몸을 피하려 했지만 이미 불가능한 일이었다.

검기에 휘말린 브롤들은 그 충격을 견디지 못하고 터져 나갔고, 나무를 쌓아 만든 바리케이드 뒤에 있던 투르바마저 저돌적인 공격에 휩쓸리고 말았다.

1차 방어선을 가볍게 돌파한 바이론은 2차 방어선에서 대기하고 있던 드라켄 왕국 정규군들을 훌쩍 지나쳤다. 운 나쁘게도 그가 이동하는 경로 앞에 서 있던 병사를 제외한 다른 정규군들은 그가 지나가는 것을 보고 있을 수밖에 없었다.

1차 방어선이 그렇게 빨리 돌파될 줄은 전혀 생각지 못했다.

"마, 막아라, 콜코들이여! 너희라면 막을 수 있다!"

볼더의 처절한 목소리에도 최종 방어선을 이루고 있던 콜코 중 하나가 두 쪽으로 나뉘며 쓰러졌다. 다른 콜코들이 동료를 죽인 바이론에게 복수의 발길질을 날렸지만 이제까지 단 몇 분 동안 그를 거슬렀던 모든 것들이 그랬던 것처럼 그들 역시 커다란 고기 조각으로 변해 바닥을 굴렀다.

"아, 아아아……!"

볼더를 비롯한 주위의 모든 드라켄 왕국군은 슬금슬금 뒷걸음질을 치기 시작했다. 그들은 자연스레 둥근 공간을 만들었고, 그 공간 중앙에 웅크린 채 앉아 있던 바이론은 광소를 띠며 주위를 둘러보았다.

"크크큭, 대장이 누구냐? 같이 술이나 한잔할까 해서 왔으니 좀 나오시지."

그가 뿌리는 광기로 인한 공포에 현혹된 듯 겁에 질린 병사들은 슬그머니 볼더에게 시선을 돌렸다.

자신이 그 시선의 중심에 있다는 것을 깨달은 볼더는 다른 곳으로 몸을 피하려 했으나 이미 그의 움직임은 바이론의 눈에 띈 후였다.

"오호, 네놈인가?"

바이론은 볼더에게 성큼성큼 다가갔다. 얼굴이 새하얗게 된 볼더는 체면도 잊은 채, 옆에 있는 병사를 잡아 바이론 앞에 바치며 소리쳤다.

"이, 이 사람이 우리 대장이오! 어서 이분과 술을…… 힉!"

그러나 바이론의 큼직한 손은 어김없이 볼더의 머리를 덮었고, 그는 하얀 이를 드러내며 다시금 광소를 터뜨렸다.

"크큭, 맘에 드는군. 한번 웃어 봐라, 나처럼 즐겁게."

"하아, 하하하하하……."

볼더는 힘없는 웃음을 지었다. 안타깝게도 그것이 병사들 눈에 비친 볼더의 마지막 모습이었다.

"사령관님! 적들이 후퇴하고 있습니다!"

상황을 살피던 병사가 밝은 표정으로 볼보스에게 보고했다. 볼보스는 특별히 할 말이 없었다. 이건 작전의 승리가 아니라 미지의 힘에 의한 알 수 없는 승리였다. 그렇기에 볼보스의 얼굴은 그리 밝지 않았다.

"음, 좋아. 적들이 완전히 후퇴하는 것은 아닐 테니 일단 방어진 구축을 지시 내리도록."

"예, 알겠습니다!"

병사가 나간 후, 볼보스는 부인과 함께 편히 장기를 두고 있는 휀을 돌아봤다. 지금의 결과를 이미 예상하고 있었던 것일까, 아니면 수많은 전장을 거치면서 체득한 여유일까.

"자, 장군! 하핫, 제대로 좀 해 보라니까요?"

장기에 관한 한 휀은 절대 부인을 이기지 못했다. 물론 '절대'라는 말을 붙이긴 뭐했지만, 휀이 그녀를 상대로 올린 승수는 절대적이란 말을 부정할 수 없었다.

결국 휀은 패배를 인정하겠다는 듯 가볍게 한숨을 내쉬며 손을 슬쩍 내저었다.

크리스는 킥킥 웃으며 장기판을 정리했다.

"전략이란 것을 좀 짜 보라니까요. 어떻게 한 명에게 돌파 지시를 내릴 수가 있어요? 쳐들어오는 적이 무려 3천인데 말이에요. 바이론 씨야 그런 말도 안 되는 일이 가능한 사람이니 할 말 없지만, 바이론 씨가 없었다면 당신은 정말 이상한 재상이 됐을 거예요."

훼은 담배에 불을 붙이며 반박했다.

"바이론이 있기 때문에 그런 작전을 내린 거야."

"후후, 알아요. 그럼 당신의 전략을 다시 평가해 볼까?"

크리스는 씩 웃으며 장기판의 말을 움직였다. 훼은 이번에야말로 연패의 사슬을 끊겠다는 듯 미간을 살짝 좁히고 말을 움직였다.

"아, 알고 있어요? 요즘 슈웰의 실력이 눈에 띄게 좋아지고 있어요. 연습도 훨씬 진지하게 하고요. 아무래도 저와 다른 사람들이 며칠 전에 얘기해 준 것을 좋게 받아들인 모양이에요."

그러나 그는 장기판에 시선을 두고 있을 뿐 별다른 반응을 보이지 않았다. 크리스는 남편의 눈앞을 손으로 휘휘 저으며 투덜댔다.

"이봐요, 훼 라디언트 씨. 듣기는 한 거예요?"

"자신의 검술을 익히기엔 아직 어린 나이야."

그의 말에 크리스의 표정이 단숨에 바뀌었다.

"슈웰의 재능은 아직 완전한 것이 아니야. 다 자라지도 않은 묘목을 일찌감치 황야에 심을 필요는 없지. 천천히 해."

"흠, 알았어요."

크리스는 다시금 장기 말을 집어 들었다. 그러다 그녀는 실소와 함께 말의 끝을 남편에게 향하며 말했다.

"당신도 장기 연습 좀 해요. 당신을 이기는 것도 이제 지겹단 말이에요."

"흠."

그래도 별다른 반응이 없었다.

"사령관님, 바이론 대장이 돌아오셨습니다."

잠시 후 막사로 들어온 병사의 말에 볼보스와 휀, 크리스는 하던 일을 멈추고 막사 밖으로 나갔다.

  휀이 나오자마자 밖에서 그를 기다리던 바이론은 들고 있던 물건을 그의 앞에 던졌다. 다름 아닌 적의 사령관 볼더의 머리였다.

  깨끗이 잘린 그의 머리는 웃고 있었다. 그러나 전체적인 표정은 공포에 취한 나머지 억지로 미소를 짓고 있는 것이었다.

  그가 도대체 어떤 상황에서 죽었는지 궁금하다는 생각이 들 정도였다.

  "크큭, 선물이다. 표정이 좀 안 좋긴 하지만 장식으로 쓸 만할 거다. 크크큭."

  휀은 적장의 머리에 바로 손을 대지는 않았다. 마치 뭔가를 기다리듯 담배를 물고 조용히 서 있던 그는 주위에 병사와 장군이 상당수 모여들자 그제야 수급(首級)을 잡아 높이 들어 올리며 말했다.

  "막대에 걸어 놓도록. 적 사령관 볼더의 머리다."

  그 직후 에스토드 왕국군은 함성과 함께 첫날의 쾌거를 자축했다. 그리고 거기에 동참하겠다는 듯 동쪽 하늘에서 이반이 이끄는 에스토드 왕국 공군의 전투 비행선들이 하나둘 모습을 드러내기 시작했다.

2

야수를 잡는 방법

볼더의 머리가 걸린 후 이틀 동안, 드라켄 왕국군은 이번 작전에 참가할 부대가 모두 도착했는지 그 규모가 더욱 커졌다. 그러나 야습 등의 소규모 작전만을 쓸 뿐 대규모 작전을 벌일 엄두를 내지 못했다.

볼더의 허무한 죽음도 그 이유 중 하나였지만 그들의 발목을 잡은 가장 큰 이유는 볼더가 사망하는 과정을 똑똑히 지켜본 병사가 너무 많았다는 점이었다.

기병 3천 명이라는 대부대를 무 썰듯 무너뜨리고, 최강의 병사라 칭해지는 콜코의 방어진마저 쉬지 않고 돌파한 후 자신들의 진영 중앙에서, 그것도 사령관의 목을 베어 들고 유유히 사라진 그 회색 거한은 마치 망령처럼 병사들을 공포의 도가니로 밀어 넣었다.

임시로 사령관직을 맡은 장군 도돔파는 볼더와 마찬가지로 팔걸이를 있는 힘껏 내리치며 앞에 모인 장군들과 각 부대 대장들을 향해 고성을 질러 댔다.

"젠장, 그 괴물이 도대체 어떤 녀석이기에 하나같이 주눅 들어 버린 거냐! 그리고 정보 부대 녀석들은 어찌 된 거야! 그런 녀석이 있다는 정보를 미리 알아냈어야 하는 것 아닌가!"

그러자 정보 부대를 맡은 장군이 좀 이해해 달라는 표정을 지으며 사정을 설명했다.

"도돔파 장군님. 장군님도 아시다시피 그 이상한 재상 녀석이 등장한 후 6년 동안 에스토드 왕국 수도에서, 그것도 왕궁 내에서 정보를 캐는 데 단 한 번도 성공한 적이 없습니다. 이것은 우리 나라뿐만 아니라 말스 왕국에서도 마찬가지였기 때문에 저희로서는 최선을 다했다고밖엔 말씀드릴 수……."

"닥쳐라! 공군이 합류하기 전 녀석들을 격파한다는 작전도 물 건너갔으니, 작전을 변경한다. 일단 브롤과 투르바 중심으로 전투를 치르되, 가능하면 적의 물자를 소모시키는 쪽으로 한다. 협력자에게 연락하는 것도 잊지 말도록. 그쪽에서 특별한 보급을 하기 전까지 장기전으로 나가자."

"예!"

같은 시각. 에스토드 왕국 회의용 막사.

바이론과 사바신을 제외한 각 부대 대장과 장군들이 모인 가운데 기타 사항에 대한 회의를 마친 휀은 잠깐의 휴식 후, 피우던 담배를 끄며 작전 회의를 시작했다.

"적은 지구전으로 나올 것이다. 그들의 사령관이 사라진 이유도 있지만, 우리 공군의 유일한 약점인 물자 문제를 그들도 잘 알고 있을 것이다. 그것을 노리고 수적 우위를 바탕으로 한 지구전으로 갈 가능성이 높다."

"하지만 물자 문제는 비슷하지 않겠습니까? 게다가 적들은 병력이 우리의 두 배 가까이 되니 장기전으로 가면 오히려 불리할 수도……."

볼보스의 말에 휀은 즉시 이의를 달았다.

"적은 물자가 풍부하다. 항구를 뒤에 두고 있기 때문에 지금도 본국에서 물자 보급이 이뤄지고 있을 것이다. 적은 총력전이지만 우리는 아니다. 적의 목표는 에스토드 왕국의 점령, 우리의 목표는 침입자의 격퇴다. 그 차이는 크다."

분명 드라켄 왕국의 군대는 에스토드 왕국 전 병력의 절반도 되지 않았다. 그러나 에스토드 왕국의 병력이 완전 집결하려면 나라의 크기만큼이나 엄청난 시간이 소요된다.

그 사실을 아는 드라켄 왕국은 4만여 병력을 최대한으로 움직일 수 있을 정도로 풍부한 물자와 무기를 가지고 온 상태였다.

그들이 그러한 대량의 물자들을 어디서 구했는지는 아직까지 확인되지 않았지만, 일단 양측의 상황은 서로에게 불리하지도 유리하지도 않았다.

"우리 군은 일단 적의 상황을 지켜보기로 한다. 드라켄 왕국의 숨겨진 지원자가 나타날 때까지 섣불리 움직일 수는 없다."

숨겨진 지원자라는 말에 모든 장군들의 눈이 커졌다. 처음 접하는 정보였기에 이반이 대표 격으로 질문을 던졌다.

"적에게 또 지원이 있다는 말씀이십니까?"

"이곳으로 오는 동안 드래곤좀비 두 마리가 우리를 습격한 것 기억나지 않나?"

휀은 다시 담배를 피우려고 탁자 위에 놓인 담뱃갑에 손을 뻗었다. 그러나 그 손길은 크리스의 빠른 손에 제압당했고, 휀은 일단 표정을 유지한 채 자신의 손등을 매만지며 말을 이었다.

"가이라스 왕국이나 말스 왕국이면 모를까, 머리가 둔한 드라켄 왕국에서 드래곤을 두 마리나 잡아 불사의 저주를 걸지는 못할 것이다. 가이라스 왕국은 일단 해체됐으니 넘어가고, 그렇다면 말스 왕국 또는 가이라스 왕국을 무너뜨린 제3의 세력이 현재 드라켄 왕국을 지원하고 있는 것이 분명하다. 그들의 움직임을 포착하지 못한 지금, 먼저 움직임을 보이는 것은 자살행위와 같다."

말스 왕국에 대한 얘기가 나오자 장군들은 그것도 일리가 있다는 반응을 보였다.

말스 왕국과 에스토드 왕국은 겉으로 보기에는 우호적이지만 사실 그렇지 않았다.

2백여 년 전 고신전쟁 이후, 말스 왕국은 백 년간의 번영을 누리며 최강국으로 부상했지만 그 후로는 일곱 개의 왕국으로 분열되는 등 급격히 쇠약해졌다. 현재는 그 일곱 개의 독립국가 중 그나마 제일 큰 영토를 가진 소국으로 전락했다.

그에 반해 기나긴 내란과 로하가스 제국의 후신이라는 이유로 별다른 지원을 받지 못한 에스토드 왕국은 내란 종결 직후 엄청난 성장을 거두어, 백 년 전 말스 왕국이 가졌던 최강국이란 지위와 신성 왕국이라는 명칭까지 거머쥐게 되었다.

비교 심리 때문이었을까. 말스 왕국이 에스토드 왕국에 보내는 미소 뒤에는 시기와 질투가 도사리게 되었고, 양국은 그렇게 불편한 관계를 이어가고 있다.

"특별한 지시가 있을 때까지 전군은 대기 상태에 들어간다. 그리고 이반은 야습에 대비한 그 작전을 지금 실행하도록."

"예!"

회의가 끝난 후 장군들은 웅성대며 막사를 빠져나갔다. 휀과 단둘이 남은 크리스는 남편의 담배를 미리 뺏으며 제3세력에 대해 물었다.

"그들이 왜 하필 드라켄 왕국을 이용하려 했을까요? 그냥 머리가 나쁘다는 이유만으로 그들을 택했을 리 없지 않나요?"

담배가 없어 허전한 것일까. 휀은 자주 마시지 않던 물을 연신 입에 가져가며 대답했다.

"악마는 머리가 나쁜 사람보다는 악의에 휩싸인 사람을 좋아하게 마련. 일단 지금은 조력자 정도로 드라켄 왕국을 도와주고 있지만 아마 이번 전투의 마지막에는 직접 개입할 것이다. 그러나 지금은 그것보다 더 중요한 문제가 있어."

남편의 얘기를 들으며 담뱃갑 속의 담배 수를 세던 크리스는 깜짝 놀라 그를 돌아봤다.

"예? 그것보다 더 중요한 문제라뇨?"

휀은 가볍게 손을 내밀며 답했다.

"나에게 담배가 없다는 것."

크리스는 일순간 짜증스러운 표정을 지으며 담배와 관련된 문제를 입 밖으로 꺼냈다.

"이봐요, 휀 라디언트 씨. 부인 몸에 담배 냄새가 뱄다는 것을 알기나 하는 거예요? 아마 젖먹이 아이가 있었다면 분명히 엄마 젖에서 담배 냄새가 난다고 했을 거예요. 그 정도로 당신의 흡연은 문제가…… 엉?"

그러나 거기서 전혀 예상치 못한 문제가 발생했다. 그 얘기가 나옴과 동시에 레디와 사바신이 막사 안으로 들어온 것이다.

남편이 갑자기 손으로 이마를 덮으며 고개를 숙이자 크리스는 움찔하며 막사 입구를 돌아봤다. 얼굴이 벌겋게 달아오른 레디와 사바신이 멍한 표정으로 자신과 남편을 번갈아 바라보고 있었다.

"두, 둘이 언제 들어온 거예요!"

어색한지 어찌할 바를 모르던 레디는 별다른 인사도 없이 고개만 숙이고 막사 밖으로 뛰어나갔다.

그러나 사바신은 머리를 긁적이며 말했다.

"하핫, 그렇게 부끄러워할 것 없어요, 형수님. 어차피 결혼한 사이인데, 잠시나마 이상하게 생각했던 우리가 잘못이니 걱정 마세요. 근데 대장이 그랬다는 생각이 드니, 이거 원, 하하핫."

크리스는 슈웰이 들어오지 않은 것이 천만다행이라 생각할 수밖에 없었다. 그녀는 붉어진 얼굴을 애써 감추며 사바신에게 나가 보라는 손짓을 했다.

"아, 알았으니 일이나 보세요."

"하핫, 알겠습니다. 지나가다가 심심해서 들렀는데 이거 정말 큰 건수를 알아 버렸군요. 하하하핫."

사바신은 결정타까지 날리고서야 막사를 나섰다.

그들이 나간 후 부부 사이에 상당히 긴 침묵이 흘렀다. 아직까지도 얼굴이 붉어져 있던 크리스는 들고 있던 담배를 남편에게 도로 밀어내며 나지막이 말했다.

"피워요, 피워. 맘껏 피워요."

담배를 잠시 바라보던 휀은 묵묵히 그것을 집어 품에 넣었다. 잔잔한 미소를 지은 채…….

성에서 흔히 앉던 소파에 비할 바는 아니었지만 일단 클라리스는 지금 앉아 있는 나무 상자에 별다른 불만이 없는 듯했다.

그녀의 어깨에는 6년 전 휀이 만들어 준 염체가 조용히 앉아 그녀의 하얀 모습을 더욱 하얗게 비추고 있었다.

슈웰 덕분에 역할이 많이 줄긴 했지만 그래도 그 염체는 그녀가 혼자 있을 때, 그녀가 원할 때마다 나와서 그녀를 심심하지 않게 해 주는 고마운 존재였다.

"좀 쉬었다 해요, 슈웰. 힘들지 않아요?"

그녀가 지금 이 자리에 있는 이유는 슈웰의 연습 광경을 봐 주기 위해서였다.

검에 대해 무지하기도 하고, 또 관심 없는 그녀였지만 이상하게도 슈웰의 연습만은 꼭 보고 싶었다. 슈웰 역시 처음에는 관중이 있다는 사실 때문에 어색한 마음으로 연습에 임했지만, 지금은 클라리스가 없으면 허전하다는 생각이 들 정도였다.

슈웰은 몸에 걸친 추 말고, 검에도 추를 달아 훈련의 강도를 높였다. 검에 추를 단 것은 이번이 처음인데, 지나가다가 그 모습을 본 의무관이 뼈마디에 무리가 갈지 모른다는 말을 할 정도로 그녀에게는 버거워 보였다.

그러나 그녀는 아랑곳하지 않고 검을 휘둘렀다.

한참 검을 휘두르던 슈웰은 한숨과 함께 검을 땅에 박으며 고개를 저었다.

"아니에요, 공주님. 지금 이 순간 힘든 만큼 나중에 더 값진 결과가 나올 거 아니에요. 한시라도 빨리 성장하고 싶어요."

"그런가요? 이유를 알 수 있을까요?"

슈웰은 잠시 손목을 풀고 다시 검을 잡으며 답했다.

"공주님을 제가 직접 지켜 드릴 거예요. 공주님께서 저를 지켜봐 주시는 것처럼 저도 공주님을 지켜 드리고 싶거든요."

클라리스는 말없이 미소를 지었다. 슈웰은 검을 휘두르며 말을 이었다.

"제가 휀을 만난 것도 신께서 저에게 공주님을 맡기려고 그러신 것 같아요. 아마 그래서 휀을 내려보내셨을 거예요. 휀도 저에게 그랬어요. 저는 무기라고요. 자신이 공주님을 지켜 주지 못할 상황이 오면, 그땐 제가 공주님을 지킬 무기가 되어야 한다고 말이에요. 저는 꼭 공주님을 지켜 드릴 거예요."

"후후, 고마워요. 기대할게요, 슈웰."

둘은 서로를 향해 미소를 보냈다.

그때 멀리서 잡초 뭉개지는 소리가 들려왔다. 슈웰과 클라리스는 왠지 모를 이상한 느낌에 침을 삼키며 소리가 들린 쪽을 돌아봤다.

그 소리가 계속 들리고, 또 가까워지는 것으로 보아 뭔가 다가오고 있는 것이 분명했다.

첫 전투가 벌어진 이후 드라켄 왕국의 야습이 자주 일어나고 있다는 사실을 잘 알고 있는 슈웰은 검에 댄 추를 슬그머니 떼며 소리가 들린 쪽을 향해 물었다.

"거기, 누구 있어요?"

그러자 소리가 갑자기 멎었고, 공주와 슈웰의 불안감은 이내 확신으로 바뀌었다.

"우오오!"

순간 야성의 목소리와 함께 거대한 그림자 몇이 풀숲에서 튀어나왔다.

공주의 눈으로는 그들의 정체조차 확인할 수 없었지만, 발달된 슈웰의 눈은 그들이 건장한 남자들이며, 털가죽 옷을 입었고, 게다

212

가 손에 무기까지 들고 있다는 것을 뚜렷이 확인할 수 있었다.

"공주님, 도망치세…… 큭!"

슈웰의 검에서 불똥이 튀었다. 감각적으로 상대의 공격을 막아 낸 슈웰은 재차 날아오는 공격을 가볍게 피한 뒤 클라리스 앞에서 자세를 잡으며 소리쳤다.

"당신들, 드라켄 왕국 사람들이죠!"

그러나 자객에게는 말이 필요 없는 법, 그들은 냉소를 띤 채 슈웰에게 달려들었고, 슈웰은 이를 악물며 반격을 날렸다.

어른 셋과 아이 하나의 대결이었지만 슈웰은 의외로 밀리지 않았다. 자객들의 빠른 공격과 넘치는 힘을 슈웰은 그들보다 더욱 빠른 몸짓과 풍부한 유연함으로 제압했다.

'보인다, 움직임이 보인다!'

인간이 가질 수 있는 극한의 속도와 유연함을 지닌 크리스를 보며 훈련을 해 온 슈웰의 눈에는 자객들의 어지러운 움직임이 낱낱이 보였다. 게다가 그들이 어떤 동작을 할지도 예상할 수 있었다.

자객들은 예상치 못한 슈웰의 실력에 당황하긴 했지만 전세는 팽팽하게 유지되었다.

슈웰이 결정적인 상황에서 한 방을 날리지 못했기 때문이다. 그녀가 일격을 날렸다면 셋 중 둘은 분명 사망 내지는 최소 중상일 것이다. 그러나 그녀는 상대의 빈틈이 뻔히 보이는데도 급소를 찌르지 못했다.

바이론이 그녀에게 말했던 차이라는 것이 바로 이것이었다. 게다가 그 문제는 슈웰을 더욱 깊은 구렁텅이로 몰아넣었다. 자객 중한 명이 극도로 흥분했는지 동료들과의 연계 공격을 잊고 혼자 미친 듯이 공격해 오기 시작했다.

자신의 생사마저 염두에 두지 않는 듯한 공격이었기에 당황한 슈웰은 자신도 모르게 검을 깊이 밀어 넣었다.

"컥!"

남자의 외마디 비명이 터진 후, 슈웰은 자신의 앞쪽으로 뜨뜻한 뭔가가 뿌려지는 것을 느꼈다. 그녀는 혹시나 하는 생각에 눈을 살며시 떴다.

"힉!"

그녀를 노려보는 남자의 눈은 죽음의 공포와 광기 그리고 저주가 어우러진 채 차츰 빛을 잃어 갔다. 남자의 가슴에서 세차게 뿜어 나오던 피 역시 차츰 잦아들며 굳어 갔다.

'사람을…… 죽인 거야? 내가?'

무의식적으로 검을 뽑은 슈웰은 쓰러지는 남자의 얼굴에서 시선을 떼지 못했다.

몇 년을 살아왔는지는 몰라도, 차가운 이국의 평원에서 열네 살밖에 안 된 꼬마에게 목숨을 잃었다는 사실은 누가 봐도 억울한 일이었다. 그런 생각만이 어린 슈웰의 머릿속을 지배했다.

실력을 키워 공주를 스스로 지키겠다는 성스러운 생각 따위는 없었다.

그녀는 연신 침을 삼키며 뒷걸음질을 쳤다. 그 틈을 놓칠 리 없는 자객들은 동료의 시체를 뛰어넘으며 그녀에게 공격을 가했다.

"슈웰, 위험해요!"

"아!"

공주의 외침에 정신을 차리긴 했지만 슈웰은 자신에게 날아오는 공격을 도저히 피할 수 없었다. 이윽고 그녀의 가슴과 복부에 자객 두 명의 공격이 한꺼번에 작렬했다.

"슈웰, 슈웰!"

슈웰은 비명도 지르지 못하고 공중을 향해 떠올랐다. 클라리스는 왈칵 울음을 터뜨리며 그녀의 이름을 외쳤지만, 바닥에 떨어진 슈웰은 대답 대신 선혈만을 흘릴 뿐이었다.

클라리스는 당장이라도 그녀에게 달려가고 싶었지만 그럴 수 없었다. 자객들의 시선이 자신에게 쏠렸기 때문이다.

"공주……? 후후, 이거 큰 수확인걸?"

"죽은 녀석에게는 미안하지만 이제 전사장(戰士長) 자리는 우리 것이다!"

말 한 마디 없던 자객들의 얼굴에 미소가 흘렀다.

클라리스는 자신에게 다가오는 사악한 존재와 쓰러진 슈웰의 모습을 번갈아 볼 뿐 도망치지는 않았다. 아니, 하지 못했다.

"야간 경비가 허술했군."

그때 차가운 음성이 공주를 지나 자객 중 한 명의 머리 위로 향했다. 갑작스러운 상황에 어리둥절한 자객은 주위를 돌아보다가, 동료의 머리를 밟고 서 있는 한 남자의 모습을 보고는 경악한 나머지 엉덩방아를 찧고 말았다.

"죽어."

금발의 남자는 차가운 말 한마디와 함께 살짝 몸을 띄우더니 밟고 있던 자객의 머리를 강하게 내려 찼다.

자객의 몸이 단단한 것인지 땅이 부드러운 것인지는 몰라도 자객은 귀와 코에서 피를 내뿜으며 머리끝까지 땅속에 처박혔다.

걷어찬 반동을 이용해 공중에 떠오른 금발의 남자는 거짓말처럼 부드럽게 착지했다. 그러고는 남은 한 명의 자객을 바라보며 나지막이 중얼댔다.

"포로는 필요 없겠지."

남자의 눈에서 빛이 번뜩인 순간 자객의 복부와 가슴 쪽에서 엄청나게 큰 소리가 들려왔다. 클라리스가 귀를 막을 정도로 큰 소리였지만 자객의 몸은 멀쩡했다.

그러나 쓰러진 자객의 입과 항문에서 흐르는 피는 내장이 부서졌다는 사실을 알려줬다.

상황이 끝나자 클라리스는 급히 남자에게 달려가 그의 흰색 코트를 부여잡으며 또다시 울음을 터뜨렸다.

"훼, 훼 경! 슈웰, 슈웰이 저를 지키다가 그만……!"

훼은 별다른 표정 변화 없이 슈웰을 돌아봤다. 그의 시선은 곧 그가 오기 전에 죽은 자객의 시체 쪽으로 옮겨갔다. 그는 자신의 코트에 얼굴을 묻고 훌쩍이는 클라리스를 안아 올리며 말했다.

"막사로 가시는 것이 좋겠습니다, 공주님."

"예? 하, 하지만 슈웰은 어떻게 하고요! 훼 경, 너무하시지 않습니까!"

공주의 항변에도 훼은 아무 말 없이 막사로 향했다. 자객들의 시체 옆에 쓰러진 슈웰의 몸은 들판을 달리는 매서운 바람에 시달리면서도 전혀 움직이지 않았다.

누군가 웅성거리는 소리가 들려왔다. 슈웰은 이것이 저승의 소리구나 생각하며 눈을 감은 채 가만히 그 소리에 귀를 기울였다.

"하핫, 별거 없어요. 몸에 달고 있던 추 덕분에 직접적인 상처나 충격은 입지 않았더라고요. 제가 좋은 약을 쓰고, 레디 녀석이 회복 마법을 상큼하게 써 놨으니 아마 며칠 후면 예전처럼 쌩쌩하게 뛰어다닐 거예요. 걱정 마세요, 형수님."

"쌩쌩까지는 장담할 수 없어도 이틀 정도면 제대로 걸어 다닐 수 있을 겁니다. 내상이 좀 있을 뿐이고, 뼈에는 전혀 무리가 가지 않았거든요."

한숨 소리에 이어 낯익은 여성의 목소리가 들려왔다.

"아, 다행이군요. 그런데 그이 말로는 별 실력도 없는 녀석들이었다는데 왜 저 아이가 저렇게 당했을까요? 가볍게 이길 수 있었을 텐데……."

남자 치고는 나긋나긋한 목소리가 그 질문에 답했다.

"아직 슈웰은 열네 살밖에 안 됐고, 또 실전 경험이 부족하잖아요. 아마 어제 일은 슈웰에게 큰 경험이 됐을 거예요."

거기까지 들은 슈웰은 눈을 뜨고는 몸을 일으키려고 안간힘을 썼다. 그러나 나오는 것은 신음 소리뿐이었다. 한참 얘기하던 사바신과 레디 그리고 크리스는 그녀가 누운 침대로 모여들었다.

"슈웰, 정신이 드니?"

슈웰은 대답하기도 힘에 겨워 고개만 끄덕였다. 크리스는 그녀의 헝클어진 머리를 매만지며 안도의 한숨을 내쉬었다.

"다치긴 했지만 그래도 잘해 줬구나, 슈웰. 그때 네가 움직이지 않았으면 아마 공주님은 꼼짝없이 잡혀가셨을 거야. 후후, 그이가 널 얼마나 칭찬했는지 아니? 공주님도 네가 무사하다는 말을 들으시고는 울고불고 난리를 피우셨단다."

그러나 슈웰의 표정은 그리 밝지 않았다. 그 이유가 무엇인지 아는 듯 크리스는 그녀의 이마에 입술을 대고 사바신과 레디의 팔을 잡아끌었다.

"자자, 환자에겐 안정이 필요하니 어서 나가요. 우리가 없으면 안 될 정도로 슈웰은 약한 아이가 아니잖아요?"

"예?"

사바신과 레디의 얼굴은 동시에 의문 그 자체로 변했지만, 눈짓으로 신호를 보내는 크리스의 모습에 결국 둘은 별말 없이 밖으로 나갔다.

모두 나간 후 슈웰은 길게 한숨을 내쉬었다. 질끈 감긴 그녀의 눈에서 나온 것은 다름 아닌 눈물이었다.

"사람을 죽인다는 게 이런 거였어? 그렇다면 싫어……!"

그녀는 자신이 마치 무슨 괴물이라도 된 것 같은 기분이 들어 도저히 견딜 수가 없었다. 게다가 자신이 죽인 그 남자의 눈빛과 표정이 눈앞에서 떠나지 않았다.

그 남자가 자신을 향해 소리를 지르며 죽지 않은 게 오히려 다행이라고 느껴질 정도로 그때의 기억이 슈웰을 잔인하게 괴롭혔다.

그 사건이 있은 후, 에스토드 왕국군 쪽에서 야간 경비를 강화한 것을 제외하면 상황이 변한 것은 아무것도 없었다.

드라켄 왕국군도, 에스토드 왕국군도 혹시 상대편이 공격해 오지 않을까 하는 불안감조차 들지 않을 만큼 조용했다.

휀은 별다른 지시를 내리지 않고 부인과의 장기 승부에만 매달렸다. 사바신과 레디는 2백 년 전, 가이라스 왕국에서 시작됐다는 바스켓볼을 하느라 여념이 없었다.

물론 그 둘은 이 세계에서 바스켓볼이 어떻게 탄생됐는지 알고 있었지만 굳이 자랑하지는 않았다.

바이론 역시 모든 이들과 거리를 둔 채 술과 칼을 벗 삼아 황량한 전장의 경치를 즐겼다. 사바신과 레디를 빼고는 그에게 접근하는 사람도 없었기 때문에 그는 에스토드 왕국군 중 가장 자유롭다고 해도 과언이 아니었다.

슈웰이 의식을 찾은 지 3일째 되는 날에도 바이론은 여전히 술을 들며 석양을 즐기고 있었다. 그를 방해할 사람 역시 없는 듯했다. 그러나 한참 술을 넘기던 그의 목이 일순간 멈췄다.

술통을 내려놓은 바이론은 이내 웃음을 흘리며 뒤쪽을 향해 물었다.

"크큭, 사람을 처음 죽여 본 기분이 어떤가? 난 인간이 느낄 수 있는 첫 느낌 중에서 가장 상쾌하고 짜릿한 것이라 생각하는데."

그의 넓은 등 뒤에는 목발에 의지한 채 슈웰이 서고 있었다. 3일 전에 비해 눈에 띨 정도로 해쓱한 그녀는 나쁜 기억이 또다시 떠올랐는지 고개를 설레설레 저으며 말했다.

"검술을 그만두고 싶어요."

그러자 바이론은 술통을 다시 잡으며 웃어 댔다.

"크큭, 이거 영광인걸? 그런 중대 발표를 내가 맨 처음 듣게 되다니 말이다."

"어? 아저씨가 그걸 어떻게 아셨어요?"

조금은 흐리멍텅했던 슈웰의 눈이 다시 반짝였다. 술로 맘껏 목을 축인 바이론은 빈 술통을 거칠게 내려놓으며 말했다.

"크크큭, 그런 말을 휀 녀석이나 그 부인에게 당당히 할 수 있을 정도로 네가 냉혈한 인간이었다면 난 너를 진작부터 가르쳤을 것이다."

바이론의 말은 정확했다. 아무리 사람 죽이는 일에서 벗어나기 위해 검술을 그만두고 싶다 해도, 휀과 크리스가 자신을 여태 어떻게 가르쳤는지 잘 아는 그녀로서는 그 말을 함부로 할 수 없었다.

바이론은 말린 고기 조각을 질경질경 씹으며 다시 말했다.

"죽이지 않으면 죽는다. 검을 잡고 피를 맞아 가며 적을 대하는 그 순간엔 오직 자기 자신만이 있을 뿐이지. 크크크, 생사를 걸고 싸울 때만큼 사람이 정직해지는 때는 없다. 사람을 죽인 자신이 마치 괴물처럼 느껴지겠지? 지금 말이다."

슈웰은 신기하다는 눈빛으로 바이론을 바라보며 고개를 끄덕였다. 바이론의 말이 이어졌다.

"나와 휀 녀석은 물론이고, 너에게 검술을 가르쳤다는 그 크리스라는 여자나, 이 왕국을 지키겠다며 여기까지 온 장군들 모두 사람을 한 번 이상 죽여 본 경험이 있다. 크큭, 과연 한 번뿐일까?"

"……."

"그들은 사람을 수백 명 죽였어도 벌을 받은 적은 없을 거다. 오히려 영웅으로 칭송받았겠지. 크큭, 더 이상 할 얘기 없다. 왜 나를 찾아왔는지는 모르겠지만 어서 사라져."

바이론의 말에 슈웰은 더 이상 할 말이 없었다. 사실 그녀가 여기 온 것은 사바신이 그녀에게 이렇게 말했기 때문이다.

"고민이 있으면 바이론에게 가봐. 안 들어줄 것 같지만 그 아저씨 다 들어준다니까? 말발도 얼마나 좋은데. 어쨌든 세상의 고민이란 고민은 다 아는 아저씨니까 들어서 후회할 건 없어."

혹시나 하고 왔지만 결과는 예상외였다. 하지만 그 정도 이야기로 쉽게 풀릴 고민도 아니었기에 슈웰은 간단히 목례하고 다른 곳으로 향했다.

3일 만에 막사 밖으로 나오니 진지의 모든 것이 새롭게 보였다.

담배를 피우며 무기를 매만지는 보병들과 다시 한 번 자신의 말과 호흡을 맞춰 보는 기마병, 불량한 탄이 없는지 확인해 보는 포병, 그리고 정박 중인 비행선에 매달려 마치 서커스 하듯 선체를 점검하는 공병 등등 모두 열심히 하는 모습에 슈웰은 왠지 자신이 부끄러워졌다.

며칠 전까지만 해도 당연하게 생각됐던 모습인데도 말이다.

"아니, 슈웰. 벌써 걸어다녀도 괜찮은 거니?"

걸걸한 노인의 목소리가 들려왔다. 가까운 시일 내에 개시될 작전에 대비한 대포 배치 작업을 총감독하던 볼보스 사령관이었다. 그와 이런저런 얘기를 나누던 슈웰은 마지막으로 그에게 약간 곤란한 질문을 던졌다.

"저, 사령관님은 사람을 언제 처음 살해해 보셨나요?"

"응……?"

볼보스는 이 아이가 도대체 무슨 소리를 하는 건가 하는 생각이 들었다. 그러나 얼마 전 그녀가 공주를 지키기 위해 싸우던 중 적병 한 명을 잡았다는 사실이 문득 떠올랐기에 그녀가 무엇을 알고 싶은지 어느 정도 짐작했다.

볼보스는 부관에게 일을 맡기고 슈웰과 함께 따뜻한 차를 마시며 얘기를 시작했다.

"열여섯 살 때였나? 난 그때 상급 사관학교로 진학하는 것을 포기하고 바로 기사단에 들어갔단다. 물론 지금처럼 사령관이 될 줄은 상상도 못했지. 넌 잘 모르겠지만, 내가 기사단에 들어간 지 얼마 안 되어 반란 사건이 일어났단다. 네 질문에 대한 답은 이것으로 되겠지. 견습 기사가 된 지 단 하루 만에 적병과 대치한 상황에서 적 부대의 대장까지 포함해 열한 명인가를 내 손으로 죽였거든. 덕분에 난 견습이란 꼬리표를 곧바로 뗄 수 있었지만 사람을 죽였다는 데서 온 죄의식이랄까? 그런 이상한 감정에 휘말려 며칠 동안 잠도 못 자고, 밥도 못 먹었지."

볼보스는 후루룩 소리를 내며 차를 마셨다. 슈웰은 양철 컵을 양 손으로 꼭 쥔 채 이어지는 그의 이야기를 경청했다.

"그때 나랑 같은 시기에 기사가 된 친구 녀석이 날 찾아왔단다. 그 녀석이 바로 너희 집 집사 란슬롯이지. 녀석은 침대에 누워 있 는 내 가슴을 펑 치더니 이렇게 말했단다. '아니, 영웅 나리가 여기 서 뭘 하시나. 얼마 있다가 들어올 상금을 어디다 쓸까 고민하는 건가?' 하고 말이다. 어, 저런! 이보게 부관, 도대체 뭘 하는 거 야! 우리가 무슨 야간 불꽃놀이를 보여 주러 여기 온 줄 아나! 12번 대포를 거기다 배치하면 어떡해!"

부관의 어설픈 작업이 맘에 들지 않았는지 볼보스는 단숨에 차 를 비우고는 부관이 있는 쪽으로 가며 말했다.

"그때의 내 모습과 지금의 네 모습이 비슷한 것 같구나. 허헛, 어 쨌든 그 당시 네가 싸우지 않고 공주님이 납치당하게 놔뒀다면, 우 리는 아마 결사를 부르짖으며 적진으로 뛰어들었을 게다. 넌 그로 인해 죽었을지도 모르는 병사들을 구한 영웅이야. 어, 이봐! 대포 좀 가만히 놔두라니까!"

부관을 혼내는 깡마른 그의 모습을 가만히 바라보던 슈웰은 희 미한 미소를 지으며 휀이 있는 중앙 막사로 발걸음을 옮겼다.

막사 앞에서, 그녀는 이상한 모양의 작은 항아리에 불을 때고 있 는 레디를 보았다. 기침을 해대며 항아리 밑에 대고 부채질하던 그 는 슈웰을 보고 활짝 웃으며 일어났다.

"이제 좀 걸을 만하니, 슈웰? 사바신 말로는 하루 정도 더 쉬어야 할 거라던데……. 이렇게 걸어다니는 걸 보니 역시 튼튼하구나."

슈웰은 씩 웃으며 받아넘겼다.

"히힛, 너무 그렇게 띄우지 마세요, 오빠. 그런데 지금 뭐 하시는 거예요?"

그녀의 질문에 레디는 아차 하며 다시 부채질을 했다. 어느 정도 불을 키운 그는 이마에 맺힌 땀을 닦으며 대답했다.

"응, 공주님께서 네가 쓰러진 모습을 보고 많이 놀라셨나 봐. 너보다 더 몸이 안 좋으신 것 같더구나. 이건 사바신이 어제 종일 들판을 돌아다니면서 채집한 약초와 뿌리들이 들어 있는 약탕이야. 이걸 잘 달여 마시면 공주님의 정신 안정에 도움이 될 거라고 사바신이 말했어."

"아, 그렇군요."

그녀는 슬그머니 말끝을 흐렸다. 3일 전의 일을 알고 있는 레디는 빙긋 웃으며 그녀를 바라봤다. 물론 부채질은 늦추지 않았다.

"공주님께선 당신 때문에 네가 다쳤다고 생각하셔. 휀 선배랑 함께 계시니 들어가 보렴. 네가 이렇게 건강하다는 것을 직접 보여 드리면 이 약이 필요 없을지도 모르겠구나."

"예? 아, 아니에요. 공주님은 나중에 뵐게요. 목발을 짚고 있는 모습을 보여 드리느니, 차라리……."

"나중이란 없어."

언제나 웃는 얼굴인 레디가 자못 진지한 표정으로 자신을 바라보자 슈웰은 흠칫 놀라며 고개를 숙였다. 그는 부채를 바닥에 내려놓고 슈웰의 어깨를 짚으며 말했다.

"지금 공주님을 찾아뵙고 그분을 안정시켜 드려. 그분을 지켜 드린다고 맹세했지 않니."

레디의 말은 짧았지만 그녀를 움직이기에 충분했다. 그녀는 곧 막사 안으로 들어갔고, 휀과 함께 간단한 작전 회의를 하던 이반은 그녀가 들어오자마자 크게 웃으며 자리에서 일어났다.

"이야, 이거 꼬마 영웅께서 납시었군! 하하핫, 그렇지 않아도 공주님께서 네가 보고 싶다고 하셨는데, 마침 잘 왔구나."

"예······."

슈웰은 슬그머니 휀을 바라봤다. 이반이 전해 준 작전 계획서와 적 배치 현황이 그려진 지도를 번갈아 검토하던 그는 담뱃갑 속에서 담배를 꺼내 물며 그녀를 흘끔 돌아봤다.

"왜?"

그의 반응은 달라진 게 없었다.

다른 사람들도 마찬가지였다. 그녀가 사람을 죽였다는 사실을 그리 크게 신경 쓰지 않았다.

영웅이라며 치켜세웠으면 치켜세웠지 어린 나이에 사람을 죽였다고 비난을 퍼붓지도, 저주받은 아이라고 박해하지도 않았다.

그녀는 생각했다.

전쟁이기 때문에 살인이 허락되는 것일까. 전쟁 중이라면 사람을 죽여도 상관없다는 말일까.

휀은 그런 혼란에 휩싸인 슈웰을 도와주려는 듯 공주가 있는 곳으로 손을 휙 저으며 말했다.

"나를 쳐다본 이유가 없다면 들어가. 너와 시간 낭비하고 싶은 생각은 없다."

"아······ 예!"

뭔가를 느낀 것일까. 슈웰은 예전처럼 밝게 대답하며 공주가 있는 방으로 향했다. 소녀는 자신에게 피가 묻을 것을 감수하고 싸워야 하는 이유를 그렇게 깨달아 갔다.

다음 날 새벽.

밤새도록 작전 구상에 몰두했던 휀은 회의용 막사의 간이 소파에 기대어 자고 있는 이반과 볼보스를 남겨 둔 채 크리스와 식사를 했다.

사실 휀 자신은 그리 허기를 느끼지 않았지만 혼자 먹기 심심하다는 부인의 성화에 할 수 없었다.

수프와 빵 등의 간단한 식사를 앞에서 그는 게걸스럽게 먹어 대는 부인을 보며 넌지시 물었다.

"왠지 신이 난 것 같군."

급히 수프를 몇 술 떠 넣고 일단 속을 달랜 크리스는 씩 웃으며 고개를 끄덕였다.

"후후, 물론이죠. 슈웰이 드디어 자신이 싸워야 하는 이유를 알겠다고 했거든요. 어제 말이에요. 기쁘지 않아요, 당신?"

"관심 없어."

"그래요, 당신도 기쁠 거예요. 자기 아이 이상으로 소중하게 슈웰을 키워 왔으니 어련하겠어요."

부인의 억지스러운 말에 휀은 묵묵히 이마를 짚었다. 키득대던 그녀는 휀의 수프를 한 숟갈 뜨고는 그의 입가로 가져가며 말했다.

"아, 해 봐요."

"……."

"어머, 싫어요? 그럼 내가 입으로 넣어 줄까요? 하긴 신혼 때 몇 번 해 본 이후로 한 번도 안 해 봤으니 당신도 부끄럽겠죠, 호홋!"

그러나 휀이 택한 방법은 잔인했다.

그는 빈 컵에 자신의 수프를 모조리 쏟아 넣더니 그 컵을 들고 유유히 회의용 막사로 향했다. 수프를 뜬 숟가락을 든 채 멍하니 남편의 뒷모습을 바라보던 크리스는 거칠게 숟가락을 비우며 투덜댔다.

"하여튼 분위기라고는 찾아볼 수가 없다니까. 아, 그건 그렇고 슈웰과 공주님은 잘 자고 있으려나?"

그녀는 둘이 자고 있는 막사의 가죽 문을 살며시 열어 봤다. 예상과는 달리 한 침대에서 자고 있진 않았지만, 예전처럼 검을 꼭 안고 자는 슈웰의 모습은 다른 때 이상으로 듬직해 보였다.

클라리스도 같은 생각이었는지 어제보다 평온한 모습으로 꿈나라를 여행하고 있었다.

다음 날, 이반과 볼보스 이하 모든 장군과 부대장들은 충격적인 소식을 접했다. 내일 정오를 기점으로 공군까지 모두 동원된 총공격이 감행된다는 것이었다. 예상대로 반발이 만만치 않았지만 휀의 결정은 단호했다.

"수도를 너무 오래 비워 두었다. 기회를 기다리는 것보다 기회를 만드는 것이 최상의 방법. 3일 내로 이번 작전을 끝낸다."

이번 작전이 어떤 성격의 것인지 잘 알고 있는 이반과 볼보스는 나름대로 장성들을 달랬고, 모두 도대체 작전이 어떻게 될까 궁금해하며 각자 자리로 돌아갔다.

그 소식이 전해진 직후, 휀이 이반과 볼보스에게 내린 명령은 또 하나의 충격이었다. 그것은 다름 아니라 총공격이 감행될 것이라는 움직임을 적에게 최대한 보여 주라는 지시였다.

"그건 너무 심하지 않습니까?"

모범적인 전술 방안으로 평가하자면 헛소리에 가까운 지시였다. 하지만 볼보스는 말만 그렇게 할 뿐, 이반과 함께 휀의 지시대로 사격 훈련과 병력 배치 등을 마치 사열식이나 화력 시범을 보이듯 멋지게 실행했다.

병사들과 장성들은 총공격 전의 몸풀기치고는 상당히 과격하다고 생각했지만 상관의 지시를 어길 수는 없기에 울며 겨자 먹기로 명령을 이행할 수밖에 없었다.

한편 불만 세력 중 한 명인 발렌시아는 이반과 볼보스 같은 장군들이 이런 말도 안 되는 작전을 대꾸 한마디 없이 그대로 따른다는 것이 이상할 뿐이었다.

그는 결국 대표로 이반을 찾아가 이유를 물어보기로 했다. 뭔가 엄청난 작전 내지는 미친 작전 중 하나일 것이 뻔했지만, 2만 병사의 생사가 걸린 문제였기에 가볍게 넘길 수는 없었다.

그는 비행선의 시범 사격을 지켜보는 이반에게 다가가 단도직입적으로 물었다.

"사령관님, 이번 작전에 대해 여쭙고 싶은 게 있습니다."

그를 돌아보는 이반의 표정은 그리 좋지 않았다. 그러나 작전에 대해 뭔가 있다기보다 지겨운 듯했다.

이반은 헛기침을 하며 얘기해 보라는 손짓을 했고, 곧 발렌시아의 질문이 시작됐다.

"적에 비해 지상군의 병력과 전투력이 월등히 떨어지는 상황에서 갑자기 총공격 명령이 떨어진 것은 납득할 수 없습니다. 이건 불구덩이 속에 종이 인형을 던지는 것과 마찬가지라 생각됩니다. 게다가 재상 각하께서 분명 우리가 알지 못하는 제3의 세력이 있을 것이라고 하셨는데도, 그 존재가 확인되지 않은 상태로 총공격을 한다는 것은 이유를 듣지 않고는 넘어갈 수 없는 문제라고 생각합니다."

이반은 한숨과 함께 손가락을 꼽아 보기 시작했고 그것이 끝나자 실소를 터뜨리며 입을 열었다.

"그와 같은 질문을 한 사람이 자네까지 합해 아홉이군. 허헛, 궁금한 게 당연하지. 들어보게. 이 평원에는 인간보다 어깨 높이가 낮은 야수 중 가장 사납고 용맹하다는 레오가 있지. 그 녀석은 사냥감을 잡기 전에 최대한 자신의 몸을 숨기네. 일격에 먹이의 숨통을 끊기 위해서 말이야. 녀석은 은신에 대한 감각도 뛰어나서 몸을 숨기고 있는 동안에는 찾기 힘들지. 웬만해서는 은신처에서 나오지도 않아. 만약 자네라면 그 레오를 어떻게 잡겠나?"

갑자기 웬 야수 이야기인가.

이반이 사냥을 즐긴다는 사실을 잘 아는 발렌시아였지만 그의 질문 속에 숨겨진 뜻을 알아내기는 힘든지 이내 고개를 저었다.

"예? 잘 모르겠습니다만……?"

"허헛, 역시 자네도 다른 장군들과 마찬가지군."

이반은 후배의 어깨를 툭 두드리며 말했다.

"녀석을 잡기 위해서는 미끼를 던져야지. 같이 기다리는 것은 승산이 없어. 상대는 은신한 채 기다리는 데 이력이 났으니까 말일세. 자, 얘기 끝. 부대로 돌아가게."

돌아서는 이반을 발렌시아는 붙잡을 수 없었다. 그는 이반의 말대로 부대를 향해 걸어가며 나지막이 중얼댔다.

"설마…… 2만 병사 모두가 미끼라는 말씀이신가?"

한편 에스토드 왕국군의 심상치 않은 움직임을 포착한 드라켄 왕국의 사령부는 혼란에 빠졌다.

적 사령관이 미친 게 분명하니 역공을 하자는 쪽과 뭔가 있을 테니 일단 방어를 단단히 하자는 쪽으로 나뉘어 장시간 토론을 벌인 그들은 일단 수적 우위를 바탕으로 한 역공을 택하기로 했다.

"자, 알겠나? 절대 방심하지 마라! 준비는 하되 방비 역시 철저히 하도록! 기동력 면에서는 비행선을 가진 녀석들이 절대 우위에 있으니 말이다! 해산!"

"예!"

드라켄 왕국군 측의 장군들과 용병 대장들은 힘찬 대답 소리와 함께 막사를 빠져나갔다.

그 후 임시 사령관 도돔파는 죽은 사령관 볼더가 기밀이라 소리치며 절대 열지 말라고 했던 상자 쪽으로 다가가 그것을 열었다.

그 안에는 사람 머리보다 큰 수정 구슬이 보라색 보자기에 단단히 싸여 있었다. 그것을 정성스레 꺼내 탁자에 놓은 도돔파는 상자 속에 같이 보관된 병의 뚜껑을 열고 내용물을 구슬 위에 부었다. 그것은 다름 아닌 피였다.

"다르칸 님, 다르칸 님, 들리십니까?"

주문치고는 간단했지만 그가 원하는 인물을 불러내기에는 충분했는지 곧 수정 구슬 속에 갈색 피부의 미남자가 얼굴을 드러냈다. 다름 아닌 악마대공 다르칸이었다.

그는 왼쪽 눈썹을 살짝 추켜올리며 도돔파에게 말했다.

"작전은 잘되어 가십니까, 도돔파 장군. 아, 임시 사령관이라 칭해 드리는 것이 더 좋을 것 같군요. 저를 부르신 이유는 무엇입니까?"

도돔파는 약간의 긴장이 섞인 목소리로 말했다.

"에스토드 왕국군이 아무래도 가까운 시일 내에 총공격을 해 올 것 같습니다. 당신들이 나설 때입니다. 어서 우리를 도와주십시오."

그러자 다르칸은 갸름한 턱을 매만지며 생각에 잠겼다. 그는 이 윽고 다시 미소를 띠며 말했다.

"후후, 그렇게 직선적으로 부탁하면 곤란합니다. 아, 물론 도와 드리지 않겠다는 말은 아닙니다. 총공격이 감행됐을 때, 적 군대 속에 적의 총사령관의 모습이 있다면 저를 다시 불러 주십시오. 그 즉시 지원해 드리겠습니다."

그리 어려운 일은 아니었기에 도돔파는 기꺼이 고개를 끄덕였다.

"아, 걱정 마십시오! 그런 것에 도가 튼 우리 병사들입니다. 그럼, 잘 부탁드립니다."

"저야말로, 임시 사령관 각하. 후후후."

다르칸의 얼굴은 기분 나쁜 웃음소리와 함께 사라졌다.

일단 도움을 주겠다는 확답을 받아 냈다고 판단한 도돔파는 만면에 웃음을 지으며 구슬을 상자 속에 집어넣었다.

"좋아, 좋아. 비록 악마들의 도움을 받는 것이지만 국왕께 목이 날아가는 것보다는 낫겠지. 아, 그런데 그 재상이란 녀석이 어떻게 생겼지? 하얀 머리에 금색 코트 차림이라고 했나?"

도돔파는 고개를 갸웃거리며 막사를 나섰다.

그날 저녁.

클라리스와 같이 먹을 간식을 찾으러 나온 슈웰은 사바신, 레디와 함께 간단히 술을 들고 있는 크리스의 모습을 보았다.

그녀가 술을 마시는 모습을 거의 본 적 없는 슈웰은 고민스런 표정의 그녀에게 다가가 이유를 물었다.

"무슨 일 있어요?"

탁자 위에 거의 엎드리다시피 한 채 술잔을 들고 있는 크리스는 약간 취기가 섞인 목소리로 대답했다.

"응, 나라의 운명과 나 자신의 미래 때문에."

"예……?"

평소엔 들어 보지 못했던 말이라 슈웰은 깜짝 놀랐다. 이유를 알고 싶긴 했지만, 크리스의 진지한 태도와는 달리 그녀의 앞에 앉은 사바신과 레디는 웃음을 참느라 몸을 비틀어 대고 있었다.

혼란에 빠진 슈웰은 결국 가볍게 인상을 쓴 채 방으로 돌아갔다.

"사령관님! 적들이 진군을 개시했습니다!"

긴장으로 피곤한 밤을 지낸 도돔파는 정오경, 에스토드 왕국군의 진군 개시 소식을 듣고는 정신을 가다듬으며 막사 밖으로 빠져나왔다.

멀리 흙먼지를 묵묵히 바라보던 그는 갑옷 위에 덮은 자신의 털가죽 장식을 고정하며 정찰병에게 물었다.

"적의 이동 속도는!"

"예! 예상보다 빠르지 않습니다! 한 시간 정도면 적의 선두 부대가 본진에 도착할 것으로 생각됩니다!"

도돔파는 만면에 미소를 띤 채 자신의 지휘봉을 앞으로 뻗으며 지시를 내렸다.

"자, 우리도 진격이다! 힘의 대결이라면 기꺼이 받아 주겠다, 에스토드 왕국이여! 으하핫!"

근처에 대기하고 있던 병사들은 바삐 움직이며 진군 명령을 하달했다. 그 모습을 지켜보던 도돔파는 옆에 서 있는 정찰병의 어깨를 두드리며 특별 지시를 하달했다.

"내가 말했던 것 기억하지? 금발에 흰색 코트를 입은 적의 총사령관이 있다면 파란 신호탄을 쏘고, 없다면 빨간 신호탄을 쏴라. 만약에 착오가 생긴다면 각오하도록."

"예!"

정찰병은 탄력 있는 몸짓으로 진두를 향해 달려갔고, 그의 뒷모습을 믿음직한 눈빛으로 바라보던 도돔파는 손바닥을 맞비비며 즐겁게 막사 안으로 들어갔다.

이윽고 30분이 지나자 두 군대는 말 그대로 정면충돌했다.

수적 열세로 인해 에스토드 왕국군이 포위될 수도 있는 상황이었지만, 후방의 포격과 공군의 지원 사격으로 드라켄 왕국군의 행동 범위가 좁아져 전황은 점차 에스토드 왕국 쪽으로 기울었다.

한 시간가량 후, 양국 군대는 어느 정도 간격을 둔 채 대치 상황에 들어갔고, 그사이 도돔파의 명을 받은 정찰병은 망원경을 동원해 목표물을 찾기 시작했다.

"오옷!"

망원경의 동그란 시야에 도돔파가 말했던 금발의 남자가 보였다. 백색 코트에 준수한 용모, 그리고 소문에 듣던 대로 차가운 표정을 지닌 그 남자의 모습을 보고 정찰병은 미소를 지었다.

정찰병은 곧 후방으로 빠지며 신호탄을 올렸다. 실수란 있을 수 없었다. 파란색 신호탄이었다.

그러나 그 신호를 기다린 사람은 도돔파뿐만이 아니었다.

뭔가 신호가 있을 것이라는 휀의 말을 염두에 두고 있던 레디는 빙긋 웃으며 앞으로 나갔다.

4만여 병사를 눈앞에 둔 그는 양손을 모아 입가에 대며 용감하게 소리쳤다.

"자, 저와 대결하실 분은 없습니까! 드라켄 왕국에는 용맹한 분이 많다고 들었는데, 소문만이 아니기를 바랍니다!"

레디가 싸우는 모습을 본 적이 없는 에스토드 왕국군 대다수가 불안한 표정을 지은 반면, 녹색 스포츠 머리에 어울리는 예쁘장한 얼굴과 호리호리한 몸을 가진 그의 일대일 신청을 들은 드라켄 왕국군은 배를 잡으며 대소를 터뜨렸다.

"우하핫! 저런 꼬맹이가 필요할 정도로 에스토드 녀석들은 남자가 없는 모양이군!"

"남자인지 여자인지도 모르겠는걸? 하하하핫! 잡아 와서 벗겨 보자!"

그런 험담을 듣고도 팔자 눈썹을 만든 채 뒤통수를 긁적이는 레디의 모습은 에스토드 왕국군을 더욱 불안하게 만들었다. 특히 그의 상대라며 나온 '덩어리'를 본 순간 병사들은 탄식을 터뜨리고 말았다.

"꼬마…… 죽인다……."

하늘에서 들려온 육중한 소리에 레디는 고개를 높이 쳐들었다. 드라켄 왕국군의 머리를 슬그머니 지나 전장에 나타난 것은 다름 아닌 콜코 용병단의 단장이었다. 큰 덩치만큼이나 심한 악취를 풍기는 그 콜코의 등장으로 에스토드 왕국군은 불안감과 혐오감을 동시에 느꼈다.

워낙에 깔끔한 성격인 레디는 그 악취를 견디기 힘들었는지 코끝을 살짝 잡은 채 허리에 찬 자신의 곡도(曲刀)를 꺼내 들었다.

"아아, 미안합니다. 당신의 몸에서 나는 냄새 때문이 아니니 걱정 말아요. 아, 우리 인사나 할까요? 음, 인사는 서로의 눈을 마주 보며 해야 한다고 했으니 잠시만 기다려 주세요."

코에서 손을 뗀 레디는 그 손으로 자신의 검을 받쳐 들었다. 마치 의식을 올리기 전에 기도 드리는 것과 같은 모습이었다.

"자, 나와 주십시오. 타이들 드래곤!"

레디의 몸 주위에 작은 물방울들이 모여들기 시작했다. 놀랍게도 공기 중에 정지한 그 물방울들은 마치 보석처럼 영롱한 빛을 뿌렸고, 이윽고 레디의 사방에서 땅이 터지는가 싶더니 네 개의 거대한 물줄기가 하늘 높이 뿜어졌다.

"오옷!"

에스토드 왕국군의 함성과 함께 그 물줄기는 서로를 휘감으며 이내 드래곤의 모양을 갖췄다. 그 거대한 수룡의 정점에 올라선 레디는 수룡의 머리를 타고 경악에 휩싸인 콜코의 눈앞으로 다가가 빙긋 웃으며 손을 흔들었다.

"자, 레디라고 합니다. 잘 부탁해요."

"……"

콜코는 입만 벌리고 있을 뿐 아무런 말도 하지 못했다. 수룡에게서 몸을 살짝 떼운 레디는 미안하다는 듯 꾸벅 인사를 하며 말했다.

"죄송하지만 일단 싸우러 나왔으니 공격을 하겠습니다. 제가 직접 하지 않고 드래곤이 할 테니 너무 겁먹지 말아요."

그러나 말과는 달리 사나운 기세로 콜코를 덮친 수룡은 몸을 부풀려 콜코의 거대한 몸을 그 속에 집어넣더니, 이내 무시무시한 속도로 물살을 회전시키기 시작했다.

콜코는 괴로운 듯 손발을 휘적댔으나 그 비명 소리는 밖으로 새어 나가지 못했다.

사람들의 경악 속에 수룡은 회전을 멈췄고, 뼈만 앙상히 남은 콜코는 힘없이 바닥으로 떨어졌다.

내용물이 어디로 갔는지는 몰라도, 일단 그 콜코의 뼈는 마치 연구실의 표본처럼 느껴질 정도로 찌꺼기 하나 없이 깨끗했다.

"우, 우아아아!"

에스토드 왕국군은 눈앞에서 순식간에 펼쳐진 환상적인 묘기에 놀라움과 기쁨이 섞인 환호성을 터뜨렸다. 게다가 그 쓰러뜨리기 어렵다는 콜코까지 가볍게 물리쳤으니 에스토드 왕국 측의 사기가 올라간 것은 당연했다.

수룡을 다시 물로 변화시켜 땅바닥에 흩뿌린 레디는 새파랗게 질린 드라켄 왕국군을 향해 어깨를 으쓱하며 말했다.

"자, 다음에 도전하실 분은?"

"윽······!"

방금 전의 광경을 본 이상, 드라켄 왕국군 중에서 쉽게 나설 사람은 없을 듯했다. 그러나 예상과는 달리 앞으로 나서는 사람이 한 명 있었다.

도전자를 본 순간 레디의 얼굴에 흐르던 미소가 살짝 흐려지고 말았다.

"후, 콜코 하나 없앤 것 가지고 상당히 좋아하는군. 물이란 것을 좀 사용할 줄 아는 녀석 같다만, 지금 이 자리에서 깨끗이 증발시켜 주지. 하하하핫!"

가죽 타이트를 입은 그 도전자는 자신의 머리만큼이나 붉게 타오르는 주먹을 불끈 쥐며 송곳니를 드러냈다. 그는 다름 아닌 연옥의 마신 헬리온이었다.

도돔파의 지원 요청에 따라 동료들과 함께 온 그는 오랜만에 제대로 된 상대를 만났다는 듯 자신 있는 미소를 지으며 레디에게 천천히 다가갔다.

그러나 그런 수준의 지원군이 분명 나타나리라는 것을 휀에게 들어 알고 있었기에 레디는 다시 부드럽게 웃으며 말했다.

"어떤 분인지는 모르겠지만 상당히 흥분한 듯하니 제가 식혀 드리죠. 갑니다!"

그러자 레디의 앞쪽으로 다시금 물방울들이 모여들었고, 순식간에 생성된 그 거대 수포(水泡)에서 두꺼운 물기둥이 마치 대포알처럼 헬리온을 향해 뻗어 나갔다.

"버릇없는 녀석!"

눈을 번뜩인 헬리온은 지지 않겠다는 기세로 고함과 함께 공을 차듯 앞쪽의 땅을 박찼다. 그가 찬 흙과 모래는 이내 화염으로 변해 지면을 달렸고, 중앙에서 충돌한 두 힘은 거대한 수증기를 남긴 채 사라졌다.

에스토드 왕국군과 드라켄 왕국군은 숨을 죽인 채 둘을 바라봤다. 지금껏 본 적 없는 경이적인 힘들이 실체화되어 부딪치고 있는 모습은 전쟁이라는 사실을 떠나 그야말로 최고의 구경거리였다.

"어이, 레디. 이제 넌 쉬어라."

그때 레디의 뒤로 큼지막한 남자 한 명이 나타났다. 사바신이었다. 에스토드 왕국에서 출발할 때부터 그는 싸움에 대한 굶주림으로 인해, 미칠 지경까진 아니더라도 상당히 애가 타 있는 상태였다. 하다못해 작은 전투라도 맡겨 달라며 휀에게 간청했지만 작은 전투도 일어나지 않았고, 일어난다 해도 바이론에게 맡겨 버리는 터라 그는 괜찮은 상대를 만나 한 방씩 주고받은 레디가 너무도 부러웠다.

"아, 안 돼, 사바신. 대장이 이번 일은 내가 맡으라고 했단 말이야."

레디가 휀에게 들은 지시는 이러했다. 어떤 신호라도 포착되면 앞으로 나서되, 엄청난 상대를 만나게 되더라도 최대한 시간을 끌라는 것이었다.

그러나 그런 지시를 알지 못하는 사바신이라면 분명 속전속결로 상대를 끝장내 버릴 테고, 또 그 기분으로 돌격하자는 말까지 할 게 뻔했기에 무슨 일이 있다 해도 이 싸움을 양보할 수 없었다.

"오호, 그래? 할 수 없지, 뭐."

사바신의 입꼬리가 축 늘어졌다. 레디는 다행이라 여기며 헬리온에게 시선을 돌리려 했으나 그것은 안이한 생각이었다.

"앗! 저기 지크가!"

"뭐?"

친구의 손이 급히 가리킨 곳을 본 레디는 그 직후 사바신에게 후두부를 강타당했다. 말을 꺼낼 새도 없이 기절한 레디를 받아 든 사바신은 만족스러운 미소를 지으며 그를 다른 병사에게 맡기고, 슬슬 주먹을 풀며 헬리온의 앞으로 다가갔다.

"쿡쿡, 기다렸지? 아무래도 넌 무기보다 육박전을 좋아하는 것 같아서 오늘 너랑 붙어 보지 못하면 평생 좀이 쑤실 것 같더라고. 왜냐? 나도 육박전을 좋아하거든."

장갑 대신 헝겊 밴드로 단단히 감긴 사바신의 육중한 주먹은 헬리온이 보기에도 뭔가 심상치 않았다. 그는 재미있다는 듯 씩 웃으며 상대를 향해 주먹을 뻗어 보였다.

"여기 와서 시시한 녀석들만 상대할 줄 알았는데 이거 운이 좋군. 아까 그 녀석은 직접 공격과는 별 상관없을 것 같아 솔직히 싸울 맛이 안 났는데, 네 녀석이 알아서 재미를 주니 이거 고마워서 어쩔 줄을 모르겠구나. 크하하핫! 덤벼라!"

"원했던 대사다, 케첩 머리!"

황색 오러에 휩싸인 사바신의 주먹과 화염에 휩싸인 헬리온의 주먹이 충돌하는 것으로 일대일 대결의 제2막이 시작됐다.

한편 총공격 덕분에 에스토드 왕국군 본진에 남은 병사는 포병 외에 거의 없었다.

클라리스는 크리스마저 출전한 탓에 심심했는지, 막사 밖에서 슈웰의 연습을 지켜보는 것으로 지루함을 달래려 했다. 하지만 슈웰도 부상 탓에 그리 좋은 움직임을 보여 주지 못했고, 일찍 연습을 마친 슈웰과 클라리스는 이제 무엇을 할까 고민하려는 듯 나란히 상자 위에 앉았다.

"공주님, 정말 의외 아니었어요? 크리스 말이에요."

크리스의 얘기가 나오자 클라리스는 살짝 웃음을 터뜨리며 고개를 끄덕였다.

"예, 그래요. 설마 재상 부인께서 그런 희생 정신을 보여 주실 줄은 몰랐어요. 역시 휀 경의 부인이시라 그런지 다른 귀족 부인들과는 다르세요. 그런 상황이 닥쳤다면 다른 부인들은 기겁을 하며 도망쳤을 텐데 말이죠."

"음…… 그래도 솔직히 아깝던데."

슈웰은 알 수 없는 말을 하며 머리를 긁적였다. 휀을 만난 후 슈웰은 남자아이들처럼 머리를 자르고는 지금까지 계속 머리를 기르지 않았다.

클라리스의 길고 아름다운 머리가 부럽다고 느낄 때도 있었지만, 긴 머리는 검술 수련에 불편하기 그지없었기에 그녀는 크리스 정도의 경지에 이를 때까지는 머리를 기르지 않기로 맹세했다.

둘이 이야기를 나누는 사이, 누군가 두 소녀에게 다가왔다. 갈색 피부에 흑색 머리의 미남자였는데, 그가 살짝 손가락을 퉁겨 소리를 내자 놀란 슈웰과 클라리스는 움찔하며 돌아봤다.

"어, 누구세요?"

슈웰의 경계 어린 눈초리와 질문에도 일단 그 남자는 대답 대신 클라리스에게 시선을 보냈다. 그녀의 하얀 모습을 찬찬히 뜯어보던 그는 곧 의미심장한 미소를 지은 후, 정중히 허리를 굽혀 인사를 올렸다.

"처음 뵙겠습니다, 클라리스 공주마마. 당신을 모시러 멀고 먼 길을 온 소인의 무례를 일단 용서해 주십시오. 당신 곁에서 재상이란 분이 떨어지기를 기다리다가 지쳐 결례를 범하고 말았습니다."

남자의 깨끗한 매너는 보기에 좋았지만 둘은 왠지 모를 거부감을 느꼈다.

슈웰은 일단 클라리스의 손을 꼭 잡고 상자에서 내려온 후, 그에게 다시 물었다.

"어디에서 온 누구인지는 일단 밝히셔야 할 것 아니에요. 그것부터 말씀해 주세요."

남자는 입고 있던 턱시도의 앞주머니에서 동그란 렌즈의 색안경을 꺼내 쓰고는 나지막이 대답했다.

"아, 실례. 전 악마대공 다르칸이라 합니다. 그리고 제가 온 곳은…… 지옥입니다."

"공주님! 뛰어요!"

슈웰과 클라리스는 번개같이 막사 안으로 뛰어들었다. 다르칸은 색안경 뒤에 숨겨진 황금색 눈동자를 번뜩이며 고개를 슬며시 저었다.

"이런, 역시 아이들은 숨바꼭질을 좋아한다니까. 후후후."

그는 천천히 막사로 다가가 가죽 문을 가볍게 걷어 올렸다.

그 순간.

"아, 아니!"

다르칸은 급히 공중으로 몸을 띄웠고, 그 직후 그가 있던 자리는 막사 안쪽에서 뿜어진 황색의 거대한 빛줄기에 의해 터져 나갔다. 그 지점을 마치 허깨비라도 본 듯한 표정으로 지켜보던 다르칸은 굳건히 유지하던 여유를 잃은 채 당황스러운 목소리로 소리쳤다.

"말도 안 돼! 분명히 넌 저 지저분한 전장에 있다고 연락받았는데! 그것도 직접……!"

"내가 알 바는 아니지."

막사 안에서 나온 남자는 자신의 금발을 슬쩍 쓸어 올리며 차갑게 말했다.

트레이드마크라 할 수 있는 그의 코트가 어디로 갔는지는 몰라도, 그는 확실히 에스토드 왕국의 재상 휀 라디언트였다.

그는 장갑을 가볍게 죄고 자신의 검 플렉시온을 뽑아 들며 낮게 말했다.

"혼이 날 시간이다, 악마대공 다르칸."

3

승리의 열쇠

"혼이 날 시간? 어쨌거나 비겁한 수법을 즐기시는군, 훼인 라디언트. 네가 이런 방법으로 나를 속일 줄은 몰랐다. 후후, 이거 정말 실망인걸?"

의외의 일격을 받은 악마대공 다르칸은 색안경의 동그란 렌즈를 위아래로 움직이며 쓰디쓴 미소를 지었다. 반면 훼인은 별다른 표정 변화 없이 평소대로 말을 내뱉었다.

"생각보다 착하군. 자신이 속은 것을 인정하다니 말이다."

다르칸의 손이 일순간 꿈틀했다.

무서운 눈으로 훼인을 노려보면서도 애써 흥분을 가라앉힌 그는 이윽고 색안경을 접으며 말했다.

"후, 칭찬해 줘서 고맙구나. 그럼 이제 실력 발휘를 해 볼까."

그는 옷깃에 꽂혀 있는 수많은 장식 중 검 모양의 브로치를 뽑아 공중에 던졌다. 흑색과 황색으로 이루어진 그 브로치는 햇빛을 어지러이 반사시키며 공중을 날아 바닥에 박혔다.

다르칸은 바닥에 떨어지는 동안 거대하게 변한 브로치를 천천히 뽑았다. 그의 손에 들린 브로치는 더 이상 장식품이 아니었다. 진짜 검이었다. 그는 검을 잡지 않은 손으로 날을 퉁기며 말했다.

"아마겟돈 당시, 난 이 '디르티스'로 천사들의 육체를 자르고 갈랐다. 아는지 모르겠지만 악마나 마족, 인간을 벨 때보다 천사의 몸을 벨 때의 감촉은 더욱 환상에 가깝지. 불에 적당히 익은 양파를 베는 느낌이랄까? 어쨌거나 오랜만에 이 녀석을 잡으니 그때의 감촉이 되살아나는군. '프레데릭' 녀석에겐 미처 사용하지 못했지만……. 아, 여담이 길었나? 어쨌건 이제 신계 최강이라 불렸던 자의 힘을 마음껏 감상해 주마, 휀 라디언트."

"좋을 대로."

휀과 다르칸은 슬며시 몸을 띄웠다. 둘은 평화스러울 정도로 천천히 떠올랐지만 분위기는 폭풍 전야를 방불케 했기 때문에 막사에서 슬며시 머리를 내밀고 이들을 지켜보던 슈웰과 클라리스는 긴장감에 마른침을 삼켜야 했다.

"공주님, 왠지 기분이 이상하지 않아요?"

"예? 아, 예…… 슈웰은요?"

슈웰은 대답 대신 클라리스의 손을 꼭 붙잡았다. 클라리스는 슈웰의 손바닥에 땀이 밴 것을 느끼고 살며시 인상을 찌푸리며 휀을 돌아보았다.

휀이 인간이 아닌, 아니 인간을 초월한 존재와 싸우는 모습을 둘다 처음 보는 것은 아니었지만 지금의 상황은 예전과는 사뭇 달랐다. 크리스에게 가끔 들었던, 휀이 진짜 싸우는 모습을 이제야 보게 된다는 기대감도 컸지만 한편으론 다르칸에게서 느껴지는 힘이 워낙 막강했기에 불안하기 그지 없었다.

슈웰은 막사 안쪽을 바라보려다가 애써 시선을 휀에게로 다시 돌렸다. 구경은 하되 무슨 상황이 벌어지더라도 막사에서 절대 나오지 말고, 또 막사 안쪽에 절대 시선을 돌리지 말라는 그의 당부가 있었기 때문이다.

"재상 부인, 불편하신 점은 없으십니까?"

왠지 모르게 심란한 표정을 짓고 있던 볼보스는 슬그머니 옆을 돌아보았다. 그러자 그와 나란히 말을 탄 채 전방을 주시하던 크리스는 실소를 터뜨리며 입고 있던 백색 코트를 슬쩍 움직여 보였다.

"코트가 좀 큰 것 말고는 괜찮습니다. 아, 머리가 갑자기 짧아져서 그런지 서늘하기도 하네요."

'작전상'이란 말이 붙긴 했지만 크리스는 너무나 큰 것을 희생해야만 했다. 어제 아침까지는 머리색이 남편과 비슷해서 둘이 서로 잘 어울린다는 말을 상당히 기분좋게 받아들였던 그녀는 이번 전투가 끝난 후 염색을 하겠다고 결심할 정도로 생각이 달라져 있었다.

"전 당신 코트만 입으면 되는 거죠?"

그러나 그녀의 질문에 대한 휀의 대답은 잔인했다.

"머리도 잘라."

총공격과 가짜 재상, 본진에 홀로 남겨진 공주라는 미끼를 이용해 적의 뒤에 숨겨져 있는 지원 세력을 끌어낸다는 작전은 사실 모험에 가까웠다. 드라켄 왕국군 중 그 누구도 휀의 모습을 본 사람이 없다는 것이 작전의 요점이었지만, 재상이 가짜라는 사실을 상대가 알아차리게 되면 이번 작전은 그대로 실패할 수 있었다.

만의 하나 실패할 경우 본진에 남겨진 공주가 위험해질 수 있었기에 일단은 완벽한 가짜 재상을 만드는 것이 중요했다. 결국 그녀는 머리를 다듬는 재주가 있는 레디에게 머리를 맡기고 남편의 코트까지 입음으로써 거의 완벽한 가짜 재상이 될 수 있었다.

출전하기 직전, 그녀는 남편에게 한 가지 의문을 제기했다.

"공주님께서 여기까지 따라오셨다는 사실을 적들이 어떻게 알죠? 당신 얼굴도 제대로 모른다면서요?"

에스토드 왕국에서 공주를 제대로 지킬 수 있는 사람은 자신뿐이고, 전투가 하루 이틀에 끝날 상황이 아니라면 자신이 공주를 데리고 다닐 것이란 사실은 미지의 적, 즉 악마들이 더 잘 알 것이라는 게 휀의 대답이었다.

게다가 이번 작전이 성공하면 적들은 에스토드 왕국 본진으로 들어간 아군을 위해 악마 등을 전장으로 투입해서 최대한 시간을 벌려고 할 것이라는 예측도 했다.

그 예상은 정확히 맞아떨어졌다.

"사령관님! 악마나 마족으로 보이는 존재가 적진에 나타났습니다! 현재 돌격보병대 부대장께서 그중 하나를 직접 상대하고 계십니다!"

병사의 전언을 들은 볼보스와 크리스는 의미심장한 미소를 지으며 내심 감탄했다. 마치 정해진 각본대로 모든 일이 흘러가는 듯했다.

그러나 다음 순간 둘의 표정이 새파랗게 변했다.

"자, 잠깐! 누가 상대하고 있다고?"

볼보스의 질문에, 병사는 잠시 눈을 끔벅이더니 이내 자신 없는 목소리로 대답했다.

"예? 그, 그러니까 사바신 님께서……."

볼보스와 크리스는 그대로 주저앉을 것만 같았다. 이것은 그야 말로 예상치 못한 상황이었다. 크리스는 흥분한 나머지 병사의 멱살을 잡아 번쩍 들어 올리며 죄 없는 그를 향해 소리쳤다.

"레디는 도대체 뭘 하기에 사바신에게 싸움을 맡긴 건가! 설마적이 무서운 나머지 숨어서 뜨개질이라도 하고 있는 건가!"

의외의 박력에 볼보스를 비롯해 주위에 있던 병사들은 일순간 숨을 죽였다. 2백 년 전, 강철의 가면을 쓴 채 인간 병기로서 적을 도살하던 로하가스 제국 장군 시절의 모습이 이번 전쟁을 계기로 다시 나오는 것만 같았다. 그녀에게 들어 올려진 병사는 식은땀까지 흘리며 상황을 설명했다.

"그, 그것이…… 사바신 님께서 레디 님을 기절시키고 스스로 나가셨습니다. 레디 님은 아직도 깨어나지 못하고 계십니다만……."

"뭐라고! 이런, 바보 사바신!"

크리스는 이를 부드득 갈며 전방으로 시선을 돌렸다. 그녀의 모습에 가슴을 쓸어 내리던 볼보스는 내심 생각했다.

'이제 보니 각하보다 더 무서우시군. 어쩐지 각하께서 부인께만은 한 수 접으신다 했더니만…….'

한편 사바신은 지금의 대결을 나름대로 즐기고 있었다. 상대는 분명 인간이 아니었다. 사바신은 자신의 일격을 제대로 받아 내거나 막아 낼 수 있는 인간이 극히 드물다는 사실을 잘 알고 있었다.

그러나 인간이 아니라는 것 외엔 상대의 정체를 알 수 없었다. 악마일까, 마족일까, 아니면 말로만 듣던 최고위 정령 마신일까. 하지만 사바신에게 그런 것은 상관없었다. 그저 제대로 싸울 수만 있다면 어떤 존재든 환영이었다.

그를 상대하고 있는 헬리온은 자신보다 힘이 훨씬 강한 아스가르드를 먼저 내보냈어야 했다는 생각을 하고 있었다. 도대체 어떤 인간인지는 몰라도 공격 하나하나에 실린 힘이 예전에 상대했던 빨간 머리의 인간을 훨씬 능가하고도 남았기에 그로선 상대의 공격을 방어하기도 벅찼다.

"뭐냐, 팔이 저려 오기라도 하는 거냐, 케첩 머리? 그 불같은 기세는 어디로 갔을까? 하하핫!"

"닥쳐라!"

몸을 숙여 사바신의 돌려차기를 피한 헬리온은 자신의 머리 위를 훑고 지나간 공격의 위력을 공기의 진동만으로도 느낄 수 있었다. 다른 것은 몰라도 힘 하나만은 인정하지 않을 수 없는 수준이었다. 그러나 그 경이적인 힘만큼 공격 후의 빈틈도 컸다.

"웃는 것도 지금뿐이다!"

헬리온은 즉시 상대의 두상을 향해 화염이 실린 정권을 날렸다. 사바신의 몸이 워낙 단단해 보였기에 같은 일격으로도 큰 효과를 얻을 수 있는 머리를 노리겠다는 심산이었다.

사바신의 머리와 헬리온의 주먹 사이에서 둔탁한 소리가 터져 나왔다. 워낙 소리가 크고 끔찍했기에 드라켄 왕국 병사들은 승부가 갈렸다는 생각으로 환호성을 지르려 했다.

그러나 결과는 헬리온의 뒷걸음질이었다.

"크, 크으윽……!"

헬리온의 주먹은 이상한 모양으로 일그러져 있었다. 손뼈가 부러진 듯했다. 반면 사바신은 살짝 찢겨 피가 흐르는 자신의 이마를 손바닥으로 철썩 치며 미소 지었다.

"쿠쿡, 녀석. 그런 고사리 같은 손으로 날 어쩔 수 있다고 생각하는 건 아니겠지? 착각하면 미워."

헬리온은 도저히 믿을 수가 없었다. 설마 이마를 이용해 자신의 공격을 정면으로 받아칠 줄은 꿈에도 생각지 못했던 것이다. 하지만 그도 완전히 실력 발휘를 한 것은 아니었다. 손을 원래대로 회복시킨 그는 눈을 매섭게 일그러뜨리며 말했다.

"좋아, 인정하지. 네 녀석의 너저분한 겉모습만 보고 솔직히 방심했다."

"뭐?"

그의 도발적인 발언에 사바신은 지혈을 막 끝낸 이마를 다시금 찌푸렸다. 그러나 그것도 잠시, 주황색으로 빛나는 헬리온의 머리카락이 한올 한올 불꽃으로 변해 흔들리기 시작하자 사바신의 표정이 약간 굳어졌다. 헬리온은 이전보다 더욱 거세게 불타오르는 주먹을 불끈 쥐며 진지한 목소리로 말했다.

"장난은 이것으로 끝이다, 너저분한 녀석."

사바신은 턱을 슬그머니 매만지며 고개를 갸웃거렸다. 마치 박물관의 전시물을 감상하듯 헬리온의 모습을 위아래로 훑어보던 그는 갑자기 양팔을 축 늘어뜨리고 허리까지 굽히며 혀를 살짝 내밀었다.

"그럼 덤벼 봐, 횃불 대가리. 이 너저분한 녀석을 실컷 두들겨 보라고. 어서."

"뭐?"

도대체 상대가 무슨 생각으로 저런 자세를 취했을까? 도발일까? 아니면 뭔가를 생각하고, 자신을 그쪽으로 끌어들이기 위한 것일까? 잠시 머리를 굴리던 헬리온은 오른 손목을 왼손으로 불끈 거머쥐며 씩 미소 지었다.

"후, 반격이라도 해 볼 생각인 것 같은데, 쓸데없다. 이 한 방으로 널 완전히 구워 주마!"

"하핫, 좋아. 어서 불태워 줘."

사바신 역시 미소 지었다. 하지만 그의 눈동자는 그 어느 때보다 반짝였다. 집중하고 있다는 증거였다.

그 광경을 주시하던 에스토드 병사들은 사바신의 알 수 없는 행동에 고개를 갸웃거렸다. 자신들이 보기에도 무방비 자세로 도대체 뭘 하겠다는 것인지 아무리 생각해도 이해되지 않았다.

"아까 이마를 맞은 것 때문에 돌아 버린 건가? 저 요상한 자세는 대체 뭐야?"

"그러게. 완전히 한 대 때려 주세요, 하는 자세잖아. 이길 생각이 있는 건가?"

병사들은 걱정 어린 한탄을 늘어놓으며 서로에게 의문을 제기했다. 하지만 정확히 답변해 줄 수 있는 사람은 없었다.

"욱…… 역시 사바신답게 정면 승부를 노리는군요."

"아, 레디 님!"

레디가 뒤통수를 매만지며 앞으로 나서자 병사들은 안도의 한숨을 쉬었다. 병사들은 왠지 모르게 사바신보다 그가 더 믿음이 가는 모양이었다. 사바신에게 입은 충격이 아직 가시지 않은 듯 레디는 한 병사의 어깨에 손을 짚은 채 말을 이었다.

"상대가 얼마만큼의 힘을 지녔는지는 몰라도 사바신에게 저 사람의 한 방은 통하지 않을 겁니다. 사바신 이상의 기술과 속도, 그리고 뒤떨어지지 않는 힘을 지닌 친구가 한 명 있는데, 그 친구도 사바신과 대련할 땐 일격 필살보다는 연타 기술 중심으로 나가죠. 왜냐하면……"

그때 헬리온의 온몸이 화염에 휩싸이는가 싶더니 주먹을 앞세워 사바신을 향해 돌진했다. 그러나 사바신은 자세를 그대로 유지한 채 가만히 있을 뿐이었다. 이윽고 헬리온의 주먹이 사바신의 얼굴에 정면으로 내리꽂혔다.

입에서 피를 뿜으며 흔들리던 사바신이 자세를 바꾼 것은 직후였다.

"먹고, 떨어져!"

강한 일격을 날렸던 만큼 헬리온의 빈틈 역시 컸다. 그는 자신의 공격으로 인해 받았을 충격에 아랑곳없이 반격을 시도하려는 사바신의 모습을 그대로 지켜볼 수밖에 없었다.

사바신은 일보 전진함과 동시에 왼팔로 상대의 가슴을 쳤다. 의외로 약한 공격이었기에 헬리온은 반격을 날릴까 하는 생각도 해보았지만 그것은 생각에 그쳤다. 사바신의 첫 번째 공격은 상대를 움직이지 못하도록 하기 위한 것이었을 뿐, 그 직후 이어진 오른손 공격은 헬리온의 가슴을 철저히 부숴 놓을 정도의 파괴력을 갖고 있었다.

"크윽!"

사바신의 장타(掌打)에 헬리온은 수십 보 이상 뒤로 밀려 나갔고, 땅에 떨어진 후에도 드라켄 왕국 병사들 몇몇을 휘감은 채 바닥을 굴러야만 했다. 그 경이적인 광경에 드라켄 왕국 병사들뿐만 아니라 에스토드 왕국 병사들까지 입을 다물지 못했다.

"뭐, 뭐야? 분명 맞아서 피까지 튀는 걸 봤는데?"

어깨를 빌려 주고 있는 병사가 그렇게 중얼대자, 레디는 웃으며 아까 하던 얘기를 계속 이었다.

"사바신은 어릴 때부터 저렇게 싸워 왔어요. 상대가 자기보다 강하면 맞으면서 상대가 지치길 기다리거나, 자신을 때렸을 때 생기는 빈틈을 노려 역으로 공격을 가하는 형태죠. 그런 무식한 방식이 지금까지 몸에 익어서 웬만한 일격엔 눈 하나 깜짝하지 않는 맷집을 가지게 됐어요. 그래서 이제는 만만한 상대이거나 그 이하의 상대와도 가끔 저렇게 싸울 때가 있지만 말이죠. 그가 가진 최대의 무기는 압도적인 힘이 아니라 웬만한 공격이나 상황에도 꿈쩍 않는 맷집과 정신력이에요."

레디의 설명을 듣긴 했지만, 병사들은 사바신의 코와 입에서 뚝뚝 떨어지는 피를 보며 고개를 절레절레 흔들었다. 지금 그의 모습은 지켜보는 이의 눈마저 아찔하게 만들기에 충분했다.

하지만 그런 생각도, 사바신이 고개를 번쩍 들며 소매로 피를 닦자마자 사라졌다.

"자, 다음 나와라! 이거 피를 보니 몸이 끓어 견딜 수가 없는데? 하하핫!"

반면 병사들과 한데 뒤엉킨 채 의식을 잃은 헬리온은 도저히 일어날 상황이 아닌 듯했다. 뒤에서 그 모습을 지켜보던 그의 동료 게일러가 아스가르드와 함께 천천히 앞으로 나섰다.

"오호, 너희가 새로운 장난감이냐? 자자, 이 사바신 님은 두 명도 좋아. 한꺼번에 덤비든지 둘 다 덤비든지, 어서 와라!"

사바신의 도발적인 발언에도 아스가르드는 두건도 벗지 않은 채 묵묵히 팔짱을 꼈다. 게일러는 두건을 벗긴 했지만 함부로 나서지 않았다.

'예전의 그 리오라는 자는 헬리온의 일격을 피하거나 받아쳤다고는 하지만, 저 녀석은 또 뭐지? 일격에 있어서는 가끔 아스가르드보다 강한 헬리온의 주먹을 정면으로, 그것도 두 번이나 받았는

데도 충격을 받은 기색 없이 역공을 날리다니!'

게일러는 어떻게 해야 할지 막막했다. 하지만 시간을 끄는 것이 그들이 맡은 임무였기에 큰 부담감은 없었다.

"게일러……."

그때 평소 거의 말이 없다시피 한 아스가르드가 나직이 입을 움직였다. 일이 아주 잘못되지 않는 한 그가 말을 하지 않는다는 것을 잘 아는 게일러는 움찔하며 그를 돌아보았다.

"무슨 일이야, 아스가르드?"

"당했다……. 다르칸 님이 위험하다."

아스가르드는 묵직한 목소리로 말하며 턱으로 에스토드 왕국군 저편을 가리켰다. 그쪽을 향해 시선을 돌리던 게일러는 어렵지 않게 백색 코트를 입은 금발의 존재를 발견할 수 있었다. 말로만 듣던 에스토드 왕국의 재상 휀 라디언트였다.

"저게 휀인가 하는 녀석인가? ……음."

그 순간 게일러는 의식이 아득해지는 것을 느꼈다. 분명 백색 코트에 금발이긴 했지만 지금까지 다르칸이나 리리스에게 들어 왔던 휀이란 남자처럼 그리 강해 보이지도 않았고, 위압감이나 살기역시 크게 느껴지지 않았다. 게다가 더욱 충격적인 것은 남자가 아닌 여자라는 점이었다.

한마디로 말해, 그가 보고 있는 존재는 다르칸이 '일'을 처리할 동안 자신들이 붙잡아 놓고 있어야 할 휀 라디언트가 아니었다.

"이런 비겁한 녀석들! 아스가르드, 어서 다르칸 님에게 가자."

일순간 폭풍처럼 변한 게일러는 동료와 함께 에스토드 왕국군의 머리를 넘어 급히 본진 쪽으로 향했다. 그 모습을 본 레디, 크리스 등은 가짜 재상이란 것이 들통났음을 직감했지만 당황하지 않고 이런 상황에 대비한 작전을 개시했다.

"어, 저 녀석들 왜 우리 본진 쪽으로 가는 거지?"

작전에 대해 거의 듣지 못한 사바신은 고개를 갸웃거렸다. 레디는 그의 등을 툭 치며 소리쳤다.

"사바신, 공격이야!"

"뭐?"

사바신은 갑자기 무슨 소리냐는 얼굴로 레디를 바라보았다. 레디는 급히 자신의 힘을 끌어올리며 말했다.

"나중에 말해 줄게. 지금은 일단 드라켄 왕국군을 치자."

"그래? 그럼 신나게 놀아 볼까."

공격이란 말 한마디에 사바신은 곧장 발을 강하게 굴렀고, 그 충격에 반응하듯 앞쪽 지면을 뚫고 사바신의 무기인 거대 목도가 튀어올랐다. 그것을 시작으로 에스토드 왕국군은 다시금 포격을 동반한 전면 공격을 개시했다.

"자, 진격하라! 포병들은 공군이 전해 주는 사격 좌표를 정확히 따르도록. 조금이라도 틀리면 아군의 머리에 포탄이 떨어지게 된다. 제4기사단은 뭘 하는 거야? 꾸물대지 말고 진격하라고 해. 이런, 발렌시아는 이 판국에 어디로 가는 거야! 누가 빨리 죽이는지 내기라도 한 건가. 포탄에 맞고 싶지 않으면 제3기사단과 대열을 맞추라고 해."

망원경과 확성기를 양손에 든 채 착실히 지시를 내리는 볼보스와는 달리, 크리스는 걱정스러운 얼굴로 본진 쪽을 돌아보고 있었다. 방금 전 본진으로 날아간 존재 둘이 아무래도 마음에 걸리는 모양이었다.

"걱정되십니까?"

볼보스의 물음에, 크리스는 흐린 미소와 함께 고개를 끄덕였다. 그 모습에 부러움을 느낀 듯, 볼보스는 다음부터 전장에 자신의 부인도 데려와야겠다고 생각하며 그녀를 안심시켰다.

"걱정 마십시오. 두 분이 워낙 강하시니 어떤 적이 나타난다 해도 큰일은 없을 것입니다. 그러니 안심하셔도……."

"위험해요!"

순간, 날렵하게 뻗어 나간 크리스의 손에 의해 볼보스를 향해 날아오던 화살이 멈췄다. 십년감수한 볼보스의 질린 표정과는 달리, 크리스는 손에 들린 크리스털 포인트 화살을 보며 전의(戰意) 어린 미소를 띠었다.

"투르바 녀석들이 옆으로 돌아 들어왔군요. 사령관님, 여기를 부탁드립니다."

손수건으로 식은땀을 닦던 볼보스는 또 한 번 움찔했다.

"예? 아니, 어쩌시려고……."

"귀찮은 것은 처리해야죠!"

크리스는 양손에 자신의 검 벨벳 크로스를 거머쥔 채 화살이 날아온 방향으로 말을 몰아 갔다. 그녀에게 소속된 근위대 역시 그녀를 따라 움직였다. 그 모습을 멍하니 바라보던 볼보스는 다시 망원경과 확성기를 들며 고개를 슬며시 저었다.

"하여튼 부인 하나는 잘 두셨다니까, 허허헛."

다르칸이 검을 앞세운 채 돌진해 왔다. 단순한 공격 같았지만 파고드는 속도가 상당했기에 휀은 일단 옆으로 슬쩍 몸을 틀었다. 다르칸의 검이 그의 옆을 지나는 순간, 칼끝이 거짓말처럼 그를 향해 틀어졌고 휀은 급히 플렉시온을 세워 그 예상치 못한 일격을 막아

냈다.

"오호, 막아 냈나?"

두 검 사이에서 일어난 불꽃이 사그라질 때에 맞춰 다르칸은 다시 자세와 위치를 정비했다. 상대가 생각보다 움직임이 적다는 사실에 자신감이 생겼는지 그는 여유 있게 웃으며 말했다.

"네 검술에 대한 얘기는 리리스 님에게도 듣지 못해서 직접적인 전투는 좀 자신이 없었다만, 지금 보니 넌 정(靜)적인 일격의 검을 사용하는군. 훌륭하긴 하지만 그것으로 나와 이 디르티스를 이길 수는 없다."

휀의 검술은 다르칸이 말한 대로 일격의 검술이다. 빈틈을 노린 강력한 일격으로 상대에게 치명타를 입히거나 한 번에 승부를 내지만, 그만큼 움직임이 적기 때문에 정적인 검이라 불리기도 한다.

다르칸은 자신의 검을 들어 보이며 말을 이었다.

"이 검, 디르티스의 가장 큰 특성은 상대의 반격을 허용하지 않는다는 것이다. 검 자체가 자유자재로 휘며 상대를 쫓지. 검이 스스로 움직이기 때문에 난 그사이 자세를 바로잡을 수 있다. 결국 상대는 나의 공격을 방어할 수밖에 없게 된다. 후후, 네가 동(動)적인 검을 사용한다면 모르지만, 방어를 위주로 하는 정적인 검을 사용하는 이상 아까 말한 그대로, 넌 날 이길 수 없다."

"……."

다르칸의 말을 듣기 지루했는지, 어느새 입에 담배를 문 휀은 채 피우지도 않은 장초를 옆으로 버리며 혼잣말하듯 중얼거렸다.

"그럴지도. 약장수가 파는 약은 전부 만병 통치약이니까. 물론 뚜껑을 열어 보면 모조리 가짜지만."

"뭐? 크윽, 이 녀석!"

다르칸은 다시 한 번 검을 앞세우고 휀에게 달려들었다. 그때 휀이 그를 향해 손을 뻗었다. 광황포였다.

"어림없다!"

다르칸은 휀이 쏜 빛줄기를 가볍게 피한 뒤 다시 상대 쪽으로 시선을 돌렸다. 그러나 때는 이미 늦었다.

"네가 들고 있는 만병통치약 역시 가짜 같군."

"큭!"

순간 하얀 장갑을 낀 손이 다르칸의 갈색 얼굴을 덮쳤다. 다르칸은 아차 하며 반격을 날리려 했지만 휀은 그럴 틈을 주지 않았다.

"죽어."

상대의 안면을 붙잡은 휀의 손에서 다시금 광황포가 폭발했다. 그 절대적인 파괴력 앞에 다르칸의 두상과 상반신 일부가 터져 나왔고, 그 광경을 밑에서 지켜보던 슈웰과 클라리스는 와, 소리를 지르며 승리를 자축했다. 하지만 휀은 아직 승부가 나지 않았다는 것을 아는지, 머리와 가슴을 제외하고는 온전한 다르칸의 몸에서 약간 거리를 두었다.

"내 검은 정적인 검이 아니라 예측의 검이다. 방금 전에도 난 네가 나의 공격을 피한 후 어디로 움직일지 예상하고 있었고, 넌 내예상대로 착실하게 움직였다. 그리고 또 하나, 넌 힘이 완전히 갖춰진 상태가 아니다. 예전에 만났던 악마대공 린라우가 여신들의 힘을 얻어 비정상적으로 강해졌다지만 원래의 힘도 지금의 네 힘보다는 강했지. 그것이 오늘의 패인이다."

휀의 말이 끝나기가 무섭게, 다르칸의 몸은 조금 꿈틀대는가 싶더니 가볍게 복구됐다. 다르칸은 쓸쓸한 표정을 지은 채, 복구된얼굴과 가슴 부위에 묻어 있는 체액을 적당히 닦아 내며 말했다.

"후, 아무래도 내가 날을 잘못 잡은 것 같군. 하지만 넌 왜 힘이 갖춰지지 않은 나를 지금 소멸시키지 않는 건가? 힘이 완전히 갖춰지면 너에겐 둘도 없이 귀찮은 존재가 될 텐데. 게다가 네가 공주를 지킬 수 있는 확률 역시 적어질 것 아닌가?"

"……."

휀은 대답보다 담배를 먼저 물었다. 전의가 크게 느껴지지 않았기에 다르칸도 그사이 자신의 정장을 복구했다.

연기를 두어 번 뿜어 낸 휀은 이윽고 다르칸에게 물었다.

"6년 전, 리리스에게 어떤 말을 들었나?"

"뭐? 무슨 말이지?"

"리리스가 6년 전 시도했던 공주 납치에 대한 일을 너에게 어떻게 말했나 물었다."

다르칸은 도무지 무슨 말인지 알 수가 없었다. 하지만 느낌이 이상했기 때문에 그는 군더더기 없이 대답했다.

"네가 갑자기 나타나 드골이 이끄는 악마 군단을 없애고, 리리스 님께서 직접 공주를 손에 넣는 일을 방해했다 들었다. 후후, 혹시 그때의 추억을 되살리고 싶어서 나에게 그런 것을 물어본 것인가?"

말없이 다르칸의 말을 되새겨 보던 휀은 잠시 후 다른 것을 물었다.

"네 목적은 공주 납치겠지? 순수하게 말이다."

휀의 질문이 점점 수수께끼처럼 들렸지만, 다르칸은 아랑곳하지 않고 솔직히 대답하기로 했다. 좀더 얘기하다 보면 자신이 모르는 일에 대해 조금은 알게 될지도 몰랐기 때문이다.

"네 말대로 난 공주가 필요할 뿐이다. 넌 나와 정반대로 공주를 지키기만 하면 될 텐데, 알면서도 그런 질문을 하는 이유가 뭐지? 나만 대답하자니 좀 불공평한데."

휀은 피우던 담배의 끝을 손가락으로 강하게 튕겨 불씨를 날린 후, 담배 연기를 공중에 뿜어 내며 대답했다.

"나도 공주를 지키기만 하면 되는 줄 알았지만, 지금 네 말을 듣고 조금 바뀌었다."

다르칸은 불길한 느낌이 들었다. 그러고 보니 자신이 그 '기계 덩어리' 속에 잠들어 있는 동안 신계가 어떻게 돌아갔는지, 세력 분포가 어떻게 변했는지 그리고 자신이 왜 리리스에게 선택을 받았는지 등등에 대해 전혀 아는 바가 없다는 생각이 들었다. 결국 다르칸은 아무리 큰일을 수행 중이라고는 하지만 주위 상황만큼은 확인해 두는 것이 좋을 것 같다는 판단하에 일단 물러서기로 하고 디르티스를 거두려 했다.

그러나 문득 기척이 느껴지자 그는 검을 잡은 두 손에 다시 힘을 주었다.

"좋아, 오늘은 물러가지. 그러나 공주만은 데려가겠다! 게일러, 아스가르드! 순수의 결정체를 잡아라!"

휀은 슬그머니 아래쪽을 내려다보았다. 질풍처럼 막사를 향해 뛰어가는 두 마신, 게일러와 아스가르드의 모습이 그의 눈에 들어왔다. 휀은 당황하는 기색 없이 나지막이 중얼거렸다.

"부하들이 위험할 텐데."

다르칸은 움찔하며 막사 쪽을 내려다보았다. 하지만 공주 옆에 있는 것은 조금 단련된 듯 보이는 공주 또래의 소녀뿐이었다. 다르칸은 크게 웃음을 터뜨렸다.

"하하핫! 어떤 상황이 벌어져도 자신만만하다는 소문은 헛것이 아니었군. 저 소녀가 뭘 할 수 있다고 생각하나? 게일러와 아스가르드가 브롤 같은 쓰레기라면 모르겠지만, 저 둘은 마신이다. 너희, 가즈 나이트조차 방심할 수 없는 마신이란 말이다!"

"그런데?"

휀이 가볍게 의문을 던진 순간, 다르칸은 막사 안에서 갑자기 뿜어지는 거대한 암흑의 기운에 눈을 부릅떴다. 그는 즉시 게일러와 아스가르드에게 멈추라고 했지만 이미 늦었다.

클라리스와 슈웰은 자신들에게 달려오는 마신들의 모습을 보자마자 다시 막사 안으로 들어갔다. 게일러는 혼자서도 가뿐히 처리할 수 있다고 생각했는지, 혼자 막사 안에 들어갔다.

막사 안은 어두웠다. 입구를 통해 들어오는 빛은 순백색의 공주 클라리스와 그녀 앞에 선 소녀 슈웰의 모습만을 겨우 비출 뿐이었다.

자신의 주인 다르칸이 공중에 있는 진짜 휀 라디언트를 충분히 막을 수 있으리라 생각하며 게일러는 천천히 그녀들을 향해 다가갔다.

"드디어 만났군, 클라리스 공주. 자, 어린아이를 다치게 할 마음은 없으니 공주는 어서 이쪽으로 오시지. 다른 꼬마는 꺼지고."

슈웰은 클라리스를 더욱더 뒤로 감추며 고개를 저었다. 그녀의 굳게 다문 입술과 부릅뜬 눈이 가소롭게 느껴졌는지, 게일러는 실소를 터뜨렸다.

"후후, 의지는 가상하다만 네 의지만으로 나를 물러서게 할 수 없어. 다시 말하지만 난 살육을 즐기는 성격이 아니다. 나를 더 이상 화나게 하지 않는 게……."

"크크큭, 난 살육을 즐기는데 어쩌지?"

갑작스레 들려온 묵직한 웃음소리에 게일러는 말을 멈추고 아이들의 뒤쪽을 바라보았다.

어둠 속에서, 그것도 상당히 높은 위치에서 빛나는 적색의 눈동자가 게일러의 눈에 들어왔다. 그 눈동자에서 풍기는 살기가 워낙 엄청났기에 게일러는 자신도 모르게 뒷걸음치며 소리쳤다.

"너, 넌 누구냐! 비겁하게 숨어 있지 말고 정체를 밝혀라!"

순간 게일러는 있는 힘껏 뒤로 몸을 젖혔다. 자신의 머리 위로 새하얀 섬광이 번뜩이는 것을 본 직후였다.

"으악!"

비명과 동시에 게일러의 몸은 장난감처럼 막사 밖으로 튕겨져 날아갔다. 검에 슬쩍 베이긴 했지만 그것만으로는 그가 날아간 이유를 설명할 수 없었다. 자신을 날려 버린 것이 무엇인지 게일러 자신이 더 잘 알고 있었다.

'풍압! 검으로 일으킨 바람만으로 마신급의 정령을 이렇게 날려 버리다니! 도대체 어떤 괴물이지?'

멀찌감치 나가떨어진 게일러는 곧 아스가르드의 부축을 받고 일어났다. 그는 가슴에 난 상처를 손으로 막으며 막사를 바라보았지만 자신을 날려 버린 존재는 막사 안의 어둠 속에서 나오지 않았다. 하지만 그 어둠을 통해 느껴지는 기운은 모두의 전의를 상실케 하기에 충분했다.

"한 명이 더 있었군."

그 모습을 지켜보던 다르칸이 씁쓸히 말했다. 그는 결국 게일러 와 아스가르드에게 자신 쪽으로 오라고 손짓했고 둘이 올라오는 것에 맞춰 휀을 바라보았다.

"어쨌거나 오늘 일이 나에게 결코 도움이 안 됐다고는 할 수 없 겠군. 나름대로 유익했다, 휀 라디언트. 이번에는 여기서 그치고 돌아가 주지."

"좋을 대로."

전투의 종결을 의미하듯, 휀은 천천히 플렉시온을 거뒀다. 게일러의 상처를 치료해 준 후 등을 돌리던 다르칸은 떠나기 전, 휀을 다시 돌아보며 말했다.

"공주와 함께 있던 아이, 누구인지는 몰라도 꽤 인상에 남는군. 검술의 소질은 둘째 치고, 그 나이에 그런 눈을 갖기 쉽지 않은 일이거든. 오늘 내가 잠시 냉정을 잃었던 것도 그 아이의 눈동자에 깃든 강한 의지를 보고 흥분한 탓일지도 모르지. 후후, 그럼 때가 되면 보자, 휀 라디언트."

다르칸은 부하 둘과 함께 전장을 향해 멀어져 갔다. 그의 뒷모습을 바라보던 휀은 옷깃을 툭툭 털며 막사로 내려왔다.

"전장으로 가겠습니다. 계속 이곳에서 기다려 주십시오, 공주님."

"예, 수고해 주십시오, 재상."

클라리스는 고개를 끄덕였다. 반면 슈웰은 방금 전 나타났던 다르칸 일행의 모습이 뇌리에서 떠나지 않는지 불안한 표정으로 휀을 붙잡았다.

"그, 그럼 여기는 괜찮은 거예요? 바이론 아저씨 한 분만 계시면 좀 불안할 것 같은데……."

하지만 휀은 별다른 대답 없이 전장으로 향했다. 슈웰은 심통이 났는지 입을 비죽 내밀며 중얼거렸다.

"쳇, 크리스 선생님이 그렇게 걱정되시나? 하여튼 서로 한시라도 떨어져 있으면 큰일 나는 줄 안다니까."

"그렇게 말하면 안 돼요, 슈웰. 슈웰도 사실 부러워서 그러는 것 아니에요?"

클라리스가 어깨를 두드리며 말하자 슈웰은 더 이상 할 말이 없는 듯 시선을 다른 곳으로 휙 돌려 버렸다. 한편 바이론은 막사 안에 그대로 앉아 나지막이 웃으며 술통을 입에 가져갔다.

"이제 4년 남았다고 했나? 크크큭, 불쌍한 녀석⋯⋯."

크리스를 따르는 근위대 병사들은 입을 다물 수 없었다. 그녀가
로하가스 제국 때부터 지금까지 살아온 기인이라는 것을 잘 알면
서도, 그녀의 실력에 대해서는 그리 신통치 않게 생각해 왔던 그들
은 자신들의 눈앞에서 브롤과 투르바들이 집단으로 도살되는 모
습에 생각이 달라졌다.

그녀가 타고 있던 백마는 원래 적마가 아닐까 싶을 정도로 피에
뒤덮여 있었다. 아침에 단정히 손질되어 있던 그녀의 머리카락 역
시 피를 머금은 채 신들린 듯 흔들렸다. 게다가 양손에 들린 마검
벨벳 크로스는 지금까지 들이마신 피로도 부족한 듯 시커먼 마기
(魔氣)를 사방으로 뿌리며 먹이를 찾아 헤맸다.

"싸우러 왔으면 싸워야지, 왜 그렇게 겁에 질려 있어? 이 누님은
의외로 참을성이 부족하단다, 얘들아. 덤빌 마음이 없으면 도망가
든가!"

"크큭!"

하지만 그런 그녀에게 섣불리 덤비는 브롤이나 투르바는 존재하
지 않았다. 사방에서 아무리 화살과 무기를 날려도 귀신처럼 피하
거나 역으로 베어 떨어뜨리는 그녀의 실력과 기동력, 지칠 줄 모르
는 체력 등은 적군과 아군 모두에게 경외감마저 심어 줄 정도였다.

'이제 거의 끝나 가나? 본대는 어떻게 됐을까? 그이 쪽은?'

그래도 지치긴 했는지, 투지로 가득했던 그녀의 머릿속에 점차
걱정이 떠올랐다. 하지만 그녀는 내색하지 않고 말을 움직였다.

"자, 공격! 적 용병대를 완전히 소탕한다!"

"오옷!"

그녀를 선두로 한 근위대 전원은 다시금 브롤 등을 향해 공격을 개시했다. 불필요한 살육은 아니었다. 그녀가 본대의 옆을 치려던 적의 용병대를 막지 않았다면 한참 유리하게 돌아가던 전황이 단숨에 뒤집힐 가능성이 있었다.

포격을 이용해 평원의 넓은 지형을 가상의 좁은 지형으로 만들어 일자(一字) 진형을 이용해 싸우고 있는 현시점에서, 진형의 옆쪽이 공격당해 진형이 끊어지기라도 한다면 전열에서 격돌하고 있는 아군이 혼란에 빠질 것은 당연한 일이었다.

그렇게 싸우고 있을 무렵, 크리스의 몸이 갑자기 말 위에서 튕겨 올랐다. 근위대들은 움찔하며 공격을 멈췄고 당하고 있던 브롤과 투르바들 역시 그 틈을 이용해 급히 진형을 가다듬었다.

"대장님, 괜찮으십니까!"

"아아……."

다행히 크리스는 낙마한 것이 아니었다. 그녀가 말에서 급히 벗어난 이유는 그녀의 앞니 사이에 물린 대형 수리검이 대신 말해 주었다.

"비겁하게 암기를 사용하다니, 위험했잖아."

물고 있던 수리검을 내던진 크리스는 적 용병들 앞에 선 흑색의 브롤을 보며 인상을 구겼다. 브롤의 피부색이 보통 회색이라는 것을 아는 근위대 병사들은 갑자기 나타난 흑색의 브롤을 보며 쑥덕댔으나, 6년 전 휀을 다시 만났을 때 다른 색의 브롤을 만난 적이 있던 크리스는 쓴웃음을 지으며 검을 움켜쥐었다.

'변종 브롤!'

흑색의 피부와, 다른 브롤에 비해 훨씬 두꺼운 근육을 지닌 그 브롤은 크리스가 자신을 알아보는 듯하자 웃으며 등에 차고 있던 장검을 뽑아 들었다.

"나와 같은 동료를 만난 적이 있었던 것 같군, 인간. 그 동료를 만나서 어떻게 살아남았는지는 모르겠지만 넌 여기서 끝이다. 네 부하들과 함께, 후후후."

그러자 크리스는 브롤을 향해 칼끝을 움직이며 간단히 받아쳤다.

"흥, 뭐라고 하는지 잘 안 들리는걸? 누나한테 가까이 와서 다시 말해 볼래?"

브롤의 눈이 크게 꿈틀댔다. 잠시 크리스를 쏘아보던 브롤은 검을 위로 크게 치켜들며 소리쳤다.

"그 험한 입술을 베어 주마, 버르장머리 없는 인간!"

"……!"

큰 것이 온다고 판단한 듯, 크리스는 왼손에 든 검으로 근위병들에게 신호를 보냈다. 병사들은 즉시 멀찌감치 물러섰고, 그것을 본 브롤은 고함과 함께 자신의 검을 세차게 휘둘렀다.

"머리를 굴리는가!"

순간 거대한 진공의 칼날이 브롤의 검 궤도를 따라 생성되어 땅을 질주했다. 하지만 미리 그에 대비한 크리스였다.

"가까이 와서 말하라니까!"

지지 않겠다는 듯 크리스는 양손에 든 검을 차례로 휘둘렀고, 그에 따라 두 개의 검기가 간격을 둔 채 브롤의 검기를 향해 날아갔다. 첫 번째 검기는 브롤의 것과 상쇄되어 사라졌지만 뒤따라간 두 번째 것은 거침없이 브롤을 향해 달려들었다.

"컥!"

크리스의 검기를 간발의 차이로 피한 브롤은 알고 있었다. 보통 인간이 이런 검기를, 그것도 두 개나 전략적으로 날린다는 것은 사실 불가능한 일이었다.

"오호, 너도 보통 인간은 아니구나. 게다가 강해. 쿠쿡, 그렇다면 나도 이 몸을 더 이상 사용할 필요 없지."

"……"

크리스는 드디어 시작되는구나, 생각하며 뒤로 물러섰다.

흑색 브롤의 몸이 서서히 변하기 시작했다. 6년 전과 마찬가지로 괴물의 형상이었다.

"크오오오!"

괴성과 함께 차츰 변하기 시작한 브롤의 몸은 얼마 지나지 않아 거대한 딱정벌레의 모습이 되었다. 물론 전체적인 형상은 악마도 울고 갈 만큼 흉악무도했다. 두껍고도 날카로운 네 쌍의 팔과 여덟 개로 불어난 괴물의 붉은 눈동자가 다양한 각도로 움직이는 모습은 실로 압권이었다.

"으, 으아아!"

그 모습에 놀란 병사들은 한결같이 뒷걸음질을 쳤다. 하지만 크리스는 뭔가 믿는 구석이 있는지, 긴장된 웃음을 지은 채 말했다.

"어이, 그렇게 변하는 건 좋지만 혹시라도 날 건드리면 큰일 나. 우리 그이 화나면 아무도 못 말린단 말이야."

그 말에 근위대 병사들은 끝을 알 수 없는 공포와 긴장 속에서도 실소를 터뜨리고 말았다. 그러나 사정을 모르는 괴물은 비웃듯이 포효하기 시작했다.

"푸하하하! 그래도 내가 무섭긴 무서운 모양이군. 이런 상황에서 남편을 찾다니 말이다. 그러나 네 남편이 누구인지, 또 뭐 하는 녀석인지는 내가 알 바 아니다! 죽어라!"

순간 괴물의 묵직한 앞발이 크리스를 덮쳤다. 만큼 그녀는 검으로 앞쪽을 교차해 막으며 몸에 힘을 잔뜩 불어넣었다. 이윽고 강렬한 충격과 함께 그녀의 몸이 하늘로 붕 떠올랐다.

"윽!"

몸속 장기에 약간 충격을 입었는지 크리스의 입에서 선혈이 튀었다. 물론 보통 사람이었다면 그 자리에서 즉사했을 것이다. 공중에서 몸을 움직여 무사히 착지한 그녀는 손등으로 입가의 피를 닦으며 중얼거렸다.

"쳇, 지금쯤 나타나 줘야 하는 것 아냐? 이이는 도대체 뭘 하고 있는 거야!"

"떠벌릴 시간은 없다!"

괴물은 그녀에게 쉴 틈을 주지 않았다. 쉴 새 없이 휘두르는 거대한 두 개의 다리가 그녀의 목숨을 노렸고 크리스는 더 이상 맞대응하기 힘들다는 것을 아는지 최대한 몸을 움직여 그 공격을 피했다.

근위대 병사들과 브롤, 트루바 등은 희미하게 보이는 크리스의 몸짓과 폭풍과도 같이 휘몰아치는 괴물의 공격에 입을 다물지 못했다. 그런 모습은 처음 보는 듯, 아슬아슬한 줄타기 서커스를 구경하는 아이처럼 잔뜩 긴장한 눈으로 상황을 지켜보고 있었다.

"잘하는군."

거칠게 기른 수염을 매만지며 구경에 열중하던 근위대 병사 한 명이, 옆에서 들려온 목소리에 즉시 동감을 표했다.

"그, 그렇지? 크리스 대장이 강하다는 말은 들었지만, 설마 저 정도로 강하실 줄은 몰랐어. 응?"

병사는 뭔가 이상하다는 생각이 들었는지 옆을 흘끔 돌아보았다. 그 직후 그 병사를 비롯한 주위의 모든 근위대가 말에서 내려 무릎을 꿇었다.

"가, 각하!"

"각하?"

오만상을 쓴 채 쉴 새 없이 몸을 움직이던 크리스는 '각하'라는 말 한마디에 얼굴을 폈다. 괴물로부터 멀찌감치 떨어진 그녀는 휀에게 팔을 흔들며 소리쳤다.

"빨리 구해 줘요, 여보! 저 괴물이 너무 무서워요!"

자신과 크리스에게 시선을 집중하고 있는 근위대들을 보기가 민망해서였을까. 밝은 미소와 귀여운 목소리로 자신을 반기는 부인의 모습에 휀은 묵묵히 이마를 짚었다.

한편 괴물은 휀에 대해 잘 모르는 듯 재미있다는 표정을 지은 채 목표를 크리스에서 휀으로 수정하고 그에게 천천히 접근하기 시작했다.

"오호, 네가 바로 저 여자의 남편인가? 얼마나 강한지 모르겠지만, 저 여자가 자신 있게 떠벌릴 정도의 실력이 너에게 있기를 기대하겠다. 너의 그 힘으로 어서 나를 즐겁게……."

휀은 괴물을 철저히 무시한 채 부인에게 다가갔다. 크리스 앞에 선 그는 슬그머니 손을 내밀었다. 크리스는 이 사람이 웬일인가 생각하며 그를 향해 마주 손을 뻗었다.

하지만 휀이 원하는 것은 달랐다.

"코트."

"하여튼 분위기라고는 모른다니까! 가져가요!"

코트를 즉시 벗어 남편에게 던진 그녀는 화가 난 듯 팔짱을 낀 채 고개를 획 돌렸다. 휀은 원래대로 코트를 챙겨 입으며 그녀에게 말했다.

"억지로 귀엽게 보이려 하면 오히려 거부감을 불러일으키는 법이지."

핵심을 찔린 크리스는 멋쩍은 표정으로 머리를 긁적였다.

부인이 타고 있던 백마에 올라탄 휀은 곧 근위대에게 손을 뻗어 이동 명령을 내렸다. 하지만 근위대는 움직이지 않고 어리둥절한 표정으로 서로를 바라볼 뿐이었다. 크리스는 팔꿈치로 남편을 쿡쿡 찌르며 귓속말을 했다.

"이봐요, 제가 하던 일은 마무리 지어야 할 것 아니에요. 브롤하고 트루바도 남아 있고요."

"그렇군."

휀은 멍하니 서 있는 괴물을 향해 왼손을 뻗었다. 뭔가에 홀린 듯, 가만히 서 있기만 하던 괴물은 이내 괴성을 지르며 그에게 달려들었다.

"용서하지 않겠다! 감히 날 무시……!"

"죽어."

순간 말이 비틀거릴 정도의 강한 반동과 함께 광황포의 거대한 빛줄기가 괴물의 몸과 그 뒤에 있던 브롤, 투르바를 단체로 휘감았다. 말도 제대로 마치지 못한 괴물은 억울하다는 표정을 지은 채 빛줄기 속에서 팔을 휘저어 보았지만 그런 것으로 생명을 연장시킬 수는 없었다.

"와, 잘했어요, 여보. 하지만 당신이 늦게 온 덕분에 제가 약간 다쳤으니, 벌을 좀 받아야겠어요. 자, 키스."

"……."

휀은 부인이 자신을 향해 입술을 쭉 내밀자, 최대한 시선을 다른 쪽으로 돌리며 그에 대한 대응책을 내놓았다.

"앞에 타는 걸로 바꾸지."

"애개, 궁색해라. 사람이 너무 짜면 대머리 된다는 거 알아요?"

"공짜를 좋아하면…… 이겠지."

그래도 대응책이 싫지는 않았는지, 크리스는 남편의 앞쪽에 가볍게 올라탔다. 휀은 근위대 병사들의 부러운 눈초리를 한 몸에 받으며 전진 지시를 내렸고, 그와 근위대 백여 명은 곧 본대를 향해 이동하기 시작했다.

하지만 그동안에도 크리스의 입은 가만히 있지 않았다.

"제 머리 어때요? 레디 씨가 생각보다 머리 손질을 잘하던데요?"

"그럭저럭."

"그래도 당신 머리 스타일은 싫어요. 단발도 아니고 장발도 아니고, 이게 뭐예요?"

"하인들은 멋있다고 하던데."

"오호, 그래요? 그 나이에 바람을 피우시겠다?"

휀의 침묵 속에 근위대들의 부러움은 더해만 갔다.

드라켄 왕국 본진은 병사들과 임시 사령관 도돔파의 바쁜 행보로 대혼란 상태였다. 다르칸을 비롯한 '지원군' 네 명이 깨끗이 사라진 후, 승산이 없다고 생각한 도돔파는 즉시 철수 지시를 내렸고 그에 따라 드라켄 왕국군 병력 3만 2천여 명은 대후퇴를 개시했다.

메레벤토스 평원을 벗어난 후에도 드라켄 왕국군은 계속 추격을 받았다.

사흘이 지나고 카테고리아 항구에 도착했을 때 남은 드라켄 왕국군의 수는 놀랍게도 2만여 명에 불과했다. 이탈한 병사와 전사한 병사의 수를 합친 것이지만, 3일 만에 1만의 병력이 줄어들었다는 사실은 양국 전쟁사에 남을 기록이었다.

"병력 차이가 1만이 넘는데도 후퇴한 바보 덕분에 이런 기록를 남기게 되었다."

볼보스 사령관이 자신의 일기에 남긴 말이다.

휀의 특별 지시로 돌격대장과 부대장인 바이론과 사바신 그리고 레디의 기록은 완전히 말소되었다. 장성마다 이번 작전의 최대 공로자들이 왜 역사에서 지워져야 하는지 의문을 제기했지만 대답해 주는 사람은 아무도 없었다. 하지만 말소에도 어려움이 있었다.

"저, 바이론 돌격대장께서 단독 돌파 후 적 사령관의 수급을 가져오신 기록은 어떻게 해야 합니까? 이건 지우기 힘들 것 같습니다만……."

기록관의 질문에 대한 휀의 답변은 간단했다.

"내가 했다고 써."

카테고리아 항구까지 완전히 탈환한 후에야 휀은 비로소 귀환 지시를 내렸다. 물론 항구 시설 복구가 마무리될 때까지 공군과 지상군의 병력 일부는 그대로 주둔해야 했지만 항구 자체가 보급 기지의 성격을 띠고 있었기에 주둔에 큰 무리는 없었다.

그렇게 휀의 재임 기간 중 벌어진 첫 전투는 성공적으로 마무리되었다.

4

거울의 뒷면

"아휴, 힘들어라."

"저도요."

오랜만에 집에 돌아온 크리스와 슈웰은 란슬롯을 비롯한 하인들의 환영조차 뒤로한 채 소파에 몸을 묻었다. 란슬롯 등은 전투가 상당히 치열했구나, 하는 생각보다는 크리스의 헤어 스타일에 먼저 놀라고 말았다.

"마, 마님. 대체 무슨 이유로 각하와 비슷하게 머리를 다듬으셨습니까?"

란슬롯이 묻자 크리스는 힘겹게 웃으며 대답했다.

"나라의 운명과 미래를 위해서 그랬어요. 그건 그렇고 따뜻한 차 좀 주시겠어요? 아무거라도 좋으니 마시고 녹아 내리면 소원이 없겠어요."

"저도요, 할아버지."

전투를 마치고 집에 돌아왔을 때 몸 상태가 어떤지 누구보다 잘 아는 란슬롯은 흔쾌히 고개를 끄덕인 후 하인들을 데리고 거실을 나갔다. 이제 곧 두 사람이 어떤 상태가 될지 안다는 듯한 행동이었다.

밖에서 들려오는 수도 주민들의 환호성이 점점 커졌다. 차를 끓이던 란슬롯은 그 환호성이 극에 달하자 창문을 열고 밖을 내다보았다. 그의 예상대로 휀을 선두로 한 수도 주둔군이 저택 앞을 지나가고 있었다.

건물 위에서 그리고 아래에서 사람들이 뿌리는 꽃가루가 오색의 눈발처럼 거리를 가득 메웠다. 볼보스를 비롯한 장성들은 환한 미소를 지은 채 손을 흔들며 주민들에게 답례했지만 선두에 선 휀은 냉엄한 표정을 무너뜨리지 않았다. 그래도 그의 이름을 연호하는 주민들의 목소리는 압도적이었다.

그들 사이에 자신의 모습이 없다는 것이 조금 아쉽긴 했지만, 그래도 란슬롯은 백마를 탄 백색의 재상을 보며 흐뭇한 미소를 지었다. 백 년, 아니 천 년에 한 번 나올까 말까 한 영웅과 자신이 같은 공기를 마시고 있다는 것 자체로 그는 만족했다.

"젊지만 결코 젊지 않은, 냉엄하지만 결코 냉엄하지 않은 희대의 영웅이라. 허허, 난 역시 운이 좋은 사람이군."

문을 닫으려던 란슬롯은 문득 길 건너편에 서 있는 거대한 존재를 발견했다. 넝마를 뒤집어쓴 거인이었는데, 이번 전투 전에 저택을 찾아온 바이론이란 남자보다 머리 하나는 더 크고 덩치 역시 만만치 않았다. 머리뿐만 아니라 얼굴까지 넝마로 가렸기에 누구인지 확실히 판별할 수는 없었다.

그는 휀의 모습을 유심히 바라보고 있었다. 넝마가 만든 그늘 때문에 시선이 어딜 향하고 있는지는 알 수 없었지만 고개를 돌린 방향으로 보아 휀을 바라보고 있는 것 같았다.

"음?"

란슬롯의 시선을 느낀 것일까. 그 거인은 순식간에 어디론가 사라지고 말았다. 곁에 서 있던 사람들조차 느끼지 못할 정도로 빠르고 감쪽같았기에 란슬롯은 왠지 불안한 느낌이 들었다.

"집사님, 물이 넘치잖아요!"

그런 그의 생각을 되돌린 것은 하녀의 급박한 목소리와 거의 열리기 직전의 주전자 뚜껑이었다.

휀의 보고와 각 군단의 최종 보고서 결재는 밤늦게까지 계속되었다. 하지만 집중력과 서류 처리 능력의 화신인 휀에게 그런 것들은 시간 보내기 딱 좋은 소일거리에 불과했다.

거의 자정이 다 되어서야 왕궁을 나선 그는 매섭기로 유명한 에스토드 왕국의 밤바람을 맞으며 천천히 집으로 돌아갔다. 물론 그를 보좌하거나 따르는 이는 아무도 없었다. 부인과 같이 있을 때보다 혼자 있을 때의 모습이 멋있어 보인다는 평가 때문에 홀로 덩그러니 가는 것은 아니다. 그냥 그의 버릇일 뿐이었다.

집에 거의 다다랐을 무렵, 휀은 걸음을 멈추며 피우던 담배를 길가에 쌓인 눈 위에 버렸다. 대로 중앙에 뭔가가 버티고 서 있는 것을 본 직후였다. 넝마를 뒤집어쓴, 란슬롯이 봤던 바로 그 거인이었다. 낮에 나타났을 때와 다른 점은 넝마 그늘 속에서 파랗게 빛나는 두 눈이었다.

"아네라 족이십니까."

거의 드문 그의 존칭에 반응하듯, 그 거인은 넝마를 벗으며 휀의 앞으로 천천히 다가왔다. 걸을 때마다 나는 둔탁한 소리로 그 거인과 거인이 걸친 흑색의 갑옷이 지닌 무게를 짐작할 수 있었다.

"처음 뵙겠소, 빛의 가즈 나이트여. 난 아네라 족의 지르콘 나이트 '프레데릭'이라 하오. 귀하를 보니 주신께서도 이 사건의 심각성을 크게 여기시는 듯하구려."

거인은 인간과는 다른 모습이었다. 앞뒤로 긴―브롤의 머리와는 달리 중후한―타원형의 머리, 어지간한 아이의 키만큼이나 긴 팔, 그에 어울리는 긴 다리, 피부를 뒤덮은 육각형의 비늘 등 인간이라고는 도저히 생각할 수 없는 외모였다. 하지만 그 거인이 입고 있는 흑색의 무구(武具)들은 인간이 만든 그 어떤 갑옷보다 웅장하고 화려했다.

다르칸과 대결했을 때 프레데릭이란 이름을 들은 적이 있던 휀은 그것이 아네라 족의 최고위 기사 지르콘 나이트의 이름이었다는 사실에 내심 놀랐다.

아네라 종족은 인간의 세계에는 수천 년에 한 번 나타날까 말까 한 존재로서, 신계나 인간계 등 어떤 세계와도 관련되지 않는 독립적 소수 종족이다. '법'이란 개념의 사실상 최고위 존재이며, 주신을 비롯한 그 어떠한 신도 그들의 일에 간섭할 수 없었다.

간섭해 봤자 그들에게서 얻을 수 있는 것은 인간이 가질 수 있는 수준을 훨씬 뛰어넘은 초고도의 기술력뿐이었고, 간섭할 만큼의 무력을 지닌 중급 이상의 신이나 악마들은 그러한 기술력이 필요 없기에 간섭할 수 없다기보다 간섭할 필요가 없다는 쪽이 옳았다.

어쨌든 혼돈의 존재를 사냥하는 것 외에 모든 것을 지켜보고, 모든 것을 방관하는 아네라 족의 최고위 기사가 지금 자신의 눈앞에 있다는 것은 휀에게 있어서도 새로운 경험이었다. 그리고 그들이 이번 일에 관여하고 있다는 것 역시 상당한 충격이었다.

"제가 알고 있는 것은 악신계와 관련된 일뿐입니다. 자세히 설명해 주시겠습니까, 지르콘 나이트 프레데릭."

"그렇게 하겠소."

아네라 족은 입이 없는 대신 정신의 공명음으로 목소리를 낸다. 휀과 프레데릭, 둘 다 정신감응으로 의사소통할 수 있는 정신 능력을 가지고 있었지만, 넝마를 벗은 프레데릭의 존재는 보통 사람들이 혼란스러워하기에 충분했다. 그래서 둘은 하늘, 즉 상공으로 장소를 바꿨다.

"이번 일을 설명하기에 앞서, 우선 소개할 분이 계시오."

휀은 또 다른 아네라 족이 있지 않을까 생각했지만 그렇지 않았다. 프레데릭은 등에 차고 있던 검을 꺼내 공중에 띄우더니 그 검을 향해 정중히 고개를 숙였다.

"가즈 나이트 휀 라디언트 경입니다. 인사를 나누십시오, 라이세네프 경."

'라이세네프'라는 이름에 휀의 눈썹이 꿈틀했다. 그와 동시에 공중에 뜬 검에서 공명음이 들려왔다. 보통의 '좋은 칼'이 가끔씩 낸다는 불규칙적인 소리가 아닌, 또렷한 인간의 음성이었다.

"여, 역시 소문대로 잘생겼군, 휀 라디언트. 거기 있는 플렉시온 군도 잘 있었나?"

허리에 찬 플렉시온이 앞에 뜬 검을 향해 경건히 빛을 발하자 확신을 가진 듯, 휀 역시 검을 향해 예를 갖췄다.

"처음 뵙겠습니다, 앱솔루트 소드(absolute sword), 라이세네프."

'절대의 검' 또는 '검의 지배자'라 불리며 모든 세계를 통틀어 최강이라 일컬어지는 검 라이세네프. 검이라기보다는 하나의 고위

의식체라 부르는 것이 옳은, 수천 년 전 사라졌다는 전설밖에 남지 않은 그 검이 지금 휀 앞에 떠 있었다.

라이세네프는 다시금 붉은빛을 발하기 시작했다.

"음, 그래. 자네가 두 차례에 걸쳐 이 세계에 나타났다는 얘기는 정령들에게 들어 알고 있네. 정령 녀석들, 모두 중성이라 그런지는 몰라도 한번 자네를 본 녀석들은 모두 자네에게 푹 빠져 있더군, 하하핫. 아, 우선 이번 일에 대해 얘기하는 것이 좋겠군. 프레데릭, 휀의 옆에 서게."

"예, 당신의 뜻대로."

휀과 프레데릭은 나란히 섰고, 잠시 후 라이세네프의 얘기가 시작됐다.

"난 프레데릭과 상당히 친하지. 신계의 구석에 봉인된 채 처박혀 있던 나를 프레데릭이 꺼내 줬기 때문이기도 하지만, 카오스들과의 일이 아니면 눈길 한번 주지 않는 다른 아네라 족과는 달리 프레데릭은 이 세계의 모든 존재와 선 그리고 악의 균형을 위해 뜻을 세웠다는 점이 날 감동시켰거든. 덕분에 엘살바도르 안에 수천 년 동안 같이 냉동되어 있어야 했지만 말일세."

"엘살바도르라면…… 아네라 족의 초차원 연구선을 말씀하시는 겁니까?"

휀의 질문에 라이세네프는 두 번 빛을 발했다.

"그렇지. 하지만 거기에 대한 설명은 좀 길다네."

수천 년 전, 악신계 최고위 신인 아롤은 아네라 족의 연구선 엘살바도르 안에 있던 드래곤을 포함한 모든 생물의 생명 정보와 진화 단계 표본, 그리고 완벽하게 구축된 생명 연구실을 노렸다. 목적은 아네라의 생명 창조, 복제 기술을 이용해 악마 군단의 수를 기하급수적으로 늘리기 위함이었는데, 그 계획의 중심 인물이 바로 고위 악마 다르칸이었다.

"당시 다르칸이 지닌 힘은 막강했네. 게다가 엘살바도르 안에 만들어져 있던 거신 병기 '에르파라스'의 힘까지 얻어, 당시 엘살바도르 안에 있던 아네라 족은 그를 막을 방도가 없었지. 결국 프레데릭을 제외한 모든 아네라들은 에르파라스의 힘으로 인해 폭주한 다르칸에게 죽음을 당했고, 프레데릭은 지르콘 나이트로서 그 사태를 막기 위해 나를 들었지."

프레데릭이 이야기를 이었다.

"라이세네프 님의 도움을 받아 난 에르파라스를 멈추는 데 성공했소. 하지만 차원 전이의 충격에 빠진 엘살바도르와 폭주 상태의 다르칸을 막지 못해, 결국 엘살바도르 전체와 그 안에 있는 모든 존재를 육체적, 정신적으로 봉하는 것으로 사태를 종결했소. 그러나 그것은 미봉책에 불과했소. 누군가에 의해 수천 년 동안 지속된 다르칸과 엘살바도르의 봉인이 풀린 것이오. 그것도 최근에 말이오."

"누군가에게? 설마 리리스입니까?"

휀은 라이세네프에게 물었다. 하지만 라이세네프는 길고 희미한 빛으로 답했다.

"리리스는 아냐. 그리고 그 존재가 누구인지는 나도 모르네. 어쨌든 다르칸과 에르파라스는 다시 세상에 나왔고, 악신 아롤과 관계된 일까지 겹쳐 가이라스 왕국이 멸망했지. 다행히 프레데릭이 나서서 가이라스의 길트 왕자와 공주들을 구하는 데는 성공했지만, 길트 왕자는 다르칸과 프레데릭의 힘이 충돌할 때 생긴 충격으로 인해 의식불명이 되고 말았네. 영혼이 반쯤 튕겨 나갈 정도의 충격이었으니, 한 4년 후에나 깨어나겠지. 어쨌든 내가 프레데릭을 데려온 이유는 자네에게 필요할 것 같아서네."

휀은 별다른 말 없이 프레데릭을 바라봤다. 아네라 족의 지르콘 나이트라면 자신과 비교해도 전혀 손색이 없을 정도의 강대한 힘을 가진 존재였다. 프레데릭의 진짜 힘을 본 적은 없지만 주신을 비롯한 많은 신들에게 아네라 족이, 지르콘 나이트가 강하다는 얘기를 익히 들었기에 거부감은 들지 않았다.

하지만 뭔가 명확하지 않은 구석이 있었다.

"감사합니다. 그러나 지르콘 나이트가 이번 일에 개입하는 이유를 설명하기엔 부족하다고 생각합니다."

그러자 프레데릭과 라이세네프는 잠시 아무 말도 하지 않았다. 휀은 차분히 대답을 기다렸다. 잠시 후 라이세네프가 강하게 빛을 발하며 말했다.

"4년 후, 자네가 죽기 때문이야."

프레데릭, 라이세네프와 작별한 후 집에 돌아온 휀이 맨 처음 본 것은 소파에서 이불을 덮고 잠든 두 여자의 모습이었다. 휀이 성에서 일을 볼 때도 둘은 계속 그 상태로 잠에 빠져 있었다. 달라진 것이라고는 이불뿐이었다.

문에 달린 종이 울리는 소리를 듣고 곧장 현관으로 달려온 란슬롯은 정중히 예를 갖추며 말했다.

"승리를 축하드립니다, 각하. 건강한 모습으로 돌아오신 것을 보니 저도 정말 기쁩니다."

슬쩍 고개를 끄덕인 휀은 장갑을 코트 주머니 속에 넣으며 물었다.

"특별한 일은?"

"아, 이틀 전 붉은 장발의 검사가 다녀가셨습니다. 사정이 생겨 4년 후에 각하께서 부탁하신 일을 맡겠다는 말씀을 남기셨습니다."

"4년 후? ……적당하겠군. 그 외엔?"

"없습니다. 아, 지금 마님과 슈웰 아가씨께서 저 상태로 주무시는 것 말고는요. 허허헛."

휀은 가볍게 한숨을 쉬고 둘에게 다가갔다. 이불을 걷자 크리스와 슈웰이 얼굴을 약간 찡그렸다. 둘의 모습을 잠시 바라보던 휀은 크리스를 안아 올리고 란슬롯을 돌아봤다.

"슈웰을 부탁하네."

"예, 걱정 마십시오."

란슬롯은 순간 이상한 기분이 들었다. 차갑게 느껴지긴 해도 어두운 분위기는 없었던 휀이 지금은 마치 돌아오지 못할 길이라도 떠나는 사람처럼 슈웰을 부탁한다고 말했던 것이다. 피곤해서 그러겠지, 하고 란슬롯은 생각했지만 마음을 쉽게 추스를 수 없었다.

부인의 옷을 갈아입히고 침대에 눕힌 휀은 의자에 앉아 묵묵히 담배를 꺼내 물었다.

'4년 후에 죽는다.'

휀의 눈은 한층 더 가늘어졌다. 어떻게, 왜 죽는지는 알아내지 못했지만 라이세네프의 말을 결코 헛소리로 넘길 수 없었다.

"걱정되시오?"

그때 그의 뒤에서 프레데릭의 묵직한 목소리가 들려왔다. 웬만한 공간은 초월할 수 있는 그였으므로, 나무와 흙, 돌로 된 집에 들어오는 것은 쉬운 일이었다. 프레데릭은 피곤에 지쳐 자고 있는 크리스를 흘끗 보더니 휀의 어깨에 자신의 커다란 손을 올리며 말했다.

"가즈 나이트가 죽음을 초월한 존재라고는 하지만, 걱정만큼은 초월할 수 없다는 것을 알고 있소. 물론 당신들에 대한 정보는 최근에 얻은 것이기 때문에 내가 틀릴 수도 있소. 어쨌든 당신은 지금 자신이 죽는다는 사실보다 가족이 더 걱정되는 것 같소."

"……."

"난 이 집의 다락에서 쉬겠소. 내 거취 문제는 내일 얘기합시다. 그리고 걱정하지 마시오. 후회만 남기지 않는다면 죽음이 당신을 괴롭히지는 못할 것이오."

프레데릭은 휀에게서 손을 떼고 조용히 사라졌다.

담배를 다 태운 후, 휀은 창가에 서서 밖을 바라봤다. 다시 눈이 내렸다. 에스토드 왕국에서는 흔한 눈을 보기 위해 그가 창가에 선 것은 결코 아니었다. 그는 어두운 창문에 비친 크리스의 얼굴을 보며 중얼거렸다.

"후회할 일은 한 번으로 족해."

다음 날 아침.

그야말로 죽은 듯 잠을 자던 크리스는 창문으로 비치는 빛을 더 이상 견딜 수 없었는지 결국 눈을 뜨고 말았다. 온몸이 뻐근하긴 했지만 그래도 그녀는 미소를 지었다. 자기 옆에서 곤히 자고 있는 휀의 평온한 얼굴 때문이었다.

왠지 모르게 남편의 표정이 예전보다 밝게 느껴졌다. 이전까지는 무언가 강박관념에 시달리는 것처럼 잘 때도 표정이 굳어 있었는데, 오늘 아침은 전투의 피로 때문인지는 잔잔해 보였다.

"좋은 꿈이라도 꾸고 있는 건가요, 후후."

그녀는 휀의 머리를 쓰다듬으며 빙긋 미소 지었다.

"휀 경께서는 기침(起寢)하셨소?"

"아뇨, 그이는 아직…… 응?"

처음 듣는 목소리인 데다, 인간의 그것과는 약간 다른 음성이었다. 그녀는 온몸의 신경이 곤두서는 것을 느끼며 슬그머니 뒤를 돌아봤다. 흑색 갑옷을 입은 괴물이 의자에 앉은 채, 파란 눈을 빛내며 자신과 남편을 바라보고 있었다.

"악!"

비명이 어찌나 컸는지 휀이 단잠에서 깨어난 것은 물론, 복도를 지나가던 란슬롯과 슈웰 그리고 다른 하인들까지 급히 방 안으로 뛰어들었다. 휀을 제외한 모두의 반응은 크리스와 동일했다.

"악!"

모두 비명을 지르며 뒷걸음쳤다. 크리스 역시 입을 다물지 못한 채 괴물 프레데릭에게서 슬금슬금 물러났다. 하지만 그녀는 휀의 몸에 가로막혀 더 이상 물러나지 못했다.

"여, 여보! 어서 일어나요! 괴물이, 괴물이 방 안에 들어왔어요! 일어나라니까요!"

눈썹을 대신하는 프레데릭의 두꺼운 눈두덩이 슬며시 팔자(八字)를 이루었다. 인간들 앞에 이렇게 나서 본 적이 없었던 그는 더욱 곤란한 표정을 지으며 말했다.

"아, 진정하시오, 라디언트 부인. 난 아네라 족의 지르콘 나이트, 프레데릭이라고 하오."

"아, 아네라 족?"

"그렇소."

크리스는 고개를 끄덕이면서도 손을 베개 쪽으로 뻗었다. 프레데릭의 시선이 그 베개 쪽으로 향하자, 그녀는 갑자기 프레데릭의 타원형 머리를 베개로 후려치기 시작했다.

"여보, 어서요! 내가 이 괴물을 막을 테니 빨리…… 여보?"

하지만 휀은 덤덤히 상의를 입었다. 옷을 어느 정도 갖춰 입은 그는 의자에 앉아 담배를 물며 부인에게 말했다.

"손님이야. 슈웰과 란슬롯은 여기 남고, 다른 사람들은 각자 일을 보도록."

"아…… 예, 각하."

하인들은 도대체 무슨 일일까 궁금해하면서도 휀의 말대로 방을 나갔다. 란슬롯과 슈웰은 베개에서 나온 깃털을 수북이 뒤집어쓴 프레데릭을 보며 휀의 옆에 섰고, 크리스 역시 급히 침대에서 나와 남편의 뒤에 섰다.

"실례를 용서하십시오, 프레데릭 경. 부인과 식솔들이 아직 당신에게 익숙지 않아 이런 일이 생긴 듯합니다."

휀의 사과에, 몸에 붙은 깃털을 떨어내던 프레데릭이 고개를 저으며 정중히 답했다.

"아니오, 휀 경. 내가 부인께 먼저 결례를 범했소. 난 아직 인간 세계에 적응이 안 되어 있는 것 같소. 실례를 용서하시오, 라디언트 부인."

"예? 저, 저야말로……."

크리스는 고개를 꾸벅 숙이면서도 남편의 등을 쿡쿡 찔러 댔다. 도대체 무슨 일인지 설명해 보라는 뜻이었다.

휀은 오랫동안 아네라 족에 대해, 그리고 프레데릭에 대해 모두에게 설명해 주었다. 물론 자신이 4년 후 어떻게 된다는 말은 하지 않았다.

어느 정도 설명을 들은 크리스는 터진 베개를 보며 머리를 긁적였고, 슈웰은 자신의 앞에 펼쳐진 또 하나의 신기한 세상에 대한 호기심으로 두 눈을 반짝였다. 물론 란슬롯 또한 둘이 느낀 것 이상의 놀라움과 충격으로 도무지 입을 다물 줄 몰랐다.

어느 정도 설명을 끝낸 휀은 다 피운 담배를 재떨이에 비벼 끄며 란슬롯을 바라봤다.

"3층의 귀빈실을 프레데릭 경에게 드릴 테니, 하인들을 시켜 방을 정돈해 두도록."

"예, 각하. 그런데 한 가지……."

란슬롯은 정확히 말해 입과 귀, 코 등이 존재하지 않는 프레데릭의 얼굴을 보며 말을 이었다.

"프레데릭 경의 식사는 어떻게 준비해야 합니까, 각하?"

"아, 걱정 마시오, 란슬롯."

큰 덩치에 비해 작디작은 의자에 앉아 있던 프레데릭은 정중히 손바닥을 내 보이며 설명했다.

"우리 아네라 족은 유기물질이나 무기물질을 통해 에너지를 얻지 않소. 인간이 기억과 망각을 계속 반복하듯, 아네라 족은 자신이 가진 정신 에너지의 순환을 통해 생의 에너지를 얻고, 또 소비하오. 식사에 대한 부담은 갖지 않아도 되오."

"어? 그럼 재미없지 않나요?"

"재미?"

프레데릭은 무슨 소리냐는 표정으로 당돌한 꼬마 슈웰을 돌아봤다. 그에 대한 두려움도 어느새 잊은 듯, 슈웰은 씩 웃으며 말했다.

"먹는 재미 말이에요. 단맛이나 짠맛, 쓴맛 같은 '재미'를 느끼지 못하면 꽤 심심할 것 같은데요."

잠시 위쪽에 시선을 둔 채 슈웰의 말을 되짚어 보던 프레데릭은 다시 그녀를 바라보며 말했다.

"네 말대로, 아네라 족은 그런 화학적 재미와는 무관한 존재다. 그러나 인간이 얘기하는 '맛'이 어떤 개념인지는 느낌으로 알 뿐이지. 네 말을 듣고 보니, 아네라 족은 의외로 재미없는 종족인지도 모르겠군. 나에게 좋은 것을 일깨워 주었다, 소녀."

둘의 대화를 듣고 있던 크리스는 프레데릭이라는 이계(異界)의 강자까지 등장한 이상, 휀이 맡은 일이 상상할 수 없을 만큼 거대할지도 모른다는 생각이 들었다. 그에 따라, 남은 4년간 닥칠 고난에 대한 두려움이 밀려들었다.

"여보, 앞으로 괜찮은 건가요?"

그러자 휀이 그녀에게 되물었다.

"불안한가?"

크리스는 모두의 시선이 자신에게 쏠리는 것을 느꼈지만 아무 말도 하지 않았다. 휀은 새 담배를 꺼내 물며 말했다.

"앞으로 무슨 일이 닥칠지는 관심 없어. 어떤 존재가 어떤 힘을 가지고 오든 알 바 아니지. 어차피 나에게 쓰러질 것은 기정사실이니까."

'황태자 병이다.'

휀이 갑자기 그렇게 말하자, 슈웰은 억지웃음을 지으며 속으로 중얼거렸다. 그러나 크리스는 달랐다. 차갑고 냉철하기는 해도, 예전과 같이 위력적인 자신감이 보여 주지 않던 휀이 실로 오랜만에 눈 하나 깜짝 않고 그런 말을 한 것이다.

'이제 깨달아 가나요, 조화에서 나올 당신의 진짜 힘을……'

그녀의 뿌듯한 시선을 받으며 일어난 휀은 담배 연기와 함께 창가로 향하며 중얼거렸다.

"모든 것은 이쪽이 가지고 있다. 이번 일을 해결할 열쇠도, 적이

원하는 보물도. 이쪽은 사냥꾼이 피운 연기에 숨이 막힌 토끼가 동굴 안에서 나오기만을 기다리면 되는 것이겠지."

"예? 사냥꾼에다 연기라니…… 무슨 말씀이십니까, 각하?"

란슬롯의 물음에, 휀은 담배를 입에 물며 말했다.

"최고의 사냥꾼이 가이라스 왕국으로 갈 것이다. 자네도 알 텐데."

"아……."

란슬롯과 크리스는 한 남자의 모습을 떠올리며 나지막이 감탄사를 터뜨렸다. 그 사냥꾼이 누구인지 모르는 슈웰과 프레데릭은 서로를 멀뚱히 쳐다볼 뿐이었다. 그러나 창밖을 바라보는 휀의 차가운 눈빛에 굳은 믿음이 서려 있었다.

거울의 앞면은 모든 것을 비출 만큼 화려하다. 그러나 앞면이 또렷하면 뒷면은 그만큼 더 어두워야 한다.

이제, 그 뒷면의 이야기가 가이라스 왕국에서 시작된다.

4장
가이라스 왕국

1

나약한 왕자

"아바마마!"

어린 왕자의 비명은 길었다. 그러나 왕의 숨이 끊어진 것은 짧은 순간이었다. 단숨에 목이 날아간 가이라스 왕의 시체는 푸줏간의 고기처럼 대리석 바닥에 뒹굴었다. 그 모든 광경을 지켜본 왕자 길트는 마신들에 의해 무너지는 왕국의 성벽처럼 바닥에 무릎을 꿇었다.

"아바마마! 아바마마!"

길트의 뒤로 왕자보다 어려 보이는 소녀 둘이 달려왔다. 검은 머리 소녀, 가이라스 왕국 제1공주 에이웰은 둘로 나뉜 아버지의 시체를 본 순간 돌처럼 굳어졌고, 그녀의 쌍둥이 동생이자 제2공주인 적갈색 머리의 에이쉘은 언니 뒤에 숨은 채 눈물을 주룩 흘렸다. 그러나 둘 다 흐느끼진 않았다. 그 어느 때보다 가까워진 죽음의 공포 앞에 무력하게 굳어 있을 뿐이었다.

표면 전체가 우아한 세공으로 장식된 도끼창을 든 악마대공 다르칸은 칼날에 묻은 가이라스 왕의 피를 바닥에 떨어내며 그들을 향해 야릇한 미소를 지었다.

"후후, 늦으셨군요. 가이라스 왕국의 왕자, 공주님. 아, 이젠 왕자님도 아니군요. 그냥 불쌍한 인간에 불과합니까? 후후후훗."

그 말에 반발하듯, 길트는 검을 들고 벌떡 일어나며 외쳤다.

"닥쳐라! 어째서, 어째서 아바마마와 우리 왕국을 이렇게……! 왜 모두를 죽였나! 도대체 무엇 때문에! 바라는 게 뭔가!"

포효하는 길트의 적갈색 머리카락이 분노에 흩날렸다. 대답을 하려는 듯 다르칸이 그를 향해 천천히 다가왔다.

"이유라…… 글쎄요, 저도 잘 모르겠군요. 저보다 높으신 분께서 몸을 풀 겸 가이라스 왕국의 수도를 붕괴하라는 말씀을 남기셨답니다. 저는 그 말에 따른 것뿐이지요. 이해해 주시겠습니까?"

길트는 기가 막혔다.

"이해? 이해라고? 도대체 뭘 이해하란 말인가! 왕국이 사라진 이유를? 아니면 네 녀석 상관의 생각을? 이해 못해! 네 녀석과 여기서 결판을 내겠다!"

길트는 이를 악물며 다르칸을 향해 돌진했다. 그러나 길트가 가진 실력이나 검 모두 다르칸이 보기엔 무의미한 것이었다.

그가 손을 가볍게 휘두르자 길트는 힘없이 밀려 기둥에 처박혔고, 에이웰과 에이쉘 자매는 비명을 지르며 그에게 달려갔다.

"오라버니, 오라버니! 정신 차리세요!"

"으…… 컥!"

길트는 상당한 충격을 입은 듯 입과 코에서 피를 내뿜으며 일어났다. 그는 정신이 들자마자 다시 다르칸을 향해 돌진했다.

"아바마마의 원수!"

"오라버니!"

동생들의 만류는 더 이상 그에게 들리지 않았다. 그런 그가 불쌍하게 여겨졌는지, 다르칸은 도끼창으로 그의 검을 슬쩍 받아내고 그에게 말했다.

"이런, 이런…… 진정하십시오, 길트 왕자. 아드레날린이 과다하게 분비되면 인간의 얼굴은 붉게 물듭니다. 저는 빨갛게 물든 인간의 목은 가지기 싫습니다. 그러니 마음을 편히 가지십시오. 죽기 전에 말입니다, 후후후훗."

"아!"

길트의 짧은 비명과 함께 그의 검이 옆쪽으로 튕겨 날아갔다. 다르칸이 도끼창을 높이 들었다. 잠시 그 도끼창을 바라보던 길트는 양팔을 슬며시 벌리며 말했다.

"그래, 좋다. 목을 베라. 하지만 공포에 질린 내 목을 주긴 싫다."

도끼창의 그늘 속에 빛나는 길트의 눈은 위험에 처한 인간의 눈이라고는 생각되지 않을 정도로 반짝였다. 색안경의 동그란 알을 통해 그 눈빛을 바라보던 다르칸은 이윽고 악마의 미소를 지으며 낮게 말했다.

"그 눈빛, 맘에 들었습니다. 이제 죽으십시오."

부릅뜬 길트의 눈에서 한 줄기 눈물이 흘러내렸다.

"왕자님은 검술에 소질이 전혀 없습니다."

궁중 검술 선생이 사직서와 함께 왕에게 건넨 그 말을 엿들었을 때도 지금처럼 분하지는 않았다. 그렇다. 길트는 무력하게 당한다는 것이 너무나도 분했다. 그러나 그가 아무리 검술의 천재였다 해도 그의 목을 베려 하는 다르칸을 당해 낼 수는 없었을 것이다.

"미안하다…… 에이웰, 에이쉘."

길트는 남겨진 동생들에게 사과의 말을 남기고 지그시 눈을 감았다.

"후, 당신의 목은 좀 있다가 가져가야겠습니다."

예상치 못한 일이 벌어진 것은 바로 그때였다. 반쯤 붕괴된 천장을 뚫고 무언가 알현실 내부로 강습해 들어왔다.

눈을 뜬 길트는 다르칸의 뒤를 바라봤다. 흑색의 두껍고 웅장한 무구를 걸친 존재가 파란색으로 빛나는─눈동자도 존재하지 않는─눈을 번쩍이며 서서히 일어나는 모습이 보였다.

인간과 전혀 다른 외모를 지닌 그 거인은 등에 찬 장검을 뽑아 들었다. 적색과 황색의 금속으로 화려하게 치장된 그 검에서는 진홍색 빛이 은은히 흘러나와 살기를 더했다. 저런 존재에 대한 전설조차 들은 적이 없었던 길트는 지금의 상황이 도무지 이해되지 않았다.

길트의 목을 치려던 다르칸은 씁쓸히 웃으며 그 거인을 향해 방향을 돌렸다. 여유만만하던 그의 얼굴에 긴장이 감도는 것으로 보아 그는 그 거인이 누군지, 그리고 얼마나 강한지 잘 알고 있는 듯했다.

"정말 오랜만이군, 지르콘 나이트 프레데릭 그리고 라이세네프 경. 황금 콤비를 다시 만나게 되니 반갑다 못해 상당히 껄끄럽군."

곧이어 입이 없는 거인의 우직한 목소리가 들려 왔다.

"수천 년 전, 너란 존재를 완전히 없애지 못한 것이 한스러울 뿐이다. 이제 멈추고 사라지거라, 다르칸. 나도, 라이세네프 경께서도 수천 년 전의 기억을 되돌리고 싶지 않다. 이것이 처음이자 마지막 경고다, 다르칸이여."

그러나 그의 경고는 다르칸에게 먹혀들지 않았다. 다르칸은 도끼창에 투여한 자신의 마력을 한껏 폭발시키며 그 거인을 향해 달려들었다.

"닥쳐라, 프레데릭! 네가 나보다 강하다는 착각을 아직도 지우지 못한 모양이구나!"

거인은 의외로 빠르게 다르칸의 일격을 피했다. 잠시 거리를 둔 거인은 다시 다르칸을 향해 검을 휘둘렀다.

둘의 무기가 충돌하는 순간, 사방의 모든 것을 원자 단위로 분해할 만한 엄청난 충격파가 둘 사이에서 뿜어져 나왔다. 그러나 호각을 이루는 것은 아니었다. 다르칸의 도끼창이 부서짐과 동시에 그의 몸이 크게 밀려 나갔다.

"악!"

하지만 피해를 입은 쪽은 다르칸이 아니었다. 그의 뒤에서 둘을 지켜보던 길트가 다르칸이 밀려 나감과 동시에 뿜어진 충격파에 전신을 얻어맞으며 그 자리에 쓰러지고 말았다.

거인과 다르칸은 묵묵히 서로를 노려봤다. 이윽고 다르칸이 팔짱을 끼며 상대에게 미소를 보냈다.

"좋다, 프레데릭. 오늘은 네가 이겼다. 네가 하고 싶은 일을 하도록."

거인 프레데릭은 검을 거두고 길트에게 다가가 그의 상태를 확인했다. 물리적 충격파보다 정신적인 충격을 받은 탓에 그의 상태는 최악에 가까웠다. 그래도 생명에 지장은 없었기에 프레데릭은 그를 어깨에 들쳐 메고 에이웰, 에이쉘 자매에게 향했다.

"오, 오라버니는 어떠신가요? 무사하신 건가요?"

그 이계의 전사가 아군이라고 생각한 것일까. 어찌 됐건 프레데릭은 고개를 끄덕였다.

"길트 왕자는 무사하시오. 걱정 말고 나를 따라 주시오, 공주."

프레데릭과 길트 그리고 공주 자매의 모습은 곧 폐허가 된 가이라스 왕국 수도에서 사라졌다. 그들이 있던 자리를 한참 동안 바라보던 다르칸은 부서진 도끼창 자루를 바닥에 던지며 고개를 저었다.

"오늘의 주인공을 놓쳐 버렸으니, 리리스 님께 혼나겠군. 후후······ 하하하핫."

그의 웃음 소리가 하늘을 울리고, 땅을 울렸다.

생명을 잃은 가이라스 왕국의 땅은 더 이상 노래하지 않았다. 바람을 잃은 하늘은 하염없이 눈물만 흘렸다. 그 눈물은 수십만의 피를 머금고 강으로 흘렀다. 붉게 변한 강에서 뛰어노는 것은 피 냄새를 맡은 식인어뿐이었다.

"윽!"

마치 돌이 됐다가 다시 움직이는 것처럼 온몸에 통증이 퍼져 나갔다. 길트는 살며시 눈을 떴다. 그의 눈에 가장 먼저 보인 것은 자신을 향해 입을 벌리고 있는 계곡의 꼭대기였다. 습기가 찬 데다 바람까지 불긴 했지만, 그가 살아 있다는 것을 확인하기에는 충분했다.

길트는 고개를 움직여 주위를 돌아봤다. 하지만 이곳이 계곡이라는 것 외에는 정확한 위치를 알 수 없었다.

"여기가 어디지? 에이웰? 에이쉘?"

겁에 질린 동생들의 모습이 그의 눈앞을 스쳐 지나갔다. 그러나 그들의 생사 또한 알 수가 없었다.

"흠, 눈을 떴군. 랜시의 간호사 생활은 오늘로 끝인가."

"누구냐!"

갑자기 들려온 목소리에 길트는 몸을 일으키려 했다. 그러나 그의 몸은 이상하게도 말을 듣지 않았다. 힘없이 쓰러진 그의 귀에 정체불명의 목소리가 다시 들려왔다.

"오, 가만히 있는 게 좋아. 벌써 3년 동안 의식을 잃고 여기서 뒹굴었으니 몸에 힘이 거의 없을 걸세. 독수리 밥이 안 된 것만 해도 다행이야. 독수리 녀석들은 내가 아무리 겁을 줘도 소용이 없거든."

길트는 멍한 표정을 지었다. 자신도 모르는 사이에 365일이 세 번이나 지나간 것이다. 그는 당황스러웠다.

"3년이라뇨? 게다가 뒹굴다니, 무슨 말씀이십니까? 당신은 또 누구시고요?"

정체불명의 목소리가 가볍게 웃었다.

"후, 질문은 하나씩만 해 주게. 음, 대화를 잘 풀어 가려면 서로 누군지 알아야 하겠군. 좀 힘들겠지만 위를 올려다보게. 그럼 내가 보일 걸세."

길트는 천천히 위를 올려다봤다. 절벽 말고 특별한 것은…… 절벽에 꽂힌 검 한 자루가 보였다. 길트는 설마 하며 다른 곳으로 시선을 돌렸다.

"이봐, 뭘 하는 건가. 그냥 시선을 돌리면 내가 섭하지 않나."

길트는 흠칫 놀라며 그 검이 있는 쪽을 다시 바라봤다. 검이 희미하게 붉은빛을 발했다.

"예? 그, 그렇다면 설마?"

"그래, 난 자네가 보고 있는 검일세. 내 이름은 라이세네프. 날 아는 사람들은 내 이름 뒤에 '경'이라는 존칭을 붙이지. 예상대로 4년 후에 깨어나 줘서 정말 고맙군, 길트 왕자."

그가 자신의 이름을 부르자 길트는 차근차근 그 검을 뜯어보았다. 그러고 보니 한 번 본 적이 있는 검이었다. 적색, 황색 그리고 검을 둘러싼 진홍색 빛들……

"실례지만 혹시 제 앞에 나타나신 적이 있으십니까?"

그러자 라이세네프라는 검이 두어 번 반짝였다.

"물론이지. 내가 프레데릭과 함께 자네와 자네 동생들을 구해 준 것, 생각나지 않나?"

"아……!"

길트의 얼굴이 일순간 사색이 되었다. 지금까지 불길한 기억과 생각들이 한꺼번에 떠오른 것이다.

"도, 동생들은! 동생들은 어디 있습니까! 그리고 수도 주민들은 어찌 됐습니까! 말씀해 주십시오!"

"……."

"어서 말씀해 주십시오!"

라이세네프는 희미한 빛과 함께 대답했다.

"수도에서 빠져나온 사람은 자네와 자네 동생들뿐이야. 그 외에는 전부 사망했네."

"예?"

길트의 표정이 단숨에 풀려 버렸다. 그의 머릿속은 혼란으로 뒤덮였다. 라이세네프의 이야기는 계속됐다.

"모르고 있었군. 맨 마지막에 부서진 것이 왕궁이다. 가이라스 왕이 죽었을 때, 가이라스 왕국 수도는 공동묘지가 된 후였지. 그래도 다행이라 생각하도록. 자네 동생들은 무사하니까. 지금까지 무사한지는 모르겠지만……."

"뭐가 다행입니까! 전부, 전부 죽었는데! 죽어야 할 이유도 모른 채 죽었는데, 으아아!"

길트는 비명과 함께 머리를 감싸며 뒹굴었다. 그러나 라이세네프는 심각하게 여기지 않는 듯했다. 그는 길트가 조용해지길 묵묵히 기다렸다.

30분 정도 뒹굴던 길트는 힘이 빠졌는지 이윽고 조용해졌다. 시원하게 불어오는 계곡의 맑은 공기가 눈물로 범벅이 된 그의 얼굴을 쓰다듬어 주는 듯했다. 길트는 손으로 눈가를 죽 훑으며 말했다.

"저는 뭘 해야 하죠?"

간단하지만 기나긴 답변을 원하는 질문이었다. 라이세네프가 다시 빛을 발했다.

"일단 이 계곡부터 빠져나가지. 자, 날 뽑게. 자네 하나쯤 도와줄 수 있을 걸세."

하지만 길트는 자신이 없었다. 일단 박혀 있는 위치부터 문제였다. 계곡의 수직 경사는 물론이고 암벽 자체가 습기로 미끄러웠다.

그러나 힘있게 일어난 길트는 자신의 상의를 찢어 양손을 적당히 감싼 다음 천천히 몸을 풀었다. 3년 동안 움직이지 않았는데도 움직이면 움직일수록 힘이 솟아났다.

"3년 반가량 성장한 자네의 몸이 어떤가. 이전에도 운동이 좀 부족하긴 했지만 그래도 꽤 쓸 만할 거야. 인간, 특히 남자의 몸은 20대 중반이 되어야 완성되니까."

그 말에 길트는 찬찬히 자신의 몸을 살펴봤다. 키도 꽤 큰 듯했고 근육도 예전에 비해 그럭저럭 붙었다. 머리가 텁수룩히 자란 것은 물론이고, 의식을 잃기 전에는 솜털에 불과했던 자신의 수염도 꽤 굵게 자라 코 밑과 턱을 뒤덮고 있었다. 3년 전보다 훨씬 건강해졌으면 건강해졌지, 약해지진 않은 듯했다.

몸을 적당히 푼 그는 조심스레 암벽 쪽으로 손을 뻗었다. 다르칸이 잠시나마 경탄한 그의 눈빛은 어느 때보다 강렬했다.

그는 알고 싶었다. 아버지를 비롯해 수도 사람들을 왜 그렇게 죽여야 했을까. 다르칸에게 그런 명령을 내린 상관이 도대체 누구일까. 그리고 동생들은 정말 살아 있을까. 그는 그런 생각에 매달려 조금씩 라이세네프에게 향했다.

올라가다 떨어지기를 수차례 반복한 끝에 길트는 드디어 라이세네프를 뽑았다. 검을 뽑자마자 다시 바닥에 나뒹굴긴 했지만 길트는 그 아픔도 잊은 채 검을 위로 치켜들었다.

"와!"

검술에는 조예가 깊지 못한 길트였지만, 라이세네프의 매끈한 디자인과 가벼움엔 감탄할 수밖에 없었다. 게다가 검을 잡은 손으로 밀려드는 엄청난 힘이 피로와 타박상에 지친 몸을 깨끗이 회복해 주는 듯했다. 말하는 것부터 그랬지만 정말 대단한 검이구나, 하는 생각을 길트는 몇 번이고 되풀이했다.

"좋아. 이제 의식을 거행하자, 길트."

"예? 의식이라뇨?"

"좋은 검을 얻기가 어디 쉬운 일인 줄 아나. 겉치레 같지만 의식은 꼭 치러야 한다. 기사가 되기 위한 의식도 있지 않나. 자, 날 땅에 꽂아라. 그리고 마음을 경건히 해라."

"예."

길트는 고개를 끄덕이며 라이세네프를 땅에 꽂았다. 그 직후, 라이세네프에서 강렬한 빛이 뿜어져 나왔다. 그 빛에 몸을 맡긴 길트는 몸 전체에 느껴지는 이상한 기분을 참을 수가 없었다. 그 느낌은 저절로 웃음이 터져 나올 만큼 이상했다.

"웃지 말거라."

"아, 예."

"자, 대답하라, 길트 디모트 알렉세이여. 넌 무엇을 위해 나 앱솔루트 소드, 라이세네프를 얻으려 하는가."

너무나 갑작스러운 질문이었다. 길트는 고개를 갸웃거리며 라이세네프를 얻고자 한 이유를 생각했다. 오랜 시간이 흐른 끝에 길트의 입이 움직였다.

"솔직히 말씀드리면 당신께서 당신 자신을 뽑으라고 하셨기 때문이지만, 일단 아바마마와 수십만에 이르는 수도 주민이 왜 죽음을 당했는지 당신의 힘을 빌려 알고 싶습니다. 동생들도 되찾아야 하고, 왕국도 재건해야 하고, 그리고……."

"아, 됐다. 그냥 진실을 위해서라고 하지. 대화가 안 통하는 젊은이군."

"예? 아, 죄송합니다."

"좋아, 어찌 됐건 나 앱솔루트 소드, 라이세네프는 너를 새 주인으로 인정하겠다. 너의 진실을 위해, 나 라이세네프는 내가 할 수 있는 모든 범위 내에서 너를 도와줄 것을 맹세하겠다."

"……."

"이제 날 뽑아."

"아, 네."

길트는 멋쩍은 듯 머리를 긁적이며 라이세네프를 뽑았다.

"계곡을 나가는 길은 내가 안내하겠다. 아, 지팡이처럼 짚을 필요는 없어. 그냥 가지고 있으면 된다."

"아, 그렇습니까? 어떻게 그럴 수 있는 거죠?"

"좋은 칼은 어디가 달라도 다른 법이지."

무안해진 길트는 아무 말 없이 라이세네프의 정신과 안내에 따라 복잡한 계곡을 빠져나갔다. 검을 뽑을 때처럼 암벽 등반을 할 필요는 없었다. 그저 약간의 경사가 그의 다리를 괴롭힐 뿐이었다.

얼마쯤 걸었을까. 계곡을 나온 길트의 눈앞에 펼쳐진 것은 바위와 눈 그리고 헐벗은 나무들뿐이었다. 주위 지형을 한참 둘러보던 그는 손을 불끈 쥐며 외쳤다.

"아, 여긴 에르파라스 고원!"

"그렇다. 춥지 않나? 상의까지 벗었는데."

그 말이 떨어지기 무섭게 길트는 자신의 몸을 팔로 감쌌다. 자신의 새 주인이 한심하게 여겨졌는지, 라이세네프는 긴 한숨 소리를 내었다.

"후, 그래. 이왕 이렇게 된 거 자네를 간호해 준 또 다른 사람을 찾아가도록 하지. 그러고 보니 자네가 깨어나면 꼭 얘기해 달라고 말했는데 깜빡했군. 나도 이제 늙었나 봐."

"예? 애라뇨?"

"만나 보면 알아. 자, 가자."

길트는 다시금 자신의 의지와 상관없이 다리를 움직였다.

얇은 바지와 가죽 장화 외에는 아무것도 걸치지 않은 길트는 맨살을 엄습해 오는 추위와 싸워 가며 기나긴 언덕과 눈밭을 통과했다.

얼마나 걸었을까. 길트의 눈앞에 작은 마을이 들어왔다. 나무와 돌, 흙 등으로 만들어진 원시적인 마을이었지만, 연기가 피어오르는 것으로 보아 사람이 사는 게 분명했다.

"아, 마을입니다! 이제 살았어요."

그는 그쪽을 향해 힘껏 뛰기 시작했다. 그러나 좋은 일이라 판단

하기에는 아직 일렀다.

"섣불리 움직이지 마! 함부로 움직였다간……."

"아아악!"

길트의 발은 그만 눈 속 깊숙이 장치된 올가미에 걸려 공중으로 떠올랐다. 거대한 나무에 거꾸로 매달린 꼴이 되어 버린 길트는 눈만 끔벅일 뿐이었다.

"조금만 마음을 놓아도 이렇게 되는군. 창이 박힌 함정이었다면 어쩔 뻔했나."

라이세네프까지 떨어뜨린 길트는 면목이 없었다.

"죄, 죄송합니다. 그런데 이제 어떻게 되는 거죠?"

"괜찮아. 마을 주민들이 곧 몰려올 테니까. 그때까지 편히 쉬고 있어."

그러나 맨살을 때리는 찬바람과 머리로 쏠리는 피는 견디기 힘들었다. 이윽고 멀리서 사람들이 뛰어오는 소리가 들려왔다. 길트는 안도의 한숨을 내쉬며 해명할 말을 차근차근 떠올렸다.

"인간이다! 인간이 잡혔다!"

"악마들의 첩자가 분명하다!"

하지만 사람들은 길트를 반기지 않는 듯했다. 곧 올가미의 끈이 잘렸고, 눈 위에 떨어진 길트는 머리를 문지르며 주위를 돌아봤다.

"저, 죄송하지만 저는 나쁜 사람…… 윽?"

길트는 마치 먹구름과도 같은 그림자들을 보며 입을 다물지 못했다. 주민들의 형상은 대체적으로 인간과 비슷했지만, 덩치나 얼굴 모습이 보통의 인간과는 상당히 달랐다. 엄청난 키와 단단한 근육 그리고 호랑이를 연상시키는 얼굴의 무늬와 황색의 털 등은 길트에게 위압감을 던져 주기에 충분했다.

"일단 족장님께 데려가자."

"헉!"

후두부에 가해진 강한 충격에 길트는 또다시 의식을 잃었다.

"윽……!"

3년 만에 눈을 떴을 때와는 상당히 다른 느낌이었다. 머리와 등골까지 전해지는 통증이 길트를 몹시 괴롭혔지만, 몸을 덮은 털가죽의 따뜻한 감촉은 그의 온몸을 녹이는 듯했다.

"아, 눈을 떴군. 일어날 수 있나?"

라이세네프의 목소리였다. 길트는 반가움에 머리를 털며 주위를 둘러봤다. 그가 누워 있는 곳은 천장이 매우 높은 집 안이었다. 그 이상한 종족의 집이 분명했다.

"괜찮으십니까, 길트 왕자님?"

라이세네프가 아닌 다른 목소리가 들려오자, 길트는 허겁지겁 일어나 바라봤다. 늙은 남자와 걱정스런 얼굴로 자신을 바라보는 젊은 여자 그리고 중년의 여자가 그의 옆에 있었다. 길트가 겁에 질린 얼굴로 자신들을 둘러보자, 중년의 남자가 웃으며 말했다.

"죄송합니다. 설마 가이라스 왕국의 왕자님께서 우리 마을을 찾으실 줄은 정말 몰랐습니다. 우리 젊은이들의 실례를 용서해 주십시오. 이 늙은이가 대신 사과하겠습니다."

덩치나 무서운 형상에 비해 남자는 상당히 친절했다. 기분이 약간 풀어진 길트는 고개를 저었다.

"아, 아닙니다. 주의를 기울이지 않은 제 탓이죠. 그런데 당신들은 어떤 종족이십니까? 문헌에서도 당신들의 모습을 본 적이 없는 듯한데……."

남자가 고개를 끄덕였다.

"허헛, 그러실 법도 하지요. 저희는 호족입니다. 존재를 알리지 말아야 할 그림자 속의 종족이지요."

"호족요?"

호랑이를 숭배하는 종족이라는 말일까, 아니면 호랑이 인간이라는 말일까. 그리고 존재를 알리지 말아야 할 그림자 종족이란 말은 또 무슨 뜻일까. 길트는 알 수 없었다.

"예. 그리고 이곳은 호족들만의 마을, '타이거 밸리'입니다. 저는 촌장 고르바라고 합니다."

고르바와 오랜 대화를 나누고 나서야 길트는 많은 사실을 알 수 있었다. 신에게 버림받고 용족에 의해 멸망의 위기에 처했던 호족의 옛일 그리고 라이세네프와 함께 자신을 3년 동안 간호한 고르바의 딸 랜시의 이야기까지.

"어째서 신께서 당신들을 버리셨죠? 당신들도 엄연한 생물 아닙니까?"

길트가 마치 누군가에게 반항하듯 고르바에게 묻자, 그는 슬며시 고개를 저었다.

"그 이유는 신만이 아시겠지요. 그리고 그 문제는 우리 호족이 떠안은 숙명이지요. 왕자님께서는 염려하지 않으셔도 됩니다."

"하지만 당신들은 저를 3년 동안이나 돌봐 주셨습니다. 못 본 체 그냥 넘어갈 수는 없습니다!"

그러나 고르바는 슬며시 고개를 숙였다.

"저희는 당신께서 거기 계신 줄도 모르고 있었습니다. 감사를 표하고 싶으시면 제 딸 랜시에게 하십시오."

길트는 촌장 뒤에 앉아 있는 호족 소녀 랜시를 바라봤다. 자신보다 키도 훨씬 크고 남자 호족 못지않게 근육이 장대한 그녀였지만, 얼굴과 눈빛 그리고 마음만은 보통의 소녀와 다를 바 없는 듯했다. 그녀를 보자 길트는 더욱 안타까운 마음이 들었다.

그때 묵묵히 대화를 듣고 있던 라이세네프가 다시 빛을 발했다.

"잘 들어라, 길트. 지금 네가 아무리 안타까워해도 주신 하이볼크 님의 결정은 어찌할 수 없다. 이성을 가지고 냉정히 네 일을 생각해라, 길트."

길트는 길게 숨을 내쉬었다. 잠시 눈을 감고 생각하던 그가 다시 입을 열었다.

"알겠습니다, 라이세네프 경. 그럼 촌장님, 제게 따님을 주십시오."

"예? 데려가만 주신다면……."

고르바와 그의 부인 그리고 랜시는 길트의 갑작스러운 말에 놀라움을 감추지 못했다. 라이세네프 표면에 흐르던 빛이 흐릿해졌다.

"냉정히 생각하라 했더니 아예 일을 떠안는군. 하여튼 요즘 젊은 이들은 말이 안 통한다니까."

그 말을 들었는지 알 수 없지만 길트의 미소는 밝기만 했다. 데려간다고 했지만 물론 결혼은 아니었다. 길트는 그저 숨어 지내야 하는 호족의 운명에서 은인인 랜시만은 건져 내고 싶을 뿐이었다.

"하, 하지만 저는 아직 어린데요?"

'안녕하세요'라는 인사 이후 두 번째로 듣는 랜시의 음성이었다. 길트는 웃으며 고개를 저었다.

"아, 괜찮아요, 랜시. 같이 여행하면서 나를 도와주시면 돼요. 은 인에게 도움을 요청하다니 좀 바보 같지만, 지금의 나로서는 단 한 사람의 도움이라도 절실히 필요합니다. 이 일이 끝나면…… 반드시 행복하게 해 줄게요."

"예……."

랜시는 부끄러운 표정으로 미소 지었다. 그때 라이세네프의 빛이 강해졌다.

"책임지지 못할 말은 하지 않는 게 좋아, 길트. 지금 너에겐 앞으로 보장된 왕의 자리도, 나라도 없다. 네 자신의 미래 역시 불투명하지. 경솔한 행동은 너뿐만 아니라 저 아이까지 불행에 빠뜨린다. 그래도 저 아이를 데려가겠는가."

길트는 눈을 감았다. 자신이 없어서가 아니었다. 약간의 흔들림이라도 없애기 위함이었다. 다시 눈을 뜬 길트는 밝은 미소로 자신의 결심을 당당히 밝혔다.

"왕이 아니어도, 자신의 나라가 없어도 한 사람쯤은 행복하게 해 줄 수 있지 않을까요? 저는 그렇게 믿고 있습니다. 아무것도 없다고 해도, 행복하게 만들어 주고 싶은 사람만은 그렇게 해 줄 자신이 있습니다. 당신도 그런 저의 마음을 조금은 아셨기 때문에 저를 주인으로 인정하신 것 아닙니까."

라이세네프의 빛이 약간 흐려졌다. 그 속에는 허가의 뜻도 들어 있었다.

"마음대로 해. 그러나 단언컨대, 결혼한 후에는 밤이 괴로울 거야."

"네?"

라이세네프의 말뜻을 이해하지 못한 길트와 랜시는 눈을 껌벅거렸으나, 고르바와 그 부인의 얼굴은 금세 붉어졌다. 어쨌든 길트는 앞으로 만날 많은 일행 중 한 명을 그렇게 만나게 되었다.

마을 주민들을 뒤로하고 타이거 밸리를 떠난 길트의 모습은 자못 달라져 있었다. 3년 동안 텁수룩하게 자란 머리와 수염이 깔끔하게 정돈된 것은 물론이고, 복장 역시 백색의 무광택 가슴막이를 필두로 새롭게 단장되었다.

고르바는 그의 가슴막이를 먼 옛날 드워프족에게서 받았던 흙 갑옷이라고 소개했지만, 라이세네프는 그 갑옷의 정식 명칭을 잘 알고 있었다.

"오리하르콘 프레임이 내장된 세라믹 아머군. 이런 고급품이 호족에게 있었다니, 의외인걸?"

"오리하르콘······?"

"전문 용어는 넘어가지. 하여튼 좋은 갑옷이야. 랜시가 전력을 다해 도끼로 내리쳐도 부서지지 않을 만큼 강도가 좋지. 오리하르콘 프레임에 의해 안정성도 뛰어나고. 음, 중요한 얘기는 아니군. 자, 이제 어디로 갈 생각인가? 난 항구로 갔으면 하는데."

"항구요?"

"우선 나라가 어떻게 돌아가는지 알아봐야지. 정보를 얻는 데는 항구만큼 좋은 곳이 없으니, 제일 가까운 대도시이기도 한 템플톤 으로 가세."

"좋습니다. 그럼 템플톤 항구로 가죠. 자, 랜시. 이제 갈까요?"

길트는 랜시에게 손을 내밀었다. 그의 깨끗한 손과는 어울리지 않는 투박한 손이었지만 랜시는 다소곳이 그의 손을 잡았다. 길트 는 다른 손을 그 위에 덮으며 말했다.

"반드시 행복하게 해 줄게요. 나를 3년 동안이나 지켜줬으니, 이 제부터는 내가 랜시를 지켜 줄게요. 알았죠?"

"고, 고마워요."

사실 길트는 랜시에게 키스까지 할 생각이었지만, 기습적인 키스는 신장의 차이로 인해 불가능했다. 랜시가 그것을 알았다면 길트에 비해 머리가 하나 반 이상 큰 자신의 신장을 안타까워했을지도 모른다.

"누가 누굴 지켜? 제발 말도 안 되는 소리로 날 괴롭히지 마라, 길트."

"아, 죄송합니다, 라이세네프 경."

그렇게, 불확실한 미래와 운명을 지닌 길트의 여행은 시작되었다. 하지만 길트 자신이나 길트를 주인으로 택한 라이세네프 그리고 길트를 따라나선 랜시, 그들에게서 불안감이란 찾아볼 수 없었다.

"어려운 여행이 될지도 모르는데 상당히 여유로워 보이는군. 믿는 구석이라도 있나?"

라이세네프의 질문에, 길트는 씩 웃으며 답했다.

"당신이죠. 당신은 좋은 검이잖아요."

"그런가, 후훗."

라이세네프가 웃었다. 비록 보이지는 않았지만 길트에겐 그의 웃음이 확실히 느껴졌다. 길트는 자신이 정말로 운이 좋은 사람이라는 생각이 들었다.

2

두 명의 용병

수도가 파괴된 지 3년. 수도 이외의 가이라스 왕국 대다수 지역은 수없이 출몰하는 브롤과 투르바, 콜코 등의 야만 종족들에게 철저히 파괴되었다. 그러나 몇몇 요새나 요새 지형을 갖춘 대도시를 중심으로 가이라스 국민들은 항쟁을 계속해 나갔다.

공교롭게도, 국민들과 정규군 병사 그리고 용병으로 이루어진 그 항쟁군의 이름은 '가이라스 해방 전선'이었다. 2백 년 전, 고신 전쟁 당시 가이라스 왕국을 위해 일어섰던 말스 왕국의 왕자가 만든 군대의 이름과 같았다. 하지만 해방 전선의 어느 누구도 그 이름이 어떤 것인지, 어떤 사람들이 활약했는지 제대로 알지 못했고 또 알려고 하지도 않았다.

한마디로 2백 년 전의 허무맹랑한 이야기 따위에 관심을 둘 여력이 그들에게는 없었다.

각국에서 몰려든 용병으로 템플톤 항구의 외곽은 시끌벅적했다.

말스 왕국과 유일하게 연결된 그 항구는 돈을 찾아 흘러온 용병들의 임시 소집 장소였다. 그들이 원하는 무기와 비상 식량으로 템플톤 항구는 어느 정도 상거래가 가능했다. 그러나 모든 것이 정상적이었던 4년 전에 비할 바는 아니었다.

항구에 모이는 용병들의 수는 상당히 많았지만 단체 활동은 없었다. 모두 각자 받은 돈만큼만 싸울 뿐, 용병끼리의 친분도 거의 없었다. 같은 나라 출신끼리 고향 얘기만 가끔 나눌 뿐이었다.

"젠장, 같은 용병이라도 저 녀석은 맘에 안 들어."

말스 왕국에서 온 용병 보스턴은 팀 동료들과 함께 점심을 먹다가 불만을 터뜨렸다. 수십 걸음 떨어진 막사에서 조용히 수프를 마시고 있는 붉은 장발의 용병 때문이었다.

하지만 그의 불만은 웃음거리에 지나지 않았다.

"허, 마음에 안 들면 어쩔 건데. 저 괴물 녀석하고 싸우기라도 할 참이야? 그럴 생각이면 아예 관둬. 자네 시체 치우기 싫으니까."

동료 용병이 충고하듯 말했다. 보스턴은 옆쪽으로 침을 뱉으며 투덜댔다.

"그러니 더 마음에 안 들어. 다른 녀석 같으면 한 대 갈겨 주기나 하지. 저 녀석은 그럴 수도 없잖아. 용병 주제에 뭘 믿고 저렇게 센 건지, 원."

다른 동료가 수프 건더기를 숟가락으로 긁으며 말했다.

"별명이 괜히 붉은 머리 사신이 아니잖아. 콜코 한 부대를 단독으로 상대하는 녀석이니까. 하여튼 재수 없어. 녀석 덕분에 죽는 용병이나 정규군 숫자가 적은 건 사실이지만 말이야."

그때 그들 뒤쪽의 수풀이 흔들렸다.

"이봐요, 아저씨들. 우리 리오 님이 재수가 없다고 하셨나요?"

수풀 속에서 요정 하나가 튀어나오는 순간, 보스턴과 동료 용병들의 얼굴은 단숨에 굳어졌다.

"그, 그게 아니라……."

"그게 아니면요? 말씀해 보세요, 아저씨."

요정은 보스턴의 딸기코를 쿡쿡 찔러 댔다. 그러나 보스턴은 감히 화를 내지 못했다. 오히려 애원하는 것이었다.

"에, 에이. 못 들은 걸로 해 줘. 네 주인이 알면 우리는 끝장이야."

요정은 콧대를 더욱 높이며 말했다.

"흥, 다음부터는 이상한 말씀 하지 마세요. 남자답게, 마음에 안 드는 것이 있으면 당당히 말씀하시란 말이에요."

말을 마친 요정은 붉은 머리 용병을 향해 빠르게 날아갔다. 용병들이 그 붉은 장발의 용병에게 가진 불만의 상당 부분은 '고자질꾼'이란 별명의 그 요정 때문이기도 했다.

"리오 님, 리오 님! 저 아저씨들이 아까 뭐라고 했는지 아세요?"

요정은 그 용병의 풍성한 머리채 속에 파고들며 시끄럽게 떠들었다. 용병은 수프가 든 컵을 내려놓으며 고개를 끄덕였다.

"아아, 열심히 괴물, 괴물 하더구나. 어쨌거나 괜히 남의 말 엿듣지 마. 내가 곤란해지잖니."

"어? 리오 님도 엿들으신 건 마찬가지잖아요."

붉은 장발의 용병 리오는 요정의 코를 살짝 잡으며 말했다.

"그래도 너처럼 티는 안 냈잖아, 브라디. 자, 식사나 해."

"윽, 알았으니 이거나 놔줘요!"

리오에게서 벗어난 요정 브라디는 주인이 준 컵 속의 수프를 홀짝홀짝 마시기 시작했다.

"근데 리오 님, 제가 고기 먹는 걸 사람들이 이상하게 생각 안 할까요?"

리오는 막사 받침목에 편히 기대며 대답했다.

"콜코 20명을 단독으로 상대하는 사람이 눈앞에 있는데, 요정이 고기를 먹는다고 해서 이상할 건 없지 않니? 후훗."

"흥, 여유만만이신 리오 님."

브라디는 고개를 저으며 컵을 입에 가져갔다.

"음?"

무언가를 느낀 듯, 감겨 있던 리오의 눈이 다시 떠졌다. 그와 동시에 서쪽 정찰탑에서 비상을 알리는 호른 소리가 들려왔다.

"티라노다! 티라노가 습격해 온다! 한 마리당 50만 골드니 모두 일어나!"

말을 탄 정찰병이 용병대 주위를 돌며 소리쳤다. 부대 편입 전에 값진 일거리가 생기긴 했지만, 움직이는 용병은 단 한 명도 없었다.

"티라노한테 덤비라고? 차라리 콜코 발바닥을 핥으라고 하지그래?"

"객기 부리지 말아야 할 상대 5위인 녀석에게 뭐하러 덤벼. 리오 녀석이나 가라고 해. 죽기 싫어."

"그럼 뒤를 부탁하오!"

다른 용병들의 투덜거림을 들은 듯 리오는 빠르게 서쪽으로 달려갔다. 그의 뒷모습을 보던 용병들은 이번에는 살아 돌아오지 못하겠지, 하는 생각에 미소 지었다.

"리오 님, 리오 님! 같이 좀 가요."

리오의 회색 망토 위로 오색의 빛이 반짝였다. 브라디의 쭉 뻗은 네 장의 날개에서 떨어지는 빛이었다. 주인의 망토 속으로 겨우 들어간 브라디는 힘겹게 외쳤다.

"느낌상으로는 티라노 여덟 마리예요. 근데 그 앞에 다른 생명체

둘이 있어요!"

"알아. 그런데 왜 쫓기는 거지? ……뭐, 가 보면 알겠지!"

리오는 씩 미소를 지었다.

"랜시! 아무리 배가 고파도 그렇지 티라노의 알을 건드리면 어떡해요."

"미, 미안해요."

그야말로 눈썹이 휘날리게 뛰고 있는 길트와 랜시는 점점 좁혀지는 거대 도마뱀과 자신들의 거리를 한탄하며 다리에 더욱 힘을 주었다.

"흠, 지금 상황은 아무리 생각해도 미안하다는 말 한마디로는 용서가 안 되는군. 어째서 호족이 신에게 버림받았는지 조금은 알 것 같아."

"라이세네프 경, 말씀만 하시지 말고 어떻게 좀 해 보세요!"

점점 커지는 티라노의 발소리에 길트는 마음이 다급했다. 그러나 그들을 막을 특별한 방법이 떠오르지 않았다.

"내가 아무리 좋은 검이라고 해도 지금의 네 수준을 티라노 여덟 마리와 싸울 정도로 끌어올리진 못해. 난 기껏해야 대인 전투만을 도와줄 뿐이지."

"예? 어째서죠?"

"넌 너무 허약하니까. 어쨌든 새 주인을 오늘로서 떠나보내야 하다니 정말 슬프군. 이것도 나의 운명인가."

"라이세네프 경!"

길트는 정말 울고 싶었다.

"쿠워어어어!"

그때 긴 울음소리와 함께 거대한 그림자가 길트 일행을 가로막았다.

"으악!"

길트는 즉시 걸음을 멈췄고 랜시 또한 마찬가지였다. 일행 앞을 가로막은 티라노는 작고 가는 앞발에 비해 무지막지할 정도로 거대한 다리를 세차게 구르기 시작했다. 그로 인해 일어난 진동이 지축을 울렸고, 길트 일행은 그 진동을 이기지 못해 바닥에 주저앉고 말았다.

다른 티라노들도 길트 일행을 완전히 에워쌌다. 진동으로 정신이 어지러워진 길트는 이마를 감싸 쥐며 라이세네프를 뽑아 들었다.

"라, 라이세네프 경! 제발 저들을 설득해 주세요! 이대로 가다간 우린 끝장이라고요. 제발!"

"라이세네프 아저씨, 제발!"

랜시는 공중에 떠오른 라이세네프를 향해 절까지 했다. 하지만 그사이에도 그들을 둘러싼 티라노들의 거대한 턱에서 타액이 쉴 새 없이 흘러내렸다. 그들은 이미 광분한 상태였다.

결심을 한 듯, 라이세네프의 표면에 흐르던 빛이 순간 강렬해졌다.

"내가 티라노들을 설득해 보지. 여기 가만히 있어."

"아, 감사합니다. 감사합니다!"

길트는 라이세네프의 걸걸한 목소리가 이렇게 고마울 줄은 몰랐다. 길트는 랜시와 함께 마치 종교의식을 하는 사람들처럼 간절하게 절을 했다.

라이세네프는 가장 화가 나 있는 티라노의 코앞으로 솟아올랐다. 랜시에게 알을 빼앗길 뻔했던 어미 티라노였다. 이윽고 라이세네프는 더욱 강렬한 빛을 발하며 말했다.

"태고의 종족 티라노여. 나 앱솔루트 소드, 라이세네프가 말하나니, 이성을 가지고 이 문제에 대해 차근차근……."

"쿠워어!"

그러나 티라노는 마음에 안 든다는 듯 앞발로 라이세네프를 강하게 걷어찼다.

라이세네프는 마치 젓가락처럼 힘없이 날아갔다.

"으아아!"

비명을 지르며 날아가는 라이세네프. 그가 멀어질수록 길트와 랜시의 얼굴은 점점 사색이 되어 갔다.

"젠장, 뭐가 절대의 검이에요! 이제 우리는 어떡하라고!"

"쿠워!"

길트의 외침은 티라노의 울부짖음에 묻혀 사라졌다. 퇴로가 완전히 막힌 것을 어느 누구보다도 잘 아는 랜시는 결국 길트의 몸을 꼭 안으며 말했다.

"흑, 미안해요, 자기! 결혼식은 올리지 못했지만, 우리는 영원한 부부……."

"그만둬요! 아직 죽은 것도 아닌데 그러지 말아요. 분명 방법이 있을 거예요. 정신을 차리고, 흔들리지 말아요."

랜시는 움찔하며 길트의 얼굴을 바라봤다. 잠시 동안 그런 자세를 유지하던 랜시는 손으로 길트의 눈가를 닦아 주며 말했다.

"근데 왜 울어요?"

"내, 내가 언제 울었다고!"

그런 장면에는 감흥이 오지 않는 티라노들이었다. 어미 티라노는 즉시 자신의 육중한 발을 들어 올렸다.

"쿠워어어어어!"

순간, 두툼한 살 위에 무언가 떨어지는 소리가 들려왔다. 그와 동시에 어미 티라노의 거대한 몸은 거짓말처럼 쿵 소리를 내며 옆으로 쓰러졌다.

"아, 아니?"

길트는 눈물을 닦으며 어미 티라노 쪽을 바라봤다. 그 거대 파충류가 있던 자리에는 한 번도 본 적이 없는 붉은 장발의 남자가 회색 망토를 휘날리며 서 있었다.

"무슨 일인지는 모르겠지만 어서 이쪽으로 오시오. 티라노들은 내가 처리할 테니."

"맞아요, 리오 님이 처리하실 거예요! 우리 리오 님이 어떤 분이시냐 하면……."

"브라디, 제발 좀!"

그의 망토 속에서 튀어나온 요정은 즉시 잡혀서 망토 속으로 다시 들어갔다. 그러나 그녀가 잠시나마 보여 주었던 현란한 몸 동작은 길트 일행의 시선을 빼앗기에 충분했다.

하지만 처리한다는 그의 말에 길트는 즉시 사정을 설명했다.

"아, 뜻은 감사합니다만 잘못은 저희가 먼저 했습니다. 제 친구가 배고픈 나머지 티라노들의 알을 건드렸거든요."

검을 빼 들던 붉은 머리 남자의 표정이 단숨에 굳어졌다. 그는 머리를 긁적이며 중얼댔다.

"번식기의 티라노 암컷은 드래곤도 피해 간다는 사실을 알고 있소? 뭐, 바보에 가까울 정도로 용감한 사람들을 만나니 기분이 풀어지는군. 후훗, 알았으니 이쪽으로 오시오."

길트와 랜시는 곧바로 남자에게 다가갔다. 그사이 붉은 머리 남자는 품속에 가둔 요정을 다시 꺼내 주었다.

"브라디, 티라노들을 좀 설득해 주겠니?"

"싫어요! 리오 님 자랑만 하려고 하면 화를 내시고. 세이아 님께 이를 거예요!"

머리카락까지 헝클어진 요정은 심하게 투덜거렸다. 남자는 어색한 미소를 지으며 그녀를 달랬다.

"알았어. 식당에서 고급 스테이크 사 줄 테니 부탁한다."

"헤헷, 진작 그러셔야죠! 그럼 저한테 맡겨 주세요."

요정은 쓰러진 티라노를 향해 재빨리 날아갔다. 라이세네프가 설득할 때와는 달리 티라노들은 그 요정의 말을 순순히 듣는 듯했다. 길트와 랜시는 다행스러운 눈길로 은인을 바라보았다.

호족인 랜시보다는 작았지만 키는 상당히 컸다. 균형 잡힌 적동색의 근육질 몸매와 미남형의 얼굴 그리고 타오르는 듯한 붉은 장발의 조화는 길트의 혼을 빼놓기에 충분했다. 길트는 어릴 적, 자신의 보모가 들려준 '가즈 나이트'가 혹시 이런 사람이 아닐까 생각하며 눈을 반짝였다.

"저, 구해 주셔서 감사합니다. 정말 감사합니다."

길트는 공손히 고개를 숙였다. 멀뚱히 서 있던 랜시도 길트가 옆구리를 쿡쿡 찌르며 눈치를 주자, 그에게 감사를 표했다.

"구, 구해 주셔서 고마워요."

남자는 의외로 부드러운 미소를 지으며 고개를 끄덕였다.

"아아, 괜찮소. 그런데 다친 곳은 없소?"

"예, 다친 곳은 없습니다만…… 아, 라이세네프 경!"

문득 비명을 지르며 날아간 라이세네프가 떠올랐다. 길트의 입에서 나온 '라이세네프'라는 말에 붉은 머리 남자의 눈썹이 꿈틀했지만, 그 모습을 본 사람은 아무도 없었다.

길트의 걱정도 잠시, 라이세네프는 비틀거리며 주인에게 돌아왔다.

"음, 티라노들은 예나 지금이나 무식하군. 감히 나 앱솔루트 소드를 무시하다니."

"라이세네프 경! 무사하셨군요."

길트는 돌아온 라이세네프를 안으며 즐거워했다. 붉은 머리의 남자는 못 본 척 다른 곳으로 시선을 돌렸다.

"음…… 그런데 너희야말로 무사한 게 이상하군. 설마 저기 있는 청년이 너희를 도와준 건가?"

"예, 그렇습니다. 한 번에 티라노를 쓰러뜨릴 정도로 강하시더군요. 아, 그러고 보니 소개를 못 했군요. 저기……."

그러나 붉은 머리의 남자는 자신에게 돌아오는 요정에게만 신경을 쓸 뿐이었다. 적당히 설득당한 티라노들은 어느새 지축을 울리며 다른 곳으로 돌아가고 있었다.

"……흠."

그 남자를 가만히 지켜보던 라이세네프는 어느 때보다 더 진지한 목소리로 길트의 정신을 향해 말했다.

「지금 내 말은 너에게만 들릴 것이다. 잘 들어라, 길트.」

"아, 예."

그가 대답하는 순간, 남자와 랜시 그리고 요정은 약속이나 한 듯 그를 쳐다보았다. 길트는 입을 막으며 별일 아니라는 듯 손을 내저었다.

「저 붉은 머리의 남자…… 인간이 아니다.」

길트의 눈이 꿈틀했다. 라이세네프는 말을 이었다.

「정체가 뭔지는 모르겠지만, 저 남자가 가지고 있는 검은 분명 주신 하이볼크가 만든 5대 신검 중 하나인 디바이너가 분명하다. 망토 속에 가려 얼핏 보긴 했지만 내 눈은 확실해.」

「어떻게 자신하실 수 있죠?」

「5대 신검은 모두 나를 모델로 만들어졌다. 내가 가진 특징이나 부분이 5대 신검에 하나씩 녹아들어 있지. 엑스칼리버라는 건방진 녀석 말고는 전부 실패작이긴 하지만, 모두 어지간한 수준 이상은 되지.」

갑자기 닥친 고차원적인 얘기 때문에 멍한 표정을 짓고 있던 길트는 정신을 차리려는 듯 고개를 세차게 흔들었다. 라이세네프의 말은 계속됐다.

「어쨌든 저 남자의 몸에서 풍기는 힘과 눈에서 느껴지는 경험 등은 인간이 가질 수 있는 시간의 한도를 초월한 지 오래다. 아마 가이라스 왕국 수도를 혼자서 날린 악마 다르칸과 맞먹거나 그 이상의 힘을 지녔을 것이다.」

「그렇습니까? 그렇다면 저와 비교해 어느 정도나 강한 거죠?」

라이세네프는 잠시 동안 침묵하더니 다시 말을 이었다.

「내 비웃음을 꼭 듣고 싶나?」

「죄, 죄송합니다.」

길트는 홀로 머리를 긁적였다. 한편 길트의 그런 모습을 지켜보던 랜시는 걱정스런 얼굴로 붉은 머리 남자에게 물었다.

"저, 이 사람이 좀 이상한 것 같아요. 머리라도 다친 게 아닐까요?"

"뭐, 괜찮을 겁니다. 후훗."

남자는 알 수 없는 미소를 떠올렸다. 랜시는 고개를 갸웃거릴 따름이었다.

"아니, 가이라스 왕국 사람이라면서 자신의 왕국이 어떻게 돌아가는지도 모르다니, 말이 되오?"

"간첩 아니에요, 간첩?"

자신을 리오라고 소개한 붉은 머리 남자와 브라디라는 이름의 요정은 매우 황당해했다.

브라디에게 약속한 것도 사 줄 겸 식당으로 온 그가 길트에게 가장 먼저 받은 질문은, 현재 가이라스 왕국이 어떻게 돌아가고 있느냐 하는 것이었다. 그러나 3년 동안 철저히 폐허로 변한 가이라스 왕국의 모습을 한 번이라도 봤다면 절대 나올 수 없는 질문이었기에 그가 황당하는 것도 당연했다.

하지만 길트의 사정은 약간 달랐다. 자존심이 상하긴 해도, 자신의 정체와 자신이 나라 상황에 대해 모르는 이유를 말할 수는 없었으므로 길트는 억지웃음을 지으며 다시 물었다.

"정말 알지 못하기에 여쭙지 않습니까. 제발 말씀해 주십시오."

리오는 길트와 랜시를 찬찬히 뜯어봤다. 브라디 역시 진지하게 둘을 바라봤다. 곧, 그는 고개를 살짝 숙이며 사과했다.

"실례했소. 말해 드리죠. 그 전에 주문부터 합시다."

'주문'이란 말에 길트의 얼굴이 순식간에 굳어졌다. 사실, 그에게는 돈이 한 푼도 없었기 때문이다. 그 표정을 본 리오는 실소를 터뜨리며 손을 내저었다.

"내가 사는 것이니 걱정 마시오. 당신, 표정 관리부터 해야겠소?"

"아, 죄송합니다."

브라디와 길트, 랜시를 위해 간단한 음식을 주문한 리오는 따뜻한 차를 마신 후 현재 가이라스 왕국의 상황을 설명했다.

"난 에스토드 왕국에서 용병으로 이 나라에 왔소. 그렇기 때문에 자세한 정황은 모르지만, 내가 지금부터 말해 주는 것이 현재 상황에서 크게 벗어나지는 않을 거요. 더 이상 나빠질 것도, 좋아질 것도 없기 때문이오."

3년 전, 천재지변과도 같은 수도 파괴 사건 직후 가이라스 왕국은 대혼란에 휩싸였다. 브롤과 투르바, 콜코 등이 물밀듯이 전면 공격을 가해 가이라스 왕국을 쑥대밭으로 만들었다. 왕국 전역에서 터진 야만 종족의 반란에 정규군은 일시에 괴멸 상태가 되었다. 전력 차이도 전력 차이였지만, 수도 붕괴와 함께 지휘 체계도 붕괴되었기 때문에 정규군 괴멸은 놀랄 만한 일이 아니었다.

소규모의 요새와 도시, 마을 등은 극히 일부를 제외하고는 모두 파괴되었지만, 대규모의 요새와 도시는 겨우 버텨 내어 가이라스 왕국의 완전 붕괴만은 막을 수 있었다.

군대를 이룰 수 있을 정도로 패잔병과 의용군 등을 소집한 후, 가이라스 왕국의 마스터 템플러, 막스 블레이크는 가이라스 해방 전선이란 이름 아래 살아남은 도시들을 중심으로 대반격을 개시했다. 물론 수적으로 밀리긴 했지만, 용병들을 대규모로 끌어모은 것이 성공을 거둬 가이라스 왕국은 2년 만에 대륙의 남쪽 3분의 1을 되찾을 수 있었다.

그러나 거기까지가 한계였다. 계속 죽여도 끝없이 밀려오는 야만 종족들 때문에 가이라스 해방 전선은 1년 내내 3분의 1의 한계선을 넘지 못했다. 그런 상황이 계속되는 동안, 시간은 3년을 넘어 4년째로 향하고 있었다.

"그, 그랬군요. 아, 혹시 왕족에 대한 소문은 없습니까?"

길트는 힘없이 물었다. 설명을 마친 후 가만히 차를 마시던 리오는 진지한 얼굴로 말을 이었다.

"어제인가 그제인가, 가이라스 왕국의 쌍둥이 공주가 최전선 근처에서 보였다는 소문을 들었소. 하지만 그 지역부터 이곳까지 오는 데는 1개월 정도 걸리니, 그냥 지나가는 소문에 불과할지도 모르오. 왕자인가 하는 사람은 3년 반 동안 봤다는 사람조차 없소."

길트는 묵묵히 고개를 숙였다. 그러나 리오의 얘기는 끝난 것이 아니었다.

"근데 신기하군. 아직도 이 나라 왕족에 대해 관심을 가지는 사람이 있다니 말이오."

"예?"

"지금 이 나라 사람들에게 가장 중요한 것은 표면적으로 나라를 되찾는 것이지만, 실제로는 어떻게 살아남느냐 하는 것이오. 가이라스 왕국의 왕자가 살아남아 어딘가에서 용병 생활을 하고 있든, 공주들이 몸을 팔아 생계를 이어 가고 있든 이 나라 사람들에겐 상관할 바가 아니란 말이오. 뭐, 사령관 막스 블레이크는 나라의 녹을 먹었으니 조금 신경 쓸지도 모르겠지만."

그 말에 길트는 아랫입술을 깨물었다. 그는 손까지 부르르 떨면서도 가슴속에서 치밀어오르는 감정을 최대한 억제했다. 그가 왕자라는 사실을 잘 알고 있는 랜시는 안타까운 눈으로 그를 바라볼 뿐이었다.

"말씀 감사합니다. 저, 잠시 생각 좀 하고 오겠습니다."

길트는 쓸쓸히 식당을 나섰다. 랜시 역시 그를 따라나섰다.

"후, 내가 좀 늦게 왔나?"

리오는 웃으며 차를 비웠다. 브라디는 고개를 갸웃거리며 그에게 물었다.

"저, 리오 님. 다른 때 같으면 리오 님이 먼저 도와주겠다고 하실 텐데, 오늘은 왜 아무 말도 안 하셨나요? 리오 님의 또 다른 별명이

'자원 봉사자'인 것을 감안할 때 이상한 일인데요."

리오는 스테이크를 썰고 있는 브라디의 머리를 손가락으로 매만지며 고개를 저었다.

"연륜 있는 분이 도와주고 계신데 내가 함부로 나설 수는 없지. 그렇지 않습니까, 라이세네프 경?"

그의 말과 동시에, 길트의 자리에 놓여 있던 라이세네프가 은은히 빛을 발했다.

"자네는 도대체 누구지?"

리오는 찻잔을 내려놓았다. 그리고 정신감응을 통해 라이세네프에게 말했다.

「주신 하이볼크 님께서 만드신 가즈 나이트 중 한 명 리오 스나이퍼라고 합니다. 여기서는 정식으로 인사를 드리지 못하겠군요. 죄송합니다.」

「가즈 나이트…… 그렇군. 그래서 디바이너가 자네에게 있는 것이군. 그런데 무슨 일로 주신께서 자네까지 보내신 건가? 훵이란 친구도 있는데.」

「저도 이유는 잘 모르겠습니다. 그런데 당신 같은 분께서 왜 저 소년을 도와주십니까? 당신과 관련된 신의 전차에 대한 일은 어떻게 된 것입니까?」

「정보는 영 밝지 않은 친구로군. 난 그 빌어먹을 신의 전차, 엘살바도르 때문에 저 소년을 도와주고 있는 걸세.」

리오의 눈이 반짝였다. 그는 회심의 미소를 지으며 라이세네프에게 물었다.

"확실히 말씀해 주시겠습니까?"

한편 길트는 참담한 얼굴로 식당 건물에 기대앉아 있었다. 랜시는 그저 흘끔흘끔 바라보기만 할 뿐 별다른 도움은 되지 않았다.

"아…… 안타까워요, 랜시."

길트가 드디어 말문을 열자, 랜시는 즉시 그를 정면으로 바라봤다.

"뭐, 뭐가요?"

"한 나라의 왕자라면서, 이 나라가 어떻게 돌아가든 관여할 수 없다는 것 말이에요. 너무 분해요. 그리고 부끄럽고요."

길트는 옆에 놓인 작은 돌멩이 하나를 주워 반대편 벽을 향해 던지며 말을 이었다.

"동생들은 어떻게 살고 있을까요. 그 리오라는 용병의 말대로 몸을 팔아서라도 살고 있을까요? 아니면 또 다른 일로 고통 속에 살아가고 있을까요. 도대체, 도대체 난 왜 3년이 넘도록 의식을 잃고 있었을까요! 그 애들이 고통받으며 살고 있는 동안 말이에요!"

돌을 주워 던지는 길트의 팔에 점점 힘이 들어가더니, 급기야 그는 다시 눈물을 흘리고 말았다. 랜시는 묵직한 팔로 그의 어깨를 안아 주며 말했다.

"걱정하지 마요. 울고 싶을 정도로 걱정되면 지금 즉시 동생들을 찾으러 가면 되잖아요."

"어떻게요? 나라 전역이 야만 종족 녀석들의 천국이 되어 있다는데, 함부로 찾으러 갔다간 우리 목숨도 부지하기 힘들다고요. 도대체 어찌해야 할지 모르겠어요. 왜 어렸을 때 검술을 제대로 배우지 않았는지, 왜 그때 강한 힘을 기르지 못했는지!"

가만히 그의 말을 듣던 랜시는 뭔가 화가 난 듯 길트의 어깨를 강하게 밀쳤다. 무방비 상태의 길트는 힘없이 옆으로 쓰러지고 말왔다. 그가 당황한 눈빛으로 자신을 바라보자, 랜시는 주먹을 불끈 쥐며 말했다.

"무슨 소리를 하는 거예요! 지금 동생들을 찾지 못하는 건, 우리 가 죽을까 두려워서가 아니라 찾으려 하지 않아서예요! 어떻게 이 나라를 돌아다녀 보지도 않고 브롤 녀석들에게 죽을 걸 알죠? 나 타나면 싸우면 되잖아요! 죽을지, 살지는 상대를 만나 봐야 아는 거예요. 자, 무기를 들고 동생들을 찾으러 가요. 아까 그 리오라는 사람도 상당히 강해 보이던데, 그에게 도움을 청해도 되잖아요."

랜시의 얘기에 아무 말도 하지 못하던 길트는 옷에 묻은 흙을 털 며 말했다.

"우리가 무기를 드는 것은 몰라도, 리오라는 사람에게 도움을 받 을 수는 없을 거예요. 그는 용병이라 돈이 없으면 움직이지 않아요."

그러자 랜시의 눈이 휘둥그레졌다.

"돈이 뭔데요?"

길트의 눈썹이 꿈틀댔다. 그는 잠시 후 길게 한숨을 쉬며 답해 주었다.

"음식물이나 무기 등을 새로 얻을 때 쓰는 물건이에요. 사람들 에 게는 아주 중요하죠. 돈을 얻으려면 일을 해야 하는데 많은 돈을 얻기 위해서는 힘들거나 어려운 일, 아니면 오래 일을 할 수밖에 없어요."

"빼앗으면 안 돼요?"

랜시의 어수룩한 질문에 길트는 힘없이 웃음을 터뜨렸다.

"당연히 안 되죠. 앞으로 갈 길은 멀고 험한데 돈은 없군요. 역시 돈이란 것은 혈기만으로 극복할 수 없나 봐요."

그는 고개를 설레설레 저었다. 그의 자신 없는 모습을 또 보게 된 랜시는 인상을 찡그리며 그의 팔을 거칠게 잡아당겼다.

"자, 식사부터 해요!"

"예? 자, 잠깐만요, 랜시!"

"안 먹으면 힘 안 나고, 힘없으면 일도 못해요. 이렇게 고민할 시간에 일해서 돈을 벌자고요! 잔말 말고 들어와요!"

길트는 순간 당황하며 물었다.

"아, 잠깐만요, 랜시! 일을 하자니, 도대체 왜…… 윽!"

랜시의 두꺼운 팔이 큰 구렁이처럼 길트의 목을 휘감았다. 랜시는 씩 웃으며 말했다.

"일을 안 하면 돈을 못 번다면서요. 그럼 해야지 어떡해요?"

"……!"

"어서 식사하고 일거리를 찾자고요. 빨리 이 일을 끝내고 날 행복하게 해 줘야 하잖아요."

"예……."

식당에 억지로 끌려 들어가면서, 길트는 자신이 랜시에게 한 방, 아니 몇 방을 먹었다는 사실을 뼈저리게 느꼈다. 닥칠지 안 닥칠지도 모르는 죽음과, 돈이라는 거대한 산에 가로막혀 있다는 사실 하나만으로 힘을 잃고 주저앉아 버린 자신과는 달리 랜시는 그 산을 넘으면 될 것 아니냐며 자신감을 잃지 않았다.

물론 랜시가 현실을 파악하지 못했을 수도 있지만 그렇다 해도 길트는 자신이 랜시보다 못하다는 생각이 들었다.

'못해서 안 하는 게 아니라, 하지 않으니까 못한다는 건가.'

길트는 자신의 나약함을 또 한 번 한탄하며 식당 자리에 앉았다. 그들이 들어오기 전에 천천히 식사를 즐기던 리오는 축 늘어진 길트의 어깨를 두드리며 말했다.

"나가서 무슨 생각을 했기에 물에 젖은 수건처럼 되어서 돌아온 거요? 설마, 다른 나라로 도망치고 싶다는 생각을 하는 건 아니겠지?"

"아, 아닙니다. 어떻게든 방법이 생기겠죠."

길트는 힘없이 스푼을 들었다. 그러나 리오는 '방법'이란 말에 어리둥절한 표정을 지었다.

그때 브라디가 길트의 머리 위에 걸터앉으며 말했다.

"이봐요, 우리 리오 님 고용하지 않을래요? 그렇지 않아도 정규군 편입까지 시간이 너무 오래 걸려서 지루했는데 말이에요."

"예?"

티라노 한 마리를 일격에 쓰러뜨리는 리오의 괴력을 눈으로 직접 본 그로서는 상당히 끌리는 제의였다. 검술을 배울 수도 있을 듯했고 그의 용병 경험 또한 동생들을 찾는 데 도움이 될 것 같았다. 하지만 그를 고용할 돈이 없었다. 그래도 길트는 혹시나 하는 마음에 물었다.

"저, 얼마면 될까요?"

브라디가 씩 웃으며 답했다.

"백만 골드."

길트의 다리가 순간 휘청거렸다.

"배, 백만 골드요! 그런 바가지가 어디 있습니까!"

"바가지? 그런 말씀 마세요. 얼마 전에 있었던 용병 가치 평가 때 나온 결과를 그대로 말씀드린 거니까요. 뭐, 백만 골드 이상의 랭크가 없었으니 백만 골드가 되긴 했지만요."

"용병 가치 평가로 백만 골드라고요?"

길트가 알기로, 용병의 기본 고용 비용은 5천 골드였다. 용병 가치 평가란 브롤을 하나씩 쓰러뜨릴 때마다 기본 비용에서 5천 골드씩 늘어나는, 그야말로 실전에 따른 평가였다. 그 계산에 따라 브롤 백 명을 쓰러뜨리면 50만 골드가 되어 그 용병의 가치는 50만 5천 골드가 되는데 리오의 가치는 백만 골드였다.

한마디로 199명의 브롤을 한자리에서 연속으로 쓰러뜨렸다는 것이었기에 길트는 감탄을 금치 못했다.

"비싸요? 그럼 우리도 장사하긴 해야 하니 후불제로 하죠. 당신 일이 끝났을 때, 일의 강도에 따라 차등으로 받을게요. 어쨌든 일만 하면 만족하니까요."

길트는 슬그머니 정신으로 라이세네프에게 물었다.

「저, 라이세네프 경. 어찌하면 좋을까요?」

라이세네프는 담담히 대답했다.

「돈을 마련할 방법이 있다.」

「아, 과연 라이세네프 경! 어떤 방법입니까?」

「랜시를 곡마단에 파는 거다. 호족은 흔하지 않으니 백만 골드는 족히 받겠지.」

길트는 잠시 할 말을 잃었다. 하지만 이번 거래는 공급자 쪽에서 먼저 중단해 버렸다.

"아, 미안하지만 없었던 일로 하죠, 길트. 선불, 후불을 떠나 당신을 도와주고 싶은 마음은 어느 정도 있지만, 난 당신과 같이 일할 인연은 아닌 것 같소. 난 내 할 일을 하겠소."

"예……."

돈을 구해야 하는 어려움에서는 벗어났지만, 그래도 길트는 아쉬움을 접을 수가 없었다. 리오는 길트의 어깨를 두드리며 자리에서 일어났다.

"자, 당신들이 나가 있는 동안 계산은 끝냈으니 안심하고 계속

드시오. 난 먼저 나가 보겠소. 그럼 인연이 닿으면 다시 만납시다,
길트."

리오는 손을 흔들며 식당 밖으로 나갔다. 그의 뒷모습을 하염없
이 바라보던 길트는, 처음으로 접하는 인간의 음식을 허겁지겁 먹
고 있는 랜시를 돌아보며 물었다.

"랜시, 정말 내가 동생들을 찾을 수 있을까요?"

랜시는 입가에 소스를 잔뜩 묻힌 채 씩 웃으며 대답했다.

"물론이죠. 의식을 잃은 상태에서도 그 계곡에서 3년 넘게 살아
남은 당신이잖아요. 제가 간호하긴 했지만, 그건 무의식중에 살아
남으려고 한 자기 힘이 더 강했기 때문이라고 생각해요. 자, 빨리
먹고 일거리를 찾아봐요."

"음…… 그래요!"

자신감을 얻은 듯, 길트 역시 기운차게 식사를 시작했다. 그의 옆
에서 은은한 빛을 발하고 있는 라이세네프는 신나게 먹고 있는 둘
을 지켜보며 생각했다.

'그래, 강해지거라, 길트. 지금과는 비교할 수 없을 정도로 강해져
야만 운명을 견딜 수 있을 것이다. 그 운명은 너무나 슬플 테니까.'

"도와주지 못해서 미안하군, 왕자님. 하지만 가이라스 왕국을 위
해서라도 당신은 강해져야 해. 라이세네프 님이 같이 계시니 죽지
는 않겠지. 나중에 또 보자고."

골목에 선 채 식당을 바라보던 리오는 웃으며 그 자리를 떠났다.
그때를 기다렸다는 듯, 그의 품에서 브라디가 재빨리 튀어나왔다.

"리오 님, 늦었어요. 빨리 약속 장소로 가셔야 해요."

"음? 벌써 그렇게 됐나? 하지만 좀 늦는다고 해서 화닐 녀석은

아닌데?"

그러자 브라디는 억지웃음을 지으며 어깨를 으쓱했다.

"아, 그렇죠, 그렇죠. 하지만 잠시라도 혼자 놔두면 무슨 일을 저지를지 모르는 그 바보 시한폭탄님을 위해서라도 빨리 가시는 게 좋을걸요?"

"후훗, 그렇군."

거의 협박에 가까운 브라디의 말에 리오는 속도를 높여 약속 장소로 향했다. 그가 정한 약속 장소는 항구의 1번 창고 뒤편이었다. 마녀의 저주가 서렸다는 소문으로 인해 인적이 뜸했기에 리오는 그곳을 약속 장소로 정했지만, 안타깝게도 그조차 몰랐던 사실이 있었다.

사실 그곳은 템플톤 항구에서 활동하는 소규모 폭력단의 집합소였다. 마녀의 저주라는 얼토당토않은 소문도, 그 폭력단이 사람들의 접근을 막기 위해 꾸며낸 거짓말이었다.

하지만 리오가 도착했을 때 상황은 이미 벌어진 후였다.

"악!"

2번 창고를 지나 1번 창고 뒤편으로 향하던 리오와 브라디는 비명 소리와 함께 골목 밖으로 튕겨 나오는 한 남자의 모습을 보았다. 그는 흑색 옷에 각진 얼굴의 거한이었다. 리오는 그를 보자마자 씁쓸히 고개를 저었다.

"이런, 내가 좀 늦었나?"

그 거한과 볼일은 없었는지, 의식을 잃은 그를 슬쩍 지나친 리오는 슬그머니 약속 장소로 시선을 돌렸다.

"으아악!"

또 한 명의 남자가 리오와 브라디의 머리 위를 지나 바닥에 떨어졌다. 그가 마지막으로 싸운 상대인 듯, 건물 뒤편의 그늘 속에 서 있는 남자는 단 한 명뿐이었다. 이 세계와는 어울리지 않는 붉은 재킷과 파란 바지 그리고 휘몰아치는 듯한 스포츠 머리의 그 남자는 잔뜩 죄었던 가죽 장갑을 조금 느슨하게 풀며 리오를 돌아봤다.

"헤헷, 사람이 이럴 수 있어, 리오? 이 순진한 지크 님을 모범 청소년들의 집합소로 몰아넣다니 말이야. 그걸 알면서 나를 여기에 부른 거야?"

리오는 가볍게 어깨를 으쓱했다.

"인적이 뜸하다는 소문이 있기에 여기로 정했더니 이렇게 되어 버렸구나. 할 수 없지. 그런데 준비는 잘하고 온 거야?"

"당연하지!"

금발의 남자는 킥킥 웃으며 등에 찬 커다란 칼을 칼집째 들어 보였다. 주인의 키만큼이나 긴 대도(大刀)는 이 세계에서 쓰는 검들에 비해 폭이 얇긴 했지만 그래도 강해 보였다. 붉은색 칼집에서 모습을 드러낸 그 거대한 칼은 새빨간 반사광을 은은히 발하며 리오를 긴장시켰다.

"휘유, 멋진 칼인걸? 어디서 얻은 거야?"

"피엘 누님께서 괴물들 상대할 때 쓰라고 주시던데? 명도 무명(冥刀 无冥)에 대도 무문(大刀 舞雯)이라. 하핫, 이걸로 이 바람의 지크 스나이퍼 님은 더 강해졌다고."

금발의 남자, 지크는 그 칼을 다시 등에 차며 자신감 넘치는 미소를 지었다. 하지만 브라디는 그런 그가 영 탐탁지 않은 모양이었다.

"더 강해진 게 아니라 더 위험해졌다는 말이 옳겠죠."

리오 같으면 웃고 넘겼을 말이었지만, 말로는 절대 지지 않는 지크였다.

"오호, 저 고자질쟁이 육식 요정은 아직도 살아 있었구나. 집에 가둬 놓고 다니라고 내가 몇 번이나 말했잖아."

"흥, 우리 리오 님이 그렇게 매정한 분인 줄 아세요? 어쨌든 리오 님께 고마워하세요. 백수처럼 뒹굴던 지크 님께 일을 준 분이시니까요."

둘 사이에서 또다시 불꽃이 일자, 리오는 머리를 긁적이며 둘을 억지로 떼어 놓았다.

"자자, 그만해, 둘 다. 어쨌든 잘 왔다, 지크."

"헤헤, 좋아. 근데 날 왜 부른 거야? 대장도 이 세계에 있다는 말을 들었는데, 둘이서도 처리하지 못할 큰일이 있는 거야?"

"우리 육식 요정 아가씨가 설명해 줄 거야, 후훗."

"리오 님!"

브라디의 투덜거림과 함께, 셋은 차가운 땅바닥 위에 쓰러진 폭력배들을 뒤로하고 항구를 빠져나갔다.

그들이 거리로 들어오는 사이 브라디에 의해 임무 설명이 끝나자, 지크는 인상을 잔뜩 찌푸리며 고개를 갸웃거렸다.

"엥? 용병? 아니, 너나 나나 용병 노릇을 해야 할 정도로 돈에 굶주린 건 아니잖아? 일부러 용병 일을 할 정도로 싸움에 굶주린 것도 아니고. 결혼 생활이 행복에 겨워 대장 머리가 어떻게 된 거 아냐?"

지크가 손가락을 머리 근처에서 빙글빙글 돌려 대자, 리오는 어깨를 으쓱하며 말했다.

"그것까지는 모르겠는데, 일단 우리에게 주어진 임무는 용병 활동을 하면서 이번 일의 배후를 캐는 거야. 몇 가지 의심 가는 부분이 있긴 하지만, 의심만으로 일을 해결할 수는 없으니 일단 천천히 알아보도록 하자."

"헤헷, 좋아 좋아."

둘은 서로의 주먹을 슬쩍 부딪치며 의지를 다졌다. 그러나 리오의 풍성한 머리채 위에 머리만 쏙 내밀고 있는 브라디의 표정은 그리 밝지 않았다. 그녀는 지크라는 남자가 영 마음에 들지 않는 모양이었다.

이윽고 거리를 빠져나간 그들은 방벽 밖에 마련된 용병들의 집합소로 향했다. 그러나 도시의 방벽을 나섰는데도 밖이 너무나 조용했다. 지크가 주위를 둘러보며 중얼댔다.

"근데 왜 이리 조용해? 용병들이 잔뜩 있다면 한참 시끄러워야 하는 거 아냐?"

"음? 그러고 보니……."

리오는 살기가 있나 주위를 둘러봤지만 그런 기색은 없었다. 그러나 그 외의 다른 기운도 느껴지지 않았다. 무슨 일인지 의문스러워진 그는 고개를 갸웃거리며 중앙 막사로 향했고, 막사의 문을 열며 물었다.

"저, 다른 용병들은 벌써 출발했습니까? ……큭!"

순간 리오가 막사 밖으로 재빨리 빠져나오자 지크는 반사적으로 허리와 등에 찬 칼에 각각 손을 가져가며 주위를 살폈다.

"뭐야, 무슨 일이야, 리오?"

눈에 살기를 머금은 리오는 자신의 보라색 검을 뽑아 들며 대답했다.

"방심했다, 지크. 내가 없는 사이 용병들이 전부 죽었어."

"뭐? 누구한테!"

리오는 대답 대신 턱으로 앞쪽을 가리켰다. 이윽고 육중한 발소리와 함께 막사의 문이 걷히더니 한 남자가 걸어 나왔다. 흑색 광대 복장 차림에 날카로운 적색 무늬가 그려진 가면을 쓰고 있는 그는 자신의 키만큼이나 거대한 낫을 든 마성(魔性)의 남자였다.

"엉? 뭐야, 조커 나이트 녀석이야?"

"아니에요."

그때 리오의 망토 속에서 나온 브라디가 오랜만에 진지한 표정을 지으며 설명했다.

"조커 나이트는 예전에 죽은 악마대공 린라우의 무악마(武惡魔, 상급 악마의 무력을 대신하는 악마)예요. 지금 앞에 있는 자도 무악마지만, 그의 상급자는 린라우와 차원이 다른 존재죠. 그만큼 저 악마의 힘도 강하고요."

"뭐?"

지크는 다시 그 남자, 아니 악마에게 시선을 돌렸다. 리오와 지크, 브라디를 가만히 보던 악마는 가볍게 어깨를 움직이며 무게 있는 목소리로 말했다.

"죄송합니다. 제가 너무 일찍 온 모양이군요. 그러나 당신들이 올 것이라 생각해서 모든 기척과 시체들을 일단 지워 놨습니다. 아, 기습할 생각으로 그렇게 한 것은 아닙니다. 전 이 세계에 가즈 나이트 중 어떤 분이 오셨는지만 알아보려고 왔으니까요. 일단, 당신들이 오셨으니 더 이상 유기물체들에게 힘을 쓸 필요는 없겠군요."

악마가 살짝 손가락을 튕겼다. 그러자 리오 일행 주위의 공간이 왜곡되기 시작하더니 어느새 시체로 가득 찬 생지옥으로 변했다. 공간 왜곡을 이용해서 감춰 뒀던 용병들의 시체가 그곳에 다시 나타난 것이다.

'뭐지? 기척은 물론, 시체들의 모습과 냄새까지 지우다니! 이 녀

석, 강하다!'

지크는 눈썹을 살짝 꿈틀대며 악마에게 말했다.

"어이, 광대 아저씨. 우리를 만나러 왔으면 그냥 가만히 기다리고 있지, 왜 죄 없는 사람들을 죽인 거야? 기다리기 지루했어?"

그러자 악마는 슬쩍 고개를 저었다.

"아, 그럴 리가 있겠습니까. 단지 제 낫의 날이 잘 다듬어졌는지 잠깐 확인해 본 것뿐입니다. 하긴, 약간 거북한 결과가 나오긴 했군요."

가즈 나이트를 둘이나 앞에 두고도 악마는 상당히 여유 있어 보였다. 정체가 의심스러울 정도로 여유로워 보였기에 리오는 검으로 자신의 어깨를 툭툭 치며 물었다.

"좋아, 그럼 통성명이나 해 보시지. 넌 우리를 아는 것 같지만, 우리는 널 모르거든. 불공평하지 않나?"

"아, 그렇군요."

악마는 낫을 들지 않은 한 손을 복부에 대고 정중히 인사하며 자신을 소개했다.

"소개가 늦었습니다. 전 악마군 제1 결사군단, 조커 나이트의 대장 '하인켈'이라 합니다. 이름은 들어 보셨으리라 생각합니다만……."

"엉?"

지크는 입술을 비죽 내밀며 전혀 모르겠다는 표정을 지었다. 그러나 리오는 달랐다. 그의 정체를 알고 있던 브라디도 긴장감으로 다시금 침을 삼킬 정도로 유명했다.

"하인켈? 설마…… 악마왕 사탄의 무악마 하인켈인가?"

리오가 확인하듯 말하자, 하인켈은 작게 손뼉 치며 고개를 끄덕였다.

"오호. 과연 리오 스나이퍼 님. 제 이름을 알고 계시는군요. 당신이 활동하신 7백여 년간 한 번도 마주치지 못해 아쉬웠는데, 오늘에야 만나게 되다니 정말 영광입니다."

"후, 나도 그렇군."

리오는 웃으면서도 볼에 흐르는 땀을 감추지 못했다.

하인켈.

사탄이 악마왕에 등극하던 태곳적부터 그를 따랐던 심복 중 하나인 하인켈은 지옥의 그늘에서 지내며 사탄의 명령이 떨어지기만을 기다렸다. 그는 직속 상관인 사탄이나 악신 아롤이 어떤 직위를 내려도 거절하면서 오직 사탄의 휘하에만 있고 싶다고 말한, 사탄의 둘도 없는 충신이었다.

그렇기에 사탄 역시 하인켈이란 충신을 함부로 굴리지 않았고 사탄 자신이 움직이기 직전의 중요한 상황에만 그를 내세웠다. 그러므로 하인켈이 나타났다는 것은 사탄이 직접 움직이고 있다는 말과도 같았다. 게다가 악마왕 7인의 실질적 리더인 사탄의 간판격인 만큼, 하인켈의 힘은 예측조차 할 수 없을 만큼 강했다.

"쳇, 사탄의 무악마인지 사탕 파는 광대인지 난 몰라. 뭐가 됐든, 일단 이 지크 님 앞에 나선 이상 신고식은 해야 돼."

하인켈이 어떤 존재인지 모르는 지크는 당당히 자신의 대도, 무문을 꺼내며 하인켈에게 다가갔다. 리오는 그런 지크를 말리려고 손을 뻗었으나, 브라디가 리오의 머리 위에 푹 눌러앉으며 제지했다.

"기다리세요, 리오 님. 지크 님은 혼 좀 나야 한다니까요."

"뭐? 하지만 나라도 하인켈은……."

"놔두세요, 리오 님."

브라디는 리오의 이마를 주먹으로 살짝 치며 그의 말을 끊었다.

"제가 하인켈이라면 지크 님을 죽이지 않아요. 지크 님을 죽였다가는 분명 리오 님이 뻘게진 눈으로 달려들 것이 뻔한데, 하인켈은 일을 키우고 싶진 않을 거예요. 그리고 일단은 초반이잖아요. 그냥 구경이나 하세요."

리오는 한숨을 푹 쉬며 물러섰다. 하지만 브라디의 말 때문만이 아니라 지크가 성장했을 것이라는 기대도 있었다.

그것을 아는지 모르는지, 지크는 자신의 키만큼이나 큰 무문으로 자세를 잡으며 하인켈을 노려봤다. 하인켈은 할 수 없다는 듯 어깨를 들썩이며 중얼댔다.

"음, 좋습니다. 진심이라면 할 수 없지요. 그건 그렇고 무문이라…… 얼마 전 명계에서 '춤추는 구름무늬'라는 이름의 칼 한 자루가 주신계에 전해졌다는 얘기는 들었지만, 설마 무문을 이렇게 빨리 보게 될 줄은 몰랐습니다. 이것도 나름대로 영광이군요."

그러자 지크는 턱을 크게 움직이며 소리쳤다.

"자자, 말은 필요 없다! 난 귀찮은 건 딱 질색이니 어서 싸우자!"

"오호, 목 위에 달린 머리가 귀찮으십니까?"

순간 지크의 턱 밑에 하인켈의 낫이 와 닿았다. 공간이 일그러지는가 싶더니 순식간에 사라진 하인켈의 몸이, 거의 동시에 지크의 뒤에서 나타난 것이다.

정적이면서도 엄청난 속도를 가진 공격에 당한 지크는, 자신이 목과 등을 너무나 쉽게 허용했다는 사실을 도저히 믿을 수가 없었다.

"일단 오늘은 제가 이겼군요, 바람의 가즈 나이트님. 훌륭한 승부를 펼쳐 주셔서 정말 감사드립니다. 아, 당신이 귀찮아하시는 머리는 일단 건드리지 않겠습니다. 저에게 당신의 머리는 아직 쓸모가 없거든요."

지크의 이마에 푸른 힘줄이 돋았다. 이번 일은 평생토록 지크의 뇌리 속에 기억될 만큼 치욕적인 것이었다. 리오는 지크가 살았다는 것만으로도 성공적이라고 생각했지만, 정작 당사자인 지크는 모든 것을 뒤엎고 싶을 정도로 괴로운 심정이었다.

그의 목에서 낫을 거둔 하인켈은 땅바닥에 작은 마법진을 그리며 말했다.

"어떤 분들이 오셨는지 확인했으니 이만 돌아가겠습니다. 다음엔 부디 즐거운 모습으로 만나길 빕니다. 안녕히."

하인켈의 모습은 곧 마법진 속으로 사라졌다. 그가 사라진 후, 리오는 지크를 어떻게 진정시켜야 할지 고민했지만 의외로 지크는 화를 내지도, 미친 사람처럼 헤벌쭉 웃지도 않았다.

그는 진지하게 미소 지으며 무문을 칼집에 넣었다.

"리오, 날 불러줘서 정말 고맙다."

"응? 뭐가?"

리오 쪽으로 돌아선 지크는 자신의 가슴을 손으로 툭툭 두드리고 말을 이었다.

"두 가지가 새로 생겼어. 더 강해져야만 하는 이유와 아까 그 녀석이란 새로운 목표가 말이야. 너, 나중에라도 그 하인켈이란 녀석만나게 되면 털끝 하나도 건들지 마라. 그 녀석의 목은 꼭 내가 벨거니까."

"후훗, 좋을 대로."

긴장이 풀려서일까. 둘의 콧속으로 시체들의 냄새가 밀려왔다. 리오와 지크, 둘은 생각보다 이번 일이 심각하겠다고 생각하며 도시 안에 있는 용병 관리소를 찾아 떠났다. 그냥 떠났다가는 자신들이 용병들을 죽인 것이 될 게 뻔했기 때문이다.

"그런데 이러다간 부대 배치까지 너무 오래 걸리겠는걸? 이러면 곤란한데……."

리오가 머리를 긁적이며 고민을 털어놓자, 지크는 그의 등을 두드리며 말했다.

"헤헷, 어떻게 되겠지, 뭐. 너무 오래 걸린다 싶으면 전방의 아무 기지나 찾아가면 될 거 아냐. 설마 우리가 짤리기야 하겠어?"

역시나 낙천적인 지크였다. 리오는 웃으며 양팔을 살짝 벌렸다.

"후, 그래. 그럼 가면서 다시 생각해 보자."

템플톤 항구에 대기하고 있던 2백여 명의 용병이 알 수 없는 적에게 모조리 참살당한 작은 사건은 두 남자의 얼버무림 속에 조용히 사라졌다. 하인켈에게 죽은 용병들로선 억울하기 짝이 없는 일이었지만, 그 사건에 대해 크게 신경 쓰는 사람은 없었다.

그들은 어차피 전방으로 빠질 용병들이었다. 다시 말해 죽으러 가는 용병들이었다. 그런 그들이 알 수 없는 이유로 조금 더 일찍 죽었다 해서 슬퍼하거나 걱정할 사람은 전혀 없었다.

이틀 후, 최전방 사이롤 요새에서 찾아온 용병 스카우터는 자신이 데려갈 만한 용병이 단 두 명뿐이라는 사실에 기절할 뻔했다. 그러나 그 남은 용병의 평가 결과가 모두 '밀리언 클래스'였기에 스카우터는 나름대로 만족하며 둘 모두를 사이롤 요새로 편입시켰다.

그로부터 4개월 후, 야만 종족군 측과 가이라스 해방 전선 측에서 공통적으로 유명한 별명 한 가지가 생겨났다.

전투당 평균 부대 격파수 여섯 부대, 최대 격파수 열한 부대, 콜코나 드래곤좀비 다수를 단독으로 상대하는 그 경이적인 인간을 야만 종족과 가이라스 해방 전선 모두는 '붉은 머리 사신'이라 불렀다. 가끔 '감전된 얼간이'라는 별명을 지닌 남자의 소문도 들리긴 했지만, 그 붉은 머리 사신의 이름에 비하면 매우 볼품없는 수준이었다.

붉은 머리 사신이 주둔한 곳은 4개월 전, 갓 최전방 요새가 된 사이롤이었다. 야만 종족의 숱한 명장들이 그 요새를 공격하며 붉은 머리 사신을 노렸지만, 결국 요새 정문에 걸리게 될 수급(首級)의 수만 더 늘어날 뿐이었다.

그렇게 시간은 예정된 지점을 향해 계속 흘러만 갔다.

5장
멤피스 벨

1

이국의 여전사

"이봐, 저 여자가 이번에 새로 지원 온 부대의 대장이래?"

"응, 멤피스 벨인가 하는 특수부대라는데, 뭐 그래 봤자 후방 특수부대겠지. 오늘도 요새 앞에 잠복해 있던 콜코에게 작살이 날 뻔했다지 아마."

"아, 리오가 구해 줬다는 부대 말이야? 하여튼 후방에서 놀던 녀석들은 알아줘야 한다니까."

오늘 자신의 부대를 이끌고 최전방 사이롤 요새에 지원을 온 여성 대장, '마르티네즈 베르토'가 병사들의 주위를 지나갈 때마다 듣는 말들이었다.

성격 같아서는 하나하나 따지고 싶었지만 안타깝게도 그럴 수가 없었다. 콜코의 매복을 눈치채지 못한 것은 물론이거니와, 그들을 물리치기는커녕 병사와 말 몇 필을 잃고 구조까지 받았다는 것은 부끄러운 사실이었기 때문이다.

"마리, 너무 신경 쓰지 마. 아직 자네를 몰라서 저런 말들을 하는 것이니까."

본명보다 더 많이 불리는 그녀의 별명을 부른 드워프 노인 조디악이 걱정스럽게 말하자, 마르티네즈는 애써 웃으며 고개를 끄덕였다.

"예, 알아요, 조디악. 차차 나아지겠죠."

그러나 그녀의 마음과는 달리 상황은 그렇지 않았다. 그 일은 용병 대기소를 지날 때 일어났다.

"뭐야, 새로 온 위문 공연단인가?"

"……!"

갑작스러운 말에 그녀를 비롯한 멤피스 벨 대원 전원은 그 자리에 멈춰 서고 말았다. 아까 자신이 했던 말 때문인지 더욱 당황한 조디악은 황급히 그 망언을 터뜨린 남자를 돌아봤다.

"이, 이런…… 프랭크 녀석이잖아."

길다란 육포를 질겅질겅 씹으며 마르티네즈에게 다가오는 지방질의 남자 프랭크는 거만하고 성격 나쁘기로 유명한 사이롤의 용병 분대장이었다. 병사들을 지휘하는 실력이나 무력만큼은 상당했기에 요새 사령관도 그에게는 별말 안 하고 있긴 했지만, 질이 나빠서 언제나 거론되는 퇴출 1호 대상이었다.

그런데도 지금까지 붙어 있는 이유는 아무도 몰랐다. 프랭크와 요새 부사령관만 그 이유를 알 뿐이었다.

하여튼 여성을 희롱하는 것을 하나의 유희로 여기는 프랭크는 살짝 인상을 쓰고 있는 마르티네즈에게 다가가, 그녀가 타고 있는 말을 쓰다듬으며 그녀에게 추근거렸다.

"무희치고는 예쁘게 생겼는데? 하지만 갑옷으로 몸을 단단히 싸고 있으니 보기가 그렇군. 아, 혹시 갑옷을 벗기는 재미라도 제공하는 건가? 하하핫."

프랭크를 비롯한 사이롤 요새의 용병들이 큰 소리로 웃었다. 그만큼 마르티네즈를 비롯한 멤피스 벨 대원들의 분노도 치밀어 올랐지만, 마르티네즈는 최대한 인내심을 발휘해 말을 다시 몰았다.

"어이, 아가씨! 위문단 대기소는 그쪽이 아니라 저쪽이라고! 저렇게 방향 감각이 없나?"

거기까지 나오자, 결국 화를 참지 못한 마르티네즈는 말을 멈추려고 고삐를 끌어당겼다. 그러나 상황은 거기서 끝이었다.

"오호, 사이롤 요새에 전투랑 관계 없는 사람이 한 명이라도 있었나? 난 오늘 처음 듣는데그래?"

그때 한 남자가 프랭크의 곁을 지나쳐 가며 그의 곱슬머리를 약간 거칠게 쓰다듬었다. 그 순간 프랭크의 얼굴은 새파랗게 질렸고, 다른 용병들 역시 움찔하며 모두 다른 곳으로 시선을 돌렸다.

프랭크의 행동을 저지한 붉은 장발의 남자는 곧이어 프랭크의 배를 톡톡 두드리며 말을 이었다.

"저번에 나간 오른쪽 늑골 두 대는 다 붙었나 보지? 후훗, 아직 붙지 않았으면 말만 해. 왼쪽 늑골도 균형 있게 박살 내 줄 테니까. 꺼져."

"끄, 끄응!"

프랭크는 이를 갈며 자신의 막사로 도망치듯 사라졌다. 그를 타일러 보낸 붉은 장발의 남자 리오는 싱긋 웃으며 마르티네즈에게 말했다.

"전방이다 보니 거친 녀석들이 꽤 있죠. 아까 콜코의 습격에 대한 보고는 제가 어느 정도 마무리해 뒀으니 어서 사령관님께 가 보십시오."

마르티네즈는 별다른 말 없이 사령관실 건물을 향해 말을 몰았다. 리오와 안면 있는 조디악은 고맙다는 뜻으로 그를 향해 손을 흔들어 보였지만, 마르티네즈는 오늘만 해도 벌써 두 번이나 그에게 도움을 받았기에 자존심이 상해 견딜 수가 없었다.

"리오 님, 또 여자에게 눈길을 주시는 건 아니겠죠!"

그때 리오의 망토 속에서 요정 아닌 요정, 브라디가 불쑥 튀어나와 소리치자 리오는 알았다는 듯 씁쓸히 웃었다.

마르티네즈는 그의 도움으로 사이롤 요새 안으로 들어온 것이 자존심 상한 데다 자신의 눈으로 리오의 전투 장면을 직접 봤는데도 믿고 싶지가 않았다. 평균 신장 15미터의 거인 콜코 여섯을 단독으로 부수는 검사가 진짜로 존재한다는 사실은 아마 콜코가 어떤 괴물인지 아는 사람은 누구도 믿지 못할 것이다.

하지만 마르티네즈의 눈으로 직접 본 전투였고, 콜코 여섯을 순식간에 쓰러뜨린 괴물 검사는 자신의 눈앞에서 요정처럼 생긴 이상한 생물과 이야기를 나누고 있었다.

마르티네즈는 자존심을 떠나 몇 번이고 그에게 감사를 표하려 했으나 이상하게도 그의 앞에 나설 수가 없었다. 왠지 그가 싫었다.

얼마 후 보충 부대의 환영식이 열리는 사이롤 기지의 연병장. 보충병들은 미리 준비해 둔 쇠고기 철판구이로 몇 시간 전 일어났던 콜코의 습격을 말끔히 잊었다.

그렇게 식사하던 도중, 사이롤 기지의 사령관이 단상 위로 올라오자 모든 사람들은 식사를 멈추고 기지 사령관에게 집중했다.

"잘 왔소, 제군들. 난 이 사이롤의 사령관 폴 맨체스터라 하오. 가이라스 해방 전선에 들어온 신병 여러분과 이름 높은 후방 특전 부대 멤피스 벨을 진심으로 환영하오."

곧 연병장 안은 박수로 가득 찼다. 그러나 멤피스 벨의 부대장 던칸의 얼굴은 그리 좋아 보이지 않았다. 콜코의 공격을 간접적으로 받고 목에 깁스를 단단히 한 던칸은 씁쓸한 표정을 지으며 중얼거렸다.

"이름 높은 부대면 이름 높은 부대지, '이름 높은 후방 특전 부대'는 뭐야. 우리를 깔보는 걸까? 마리는 어떻게 생각해."

그러나 마르티네즈는 어깨를 으쓱할 뿐이었다.

"사령관님께서 우리를 인정하지 않는 것이라면 인정하시도록 만들어야죠. 하지만 오늘 요새에 들어서기 직전 콜코들에게 기습당했으니 점수가 깎일 만도 하다고 생각해요. 자존심이 상하긴 하지만 오늘은 그냥 조용히 있자고요, 던칸."

그러나 마르티네즈 역시 그렇게 말하면서도 기분이 나빴다.

멤피스 벨은 아군 후방을 기습한 적의 특수부대를 요격하거나 전방에서 특별한 임무를 가끔씩이나마 수행했기 때문에 후방에 치우친 안전한 부대라고 할 수는 없었다. 게다가 브롤의 명장 중 하나인 워처를 직접 잡는 혁혁한 공도 세웠기에, 후방 특수부대라는 말로는 그들을 소개하기에 사실 부족하다고 할 수 있었다. 하지만 멤피스 벨이 전방의 모든 부대보다 뛰어난 부대라고 할 수도 없었다.

"자, 그럼 여기서 멤피스 벨의 대장, 마르티네즈 베르토 준장의 연설을 듣도록 하겠소. 베르토 준장."

"예?"

도대체 준장밖에 안 되는 여자에게 웬 연설이란 말인가. 마르티네즈는 그렇게 생각하며 주위를 한 번 둘러봤다. 멤피스 벨 대원들을 제외한 사이롤 기지의 사람들이 그리 좋지 않은 눈초리로—마치 집시족 여인을 보는 듯한—자신을 바라보고 있는 것을 느꼈다.

'여자라서 그런가.'

마르티네즈는 절대로 지지 않겠다는 생각을 했는지, 심호흡을 한 다음 단상으로 향했다.

한편 그녀를 지켜보던 리오는 실소를 터뜨리며 중얼댔다.

"저런, 저런. 저 아가씨 또 오해하고 계시는군."

그런 말은 놓치지 않는 브라디가 또다시 눈빛을 반짝였다.

"무슨 말씀이세요, 리오 님?"

리오는 고개를 살짝 갸웃대며 말했다.

"음…… 마치, 전학 온 학생 같다고나 할까? 특전 부대를 이끌 만큼 강한 여자로는 안 보였어. 감수성이 풍부하다고 하는 게 더 옳을까? 분명 마리…… 아니, 마르티네즈라는 여자는 남의 시선 하나에도 가슴이 두근거리는 성격일 거야. 별것 아닌 것 가지고도 쉽게 화를 내는 성격이라고 할 수 있지. 하지만 감수성이 풍부한 것뿐이니 탓할 것은 없어. 감수성이 강하면 창의력도 높으니 말이야. 그녀가 멤피스 벨을 지휘하면서 사용했던 작전은 가이라스 해방군 수뇌부에서도 놀랄 만큼 독창성과 파격성을 지녔다고 해. 우리가 잘 이해해 준다면 좋은 친구가 될 수 있을 거야. 브라디, 너도 일단 입조심해."

그러자 브라디는 한숨을 푹 내쉬며 중얼거렸다.

"저는 그렇다 쳐도, 지크 님은 저 여자 곁에 있게 하면 안 되겠네요. 리오 님 말씀대로라면 저 마르티네즈라는 여자, 지크 님을 죽이고도 남을 것 같은데……."

"훗, 그럴지도. 아, 연설이 시작됐다."

브라디뿐만 아니라 다른 모든 사람들도 단상에 서 있는 마르티네즈에게 시선을 돌렸다. 그들의 시선을 느낀 마르티네즈는 헛기침을 한 번 한 뒤, 용기를 내어 연설을 시작했다.

"안녕하십니까, 여러분. 오늘 사이롤 요새의 지원부대로 온 멤피스벨의 대장, 마르티네즈 베르토라고 합니다. 고명한 사이롤 기지에서 여러분과 함께 전투에 참가하게 된 것을 영광으로 생각합니다."

마르티네즈의 연설이 부드럽게 이어지자 브라디는 의외라는 듯 눈을 크게 뜨며 리오를 바라봤다.

"어, 그런 대로 잘하는데요?"

"다행이군. 아, 그런데 아까부터 단상 위에 매달려 있는 저 둥근 건 뭐지? 처음 보는데?"

리오의 질문에 브라디는 어깨만 으쓱할 뿐이었다. 어쨌든 둘이 얘기하는 동안에도 마르티네즈의 연설은 계속되었고, 어느 정도 사람들이 자신의 연설에 심취했다는 것을 느낀 그녀는 미소를 지으며 말을 맺었다.

"그럼, 가이라스 해방 전선의 내일을 위해!"

"오오옷!"

연병장에 모여 있던 모든 병사들은 박수를 치며 마르티네즈를 열렬히 환영했다. 물론 프랭크를 비롯한 용병들은 탐탁지 않은 표정으로 그녀를 쏘아보았다.

그러나 그 순간 일정에 없던 마지막 행사가 벌어지고 말았다.

"아앗!"

마르티네즈의 머리 위에 있던 둥근 물체가 펑 소리와 함께 터지면서 대량의 밀가루가 마르티네즈를 향해 쏟아져 내렸다. 그뿐만이 아니었다. 전열에 위치하고 있던 병사들이 미리 준비해 둔 날계

란을 마르티네즈에게 던지기 시작했다.

"환영합니다, 마르티네즈 준장! 하하하하핫!"

"잘 따르겠습니다! 가이라스 해방 전선의 내일을 위해!"

짓궂은 환영식이었다. 순식간에 계란 반죽이 되고 만 마르티네즈는 멍하니 앞을 바라보았고, 연병장 안의 병사들은 폭소와 함께 진심 어린 환영의 박수를 다시금 보냈다.

마르티네즈의 지금 모습은 오랜 동료 던칸과 실루엣마저 폭소를 터뜨리기에 충분할 정도로 엉망이었다. 하지만 그 환영 행사를 계획했던 사람들이 미처 생각지 못한 것이 있었다.

"정말 실망했습니다, 여러분!"

마르티네즈는 크게 소리치고 단상에서 내려와 사람들을 밀치며 자신의 숙소를 향해 도망치듯 달려가고 말았다.

결국 연병장 분위기는 일순간 얼어붙었고 결국 사령관이 올라와 분위기를 다시 수습할 때까지 사람들은 쏠쏠함을 감추지 못했다.

묵묵히 팔짱을 끼고 있던 리오는 한숨을 길게 내쉬며 말했다.

"여기 좀 있을래? 내가 가 봐야 할 것 같구나."

그러자 브라디는 무슨 소리냐는 표정을 지으며 화를 냈다.

"예? 아니, 리오 님께 고맙다는 인사도 제대로 안 하는 여자한테 그럴 이유가 뭐죠? 리오 님, 정말 저 여자를 노리고 계시는 거 아니에요?"

리오는 무슨 말을 하려다가 미소를 지으며 고개를 저었다. 흔히 볼 수 없는 반응이었기에, 브라디의 의심은 더욱더 깊어만 갔다.

"아, 알았다. 알았으니 우리도 숙소로 돌아가자, 브라디."

"예."

리오는 쏠쏠히 웃으며 숙소로 걸어갔다. 가만히 리오의 뒷모습을 바라보던 브라디는 머리를 긁적이며 나지막이 중얼거렸다.

"도대체 무슨 일이지? 옛날에 사귀던 여자 중에 그 여자랑 똑같이 생긴 여자라도 있었나? 아니면 이름이 같거나. 마르티네즈, 마르티네즈 베르토…… 윽, 모르겠다!"

공중을 빙글빙글 돌며 고민하던 브라디는 결국 결론을 내리지 못했는지, 곧바로 리오의 뒤를 쫓아 숙소로 향했다.

그날 저녁, 리오는 브라디와 함께 주점으로 갔다. 멤피스 벨의 '무사 도착 자축 행사'에 초대받은 것이었다. 술을 즐기지 않는 리오는 사실 가고 싶지 않았지만, 술과 고기라면 사족을 못 쓰는 브라디 때문에 어쩔 수 없이 참여했다.

멤피스 벨에서 리오를 초대한 이유는 오늘 낮에 그가 자신들을 구해 준 것 때문이었다. 마르티네즈에게 시비를 걸던 프랭크의 입도 그가 적절히 막아 췄으니 사이롤이란 타향으로 처음 온 멤피스 벨 대원들은 그가 더없이 고마웠다.

그가 주점으로 들어오자, 멤피스 벨 대원들은 그를 향해 술잔을 들어 올리며 열렬히 환영했다.

"오, 붉은 머리 영웅이 납셨다! 모두 박수!"

"오오오!"

리오는 멋쩍은 미소를 지으며 손을 살짝 흔들었다. 하지만 쇼맨십이 강한 브라디는 리오의 머리 위를 빙빙 날며 박수를 유도했고, 리오는 더욱더 커지는 박수 속에서 '높은 자리'로 안내되었다.

"이야, 어서 오시오, 리오 스나이퍼 씨! 이 자리에 앉으시오!"

리오는 목에 깁스를 한 채 의자를 빼주는 던칸을 보며 어지간히 술을 좋아하는 사람이구나, 하는 생각을 했다. 같은 자리에 있던 마르티네즈와 실루엣 그리고 조디악은 자리에서 일어나며 리오에게 차례차례 인사했다.

"이거 정말 오랜만이구먼, 자네. 포지프 평원 전투 이후 자네를 못 볼 줄 알았는데, 예상외로 빨리 보게 되는군. 하하핫."

리오는 자신에게 맨 처음 인사를 한 드워프 노인을 보며 잠시 고개를 갸웃거렸다. 어디선가 보긴 했는데……. 아, 그렇다. 몇 개월 전 자신이 두 번째로 참가한 전투에서 본 드워프 노인이었다.

"아, 죄송합니다. 인사가 늦었군요."

리오와 조디악은 오랜 시간 같이 있지 못했기 때문에, 서로의 이름도 몰랐지만 어느 정도 안면은 있는 사이였다.

조디악은 원래 사이롤 요새에서 드워프로 이루어진 특수 공작대를 맡고 있었다. 특수 공작대란 폭탄이나 특수한 기구 등으로 적진을 혼란시키는 역할을 맡고 있는 부대로, 수적으로 불리한 해방 전선에서는 상당히 중요한 부대이기도 했다.

어느 날 그의 부대가 적의 계략에 휘말려 그와 다른 한 명만 남기고 모두 전사하자 조디악은 결국 전장을 떠날 결심을 하게 되었는데, 그의 마음을 조금이나마 돌려 놓은 사람이 바로 리오였다.

폭탄 대신 도끼를 들고 일반 보병으로서 포지프 평원의 전투에 참가하게 된 조디악은 투입된 지 얼마 안 된 용병, 리오가 싸우는 모습을 실제로 보았다. 그가 적진 중앙에서 만드는 죽음의 보라색 검광에 매료된 것인지, 아니면 그에게 대량으로 학살된 브롤과 투르바들의 처참한 모습에 통쾌함을 느껴서인지는 몰라도 조디악은 포지프 평원 전투가 끝난 후 은퇴식을 거치면서도 리오의 모습을 잊을 수가 없었다.

그리고 몇 개월 후, 술집에서 마르티네즈에게 리오 얘기를 하면서 그는 다시 한 번 리오에 대한 기억을 되살렸다. 결국 그는 사이롤 요새에 대장장이로 복귀할 결심을 했고, 마르티네즈를 따라 여기까지 오게 된 것이다.

리오는 이어서 던칸과 인사를 나누었다.

"리오 스나이퍼라고 합니다. 몸은 좀 괜찮으십니까?"

"하핫, 원 사람도. 오늘 낮에 다친 상처가 곧바로 나을 리가 있겠소? 하지만 오늘 당신과 함께 술로 몸을 소독한다면 좀 나을 것 같기도 한데. 하하하, 난 던칸 브레들리라 하오. 그냥 던칸이라 부르시오."

던칸은 용병치고는 강렬한 눈빛을 지닌 리오를 보며 보통 사람이 아닐 것 같다고 생각했다. 돈 때문에 자신의 무력을 사용하는 사람처럼 보이진 않았다. 돈보다 더욱 크고 소중한, 자신이 세운 목표를 위해 싸우는 사람처럼 느껴졌다. 확실히 용병보다는 기사에 가까운 숭고한 분위기를 풍겼다.

"자, 우리 대장을 소개해 드리리다. 마리?"

애써 리오와 시선을 마주치지 않으려 하던 마르티네즈는 올 것이 왔구나 생각하며 리오에게 눈을 돌렸다. 그 순간 리오는 자신도 모르게 실소를 터뜨리고 말았다. 그녀의 눈이 벌겋게 퉁퉁 부어 있었기 때문이다.

"후, 그때 숙소로 달려가시길래 설마 했는데 정말로 숙소에서 울고 계셨군요."

핵심을 찔린 마르티네즈는 자존심이 있는 대로 상하는 날이라고 생각하며 아무 말도 하지 못했다. 리오는 다시 웃음을 띠며 자신을 소개했다.

"다시 정식으로 인사드리죠. 리오 스나이퍼입니다. 잘 부탁드립니다, 마르티네즈 준장님."

"아, 예. 마르티네즈 베르토라고 합니다."

마르티네즈가 겨우 인사를 끝내자, 브라디가 작은 벨 소리 같은 날개 소리를 내며 탁자 중앙에 자리 잡았다. 그녀는 화려한 몸짓을 모두에게 선보이며 자신을 소개했다.

"여러분, 안녕하세요! 리오 님의 귀여운 요정 브라디라고 합니다! 저는 아는 것도 많고, 치유 마법도 할 줄 알고, 리오 님을 위한 응원의 춤도 출 줄 아는…… 큭!"

급히 브라디를 잡아 망토 속에 집어넣은 리오는 모두에게 미안하다는 미소를 지어 보였다. 망토 속에서 브라디가 발버둥 치는 게 느껴졌지만, 더 이상 창피를 당하는 것보다는 낫다고 생각했다.

소개가 끝난 후, 모두 술을 마시고 얘기를 나누며 처음 만났을 때의 어색함을 잊어 갔다.

"아, 그런데 리오. 자네 말일세, 사람 맞나?"

"예? 무슨 말씀이십니까?"

리오는 속으로 움찔하면서 던칸을 바라보았다. 던칸은 아무리 생각해도 이해할 수 없다는 듯 리오에게 다시금 물었다.

"아니, 콜코 여섯을 단독으로 상대하는 사람이 있다는 사실이 믿어지지 않아서 말이야. 솔직히 상식적으로도 이해가 안 가네. 콜코는 우리 가이라스 해방 전선에서도 자이언트족 말고는 상대할 수 없는 녀석들로 유명한데, 어떻게 인간의 몸으로 콜코를 상대한단 말인가? 보통 사람 같으면 콜코 시체의 종아리도 한 번에 벨 수 없는데 말이야."

그러자 리오는 아무렇지도 않다는 듯 웃으며 말했다.

"아, 이 요새에는 저 말고도 한 사람 더 있습니다. 제 형제인데,

그 녀석도 아마 저만큼 적들을 상대할 수 있을 겁니다. 그리고 신성 에스토드 왕국에도 저 이상의 실력을 갖춘 검사가 한 명 있죠. 아실지 모르겠군요."

그러자 조용히 술을 마시던 마르티네즈가 눈빛을 반짝이며 끼어들었다.

"10년 전부터 에스토드 왕국 재상을 맡고 계시는 휀 라디언트 님 말씀이십니까?"

"그렇습니다. 어쨌거나 다 합하면 벌써 셋이나 되는데요?"

그래도 뭔가 이상하긴 했다. 하지만 술기운이 던칸을 비롯한 모두의 판단 능력을 흐려 놓았기에 리오의 정체에 대한 추궁은 거기서 끝났다. 던칸은 술잔을 다시 들며 소리쳤다.

"그, 그런가? 하핫, 뭐 어때! 자네 같은 사람이 아군이라면 더할 나위가 없지, 뭐! 자, 술이나 드세!"

"후훗, 좋습니다."

리오는 던칸과 술잔을 부딪치며 좋은 사람들과 만난 것을 기뻐했다.

멤피스 벨이 사이롤에 들어온 지 사흘이 지난 어느 날.

"지크 님, 이쯤에서 돌아가 주시죠. 네?"

"오호, 네가 할아범에게 허가서 받아 오면 갈게. 나도 이 빌어먹을 검과 마법의 세계에 신물이 난단 말이야. 여자라도 많으면 몰라. 당근만 한 담배를 입에 문 용병 아저씨들만 보고 있으려니 정말 미치겠다. 그렇다고 화끈하게 전투를 하는 것도 아니고 말이야."

식당에서 한참 빵을 먹고 있던 지크는 손을 아래로 휘저으며 지겹다는 표정을 지었다. 정찰대 역할을 맡은 그는 5일간의 정찰 작업을 마치고 방금 돌아왔다. 브라디는 탐탁지 않은 표정으로 말했다.

"몇 개월 전에 하인켈은 내가 상대한다며 투지에 불타던 지크 님의 모습은 어디 갔죠? 흥! 하여튼 지크 님과 리오 님은 너무 안 맞는 것 같으니, 더 이상 리오 님을 방해하지 말고 돌아가 주세요."

자존심이 상한 지크는 장난기와 사악함이 섞인 미소를 지었다.

"오호, 그럼 나에게도 카드가 있지. 너 저번에 바이칼이 옷 갈아입는 것을 엿본 적 있었지?"

"윽!"

순간 브라디의 얼굴은 붉게 달아올랐고 비장의 카드를 그녀의 가슴에 꽂은 지크는 킥킥 웃으며, 마지막 남은 빵을 둘로 잘라 작은 조각을 브라디에게 넘겨 주고 말했다.

"자, 나도 리오에게 그 말은 안 할 테니 이제 돌아가라는 소리 하지 마, 알았지? 헤헤헷."

지크에게 빵을 받은 브라디는 떫은 표정을 지으며 주먹을 불끈 쥐고 나지막이 중얼거렸다.

"보낼 수 있었는데……!"

"히히힛. 아, 근데 새로 온 여자 말이야. 마르티네즈인가 하는 여자, 어때? 난 오늘 새벽에 돌아와서 얼굴 한 번 못 봤거든, 얘기 좀 해 봐. 육중한 근육질 여자라면 아예 말하지 말고."

"아, 그 감수성 강한 아가씨요. 뭐, 그런대로 생겼어요. 머리는 단발이고, 몸은 가냘픈 편이라 기교 중심의 검술을 사용하죠. 하지만 그리 약하지는 않은 것 같아요. 물론 인간 중에서 강하다는 얘기지만 말이에요. 아, 그리고 사자 머리라니까요."

브라디의 말에, 지크는 눈을 휘둥그레 떴다.

"사자 머리?"

그러자 브라디는 픽 웃으며 대답했다.

"여자치고는 잠버릇이 험한 편인지, 자고 일어나면 머리카락이 사자 갈기처럼 변하죠. 최대한 누르고 다니긴 하는데, 하여튼 자고 일어난 후의 헤어 스타일은 좀 웃겨요. 사방으로 솟은 머리카락 때문에 귀가 안 보일 정도니까요. 아, 저기 와요! 저 여자예요!"

지크는 곧바로 시선을 그쪽으로 돌렸고, 살짝 인상을 구기고 있는 마르티네즈의 모습이 그의 눈에 들어왔다. 그녀를 세심히 관찰하던 지크는 브라디를 향해 손가락을 퉁겼다.

"프로필."

"나이 24세, 키는 지크 님 세계의 단위로 165센티미터 정도? 체중은 모르고 고향은 말스 왕국이래요. 가이라스에 오기 전에 기사단장을 했다는데, 그건 알 바 아니고……. 하여튼 본명은 마르티네즈 베르토, 별명은 이름을 줄여서 마리래요. 마지막으로, 리오 님의 마수에 아직 빠지지 않았답니다."

"오호."

지크는 머리를 긁적이며 다시 한 번 마르티네즈를 바라봤다. 무슨 일이 있는지, 어깨를 축 늘어뜨린 채 걸어가던 마르티네즈는 멤피스 벨이라는 간판이 붙어 있는 사무실로 힘없이 들어갔다. 그런 그녀를 세심히 관찰하던 지크는 다시 브라디를 바라보며 머리를 쥐어짰다.

"어디서 많이 본 얼굴인데……. 누구라고 확실히 말할 수는 없지만, 하여튼 어디서 본 얼굴 같아. 저 애 조상이라도 만난 적 있었나? 허허."

지크의 한탄을 들은 브라디는 진지한 얼굴로 생각을 더듬었다. 그녀의 이름을 들은 직후, 만난 지 얼마 안 된 데다 특이한 점도 없는 그녀를 리오가 갑자기 걱정하는 것이 약간 이상하다고 생각했던 그녀였다.

"정말로 저 여자 본 적이 있는 것 같아요, 지크 님?"

"난 거짓말 따윈 모르는 순진한 청년이라고."

"거짓말."

지크와 브라디의 진지한 대화는 가볍게 무너졌다.

한편 다른 쪽에서 사무실 안으로 들어가는 마르티네즈의 모습을 지켜보던 두 명이 있었으니…….

"쳇, 귀찮게 됐군요. 하필이면 저 여자가 그 임무를 맡게 되다니."

그늘 속에서 멤피스 벨의 사무실을 지켜보던 프랭크는 씁쓸히 입맛을 다셨다. 그의 옆에 서 있던 또 다른 남자, 사이롤 요새 부사령관 프링스톤도 팔짱을 끼며 좋지 않은 표정을 지었다.

"하긴, 그곳에서 오래 받아먹긴 했지. 하지만 잘된 일인지도 몰라. 또 다른 눈엣가시, 리오 녀석이 멤피스 벨에 들어갔으니 이번 일을 계기로 저 여자와 리오, 둘 다 없앨 수 있을 걸세."

그러자 프랭크는 황당하다는 표정을 지었다.

"예? 아니, 저 여자와 졸개들은 그렇다 쳐도 리오 녀석은 좀 힘들지 않을까요? 콜코나 드래곤좀비도 강아지 치듯 가볍게 쓰러뜨리는 녀석인데."

"후, 잊었군."

황갈색 곱슬머리 사이로 프링스톤의 눈이 반짝였다. 그는 사람을 무시하는 듯한 특유의 미소를 지으며 말했다.

"트로브 산에도 만만치 않은 괴물이 있지 않나. 어차피 그 녀석들도 이용할 만큼 이용해 먹었으니, 증거 인멸도 할 겸 추가 부대를 보내 녀석들도 함께 없애야지. 리오와 그 괴물이 싸움에 열중하는 틈을 타면, 아무리 괴물들이라도 가볍게 처리할 수 있을 거야."

"오, 역시 대단한 책략가이십니다!"

웃음소리와 함께 둘의 모습은 다시 그늘 속으로 사라졌다.

"온 지 사흘 만에 임무가 떨어지다니, 전방은 역시 다르네요."

사무실에 들어온 마르티네즈는 한숨을 내쉬며 자기 자리에 앉았다. 작은 나무 의자에 앉아 자신의 검 디바이너를 헝겊으로 닦고 있던 리오는 옅은 미소와 함께 그녀에게 시선을 돌렸다.

"임무요? 어떤 임무인데 그러십니까?"

마르티네즈는 자신의 책상 위에 상체를 눕히며, 마치 꺼져 가는 촛불처럼 희미한 목소리로 대답했다.

"트로브 산의 산적 퇴치랍니다. 18세 소녀가 그 산적들 대장이라는데, 도대체 그런 오합지졸을 우리가 왜 상대해야 하는지……."

"18세 소녀? 빌어먹을!"

마르티네즈의 설명을 들은 던칸은 씁쓸한 표정을 지었다. 사령관이 아직까지 자신들을 우습게 보고 있다는 생각이 들었던 것이다.

"쳇, 폴인가 뭔가 하는 이 요새의 사령관이 우리를 아직도 후방에서만 유명한 녀석들이라고 생각하는 모양이군. 그런 우스운 일이나 맡기는 걸 보니 말이야."

기다렸다는 듯 마르티네즈가 맞장구를 쳤다.

"그러게 말이에요. 전방 정찰 임무라도 주어졌다면 이렇게 기분이 나쁘지는 않을 텐데 말이에요."

둘의 이야기를 듣고 있던 리오는 미소를 지은 채 한숨을 내쉬며 말했다.

"그런 말씀 마십시오. 이 임무는 좋게 말하자면 보급로를 확보하기 위한 중요 임무입니다."

"예?"

둘의 시선이 리오에게 쏠렸다. 리오는 검을 닦던 손을 잠시 멈추
고 말을 이었다.

"농작물이 잘 자라지 않는 이 척박한 요새에 보급이 얼마나 중요
한지는 말씀드리지 않아도 되겠죠? 이번에 우리가 토벌할 산적들
은 후방에서 오는 주요 보급을 벌써 수차례나 차단한 전적이 있는
녀석들입니다. 그리고 산적단의 두목 아가씨는 키가 2미터가 넘는
장신에 여자라고 보기 힘든 근육질, 그리고 덩치에 걸맞게 무기는
도끼를 들고 있다고 하더군요. 뭐, 저도 식당 아주머니에게 들은
소문이니 정확하진 않지만, 지금까지 그 아가씨에게 걸려서 살아
돌아온 보급 부대원은 단 두 명뿐입니다. 상당히 당찬 아가씨니 무
시할 수 없을 듯한데요, 후훗."

리오는 웃으며 다시 디바이너를 닦기 시작했고, 던칸과 함께 멍
하니 리오를 바라보던 마르티네즈는 이마를 자신의 책상에 대며
긴 한숨을 내쉬었다.

"우스운 일이라는 말, 취소할게요."

그날 오후, 마르티네즈는 멤피스 벨에서도 가장 날랜 병사 30명
을 뽑아 트로브 산으로 향했다. 중심 멤버는 대장 마르티네즈, 부
대장 겸 고문 던칸 그리고 멤피스 벨에 낀 유일한 용병 리오였다.

"리오 님, 잘 다녀오세요!"

지크에게 맡겨진 브라디는 활짝 웃으며 리오에게 팔을 흔들었다.

"헤헷, 선물도 사 와야 해!"

지크의 장난기 어린 송별 인사도 빠지지 않았다.

리오 역시 임무를 수행하러 가는 사람이라고 여겨지지 않을 만큼 여유 있는 모습으로 모두에게 손을 흔들었다. 그런 리오의 모습을 바라보던 마르티네즈는 옆에 있는 던칸에게 넌지시 물었다.

"저 남자, 이번 임무를 엄청 심각하게 설명한 것치고는 상당히 여유롭군요. 저 태도를 어떻게 생각해요, 던칸?"

마르티네즈의 물음에, 던칸은 신사처럼 멋들어지게 기른 자신의 콧수염 끝을 매만지며 가볍게 대답했다.

"음? 음…… 아마 이번 임무가 설명과는 달리 과대 포장되어 있거나 콜코 한 부대를 단독으로 상대할 수 있는 강자만이 가질 수 있는 여유, 둘 중 하나겠지. 첫 번째는 그 산적들과 대결해 봐야 알 수 있을 것이고, 두 번째는…… 뭐, 저 청년의 머릿속을 들여다보지 않는 한 알 수 없겠지. 어쨌든 무슨 일이 생기든 저 친구가 먼저 느낄 것 같으니, 마리는 일단 편히 생각하고 부대 운영에 신경 쓰는 게 좋을 것 같아."

"알았어요."

마르티네즈는 기분을 풀어 보려는 듯 주위를 둘러보았다. 서쪽으로 지고 있는 태양을 이렇게 편하게 보는 것도 정말 오랜만이라는 생각이 들었다.

'말스 왕국은 아직 낮이겠지?'

갑자기 서쪽에 있을 고향 생각이 떠올랐다. 수도에서 네 번째로 큰 가문의 저택과 가족들 그리고 친구들의 기억이 하나둘 떠올랐다. 하지만 눈물이 핑 돌거나 하진 않았다. 이미 돌아갈 수 있으리라는 생각을 잊은 지 오래였다.

그날 저녁 마르티네즈는 트로브 산으로 들어가는 길목에서 야영을 하기로 결정했다. 던칸은 불침번 순서를 병사들에게 알려 주고 자신의 자리를 정리했다. 마르티네즈 역시 자신과 던칸의 말을 잘 묶어 두고, 미리 병사들에게 비상시의 행동에 대해 지시를 내린 후 야영장 주위를 둘러보았다.

저녁 식사를 하기 전, 한참 동안 주위를 둘러보던 마르티네즈는 모닥불 근처의 제일 좋은 자리에 편안히 누워 있는 리오를 발견했다. 게으름을 피우는 것으로 보였는지, 그녀는 가볍게 인상을 쓰며 그에게 다가갔다.

"리오 씨, 뭘 하고 계신 거죠?"

"예? 아, 트로브 산의 지도를 보고 있었습니다."

리오는 곧 몸을 일으키며, 보고 있던 지도를 마르티네즈에게 내밀었다. 지도의 산길 주위에 표시된 일곱 개의 동그라미를 본 마르티네즈는 곧바로 리오에게 물었다.

"이 동그라미 표시는 뭐죠?"

"수송대가 습격당한 위치입니다. 지도가 그리 좋은 편은 아니라서 확실히 모르겠지만 예상 습격 경로와 수송대였던 병사의 말을 종합해 본 결과 이렇게 되더군요."

마르티네즈는 산길 주위에 표시된 동그라미를 유심히 바라보았다. 지도의 완성도는 떨어져 보였지만 습격당한 위치는 상당히 그럴 듯했다. 물론 리오의 동그라미 그리는 실력이 그렇다는 것이 아니라 지형이 그렇다는 말이다.

"한결같이 수송로의 최고(最高) 지점에 수송대가 도착하기 전에 일어났군요."

"그것만이 아니죠. 여기, 수송대가 네 번째로 당한 지점을 보세요. 산 입구에서 10분도 걸리지 않는 지점이에요. 그런데 위치는 상당히 좋았어요. 그때 네 번째 수송대는 말을 사용했는데, 말이 잘 도망칠 수 없는 진흙 바닥을 택했습니다. 전날 비가 내린 것을 감안할 때, 상당히 좋은 위치를 선정했다고 할 수 있죠."

마르티네즈는 리오의 말을 들으면서 눈만 깜박였다. 전술적으로 당연한 일인데, 이 남자가 왜 이렇게 진지하게 설명하는지 알 수 없었다. 그런 마르티네즈의 표정을 본 리오는 웃으며 추가 설명을 해주었다.

"그 산적단의 두목이라는 소녀는 산악전에 대해 거의 동물적인 감각을 가지고 있는 게 분명해요. 수송대의 물자 수송 날짜는 정기적이지 않기 때문에 염탐꾼은 산 입구에만 배치할 수밖에 없죠. 그런데 단 10분 만에 이런 좋은 위치를 잡았다는 것은 놀라운 일입니다. 다른 지점도 마찬가지죠. 상당히 짧은 시간 안에 수송대의 규모와 특성을 완전히 파악해 최상의 지점을 선택해 왔습니다."

설명을 들은 마르티네즈는 그 두목이라는 소녀에게 다시금 질리고 말았다. 그녀는 상기된 표정으로 리오를 바라보며 물었다.

"당신이라면 그렇게 할 수 있을 것 같나요?"

그러자 리오는 다시 자리에 누우며 간단히 대답했다.

"어렵겠죠. 그럼 편히 쉬시길. 아, 이 레드 소스와 함께 빵을 드셔 보십시오. 식당 아주머니가 두어 개 주셨는데 미용에도 좋다더군요, 후훗."

리오에게서 작은 소스 병을 받아 든 마르티네즈는 정말 울고만 싶었다. 그녀는 마치 피처럼 붉은 소스를 빵에 뿌리며 고뇌 어린 한숨을 내쉬었다.

"어쩌지…… 생각보다 강한 적일 것 같은데."

그녀는 울상을 지은 채 소스를 가득 묻힌 빵을 입에 물었다. 소스의 매콤달콤한 맛이 그녀의 혀를 자극했다.

"어, 맛있네?"

그 맛에 고민을 잊은 마르티네즈는 열심히 소스 병을 빵 위에 두드렸다.

그렇게 그날 하루도 끝이 났다.

2

호족(虎族) 소녀

다음 날 아침, 멤피스 벨은 각오를 단단히 하고 트로브 산길을 따라 걷기 시작했다. 다른 때와는 달리, 이번에는 마르티네즈가 아닌 리오가 앞장섰고, 마르티네즈는 리오 바로 뒤에, 던칸은 열의 중간에 위치했다.

그런 상태로 멤피스 벨은 산 중턱까지 올라갔고, 마르티네즈는 일단 휴식을 취하자는 신호를 보낸 뒤 말에서 내렸다. 이마에 흐르는 땀을 수건으로 닦던 마르티네즈는 리오를 흘끔 보았다.

리오는 마치 먹이를 찾는 야수와도 같이 계속 시선을 돌리고 있었다. 게다가 다른 때처럼 조언 비슷한 얘기도 하지 않았다. 쉬지 않고 주위에 시선을 집중하고 있는 리오에게, 마르티네즈는 물이라도 건네주어야겠다는 생각에 말 안장에서 물통을 꺼내 들었다.

"움직이지 마요."

순간 갑자기 들려온 리오의 목소리에 마르티네즈는 움찔 손을 멈췄다. 마르티네즈는 조용히 리오에게 시선을 돌렸고, 리오는 자신의 보라색 검을 뽑으며 마르티네즈에게 천천히 다가왔다.

"상당히 솜씨 좋은 녀석이 있군요. 큰일 날 뻔했습니다."

리오는 그렇게 말하며 검날을 마르티네즈의 목 가까이 댔다. 순간 탄력 있는 소리와 함께 무언가 끊어지는 듯한 느낌이 마르티네즈의 목에 전해졌다.

"예리한 강철 실이죠. 암살자 출신의 염탐꾼 같군요. 당신이 부대의 대장이라는 사실을 어떻게 알아낸 모양입니다."

"예, 예……."

마르티네즈는 잔뜩 긴장한 표정으로 리오에게서 자신의 목을 노린 강철 실을 건네받았다. 마르티네즈 앞에서 다시 시선을 좌우로 돌리던 리오는 한숨을 길게 내쉬며 굳은 표정을 지었다.

"아무래도 저 역시 이 산적들을 과소평가한 것 같군요. 안타깝지만, 우리는 이미 포위되어 있습니다. 물론 포위 범위가 넓어서 곧바로 공격당하지는 않겠지만 설불리 움직였다간 크게 당합니다."

"그럼 어떻게 하죠?"

멍한 표정을 짓던 마르티네즈는 포위되었다는 말을 듣는 순간 진지한 얼굴로 물었다. 리오는 그녀를 흘끔 바라보며 말했다.

"여기서 잠시 기다리고 있으시길. 제가 손써 볼 테니 우선 병사들과 함께 준비해 주십시오."

"알았어요. 아, 그런데…… 음?"

마르티네즈는 문득 무언가 물어볼 것이 있어 다시 그에게 시선을 돌렸으나, 리오는 이미 그곳에 없었다. 갑자기 리오가 어디론가 사라져 버리자 마르티네즈는 고개를 갸웃거리며 던칸이 있는 쪽으로 향했다. 그러고는 작은 목소리로 던칸을 부르며 말했다.

"던칸, 던칸, 포위당했어요. 2번 진형으로."

"알았어."

일의 심각성을 재빨리 알아챈 던칸은 별다른 표정 변화 없이 왼손가락을 두 개 편 채 병사들 주위를 돌기 시작했다. 물론 행동은 무언가를 찾는 듯한 모습으로 위장하고 있었다.

얼마나 시간이 흘렀을까. 너무 긴장한 나머지 마르티네즈는 복통을 느꼈고, 결국 그녀는 던칸에게 볼일을 보고 오겠다는 말을 한 뒤 숲 쪽으로 갔다.

숲 속으로 막 들어서려던 마르티네즈는 뭔가 이상한 느낌에 주위를 둘러보았다. 마치 누군가 자신을 지켜보고 있는 듯한 느낌이 든 것이다. 이윽고 남쪽 숲을 본 순간, 그녀는 검을 뽑으며 소리쳤다.

"엎드려!"

마르티네즈의 목소리에 병사들과 던칸은 움찔하며 몸을 숙였고, 곧이어 거칠게 쪼개진 두꺼운 통나무가 병사들의 몸 위를 아슬아슬 지나쳐 갔다.

"이런!"

마르티네즈는 이를 악물며 통나무가 날아온 쪽으로 달려갔다. 적당한 위치를 잡았다고 생각한 그녀는 검을 뽑으며 그쪽을 향해 소리쳤다.

"나와라! 비겁하게 숨어 있지 말고 어서 나와!"

그러자 지축을 울리는 듯한 소리와 함께 고래처럼 거대한 무언가가 이쪽을 향해 오고 있는 것이 마르티네즈의 눈에 들어왔다. 마치 사람의 모습 같은 그 그림자의 오른손에는 거대한 양날 도끼가 들려 있었다.

천천히 마르티네즈가 있는 쪽으로 다가오던 그림자는 나무가 자기 앞을 가로막자 도끼를 강하게 휘둘렀고, 그 그림자의 무지막지한 힘에 아름드리 나무는 수수깡처럼 부러지며 옆으로 튕겨져 날아갔다.

"뭐, 뭐야!"

그 광경을 지켜보던 마르티네즈는 결국 뒷걸음질 치기 시작했다. 하지만 순간, 뭔가 떠올랐는지 그녀는 뒤에 있는 던칸을 향해 크게 소리쳤다.

"던칸, 마법을 써요! 어서요!"

"뭐? 아, 알았어!"

아직 상황 파악조차 하지 못한 던칸은 미리 준비해 둔 '파이어 볼' 주문을 마르티네즈 쪽으로 쐈고, 마르티네즈는 재빨리 몸을 숙였다. 파이어 볼은 그녀를 지나쳐 날아갔다. 곧 거대한 폭발과 함께 남쪽에 위치한 숲의 적지 않은 범위가 화염에 휩싸였다.

몸을 굴려 동료들이 있는 곳까지 온 마르티네즈는 몸을 일으키며 얼굴에 묻은 흙을 털었다. 마르티네즈의 명령에 따라 마법을 사용한 던칸은 곧바로 그녀에게 다가와 그 이유를 물었다.

"마리, 그런데 왜 마법을 사용하라고 한 거야? 쏘라고 해서 쏘긴 했지만."

"아, 그러니까요……."

"쿠오오오!"

그 순간 불에 휩싸여 있던 나무들이 산산조각 나며 부서졌고, 그 사이에서 거대한 도끼를 든 누군가 괴성을 지르며 튀어나왔다. 입은 것이라고는 두 개의 헝겊 조각과 신발뿐이었지만, 발달된 몸은 바바리안들을 무색하게 할 정도의 위압감을 풍겼다.

야생의 것으로밖에 여겨지지 않는 거친 머리채, 그리고 절대 인공적인 것이 아닌 팔과 다리의 얼룩무늬는 그 위압감을 배가시켰다. 그, 아니 그녀의 모습을 본 마르티네즈는 마치 거대한 호랑이와 마주친 것 같은 느낌을 온몸으로 받았다.

"저, 정체를 밝혀라!"

마르티네즈는 잔뜩 긴장한 목소리로 그녀에게 소리쳤다. 그러나 그녀는 대답 대신 거대한 도끼를 마르티네즈에게 휘두를 뿐이었다.

"죽어랏!"

"윽!"

마르티네즈는 간단히 몸을 젖혀 공격을 피하기는 했으나 중심을 잃고 뒤로 쓰러지고 말았다. 물론 그 무지막지한 공격이 그녀에게 적중하거나 스친 것은 아니다. 순전히 도끼를 휘둘렀을 때 생성된 풍압에 밀려 뒤로 넘어진 것이었다.

넘어진 마르티네즈에게 다시 공격이 들어왔고, 그녀는 몸을 뒤로 재빨리 굴려 그 공격을 피했다. 마르티네즈는 자세를 다시 잡자마자 땅을 박차며 반격을 개시했다.

"너무 거친데, 아가씨!"

"흥!"

마르티네즈는 생각했다. 이번 공격이 적중된다면 분명 2미터가 넘는 거구의 아가씨는 죽지 않을 정도의 피해를 입게 될 것이라고. 그러나 그것은 그 당찬 아가씨를 과소평가한 것이었다.

마르티네즈의 검이 몸에 닿기 직전, 소녀의 발차기가 마르티네즈의 복부에 꽂혔고 복부 방어구가 깨짐과 동시에 마르티네즈의 몸은 공중으로 확 떠올랐다.

"커헉!"

마르티네즈는 결국 중심을 잡지 못하고 땅바닥에 떨어졌다. 그 광경을 본 병사들은 움찔하긴 했으나 공포감에 휩싸여 아무런 행동도 취하지 못했다. 생각을 행동으로 옮긴 사람은 오직 던칸뿐이었다.

"마리, 정신 차려!"

고함과 함께 던칸의 양손에서 붉은색 마법탄이 튀어 나갔다. 그것을 본 정체불명의 소녀는 오른팔로 방어 자세를 취하고 날아오는 마법탄을 막았다. 그 야생 소녀의 몸은 곧 화염에 휩싸였고, 그 사이 마르티네즈는 비틀거리며 몸을 일으켰다.

"고, 고마워요, 던칸."

마르티네즈가 몸을 일으키자 던칸은 안심하며 이 정도면 됐겠지, 하고 생각했다. 그는 곧바로 마법을 멈추며 마르티네즈에게 소리쳤다.

"마리, 일격을 가해! 그 괴물은 아마 치명상을……."

"쿠오오!"

그러나 폭발로 인한 짙은 스모그를 뚫고 무언가 공중으로 날아올랐다. 던칸의 마법탄이 분명 적중했는데도, 그녀는 아무런 충격도 입지 않은 것처럼 펄펄 날아다녔다.

그 소녀는 도끼를 위로 향한 채 그대로 마르티네즈를 둘로 가르려 했고, 마르티네즈는 필사적으로 그 공격을 막기 위해 검을 위로 올렸다.

'로, 롬바르트……!'

순간 경쾌한 금속성과 함께 질끈 감았던 마르티네즈의 눈이 번쩍 떠졌다.

'마, 막은 건가?'

마르티네즈는 자신의 검이 그 소녀의 도끼 밑에 정확히 닿아 있자 믿을 수 없다는 표정을 지었다. 정말 막아 낸 것이었다.

"아, 아니? 내가 어떻게⋯⋯?"

"뒤로 물러나시길."

그때 마르티네즈의 뒤에서 리오의 목소리가 들려왔다. 그녀는 움찔하며 뒤돌아봤다.

사실 그 소녀의 일격을 막은 것은 마르티네즈가 아니라 리오였다. 그녀는 운 좋게도 검을 도끼에 대고 있었을 뿐이다. 하지만 그녀는 멋쩍은 표정을 짓거나 하지 않았다. 자신이 막아 냈다는 착각보다 더욱 놀라운 광경이 그녀의 눈앞에 펼쳐졌기 때문이다.

'뭐야? 한 팔로 그 일격을 막아 냈단 말이야?'

리오는 오른손에 쥔 검만으로 소녀의 무지막지한 공격을 막고 있었다. 소녀의 도끼는 떨렸지만 리오의 보라색 검은 떨리지 않았다. 기교뿐만 아니라 힘에서도 절대 밀리지 않는다는 증거였다.

마르티네즈는 리오를 황당한 표정으로 바라보며 재빨리 뒤로 물러섰고, 리오는 씩 웃으며 자기 앞에 서 있는 소녀를 향해 나지막이 중얼거렸다.

"타이거스 크루(Tiger's crew)가 또 한 명 있었다니 바이칼 녀석이 들으면 화 좀 내겠군. 전설상의 호족을 이렇게 다시 만날 줄은 정말 몰랐어. 그리고 놀랐고."

리오는 가볍게 디바이너를 움직였고, 그에 따라 소녀의 거대한 도끼는 힘없이 옆으로 밀려났다.

하지만 리오마저 놀라게 하는 상황이 벌어졌다.

"리, 리오 스나이퍼 씨?"

소녀가 자신의 이름을 부르자 리오는 움찔하며 소녀의 얼굴을 다시 한 번 바라봤다. 소녀는 거칠게 기른 앞머리를 보란 듯이 왼손으로 걷어 냈다. 머리에 가려 있던 그녀의 얼굴은 놀라움으로 꿈틀대고 있었다.

그녀의 얼굴을 본 리오 역시 놀라움을 금치 못했다.

"설마, 랜시? 아니, 네가 어떻게!"

분명했다. 수개월 전, 길트라는 청년과 함께 티라노에게 쫓겨 왔던 호족 소녀 랜시가 확실했다.

하지만 리오는 이해할 수 없었다. 도끼를 든 것은 그렇다 쳐도 그녀가 왜 이 산에서 산적 노릇을 하며 보급품을 약탈하고 보급 부대 대원들을 몰살했는지 이해할 수 없었다. 수개월 전 리오가 보았던 랜시의 순수함과 자신이 들은 산적의 행적은 전혀 맞지 않았다.

"도대체 어떻게 된 거지? 길트는 어디 있고, 넌 왜 사람을 죽이면서까지 약탈을 한 거야! 말해 봐!"

그러자 랜시는 억울하다는 얼굴로 소리쳤다.

"아, 아니에요! 저는 아니에요, 리오! 우리 자기한테 전해 줄 식량을 조금 빼앗은 적은 두어 번 있지만, 사람을 죽인 적은 없어요. 정말이에요! 식량을 뺏은 것 때문이라면 제가 용서를 빌게요. 아까 난동을 부린 것도 저를 노리고 온 사람들인 줄 알고 그런 거란 말이에요!"

리오는 눈을 가늘게 뜨며 다시 한 번 상황을 정리해 봤다. 눈을 좌우로 굴리며 상황 판단력을 최대한 발휘하던 그는 곧 자신감 있는 미소를 지으며 랜시를 향해 검을 들었다.

"너에게 실망했다, 랜시. 이렇게까지 타락했다니 정말 믿을 수가 없군. 네 도끼에 의해 죽은 사람들의 원혼을 네 피로 달래겠다. 죗값을 치른다고 생각해라, 랜시."

"리, 리오!"

랜시는 거의 울 듯한 표정을 지으며 도끼를 다시 거머쥐었다. 리오의 살기가 너무나 강렬했다. 리오는 자세를 잡으며 살기를 더욱더 진하게 흘렸다.

"자, 덤벼 봐."

"크, 크오옷!"

리오의 말이 끝남과 동시에, 랜시는 자신의 거대한 도끼를 박력 있게 휘둘렀다. 리오는 빠른 몸짓으로 도끼를 피하며 병사들에게서 조금씩 떨어졌다.

한참 리오와 그 소녀가 싸우는 동안, 던칸은 자신의 양 볼을 손으로 살짝 치며 옆에 있는 마르티네즈에게 말했다.

"믿을 수 없군. 저 아이, 파이어 볼을 운 좋게 피한 줄 알았는데 아까 내 마법에도 충격을 거의 입지 않은 것으로 봐서 파이어 볼도 분명 정면으로 맞은 게 틀림없어. 그런데 어떻게 마법에 의한 충격을 하나도 받지 않은 거지? 도대체 무슨 괴물 소녀야?"

"그것보다 저 리오라는 남자가 더 괴물 같은데요?"

마르티네즈는 약간 긁힌 자신의 팔에 약을 바르며 말을 이었다.

"저 소녀의 공격은 풍압으로 사람을 날릴 정도의 힘이 실려 있었어요. 한데 리오 씨는 그 공격을 한 팔로 막아 냈어요. 게다가 저 움직임을 보세요. 발놀림이 보이지도 않을 만큼 빨라요. 저런 사람은 지금까지 본 적이 없어요."

마르티네즈의 말대로 리오의 움직임은 환상 그 자체였다. 병사들은 자신들도 모르게 탄성을 질렀고, 던칸은 팔짱을 끼며 덤덤히 중얼거렸다.

"후, 그야말로 '괴물들의 대결전'이군."

랜시는 전설상의 호족답게 체력의 한계를 느끼지 못하는 듯 거친 기합을 내지르며 연속으로 공격을 날렸다. 힘과 속도가 만만치 않은 엄청난 공격이었지만, 생각 없이 마구 휘두르는 것이었기에 리오는 랜시의 공격이 어린애 장난으로밖에 보이지 않았다.

랜시의 공격을 적당히 받아 낸 리오는 동료들을 바라봤다. 그들은 리오의 싸움에 온 정신을 집중한 채 거의 무방비에 가까운 상태였다. 리오는 자신의 생각대로 되어 간다고 느꼈는지 씩 웃으며 랜시에게 말했다.

"길트는 건강해?"

"시끄러워요!"

랜시의 투쟁 본능은 대단했다. 호족은 용족에 비해 수명이 절반 정도 짧지만, 성인이 될 때까지는 인간과 똑같이 성장하기 때문에 힘의 성장은 정상적인 생물체 중에서 가장 빨랐다. 한참 동안 머리를 굴리며 랜시의 무지막지하지만 어설픈 공격을 튕겨 내던 리오는 그가 정해 둔 시점에 다다른 순간, 자세를 바꿔 어깨로 랜시의 복부를 강하게 밀쳐 냈다.

"윽?"

생각보다 강한 충격에 뒤로 주욱 밀려 나간 랜시는 다시금 도끼를 부여잡으며 전투 자세를 취했다. 하지만 이미 때는 늦었다.

"끝이다!"

살기가 실린 리오의 보라색 검이 거대한 호선을 그리는 순간, 랜시의 몸에서 상당한 양의 피가 터져 나와 바닥을 적셨다. 랜시의 거대한 몸은 말없이 바닥에 쓰러졌고, 그 모습을 지켜보던 마르티네즈와 던칸 그리고 병사들은 등골이 서늘해지는 것을 느꼈다.

몇 번이고 침을 넘기던 마르티네즈는 겨우 입을 떼며 믿을 수 없다는 듯 중얼거렸다.

"사, 살기? 인간이 이런 살기를?"

그러나 거기서 생각지도 못한 상황이 벌어지고 말았다. 리오가 갑자기 무릎을 꺾으며 쓰러진 것이었다.

"앗, 리오 씨!"

마르티네즈와 던칸은 급히 리오에게 달려갔다. 리오는 매우 지친 듯 숨을 크게 몰아쉬며 몸을 부르르 떨었다. 랜시의 파워를 직접 몸으로 느껴 본 마르티네즈는 이렇게 지치는 것도 당연하다고 생각했는지 허리에 찬 물병을 꺼내 리오에게 내밀었다.

"괜찮아요, 리오? 일어날 수 있겠어요?"

"물론 일어날 수 없겠지!"

순간 처음 듣는 목소리와 함께 주위의 숲에서 괴한들이 몰려나왔다. 기계식 활로 무장한 그 괴한들의 수는 약 20명 정도였다. 그 정도 인원에 기계식 활이라면 멤피스 벨 대원들이 아무리 뛰어나다 해도 고슴도치가 되는 것은 시간문제였다.

마리는 또다시 터진 상황에 정신을 차릴 수가 없었다. 던칸 역시 이번만큼은 죽음을 피하기 어렵겠다고 느꼈는지 마법 주문도 외우지 않았다. 그런 그들을 재미있다는 듯이 바라보던 괴한들의 리더가 한 걸음 앞으로 나서며 말했다.

"하하핫, 오늘은 최고의 날이군. 이래저래 우리를 귀찮게 하던 호랑이 꼬마도 죽은 데다 또 우리 동업자가 제일 귀찮게 여기던 붉은 머리 사신도 없앨 수 있게 됐으니 말이야. 괴물 둘이 싸우면 한쪽이 죽는다 해도 다른 한쪽은 크게 지치는 법……. 후후, 역시 그 동업자는 머리가 좋아."

"무, 무슨 소립니까! 당신들은 누구고, 동업자는 또 뭡니까!"

마르티네즈가 벌떡 일어나며 묻자, 이마 한가운데 큰 십자 흉터가 있는 리더가 킥킥 웃으며 말했다.

"쿠쿡, 후방 특수부대 따위는 설명해 줘도 모른다. 어쨌든 넌 살려 둘 가치가 있을 것 같군. 나를 포함해 내 부하들 모두 최근 들어 여자를 상대한 적이 없거든. 욕구 불만을 해소할 장난감도 얻게 됐으니, 이거 정말 잘됐어. 하하핫!"

그 남자와 함께 괴한들 역시 능글맞은 미소를 지었다.

마르티네즈는 이대로 끝낼 수 없다고 생각하며 검에 손을 가져갔다. 하지만 그녀의 의지는 발 앞에 날아와 꽂히는 화살들에 의해 무산되고 말았다.

"오, 반항하지 마, 귀염둥이. 내 부하들 중에 암살자 출신이 많아. 화살 날리는 솜씨 하나는 기가 막히지. 귀고리를 하고 싶다면 말만 해. 내 부하가 화살로 구멍을 뚫어 줄 테니 말이야, 쿠쿠쿡."

마르티네즈는 분노로 몸을 부르르 떨며 손을 떨궜다. 멤피스 벨 대원들도 포기한 듯 고개를 푹 숙였다.

"미안하지만 마리 대장에게는 귀고리가 안 어울려."

"뭐?"

갑작스러운 비아냥거림으로 괴한들의 웃음이 멈춘 순간, 마르티네즈와 던칸 사이에서 고함이 터져 나왔다.

"엎드려!"

마르티네즈를 포함한 멤피스 벨 대원들 모두 엎드리자, 원형의 보라색 섬광과 함께 사방으로 거대한 검풍이 날았다.

그리고 멍하니 서 있던 괴한들은 자신들에게 날아온 검풍에 휘말리며 나무와 함께 쓰러졌다. 유일하게 쓰러지지 않은 괴한들의 리더는 두꺼운 턱을 쩍 벌리며 경악스러운 표정을 지었다.

"이, 이럴 수가! 지치지 않았던 거냐, 리오 스나이퍼!"

원심력에 의해 붕 뜬 회색 망토가 서서히 내려앉았다. 지치기는 커녕 얼굴에 미소까지 띤 리오는 마르티네즈를 슬쩍 지나 그 리더에게 향했다.

"아, 별로. 난 마음에 안 드는 녀석들이 많을수록 힘이 나는 체질이라, 후훗. 어쨌든 머리를 꽤 굴리기는 했지만 자네는 운이 없었어."

리오의 검이 리더의 몸 앞에서 사납게 춤을 췄다. 리더가 가지고 있던 무기는 모조리 바닥에 떨어졌고, 들고 있던 활도 시위가 끊어져 무용지물이 되고 말았다. 리더를 무장해제한 리오는 그의 털북숭이 볼을 톡톡 두드리며 말을 이었다.

"아까 전에 강철 실로 마리 대장을 노린 게 너희 실수였다. 너희의 그 자만 덕택에 저 호랑이 소녀가 구원받을 수 있었지. 랜시는 암살자와 알고 지낼 정도로 발이 넓지는 않거든. 그것을 몰랐다면 다른 방향으로 일이 해결됐겠지만, 덕분에 최선의 방법으로 일이 해결됐군. 고마워, 아저씨."

그러자 리더는 애써 억지웃음을 지으며 소리쳤다.

"우, 웃기지 마라! 랜시인가 뭔가 하는 소녀는 네가 죽였잖아! 뭐가 최선의……."

그 말이 끝나기도 전에, 그의 눈에는 가슴과 손등에 묻은 '피'를 맛있게 핥고 있는 랜시의 모습이 들어왔다. 리오는 품에서 작은 병 하나를 꺼내며 살짝 윙크했다.

"식당 아주머니가 주신 레드 소스지. 매콤하고 맛있어."

"아, 아아……."

리더는 힘없이 무릎을 꿇었다. 리오는 칼끝으로 리더의 머리를 살짝 두드리고 마르티네즈에게 돌아서며 말했다.

"자, 뒷일을 부탁합니다, 대장. 저는 저 소녀와 할 얘기가 많거든요."

하지만 마르티네즈는 웬일인지 인상을 쓴 채 말없이 리오를 지나쳤다. 리오는 또 자존심을 건드린 걸까 생각하며 겸연쩍은 미소를 지었다.

"랜시, 괜찮니?"

"아, 리오! 고마워요!"

바닥에 앉아 있던 랜시는 곧 밝게 웃으며 일어섰다. 소스가 몸에 잔뜩 묻었을 뿐 별 탈이 없었다.

"귀는 괜찮아? 좀 아플 텐데."

"괜찮아요. 억울하게 죽는 것보다야 훨씬 낫잖아요. 그런데 어떻게 저를 기절시킨 거예요?"

리오가 검을 휘둘러 랜시를 기절시킨 것은 놀라운 정확도를 가진 검술과 귀의 세반고리관을 마비시킬 정도의 검풍을 일으킬 수 있는 힘, 그리고 속도가 조화를 이뤄낸 걸작이었다.

그러나 랜시의 감탄에도 리오는 힘겹게 고개를 흔들 뿐이었다.

"소스를 뿌리는 타이밍이 조금이라도 늦었다면 다른 사람들의 눈을 속이기는 힘들었을 거야. 그리고 네가 기절하지 않았으면 모두 고슴도치가 됐을 게 뻔해. 그건 그렇고 네가 왜 여기 있지? 길트는 또 어디 있고? 말해 봐."

랜시는 머리를 긁적이며 이야기를 시작했다.

"항구에서 어느 정도 돈을 모은 우리는 동생들을 찾아 이곳저곳 여행했어요. 하지만 동생들의 소문조차 듣지 못했고, 겨우 들은 것도 헛소문에 불과했죠. 그 헛소문이 가리킨 곳이 이 산이었는데, 산 중턱에서 빈 오두막을 발견한 우리 자기가 조금 쉬었다 가자고 해서 여기 있게 된 거예요. 그 후로 한 달 동안, 지나가는 사람들이 쉬는 틈을 타 음식과 옷 등을 훔쳐 살아왔는데 일이 이상하게 꼬이기 시작했어요. 그 사람들이 산을 넘기가 무섭게 죽어 버렸던 거죠. 저 아저씨와 아저씨의 부하들이 그랬다는 것을 안 저는, 엿보다가 그만 발각되어 아저씨들의 표적이 되어 버렸고, 또 자기와는 떨어져 버려……."

랜시는 그간의 고생이 떠올랐는지 갑자기 울음을 터뜨렸다. 리오는 그녀의 두꺼운 어깨를 두드리며 그녀를 달랬다.

"그래, 정말 고생많았구나. 하지만 이제 산적질은 하지 마. 도둑질 하면 나쁜 아이니까. 자, 마르티네즈 대장, 상황은 끝났습니다."

"뭐라고요!"

괴한들이 묶이는 모습을 지켜보던 마르티네즈는 말도 안 된다는 듯 히스테리에 가까울 정도로 흥분해서 리오에게 소리쳤다.

"저 아이도 잡아가야 해요! 그래야 이번 일이 해결되는 거죠! 그리고 저 아이가 다시 산적질을 하지 않는다는 보장이 어딨어요!"

그러자 리오는 아직도 그 자리에 꿇어앉아 있는 랜시에게 다가갔다. 그러고는 랜시의 산발을 살짝 헤쳐 그녀의 눈을 드러내며 말했다.

"여기 있습니다. 이 소녀의 눈이 다시는 산적질을 하지 않는다는 보장을 하고 있죠."

그러자 랜시는 움찔하며 리오를 올려다봤고, 잠시 할 말을 잃었던 마르티네즈는 다시금 인상을 찡그리며 소리쳤다.

"소설에나 나올 법한 그런 감상적인 말은 통하지 않아요! 여기는 야만 종족이 들끓고 있는 가이라스 왕국이에요. 현실을 직시할 줄 아는 사람이라고 생각했는데 전혀 아니군요! 잊으셨나요? 여긴 전쟁터라고요!"

그러자 리오는 표정을 굳히며 정면으로 받아쳤다.

"예, 전쟁터죠. 하지만 당신이야말로 이 아이가 아직 열여덟 살밖에 되지 않았다는 것을 잊었나 보군요."

마르티네즈의 눈이 순간 꿈틀했다. 리오의 얘기는 계속됐다.

"이 아이가 가냘픈 몸매의 보통 소녀였다면, 그런 험한 말을 할 수 있었을까요? 몸이 다르고, 성장한 환경이 다르다지만 이 아이는 열여덟 살일 뿐입니다. 나무로 치자면, 언제든지 가지치기를 해서 똑바로 성장시킬 수 있는 나이죠. 때에 따라서는 매도 필요합니다. 하지만 매를 드는 이유를 말해 주지 않는다면 상처만 남을 뿐입니다."

마르티네즈는 아무런 반론도 할 수 없었다. 결국 그녀는 고개를 푹 숙이고 말았고, 리오는 곧 랜시를 일으키며 말했다.

"자, 그럼 함께 길트를 찾으러 가자. 얼마나 강해졌는지 나도 보고 싶거든."

"그래요!"

리오가 던칸을 향해 박수를 두어 번 쳤다.

"자자, 이번 임무는 끝났으니 귀환 준비를 합시다, 던칸 씨."

"걱정 말게. 우리는 여기서 기다리고 있겠네."

던칸은 옆에 서 있는 마르티네즈의 어깨를 두드리고 병사들에게 지시를 내렸다. 한동안 인상을 찌푸린 채 서 있던 마르티네즈는 한숨을 길게 내쉬며 나지막이 중얼거렸다.

"또 지고 말았네, 저 남자에게."

마르티네즈는 리오와 즐겁게 얘기하는 랜시에게 시선을 돌렸다. 그 소녀의 눈은 아까 느꼈던 야만적인 눈과 달리 아주 맑고 깨끗했다. 그것을 본 마르티네즈는 머리를 긁적이며 랜시에게 사과하려고 발걸음을 옮겼다. 자신이 너무 심했다는 생각이 들었던 것이다.

"컥!"

그때 괴한들의 리더가 피를 토하며 쓰러졌다. 그의 후두부에 화살이 박힌 것을 본 리오는 곧장 화살이 날아온 쪽을 향해 달려가려 했다.

"음?"

그러나 그는 도중에 멈추더니 리더의 머리에 박힌 화살을 바라봤다. 그것은 깃이 붉고 짧은 보통의 화살이었다.

그는 머리에 박힌 화살을 뽑아 화살촉을 가만히 바라봤다. 잠시 후 그는 씩 웃으며 중얼댔다.

"성격만 더러운 녀석인 줄 알았더니, 역시 하는 짓도 더럽군. 후훗, 어쨌든 걸렸어."

"무슨 말이죠?"

하얗게 질린 마르티네즈의 얼굴이 어느새 리오의 어깨 옆으로 다가왔다. 리오는 웃으며 대답했다.

"이번 일의 배후를 좀 알 것 같군요. 말해 줄 사람이 죽긴 했지만, 그래도 범인이 흔적을 남겼으니 괜찮습니다. 이 화살은 일단 대장이 가지고 계십시오."

화살을 받아 든 마르티네즈는 리오의 흉내를 내듯 화살촉을 가만히 살펴봤으나 아무것도 알 수 없었다. 화살촉에 남은 흔적이라고는 뇌수 섞인 피뿐이었다.

"아, 리오 씨. 저 랜시인가 하는 아이는 어떻게 하실 거죠? 설마 데려가실 생각은 아니시겠죠?"

그러자 리오는 눈을 휘둥그레 뜨며 무슨 소리냐는 표정을 지었다.

"예? 아니, 저렇게 '연약한' 아이를 어떻게 이 산에 버리고 갈 수 있습니까? 생각보다 냉정하시군요, 마리 대장."

"뭐, 뭐라고요! 잠깐 기다리세요, 리오 씨!"

리오와 마르티네즈의 말싸움이 다시금 시작됐다.

폴 맨체스터 사령관은 몹시 당황한 얼굴로 임무를 마치고 돌아온 리오를 바라봤다. 물론 대략적인 보고를 듣기는 했지만, 다른 사람이라도 2미터가 넘는 거인 소녀가 약간 겁에 질린 얼굴로 자신을 흘끔흘끔 바라보고 있다면 충분히 그럴 것이다.

결국 폴 사령관은 뒤로 돌아서며 말했다.

"자네 나름대로 생각이 있었을 테고, 또 난 자네의 생각을 언제나 믿는 편이니 자네에게 그 아이를 맡기기로 하지. 대신 말썽을 부리거나 전혀 도움이 되지 않는다면 나도 생각이 바뀔지 모르네. 알겠나?"

리오는 자신 있게 고개를 끄덕였다.

"걱정 마십시오. 그럼, 나가 보겠습니다."

리오는 곧 랜시에게 윙크하고 사령관실을 빠져나갔다. 랜시는 문밖으로 나서자마자 리오의 팔에 찰싹 달라붙으며 그의 팔 근육에 볼을 비볐다.

"고마워요, 리오. 이 은혜, 평생 잊지 않을게요."

"아, 인사는 길트를 찾은 후에 해도 돼. 그리고 널 받아 준 다른 사람들에게도 꼭 고맙다고 해야 한다. 알았지?"

"예. 잘 부탁해요, 리오."

리오는 랜시의 머리를 쓰다듬으며 자신의 숙소로 향했다.

"호족? 호랑이 종족이란 말이야?"

지크가 빵을 접시에 내려놓으며 리오에게 묻자, 리오는 고개를 끄덕였다.

"용족과 맞먹는 힘을 가진 유일한 생명체지. 너도 알 거야. 지금
까지 서룡족과 동룡족이 연합한 일은 그리 많지 않다는 것을."

"몰라."

리오는 지끈거리는 머리를 애써 가라앉히며 말을 이었다.

"최근에 연합한 일을 제외하면, 나머지는 모두 호족과 싸우기 위
해 연합했지. 서룡족이나 동룡족이 따로 상대하기에는 호족의 힘
이 너무 막강하니까. 물론 호족의 능력은 전투 쪽에 치우치긴 했지
만, 확실히 용족으로서도 그 힘은 무시할 수 없었어. 아무리 높은
문화를 가지고 있어도 그들이 한번 마음먹고 침략한다면 끝이었
으니까. 로드 오브 타이거(Lord of Tiger)의 힘은 아마도 지금의 바이
칼보다 강했을 거야. 서룡족 장로님이 쓰신 역사책에도 그렇게 나
와 있었으니까. 랜시가 내 앞에 나타났을 때, 난 정말 놀라지 않을
수 없었어. 호족은 두 용족의 마지막 연합 공격을 받고 멸망했다는
기록이 있거든. 호족의 갓난아이 하나까지 모조리 죽였다고 했는
데, 그 호족이 아직도 살아 있을 줄은……."

리오의 얘기를 들은 지크는 씹던 빵을 급히 삼켰다. 지크는 놀란
표정을 지은 채 다시 리오에게 물었다.

"그럼 지금 호족 하나가 살아서 돌아다닌다는 말이야?"

"적어도 두 명 이상은 살아 있었다는 소리야. 그러니 랜시가 태
어났겠지. 어쨌든 랜시는 아무런 가르침을 받지 않은 상황에서도
보통 사람은 가질 수 없는 동체시력과 힘, 반응력, 속도 그리고 호
족만의 육감을 가지고 있어. 아마 너나 내가 저 아이를 제대로 가
르친다면 우리 이상의 괴물이 될 것이 분명해. 혈통도 꽤 좋은 듯
하니까."

"흐으으음……."

지크는 길게 한숨을 내쉬며 의자를 뒤로 젖혔다. 불안정한 자세이긴 했지만 다리로 식탁 밑을 받치고 있었기에 무리는 없었다. 게다가 지크라면 더더욱. 지크는 그 상태로 리오에게 물었다.

"바이칼 녀석이 랜시를 본다면 육회로 만들어 버리겠다고 난리를 칠 텐데, 그때는 어떻게 할 거야?"

"그게 제일 문제야. 주신계와의 조약으로 서룡족은 가즈 나이트들의 지원을 무제한으로 받을 수 있지. 물론 요청받은 가즈 나이트의 판단에 따라 좌우되긴 하지만, 바이칼 녀석은 다른 건 생각하지 않고 즉시 랜시를 죽이라고 할 거야. 하지만 네가 생각했을 때, 너나 내가 저 아이를 죽일 수 있을 것 같아?"

"그건 그렇지만……."

지크는 다시 자세를 원위치로 돌린 뒤, 침대에 편히 누우며 리오에게 말했다.

"그때 일은 그때 가서 고민하자. 난 모르겠다."

"훗, 무책임한 녀석."

리오는 피식 웃으며 자신의 침대로 향했고, 벽에 걸려 있는 자신의 망토를 정돈하고 조용히 자리에 누웠다.

랜시가 멤피스 벨에 들어온 지 보름이 지났다. 비록 그사이 정규 전투는 한 번밖에 치르지 않았지만, 리오와 랜시라는 뛰어난 멤버가 두 명이나 추가된 멤피스 벨은 적 본진까지 일거에 돌파하는 엄청난 힘을 과시하며 '후방 특수부대'라는 말꼬리를 당당히 떼어 낼 수 있었다.

그러나 전과에 비해 마르티네즈의 얼굴은 편치 않았다. 이전처

382

럼 자신의 작전으로 승리를 얻은 것이 아니라 리오와 랜시 콤비의 파워 플레이에 의해 승리한 것이 있기때문이다.

다시 기지에 돌아온 병사들은 신나게 술과 고기를 즐겼고, 던칸은 오랫동안 보지 못한 자신의 아내와 아이를 만나기 위해 술을 한잔만 마시고 집으로 돌아갔다. 하지만 마르티네즈는 홀로 묵묵히 맥주를 마셨다.

"이야, 멋졌어, 붉은 머리 해결사 형씨! 당신 실력이 정말 끝내주던데!"

"이봐, 우리 대장이 외로운 것 같으니 한번 해결해 보라고, 하하하핫!"

리오는 동료 병사들의 말에 씁쓸히 웃을 뿐이었다.

랜시를 브라디에게 맡겨 미리 숙소로 보낸 리오는 한쪽 자리에서 쓸쓸히 맥주를 마시고 있는 마르티네즈의 앞에 섰다. 원래 이쯤 되면 브라디가 시끄럽게 날갯짓 소리를 내며 경고했겠지만 지금 그녀는 이 자리에 없었다. 그러나 그런 자유를 외로운 여자를 위해 사용할 리오는 아니었다.

"먼저 가 보겠습니다, 대장. 그런데 다른 사람들하고 같이 드시지 왜 혼자서…… 음?"

리오가 말을 채 마치기도 전에 마르티네즈가 리오의 옷자락을 끌어당겼다. 그녀는 흐린 눈빛으로 리오를 쏘아보며 소리쳤다.

"나 술은 잘 마셔요. 술로 승부를 내자고요, 술로!"

"아, 아니 마리 대장. 갑자기 무슨 승부를……."

듣기 싫다는 듯, 마르티네즈는 리오를 강하게 밀쳐내고 다시금 맥주를 들이켰다.

그녀의 상태가 거의 폭음 수준이었기에 리오는 내심 걱정하면서도 그녀가 술을 마시는 이유가 궁금했다. 다행히 그 이유를 그녀 스스로 솔직하게 말했다.

"난 아무에게도 지고 싶지 않아! 죽음에 지기 싫어서 이런 타향에서 지금까지 살아왔다고! 그런데 당신에게 모두 지고 말았어. 검술은 물론이고 리더십, 심지어 인간성까지 말이야! 이제 당신의 다음 목표는 내 자리겠지? 그다음은 나, 이 마르티네즈일 거고! 술잔을 들라고, 술잔을! 술로 당신을 이겨 버리겠어!"

술이 술을 마시는 수준이었다. 정신이 완전히 나간 마르티네즈의 목소리에 술집 안에 있던 모든 병사들은 리오와 그녀에게 시선을 집중했다.

그들의 걱정이 느껴졌는지 결국 리오는 마르티네즈의 앞자리에 앉았고, 손가락을 튕겨 술을 주문한 뒤 마르티네즈에게 말했다.

"이길 수 있다면 해 보시지. 나도 당신 하는 말을 들으니 질 수 없겠는걸?"

"흥, 본색을 드러내시는군."

그렇게 마르티네즈와 리오의 대작이 시작되었으나 이미 상당히 취한 마르티네즈가 마음만 먹으면 취하지 않을 수 있는 리오를 이기기란 불가능했다.

결국 30분도 안 되어 마르티네즈는 식탁 위에 쓰러졌고, 리오는 남은 술을 비운 뒤 마르티네즈를 어깨에 들쳐 업고 술집을 조용히 빠져나갔다.

"저, 저거 말려야 하는 거 아냐? 우리 대장, 고향에 약혼자까지 있다고 했는데……"

"서, 설마. 리오가 그런 사람은 아니잖아."

"하지만 남자라면……"

그러나 병사들의 그런 고민도 이내 술기운 속에 사라져 갔다.

"우, 우우웅!"

마르티네즈는 신음 소리를 내며 겨우 눈을 떴다. 하지만 거의 10분 동안 그녀는 복통, 두통과 소리 없는 싸움을 치러야만 했다.

"아, 다시는 술을 마시지 말아야지."

물론 누구나 하는 말이다.

커튼 밑으로 쏟아지는 빛을 보니 정오가 분명했다. 잠시 동안 천장을 바라보던 마르티네즈는 곧 상체를 일으켰다. 그녀는 붕 떠서 사자 갈기를 방불케 하는 머리를 긁적이며 물을 마시려고 옆쪽으로 시선을 돌렸다.

"히익?"

그 순간, 마르티네즈는 의자에 앉아 망토를 덮고 잠든 낯익은 남자의 모습을 보았다. 그녀는 급히 자신의 몸을 살펴보았다. 잠옷으로 갈아입은 것으로 보아, 분명 리오가 자신의 몸에 손을 댔을 거라는 생각이 들었다.

"이, 이럴 수가! 어, 어떻게 이럴 수가 있어!"

마르티네즈는 얼굴을 이불에 파묻으며 흐느꼈다. 그 소리에 리오가 깨어나, 눈을 비비며 주위를 둘러보았다.

"흐으음. 아, 일어났군요, 마르티네즈. 음? 실루엣은 벌써 나갔나."

'시, 실루엣?'

마르티네즈는 번쩍 고개를 들었다. 아직 그녀의 상황을 파악하지 못한 리오는 부엌 쪽으로 향하며 그녀에게 물었다.

"집에 꿀은 없습니까? 설탕이라도 좋습니다."

"예? 아, 두 번째 찬장에 있는데요?"

"아, 그렇군요. 조금만 기다리세요. 아시겠지만, 숙취에는 꿀물이 좋거든요."

마르티네즈는 멍하니 리오가 있는 부엌 쪽을 바라보다가, 한숨을 길게 내쉬며 자리에 누워 이불을 얼굴까지 덮어썼다. 몸이 덜 풀리고 머리가 아직 지끈거리기는 했지만, 잠시나마 죄 없는 사람을 의심했던 자신이 부끄러웠다.

이윽고 리오는 꿀물을 마르티네즈의 침대 옆 탁자에 갖다 놓고, 종이로 위를 덮으며 그녀에게 말했다.

"이기고 싶으시다면 우선 브롤과 트루바, 콜코들을 이기십시오. 그리고 마지막으로 당신 자신을 이기십시오. 무턱대고 타인을 이기려 했다간 당신 자신을 잃어버리게 되니까요. 아 참, 실루엣이 걱정하더군요. 던칸 씨에게 잘 말씀드릴 테니, 오늘은 몸조리 잘하십시오. 당신에게 목을 걸고 있는 사람이 많거든요."

곧 문소리가 들렸고 리오가 나간 것을 확인한 마르티네즈는 손을 이마에 댄 채 다시금 한숨을 쉬었다. 너무나 마음이 복잡했고 또 가슴 한구석이 아파 왔다.

잠시 그렇게 누워 있던 마르티네즈는 리오가 타 준 꿀물을 마시며 책상으로 향했다. 그리고 할머니가 준 일기장을 조용히 펴보았다. 마르티네즈는 어딜 가든 일기장을 꼭 챙겨 가는 버릇이 있었다. 어릴 때부터 일기를 즐겨 쓰던 습관도 있었지만, 그만큼 꼼꼼한 성격이었다.

"오늘이…… 3월 28일인가? 시간이 진짜 빨리 가는구나. 오늘의 날씨, 맑음."

거기까지 쓴 후, 마르티네즈의 표정이 살짝 일그러졌다. 어제 연회장에서 던칸이 나간 이후로 전혀 기억이 없었다. 그래도 그녀는 거의 억지로 일기를 써 내려갔다. 술을 마셨다, 깨어났다, 오해를 했다, 부끄럽다, 리오는 재수 없다 등등…….

일기를 다 쓴 마르티네즈는 꿀물을 단숨에 들이켜고 대충 세면을 하고 옷을 갈아입었다. 아직 머리가 떵하긴 했지만 훨씬 나아졌다.

그녀는 머리도 식힐 겸, 요새 안을 둘러보았다. 대장장이 조디악과 식당의 고메스 부인 등등, 전투가 치러지는 보름 동안 보지 못했던 사람들에게 인사를 하며 그녀는 어느 정도 마음의 안정을 되찾았다.

그 이후로도 한참 동안 돌아다니던 마르티네즈는 브라디, 랜시와 어울려 놀고 있는 자신의 룸메이트 실루엣을 보았다. 마르티네즈는 실루엣에게 어젯밤 일을 물었다.

"아, 어제? 너무 걱정하지 마, 마르티네즈. 마르티네즈의 옷은 내가 갈아입혀 주었으니까. 그건 그렇고 어제 웬 술을 그렇게 많이 마신 거야? 남자한테 업혀 오기는 처음이잖아."

"미안. 그럼 이따 보자, 실루엣. 아, 어제 고마웠어."

"응, 별말을 다 하네."

실루엣과 헤어진 마르티네즈는 고맙다는 인사도 할 겸 리오를 찾았다.

그때 리오는 실루엣이 놀고 있던 건물 뒤에서 지크와 함께 조용히 이야기를 나누고 있었다.

리오에게 대강 이야기를 들은 지크는 마르티네즈가 멀리 간 것을 확인한 뒤 리오에게 물었다.

"저 여자가 바로? 아아, 그래서 어디선가 봤다는 생각이 들었구나. 하지만 저 여자 왜 저렇게 일이 꼬인 거야?"

리오는 쓸쓸한 미소를 지은 채 나지막이 말했다.

"모르지. 조상의 가호가 없었던 것일지도. 어쨌든 녀석에게 못 해 줬던 만큼 우리가 할 수 있는 건 해 줘야 할 것 같아. 아니, 해 주고 싶어. 물론 일에 방해되지 않을 만큼 말이야."

"그래? 음……."

지크는 긍정적으로 말하면서도 불길한 예감을 지울 수 없었다. 왠지 모르게, 자신과 리오가 알아낸 사실로 인해 일이 크게 틀어질 것 같은 느낌이 들었다.

"쩝, 어떻게 되겠지, 뭐. 식사나 하러 가자."

하지만 그의 고민은 역시 잠시뿐이었다.

다음 임무가 떨어질 때까지, 지크는 랜시에게 무술의 기초를 가르쳐 주었다. 랜시는 덩치에 맞게 양손 대검도 마치 소검 다루듯 자유롭게 다룰 수 있는 힘과, 지크가 생각한 것 이상의 운동 능력을 가지고 있었다.

지크도 처음에는 농담조로 바이론의 딸을 보는 것 같다고 말했지만, 자신보다 더 빠른 속도로 모든 것을 익혀 나가는 랜시의 모습에 혀를 내두를 수밖에 없었다.

"이거 진짜 가르칠 맛이 나는 꼬마인데? 장난이 아니야."

점심시간이 가까워질 무렵, 지크는 자신의 첫 번째 제자에 대한 칭찬을 아끼지 않았다. 리오 역시 불안이 섞인 긍정을 나타냈다.

"음, 기량이 증가될수록 힘도 더 세지고 있어. 그것도 무서운 속도로 말이야. 아무래도 우리가 진짜 호랑이에 날개를 달아 주는 것이 아닐까? 바이칼을 위협할 정도의 실력이 된다면……."

리오의 말에, 지크는 머리를 긁적일 뿐이었다.

"사부, 아침 훈련 다 했어요!"

그때 지크가 내 준 과제를 다 끝낸 랜시가 수건으로 땀을 닦으며 둘에게 달려왔다. 비록 몸이 온통 땀에 젖긴 했지만 랜시의 얼굴에 미소가 담겨 있었다.

자신이 강해지는 것에 대한 기쁨인지, 아니면 또 다른 무엇 때문인지는 랜시밖에 모르는 일이겠지만 지크는 그 모습이 좋게 생각됐는지 손을 흔들며 그녀를 반겨 주었다.

"야, 수고했다, 랜시. 오늘은 어제보다 빨리 끝냈는데?"

"헤헷, 고마워요, 사부. 다음엔 뭘 하면 되나요?"

"음, 일단 점심 먹고 알려 줄게. 자, 먹으러 가자, 랜시."

"아, 잠깐만요. 리오도 같이 먹으러 가요."

랜시의 권유에 리오는 어깨를 으쓱하며 고개를 저었다.

"아, 미안. 브라디가 정오쯤에 숙소로 오라고 했거든."

"알았어요."

랜시는 약간 풀이 죽은 듯 고개를 끄덕였다. 그것을 본 지크는 인상을 살짝 찡그린 채 리오를 바라보며 정신감응으로 말했다.

「이봐, 넌 책임지겠다고 한 여자는 끝까지 책임지는 성격 아냐? 너무 차갑게 말하지 말라고.」

「후훗, 랜시는 임자 있는 몸이야. 그리고 사람을 너무 바람둥이로 만들지 말라고.」

"아……."

갑자기 랜시의 얼굴이 화끈 달아오르자 리오와 지크는 움찔하며 랜시를 바라봤다. 리오와 눈을 마주친 랜시는 잠시 머뭇거리다 곧 식당 있는 쪽으로 황급히 뛰어갔다. 그것을 본 리오는 굳은 표정으로 중얼댔다.

"우리의 정신감응을 엿들은 걸까?"

"그, 글쎄. 아, 난 쟤 따라갈 테니 있다가 보자. 그럼 안녕."

지크 역시 이상하다는 듯 고개를 갸웃거리며 랜시를 따라갔다.

랜시와 지크가 뛰어간 방향을 가만히 바라보던 리오는 가볍게 한숨을 쉬며 몸을 돌렸다.

그의 머릿속은 용족이 호족을 두려워했던 이유에 대한 생각으로 꽉 차 있었다. 그는 어렴풋이 그 두려움의 원인을 알 것 같았다.

리오는 숙소 앞에서 실루엣과 얘기를 나누고 있는 브라디를 보았다. 실루엣, 브라디 그리고 랜시는 정신 수준과 나이가 비슷했기에—물론 브라디는 정신 수준만—얼마 지나지 않아 상당히 친해졌고, 별 탈 없이 잘 어울려 지냈다.

"오셨어요, 리오 님?"

실루엣과 한참 얘기를 나누던 브라디는 리오를 보자마자 그에게 날아와 어깨에 살포시 앉았다. 리오는 브라디의 작은 머리를 손가락으로 쓰다듬으며 실루엣에게 미소를 보냈다.

"오늘 좋아 보이는구나, 실루엣. 기분 좋은 일이라도 있었니?"

"응, 아무것도 아니에요."

살집이 있는 탓에 펑퍼짐한 옷과 모자 그리고 두꺼운 안경을 쓰는 실루엣은 오랜만에 리오 앞에서 미소를 지어 보였다. 처음 리오를 만났을 때 말도 제대로 하지 못하던 것에 비하면 상당한 발전이었다.

하지만 아직까지 리오의 질문에는 미소만 지을 뿐 대답은 제대로 하지 못했다.

그때 입이 좀 가벼운 편인 브라디가 리오의 귀에 대고 나지막이 속삭였다.

"살 빠졌대요. 그것도 1개월 전에 비해 4킬로그램이나."

"브, 브라디! 무슨 얘기를 하는 거야!"

브라디가 무슨 얘기를 하는지 눈치챈 실루엣은 울상을 지으며 소리쳤다. 리오는 작게 한숨을 내쉬더니, 실루엣 앞에 앉아 그녀의 통통한 볼을 손으로 살짝 두드렸다.

"처음에 왔을 때보다 얼굴이 밝아진 것을 보니 나도 기쁘구나. 계속 미소를 잃지 말아 줘, 실루엣. 다른 사람들을 위해서라도, 알았지?"

"예, 알았어요."

실루엣은 볼을 살짝 붉히며 고개를 끄덕였다. 리오는 브라디와 함께 숙소로 돌아가려다, 문득 지크의 얼굴을 떠올리고는 실루엣에게 말했다.

"아, 식사 안 했지? 그럼 지금 빨리 식당으로 가보렴. 지크가 랜시와 함께 식사하고 있으니까."

"지, 지크 오빠요?"

순간 실루엣의 얼굴이 창백하게 변했다. 그것을 본 리오는 고개를 갸웃거리며 실루엣에게 물었다.

"음? 왜 그러니, 실루엣?"

"아, 아니에요. 그럼 가 볼게요, 리오. 나중에 봐요."

황급히 식당 반대쪽으로 가는 그녀의 뒷모습에, 리오는 이해할 수 없다는 표정으로 브라디를 바라봤다.

"지크가 무슨 일이라도 저지른 거니?"

"흥, 지크 님 성격 잘 아시잖아요. 지크 님도 이제 자기 나이를 생각해야지, 나이를. 하여튼 주책이라니까."

머리를 긁적이던 리오는 곧 브라디와 함께 숙소로 들어갔다. 브라디는 리오의 어깨 위로 날아올라 그의 앞에 있는 탁자에 앉으며 용건을 얘기했다.

"오늘은 북쪽에서 내려온 바람 정령들이 준 정보죠. 에르파라스 고원에 있는 신의 전차가 또다시 북쪽으로 이동하기 시작했다고 해요."

매우 중요한 정보였는지 리오는 살짝 인상을 찡그리며 물었다.

"정확한 시기는?"

"지금으로부터 일주일 전이라고 해요. 그 이상의 정보는 얻지 못했어요. 그 신의 전차에서 뿜어지는 기운이 너무도 두려운 나머지 나무, 땅 등 모든 정령들이 남쪽으로 도망치고 있다는 게 마지막이었죠. 아무래도 정령을 통한 정보 수집은 이제 어려울 것 같아요."

"그래?"

리오의 눈이 한층 가늘어졌다. 그가 그런 표정을 지을 때는 상당히 심각한 고민을 하는 중이란 것을 잘 알고 있는 브라디는 다시 리오 앞에 몸을 띄우며 물었다.

"저, 리오 님. 이번에 제가 한 가지 여쭤 봐도 되나요?"

"음? 아아, 그래."

리오가 표정을 풀며 고개를 끄덕이자, 브라디는 주저 없이 그에게 물었다.

"리오 님께서는 이번 일의 원인을 알고 계시나요?"

리오는 그 질문에 머리를 긁적이며 곤란해하다가 길게 한숨을 쉬며 말했다.

"음…… 글쎄. 에스토드 왕국의 클라리스 공주를 노리는 것은 악마왕 아스타로트의 측근인 악마대공 다르칸인데, 지난번에 나와 지크를 보러 온 하인켈은 사탄의 직속 부하야. 내가 알기로 두 세력은 그렇게 친하지 않거든? 하지만 둘의 상관인 아롤과 관련된 일이니 연합했을지도 모르지. 추가 사항이 이렇게 불어나니 나도 뭐라고 말해 줄 수는 없을 것 같구나."

리오는 웃으며 말을 맺었다. 그러나 그 얘기를 한참 듣고 있던 브라디는 불만 어린 표정으로 팔짱을 끼며 퉁명스레 말을 내뱉었다.

"거짓말."

"음?"

리오가 순간 당황해하자, 브라디는 리오의 눈앞에서 손가락질을 하며 소리쳤다.

"능구렁이처럼 알면서 모르는 체하지 마세요! 사람이 그러면 못쓴다고요! 솔직히 말하세요. 리오 님은 이번 일의 원인을 알고 계시죠?"

그러나 리오는 대답 없이 어깨를 으쓱할 뿐이었다. 그 모습을 본 브라디의 얼굴이 곧 시뻘겋게 달아올랐다.

그녀가 막 화를 내기 직전, 리오는 자리에서 일어나 브라디의 옷을 잡아당기며 말했다.

"아…… 자, 배고프면 더 짜증이 날 테니 점심이나 먹으러 가자. 갑자기 배가 고파지는데."

"사탕발림에 이어 말 돌리기를 터득하셨군요! 세이아 님께 이를 거예요!"

"허, 난 진실을 말했다니까."

"거짓말! 거짓말, 거짓말, 거짓말, 거짓말!"

"정말이래도."

리오와 브라디의 말싸움은 식당 앞에 도착할 때까지 멈추지 않았다.

6장
공포, 두려움

1

악마왕의 딸

물에 젖은 듯 머리에 착 달라붙어 반짝이는 짧은 머리, 검은색 타이트 위로 단단히 차려입은 흑색 도복, 가늘지만 단단해 보이는 긴 다리, 그리고 허리에 장비 된 두 자루의 소검……

짙은 나무 그늘에 숨겨진 모든 것이 그녀를 더더욱 아름답게 빛내고 있었다.

문득 그녀의 가는 눈이 움직였다. 그 시선은 사이롤 기지의 야외 식당에서 멈췄다. 그중 붉은 장발의 남자에게 고정되었고, 그녀는 조용히 허리춤에 달려 있던 작은 망원경을 뽑아 눈으로 가져갔다.

마법 렌즈로 만들어진 망원경이었기에 아무리 작다 해도 성능은 뛰어났다. 게다가 적외선 등의 특수 광선으로 사물을 분간할 수 있어서, 그녀와 같은 직업을 가진 사람, 즉 암살자들에겐 최고의 장비였다.

그 망원경으로 가만히 붉은 장발의 남자를 바라보던 그녀는 다시 망원경을 제자리에 꽂았고, 아무런 감정도 없는 얼굴로 나지막이 중얼거렸다.

"죽어 줘야겠어, 리오 스나이퍼."

순간 바람 소리와 함께 그녀의 몸이 사라졌다. 더욱 놀라운 것은 그녀의 움직임에 나뭇잎 하나 흔들리지 않았다는 점이었다.

"아줌마, 여기 2인분 더 주세요!"

지크는 마지막 햄 조각을 입에 넣으며 식당 주인 고메스 부인을 불렀다. 지나치다 생각될 정도로 풍만한 몸집의 고메스 부인은 지크를 바라보며 소리쳤다.

"이보게, 저녁거리까지 다 먹어치울 참이야? 자네 지금 몇 인분이나 먹었는지 알기나 해?"

그러나 지크를 말리기엔 역부족이었다.

"어허, 줄 거예요, 안 줄 거예요? 난 복잡한 거 싫으니 어서 주세요."

"참 내, 뱃속에 거지가 들었나."

고메스 부인은 투덜대며 다시 주방으로 들어갔고, 지크와 랜시는 양손을 비비며 다시 나올 식사를 즐겁게 기다리기 시작했다. 한편 옆에서 리오와 함께 식사하던 실루엣과 브라디는 불만 어린 얼굴로 지크를 쏘아보고 있었다.

"아아, 어쩌면 사람이 저렇게 경우가 없을까. 한 번 먹었다 하면 10인분 넘게 먹으니…… 인간의 내장이 아닌 게 분명해."

"난 지크 오빠가 저렇게 먹어 대는데도 살이 안 찐다는 게 더 불만이야."

실루엣의 말을 듣는 순간, 브라디는 곧 정색을 하며 그녀에게 말했다.

"지크 님은 운동하잖아. 넌 안 하고."

"그, 그런……!"

실루엣은 브라디의 말에 충격을 받은 듯 울상을 지었고, 리오는 위로하듯 실루엣의 머리를 토닥이며 브라디를 보았다.

"브라디, 말버릇 좀 고치라고 몇 번이나 말했잖아."

"죄송해요, 리오 님. 미안해, 실루엣."

리오는 한숨을 길게 내쉬며 의자를 뒤로 젖혔다. 그는 자신의 바로 뒤에서 식사를 하고 있는 지크의 어깨에 머리를 대며 나지막이 물었다.

"내가 처리할까, 아니면 네가 처리할래?"

"네가 해."

"오호, 괜찮아? 꽤 괜찮은 여자 같은데, 이번 기회 놓치지 마."

"난 칼 쓰는 여자는 싫다니까."

다시 의자를 바로 한 리오는 지크의 머리를 강하게 비빈 후 식당 앞 공터로 나섰다.

"자, 나오시지, 아가씨. 점심은 내가 살 테니 말이야."

리오는 웃으며 당당히 앞쪽을 향해 말했다.

그러자 리오로부터 스무 걸음 정도 떨어진 지점에서 분홍색의 꽃잎들이 나타나 회오리치기 시작했다. 그리고 그 회오리가 극에 달했다 싶을 때 꽃잎이 사방으로 흩어져 사라지더니 한 명의 여성이 나타났다.

"변신 소녀물을 너무 많이 본 거 아냐, 저 아가씨?"

그녀의 등장을 본 지크가 황당하다는 듯 중얼댔다. 하지만 그의 표정은 이내 바뀌었다.

회오리와 함께 나타난 여성이 하얗다 못해 창백한 얼굴을 한, 짧은 검은 머리의 미녀였기 때문이다. 몸매 역시 가벼운 근육질에 쭉 뻗은 스타일이었기에 지크는 그녀의 미모에 감탄한 듯 휘파람을 휙 불었다. 근처에서 일하던 병사들과 다른 사람들도 넋을 잃고 그녀를 바라봤다.

그녀의 생기 없고 감정 없는 눈을 잠시 지켜보던 리오는 곧 팔짱을 끼며 그녀에게 물었다.

"나와 지크를 관찰한 목적은?"

"죽이는 것, 당신을."

"음?"

순간 리오의 망토가 크게 펄럭이더니 눈 깜짝할 사이에 리오와 그 여성의 위치가 바뀌었다.

어느새 두 개의 검을 양손에 나누어 든 그녀는 조용히 뒤로 돌아섰고, 긴장한 얼굴로 자신을 바라보고 있는 리오에게 나지막이 말했다.

"강하군, 생각보다."

"큭!"

그녀의 말이 끝남과 동시에, 리오의 망토가 깊숙이 잘려 나갔다. 그리고 그 사이에서 붉은색의 선혈이 튀어올랐다. 그것을 본 지크가 움찔하며 자리에서 일어나, 믿을 수 없다는 표정으로 중얼거렸다.

"마, 말도 안 돼! 나보다 빠른 녀석이 또 있었다니!"

리오도 그 사실을 깨달았다. 지크보다 훨씬 빠른 이동 속도 그리고 검으로 방어를 하기도 전에 자신의 앞가슴을 베어 버린 쾌속의 검술…….

리오는 뭔가 이상하다는 생각이 들었다. 상대와 거의 엇비슷하게 검을 뽑거나 더 빨리 뽑았을 자신이 부상을 당하고 난 지금에서야 검을 뽑은 것이었다.

'이런 실력에 기의 수준은 보통 암살자 정도라니! 대체 누구지?'

리오가 그런 생각을 하는 동안, 수수께끼의 미녀는 왼쪽 칼날에 묻어 있는 리오의 피를 손끝에 묻혀 자신의 눈가에 화장을 하듯 발라 나갔다. 그 피의 화장 직후, 그녀는 무서울 정도의 살기를 뿜으며 말했다.

"5분, 그동안 당신을 죽이지 못하면 난 임무 실패야."

순간 그녀의 모습이 다시 사라졌으나 리오도 가만히 있을 리 없었다.

'당할까 보냐!'

리오의 디바이너가 마치 오케스트라 지휘자의 지휘봉처럼 예술적으로 움직였고, 동작이 멈춤과 동시에 디바이너의 칼끝과 자루의 끝에서 동시에 불꽃이 튀었다.

"버밀리온 크로스!"

지크와 브라디는 합창하듯 리오가 사용한 기술의 이름을 외쳤다.

"아더 할아범의 기술을 언제 배운 거지, 저 녀석? 하여튼 무서운 녀석이라니까."

그녀가 공격을 막아 내는 순간, 리오는 검 전체에 기를 쏟아 부었다. 디바이너의 양 끝에 막혀 버린 상대의 소검들은 스프링처럼 양쪽으로 튕겨 날아갔다.

그녀가 힘없이 검을 놓친 순간 기회를 잡은 리오는 디바이너를 빠르게 역회전하며 그녀의 급소를 내리쳤다.

"하앗!"

디바이너의 칼끝이 그녀의 윤기 있는 머리카락 끝에 닿았다고 생각되는 순간, 디바이너는 정지 사진처럼 공중에서 멈춰 버리고 말았다.

물론 리오가 일부러 멈춘 것은 아니다. 어느새 그녀의 왼손이 디바이너의 중앙을 잡고 있었다. 그것은 힘보다 절대적인 기량으로 이루어 낸 장면이었다.

그녀의 오른손이 활짝 펴지며 자신의 복부 쪽으로 오는 것과 동시에, 리오는 옆으로 몸을 힘껏 젖혔다.

"이런!"

굉음과 함께 붉은빛이 리오의 복부가 있던 곳에서 번뜩였고, 리오의 뒤쪽에 멀찌감치 있던 집은 마치 폭탄을 산산조각 나고 말았다. 다행히 그 건물 안에 아무도 없었지만, 지금 리오에게 그런 건 중요하지 않았다.

'엄청난 기량이다!'

그녀의 오른손에서 뿜어진 가공할 만한 위력의 기는 모인 시간을 감안할 때 절대 무시할 만한 수준이 아니었다. 옆으로 몸을 젖힌 탓에 리오의 몸은 무사했지만, 그의 옷은 심하게 뜯겨 나갔다.

'제길, 만만한 상대가 아니다!'

리오는 인상을 찡그리며 뒤로 물러섰고, 그 수수께끼의 미녀는 양손을 벌려 튕겨 나간 자신의 검을 수거했다. 그녀의 모습을 보는 리오의 등에 어느새 식은땀이 서려 있었다. 실로 오랜만에 이런 느낌을 받은 그는 침을 꿀걱 삼키며 생각했다.

'기의 수준이 문제가 아니다. 강하다, 확실히 강하다. 하지만 함부로 힘을 썼다가는……!'

리오는 함부로 마법이나 기술 등을 쓸 수가 없었다. 그랬다간 이 요새 사람들에게 취조 아닌 취조를 받을 것이 뻔했고, 자칫 잘못하면 이번 임무가 허사로 돌아갈 수도 있었다.

고민을 거듭하는 리오를 가만히 바라보던 그 여성은 묵묵히 검을 거두고 눈을 감으며 말했다.

"시시해. 이길 생각이 없는 상대는 죽일 가치도 없어. 당신에게 투지가 생겼을 때 다시 오겠어."

"뭐? 잠깐! 이름이라도 말해 봐!"

리오는 황당하다는 듯 눈을 크게 뜨며 그녀를 바라보았다. 다시 꽃잎의 회오리에 감싸인 그 수수께끼의 여성은 눈을 뜨고 리오를 바라보며 말했다.

"다섯 번째 데스 발키리, 이름은 유로."

그 말을 끝으로 그녀는 사라졌고, 리오는 디바이너를 거둔 후 베어진 망토를 벗으며 길게 한숨을 내쉬었다.

"데스 발키리라고?"

데스 발키리의 수준이 단 몇 년 만에 가즈 나이트의 수준을 뛰어넘은 것인가 하는 생각이 그의 머리를 괴롭혔다. 그러나 다행히 그것은 아니었다.

'유로'라는 이름을 들은 브라디의 얼굴은 하인켈을 봤을 때 이상으로 새파랗게 질려 있었다.

그녀는 즉시 곁에 있는 지크의 귀에 대고 속삭이듯 설명했다. 잠시 설명을 듣던 지크는 곧 말도 안 된다는 얼굴로 입을 뻥긋거렸다.

'악마왕 아스타로트의 외동딸? 그러면 집에서 발 뻗고 편하게 잘 것이지, 왜 여기 와서……!'

입 모양만으로 나누는 대화였다. 브라디도 흥분한 듯 지크처럼 입술만 움직여 대답했다.

'나도 몰라요! 하여튼 그녀가 데스 발키리로서 단독 행동을 한 것이라면 괜찮겠지만, 누군가의 지시로 리오 님을 죽이려 했다면

이건 정말 큰일이라고요!'

'젠장, 이따가 말하자!'

그동안 리오는 자신의 생체 재생 기능을 좀 늦춘 채 상의를 벗고 옷으로 지혈했다. 그에게는 물론 가벼운 상처였지만, 괜히 급히 아물게 했다간 주위의 이목을 끌 수 있기 때문에 약간 고통스러워도 그 방법을 사용하는 것이었다.

"잠깐만요, 무슨 짓을 하는 겁니까, 리오 씨!"

사람들에게 둘러싸인 채 홀로 지혈하고 있는 리오의 귀에 낯익은 목소리가 들려왔다.

리오를 비롯한 모든 사람들이 그쪽을 바라보았다. 어디서 구해 왔는지 커다랗고 깨끗한 면 이불을 든 마르티네즈가 사람들을 밀치며 리오에게 다가왔다.

"팔 들어요! 세상에, 이렇게 큰 상처가 났으면서 그런 더러운 옷으로 지혈을 하다니 미쳤군요! 그런 것으로 지혈을 하니 차라리 손을 안 대는 것이 더 나아요. 팔을 좀 더 높게 들어요!"

마르티네즈는 능숙한 솜씨로 리오의 가슴에 난 상처를 헝겊으로 덮고 묶으면서 지혈 작업을 계속해 나갔다. 손을 머리 위로 올리고 있던 리오는 자신의 상처를 지혈하고 있는 마르티네즈를 보며 슬쩍 미소 지었다.

"웬일이죠, 대장? 저를 다 치료해 주고 말입니다."

"당신은 소중한 사람이니까요."

"네?"

그 순간 주위의 모든 사람들은 마르티네즈를 중심으로 침묵의 인형이 되었다. 리오 역시 놀란 듯 얼굴의 미소를 지웠다. 물론 귀가 좋은 지크와 브라디는 말할 필요도 없었다.

"그 유로라는 여자한테 죽는 것보다, 세이아 씨에게 죽는 게 더 빠르겠는데."

"제 생각도 그래요."

한동안 리오의 상처를 지혈하던 마르티네즈는 갑자기 분위기가 이상해진 것에 움찔하며 주위를 둘러봤다.

아직 상황 파악을 제대로 하지 못한 그녀를 묵묵히 바라보던 병사 하나가, 옆의 병사에게 금화 하나를 건네 주며 씁쓸히 중얼거렸다.

"역시 리오가 해냈군. 자, 우선 백 골드 받아."

그 병사를 시작으로, 다른 병사들 역시 내기에서 승리한 동료들에게 금화를 건네 주었다. 갑자기 일어난 상품 전달식에 의아한 마르티네즈는 고개를 갸웃거리며 리오를 바라봤다.

"아, 아니 이 사람들 갑자기 왜 이러는 거죠?"

그러자 리오가 씁쓸히 웃으며 대답했다.

"후훗, 대장의 말을 오해한 모양이군요."

"예? 제 말이라니…… 아, 아앗!"

순간 자신이 내뱉은 말이 어떤 오해를 불러일으켰는지 깨달은 마르티네즈의 얼굴이 새빨갛게 변해 버렸다. 그녀는 결국 상처를 지혈하는 것도 잊은 채 주위를 돌아보며 소리쳤다.

"이, 이봐! 그게, 그런 뜻이 아닙니다! 난 그저 리오 씨가 가이라스 해방 전선에 소중한 전력이라는 뜻이었다고요! 사람 말을 좀 들어 봐요!"

그러나 그녀의 호소에도 병사들은 돈을 주고받느라 정신이 없었다. 그녀의 당황한 모습을 귀엽다는 듯이 바라보던 리오는 마르티네즈가 묶다 만 헝겊을 스스로 묶은 뒤, 손으로 마르티네즈의 양 볼을 잡으며 부드러운 목소리로 말했다.

"어쨌든 고맙습니다, 대장. 대장이 저를 얼마나 걱정해 주시는지 오늘에야 알겠군요."

마르티네즈의 몸은 그 즉시 정지해 버리고 말았다. 자신의 상의와 망토를 챙긴 리오는 손을 흔들며 병사들 사이를 빠져나갔다.

확인 사살까지 당한 마르티네즈는 완전히 굳은 채 멍하니 그 자리에 서 있을 뿐이었다.

얼굴에 미소를 지은 채 지크에게 돌아온 리오는 아무 일 없었다는 듯 식당의 자리에 앉았다. 순간 랜시가 쏜살같이 달려와 리오의 몸에 묶인 헝겊 위를 손가락으로 살짝 건드리며 물었다.

"리, 리오! 괜찮은 거예요?"

리오는 랜시의 머리를 비비며 고개를 끄덕였다.

"아, 너무 걱정하지 마, 랜시. 가벼운 상처니까. 그건 그렇고 브라디. 아까 그 유로라는 여자, 알고 있……."

"세이아 님께 이를 거예요."

브라디의 얼굴은 상당히 뾰로통해 있었다. 리오는 나중에 설득해야겠다고 생각하며 실루엣을 바라봤다.

"실루엣, 마르티네즈 대장을 좀 부탁해도 되겠니? 정신적인 충격을 좀 받으신 것 같으니, 숙소로 데려다 드리렴."

"알았어요, 리오."

실루엣은 곧바로 마르티네즈가 있는 쪽으로 달려갔다. 리오는 다시금 한숨을 길게 내쉬며 지크에게 말했다.

"상상 이상이었어, 그 유로라는 여자. 지금까지 나를 이만큼 압도한 존재는 여신들 이후 처음이야. 상당히 강해."

"음, 정말 상상 이상이었지."

지크가 당연하다는 듯 팔짱을 낀 채 진지한 표정을 지었다. 리오는 드디어 그가 상황을 파악했구나 생각하며 안심했다. 그러나 지크의 얘기는 아직 끝난 게 아니었다.

"네가 저 여자를 이렇게 빨리 꼬실 줄은 정말 상상도 못했어. 넌 역시 바람둥이로서 무적이야."

할 말을 잃은 리오는 그만두자는 듯 손을 내저을 뿐이었다.

그 일이 있은 지 하루가 지났다.

그날 정오, 구석마다 거미들이 집을 짓고 있는 작전 회의실은 오랜만에 진지한 분위기가 넘쳐흘렀다. 모든 부대의 대장들과 주요 인물들이 모인 것을 확인한 폴 맨체스터 사령관은 흑판에 붙어 있는 브리타니 계곡 지형도를 지휘봉으로 지적하며 작전을 설명하기 시작했다.

"브롤의 장군들 중에서도 악명 높기로 소문난 '울러'의 대부대가 5일 후, 이 계곡을 통과할 것이라는 첩보가 들어왔소. 여러분도 알다시피, 브리타니 계곡은 우리 요새에서 반나절 거리에 위치한 곳이오. 우리가 이 첩보를 입수하지 못했다면, 우리는 끔찍한 농성전을 펼쳐야 했을 것이오. 브리타니 계곡으로 적이 올 줄은 아무도 예상하지 못했을 테니 말이오."

사령관은 아주 얇게 그려진 계곡의 선을 따라 지휘봉으로 그으며 말을 이었다.

"비록 울러의 부대가 대부대이긴 하지만, 계곡의 좁은 지형을 잘 이용해 싸운다면 우리에게 승산이 있소. 우리는 이번 작전을 꼭 성공시켜, 그 무시무시한 울러를 처치함과 동시에 이 요새를 사수해야만 하오. 자, 작전 설명을 시작하겠소. 그러니까……."

맨체스터 사령관의 작전 지시가 막 시작될 무렵, 리오는 마르티네즈의 모습이 보이지 않자 고개를 갸웃거렸다. 옆에 서 있는 던칸에게 마르티네즈가 어디 있느냐고 물어보았지만, 던칸도 모른다며 고개를 저었다. 리오는 혹시 지크는 알까 해서 물었다.

"지크, 마리 대장 말이야, 혹시 오늘 보지 못했어?"

"헤헷, 저기 있지."

지크는 씩 웃으며 리오 쪽에서 봤을 때 5시 방향을 가리켰다. 리오는 그쪽을 흘끔 바라보았다.

"음?"

사령관실 구석에 귀신이라도 본 것 같은 표정의 마르티네즈가서 있었다. 이윽고 리오와 시선이 마주치는 순간, 마르티네즈는 도망치듯 자리를 피했고 리오는 이해를 못하겠다는 듯 어깨를 으쓱했다.

"왜 저러시지?"

작전 회의가 끝난 뒤, 마르티네즈는 황급히 자신의 숙소로 돌아왔다. 옷도 갈아입지 않고 부츠만 벗은 채 자신의 침대로 올라간 마르티네즈는 베개에 얼굴을 묻고 세차게 비볐다.

"아, 살기 싫어."

그녀는 자신이 그런 소리를 했다고 해서 도대체 왜 다른 사람들에게 의심을 받아야 하는지 이해할 수 없었고, 무심결에 그런 말을 한 자신이 너무나도 싫었다.

게다가 요즘 요새에서 돌고 있는 자신과 리오에 대한 소문도 상당히 좋지 않았다. 밤마다 둘이 만난다는 둥, 가끔 둘이 함께 안 보인다는 둥, 마르티네즈가 아이까지 가지고 있다는 둥…….

물론 모두 헛소문이었지만 그런 스캔들이 처음인 그녀에게는 악몽과도 같았다.

'아, 롬바르트. 난 어떻게 해야 해! 이렇게 낯뜨거운 일을 벌였으니 다른 사람들하고 작전도 제대로 할 수 없을 거야. 난 이번 작전에서 빠져야지. 아, 아냐. 난 멤피스 벨의 대장이야. 그 어떤 소문이 돈다 해도 그럴 수는 없는데……'

"마르티네즈, 마르티네즈, 일어나 봐. 뭐 하는 거야."

그때 문소리와 함께 실루엣의 목소리가 들려왔다. 마르티네즈는 여전히 베개에 얼굴을 묻은 채 힘없이 말했다.

"나 피곤해. 잘래. 그리고 다른 사람이 나 찾아오면 없다고 해. 알았지?"

"마, 마리. 그건 좀 곤란한데……."

"응? 왜?"

마르티네즈는 움찔하며 실루엣 쪽으로 몸을 돌렸다. 문가에는 실루엣만 있는 것이 아니라 자신과 함께 스캔들의 주인공이 된 리오도 서 있었다.

그런 소문 따위 신경 쓰지 않는지, 리오는 여전히 미소를 머금은 채 그녀에게 정중히 물었다.

"앉아도 되겠습니까?"

"네."

마르티네즈는 약간 헝클어진 머리를 대충 정리하며 침대 위에 앉았다. 리오 역시 그녀의 앞에 의자를 놓고 앉았다.

"흠……."

리오는 묵묵히 마르티네즈를 바라봤다. 그러나 리오를 바라보던 마르티네즈는 얼마 지나지 않아 고개를 돌리고 말았다. 그녀의 반응을 본 리오는 곧 자신이 가지고 온 서류철을 꺼내 그녀 앞에 놓더니, 그것을 펼치며 이번 작전에 대해 이야기했다.

"이것은 브리타니 계곡의 지도와 멤피스 벨이 맡은 지역의 세부 지도입니다. 사령관님께는 내일 오전 중으로 작전 계획서를 보내 드리기로 했으니, 참고하시고 봐 주십시오. 아, 여기 다른 부대가 맡은 지역의 세부 지도도 있습니다."

마르티네즈는 솔직히 놀라지 않을 수 없었다. 무슨 얘기로 자신을 괴롭히러 왔을까 생각했던 리오가 의외로 마르티네즈 자신이 오늘 제대로 듣지 못한 작전 계획에 대한 이야기를 하고 있는 것이었다.

"적들의 확실한 위치, 숫자 등에 대한 정보가 없습니다. 그저 이곳을 지나간다는 것뿐이죠. 우리 멤피스 벨의 임무는 그들의 위치와 예상 경로를 미리 파악하는 것입니다. 저녁쯤 멤피스 벨 간부 회의가 있을 테니 참석해 주시고……."

"아, 잠깐만요, 리오 씨."

"예?"

마르티네즈가 말을 끊자 리오는 이야기를 멈추고 마르티네즈를 바라봤다.

"무슨 일이시죠?"

무슨 말을 먼저 해야 할까 이리저리 망설이던 마르티네즈는 눈을 꼭 감으며 소문에 대한 얘기를 꺼냈다.

"당신도 잘 아시겠지만, 지금 저와 리오 씨에 대한 이상한 소문들이 파다합니다. 무슨 방법을 써서라도 해명을 해야 하지 않을까요? 당신은 남자라 그냥 넘어갈 수도 있지만, 저는……."

그때 리오가 손가락을 강하게 튀겨 마르티네즈의 말을 막았다. 그는 안심하라는 듯 손을 아래로 두어 번 저으며 이야기했다.

"당신의 모습은 당신 자신이 만들어 가는 것입니다. 대장이 지금부터라도 다른 사람들 앞에서 평상시와 같은 모습을 보여 주신다면 당신이 고민하는 문제는 끝나게 됩니다. 개구쟁이 아이들이 자신보다 약한 친구를 놀릴 때는, 놀리는 것 자체가 아니라 자신의 놀림에 대한 친구들의 반응을 즐기는 것입니다. 대장이 지금과 같은 반응을 보일수록 스캔들은 점점 커져 갈 것입니다."

"하, 하지만 일이 이미 벌어진 상황에서 어떻게……!"

"흠, 그럼 단도직입적으로 묻죠. 마르티네즈 대장, 아니 마리 씨. 당신은 저를 좋아하십니까?"

그 순간 마르티네즈는 속으로 외쳤다. 그렇지 않다고. 그러나 왠지 모르게 입이 떨어지지 않았다. 리오는 계속 진지한 눈으로 그녀를 바라볼 뿐이었다. 뒤에 서 있던 실루엣은 얼굴이 빨개진 채 둘을 바라봤다.

제3자가 있다는 사실을 까맣게 잊고 얼굴을 붉히던 마르티네즈는 순간 눈을 질끈 감으며 대답했다.

"저는 리오 씨를 좋은 동료이자, 수많은 작전에 효과적으로 사용할 수 있는 용병이라고 생각해요."

그러자 리오는 빙긋 웃으며 그녀의 어깨를 토닥거렸다.

"그겁니다. 자신의 생각대로 순수하게 행동하십시오. 가식이 붙을수록 남들이 생각하는 당신의 평가가 달라지게 되니까요. 자, 그럼 저녁에 뵙겠습니다, 마르티네즈 대장."

리오는 곧 일어나 마르티네즈의 숙소를 빠져나갔다.

그가 나가자마자 실루엣은 리오가 앉았던 자리에 앉으며 마르티네즈에게 물었다. 사춘기의 그녀에겐 마르티네즈의 현재 심정이 가장 큰 관심사인 듯했다.

"어땠어, 어땠어? 리오 씨가 좋아하냐고 물어볼 때 솔직히 어땠어, 마르티네즈?"

"아, 아니 뭐, 그런 걸 물어보니? 나 좀 잘 테니 이제 진짜 누가 오더라도 깨우지 마. 알았지?"

마르티네즈는 대답을 회피하듯 이불을 덮어썼다. 실루엣은 실망이라는 듯 인상을 구기며 나지막이 중얼거렸다.

"흥, 사실은 좋았으면서."

"실루엣!"

마르티네즈는 이불을 슬쩍 걷으며 실루엣을 쏘아보았고, 실루엣은 총총히 자신의 방으로 피신해 들어갔다.

'그런데 내가 왜 즉시 대답을 못 했지? 아, 뭔가 잘못된 것이 분명해. 난 고향에 약혼자가 있는 몸이야. 롬바르트, 롬바르트의 얼굴을 떠올려 보자. 분명 마음이 진정될 거야.'

그녀는 눈을 감고 말스 왕국에서 자신을 기다리고 있을 약혼자의 얼굴을 떠올려 보았다. 그러나 그것도 잠깐이었다. 이불을 걷고 벌떡 몸을 일으킨 마르티네즈는 경악에 찬 얼굴로 중얼거렸다.

"롬바르트가 어떻게 생겼지?"

그녀의 고뇌는 시간이 갈수록 깊어만 갔다.

"젠장, 내가 무슨 죄를 지어서 이 꼴이지."

숙소에 들어오자마자 망토를 침대 위에 내던진 리오는 그대로 그 위에 몸을 뉘었다. 간식을 먹으며 잡담을 나누고 있던 브라디와 지크는 그의 수상쩍은 행동에 움찔하며 조심스레 기색을 살폈다.

「리오가 왜 저래? 요즘 도는 스캔들 때문에 그런가?」

「그런 것 같은데요. 아까도 마르티네즈 대장 숙소에 가시다가,

스캔들로 시비 걸던 용병들을 깨끗이 때려눕히시던데…….」

"브라디."

"아, 네!"

지크와 마음속으로 속닥대던 브라디는 리오의 부름에 화들짝 놀라며 그를 돌아봤다. 리오는 멀리 보이는 주전자를 가리키며 나지막이 말했다.

"미안하지만 차 좀 타 주겠니? 오늘은 그거나 마시고 푹 자야겠구나."

잠시 그를 바라보던 브라디는 즉시 차를 만들어 리오에게 가져다주었다. 찻잔을 후후 불며 차를 마시는 그에게, 브라디가 아양을 떨며 물었다.

"헤, 헤헷. 리오 님, 화나셨어요?"

"별로."

그러나 리오의 표정은 그리 밝지 않았다. 차를 다 마신 리오는 눈을 감고 머리를 벽에 기대며 그녀에게 물었다.

"유로라는 여자에 대해 아는 대로 설명해 주겠니?"

"아, 예! 물론입죠!"

브라디는 곧 눈을 반짝이며 탁자 위에 앉아 이야기를 시작했다.

"유로, 정식 이름은 유로 디 아스타로트. 신계의 시간으로 약 4백 년 전에 태어난 여자예요. 이름에서 알 수 있듯이 악마왕 아스타로트의 딸이고, 어머니는 벚꽃 요정의 여왕이죠."

순간 리오는 자신의 긴 앞머리를 푹 내리눌렀다. 잠시 끊어졌던 브라디의 설명이 계속됐다.

"어머니의 생사는 불명인데, 하여튼 신비한 미모와 벚꽃을 다루는 능력 때문에 유로는 어렸을 때 '벚꽃 공주'라고 불렸죠. 그 것 말고는 저도 자세히 몰라요. 설마 그렇게 강력한 힘을 지니고 우리 앞에 나타날 줄은 몰랐어요. 그리고 4백 년이란 시간 동안 그렇게 성장했다는 것 자체도 놀랍고요. 아시다시피 악마와 혼혈인 경우 성장 속도가 더디잖아요."

브라디의 얘기를 가만히 듣고 있던 리오는 가만히 천장에 시선을 둔 채 무언가를 생각하다가, 다시 눈을 감으며 고개를 숙였다. 그의 반응에 지크와 브라디는 의아한 표정을 지었다. 곧 리오가 입을 열었다.

"그녀 어머니의 생사는 내가 알고 있어. 그녀를 죽인 건 나니까."

"예?"

순간 브라디와 지크는 놀라움을 금치 못했다. 리오는 천천히 눈을 뜨며 그때의 이야기를 했다.

"4백여 년 전일 거야. 날짜는 확실하게 기억나지 않지만, 주신께서 한 차원의 사람들 전체가 벚꽃의 향에 취해 광기를 부리고 있다며 그 원인을 찾아 제거하라는 명을 내리셨지. 그땐 완전히 괴물로 변한 상태여서 잘 몰랐지만, 지금 네 얘기를 들으니 그녀가 맞는 것 같아. 악마왕 아스타로트와 관계를 맺은 탓에, 그녀의 몸 자체가 변했다고 하면 설명이 되겠지. 하여튼 난 명에 따라 그 벚꽃 요정의 여왕을 없앴어. 일단 유로에 대한 수수께끼 중 하나는 풀린 듯하군. 다음번에 만날 땐 주의해야겠어."

그의 이야기를 들은 지크와 브라디는 잠시 말이 없었다. 지크가 리오에게 물었다.

"다음번에 만나면 그 여자를 어떻게 할 거야? 죽일 거야?"

"음?"

"예쁘긴 진짜 예쁘던데."

지크가 잠시 멍청한 표정을 짓자, 리오는 실소와 함께 고개를 저었다.

"훗, 마녀 타르자도 미인이었지. 자, 얘기는 이쯤에서 끝내자. 그럼 잘 자라, 모두."

"예."

리오는 망토를 이불 삼아 덮고 그대로 잠에 빠져들었다. 역시 침대에 누운 지크는 잠자리를 만들고 있는 브라디에게 물었다.

"근데 별다른 정보는 없니, 꼬마 친구?"

"아, 사바신 님께서 지원 오신대요. 소문으로 듣자하니, 휀 님과 비교해서 전혀 뒤떨어지지 않는 존재가 휀 님을 도와주고 있다던데요. 그래서 특별한 일거리가 없어서 지원을 오신다고 들었어요. 언제 오실지는 저도 몰라요."

그러자 지크는 반가운 표정을 지으며 상체를 일으켰다.

"오, 그래? 헤헷, 그 녀석 오랜만에 다시 보겠는걸? 녀석이랑은 이상할 정도로 박자가 잘 맞거든. 만나면 괜히 즐거워지고 말이야."

"그렇겠죠. 두 분 아이큐를 합해야 딱 백이 되니, 얼마나 기쁜 일이겠어요."

지크는 뭔가 듣지 말아야 할 말을 들은 것 같은 느낌에 상당히 불쾌한 표정을 지었다. 브라디는 그의 시선을 애써 피하며 잠자리에 들었다.

이틀 후, 지크는 새벽같이 브리타니 계곡을 향해 출발하는 부대를 배웅하고 브라디와 함께 식당으로 향했다. 이번에도 전투에 참가하지 못했지만, 다른 때처럼 불만을 터뜨리지 않았다. 이번 작전에 참여하지 않은 것은 그 스스로 결정한 일이었다.

"쩝, 울러인가 울래인가 하는 녀석이 얼마나 무서운지는 모르겠지만, 그렇다고 병사들을 이렇게까지 다 뺄 필요가 있을까? 불안해서 남긴 남았지만, 이거 뒤통수라도 맞는 날엔 정말 큰일인데……."

지크는 성벽 위에서 꾸벅꾸벅 졸고 있는 보초를 보며 한숨을 쉬었다.

"아무래도 불길해. 정식 보초 아저씨들은 몽땅 데려가고, 저런 아르바이트 학생 같은 얼간이를 데려다 놓은 것만 봐도 말이야. 뭔가 사악한 냄새가 다가오고 있는 느낌이야."

"오호, 지크 님이 웬일로 세상 걱정을 다 하세요? 해가 서쪽에서 뜨겠네요?"

머리 위에 올라앉은 브라디의 빈정거림에, 지크는 피식 웃으며 손가락을 빙글빙글 돌렸다.

"후훗, 세상을 지켜야 하는 영웅에게 그런 것은 기본이지. 영웅의 옵션이 된 기분이 어때, 육식 요정?"

"파괴자의 옵션이 된 것도 나쁘진 않네요."

브라디와 티격태격하며 걱정을 잊어 가던 지크는 문득, 짐 꾸러미를 등에 진 채 용병 관리소로 향하는 프랭크의 모습을 목격했다.

차림새나 짐의 크기로 보아 이 요새를 떠날 생각인 것이 분명했기에, 지크는 진지한 표정으로 프랭크를 주시했다.

"저 배불뚝이 아저씨가 무슨 일이지? 별 욕을 다 들어도 안 떠나던 녀석인데. 뭐, 따뜻하게 다독거려 주면서 물어보면 되겠지, 헤헤헷."

지크는 가볍게 주먹을 풀며 용병 관리소로 향했다.

2

사이롤의 잔해

행군한 지 반나절이 지나, 부대는 작전 지역인 브리타니 계곡에 도착했다. 계곡에 다다르자마자 각 부대들은 최종 작전에 따라 자신들이 맡은 지역으로 이동했고, 멤피스 벨 역시 적 부대가 지나갈 것으로 예상되는 계곡의 골을 따라 북쪽으로 이동했다.

브리타니 계곡은 1년은 홍수, 1년은 가뭄이라는 특이한 자연현상 때문에 1년은 이동로로, 1년은 뱃길로 사용된다.

그러나 뱃길이 만들어진다 해도, 엄청난 모험가들이나 자살하고 싶은 사람이 아니면 거의 이용하지 않았다. 계곡 자체가 워낙 구불구불하고 양쪽으로 절벽이 상당히 거칠게 솟은 탓에, 급류에 휩쓸리기라도 한다면 배가 절벽에 충돌해 산산조각 날 가능성이 높기 때문이다.

하지만 다행히 올해는 가뭄이 드는 해여서 부대가 급류에 휩쓸릴 위험은 없었다. 현재 계곡에 작은 물살이 흐를 뿐이었다.

계곡을 걷는 동안 랜시는 인상을 쓴 채 계곡 지형도를 외웠다. 리오가 시킨 것이긴 하지만, 자신이 지형을 익히지 못한다면 쉽게 풀릴 작전이 어려워진다는 것을 그녀는 잘 알고 있었다.

한편 리오는 사이롤 요새를 출발한 순간부터 아무와도 얘기를 나누지 않았다. 식사 시간에도 리오의 시선은 언제나 주위를 맴돌았다. 던칸은 그 이유가 궁금했지만, 왠지 물어서는 안 될 것 같은 분위기에 고개를 내저었다.

'지크를 데려올 걸 그랬나? 신경이 쓰여도 너무 쓰이는군, 저 아가씨.'

리오는 짜증스러운 얼굴로 왼쪽 위를 바라봤다. 힘겹게 절벽을 뚫고 나온 나무의 굵은 뿌리 위에 예전에 리오와 대결했던 유로가 마치 명상에 잠긴 공주처럼 다소곳이 앉아 있었다.

물론 리오 외에 다른 사람들은 그녀를 볼 수 없었다. 그들이 밟고 있는 습지에서 수십 미터 위쪽에 있었기 때문이다. 아마 다른 사람들한테는 굵은 나무줄기 정도로만 보일 것이다.

리오가 계속 인상을 굳히고 있는 것을 보고 랜시는 그의 옆으로 다가와 걱정스럽게 물었다.

"리오, 무슨 문제라도 있는 거예요?"

"음? 별거 아냐. 그건 그렇고 랜시, 이번 일…… 어떻게 생각해?"

리오의 모습을 보면서 랜시는 이상하다는 생각을 지울 수 없었다. 언제나 사람의 눈을 보면서 말하던 리오가 지금은 굳은 표정으로 주위를 계속 두리번거리는 것이었다.

어쨌든 랜시는 일단 자신이 알아낸 사실을 말해 주었다.

"뭔가 이상해요. 사령관이 받았다는 정보의 출처를 알고 싶을 정

418

도라니까요."

"뭐? 무슨 소리야?"

랜시는 리오에게 지도를 보여 주며 이유를 설명했다.

"울러의 부대는 대부대라고 했잖아요. 거의 1만 가까이 되는 부대가 이런 좁은 계곡을 이용해 몰래 이동한다는 것은 먹는 것 때문이라도 어려울 것 아니에요."

"먹는 것?"

1만의 부대가 이 계곡을 통과하려면 장사진이 될 게 뻔하다. 게다가 도보로 통과하는 데 이틀 정도 소요되는 계곡 길이기 때문에, 부대의 선두는 후방에서 보급을 받기가 어렵다. 물론 보급 부대를 미리 앞과 중간에 위치시켜 문제를 해소할 수도 있지만, 그렇게 보급 부대를 선두에 놓았다가는 만약에 있을지도 모르는 적의 공격에 두 눈 뜨고 보급 부대를 잃을 수도 있었다.

"이런!"

리오는 순간 움찔하며 유로에게 집중되어 있던 감각을 원래대로 사방에 확산시켰다.

잠시 걸음을 멈추고 눈을 부릅뜨고 있던 리오는 곧 탄식을 터뜨렸고, 곧 랜시의 어깨를 두드리며 힘겹게 미소를 지었다.

"후, 네가 아니었다면 전멸할 뻔했구나. 그건 그렇고 큰일인데. 지금이라면 나도 막을 방법이 없어."

"뭐가요?"

랜시가 눈을 동그랗게 뜨며 물어보기 무섭게, 리오는 선두에 있는 마르티네즈에게 큰 소리로 외쳤다.

"마르티네즈! 이봐요, 대장!"

"예?"

마르티네즈는 웬일인가 하고 리오를 돌아봤다. 몇몇 용병들은 벌써 님이 그리워졌냐며 비아냥댔지만 그 순간, 마르티네즈는 보지 말아야 할 광경을 보고 말았다. 계곡 위쪽이 폭탄에 의해 붕괴되기 시작한 것이었다.

멤피스 벨의 행렬 맨 끝 쪽의 계곡이 먼저 폭발했고, 그와 동시에 아래쪽으로 대량의 바위와 토사가 떨어지기 시작했다. 물론 끝쪽에서만 그런 것은 아니었다. 폭발은 점점 마르티네즈 쪽으로 다가오고 있었다.

"세상에……."

그것을 본 마르티네즈는 말을 잃고 말았다. 멍하니 있는 그녀를 본 리오는 결국 디바이너를 뽑아 들며 넋이 나가 있는 병사들에게 소리쳤다.

"도망쳐! 급속 전진! 죽고 싶지 않으면 앞으로 전진해!"

"으, 으아아악!"

이미 대열의 뒤쪽은 낙석에 의해 처참히 짓이긴 상태였다. 그뿐만이 아니었다. 한참 뛰고 있는 리오와 랜시 그리고 병사들의 앞쪽에서도 절벽에 설치된 폭발물이 터졌다. 그로 인해 한참 전진하던 리오와 랜시를 향해 바위들이 떨어지기 시작했다. 리오는 이를 악물고 랜시에게 몸을 날렸다.

"랜시, 길트를 위해서라도 반드시 무사해라!"

"엉?"

순간 리오는 랜시의 팔을 잡고 그녀를 뒤로 강하게 끌어당겼다. 랜시는 기력이 실린 리오의 던지기에 밀짚인형처럼 가볍게 뒤로 날아갔다.

"사람들하고 같이 후방으로 탈출해! 부탁한다, 랜시!"

그 말이 끝나기가 무섭게, 리오와 랜시 사이에 대량의 토석이 쌓였다. 그동안 중간에서 우물쭈물하던 병사 몇몇은 결국 즉석에서 만들어진 돌무덤에 묻히는 신세가 되고 말았다.

그러나 리오는 더 이상 뒤를 돌아보지 않았다. 이미 단백질과 칼슘 덩어리로 변해 버린 존재에게 신경 쓸 틈이 없었다. 안타깝게도, 거기서 상황은 끝나지 않았다. 폭발과 낙석은 마치 작정이라도 한 듯 계속되었고, 리오는 죽어 나가는 병사들과 돌들을 피해 가며 계속 전진했다.

한편 마르티네즈와 던칸은 말을 탄 덕분에 다른 병사들보다 나았다. 물론 오십보백보이긴 하지만.

"던칸, 어떻게 해야 하죠!"

"나도 몰라! 어쨌든 확실한 건 몹시 절망적인 상황이라는 거야!"

마르티네즈는 눈을 질끈 감았다. 괜히 선두를 맡은 게 아닐까 하는 생각이 들었다. 그냥 위치를 잡고 편안히 있는 편이 훨씬 나았을 것을……. 지긋지긋했다. 자신이 왜 이런 짓을 하고 있어야 하는가.

'롬바르트, 살려 줘!'

마르티네즈는 눈을 질끈 감았다. 눈물이 끊임없이 새어 나왔다.

"마르티네즈, 위험해!"

던칸의 목소리에 마르티네즈는 눈을 번쩍 떴다. 자신의 앞에 납작하고 큼직한 돌덩이 하나가 떨어졌다.

"아, 안 돼!"

그녀는 말고삐를 잡아당기려 했지만, 아쉽게도 그런 생각이 들자마자 마르티네즈의 말은 앞에 떨어진 돌과 충돌하고 말았다.

"아아아아악!"

목이 부러진 말에서 튕겨 나온 마르티네즈는 앞쪽으로 붕 떠서 나가떨어졌다. 공중에서 겨우 중심을 잡은 마르티네즈는 몇 바퀴 구르고 나서야 겨우 멈출 수 있었다.

머리가 띵하고 하늘이 빙빙 돌았다. 마르티네즈는 갑자기 쉬고 싶다는 생각이 들었다. 이대로 누워 있고 싶었다. 마음 한구석에서는 무슨 미친 생각이냐며 반항했지만 몸을 움직일 수 없었다.

"아……."

그때 그녀의 눈에 작은 점 하나가 들어왔다. 점점 커지는 그 점이 낙석이라는 사실을 안 마르티네즈는 이를 악물고 몸을 일으키려 했다. 그 순간 마르티네즈의 볼에 촉촉한 무언가가 닿았다. 그리고 그녀의 눈앞에도 분홍색의 무언가가 하늘거렸다.

'꽃잎?'

마르티네즈는 그렇게 생각했다. 그리고 현재 자신은 결코 정상이 아니라는 생각도 해보았다. 그때 마르티네즈를 향해 떨어지던 거대한 바위가 거짓말처럼 모래덩이로 변했고, 그 모래들은 바람에 날리듯 다른 쪽으로 휘날렸다. 약간의 모래가 마르티네즈의 머리 위로 떨어질 따름이었다.

"아, 아앗!"

순간 정신을 차린 마르티네즈는 재빨리 몸을 일으켜 주위를 둘러보았다. 아직도 폭발과 낙석은 끝나지 않았고, 그녀의 주위에는 던칸도, 리오도, 아무도 없었다. 하지만 마르티네즈는 당황하지 않고, 일단 낙석들을 피한 후 상황을 지켜보기로 했다.

"잠깐."

"흡!"

그때 막 움직이려던 그녀의 몸이 누군가의 품에 안겼다. 마르티네즈는 갑작스런 상황에 깜짝 놀라며 위쪽을 바라보았다. 자신도 여자치고는 작은 편이 아니었지만, 지금 자신을 껴안고 있는 여자는 자신보다 머리 하나는 더 커 보였다.

그녀는 윤기 흐르는 짧은 머리에 마치 시간이 정지해 버린 듯한, 생기 없고 아무 감정 없는 눈을 지닌 미녀였다. 마르티네즈는 그녀가 며칠 전 리오를 습격한 여자라는 사실을 기억해 냈다.

이윽고 그녀의 옅은 색 입술이 움직였다.

"죽으면 안 돼, 넌."

"예?"

"너는 아직 죽으면 안 돼. 네 조상을 위해서라도, 우리를 위해서라도."

그때 그녀의 온몸이 분홍색으로 변한다 싶더니 곧바로 꽃잎 덩어리가 되어 사방으로 휘날렸다. 마르티네즈는 멍하니 허공만을 바라볼 뿐이었다.

"무, 무슨 소리야? 무슨……."

순간 강렬한 꽃잎 향기가 그녀의 콧속으로 스며들었고, 마르티네즈는 마치 잠에 빠지듯 스르륵 눈을 감고 말았다.

마르티네즈는 자신의 손을 바라봤다. 통통하고 귀여웠다. 자신이 알고 있는 손이 아니었다. 그녀는 거울을 보았다.

말이 나오지 않았다. 하지만 그녀는 거울 속의 모습이 자신의 어렸을 때 모습이라는 것을 알았다. 그러나 몇 살 때인지는 도무지 알 수 없었다.

마르티네즈는 어느새 밖에 나와 있었다. 왜 집 밖으로 나왔는지 생각하며 그녀는 집의 현관문을 밀어 보았다. 그러나 문은 열리지 않았고, 마르티네즈는 하는 수 없이 누군가 올 때까지 현관 앞 계단에 앉아 있었다.

"베르토 가의 꼬마 아가씨니?"

그때 마르티네즈의 귀에 누군가의 목소리가 들려왔다. 노인의 목소리였다. 그녀는 즉시 소리가 들려온 쪽을 바라봤다. 얼굴이 흰 수염으로 뒤덮인 그 노인은 조용히 마르티네즈의 옆에 앉았고, 자상한 웃음소리를 내며 물었다.

"아가씨 이름이 뭐지?"

"마르티네즈……."

노인이 마르티네즈의 어깨를 살짝 흔들며 그녀를 불렀다.

"마르티네즈, 마르티네즈? 괜찮니? 왜 그래?"

"앗!"

순간 그녀의 시야가 밝아졌다. 먹구름으로 가득 찬 하늘이 계곡의 틈새를 통해 그녀의 시야에 들어왔다. 곧바로 온몸에 통증이 엄습했다. 말에서 떨어져 바닥을 굴렀을 때의 충격이 되살아난 듯했다. 통증이 전해지는 것으로 보아 살아 있는 것은 확실했다.

"대장, 마르티네즈 대장! 정신이 듭니까!"

낯익은 목소리……. 마르티네즈는 시선을 그쪽으로 돌렸다. 붉은 장발이 자신의 귓가에 와 닿았다.

"리, 리오 씨……?"

마르티네즈는 머리를 부여잡으며 몸을 일으켰다. 그러자 전과는 비교할 수 없을 정도의 통증이 엄습했고, 마르티네즈는 이를 악물며 터져 나오는 신음 소리를 겨우 참아 냈다.

"이런…… 괜찮습니까? 자, 이걸 먹어 봐요. 좀 쓰긴 하겠지만 통증이 가라앉을 겁니다."

마르티네즈는 리오가 들고 있는 길고 굵은 뿌리를 바라보았다. 맛있어 보이진 않았지만 통증을 가시게 해 준다는 말에 그녀는 그 것을 곧바로 입에 집어넣었다. 쓰긴 했지만 먹지 못할 정도는 아니 었다. 잠시 후 리오의 말대로 통증이 점점 가라앉았다.

그녀의 표정이 약간 풀어지자, 리오는 안도의 한숨을 내쉬며 물었다.

"자, 그럼 특별히 아픈 부분을 말해 봐요. 제가 보기에는 등 쪽에 통증이 심할 것 같은데……."

"등보다는 허리와 골반 뒤쪽이…… 왼쪽 어깨도 좀 아파요."

"그래요? 그럼 제가 몸을 다시 눕혀 드릴 테니, 가만히 계세요."

리오는 조심스럽게 마르티네즈의 몸을 등 쪽이 보이게 눕혔다. 리오는 곧바로 손바닥을 그녀의 등에 댔고, 잠시 후 마르티네즈는 그의 손바닥이 닿은 부분이 몹시 뜨거워지는 것을 느꼈다.

"어떻게 된 거죠?"

"등 쪽에 입은 충격이 허리와 골반 뒤쪽까지 전해진 겁니다. 등 이 아프지 않았던 이유는 그쪽의 신경이 마비된 탓이에요. 지금 제 손바닥이 뜨겁게 느껴지는 이유는 순전히 기공 치료에 의한 것이 니 가만히 계십시오."

"예."

리오의 치료를 받으며 마르티네즈는 생각에 잠겼다. 폭발에 의 해 무너지는 계곡의 모습과 낙석들 그리고 그 밑에 깔렸을지 모르 는 멤피스 벨 대원들의 얼굴이 그녀의 눈앞을 스쳐 지나갔다. 던 칸, 랜시 그리고 다른 모든 병사들…….

"리오 씨, 부대는 어떻게 되었죠? 생존자는요?"

그녀의 질문에 리오는 조심스레 입을 열었다.

"저도 잘 모르겠습니다. 아는 것이라고는 지금 여기에 우리뿐이라는 것입니다."

마르티네즈가 쉬는 동안, 리오는 연신 한숨을 내쉬며 쓴맛을 다셨다. 유로에게만 신경을 집중한 나머지, 절벽에 폭발물이 장치되어 있다는 사실을 알지 못했다는 것은 엄청난 실수였다.

죄책감이 들긴 했지만 이미 끝난 상황이었다. 우선 마르티네즈와 함께 이 계곡에서 빠져나가는 것이 급선무였다.

기공 치료를 받은 덕분인지 마르티네즈는 리오의 도움 없이도 자리에서 일어날 수 있었다. 그녀는 곧바로 리오에게 물었다.

"저, 이제 어떻게 하면 좋죠? 이대로 임무를 계속하기는 불가능할 텐데……"

"임무는 잊는 게 좋을 것 같군요. 우선 이 계곡을 가급적 빨리 빠져나가서 본대로 돌아가 이번 일이 함정이라는 것을 알려야 합니다."

리오의 말에 마르티네즈는 말도 안 된다는 표정을 지었다. 계곡을 사이에 둔 절벽의 높이도 높이지만 경사가 거의 직각에 가까웠기 때문에 웬만큼 암벽 등반을 잘하는 사람이 아니면 위로 탈출하기란 불가능했다. 뒤로 가는 길은 무너진 암반에 의해 높다랗게 막혀 버렸기 때문에 길은 단 하나, 절벽 위로 올라갈 수 있는 지형이 나올 때까지 앞으로 전진하는 것뿐이었다.

그녀는 자신이 이곳을 빠져나가는 것보다 본대에 소식을 알리는 것이 급선무라는 판단하에 리오에게 조심스레 말을 건넸다.

"리오 씨, 당신이라면 저 절벽 위로 등반할 수 있겠죠?"

마르티네즈의 질문에 리오는 고개를 끄덕였다.

"예, 그렇습니다만……"

"그럼, 저를 놔두고 혼자 올라가서 본대에 연락해 주세요. 저는 여기서 구조를 기다릴게요."

그러자 리오는 피식 웃으며 고개를 저었다.

"훗, 그럴 수는 없죠. 대장을 놔두고 혼자 후퇴하는 병사가 어디 있습니까?"

"이건 대장으로서 명령이에요."

마르티네즈의 말은 단호했고, 얼굴도 진지했다. 리오는 가끔씩 보였던 이 여자의 이해할 수 없는 행동들을 생각하며 다시 말했다.

"그렇다면 명령 불복종하죠. 그리고 한 가지 더, 이 자리에서 저에게 암벽 등반을 하라는 말씀은 저더러 죽으라는 소리나 마찬가지입니다."

"예?"

마르티네즈가 놀라며 자신을 바라보자, 리오는 곧 턱으로 북쪽 길을 가리켰다. 그곳에 시선을 돌린 마르티네즈는 곧바로 검을 뽑아 들었다. 무장한 수십 명의 브롤들이 무섭게 몰려오고 있었다. 낙석 작전에서 살아남은 적을 처리하려고 온 부대가 틀림없었다.

리오는 디바이너를 꺼내며 그녀에게 뒤로 가라는 손짓을 했다.

"제가 막을 테니 대장님은 뒤로 물러서서 화살에 주의하세요. 단, 쓸데없이 앞으로 나오지 마시길."

"뭐라고요? 잠깐만요! 쓸데없이 나오지 말라니, 저를 무시하는 발언으로 들리는군요!"

발끈한 마르티네즈는 리오의 앞을 가로막으며 따졌다. 리오는 내심 화가 났지만 애써 시선을 다른 곳으로 돌리며 사과했다.

"아, 알았습니다. 사과할 테니 어서 뒤로 물러나십시오. 지금 이럴 상황이 아닙니다."

"난 물러서지 않을 거예요! 적들과 맞서 싸울 겁니다!"

리오의 얼굴은 단숨에 일그러지고 말았다. 그는 흥분한 나머지 디바이너로 브롤들이 몰려오는 절벽 쪽을 가볍게 긋고 그녀를 향해 소리쳤다.

"무슨 멍청한 생각으로 그런 헛소리를 하시는지 들어볼 수 있겠습니까!"

순간 절벽의 한쪽이 깨끗이 베어져 브롤들을 향해 떨어져 내렸다. 몰려오던 브롤 대부분은 갑자기 떨어진 돌덩이에 압사되었다. 살아남은 브롤들은 갑작스러운 상황에 어리둥절해하며 뒤로 슬금슬금 물러났고, 마르티네즈도 처음 보는 리오의 화난 얼굴에 움찔하며 주춤거렸다.

"나, 나는⋯⋯."

마르티네즈는 입이 떨어지지 않았다. 마치 잘못을 저지르고 아버지에게 훈계를 받을 때처럼, 그녀는 반문할 수 없었다.

잠시 마르티네즈를 쏘아보던 리오는 곧 눈을 질끈 감으며 브롤들을 향해 돌아섰고, 그가 돌아서자마자 브롤들은 겁에 질려 북쪽으로 허겁지겁 도망쳤다. 상황이 정리된 것을 느낀 리오는 디바이너를 거두고 마르티네즈에게 말했다.

"이번 일이 끝난 뒤 저를 군법회의에 넘긴다 해도 상관없습니다. 대신, 이것만은 알아주시길⋯⋯. 저는 이런 급박한 상황을 당신보다 훨씬 많이 경험해 봤고, 저의 그런 경험은 분명 이 계곡을 탈출하는 데 도움이 될 것입니다. 그러니 마음에 들지 않아도 참고 제 말을 따라 주십시오. 단, 조언은 받아들이겠습니다."

리오는 그렇게 말을 맺고 북쪽을 향해 걸어가기 시작했다. 마르티네즈는 고개를 숙인 채 묵묵히 리오를 따라 북쪽으로 향했다.

"아, 잠깐만요."

마르티네즈는 뭔가 이상한 점이 떠올랐는지 리오를 다시 불러 세웠다.

"아까 절벽이 무너진 것 말인데요, 도대체 어떻게 된 거죠?"

리오는 움찔했다. 하지만 화가 난 나머지 절벽을 베어 떨어뜨렸다고는 말할 수 없었다. 그나마 다행인 것은 마르티네즈가 잘려 나간 절벽의 단면을 보지 못했다는 점이었다.

"글쎄요. 운이 좋았나 보죠."

"그래요?"

리오가 뭔가 얼버무리려 한다는 느낌이 들긴 했지만, 마르티네즈는 더 이상 물어보지 않았다. 그를 위해서나, 자신을 위해서나 그것이 좋을 것 같다는 생각이 들어서였다.

"아……?"

그때 마르티네즈의 오뚝한 코끝에 차가운 것이 와 닿았다. 그녀의 얼굴과 몸 그리고 사방에 물방울들이 떨어지기 시작했다. 비였다.

"이런, 그러고 보니 날씨 점검도 하지 못했군."

리오는 자신의 회색 망토를 벗어 마르티네즈에게 건네주며, 멀리 보이는 동굴─바위 사이에 생긴 커다란 틈새─을 가리켰다.

"저기서 일단 비를 피하죠. 임시로 쓰고 계십시오. 냄새는 나지 않을 테니 걱정 마시고요."

마르티네즈는 말없이 리오의 망토를 받아들고 덮어썼다. 망토 안쪽은 온기가 남아 있어 상당히 따뜻했다. 마르티네즈는 점점 젖어 색을 더해 가는 리오의 붉은 장발과 옷을 바라보며 고개를 숙였다.

'왜일까, 갑자기 집이 생각나는 것은…….'

그녀는 고향에서의 옛 추억을 떠올려 보았다. 갑자기 비가 오는 거리, 집까지 뛰어가려던 그녀를 불러 자신의 코트로 젖은 그녀를 감싸 준 약혼자 롬바르트, 그리고 젖어 가던 주위의 모든 것들이 마치 환상처럼 그녀의 눈앞을 스쳐 갔다.

마르티네즈와 함께 동굴로 들어간 리오는 망토 사이로 그녀의 흐느낌 소리가 들려오자 자신의 마음도 가라앉는 듯했다. 그렇지 않아도 비 때문에 쌀쌀한 날씨가 더 차가워졌는지, 리오의 입에서 입김이 마치 담배 연기처럼 뿜어져 나왔다.

"무슨 생각을 하시죠?"

터져 나오는 울음을 겨우 억누른 마르티네즈는 흙투성이가 된 손바닥 대신 손등으로 눈가를 닦으며 대답했다.

"집 생각요. 바보 같죠?"

그러자 리오는 씩 웃으며 말했다.

"그래요? 음, 그러고 보니 대장의 고향이 어디인지 들어 본 적이 없군요. 말스 왕국에서 오셨다는 것 말고는요. 혹시 말씀해 주실 수 있습니까?"

그녀는 더 거세진 빗줄기를 향해 옆에 놓인 돌멩이 하나를 던지며 대답했다.

"수도예요. 후훗, 우습게 들리실지 모르지만, 이곳에 오기 전에 수도 바깥으로 나가 본 적이 없어요. 그래서 언제나 성벽 밖에 있는 세상을 동경했죠. 동화에 나오는 그림처럼 아늑한 숲과 풍경화에 나오는 장대한 경치 등등…… 성벽 밖에 그런 것만이 존재하는 줄 알았어요."

그녀가 갑자기 고개를 숙였다. 잠시 몸을 떨던 그녀는 결국 흐느끼는 목소리로 말을 이어 나갔다.

"하지만 아니었어요. 세상에 나오자마자 제가 보고 들은 것은 같은 배에 타고 있던 사람들의 시체와 브롤, 투르바들의 웃음소리뿐

430

이었어요. 하필이면 그 많은 말스 왕국의 사람들 중 왜 저만 이런 꼴을 당해야 하는지 모르겠어요. 매일같이 고향 생각을 하기도 지쳤어요. 지금은 뭘 하는지도 모르는 약혼자 생각을 하는 것도 이젠 지겨워요. 알지도 못하는 사람에게 무슨 일을 당할까 봐 두려워하는 것도 질렸어요. 모든 게 싫어요. 싫다고요!"

자신이 기대한 것 이상의 대답이었기에 리오는 측은한 표정으로 그녀를 바라봤다. 그는 자신의 보라색 검을 잡아 여기저기 살펴보기 시작했다. 그냥 멍하니 말하기는 좀 심심했던 모양이다.

"설마 진심은 아니겠죠?"

"......."

"이제까지 대장은 잘 싸워 오지 않았습니까. 무려 4년 동안이나 말입니다. 전투에 찌들고, 목숨을 연명해야 한다는 강박관념에 찌들어 그런 말씀을 하시는 것은 이해할 수 있습니다. 하지만 그런 것들 때문에 당신께서 소중하게 생각하던 무언가를 잊고 계시는 것 같다는 생각이 드는군요."

"그게 뭐죠?"

망토 속에서 들려온 질문에, 리오는 잠시 머리를 긁적이며 고민에 잠겼다.

"음…… 아, 당신이 어릴 때부터 이루고 싶었던 꿈?"

그러자 마르티네즈는 무슨 소리냐는 듯 몸을 숙인 채 웃음을 터뜨렸다. 한참 웃던 그녀는 이윽고 쓸쓸히 말했다.

"리오 씨는 용병 같지 않네요. 당신은 돈을 위해 싸우는 용병 아닌가요? 목숨 다음으로 돈을 소중히 여기는 사람이 꿈이라니, 어울리지 않아요."

"그렇습니까? 음, 하지만 저는 폴 사령관에게 돈을 받은 기억이

한 번밖에 없군요."

"예?"

마르티네즈는 순간 이해할 수 없었다. 자신이 알기로 리오는 용병 중에서도 최고인 밀리언 클래스였다. 월 백만 골드짜리 용병이 돈을 받지 않고 일해 왔다는 것은 믿어지지 않았다.

"저는 돈보다 소중한 것을 찾기 위해 싸우고 있습니다. 원래 제 직업도 용병이 아닌 프리 나이트죠. 제가 찾는 것이 무엇인지 또 언제 찾을 수 있을지 모르겠지만, 저는 그 꿈을 위해 싸우고 있습니다. 왠지는 모르지만, 그 소중한 것을 찾기 위해 사람들을 지켜야 할 것 같다는 생각에서죠. 용병이 된 이유도 그것 때문입니다."

리오의 진지한 모습을 잠시 바라보던 마르티네즈는 이내 옅은 미소를 띠었다.

'사람은 자고로 꿈을 현실로 바꾸기 위해 살아야 한다.'

마르티네즈의 조부가 매일같이 했던 말이다. 그 말에 따르듯 그녀의 작은오빠는 훌륭한 검술 실력을 가졌는데도 마에스터 자격증을 따서, 어릴 때부터 꿈이었던 요리사의 길을 걷게 되었다. 그녀는 자격증을 따기 위해 그 어느 때보다도 진지하게 시험에 임하던 오빠의 모습과, 지금 옆에서 얘기를 해 주는 리오의 모습이 이상할 정도로 겹쳐 보였다.

"저, 부탁 하나 해도 될까요?"

"예? 음, 곤란한 것만 아니면 뭐든지 말씀하십시오."

마르티네즈는 마치 어린아이처럼 웃으며 나지막이 말했다.

"그 소중한 것을 찾게 되면, 그것이 무엇인지 저에게 꼭 가르쳐 주시겠어요? 말씀을 듣고 보니 저도 상당히 궁금해지는군요."

"후훗, 기꺼이. 아, 비가 그쳤군요. 나갈까요?"

리오는 동굴을 나서며 마음속으로 중얼거렸다.

'난 그 소중한 것을 수많은 사람들과 함께 7백 년 동안 만들어 왔고, 아직까지 간직하고 있습니다. 그것을 한마디로 말하면, 추억이겠죠.'

빗줄기가 멈추긴 했어도 걷기에 좋은 날씨는 아니었다. 게다가 아까 내린 소나기로 인해 계곡물이 점점 불어나기 시작했다. 한 시간도 채 지나지 않아 계곡물은 마르티네즈의 무릎까지 차올랐다.

그러나 리오와 마르티네즈는 왜 이렇게 비가 많이 내렸냐는 투정은 하지 않았다.

한 시간 전, 리오가 휩쓴 브롤과 투르바의 부대는 지금 리오가 염탐하고 있는 적 본진에서 보낸 정찰대에 불과했다. 리오의 염탐 결과, 적의 대부대는 불어난 물 때문에 움직이지 않고 있었으므로 오히려 좀 전에 내린 비에 감사할 따름이었다.

리오와 마르티네즈는 어찌해야 좋을지 고민에 빠졌다. 절벽 위로 올라갈 수 있는 길은 적의 본진에 의해 완전히 가로막힌 상태였다. 게다가 절벽 위에는 투르바 저격수로 구성된 보초들이 루비 렌즈로 만들어진 특수한 망원경을 눈에 착용한 채 사방을 둘러보고 있었기에 함부로 움직였다가는 큰일 날 게 뻔했다.

물론 리오 혼자 적의 본진을 상대해도 문제없었지만 마르티네즈가 있는 상태에서 그런 힘을 보일 수는 없었기에 그의 고민은 더욱 가중되었다.

"휴, 뭐 괜찮은 생각 없습니까, 대장? 이건 아무리 '저'라고 해도 어려울 것 같은데 말이죠."

리오는 짧은 한숨을 내쉬며 마르티네즈에게 의견을 물었다. 하지만 단 둘뿐인 상황에서 그런 질문을 던지는 것은 사실 바보 같은 짓이었다.

마르티네즈는 나지막이 실소를 터뜨리며 말했다.

"훗, 죽든가 아니면 도망치든가, 둘 중의 하나겠죠. 저들과 대응할 수 있는 병사들이 나타나지 않는 한 저들을 처리하기는 불가능한 일이니까요."

리오는 아차 하며 씁쓸한 미소를 지었다. 그때 마르티네즈가 눈을 반짝거리며 또 하나의 가능성을 제시했다.

"아, 맞아요. 전설의 '그랜드 크로스 나이트'가 나타나면 가능성이 있어요. 소문을 듣자 하니, 신성 에스토드 왕국에서 재상을 지내고 있는 휀 라디언트 님이라고 하던데……."

그 순간, 리오는 이를 갈며 속으로 투덜댔다.

'빌어먹을 휀 녀석, 나한테는 절대 가즈 나이트란 걸 밝히지 말라고 하더니 자신은 광고까지 하고 다녔군. 지금 내가 가즈 나이트라는 것을 밝힌다면 저런 부대쯤은 문제없이 박살 낼 수 있을 텐데, 젠장.'

첨벙.

그때 리오와 마르티네즈의 뒤로 무언가 떨어졌다. 깜짝 놀란 둘은 재빨리 뒤쪽을 바라봤다. 그곳에는 단칼에 잘린 투르바의 목이 핏물과 함께 수면 위로 떠올라 있었다. 둘은 어리둥절한 표정으로 서로를 바라봤다.

"지, 지원군일까요?"

마르티네즈의 물음에 리오는 확실히 아니라고 단언할 수 있었다. 지원군이 왔다면 자신이 먼저 느꼈을 텐데 지금은 기척 하나 느낄 수 없었기 때문이다.

"그, 글쎄요…… 음?"

대답을 하며 다른 곳을 바라보던 리오는 북쪽에서부터 흘러 내려오는 물에 대량의 피가 섞여 있는 것을 보자 그만 숨을 멈추고 말았다. 마르티네즈 역시 손으로 입을 가리며 경악을 금치 못했다.

"뭔가 있어요!"

리오는 그렇게 소리치며 적 본진 쪽으로 달려갔다. 마르티네즈도 리오를 뒤따라갔다.

본진이 시야에 들어온 순간, 리오는 그 자리에 멈춰 서고 말았다.

마르티네즈는 리오가 넋이 나간 얼굴을 하자 자신도 그가 응시하고 있는 곳을 바라보았다.

"무슨 일이에요, 리오 씨? 아, 아니 저 여자는!"

리오와 마르티네즈의 시선은 순식간에 시체 보관소로 변해 버린 적 본진의 중앙에 서 있는 한 여성에게 집중되었다.

양손에 검을 든 채 수면 위에 발끝을 대고 서 있는, 알 수 없는 분위기의 여성……. 그녀는 다름 아닌 유로였다. 유로는 조용히 리오와 마르티네즈를 응시하고 있었다.

마르티네즈는 믿을 수 없다는 듯 눈을 크게 뜬 채 힘없이 중얼거렸다.

"호, 혼자서 저 병력을 전부…… 그것도 순식간에!"

유로는 검을 빙빙 돌리다가 등 뒤의 칼집에 꽂았다. 그녀의 검이 남긴 은색의 둥근 잔광은 환영처럼 서서히 사라져 갔다. 유로는 흐릿한 눈으로 리오를 주시하다가, 가늘고 긴 팔로 자신의 몸을 감싸며 그를 향해 말했다.

"이젠 생겼겠지, 나와 싸울 마음이."

마치 하프의 선율처럼 아름다운, 하지만 알 수 없는 느낌의 그 목소리에 리오는 할 말을 잃었다. 유로는 고개를 옆으로 살짝 틀며 다시 말했다.

"기다려 주지 않아, 어느 한도까지는."

"뭐라고?"

사실 리오가 말을 잃은 이유는 유로의 초신(超神)적인 아름다움 때문이 아니었다. 그녀의 몸에서 그리고 목소리에서 뿜어져 나오는 분위기와 그녀가 말하는 내용이 전혀 일치하지 않는 데서 오는 황당함 때문이었다.

잠시 고민하던 리오는 할 수 없다는 듯 마르티네즈 쪽으로 고개를 돌리더니 갑자기 손가락으로 그녀의 뒤쪽을 가리키며 외마디 비명을 질렀다.

"앗!"

순간 마르티네즈가 재빨리 뒤를 돌아보자 리오는 간단히 목을 쳐서 그녀를 실신시켰다. 기절한 마르티네즈를 자신의 망토로 감싼 뒤, 지대가 높은 쪽으로 옮긴 리오는 천천히 몸을 풀며 미소를 지었다.

"좋아, 관객이 사라진 이상 진짜 대결해 주지. 오랜만에 소름 돋을 정도의 강자를 만나니 기분이 좋은데."

아무 말 없이 리오와 기절한 마르티네즈를 번갈아 바라보던 유로는 자신의 몸을 감싼 양팔을 풀며 중얼거렸다.

"흔하고 유치해, 관객을 없앤 방법이."

"후, 어쨌거나 바라던 바 아니었나?"

리오는 곧바로 디바이너를 꺼내 들었고, 유로도 즉시 호흡을 멈췄다.

"윽!"

그때 리오의 왼쪽 어깨에서 피가 솟구쳤다.

'당했나?'

리오는 곧바로 뒤로 돌아 방어 자세를 취했다. 어느새 리오의 뒤쪽으로 이동한 유로……. 리오는 그녀의 엄청난 속도에 놀라지 않을 수 없었다.

'수면도 움직이지 않았는데…… 심지어 공기조차!'

"죽게 돼, 딴 생각을 하면."

"이런!"

그녀의 목소리가 들리는 순간, 리오는 거의 본능적으로 디바이너를 움직였다. 그와 동시에 검 아래쪽 날에서 불꽃이 크게 튀었다.

리오는 계속해서 디바이너를 움직였다. 그의 움직임에 따라 디바이너는 사정없이 불꽃을 튀겼다. 단순히 검과 검이 충돌할 때 생기는 불꽃이긴 했지만, 번쩍임은 이루 형언할 수 없었다. 마치 리오 혼자 보이지 않는 수십 명의 적을 상대하는 것 같았다.

현재 리오는 그저 방어만 할 뿐이었다.

'뭐야, 이건!'

한참 동안 방어만 계속하던 리오는 이상한 느낌이 들었다. 지크가 기류를 타고 움직일 때도 이 정도의 공격 횟수를 내면 웬만큼 공격 패턴을 익힐 수 있었는데, 지금은 공격 패턴을 읽기는커녕 거의 운과 본능으로 방어하고 있었다. 그사이 리오의 몸 곳곳에 상처가 계속 생겨났다.

리오는 이런 수세에 몰린 것이 매우 당혹스러웠다.

'이 정도 속도와 기술이 존재할 수 있나? 아냐, 행동 방식도 알지 못할 정도의 공격을 이렇게 오랫동안 할 수 있는 존재는 없어. 아무리 휀이나 바이론이라 해도 이 정도는 아냐! 잠깐, 설마?'

그때 그의 머릿속을 스치는 것이 있었다. 바로 그것은 방어를 할 때 자신의 손끝에 전해지는 충격량이었다.

'이 정도의 속도에 이 정도 충격을 주는 공격은 절대 있을 수 없어. 이건 분명 비정상적이야. 좋아!'

순간적으로 결론에 다다른 리오는 다시 방어에 주력했다.

리오의 신경세포는 디바이너의 몸체에서 손으로 전해지는 감각 하나하나를 체크하기 시작했다. 수백 번의 공격 중 단 두 번만이 강한 충격을 가진다는 것을 안 리오는 회심의 미소를 지으며 기회를 노렸다. 그 '강한 충격'이 다시 올 때까지…….

"잡았다!"

리오의 강렬한 일격이 대성과 함께 솟구쳐 오르자 무언가 수면에 후드득 떨어지는 소리, 그리고 칼이 튕겨 나가는 소리가 연이어 들려왔다.

"후, 비겁했어, 예쁜 아가씨."

리오는 곧바로 자세를 바로 하고 수면을 바라봤다. 그는 수면에 꽃잎 모양의 작은 철편(鐵片)들이 떠 있는 것을 보자 피식 웃으며 앞에 서 있는 유로를 쏘아봤다.

"훗, 대단한 눈속임이군. 처음에 내 어깨를 스친 것도 이 철편 중한 조각이겠지. 어쨌든 이 정도로 난타를 당해 본 건 처음이었으니 일단 감사하지. 아무리 속임수라 해도 탄로 나기 직전까지는 실력이니까."

약간 상처가 난 자신의 왼손을 입술에 댄 채 무표정한 얼굴로 리오를 바라보던 유로는 다시 왼손을 뻗었다. 그러자 튕겨 날아갔던 검이 되돌아왔다. 유로는 서서히 눈을 감으며 나지막이 말했다.

"모르고 있어, 하나는 알고 둘은."

"뭐라고? ……윽!"

순간 리오의 온몸에서, 정확히 말해 각 관절 부위에서 피가 분수같이 솟구쳤다. 리오는 도저히 믿을 수 없는 표정을 지은 채 그만 물속에 쓰러지고 말았다. 유로는 자기 앞에 쓰러진 리오를 묵묵히 내려다볼 뿐이었다.

"틀려, 아바마마께 들은 리오라는 가즈 나이트하고는 힘줄이 끊어진 이상 없앨 가치조차 없어."

유로는 조용히 뒤돌아섰다. 그리고 브롤과 투르바의 피가 뒤섞인 물 위를 마치 새처럼 사뿐히 걸어갔다.

"아, 기다리시지."

유로는 다시 뒤돌아봤다. 리오가 천천히 물속에서 몸을 일으키고 있었다.

"하도 당당히 말해서 나도 힘줄이 끊어진 줄 착각했어. 어쨌든 아가씨의 속도 하나는 인정하지 않을 수 없군."

디바이너에 의지해 몸을 일으킨 리오는 다시 그 검을 땅에 꽂은 뒤 엷은 미소를 지으며 자신의 젖은 머리를 대충 정리했다.

"없애 주지."

머리를 다시 묶은 리오는 오른손엔 디바이너를, 왼손에는 허리에 찬 파라그레이드까지 뽑아 들었다. 리오의 기가 들어간 파라그레이드는 곧바로 날을 생성시켰고, 자세를 취한 리오는 유로를 향해 턱을 끄덕였다.

"지고 나서 아빠에게 이르지나 마. 귀찮아지니까, 후후."

"흥."

가늘고 높은 바람 소리와 함께 유로의 모습이 사라졌다. 리오는 거기에 맞춰 물을 강하게 차올렸다. 그러자 리오가 만든 물의 벽에 사람의 형상이 그대로 찍혔고, 리오는 그 형상을 향해 디바이너를 강하게 내리그었다.

"이젠 안 통해!"

날카로운 금속성과 함께, 물을 잔뜩 뒤집어쓴 유로의 모습이 나타났다. 그녀는 가까스로 디바이너를 방어했는지 양팔을 부르르 떨고 있었다. 속도는 몰라도 힘은 역시 리오에게 밀리는 모양이었다. 완전히 기회를 잡은 리오는 왼손에 든 파라그레이드를 위로 치켜들며 차갑게 중얼거렸다.

"끝이야."

순간 좀 전과는 비교할 수 없을 정도의 금속성이 계곡을 뒤흔들었고, 리오와 유로가 있던 자리에는 두 조각이 난 유로의 검 하나가 스핀이 강하게 걸린 채 공중으로 두둥실 떠올랐다. 조각난 검이 리오의 양쪽에 떨어졌을 때, 유로와 리오는 적당히 거리를 두었고, 리오는 아쉽다는 듯 고개를 저으며 말했다.

"움직일 때와 검을 휘두를 때의 속도는 지금껏 내가 만나 본 상대 중 최고야. 하지만 경험과 힘은 내 쪽이 훨씬 우세하지. 자랑이 아니라 사실이라는 것은 너도 잘 알겠지."

리오는 파라그레이드의 기를 천천히 제거했고, 다시 디바이너 하나를 들며 자세를 바꿨다.

검이 부러질 때의 충격 때문에 오른팔을 아래로 내리고 있던 유로는 잠시 후 왼손에 든 소검을 오른손으로 바꿔 들었다.

그러는 사이에도 유로의 표정은 한 치의 변화도 없었다. 언제나 흐릿한 눈과 무표정으로 상대를 바라볼 따름이었다. 이윽고 유로의 흐릿한 입술이 살며시 움직였다.

"취소하겠어, 없앨 가치도 없다는 말."

유로는 다시 수면 위를 달렸다. 그 모습을 보며, 리오는 세상의 어떤 동물도 그녀처럼 우아하게 수면 위를 달릴 수는 없을 거라고 생각했다. 물론 그 생각도 잠시였다.

유로의 몸에 가속이 붙자, 이번에는 리오도 잔뜩 긴장한 채 자세를 크게 낮췄다.

"흡!"

순간 리오는 몸을 왼쪽으로 크게 틀었고 리오의 왼팔에 깊은 상처가 났다. 유로의 표정이 처음으로 변한 것은 바로 그때였다.

'속임수⋯⋯.'

리오의 전매특허라 불리는 속임 동작. 유로는 공격하는 순간, 리오가 오른쪽으로 몸을 틀 것이라 생각했다. 그러나 교묘한 움직임으로 리오는 왼쪽으로 몸을 틀었고, 필사의 공격이 무위로 돌아간 유로는 조용히 눈을 감았다. 이는 패배를 인정한 것이었다.

"음?"

막 공격을 하려던 순간, 리오의 눈앞에서 놀라운 일이 벌어졌다. 유로의 몸에서 갑자기 벚꽃 잎이 날리기 시작한 것이었다.

리오가 공격을 멈추자 유로는 움찔하며 자세를 바로잡고 자신의 손을 쳐다보았다. 손뿐만 아니라 몸 전체에서 벚꽃 잎들이 하늘 높이 날리기 시작하자, 유로는 침을 꿀꺽 삼키며 급히 다른 곳으로 몸을 날렸다.

"다시 오겠어, 다음에."

"뭐? 잠깐!"

그러나 유로는 뒤도 돌아보지 않고 계곡의 절벽을 재빨리 뛰어올라갔다. 그녀가 지나갔던 자리에는 벚꽃 잎이 춤을 추며 떨어졌다. 그 모습을 본 리오는 이상하다는 생각을 지울 수 없었다.

"왜 저러지? 악마왕의 딸이어서 인간계에 오래 있지 못하는 건가? 그러고 보니 아까도 내 감각을 괴롭힌 건 5분을 채 넘기지 못했는데……."

리오는 계속 고개를 갸웃거리며 천천히 하늘을 올려다봤다. 유로와 싸우는 사이 먹구름은 걷혀 있었다. 그는 한숨을 길게 내쉬며 기절한 마르티네즈에게 시선을 돌렸다.

"후, 어쨌든 일은 잘 끝난 것 같군. 보고서 작성이 문제긴 하지만."

그렇게 중얼거리며, 리오는 바위 위에 올라앉아 조용히 휴식을 취했다.

"아이고, 힘들어. 일주일 동안 두 나라를 왔다 갔다 하려니까 기운이 다 빠지네."

사바신은 자신의 뻗침머리를 긁적이며 숲을 벗어났다. 그러자 그의 눈에 비친 것은 대열을 정돈하고 있는 엄청난 수의 브롤과 투르바 그리고 콜코들의 모습이었다.

"오호, 체육대회라도 하는 거야, 이 녀석들?"

그들 뒤쪽에는 여기저기 연기를 내뿜는 요새가 있었다. 어떤 상황인지 겨우 알아챈 사바신은 입을 비죽하며 한숨을 내쉬었다. 그는 가장 가까이 있는 브롤에게 다가가 어깨를 툭 치며 물었다.

"어이, 친구. 사이롤 요새가 어딘지 알고 있어?"

폐허가 된 요새를 보느라 정신이 없던 그 브롤은 특유의 긴 턱을 움직이며 대답했다.

"저기 부서진 요새가 사이롤이야. 그 '붉은 머리의 사신' 녀석이 우리의 계략으로 사라진 이상, 밤새 저기를 부수는 건 시간 문제였지. 물론 빨간 옷을 입은 희한한 녀석에게 우리 군대의 절반이 죽긴 했지만. 그 녀석, 정말 장난이 아니더군. 게다가 생긴 것 같지 않게, 긴 칼을 들고 설치는데…….”

사바신의 한쪽 눈썹이 위로 치켜 올라갔다. 그는 미소를 지으며 다시 브롤에게 말했다.

“아, 그 감전된 얼간이 말이지? 그 녀석 뜀박질 하나는 죽여주지. 지크라는 녀석인데, 알고 보면 정말 괜찮은 녀석이야. 나와 같은 ‘사나이’지.”

“오, 그래? ……잠깐, 넌 누군데 그 녀석을 그렇게 잘…… 윽?”

머쓱한 얼굴로 뒤를 돌아본 브롤은 사바신의 모습을 보자마자 화들짝 놀라며 신음 소리를 냈다. 사바신은 여유 있게 그 브롤의 안면을 자신의 큰 손으로 잡으며 말을 맺었다.

“나? 쿡쿡쿡, 그 녀석 친구.”

“으, 으아아아아악!”

순간 브롤의 머리는 사바신의 악력에 의해 처참히 으깨졌다. 그 비명 소리를 들은 근처의 브롤들은 깜짝 놀라며 사바신 쪽을 바라봤다. 사바신은 손에 묻은 뇌수와 피를 바닥에 털고 엷은 미소를 지으며 중얼거렸다.

“지크 녀석이 반을 쓸었다……. 좋아, 그럼 보너스로 나머지 반은 내가 쓸어 주지. 자, 이 사나이에게 덤벼 봐!”

지크에게 가까스로 구조된 실루엣과 브라디 그리고 던칸의 가족들은 다른 어린아이들과 함께 낡은 대피소에 숨었다. 실루엣은 주위가 한 시간 이상 조용하자 브라디와 함께 대피소 밖으로 나왔다.

“아, 아아……! 이럴 수가!”

대피소를 나서자마자 둘의 눈에 보인 것은 시체가 되어 이리저리 뒹굴고 있는 병사들과 폐허가 된 요새 건물이었다. 뒤따라 나온 던칸의 부인 루시리스는 자신의 아들을 안으며 무릎을 꿇었고, 던칸의 아들은 훌쩍거리는가 싶더니 이내 울음보를 터뜨리고 말았다.

"너무해, 너무해! 리오 님이 안 계신 사이 뒤를 치다니, 너무 비겁해!"

브라디는 작은 주먹을 불끈 쥐며 분통을 터뜨렸다. 멍하니 폐허가 된 요새를 둘러보던 실루엣은 순간 움찔하며 브라디를 바라보았다.

"아, 지크 오빠! 지크 오빠는?"

브라디는 지크가 죽을 리 없다고 생각했지만, 그래도 또 모른다는 생각이 들어 불안했다. 결국 브라디는 루시리스를 바라보며 말했다.

"아주머니, 저희는 지크 님을 찾으러 가 볼 테니 여기 계세요. 만약 적들이 나타나면 주저하지 말고 저희가 간 쪽으로 도망치시고요, 아셨죠?"

"으, 으응……."

루시리스를 안심시킨 실루엣과 브라디는 곧바로 요새 남쪽을 향해 뛰어갔다. 그들이 가는 모습을 보며, 루시리스는 조용히 양손을 모으고 자신이 믿는 신을 향해 기도를 올렸다.

한참 동안 남쪽으로 가던 실루엣과 브라디는 산처럼 쌓인 브롤과 투르바 그리고 콜코의 시체를 보았다. 밤새 시체가 된 그들은 어느새 냄새를 뿜을 정도로 썩어 가기 시작했다. 브라디는 그 시체의 산으로 보아 근처에 지크가 있을 거라는 생각을 하며 실루엣에게 말했다.

"실루엣, 난 시체 더미 건너편을 볼 테니까 넌 이쪽을 살펴봐. 그럼 부탁해!"

"아, 알았어."

브라디는 힘차게 날갯짓을 하며 시체 더미 반대편을 향해 날아갔다. 실루엣 역시 손으로 코를 막으며 지크를 찾았다.

얼마나 시간이 지났을까. 실루엣은 곧 피범벅이 되어 땅바닥에 쓰러져 있는 지크를 발견했고, 경악하며 그에게 달려갔다.

"지, 지크 오빠! 지크 오빠!"

실루엣은 울며불며 지크를 안아 일으켰다. 지크는 힘겹게 눈을 뜨며 실루엣을 바라봤다. 그러나 지크의 눈은 초점이 흐렸다. 그는 피식 웃으며 힘겹게 말했다.

"아, 실루엣이니? 그런데 어쩌지…… 앞이 보이지 않아, 헤헷."

"오, 오빠! 정신 차려요! 더 이상 말하지 말고 편하게 계세요!"

"쿨럭! 하, 하아……. 아냐, 내 몸은 내가 알아. 난 틀린 것 같아."

지크는 크게 기침을 하고 실루엣의 품 안에서 고개를 저었다. 실루엣은 눈물을 펑펑 쏟으며 다시금 소리쳤다.

"안 돼요! 정신 차려요, 오빠!"

이윽고 지크는 힘겹게 손을 들어 실루엣의 통통한 볼을 매만져 주었다. 그는 꺼져 가는 촛불처럼 희미한 목소리로 말했다.

"시, 실루엣…… 마지막으로 할 말이 있는데, 들어주겠니?"

"예, 뭐든지 말하세요! 하지만 돌아가시면 싫어요!"

지크는 서서히 고개를 끄덕인 후 띄엄띄엄 말을 이었다.

"실루엣…… 사, 살 좀 빼……."

순간 실루엣은 인상을 구기며 지크의 상체를 그대로 놓아 버렸다. 그 바람에 뒷머리를 땅에 부딪친 지크는 손을 뒤통수에 댄 채 괴로워하며 몸을 꿈틀거렸다.

"뜨, 뜨ㅇㅇ읍!"

"그런 걸로 사람을 놀리다니, 수준 이하예요."

실루엣은 이를 부드득 갈며 지크를 내려다봤다. 지크는 곧 장난기 어린 미소를 지으며 가볍게 몸을 일으켰다.

"헤, 헤헷. 그건 그렇고 나 완전 피범벅이 됐구나. 이 빌어먹을 녀석들 덕분에."

지크는 여전히 뒷머리가 아픈지 머리를 긁적이며 시체 더미를 둘러보았다. 실루엣은 눈물을 닦으며 지크에게 물었다.

"다른 사람들은 괜찮을까요?"

"음, 고메스 아줌마하고 조디악 등등 웬만한 사람들은 내가 대피소로 옮겼으니 괜찮을 거야. 하지만 사람들을 모두 구하지는 못했어. 쳇, 저 빌어먹을 녀석 때문에……."

지크는 고개가 비정상적으로 돌아간 채 성벽 아래 쓰러져 있는 프랭크를 바라보며 입안에 고인 침을 뱉었다. 그의 왼쪽 볼이 깊게 팬 것으로 보아, 누군가에게 주먹으로 맞아 일격에 사망한 것이 틀림없었다. 그러나 지크의 말은 실루엣의 궁금증을 풀어 주지 못했다.

"프랭크 아저씨가 뭐 어쨌는데요?"

"저번에 리오 녀석이 그랬거든. 프랭크 녀석이 나중에라도 분명무슨 짓을 할 거라고 말이야. 난 프랭크 녀석이 팬티를 머리에 쓰고 거리를 돌아다니려나 생각했는데, 설마 이렇게 배신할 줄은 몰랐어. 도망치는 걸 잡아서 추궁했더니, 조금 있다가 적의 부대가 쏟아져 들어올 거라면서 놔달라고 난리를 치더라고. 부사령관이 브롤들에게 돈을 먹었다나 뭐라나. 어쨌거나 아직 상황이 끝난 건 아니니까 계속 대피소에 있어. 요새 밖에 아직 절반 정도 남아 있으니까."

"예? 괜찮겠어요?"

446

그러나 실루엣은 다음 순간, 자신이 바보 같은 말을 했다는 생각이 들었다. 성에 침입한 수백 명의 브롤과 투르바 등을 혼자, 그것도 상처 하나 없이 휩쓸었던 남자에게 그런 말을 하다니……. 지크는 씩 웃으며 엄지손가락을 치켜 세웠다.

"헤헷, 배가 좀 고픈 것 말고는 베스트 컨디션이야. 맞다, 먹을 것 좀 나눠 줄래? 어차피 잔뜩 갖고 있잖아."

"지크 오빠!"

"너라면 당연히 뭐라도 챙겨 놨을 줄 알았지."

지크는 킥킥 웃으며 바닥에 꽂아 뒀던 대도, 무문을 뽑아 어깨에 걸치고 부서진 성문을 향해 전진했다.

그의 마지막 말에 조금 화가 나긴 했지만, 실루엣은 지크란 남자도 리오 못지않게 멋지다는 생각이 들었다. 특히 보통 사람은 제대로 사용하지도 못할 만큼 긴 칼을 폭풍처럼 휘두르며 성안으로 난입하는 적들을 모조리 베던 그의 모습은 그녀의 망막에 아직까지 남아 있었다.

"윽?"

그때 지축이 울리는 소리가 요새 밖에서 들려왔고, 조금 후 지진과 같은 진동이 지크와 실루엣의 다리를 뒤흔들었다. 갑작스러운 진동에 놀란 지크는 눈을 멀뚱거리며 중얼댔다.

"뭐, 뭐야? 엄마 콜코라도 온 거야?"

말이 끝나기 무섭게 다시금 굉음이 일어났다. 결국 진동을 이기지 못하고 땅바닥에 넘어진 실루엣은 아픈 엉덩이를 문지르며 투덜대듯 말했다.

"아빠 콜코도 온 모양인데요?"

"엉?"

그때 하늘에서 브라디가 빠르게 내려오며 지크에게 소리쳤다.

"지크 님, 지크 님! 사바신 님이 오셨어요!"

"하핫, 쓰레기들밖에 없잖아! 이런 녀석들을 반밖에 못 쓸다니, 지크 녀석도 허리가 굽었군! 으하하핫!"

사바신은 자신의 공격술, 토룡(土龍)의 초진동 공격에 의해 다리가 부서진 콜코 중 하나의 머리를 발로 툭툭 차며 크게 웃었다. 브롤, 투르바와 같이 인간과 비슷한 크기의 적들은 직접 닥친 진동을 견디지 못한 듯 몸이 가루가 되어 있었고, 콜코와 같이 몸이 큰 적들은 하반신 내지는 다리가 완전히 부서진 채 땅 위를 굴렀다. 그들의 상체는 그런 대로 온전했지만, 진동의 여파 때문인지 그들은 손가락 하나 제대로 움직이지 못했다.

"자식, 누가 허리가 굽어."

어느새 요새에서 달려나온 지크가 떫은 얼굴로 투덜댔다. 사바신은 씩 웃으며 그에게 손을 흔들어 보였다.

"쿠쿡, 잘 있었어? 오랜만에 다시 보니 더 야위신 것 같네, 지크 선생."

"헤헹, 네 녀석은 머리 스타일이 더 뾰족해졌구나. 그런데 타이밍 좋게 왔네?"

"당연하지. 주인공은 중요한 순간에 나타나는 법이잖아. 아, 그런데 저 요새는 왜 저렇게 박살이 난 거야? 너 혼자 이 녀석들을 다 못 막은 건 아닐 테고."

지크는 씁쓸한 표정을 지으며 팔짱을 꼈다.

"사방으로 덤벼 오는데 내가 무슨 재주로 다 막아. 근데 이해가 안 가. 내가 아무리 정신을 빼고 있었다지만, 녀석들의 기척을 느끼지 못할 리가 없거든? 도대체 어떻게 된 건지 모르겠어. 이런 병력이라면 발소리도 클 텐데 말이야."

"어, 생각해 보니 이상하네?"

사바신과 지크는 동시에 한숨을 쉬며 적들이 기척 없이 공격할 수 있었던 이유를 생각해 보았다. 그러나 마법에 대해서는 백지나 다름없는 둘에게 '결론'이란 것은 상당한 시간을 요구하는 단어였다.

"모르겠다! 식사나 하러 가자!"

억지로 결론에 다다른 둘은 어깨동무를 하며 요새로 향했다. 그런 둘의 모습을 지켜본 브라디는 억지스러운 미소를 지으며 이마를 감쌌다.

"최악의 바보 콤비가 드디어 결성되었군. 아아, 신은 왜 저에게 이런 고통을 내리시나이까."

"뭐라고? 함정이었다고!"

사색이 된 맨체스터 사령관은 막 귀환한 마르티네즈에게 믿을 수 없다는 듯 되물었다. 마르티네즈는 고개를 끄덕이며 보고를 계속했다.

"예, 적 본진으로 보이는 브롤과 투르바의 대부대가 계곡의 마지막 지점에 주둔하고 있긴 했지만, 그곳에서 적장 '울리'의 모습은 볼 수 없었습니다. 그리고 병력 역시 소수에 불과했습니다. 하마터면 우리가 짠 계획에 우리가 넘어갈 뻔했습니다."

"그렇다면 적의 부대는 어떻게 됐나?"

맨체스터는 손으로 이마를 감싸며 힘없이 물었다.

마르티네즈는 어떻게 대답할까 고민했다. 수수께끼의 여성이 수많은 브롤과 투르바를 몰살했다는 얘기는 자신이 생각해도 신뢰성이 없었다. 그러나 그것이 사실이었다.

"다행히 전멸했습니다. 그쪽에 대한 걱정은 하지 마십시오."

그때 막사의 문 쪽에 조용히 서 있던 리오가 마르티네즈 대신 대답했다. 맨체스터와 마르티네즈는 움찔하며 리오를 바라봤다.

"혹시, 자네가 처리했나?"

"아닙니다. 저희가 갔을 때 이미 전멸된 상태였습니다. 그렇죠, 대장?"

"아, 예……."

맨체스터 사령관은 수긍이 간다는 듯 묵묵히 고개를 끄덕였다. 그는 곧 부관에게 말했다.

"각 대장들을 소집하게. 그리고 기지에도 사람을 보내고. 브롤들은 뒤통수를 치는 것이 특징이니까."

"예, 알겠습니다!"

부관은 절도 있게 경례를 붙이고 즉시 막사를 빠져나갔다. 사령관은 마르티네즈에게도 나가 보라는 손짓을 했다.

"고생했으니 가서 쉬게. 어쨌든 수고했네. 과연 멤피스 벨의 명성은 허구가 아니었군. 하마터면 전군이 큰 피해를 입을 뻔했는데, 그걸 조기에 막아 줘서 정말 고맙네. 멤피스 벨 사상자들에 대한 보상 등은 중앙 사령부에 특사를 보낼 테니 기대해도 좋을 것이네."

"예, 알겠습니다."

마르티네즈는 경례를 붙이고 뒤돌아섰다. 그때 방금 전 나갔던 부관이 번개같이 막사 안으로 뛰어 들어왔다.

"사령관님, 사이롤 요새가 대파되었습니다! 요새를 맡으신 부사령관님은 행방불명입니다!"

7장

새로운 임무

1

청년과 소녀

그날 저녁, 황급히 돌아온 맨체스터 사령관은 망연자실한 표정으로 폐허가 된 사이롤 요새 안을 둘러봤다.

가족을 잃은 병사들은 울분을 토하며 전소된 자신의 집 앞에서 무릎을 꿇었고, 다른 병사들 역시 주먹을 불끈 쥐며 분을 감추지 못했다. 골절된 다리를 이끌고 돌아온 던칸은 부인과 아들이 무사했기에 그나마 안도의 한숨을 지을 수 있었다.

지크에게 얘기를 들은 리오는, 분한 마음을 감추며 눈물까지 흘리고 있는 랜시의 넓은 등을 두들겨 주었다.

사이롤 요새의 생존자는 극소수였고, 게다가 남은 군량까지 모조리 불탄 상태였기에 맨체스터 사령관은 결단을 내려야 했다. 결국 그는 남은 부대와 생존자들에게 사이롤에서 이틀 거리에 위치한 천연의 요새 '오릭스'로 옮기라는 지시를 내렸다.

그러나 멤피스 벨에게는 특별 명령이 떨어졌다.

"총사령관 블레이크 님이 말씀하셨네. 사이롤 기지가 넘어갈 경우, 요새에서 서쪽으로 열흘 거리에 있는 '엘프의 숲'에 계신 마녀 '폴카' 님께 사람을 보내라고 말이다. 병사는 얼마 남지 않았지만, 이번 임무는 제일 믿을 만한 자네 부대가 맡아 줘야겠네. 특별히 병사가 더 필요하다거나 물자가 필요하다면 말해 주게. 남은 물자에서 최대한 배려할 테니까."

마르티네즈는 도대체 남은 물자가 어디 있냐는 반문을 던지고 싶었다. 남은 물자로 오릭스 요새까지 가려면 지금 있는 모든 병사들은 단 한 끼만 먹어야 했다. 그런데 거기서 물자를 떼어 주겠다는 것은 어불성설이었다.

마르티네즈는 뒤를 돌아봤다. 리오, 지크, 랜시. 이들 모두 일당백의 실력자였고, 리오와 지크가 초대한 사바신 역시 둘이 인정하는 실력자였기 그녀는 모험을 해 보기로 했다.

"사령관님, 부탁이 있습니다."

"음? 뭔가? 뭐든 말해 보게."

"멤피스 벨의 다른 대원들을 다른 부대에 임시로 편성해 주십시오. 이 일은 소수 정예로 하는 것이 옳다고 생각됩니다. 그리고 정예 대원의 편성은 저에게 맡겨 주십시오. 부탁드립니다."

사령관은 의아한 표정을 지었으나 지금은 반문하고 싶은 기분이 아니었고, 현 상황에서 마르티네즈의 능력을 무시할 수도 없었기에 흔쾌히 허락했다.

그날 밤, 마르티네즈는 정예 멤버의 명단을 발표했다. 자신, 리오, 지크, 랜시, 사바신 그리고 실루엣. 이렇게 여섯 명이 마녀 폴카를 찾아가기로 했다.

던칸이 빠진 것은 다리 부상 탓도 있지만, 더 이상 그의 가족들을 걱정시킬 수 없다는 마르티네즈의 배려였다. 던칸은 자기 대신 제자 실루엣이 힘든 임무를 맡은 것을 안타까워했지만, 그의 부인 루시리스는 마르티네즈에게 몇 번이고 감사의 마음을 표했다.

던칸은 실루엣에게 자신의 마법책과 주문서 몇 개를 건네주었다.

다음 날 아침, 팀으로 바뀐 멤피스 벨은 사이롤 요새를 뒤로 하고 서쪽으로 향했다. 그들이 떠나는 모습을 보며 다른 병사들은 하나같이 의아한 표정을 지었다. 목적지가 다름 아닌 '엘프의 숲'인데도 마르티네즈와 실루엣을 제외한 다른 사람들의 얼굴은 마치 소풍 가는 사람들과도 같았다.

물론 그들은 이 세계는 물론이고 신계에서도 찾아보기 힘든 최강의 멤버를 셋이 동행한다는 사실을 알지 못했다. 그것은 마르티네즈 역시 마찬가지였다.

"젠장, 그런데 엘프의 숲인가 뭔가가 그렇게 위험한가? 관을 미리 맞춰 놔야 할 거라고 겁을 주지를 않나, 지금까지 즐거웠다고 하지를 않나. 혹시 아는 것 있어요, 대장?"

지크의 질문에 마르티네즈는 아는 대로 대답해 주었다.

"내가 들은 바에 의하면 이 세상에서 볼 수 없는 괴물들이 그 숲에 살고 있대요. 비교할 수 없을 만큼 사악하고 난폭하며, 또 유독 인간에 대한 적개심이 대단해서 그 숲에 사람이 들어간다는 것은 자살 행위나 마찬가지라고 전해지죠. 몇 년 전에는 엘프가 사는 아름다운 숲이었다고 들었는데, 왜 그렇게 변해 버렸는지 모르겠군요."

"에이, 그래도 마리 대장보다는 덜 무섭겠죠. 헤헤헷."

진지하지 못한 사람을 싫어하는 마르티네즈는 지크의 말에 순간 꿈틀했다. 하지만 미리부터 팀의 화합이 깨지는 것은 더욱 용납할 수 없었기에 그녀는 최대한 인내심을 발휘하며 덩달아 미소 지었다.

"후후, 제가 그렇게 무서운 존재였나요?"

대답을 바라지 않은 질문이었지만, 잔인하게도 대답은 날아오고 말았다.

"네."

지크와 리오, 브라디가 정색하며 대답하자 마르티네즈는 정말로 울고 싶어졌다.

"어이, 사바신. 뭐 먹을 거 있어? 출발하기 전에 먹은 게 없어서, 배고파 죽겠어."

사이롤 요새가 거의 보이지 않을 무렵, 지크가 옆에 있는 사바신의 팔을 쿡 찌르며 묻자 그는 찔린 팔을 비비며 대답했다.

"자육(子肉) 말린 건 있어, 담배도 있고. 몇 개 줄까?"

"자육? 그거 한번 줘 봐."

지크가 머리를 긁적이며 반대편 손을 내밀었다. 사바신은 자신의 검은색 코트 속에서 종이 봉투에 담긴 길쭉한 고기를 두 조각 꺼내 그의 손에 쥐어 주었다.

지크는 무슨 고기 조각이 이렇게 길쭉한가 생각하며 입에 물었다. 하지만 생각보다 짭짤하면서도 맛있자, 깜짝 놀라며 물었다.

"오, 이거 끝내주는데? 이거 무슨 고기야? 이봐, 브라디! 너도 먹어 봐. 맛있어!"

"우아, 정말요!"

지크는 남은 고기를 브라디에게 건네주었고, 고기를 유난히 좋아하는 브라디는 활짝 웃으며 자신의 몸 길이만 한 건육(乾肉)의 끝을 물었다. 행복해하는 둘의 식사 모습을 가만히 바라보던 사바신은 머리를 긁적이며 말했다.

"뭘로 만든 건지 알려 줄까?"

"말해 봐. 맛있는데, 뭐. 정말 맛있지 않니, 브라디?"

"끝내줘요!"

지크와 브라디는 건육을 모두 입에 집어넣은 상태였다. 사바신은 눈을 지그시 감으며 대답했다.

"쥐고기야. 일주일 전에 대형 쥐 하나를 잡았는데, 고기를 떠서 말리니까 꽤 먹을 만하더라고. 아, 양념은 꽤 고급이야."

"푸웃!"

"윽, 그러니 그냥 먹기만 하라니까. 그래도 남이 정성 들여 만든 걸 뱉는 매너는 뭐야?"

"시끄러워!"

결국 사바신을 중심으로 대소동이 일어났고 지크와 브라디에게 매질을 당하는 그의 모습에 실루엣은 옆에 있는 랜시를 올려다보며 물었다.

"저 사람들은 자신들이 전쟁터에 있다는 걸 모르나 봐."

"응? 응……."

랜시는 어색한 미소를 지을 뿐이었다.

한편 리오와 마르티네즈는 도착 예정지인 엘프의 숲에 대한 정보를 분석하는 중이었다. 물론 대다수의 정보는 마르티네즈가 제공했다.

"출발하기 전 딘칸에게 들은 바로는 엘프의 숲은 괴물들에 의해 숲 내부의 지형이 상당히 바뀐 상태라 지도도 필요 없을 거래요. 후…… 이 정도 인원으로 충분할까요, 리오 씨?"

리오는 빙긋 웃으며 고개를 끄덕였다.

"괴물들의 눈에는 우리가 괴물처럼 보일 테니 안심하십시오. 우선 오늘 밤 숙식부터 해결하는 게 좋을걸요?"

"음, 그렇군요."

마르티네즈는 곧 근처 지도를 펴서 저녁쯤에 도착할 수 있는 마을을 찾기 시작했다. 그사이 리오는 오랜만에 군대 생활에서 벗어났다는 해방감에 한껏 맑은 공기를 들이쉬었다. 역시 이렇게 돌아다녀야 가장 자신다운 생활을 하는 것 같았다.

"이 야만인! 어떻게 쥐고기를 발라 육포로 만들 수 있어요!"

"이름이 이상하다고 하는 행동까지 이상하면 어떡해, 이 바보 뻗친 머리야!"

"참 나, 쇠고기만 고기냐! 쥐고기도 엄연히 동물성 단백질이야! 너희 배가 덜 고픈 모양이구나!"

브라디와 지크 그리고 사바신의 공방전은 여전히 계속되었다.

저녁 시간, 일행은 사바신이 잡아온 산돼지를 잡아 바비큐 파티를 열었다. 랜시가 4인용 텐트를 챙겨 온 덕분에 마르티네즈와 실루엣, 랜시가 자는 데는 아무 문제 없었다. 리오 일행의 완벽한 준비성에 마르티네즈는 침묵을 지킬 뿐이었다.

그러나 예전처럼 자존심 때문에 침묵을 지키는 것은 아니었다. 그녀는 실로 오랜만에 전투나 죽음의 공포감을 잊고 편안히 고기를 먹는 데 열중했다.

"아하핫! 천하의 사바신 님께서 지금까지 애나 보고 있었다고? 기저귀도 빨면서? 으하하하핫! 걸작인데, 걸작!"

"아아, 역시 네 녀석 앞에서 말하는 게 아니었어."

고기가 구워지고 있는 모닥불을 가운데 두고 일행은 즐겁게 얘기를 나눴다. 마르티네즈는 그런 그들의 모습에 내심 놀랐다. 전투 시에는 악귀처럼 상대를 베고 치던 남자들이 지금은 마치 아이들과 같은 얼굴로 즐겁게 이야기를 나누고 있는 것이다. 벌써 이틀째 밤이었지만 어색함은 전혀 찾아볼 수 없었다. 게다가 실루엣과 랜시도 상당히 즐거워하고 있었다.

"휀 말이야, 휀. 지크 너 못 봤지? 그 형수님이 얼마나 대단한지 말이야. 옛날에 널 만난 것 같다고는 말씀하시는데, 하여튼 그 무적의 휀을 그렇게 가지고 노는 여자가 있을 줄은 꿈에도 몰랐다니까. 형수가 무슨 최면이라도 걸었는지, 휀이랑 형수랑 둘이서 낯간지러운 짓들을 해 대는데……."

"정말이야? 와, 이거 에스토가 뭔가 하는 왕국에 빨리 가 봐야겠는걸? 잘하면 휀이 앞치마 두른 모습을 볼 수 있을지도! 하하핫."

"늦기 전에 빨리 가 보는 게 좋을 거야. 음, 리오는 슈웰 만나 봤지?"

사바신이 말한 이름을 잠시 생각해 보던 리오는 4년 전 만났던 당돌한 여자아이의 얼굴을 어렵지 않게 떠올릴 수 있었다.

"음, 알지. 그 애는 잘 지내?"

"그럼, 크리스 형수랑 거의 맞먹을 정도로 컸다니까? 작년인가 특별 경호원을 맡게 됐는데, 훈련도 열심히 하고 일도 열심히 하고…… 하여튼 잘 살아. 아, 근데 리오, 이번엔 꼬시는 데 성공한 여자 없어? 웬일로 이번엔 조용하던데? 저번만 해도 다섯이 넘어서 떼어 놓는데 고생했잖아."

"음?"

리오가 상당히 긴장한 표정을 지었고 모든 사람의 시선이 리오에게 집중되었다. 잠시 후 리오는 자신의 오른쪽 어깨 위에 올라앉아 고기를 씹고 있는 브라디를 보며 어색한 미소를 지었다.

"후훗, 어렵다면 어렵지. 여기 계시는 아가씨가 철저히 '그분'에게 보고를 하니 함부로 미소도 못 짓는다니까? 안 그러니, 실루엣?"

"전 리오 님을 사악한 길에서 벗어나게 해 드리는 것뿐이에요."

브라디가 뚱한 표정을 지으며 투덜댔다. 사바신은 아깝다는 듯 어깨를 으쓱했다.

"아아, 괜찮은 분 있으면 좀 소개시켜 달라고 부탁하려 했는데, 아깝네 아까워. 난 말재주가 없어서 여자들이 잘 안 달라붙나 봐."

그러자 지크가 팔꿈치로 그를 툭툭 건드리며 말했다.

"이봐, 그건 네 생각일 수도 있다고. 오, 여기 여자분들도 많은데 한번 물어봐. 자신이 여자들에게 인기 있는 타입인지 아닌지, 아니라면 왜 인기가 없는지. 힛힛힛."

순간 사바신의 얼굴이 불그스레하게 변하더니 여자 일행들에게 씩 미소를 보내며 조심스럽게 물었다.

"그, 그래도 될까요?"

'이런!'

순간 지크의 표정이 굳어 버리고 말았다. 사바신에게 한 말은 전적으로 농담이었던 것이다. 그러나 사바신은 1차적으로 가장 정상적인 여자라고 할 수 있는 마르티네즈에게 자신에 대한 평가를 부탁했고, 마르티네즈는 이틀 동안 보아 온 사바신의 행동을 곰곰이 생각하다가 한숨을 내쉬며 대답했다.

"듣기 거북하실지는 몰라도, 사바신 씨는 매너가 부족하죠. 담배를 피우실 때도 남의 얼굴이나 머리에 함부로 연기를 내뿜으시고, 다른 사람에게 무엇을 건네줄 때의 행동도 상당히 거친 편에 속한답니다. 거의 던지다시피 하시죠. 물론 마음은 그렇지 않을 거라고 생각하지만, 전체적으로 여자들이 상당히 싫어하는 타입이라 할 수 있죠. 아, 물론 터프한 건 좋지만…….”

“그, 그런!”

마르티네즈는 사바신의 비명과 동시에 말을 멈춰야만 했다. 사바신의 얼굴은 일그러질 대로 일그러져 있었고, 그는 결국 일어나 다른 곳으로 뛰어나가 버리고 말았다. 지크는 황당한 표정을 지으며 마르티네즈를 안심시켰다.

“의외로 섬세한 녀석인데? 아, 마리 씨. 너무 신경 쓰지 마세요. 그런 말 들었다고 해서 피의 복수 따위는 하지 않을 테니까요.”

“예? 그, 그렇지만 좀 죄송하다는 생각이 드는데…….”

“괜찮아요. 사바신 님은 좀 바보 같긴 해도 쫀쫀한 사람은 아니니까요. 걱정 마요.”

지크와 브라디가 괜찮다며 위로하자 마르티네즈는 고개를 끄덕였다. 하지만 사바신의 일그러진 얼굴과 뛰어가던 뒷모습이 도저히 머리에서 지워지지 않았다. 결국 오래 지나지 않아 마르티네즈가 한숨을 길게 내쉬었다.

“그래도 돌아오면 사과해야겠어요. 괜히 충격을 드린 것 같아요.”

“오호, 처음인데요?”

리오의 감탄 섞인 목소리에 마르티네즈는 그쪽을 흘끔 바라봤다. 리오는 살짝 눈짓을 하며 그녀에게 말했다.

“다른 일로 마르티네즈 대장이 고민하는 모습 말입니다. 다른 땐 삶과 죽음이 과반수를 차지했는데 오늘은 좀 다르네요. 지금의 모습이 훨씬 더 아름답습니다.”

“예?”

마르티네즈의 얼굴이 붉게 달아올랐다. 그 모습을 보고 지크는 리오에게 손가락을 뻗으며 소리쳤다.

"바로 저거야, 저거! 오랜 시간 다져 온 사탕발림! 인간의 것이 아냐!"

"맞아요, 맞아! 전 세계의 여자들을 위해서라도 근절해야 해요! 마리 님도 얼굴 붉히지 말란 말이에요!"

실루엣과 랜시는 멍하니 그 모습을 지켜볼 뿐이었다.

한편 사바신은 좀 떨어진 들판에 홀로 서서 쓸쓸한 미소를 짓고 있었다. 그는 중천에 뜬 보름달을 묵묵히 올려다보며 긴 한숨과 함께 담담히 중얼거렸다.

"처음이야. 내 터프한 면이 좋다는 말을 여자에게 들은 것은……"

사바신의 현재 감정은 기쁨보다는 감동에 가까웠다.

일행은 어느 숲 한가운데에서 잠시 쉬기로 했다.

첫 번째 마을을 떠나온 지 사흘. 지도상으로는 두 번째 마을에 도달해야 했지만, 두 번째 마을은 브롤의 독립 부대에 의해 이미 사라진 상태였다. 그곳에 주둔해 있던 브롤 부대를 없애긴 했지만 그래도 일행의 마음은 편치 않았다.

사바신은 쉬는 시간을 이용해 틈틈이 랜시에게 무술을 가르쳐 주었다. 사실 몸이 큰 랜시에게 상당한 민첩성과 탄력을 요구하는 지크의 무술은 그리 어울리지 않았다. 사바신이 조금 무식하긴 해도 막무가내로 팔다리를 휘두르며 싸우는 것은 아니었으므로, 랜시에게는 좋은 모범이 되었다.

그 사실은 지크와 사바신의 대련을 본 랜시가 더 잘 알고 있었다. 힘과 속도, 체중을 모조리 실은 일격이 중심이 되는 권. 그것이 사바신이 사용하는 무술이었고, 유연성과 민첩성 그리고 탄력을 최대한 이용한 연타 중심의 권이 지크가 사용하는 무술이었다.

둘의 대련은 어느 한쪽이 우세하다고 할 수 없을 만큼 박빙이었다. 지크의 어지간한 연타는 사바신의 맷집에 통하지 않았고, 사바신의 미지근한 일격은 지크가 모조리 피해 버렸기에 몇 분간 서로는 상대방에게 어떤 충격도 주지 못했다.

마치 쇼와도 같은 둘의 대련에 감명받은 랜시는 향학열을 더욱 불태웠다. 하지만 그만큼 새로운 스승 사바신의 훈련 강도는 더했다.

"똑바로 하란 말이야, 똑바로! 너 지금 이 사바신 님 앞에서 재롱을 떠는 거냐!"

"죄, 죄송해요……."

"덩칫값을 해! 그 정도 힘으로는 전투에서 겨우 목숨을 건질 뿐이야! 자, 다시 한 번! 타앗!"

사바신은 자신의 앞에 있는 아름드리 나무에 다시금 발차기 시범을 보였다. 곧이어 랜시도 나무에 발차기를 날렸다. 그러나 스승의 얼굴은 구겨질 뿐이었다.

"그게 아냐! 다리 전체의 골격을 잘 생각해서, 적절히 그리고 탄력 있게 차란 말이야! 먹을 때는 그렇게 탄력 있는 애가 왜 이래!"

"죄송해요."

한편 지크와 함께 나무에 기대어 사바신의 훈련 과정을 지켜보던 리오는 조금 안타깝다는 표정을 지었다. 그의 표정을 본 지크는 입을 비죽 내밀며 리오에게 이유를 물었다.

"왜 또 그래? 뭐 마음에 안 드는 일이라도 있어?"

"아니, 사바신이 좀 거칠게 훈련을 시키는 것 같아서. 랜시가 잘 따라 줄지 모르겠는데?"

"헤헷, 저래 봬도 사바신, 10년 전부터 최근까지 고아원에서 애들하고 무사히 지냈을 정도로 선생님 소질이 있는 녀석이야. 자기

나름대로 잘 가르치겠지, 뭐. 그리고 애들 괴롭힐 만큼 나쁜 녀석
은 아니잖아."

"그렇군. 음?"

그때 리오의 감지 범위 내에 수십 개의 기척들이 빠르게 나타났
다. 리오는 그것들이 무언가를 쫓고 있다는 것을 추측할 수 있었
다. 두 개의 기척을 쫓는 수십 개의 기척들, 누가 봐도 그것은 도망
자와 추격자였다.

"지크, 네가⋯⋯."

"헤헷, 알았어. 내가 조용히 끝내지. 오랜만에 몸 좀 풀어 볼까?"

지크는 재빨리 일어나 바람처럼 나무 위로 솟아올랐다.

얼굴에 가면을 쓴 검은 망토의 남자들. 그들은 두 명의 남녀를
뒤쫓고 있었다.

20세를 갓 넘긴 듯한 남자 쪽은 이미 큰 상처를 입고 의식을 잃
은 상태였다. 그 남자를 부축한 상태로 나무와 나무 사이를 전광석
화처럼 이동하고 있는 여성은 다름 아닌 유로였다.

쫓기고 있는 상황이지만 유로의 표정에는 아무런 변화가 없었
다. 하지만 그것은 겉으로 나타난 반응일 뿐, 유로와 추격자들의
거리는 점점 좁혀 들고 있었다.

그때 유로의 몸에서 갑자기 벚꽃 잎이 날리기 시작했다. 유로의
속도 현저히 떨어지고 있었고, 결국 유로는 널찍한 공터의 중앙에
무릎을 꿇고 말았다.

그녀의 몸에서 떨어지는 벚꽃 잎은 차츰 수를 더해 갔다. 그녀를
뒤쫓던 추격자들은 순식간에 그녀를 포위하고 여유 있게 무기를
들었다. 이윽고 추격자들의 리더로 보이는 한 명이 앞으로 한 걸음

나서며 말했다.

"제한 시간 5분이 지났습니까? 가즈 나이트 급의 힘을 지니신 유로 공주님의 유일한 약점이죠. 역시 끈질기게 추격한 보람이 있군요. 어쨌든 본론으로 들어가서, 라이세네프 님을 저희에게 넘겨주십시오. 그러면 그 청년과 공주님의 신변은 확실히 보장하겠습니다. 그러나 거절하신다면 사탄 님의 명으로 당신을 처리할 수밖에 없습니다. 아무리 아스타로트 님의 외동딸이라 해도, 저희 조커 나이트에게 예외가 될 수는 없습니다."

유로는 아무런 말이 없었다. 상황은 그녀의 안색처럼 점점 불리하게 전개되었다. 그때 청년의 몸이 꿈틀거렸고, 소년이 허리에 차고 있던 검이 공중에 떠오르며 유로를 향해 빛을 발하기 시작했다.

"날 사용하거라, 아스타로트의 외동딸이여. 날 사용한다면 이 위기를 극복할 수 있다."

유로는 그쪽을 향해 시선을 돌려봤지만, '제한 시간'을 넘긴 유로는 팔을 뻗을 힘조차 없었다. 하나같이 보라색 광대 차림에 가면을 쓴 추격자들은 가면의 구멍 사이로 회심의 미소를 흘렸다.

"후후, 아무리 최강의 검 '라이세네프' 경이라 해도 사용자가 없으면 그냥 보통의 검일 뿐이군요. 아, 사설이 길어졌습니다. 그럼 우리는 유로 공주님께서 저희의 제의를 거절하신 줄 알고, 당신을 처리하겠습니다."

추격자들은 천천히 자세를 바꿔 돌진할 준비를 했다. 그러나 그 자리에 있는 누구도 생각하지 못한 일이 벌어졌다.

"멈춰랏!"

그때 강렬한 기합과 함께 누군가 풀숲을 헤치며 뛰어나왔다. 갑자기 나타난 그는 리더의 안면에 통쾌한 무릎차기를 선사했다.

"컥!"

리더는 단번에 박살 난 가면 조각과 함께 힘없이 뒤로 날아갔다. 그를 쓰러뜨린 정체불명의 괴한은 팔짱을 끼며 호탕하게 웃음을 터뜨렸다.

"크하핫! 번개보다 빠르고 바람보다 산뜻한 정의의 용사, 지크 스나이퍼 님이 납시었다! 자, 무기를 버리고 깔끔하게 사라지시지? 헤헤헷. 어라?"

순간 그의 목에 차디찬 낫이 들어왔다. 지크는 움찔하며 뒤를 흘끔 바라봤다.

"어, 아저씨 언제 일어났어?"

지크는 자신의 목을 노리고 있는 남자가 방금 전 자신이 무릎으로 차 넘어뜨린 리더라는 사실을 알고는 슬쩍 코웃음을 쳤다. 그의 여유 있는 웃음과는 달리, 리더는 차갑게 낫을 움직였다.

"잠깐이지만 즐거웠다, 시시한 훼방꾼 녀석."

"에이, 난 아냐. 아저씨."

그의 말이 끝나자, 추격자 리더의 양팔이 가볍게 잘려 땅으로 떨어졌다. 어느새 허리에 찬 무명도를 뽑은 지크는 칼을 천천히 거두며 팔이 잘린 리더에게 말했다.

"헤헷, 혹시나 했더니 악마였군. 어쨌든 이 이상의 고난도 쇼를 보고 싶지 않으면 어서 사라져. 그런데 너희는 뭘 쫓고 있던 거지?"

지크는 마치 경치를 구경하는 사람처럼 손을 눈가에 대며 주위를 확인해 봤다.

"엉? 꼬마 아가씨랑 청년? 이봐, 저 애들 돈 없어 보이니 그냥 가라고. 애들 양말 속을 뒤져 봤자 나오는 건 엄마가 준 비상금 뿐…… 헙!"

말을 채 마치기도 전에, 그가 있던 자리에 수십 개의 칼날이 쏜살같이 날아와 박혔다. 몸을 뒤로 날려 공격을 피한 지크는 씁쓸한 표정을 지으며 장갑을 강하게 쥐었다. 그사이 추격자들은 그를 향해 달려들었다.

"헷, 자식들…… 나도 돈 없다고. 직장도 사라져서 월급도 안 들어온단 말이다!"

지크의 몸이 강하게 흔들린다 싶더니, 그를 향해 달려들던 추격자 몇 명의 몸이 산산조각 나며 땅에 흩어졌다. 다른 추격자들은 지크의 엄청난 가속력에 움찔하며 몸을 멈췄다. 지크를 상대로 한 추격자들의 공격은 자살행위나 다름없었다. 무명도를 접은 지크는 등에 찬 대형 칼, 무문도를 꺼내며 회심의 미소를 지었다.

"대사 생략! 지옥도(地獄圖)!"

일순간 공터 전체가 푸른색 섬광에 휩싸였다. 멍하니 서 있던 추격자들은 한꺼번에 몸이 조각나며 땅 위로 쓰러졌다. 추격자들의 몸 조각은 검은 연기를 내뿜으며 천천히 사그라들었다.

일을 마친 지크는 무문도를 거두며 다시금 미소 지었다.

"흥, 머저리 같은 녀석들. 이젠 지옥도를 사용해도 구토하지 않는 무적의 지크 님에게 대항하려 하다니, 너무 일러. 그런데 한 명쯤은 남겨 둘걸, 괜히 다 없앴나? 왜 악마들이 이런 애들을 쫓아다닌 거지?"

길게 숨을 내쉬고 호흡을 진정시킨 지크는 아직도 의식불명 상태인 청년과 그의 옆에 서 있는 소녀—8, 9세 정도로 보이는—에게 다가갔다.

"헤이, 꼬마야. 무슨 잘못을 저질렀기에 저런 녀석들에게 추격을 당하고 있었니? 진짜 돈 때문이야?"

아이는 말없이 고개를 저을 뿐이었다. 한쪽 눈썹을 치켜뜬 지크는 정신을 잃고 쓰러진 소년에게 시선을 돌리며 다시 물었다.

"네 오빠니?"

아이는 또다시 고개를 저었다.

"흠, 혹시 이 녀석 때문에 저 녀석들이 달라붙은 거야?"

아이가 고개를 끄덕였다.

"그래? 왜?"

아이는 묵묵히 청년의 허리에 찬 검을 가리켰다. 지크는 즉시 청년의 검을 뽑아 이리저리 살펴보았다.

"오옷?"

검을 잡는 순간 지크는 느낄 수 있었다. 자신의 칼 무명도 이상으로 균형이 잘 잡혀 있었고, 게다가 상상 이상의 기운을 가진 엄청난 무기임이 확실했다. 눈을 가늘게 뜬 채 그 검을 이리저리 살펴보던 지크는 곧 어깨를 으쓱하고 그 검을 제자리에 돌려 놓았다.

"좋아. 아직 위험한 것 같으니 나랑 같이 갈래? 너랑 놀아 줄 언니들도 많으니 같이 가자. 나중에 짬이 나면 사탕도 사 줄게, 헤헤헷."

아이가 고개를 끄덕였다.

"좋아, 결정났다! 으차!"

청년을 어깨에 들쳐 멘 지크는 휘파람을 불며 일행이 있는 쪽으로 걸어갔다.

"이건 길트 아냐!"

"자기!"

지크가 그 청년을 데리고 돌아오자, 리오와 브라디 그리고 랜시는 경악을 금치 못했다. 특히 랜시는 울부짖었고, 뭔가 중요한 사람이라고 생각된 마르티네즈는 랜시에게 뒤흔들리고 있는 청년 길트를 그녀에게서 억지로 떼어 내며 지시를 내렸다.

"가지고 있는 약이나 붕대를 다 내놔요, 빨리! 이 정도 부상이라면 출혈로 생명이 위급할지 모릅니다! 어서요!"

약품을 받은 그녀가 랜시와 함께 한참 길트를 치료하는 동안, 리오는 앞에 보이는 길트의 검 라이세네프를 향해 정신감응을 건네봤다.

「어디 계셨던 겁니까, 라이세네프 경? 게다가 길트는 왜…….」

라이세네프가 희미하게 빛을 발했다.

「설명하자면 기네. 아, 자네가 직접 길트에게 얘기를 들어 보는 것이 좋겠군. 그런데 자네야말로 여기서 뭘 하는 건가? 옆에 딸린 가족들은 또 뭐고?」

「후훗, 그렇게 됐습니다. 저 역시 나중에 설명드리죠.」

그때 브라디가 그의 머리 위에 푹 눌러앉으며 투덜댔다.

"리오 님, 또 부양 가족을 늘리실 생각이세요? 매 임무마다 이렇게 동료들을 추가하시면 곤란하잖아요. 군대를 이끌 생각이시라면 일찌감치 에스토드 왕국으로 가시던가요."

그녀의 이유 없는 반항에, 리오는 씁쓸히 웃으며 항변했다.

"그런 냉정한 소리는 하지 마, 브라디. 좋은 동료는 많을수록 좋은 거야. 그렇지, 아가씨?"

리오는 어느새 자신의 팔을 붙잡고 앉아 있는 검은 머리의 소녀를 보며 미소를 지었다.

"하여간 리오 님을 누가 말려요."

브라디는 무표정한 아이를 바라보며 인상을 찡그렸다. 리오는 그녀의 사나운 눈빛에서 아이를 보호하려는 듯, 아이의 머리를 쓰다듬으며 말했다.

"훗, 그렇다고 동료를 버리고 갈 수는 없지 않니. 마리 대장의 생각은 어떻습니까?"

"예? 아, 괜찮아요."

길트의 상처를 치료하느라 정신이 없던 마르티네즈는 건성으로 고개를 끄덕였다. 치료에 열중하고 있는 그녀의 모습에 리오는 고개를 저으며 자신의 옆에 앉은 아이에게 시선을 돌렸다.

"배고프진 않니? 한참 뛰어다녔으니 배가 고플 것도 같은데."

소녀는 고개를 저었다.

소녀는 여전히 말 대신 행동으로 일관했다. 리오는 예전에 만난 누군가와 비슷한 아이라고 생각하면서도, 설마 하며 다시 물었다.

"음, 이름이 뭐니? 그건 가르쳐 줄 수 있지?"

아이는 역시 말이 없었다. 그러다가 리오의 귀에 입을 대고 아주 작은 목소리로 말했다.

"아, '리체'라고? 예쁜 이름이구나, 후훗."

리오는 다시금 아이의 머리를 쓰다듬어 주었으나, 아이는 묵묵히 시선을 정면으로 돌렸다.

잠시 무언가를 생각하던 리오는 곧 하늘을 바라봤다. 예상치 못한 사건으로 인해 휴식 시간은 예정 시간을 훨씬 넘기고 말았고, 리오는 할 수 없다는 듯 마르티네즈에게 말했다.

"아무래도 오늘은 이곳에서 야영을 해야 할 것 같네요, 게다가 이 청년을 억지로 데려가다간 상처가 더 심해질 수 있으니, 일단 오늘 밤을 지내며 상태를 두고 보지요."

"아, 원하던 바예요, 리오 씨. 상처가 생각보다 심하진 않지만 자칫 잘못 움직였다간 상처가 더 심해질 수 있으니 조심해야겠어요.

아, 지크 씨, 이 청년 어떻게 데려왔죠?"

지크는 별거 아니라는 표정으로 가볍게 대답했다.

"어깨에 들쳐 메고요."

"세상에, 이렇게 된 환자를 물건 취급 하다니……. 팔과 다리 할 것 없이 온몸에 상처를 입은 환자를 그렇게 옮기시면 어떻게 해요!"

마르티네즈가 진지한 얼굴로 다그치자, 지크는 머리를 긁적이며 미안하다는 손짓을 했다.

"알았어요, 다음부터는 주의할게요, 사모님."

"사모님이라뇨! 아, 그리고 사바신 씨와 랜시는 땔감을 좀 구해 주세요. 이 청년의 몸이 차가워지면 안 되니까 밤새 땔 만큼 가져 오세요. 아셨죠?"

사바신은 군말 없이 입에 문 담배를 바닥에 비비며 랜시의 손을 잡아끌었다.

"맡겨 줍쇼. 가자, 랜시."

"네, 사부."

한편 리오는 오랜만에 진지한 얼굴로 지시를 내리는 마르티네즈를 보며 참으로 다행이라고 생각했다. 지금까지 죽음의 공포나 전쟁에 대한 두려움에 짓눌려 자주 냉정을 잃던 그녀의 모습과는 상당히 달랐던 것이다.

'믿고 의지할 동료가 많다는 것을 알고 있어서일까. 어쨌든 많이 건강해졌군, 정신적으로.'

그때 소녀가 손가락으로 리오를 찔렀다.

"음? 왜 그러니?"

리체는 손가락으로 숲을 가리키며 리오의 팔을 계속 잡아당겼다. 리오는 어색한 미소를 지은 채 어깨를 으쓱해 보였고, 한참 그의 팔을 잡아당기던 리체는 결국 다시 귓속말로 속삭였다.

"아아, 볼일을 보고 싶다고? 그럼 진작에 말하지 그랬니. 자, 소원대로."

리체는 계속 리오의 팔을 잡아당기며 숲 속으로 향했다. 그런 리오와 리체의 모습을 가만히 바라보던 브라디는 옆에 있는 실루엣의 머리 위에 올라앉으며 불만을 토로했다.

"저 꼬마애, 아무래도 다크호스 같지 않니? 저 나이의 아이치고는 너무 적극적으로 리오 님을 찔러 대는데?"

그러자 실루엣은 말도 안 된다는 듯 웃으며 말했다.

"에이, 설마. 저 나이 때의 아이가 벌써부터 리오 씨에게 그런 감정을 느끼겠어? 그냥 편해서 그런 거겠지. 이상한 쪽으로 생각하지 마, 브라디."

"오호, 저 나이 때의 여자가 가장 꼬시기 쉽다는 걸 모르는구나? 쉽게 감동할 나이라는 건, 쉽게 꼬실 수 있다는 뜻이라고. 키워서 잡아 먹는다는 말도 몰라?"

브라디는 팔짱을 낀 채 계속 투덜댔다. 실루엣은 묵묵히 안경을 고쳐 썼다.

2

마녀, 폴카 Ⅰ

"아……."

달도 서쪽으로 기운 새벽. 통증 실린 목소리와 함께 길트가 눈을 떴다. 길트는 천천히 자기 몸을 살펴봤다. 칼에 벤 부위가 쓰렸지만 처치가 깔끔하게 된 상태였기에 길트는 놀라지 않을 수 없었다.

"여기는…… 음?"

주위를 둘러보던 길트는 바로 옆에서 새근새근 자고 있는 여성을 보았다. 약간 거칠게 다듬어진 단발에 단아한 얼굴의 여성이었다. 그녀 옆에 구급상자와 치료약 등이 있는 것을 본 길트는 그녀가 자신을 치료해 주었다는 사실을 알 수 있었다.

길트는 다시금 주위를 둘러봤다. 모닥불이 세 개나 되는 탓에 주위는 무척이나 밝았지만 길트는 모두를 확인할 정신이 없었다. 그래도 생각보다 많은 사람들이 주위에 있다는 것은 알 수 있었다.

"아, 리체. 리체는…… 윽!"

길트는 일어나려 했으나 아직은 그럴 상황이 아니었다. 순식간에 밀려온 극심한 통증에 길트는 다시 쓰러졌고, 그 바람에 옆에서 자고 있던 마르티네즈가 움찔하며 잠에서 깨어났다.

"음…… 아, 정신이 드나요?"

"아, 아 예……."

그녀가 몸을 반쯤 일으키며 묻자, 길트는 순간 얼굴이 화끈 달아올랐다. 왜인지 모르겠지만 가슴도 심하게 두근거렸다. 길트의 안색이 좋지 않은 것을 본 그녀는 손을 내밀어 붕대에 휘감긴 길트의 이마를 짚었다.

"열이 아직 있군요. 해열제를 먹어야겠어요. 상처 사이로 들어간 균 때문에 열이 날 수 있어요. 아, 해열제가……."

그녀는 즉시 구급상자를 살피며 해열제를 찾았다. 길트는 그런 그녀의 모습에 감동을 받은 듯 불그스레하게 달아오른 얼굴로 멍하니 그녀를 바라보기만 했다. 그렇게 한참 정신을 놓고 있을 무렵, 길트는 움찔하며 그녀에게 물었다.

"아, 리체는 어디 있습니까? 저와 같이 있던 아이 말인데요."

"아, 그 말수 적은 아이 말이군요? 후훗, 지금 제 일행과 같이 자고 있으니 걱정 마세요. 자, 여기 해열제예요."

"가, 감사합니다."

길트는 곧바로 그녀가 건네준 해열제를 받아 삼켰다. 마르티네즈는 길트의 입가에 물통을 대어 줬고, 그녀의 배려에 길트는 손쉽게 물을 마실 수 있었다.

마르티네즈는 물기 묻은 길트의 입가를 깨끗이 닦아 주며 물었다.

"성함을 알 수 있나요? 저는 마르티네즈 베르토라고 합니다. 말스 왕국 출신의 가이라스 왕국 해방 전선 군인이죠. 당신은요?"

길트는 이불을 허리까지 힘겹게 끌어 올리며 대답했다.

"저는 길트 디모트라고 합니다. 그리고…… 아, 그냥 가이라스 왕국 출신입니다. 떠돌이죠."

"그렇군요. 그런데 무슨 이유로 꼬마와 함께 떠돌아다니시죠? 아시겠지만 가이라스 왕국은 전역이 전쟁터나 다름없는데……."

그러자 길트는 멋쩍은 미소를 지었다.

"아, 저는 누군가를 찾기 위해 떠돌고 있습니다."

"그래요? 누굴 찾으시는데요? 혹시 제가 아는 사람이라면 도와 드리죠."

마르티네즈가 친절하게 묻자 길트는 다시금 얼굴을 붉히며 천천히 대답했다.

"한 사람은 동생이고, 또 한 사람은…… 드, 듣고 웃지 말아 주십시오. 가즈 나이트를 찾고 있답니다."

"콜록!"

그때 마르티네즈의 일행 셋—리오, 지크, 사바신—이 한꺼번에 기침을 하며 몸을 뒤척였다. 그들을 흘끔 둘러본 마르티네즈는 고개를 갸웃거리며 다시 길트에게 물었다.

"가즈 나이트요?"

"아, 전설상의 '그랜드 크로스 나이트'와 같은 사람입니다. 하지만 저는 그랜드 크로스 나이트의 이름을 쓰지 않는 또 다른 가즈 나이트를 찾고 있습니다. 이름도 모르고, 얼굴 생김새도 모르지만 말입니다."

"그렇군요. 아, 힘들겠네요. 아직 시간은 많으니 내일 얘기하죠. 당신을 구해 준 장본인과도 인사를 해야 하잖아요? 걱정 마시고, 편히 주무세요."

"예, 감사합니다."

길트는 상처의 통증 탓에 몸을 여러 번 뒤척이며 겨우 누웠다. 그에게 이불을 덮어 준 마르티네즈는 길트의 자리가 불편하지 않은지 확인하고 잠자리에 들었다.

다음 날.

"아, 일어났어, 친구? 배고플 테니 빨리 이쪽으로 오라고. 네 꼬마 친구는 벌써 먹고 있단 말이야."

길트가 눈을 뜨고 겨우 상체를 일으키자 만면에 미소를 띤 금발의 남자가 길트의 어깨를 두드리며 식사를 권했다. 길트는 한참 식사가 벌어지고 있는 방향으로 시선을 돌렸다.

"자기야!"

그때 낯익은 목소리와 함께 큰 몸집의 여성이 그를 덮쳤다. 충격에 따른 통증으로 인해 길트가 짧은 비음을 내자 그를 덮쳤던 랜시는 화들짝 놀라며 그에게서 약간 떨어졌다.

"아, 미안해요, 자기! 괜찮아요? 정신이 들어요?"

"래, 랜시? 랜시구나!"

길트는 랜시와의 갑작스러운 재회에 놀라움과 기쁨을 감추지 못했다.

트로브 산에서 괴한들에게 쫓겨 그녀와 헤어진 지 수개월, 길트는 전혀 생각지도 못했던 곳에서 그녀와 다시 만났다. 길트는 랜시를 이리저리 살펴보며 아무 이상 없는지 확인했고, 곧 그녀의 두툼한 손을 꼭 잡으며 기뻐했다.

"도대체 어떻게 여기 있는 거야, 랜시? 도중에 이 사람들을 만난 거야?"

"응, 아니에요, 자기. 트로브 산에서 계속 쫓기고 있던 저를 리오 씨가 구해 줘서 여기까지 오게 된 거예요."

"리오 씨?"

랜시를 보느라 정신이 없던 길트는 다시 사람들이 모여 있는 곳으로 시선을 돌렸다. 양철 컵으로 수프를 마시고 있던 리오가 그를 향해 손을 슬쩍 흔들어 보였다.

"여, 오랜만인데, 길트?"

"리오 씨! 윽……."

몸을 일으키려던 길트는 통증에 이를 악물었다. 그때 작은 몸집의 소녀가 길트에게 다가와 그의 머리를 만져 주었다. 리체였다.

"아, 리체! 너도 무사했구나!"

아이가 고개를 끄덕였다.

"휴, 다행이야. 모두 무사하니 정말 다행이야. 이제 죽어도 여한이 없어."

"이봐, 무서운 농담 하지 말고 식사나 해. 브라디, 식사 빨리 하고 저쪽에 수프를 좀 가져다주겠니?"

"싫어요, 리오 님. 저는 빨리 먹으면 체한다고요."

브라디는 인상을 찡그리며 리오를 쏘아봤다. 그때 마르티네즈가 웃으며 자리에서 일어났다.

"아, 제가 가져다드릴게요. 저는 식사 다 끝났어요."

수프를 들고 온 마르티네즈는 길트 앞에 앉아 수프 한 숟갈 떠서 길트의 입으로 가져갔다. 마르티네즈는 일일이 길트에게 수프를 떠 주었고 이런 모습을 본 길트는 수프 한 숟갈마다 자신의 상처가 나아지는 것 같은 착각이 들었다.

"그런데 어떡하지, 리오? 저 친구를 어떻게 데리고 가야 할지……

부상이 심해서 데려가기 어려울 듯한데……."

그때 길트를 깨운 금발의 남자 지크의 목소리가 들려왔다. 리오는 어깨를 으쓱하며 대답했다.

"글쎄? 들것으로 옮길 수도 있겠지만, 그렇게 하면 갑작스러운 상황에 대처할 수 없으니 그건 좀 그래. 누가 차라리 업고 가는 게 훨씬 나을지도 모르지."

"흠, 그런 대단한 봉사 활동을 누구한테 시키지? 아, 사바신이라는 사람이 힘이 아주 세다고 들었는데……."

지크는 회심의 미소를 지으며 사바신을 바라봤다. 하지만 사바신은 회심의 미소를 지으며 랜시를 돌아봤다.

"랜시, 부군을 잘 모셔라."

"원하던 바예요, 사부. 걱정 마요, 자기. 아프지 않게 해 줄게요."

랜시는 주먹을 불끈 쥐었다.

"그래, 진정한 강함은 하고자 하는 정신에서 나오는 것이다!"

사바신이 무슨 말을 하는지는 이해할 수 없었지만, 길트는 같은 근육질이라도 거친 남자의 등보다는 랜시의 등이 훨씬 나을 거라는 생각에 안도의 한숨을 쉬었다.

동료 둘이 추가된 일행은 식사를 마치자마자 다음 장소를 향해 떠났다. 차츰 산지가 나오자 몸이 허약한 실루엣은 땀을 뻘뻘 흘리며 지친 기색을 보였고 마르티네즈 역시 다리가 점점 아파 왔다.

그러나 나머지 일행은 소풍 가는 사람처럼 가볍게 길을 걸었고 심지어 길트를 업고 있는 랜시마저 평상시와 다름없는 움직임을 보였다.

부상 탓에 일행 중 가장 편한 길트는 랜시가 걱정됐는지, 조심스레 물었다.

"랜시, 힘들지 않아?"

랜시는 그를 돌아보며 문제없다는 듯 미소를 지었다.

"괜찮아요, 자기. 이것도 수련의 하나라고 둘째 사부가 그랬거든요. 전혀 힘들지 않으니 편히 있어요."

랜시의 천진난만한 표정. 길트는 그녀가 귀여워 보였다. 근육질의 몸과는 달리 랜시의 얼굴은 그렇게 우락부락한 편은 아니었다. 송곳니가 보통 인간보다 날카롭긴 했지만 큰 눈과 오똑한 코는 그 나이 또래의 소녀들보다 훨씬 귀여웠다.

물론 머리가 산발이어서 그녀를 처음 보는 사람들은 랜시의 전체적인 모습에 위압감을 느끼기도 한다. 사실 길트도 마찬가지였다.

"솔직히 처음 봤을 때 난 랜시가 상당히 무섭게 느껴졌어."

그의 말에 랜시는 순간 얼굴을 붉히며 다시금 그를 바라봤다. 길트는 놀란 토끼와 같은 그녀의 표정에 속으로 웃음을 지으며 계속 말했다.

"그런데 지금은 안 그래. 랜시가 이렇게 귀여운 여자였구나, 하고 새롭게 느껴진다니까."

"노, 농담하지 말아요, 자기! 난 그런⋯⋯!"

"이봐, 멈춰!"

그때였다. 지크가 갑자기 정색을 하고 랜시와 길트에게 고함을 질렀다. 그러자 모든 일행이 그 자리에서 멈췄다. 둘을 향해 성큼성큼 걸어온 지크는 곧 길트의 이마에 검지손가락을 대며 협박조로 말했다.

"너, 나이도 어린 녀석이 벌써부터 사탕발림을 익힌 거냐! 세상에 사탕발림을 하는 인간은 한 명으로 족해!"

길트는 무슨 말인지 알 수 없었다.

"예? 사, 사탕발림이라뇨?"

"닥쳐! 랜시랑 네가 어떤 관계인지는 몰라도, 일단 내 앞에선 조용히 있어, 알겠나! 사랑 타령은 아무도 없을 때 하란 말이야!"

"예? 아, 예……."

길트는 무심결에 고개를 끄덕였고 랜시는 조그만 목소리로 투덜댔다.

"기분 좋았는데……."

일행은 계속 길을 걸었다.

얼마나 걸었을까. 지도에 표시된 소규모의 도시 '듀 베를'에 거의 도착했을 무렵 맨 앞에서 걷던 리오가 정지 신호를 보냈다. 일행은 곧 리오의 움직임에 따라 옆의 작은 언덕 위로 올라갔고, 모두 잔디밭에 엎드리거나 웅크린 채 숨을 죽였다.

"대장!"

리오의 작은 목소리에 마르티네즈는 자세를 한껏 낮춘 상태로 그의 옆에 다가갔다. 리오가 언덕 아래로 보이는 도시를 가리키자, 그녀는 이전의 마을에서 미리 준비한 망원경으로 도시를 살폈다.

"브롬과 트루바? 그것도 대군이잖아요!"

"근처에 탐색 부대는 없는 것 같으니 일단 안심하십시오. 그리고 다행히 저 도시 역시 습격당한 지 얼마 안 된 것 같으니 행동만 빨리 취한다면 사람들을 구할 수 있을 것 같습니다. 적의 전력은 어느 정도죠?"

물론 그렇게 질문하긴 했지만 리오는 적의 전력을 이미 파악한 상태였다. 적어도 마르티네즈의 망원경보다는 그의 눈이 더 정확했다. 한참 동안 도시를 망원경으로 살펴보던 마르티네즈는 한숨을 길게 내쉬었다.

"최악이에요. 마법을 사용할 수 있는 트루바와 브롤들이 도시 정문에 배치되어 있어요. 그것도 상당수예요. 도시의 방위 능력은 이미 적들에게 장악된 상태니, 일단 정면 승부는 미루는 게 어떨까요?"

"어허, 대장. 이 사바신을 너무 무시하시는 듯하군요?"

그때 사바신의 자신감 넘치는 목소리가 마르티네즈의 뒤에서 들려왔고, 그녀는 의아한 표정으로 사바신을 바라봤다. 리오는 사바신이 무슨 생각으로 저러나 하고 쳐다보다가 사바신이 오른쪽 눈으로 윙크를 보내자 씩 웃으며 마르티네즈에게 말했다.

"아, 대장. 사바신은 체질적으로 마법 저항력이 강합니다. 적 마법사들은 근접 격투에 약할 테니 사바신이 일단 정면 돌파를 하는 게 어떨까요?"

"예?"

마르티네즈는 도대체 이 남자가 무슨 헛소리를 하는 것인가 싶었다. 그러나 리오가 얼마나 강한지를 떠올리고는 곧 고개를 끄덕이며 말했다.

"좋아요, 그럼 사바신 씨가 정면 돌파를 해 주시고, 그사이 지크 씨와 리오 씨는 도시의 양 측면으로 들어가 적 대장을 잡아 주세요. 저와 랜시, 실루엣은 상황을 지켜보다가 합류할게요. 부탁드려요."

"헤헷, 그냥 푹 쉬쇼, 대장. 우리가 알아서 할게요."

지크는 씩 웃으며 양 주먹을 불끈 쥐었다. 그 순간 지크의 주먹에서 스파크가 번뜩이자 마르티네즈는 헛것을 본 사람처럼 눈살을 찌푸렸다. 당황한 리오는 즉시 그녀의 눈앞을 막아서며 즉석에서 이유를 설명했다.

"지크는 몸에서 전기가 생기는 특이 체질이죠. 하하하."

"아, 예······."

일단 그렇게 넘기기는 했지만, 전투를 한다는 기대감에 그만 오버해 버린 지크는 리오와 사바신, 브라디의 따가운 눈총을 받아야 했다.

이윽고 셋의 몸이 빠르게 듀 베를로 향하기 시작했다.

언제부터 마법을 쓸 수 있게 되었는지는 알려지지 않았지만, 브롤과 투르바의 일부가 사람들을 향해 공격 마법을 쓰기 시작한 것은 최근의 일이었다. 병사들 사이에서 소문으로만 전해지던 브롤과 투르바 마법사들을 직접 목격한 것은, 한 요새의 사령관이 대기하고 있던 벙커에 브롤의 주문이 떨어지자마자 벙커와 함께 사령관의 육체가 날아간 후부터였다.

브롤 마법사들은 몸에 검은색 로브를, 투르바 마법사들은 황색 로브를 걸치고 있었기에 구별은 명확했다. 두 종족 마법사들의 공통점은 치유 마법 등을 거의 사용하지 못한다는 것이었고, 차이점을 따지자면 브롤은 공격 위주, 투르바는 보조와 저주 마법이 주를 이룬다는 것이었다.

처참히 부서진 도시의 정문 앞, 뒤에 서 있는 브롤 마법사 중 한 명은 중후한 디자인의 파이프 담배를 입에 문 채 감시탑 위를 바라보고 있었고. 눈에 망원경을 댄 채 감시탑 주위를 탐색하던 투르바 저격수는 그와 시선이 마주치자 손을 흔들며 아무 문제 없다는 신호를 보냈다.

"좋아. 그 폴카라는 마녀만 오지 않으면 이 도시도 가볍게 끝난다. 그 전에 공주들에 대한 일을 발트 님께서 끝내셔야 하는데……"

브롤 마법사는 다시 자신의 동료들에게 시선을 돌렸다.

순간 폭음과 함께 지축이 뒤흔들리자 브롤 마법사는 놀란 눈으로 주위를 둘러보았다. 그의 시선이 멈춘 곳은 방금 전 이상이 없다고 손을 흔들던 투르바 저격수가 있던 감시탑이었다. 그곳에는 투르바 저격수 두 명의 모습 대신 집채만 한 바위가 어느새 들어앉아 있었다.

"이런, 적이다!"

그사이 두 개의 감시탑 중 나머지 하나에도 바위가 또다시 날아들었다. 그 바람에 안에 있던 투르바 저격수 중 한 명은 바위에 밀려 결국 감시탑 아래로 추락하고 말았다.

브롤과 투르바 마법사들은 잔뜩 긴장한 얼굴로 정면을 바라봤다. 과연 어느 정도의 대군이 있는 것인가. 그러나 곧바로 그들의 얼굴은 굳어지고 말았다.

"저건 뭐야?"

그들에게서 그리 멀리 떨어지지 않은 곳에 흑색 코트를 입은 건장한 인간의 모습이 들어왔다. 정신적 혼란에 빠진 브롤과 투르바 마법사들은 청년을 유심히 지켜보았다.

"으랏차!"

청년의 큰 기합과 동시에, 땅속에 박혀 있던 바위 하나가 풀이 뽑히듯 가볍게 들렸다. 혹시나 하던 브롤과 투르바 마법사들의 얼굴은 이내 새파랗게 질리고 말았다.

"쏴, 쏴라! 저 녀석을 쏴라!"

두 종족의 마법사들은 엄청난 속도로 화염탄을 쏘아 대기 시작했다. 뻗침 머리의 청년은 자신에게 날아오는 화염탄을 본 순간, 씩 웃으며 양손으로 받치고 있던 바윗덩이를 오른손에 옮겨 들고 손가락을 바위 표면에 깊숙이 찔러 넣었다.

"지크의 동네에는 볼링이라는 스포츠가 있던데, 재미있을까!"

사바신은 몸을 적당히 띄우더니, 들고 있던 바위를 바닥에 세차게 굴렸다.

엄청난 속도로 회전하며 일직선으로 구르기 시작한 바위는 마법사들이 쏜 화염탄을 정면으로 맞았다. 그러나 중량과 크기 그리고 바위에 실린 힘이 워낙 컸기에 바위는 쉽사리 조각나지 않았고, 그 기세에 질린 브롤과 투르바 마법사들은 마법을 사용하면서도 서서히 뒷걸음질을 쳤다.

"으아악!"

필사적인 외침과 동시에 브롤들의 손이 더욱더 빨라졌다. 결국 그들의 노력으로 바위는 정문에 도착하기 직전 폭음을 내며 터져 나갔다. 마법사들은 환성을 지르며 펄쩍펄쩍 뛰었고, 근처에 있던 보통 병사들은 박수를 치며 그들의 노고를 치하했다.

그러나 상황은 아직 끝난 게 아니었다.

"역시, 스포츠는 때려야 맛이지!"

그때 터진 바위가 남긴 먼지를 뚫고 무언가 솟아올랐다. 마법사들이 흔들던 팔은 그 자리에서 마네킹처럼 굳어지고 말았다. 거대한 목도, 팔봉신 영룡을 양손에 거머쥔 사바신은 살기를 머금은 미소를 지은 채 그들을 향해 떨어졌다.

"우하하핫, 죽어랏!"

"세상에……."

도시 정문에서 벌어지는 대살육전을 보다 못한 마르티네즈는 망원경을 접으며 고개를 숙였다. 그러자 실루엣은 궁금한 표정을 지으며 그녀에게 다가왔다.

"마르티네즈, 왜 그래?"

그녀가 힘없이 대답했다.

"사바신 씨가 마법 저항력이 강하다는 말은 거짓말이었어."

"뭐, 뭐라고!"

그 말에 실루엣은 물론, 랜시와 그녀의 옆에 누워 있는 길트마저 놀랐다. 겁을 먹은 실루엣은 울상을 지으며 다시 물었다.

"사바신 오빠가 당했다는 소리야? 확실히 말해 봐, 마르티네즈!"

그러자 마르티네즈는 모두를 돌아보며 조용히 대답했다.

"저 남자는 괴물이야."

"하아?"

"수십 톤이 넘는 바위 세 개를 집어 던지고 굴렸는데도 힘이 남았는지, 정문에 배치된 마법사들과 병사들을 쓸어버리고 있어. 마치 코끼리가 개미집을 밟듯이 말이야. 일당백이란 말조차도 저 남자를 우습게 보는 말이라면 믿겠어?"

랜시와 실루엣은 아무 말도 하지 못했다. 리오 말고도 그런 인간이 또 있다는 사실을 안 길트는 더더욱 그러했다. 하지만 이유를 알고 있는 브라디는 나뭇가지에 누워 편안하게 휴식을 취하고 있었다.

"음, 그러고 보니⋯⋯?"

계속 망원경으로 도시를 지켜보던 마르티네즈는 뭔가 이상하다는 느낌이 들었다. 누군가 한 명이 보이지 않았다.

"리체? 리체가 보이지 않아!"

도시를 습격한 브롤과 투르바 부대의 대장 '발트'. 그는 브롤인데도 상당히 뚱뚱한 몸을 가지고 있었다. 하지만 그는 브롤족 마법사 중에서 열 손가락 안에 드는 실력자였기 때문에 누구도 그를 뚱뚱하다고 놀리지 못했다. 그리고 그의 앞에서 그런 소리를 하고도 살아남은 브롤이나 투르바는 없었다.

현재 그는 땀을 뻘뻘 흘리며 자신의 길쭉한 턱을 좌우로 흔들어 댔다. 상당히 긴장된 얼굴이었다. 곁에 있는 그의 부하들 역시 그 이상의 불안감에 사로잡혀 있었다. 그들이 그렇게 불안해하고 있는 것과는 달리 아직도 병사들은 백여 명 가까이 남아 있었다. 하지만 그런 충분한 전력을 지니고 있는데도 그들은 무언가에 질릴 대로 질려 있었다.

"도, 도대체 적의 숫자가 몇이냐! 동쪽 정문과, 서쪽, 북쪽에 배치된 병사들이 모조리 전멸하다니! '울러' 님께 뭐라고 보고드리면 좋단 말이냐!"

발트는 형형색색의 반지를 가득 끼운 통통한 손으로 다시 손수건을 잡으며 중얼거렸다. 그러자 옆에 있던 부관이 그의 앞에 다가와 말했다.

"거, 걱정하지 마시옵소서, 발트 님. 세 군데 배치된 병사들을 숨쉴 틈도 없이 모조리 전멸시킬 정도의 전력에게 당했다면 울러 님도 분명 용서해 주실 테지요."

"그, 그럴까?"

발트는 약간 진정된 표정으로 부관의 길쭉한 얼굴을 바라봤다.

"적이다!"

그때 후방을 맡고 있던 병사의 목소리가 들렸다. 잠시 후 후방 쪽을 향해 시선을 돌린 발트와 부관의 얼굴이 한순간에 굳어지고 말았다.

마치 회오리가 땅에 누운 듯, 폭발적인 기류가 후방에서 발트의 코앞까지 병사들을 조각내며 밀고 들어왔다. 그 사이에 배치된 브롤과 투르바들은 순식간에 고기 조각이 되어 땅을 뒹굴었다.

"욱, 뭐냐!"

먼지 때문에 눈을 뜨지 못한 발트가 겨우 눈을 떴을 때, 그의 시야에 들어온 것은 뿌연 스모그를 뚫고 자신을 향해 천천히 다가오는 사람의 그림자였다.

"누, 누구냐!"

"아, 너무 놀라게 했나? 하지만 부하들이 하나하나 죽는 모습보다는 충격이 덜할 텐데, 후훗."

큰 키에 붉은 장발을 묶어 내린 그 남자는 자신의 두꺼운 오른쪽 어깨와 팔을 주무르며 발트를 향해 빙긋 웃어 보였다.

혹시나 하는 생각이 발트의 머릿속을 지배하기 시작했다. 백여 명에 가까운 병사를 일순간 쓸어버릴 실력을 지닌, 그것도 붉은 장발의 인간에 대한 불길한 정보가 그 머릿속에 들어 있는 탓이었다.

"아, 아까 그 진공 폭풍을 설마 네가……?"

"음? 오랜만에 진공파를 생성시키니 팔이 좀 뻐근하군. 역시 운동은 규칙적으로 해야 하나 봐."

그 남자는 엄청난 말을 아주 간단히 내뱉었다. 게다가 여유 있는 모습으로 발트와 그의 남은 병사들에게 걸어오고 있었다.

"그, 그렇군! 네 녀석이구나, 붉은 머리의 사신이! 잘 만났다, 내가 지금까지 네 녀석에게 죽은 우리 종족의 복수를 하고야 말겠다! 얘들아!"

그때 발트의 옆으로 반쪽이 난 브롤 병사의 시체가 쓰러졌다. 발트는 기겁을 하며 뒤를 돌아봤다. 그에게 남은 병사 10여 명은 이미 정육점 고기 신세가 되어 쓰러져 있었다.

그들 대신 서 있는 것은 금발에 장난기 어린 표정을 짓고 있는 한 청년이었다.

"혜헷, 자기가 복수한다면서 '얘들아'는 뭐야? 아저씨, 그러면 못 쓰지."

"아, 아아아……!"

발트는 완전히 굳어지고 말았다. 그의 옆에 있는 부관도 마찬가지였다. 그러나 부관은 일말의 용기라도 있었던지 잠시 후 옆쪽 골목으로 사력을 다해 뛰기 시작했다. 그러나 부관 역시 얼마 가지 못해 피를 흩뿌리며 도시의 후문 위로 날아가 버렸다.

그를 일격에 날려 버린 남자는 귀찮다는 듯 인상을 찡그린 채 골목 밖으로 나왔다.

"쳇, 역시 브롤은 피부가 푸석푸석해서 때릴 맛이 안 난다니까. 이봐, 그 뚱보 빨리 처리하라고. 저 녀석들 긴 턱은 보기도 싫단 말이야. 밥맛 떨어져."

이제 남은 것은 발트 단 한 명뿐이었다.

발트는 생각에 빠졌다. 이 난관을 어떻게 벗어날 것인가. 그러나 아쉽게도 발트의 머리는 그렇게 영특하지 못했다.

"이, 이 녀석들! 이 발트 님을 뭘로 보는 것이냐! 이 몸이 지닌 궁극의 화염 마법으로 너희를 없애 주겠……."

"어이, 리오. 우리는 가 볼 테니 뒷일을 처리하고 와. 한참 움직였더니 배가 꺼져 버렸어."

"이왕이면 이 도시에서 먹자고, 지크. 구해 줬으니 소 한 마리는 잡아 줄 거 아냐."

두 청년은 소리치고 있는 발트를 슬쩍 지나친 뒤, 붉은 머리 청년의 어깨를 두어 번 두드리고는 멀찌감치 사라졌다. 철저히 무시당한 발트의 얼굴은 수치심에 더욱 붉어졌다.

"네, 네 녀석들……!"

"예절 공부가 좀 필요한 녀석들이지. 자, 그럼, 자네의 궁극 화염 마법을 한번 볼까? 후훗."

붉은 머리 청년의 말은 발트를 자극했다. 결국 발트는 이를 악물고 양손에 주문을 압축하기 시작했다.

"난 브롤 마법사 서열 10위 안에 드는 최고급 마법사 발트님이다! 네가 인간을 초월한 검술을 가졌다는 말은 많이 들었고, 또 지금 보았다. 그러나 네 검술이 가진 파괴력은 내 마법이 가진 파괴력을 넘어서지 못해! 그것이 진실이다, 하하하핫!"

"오, 그런가? 기대되는군."

발트의 양손에 검은색의 전광이 서리기 시작했다. 리오는 의외라는 듯 입을 동그랗게 모으며 감탄했다. 드디어 주문을 완성한 발트는 둥글게 모인 흑색 전광을 바닥에 내던지며 자랑스레 외쳤다.

"이 도시와 함께 날려 주겠다! 정령 소환, 샐러멘더!"

바닥에 충돌한 전광은 즉시 넓게 퍼지며 화염의 마법진 모양을 갖췄고, 거대한 화염 기둥이 거세게 솟아올랐다. 화염의 기둥은 생물과 같이 꿈틀대며 길쭉한 드래곤 형상을 갖추더니, 리오를 향해 불꽃이 서린 탄생의 포효를 내질렀다.

"쿠오오오!"

그것을 본 리오는 빙긋 미소를 지었다. 그의 반응에 발트는 상대방이 공포에 질린 나머지 미쳐 버렸다고 생각하며 대소를 터뜨렸다.

"크하핫! 어떠냐, 나의 궁극의 기술이! 오금이 저려 웃음밖에 안나오는 모양이로구나!"

"아, 그건 아냐. 정령 소환술을 하도 오랜만에 봐서 그랬지. 그런데 이프리트 정도는 나올 줄 알았는데 고작 샐러멘더라니 좀 실망이군. 어쨌든 나도 멋진 것을 하나 보여 주지. 답례라고 생각해."

리오는 살짝 윙크를 하며 디바이너를 거꾸로 들었다. 발트는 멍한 표정을 지은 채 그를 주시했다.

"흡!"

리오는 짧은 기합과 함께 디바이너를 지면에 내리박았다. 이어서 그의 손등에 푸른색 마법진이 천천히 떠올랐다.

"마법검 '타이들 웨이브', 본 적 있나?"

지면에 박힌 디바이너를 중심으로 물줄기가 하늘 높이 솟아오르자, 발트는 땅바닥에 풀썩 주저앉으며 힘없이 중얼댔다.

"거, 거짓말! 개인 마법검이라니…… 그것도 수계(水係) 4급의 고위 마법검 타이들 웨이브? 넌 도대체 뭐 하는 녀석이냐!"

땅에서 뽑힌 디바이너에서는 물에 젖은 수건처럼 물이 뚝뚝 흘러내렸다. 검을 양손으로 거머쥔 리오는 직립 자세를 잡으며 간단히 대답했다.

"그냥 떠돌이 기사지."

이윽고 마치 산과 같은 물의 칼날이 발트의 샐러멘더와 후문을 단숨에 베며 도시 밖까지 질주해 나갔다.

순식간에 물 천지가 되어 버린 도시의 후문. 남은 것은 이등분된 발트와 다른 브롤들의 시체였다.

"오랜만에 힘을 써서 무리가 갔나? 목이 좀 뻐근한데."

리오는 목을 주무르며 지크와 사바신이 간 쪽을 향해 걷기 시작했다. 그때 약간 불안한 생각이 문득 그의 머릿속을 스쳐 지나갔다.

"다른 일행들은 괜찮을까? 지크나 사바신 둘 중 한 명이라도 남겨 놨어야 했는데, 좀 불안하군. 브라디가 있긴 하지만, 하인켈 같은 녀석이 나타나기라도 한다면……."

리오는 주위를 둘러봤다. 혹시라도 자신이 마법검 등의 대기술을 사용한 것이 목격된다면 자신들의 입장이 상당히 곤란하기 때문이었다.

"음?"

그때 리오의 시야에 한 여성의 모습이 들어왔다. 여전히 무표정한 얼굴에 흐릿한 눈을 한 미녀, 유로가 한 건물의 벽에 몸을 기댄 채 묵묵히 그를 바라보고 있었다. 그녀가 자신의 위치를 잘 알아낸다는 생각에 리오는 씁쓸한 미소를 지었다.

"후, 다음부터는 나타날 때 미리 말이라도 좀 하는 게 어때? 자꾸 도깨비처럼 번쩍번쩍 등장하니 경기(驚氣)라도 할 것 같군."

대답 대신 유로는 검을 뽑으며 나지막이 말했다.

"죽이겠어, 당신을."

리오는 한숨을 내쉬고 물었다.

"아, 알았으니 진정해, 아가씨. 죽더라도 이유는 좀 듣고 죽어야 할 것 아닌가? 특별한 이유가 없는데도 나를 죽이겠다고 하는 거라면 나 또한 죽어 줄 생각이 없어."

유로는 묵묵히 리오를 바라봤다. 그녀가 무슨 생각을 하고 있는지 알 수는 없었지만, 일단 리오는 언제든지 검을 뽑을 준비를 하고 있었다. 보는 사람도 없으니 제대로 대결을 펼칠 수도 있었다. 아예 이유를 듣고 여기서 끝냈으면 하는 생각도 들었다.

그때 의외의 일이 일어나고 말았다.

"가겠어."

"뭐?"

그 말만 남기고 유로는 리오의 눈앞에서 홀연히 사라졌다. 갑작스러운 상황에 리오는 멍하니 유로가 있던 자리만을 바라볼 뿐이었다.

"신기한 아가씨군. 설마 이유를 생각하러 간 건 아니겠지, 후후."

리오는 어깨를 한 번 으쓱한 뒤 다시 지크와 사바신이 있는 장소로 향했다.

한 시간 뒤 마르티네즈들과 합류한 리오와 지크, 사바신은 마을 사람들이 성대히 차려 온 음식을 먹으며 오랜만에 식사다운 식사를 즐겼다.

일행 중 마르티네즈, 실루엣, 랜시 등은 전혀 요리를 하지 못했다. 그나마 좀 할 줄 안다는 브라디도 수프나 스튜 같은 음식이 고작이었다. 지크는 자기 앞에 놓인 통닭구이의 두꺼운 살점을 죽 찢으며 감격 어린 대사를 읊어 나갔다.

"오, 치킨이여! 그대가 이토록 아름다운 줄 이제 알았소, 우오!"

"쳇, 사람도 많은데 추잡스럽게 굴지 말라고, 바람둥이."

"오호, 예의 바른 사바신 씨는 아직 통돼지 한 마리밖에 못 드셨군? 너무 겸손을 떠시는 거 아닌가?"

"쿠쿡, 숙녀들 앞에서 신사가 식사 예절은 지켜야지."

마르티네즈는 사바신 앞에 어지러이 널린 돼지 뼈를 묵묵히 바라봤다. 물론 소매로 입가의 기름을 닦는 사바신의 모습도 놓치지 않았다. 하지만 남자들의 그런 모습을 한두 번 보는 것이 아닌 마르티네즈는 그냥 웃고 말았다.

한참 식사를 하던 마르티네즈는 자신과 길트 사이에 앉은 리체를 흘끔 바라봤다. 점심을 먹지 않아 상당히 배가 고플 텐데도 리체는 무엇이 그리 고민스러운지 인상을 살짝 쓴 채 앞에 놓인 음식만 바라보았다. 마르티네즈는 음식이 맘에 들지 않나 싶어서 그녀에게 물었다.

"저, 리체. 다른 것은 먹고 싶니?"

소녀는 고개를 저었다.

"음? 그럼 무슨 고민이라도 있는 거야?"

리체는 슬며시 고개를 저었다. 아직 열 살도 안 된 아이가 무슨 고민이 있어서 저렇게 심각한 얼굴을 하고 있을까. 마르티네즈는 그런 리체의 행동이 귀엽기도 했지만 한편으로는 무언가 신비한 구석이 있는 아이였다.

식사가 끝난 후, 마르티네즈 일행은 듀 베를의 시장에게 자신들의 목적지인 엘프의 숲과 마녀 폴카에 대한 상당히 반가운 정보 몇 가지를 얻었다.

"엘프의 숲이라, 당신들끼리 거기 갈 생각이라면 그만두는 것이 나을 겁니다. 당신들도 알고 왔겠지만, 이름만 '엘프의 숲'이지, 엘프족은 이제 살고 있지 않아요. 몰살되었다는 소문만 돌 뿐이죠."

"그럼 폴카라는 분은요?"

"폴카 님은 아마 내일쯤 이 도시로 오실 겁니다. 식량과 소모품들을 사러 한 달에 한 번씩 오시죠. 당신들, 상당히 운이 좋은 거요. 다른 때 오셨으면 그분이 오기를 기다리거나, 엘프의 숲으로 가는 수밖에 없었을 거예요."

일행은 일단 '듀 베를'에 머무르며 폴카를 기다리기로 결정했다. 그러나 일행은 여관 앞에서 또 다른 난관에 부딪히고 말았다. 바로 부상자 길트 때문이었다.

"얘를 우리한테 맡기겠다고요? 어허, 대장님. 아무리 우리가 진정한 남자라고는 하지만, 밤새 환자 뒷바라지를 해 줄 만큼 착하지는 않아요."

"맞아요, 게다가 우리는 오늘 신나게 싸워서 매우 피곤하단 말이에요. 녹초라고요."

사바신의 거절에, 옆에 있던 지크 역시 동조하는 듯 고개를 끄덕였다. 하지만 마르티네즈나 다른 여자들 역시 곤란하기는 마찬가지였다. 돌봐주는 것은 그렇다 쳐도, 거동까지 불편한 길트의 용변 문제를 그녀들이 어떻게 처리할 것인가.

마르티네즈는 결코 물러설 수 없다는 얼굴로 따졌다.

"한 번만 더 선심을 써 주시면 안 될까요? 진정한 남자라면 이런 일 정도는 간단히 허락해 주셔야 하지 않겠습니까!"

그러나 지크와 사바신은 혀를 내밀며 마르티네즈의 말을 무시할 뿐이었다. 결국 흥분한 마르티네즈는 소리쳤다.

"같은 동료 아닙니까! 정말 너무하시는군요! 어차피 당신들은 정규군이 아니니, 이번 일을 끝으로 헤어…… 읍!"

마르티네즈의 입에서 헤어지자는 말이 나오기 직전, 여관에 요금을 지불하고 막 나오던 리오가 손으로 그녀의 입을 살짝 막았다. 그는 일행을 한심하다는 눈으로 바라보며 혀를 찼다.

"환자를 병원에 보내야지, 여관방에서 서로 못 재우겠다며 싸우다니, 참 나."

마르티네즈의 얼굴이 즉시 달아올랐다. 리오는 한숨과 함께 어깨를 으쓱하며 길트를 업고 있는 랜시를 돌아봤다.

"랜시, 병원까지만 좀 고생해 주겠니?"

"네! 걱정 마세요, 리오!"

"그래. 다른 사람들은 여관에서 쉬어요. 한참 싸우느라 지쳤을 테니, 후훗."

지크와 사바신은 휘파람을 불며 여관으로 여유 있게 들어갔다. 반면 마르티네즈는 실루엣과 리체를 데리고 도망치듯 안으로 향했다.

팔짱을 낀 채 그들을 바라보던 브라디는 랜시와 함께 병원으로 가는 리오의 망토 위에 앉으며 투덜댔다.

"아니, 마리 대장은 어쩜 저렇게 덜렁댈 수 있죠? 도대체 이해할 수 없다니까요!"

"음, 그냥 지기 싫어하는 성격 탓일 거야. 앞으로도 꽤 오랫동안 같이 다닐 것 같으니 네가 마리 대장을 이해하도록 노력해 보렴. 알았지?"

리오는 손가락으로 브라디의 머리를 쓰다듬으며 빙긋 미소 지었다.

한편 랜시의 등에 업힌 길트는 옆에 있는 리오를 묵묵히 바라보았다. 도대체 마르티네즈와 어떤 관계이기에 그녀를 이토록 잘 이해하고 있는 것일까. 그러한 궁금증은 길트의 마음을 이상할 정도로 괴롭혔다.

다음 날 아침.

지크와 리오 그리고 마르티네즈는 시장에서 마녀 폴카가 나타나기를 기다렸다. 이 시간이면 온다는 시장 상인들의 정보가 있긴 했지만 유감스럽게도 그 시간은 상당히 어긋나고 있었다.

"마녀 폴카인가, 메리 크리스마스 폴카인가 하는 여자 말이야. 예정대로라면 한 시간 전에 도착해서 수다를 떨고 있어야 하는데 오늘은 왜 이렇게 안 오는 거지? 작년 이맘때 한 번 온 것 가지고 그 시장인가 하는 아저씨가 잘못 알려 준 거 아냐?"

"잘못 알려 준 것까진 모르겠지만, 하여튼 늦는 건 사실이군. 그래도 일어나 있어, 지크. 꼭 건달 같잖아."

리오가 지루함 섞인 목소리로 말하자, 허벅지를 넓게 벌린 채 푹 수그리고 앉아 있던 지크가 천천히 몸을 일으켰다.

마르티네즈는 묵묵히 시장 입구 쪽을 바라보고 있었다. 한 시간 넘게 그 상태로 기다리고 있는데도 그녀의 눈빛은 변함이 없었다. 임무에 대한 충실함일까, 아니면 총사령관이 반드시 만나라는 지시를 내릴 정도의 대단한 마법사를 만난다는 기대감 때문일까.

"음?"

무엇을 느낀 것일까. 리오는 움찔하며 시장 입구 방향의 상공을 올려다봤고 지크 역시 시선을 들었다. 한참 하늘을 바라보던 지크의 표정은 곧 황당함으로 일그러졌다. 리오 역시 실소를 터뜨리자, 마르티네즈는 궁금한 얼굴로 물었다.

"뭐 때문에 그러시는 거죠?"

리오와 지크가 꼭 대답할 이유는 없었다.

"어머머, 오랜만이에요, 아줌마 아저씨들. 냐하하."

"아, 아니……?"

마르티네즈는 어색한 웃음을 지으며 바라봤다. 특이한 목소리의 주인공, 마녀 폴카가 손을 흔들며 지상으로 내려오고 있었다. 삼각뿔에 테가 넓은 모자를 쓰고, 몸에 딱 맞는 보라색 원피스를 입은 그녀는 약간 날카로워 보이는 얼굴과는 달리 어린아이처럼 천진난만한 미소를 짓고 있었다.

물론 그런 모습 때문에 리오와 지크가 황당해하는 것은 아니었다. 그 이유는 바로 폴카가 타고 있는 '빗자루' 때문이었다. 시장 상인들은 그런 폴카가 반가운 듯 하나같이 손을 흔들며 그녀에게 답례를 보냈다.

"진짜 빗자루를 탄 오리지널 마녀를 볼 줄은 몰랐는데? 이제 루

496

돌프가 끄는 썰매를 탄 오리지널 산타 할아범만 보면 되나?"

지크는 자신의 짙은 눈썹을 꿈틀대며 힘없이 중얼거렸다. 리오는 어깨를 으쓱할 뿐이었다.

"후훗, 전형적인 마녀의 모습이긴 하지만 나쁜 사람 같지는 않아서 다행이군. 자, 가 보죠, 마르티네즈."

"아, 예."

폴카는 시장 상인들에게 둘러싸여 그들 한 명 한 명과 일일이 악수를 나누고, 포옹을 하며 재회를 즐겼다. 마르티네즈는 그들의 인사를 방해하긴 미안했지만, 임무가 급하다는 생각에 즉시 폴카를 향해 소리쳤다.

"폴카 님, 죄송하지만 여기를 봐 주시겠습니까!"

화장이 짙은 입술로 한 노인의 이마에 키스를 퍼붓던 폴카는 움찔하며 그녀를 바라봤다.

"엉? 언니는 이 도시에서 처음 보는 얼굴인데? 무슨 볼일이죠?"

폴카는 입을 동그랗게 모으며 마르티네즈에게 다가갔다. 마르티네즈는 약간 떨리는 가슴을 진정하며 자신을 밝혔다.

"실례합니다. 저는 가이라스 왕국 해방전선 소속 특수부대, 멤피스 벨의 대장 마르티네즈 베르토라고 합니다. 총사령관 블레이크 님의 명에 따라, 당신을 뵙기 위해…… 앗?"

그러나 폴카의 시선은 다른 곳에 박혀 있었다. 어느새 마르티네즈를 지나친 폴카는 리오 옆에 다가갔고, 그를 자세히 관찰하던 그녀는 박수를 치며 미소를 지었다.

"리오 스나이퍼! 이야, 이거 오랜만이네요!"

"예……?"

리오와 지크는 그녀가 갑자기 아는 체하자 움찔하며 서로를 바라봤다. 마르티네즈는 의아함을 감추지 못했다.

"어머, 저를 못 알아보시다니, 이거 정말 섭섭하네요. 아, 이렇게 하면 알아보실지 모르겠네요."

모자를 벗은 폴카는 자신의 머리를 말아 올린 후, 요염한 미소를 지어 보였다. 그녀의 자세와 표정을 본 리오의 얼굴은 이내 하얗게 질려 버렸다.

'말도 안 돼! 타르자!'

〈계속〉

외전 1
마르티네즈의 일기

말스 왕국력 327년 8월 19일. 날씨, 그저 그렇다.

청기사단 단장이 된 지 이틀째. 롬바르트의 행동에 정말 화가 났다. 약혼자라면서 어쩜 그렇게 내 마음을 몰라 주는 걸까. 내년에 결혼하면 기사단장을 사임하라고 한다.

웃기는 남자다. 분명 약혼하기 전에는 둘이 같이 기사단을 이끌자고 말했으면서. 결국 그의 뺨을 치고 말았고 곧바로 집에 돌아왔다. 자정이 가까울 때까지 그의 하인이 계속 서신을 가져왔지만 거절했다.

말스 6세께서 기사단장에서 사임하라고 명을 내리셔도 반항할지 모르는 나에게 약혼자가 그런 말을 했다는 것은 내 성격상 용서가 안 되는 일이니까.

말스 왕국력 327년 8월 20일. 날씨, 어제보다는 좋다.

오늘은 롬바르트가 왕궁에서 나에게 직접 사과를 했다.

실언을 했다 뭐다 하면서 계속 사과했고, 결국 난 그의 사과를 받아들였다. 롬바르트는 좋은 남자다. 물론 집안 문제는 따질 수가 없다. 우리 베르토 가문은 2백 년 전 고신전쟁 이후 어린 영웅으로 추앙받은 크리스토퍼 베르토라는 조상님 이후로 말스 왕국 내에서 최고의 가문으로 인정받고 있다.

뭐, 이런 걸 일기에까지 쓸 필요는 없겠지.

어쨌거나 난 롬바르트를 사랑한다. 스무 살인 내가 선택한 최고의 남자라고 생각한다. 사랑해, 롬바르트.

말스 왕국력 327년 9월 1일. 날씨는 매우 좋다.

작은오빠가 마에스터 자격증을 땄다. 할머니께서는 경사가 겹친다며 정말 좋아하셨다. 아버지께서는 작은오빠가 기사단장이 되고 내가 요리사가 되어야 했다고 하셨지만, 난 그래도 큰오빠가 근위대 대장이니 다행이라고 생각한다. 그리고 작은오빠도 꿈인 요리사가 되었으니까.

작은오빠가 직접 만든 음식으로 준비한 저녁 만찬 시간.

할머니께서는 놀라운 말씀을 해 주셨다. 우리 가문을 일으키신 조상 크리스토퍼 베르토 님의 별명이 클루토라는 사실이었다.

그런데 난 이해가 가지 않는다. 도대체 그분의 별명이 왜 그렇게 중요할까. 하지만 할머니께서는 우리 집안사람이라면 반드시 그분의 별명을 알고 있어야 한다며 일침을 놓으셨다.

도대체 이유가 뭘까?

말스 왕국력 327년 9월 3일. 날씨는 좋다.

전하께서 긴급 명령을 내리셨다.

내일 가이라스 왕국으로 파견되기로 했던 적기사단장 호베 님이 마차에 치여 다리가 골절되는 바람에, 나에게 호베 단장님 대신 가이라스 왕국으로 가라는 명을 내리신 것이다.

청기사단장이 된 지 며칠 되지도 않았는데 이런 중책을 맡다니 나도 조금 당황스럽다. 게다가 롬바르트와 떨어져야만 한다고 생각하니 정말 싫다. 모레부터는 그의 모닝 키스도 받지 못할 것 같다. 내일 출발하기 전에 그에게 맘껏 키스해 줘야지.

할머니께서 잠자리에 드시기 전에 나에게 새 일기장을 주셨다. 뒤엔 리카라는 단어가, 앞엔 클루토라는 조상님의 별명이 씌어 있는 튼튼한 일기장이었다.

리카의 뜻이 뭘까? 누군가의 이름일까? 그렇다면 내가 모르는 이야기라도 있는 것일까?

말스 왕국력 327년 9월 4일. 날씨는 좋다, 재수 없을 정도로.

롬바르트와 일곱 번의 키스를 나눈 뒤 전하의 친서를 받아 들고 항구로 향했다.

할머니와 부모님 그리고 오빠들이 마중을 나왔는데, 작은오빠는 계속 울면서 내 이름을 불렀다.

나와 1년 차이인 작은오빠는 배고플 때 먹으라며 건빵이라는 비상식량을 주었다. 보병대가 먹는 것과는 다른 건빵이라고 했는데, 오빠의 눈물이 섞인 건빵이라 생각하니 가슴이 찡했다.

한 달 반 정도 걸리는 일정.

집이 그리워진다는 말이 무슨 뜻인지 알 것 같다.

지금 내가 일기를 쓰고 있는 곳은 배 안이다. 다행히 배멀미는 없었다.

말스 왕국력 327년 9월 19일.

오랜만에 쓰는 일기.

지금 나에게 남은 것은 일기장과 검, 바닷물에 절은 옷과 녹슬어 버린 플레이트 메일뿐이다.

이렇게 재수가 없을 줄이야……. 가이라스 왕국에 전격적으로 전쟁이 일어나고 만 것이다. 내가 타고 가던 배는 흉측한 브롤과 투르바가 잔뜩 탄 전함의 공격을 받아 침몰했고, 나 혼자 겨우 가이라스 왕국의 한 해안가에 떠밀려 왔다.

다른 사람들은 어찌 되었을까.

하지만 별로 궁금하지도 않다. 모든 게 귀찮고 싫을 뿐이다.

지금 내가 있는 곳은 저항군과 정규군이 연합해 있는 브론토 산맥의 기지이다. 이곳 사령관 로베르토라는 남자는 내가 가이라스 왕에게 전달할 친서를 가져왔다는 말에 박장대소를 하며 말했다. 가이라스 왕은 이미 돌아가셨다고.

이럴 수가! 태자를 비롯한 왕족 대부분은 행방불명이며, 현재 이 왕국은 브롤, 투르바 그리고 추악한 거인족 콜코의 대대적인 공격에 휘말려 완전 장악된 상태다.

지금 이 기지에 있는 정규군도 얼이 빠진 패잔병에 불과하다.

난 로베르토에게 물었다. 말스 왕국에 돌아갈 수 있냐고. 로베르토의 대답은 간단했다. 불가능…….

말스 왕국력 327년 12월 19일. 진눈깨비가 재수 없게 내린다.

출항할 수 없는 이유를 알았다. 지금 가이라스 왕국 근해엔 이름도 알 수 없는 바다 괴물이 바닷물을 모조리 자신의 똥색으로 바꾸며 난리를 치고 있고, 적들의 배 말고 모조리 파괴된 상태다.

이곳에 온 지 3개월째. 난 포기하는 법을 배우기 시작했다. 롬바르트의 입술이 그립다.

일기장을 닫으려는 순간, 던칸 씨가 내 방문을 두드리며 괴성을 질러 댔다. 열흘 전 기습 작전을 위해 나간 병사들의 머리가 하늘에서 떨어졌다면서 말이다.

내가 살아서 이 일기장을 다시 볼 수 있을지는 몰라도 지금은 울고만 싶다.

말스 왕국력 327년 12월 23일. 눈이 많이 내린다.

브론토 산맥의 기지는 거인 콜코의 발밑에 완전히 짓이기고 말았다. 난 지친 몸을 이끌고, 정확히 말하자면 남은 사람들을 모두 이끌고 던칸 씨의 안내를 받아 근처 기지 몬트롤로 향하고 있다.

제발 소원하건대 지금 내리는 눈이 브롤과 투르바의 저주스러운 시선에서 우리를 지켜 주길 바란다.

정말 춥다. 잉크가 얼어 글이 잘 써지지 않는다. 빌어먹을!

말스 왕국력 328년 1월 1일. 맑다, 오랜만에.

무사히 몬트롤 기지에 도착한 나는 가이라스 해방 전선의 정식 보병대장이 되었다. 브론토 산맥의 패잔병을 무사히 이끌고 돌아왔다는 공을 인정받은 것이다.

지금 난 아무것도 생각하고 싶지 않다. 집에 돌아가고 싶다는 생각도, 롬바르트 생각도 더 이상 나지 않는다.

오직 살고 싶다는 생각뿐이다.

몬트롤 기지는 상당히 단단한 요새다. 하지만 투르바의 경이적인 저격용 화살에 하루에도 두세 명씩 죽어 나간다. 이대로 백 일이면 2백 명, 2백 일이면 4백 명이다.

정말 저주스럽고, 또 무섭다.

말스 왕국력 328년 3월 18일. 가랑비가 내린다.

오랜만에 정말 좋은 소식이 들어왔다.

가이라스 왕국 사람들에겐 천사라고 할 수 있지만, 가이라스 왕국과 적대 관계인 드라켄 왕국에서는 사신이라 불리는 템플러들이 몬트롤 기지에 들어온 것이다.

그들의 몸 구석구석엔 상처가, 항마 주문이 쓰여 있는 흑청색 갑옷엔 브롤의 살점들이 달라붙어 있었다.

템플러의 단장인 프레트라는 남자는 자신의 갑옷에 달라붙은 브롤의 살점을 자랑스럽게 떼어 씹으며 우리에게 소리쳤다.

'우리는 이긴다!'

그러나 프레트는 어디선가 날아온 투르바의 저격 화살에 머리가 뚫려 그 자리에서 사망했다.

정말 무섭다. 내가 차라리 브롤이나 투르바였다면 좋겠다는 생각이 문득 들기도 한다.

말스 왕국력 328년 7월 5일. 우박이 내렸다.

오늘은 내 생일이다. 나와 함께 끈질기게 살아남은 불사조 던칸씨와 그의 가족, 그리고 이곳에서 새로 사귄 전우들이 생일을 축하해 주었다.

하지만 난 촛불 중 하나를 내 눈물로 끄고 말았다. 1년 가까이 잊고 있던 집과 롬바르트가 생각난 탓이다. 던칸의 부인이 날 안아주었다. 던칸의 세 살 짜리 아들 로이도 내 손을 잡아 주었다. 눈물이 더욱 흘러내렸다.

말스 왕국력 328년 11월 29일. 감기로 날씨가 어떤지 잘 모르겠다.

지독한 독감에 걸리고 말았다. 던칸 씨 부인 루시리스 언니가 간호해 주었다.

루시리스 언니의 말로는 상당한 규모의 정규군이 합세하여 전세가 거의 비등비등해졌다고 한다. 지난달부터 투르바의 저격 공격이 멈추었다 했더니 그 때문인 듯했다.

몬트롤 기지는 이제 후방 기지가 되어 있다. 작년 겨울에 빼앗긴 브론토 기지도 탈환되었다는 얘기를 들었다.

며칠간은 편히 쉴 수 있을 것 같다. 감기가 나으면 오랜만에 목욕도 해봐야지.

말스 왕국력 331년 2월 1일. 맑다.

전황이 다시 불리해지기 시작했다. 워처 브롤 종족 장군—브롤
이라고는 믿어지지 않을 정도로 강하고 힘이 세다 한다—부대가
템플 기사단 하나와 정규군 1만이 가세한 대형 작전을 교활하게
맞받아친 것이다.

던칸 씨는 브롤 주제에 어떻게 인간보다 더 머리가 좋을 수 있냐
며 탁자를 내리쳤다.

워처의 대군과 쿨로사르 콜코 종족 장군—다른 콜코족보다
1.5배 정도 몸이 더 크다 한다—의 대군이 다시 밀려 내려오고 있
다. 걱정스럽다.

다시 이 몬트롤 기지가 최전방 기지가 되는 건 아닐까.

그래도 다행인 것은 적들의 대부대가 붉은 머리 사신에 의해 주
춤했다는 소식이 들린 것이다. 오늘 처음 들은 붉은 머리 사신은
말도 안 될 만큼 강한 용병이라는데, 도대체 누굴까. 오랜만에 타
인에 대한 궁금증이 생겼다.

말스 왕국력 331년 4월 8일. 가랑비가 내린다.

문득 내가 올해로 스물네 살이 되었다는 사실을 깨닫고 말았다.
결혼 적령기인데 오늘도 브롤들과 싸우고 있다니, 내가 생각해도
난 정말 운이 없는 여자다.

홀텐과 제프가 날 좋아한다는 소리가 들린다. 하지만 난 아직 롬
바르트를 잊을 수 없다. 정말 오랜만에 그의 달콤한 키스가 그리워
진 하루였다.

전황은 다시 일진일퇴를 반복하고 있다. 내가 이끄는 부대가 워처의 대군을 전멸한 덕분이다.

난 그 재수 없는 워처의 머리를 자르고 발로 밟았는데, 워처는 브롤이라고는 생각되지 않을 정도의 생명력으로 내 장화를 깨물었다. 급히 장화를 벗어서 다리는 지킬 수 있었지만, 대신 내 장화는 갈기갈기 찢어지고 말았다.

워처의 몸과 머리는 던칸 씨의 5급 파이어 마법으로 재가 되었다. 아, 아직도 가슴이 두근거린다.

"마르티네즈! 마르티네즈!"

비만까지는 아니지만 그래도 상당히 통통한 편인 16세가량의 여자아이가 누군가의 이름을 부르며 가이라스 남부의 한 요새 도시 몬트롤의 거리를 뛰어가고 있었다. 그 아이가 가고 있는 곳은 몬트롤의 도시 정문. 그곳엔 사람들의 박수를 받으며 귀환하고 있는 수많은 병사들이 있었다.

그 무리 앞에서 멋쩍게 손을 흔들던 20대 초반의 여성은, 자신을 향해 달려오는 그 통통한 소녀를 보자마자 활짝 웃으며 그 아이에게 달려갔다.

"와, 실루엣! 정말 오랜만이다!"

"마르티네즈!"

둘은 곧 연인 남녀처럼 얼싸안았고, 소녀의 볼에 몇 번 키스를 해준 여성은 씩 웃으며 말했다.

"실루엣, 내가 없는 동안 살이 더 빠진 것 같은데?"

소녀는 얼굴을 붉히며 인상을 살짝 찡그렸고, 여성의 갑옷을 손바닥으로 살짝 치며 말했다.

"놀리지 말아, 마르티네즈. 그런데 정말이야? 마르티네즈가 워처를 직접 잡았다는 것 말이야."

"그럼, 물론이고말고. 마리는 정말 멋졌단다."

그때 마법사 복장을 한 건장한 남자가 수염을 쓰다듬으며 둘에게 다가왔다. 실루엣이란 이름의 여자아이는 어색한 표정을 지으며 그 남자에게 말했다.

"그, 그랬군요, 던칸 선생님. 살아 오셔서 정말 다행이네요."

"그럼. 난 아직 실루엣 너에게 가르쳐 줄 것이 많아. 게다가 내 예쁜 부인과 아이를 두고 어떻게 죽을 수 있겠니? 하하하하핫! 아, 마리. 저녁에 맥주 파티로 환영회를 할 테니 꼭 나와. 7시에 있으니 그때 보자."

"알았어요, 던칸."

던칸이라는 남자는 곧 뒤로 돌아섰으나 곧바로 들어가진 않았다. 그는 누군가 오길 기다리는 듯 초조한 모습으로 주위를 둘러봤고, 잠시 후 아이를 안은 한 젊은 여성이 던칸을 향해 달려오는 모습이 보였다. 바로 그의 아내 루시리스였다. 던칸은 활짝 웃으며 그녀에게 달려갔다.

둘의 재회 장면을 실루엣과 함께 지켜보던 마르티네즈는 쓸쓸히 웃고는 고개를 돌렸다. 그녀의 표정을 본 실루엣은 멋쩍은 미소를 띠며 마르티네즈의 등을 두드렸다. 힘을 내라는 뜻이었다.

실루엣과 마르티네즈는 공통점이 많았다. 우선 가족을 보지 못한 지 4년째에 접어든다는 점, 그리고 고향이 같은 말스 왕국이란 점 등이었다. 몬트롤에 도착한 후, 마르티네즈는 영웅이라면 영웅이라 할 수 있는 던칸에게 마법을 배우러 온 실루엣을 만나게 됐다. 자신들이 말스 왕국 동포라는 사실을 알게 된 둘은 같은 집에서 친자매 이상으로 끈끈한 정을 쌓으며 살아가고 있다.

그것도 벌써 2년 전의 얘기다. 마르티네즈는 예전에 할머니에게서 자주 들었던 '세월이 참 빠르다'는 말을 한 번 더 되새겨 보았다.

"자, 집으로 돌아가자, 실루엣."

"응."

그녀는 임무를 마치고 집에 돌아갈 때면 이런 생각을 하곤 한다. 4년 전, 가이라스 왕국에 이런 일이 발생하지 않았다면 자신과 실루엣은 조금은 더 좋은 모습으로 만나지 않았을까 하는 것이다.

무엇 때문에 가이라스 왕국이 이렇게 됐는지 정확히 아는 사람은 아무도 없었다. 그녀는 뭔가 알고 있을 것 같은 사람을 만날 때마다 그 이유를 물었지만, 가장 희망적인 대답은 가이라스 왕국의 왕자와 공주들이 살아 있다는 것뿐이었다.

가이라스 해방군의 2할 이상은 용병이었다. 덕분에 말스 왕국 출신인 마르티네즈도 용병으로 오해받곤 한다. 처음엔 상당히 불쾌하게 여겼지만, 지금 그녀는 어찌 보면 자신도 용병과 다름없을지도 모른다는 생각을 가끔 한다. 용병들이 돈을 위해 싸우는 것이나 자신이 살기 위해 싸우는 것이나 그게 그거 아니겠는가.

집에 들어선 그녀는 환영회 전까지 조금이라도 더 쉬자고 생각하며 지친 몸을 침대에 뉘었다.

그날 저녁, 워처를 물리친 용사들을 환영하기 위해 거리의 모든 술집은 이번 작전에 참여한 사람들에게 공짜로 맥주와 고기 안주를 제공했다. 물론 몬트롤 요새의 사령관이 돈을 내는 것이긴 했지만, 술집 주인들은 그 돈 이상의 서비스를 제공했다.

그것은 브롤과 그들의 장군 중 하나인 워처가 그만큼 공포스러운 존재였다는 것을 단적으로 얘기해 준다.

지금 그 워처를 잡은 여걸 마르티네즈는 동료들의 잔을 받으며 오랜만에 미소를 띠었다.

마르티네즈 베르토, 24세, 가이라스 왕국 동쪽의 그리 크지 않은 나라 말스 왕국 출신의 전직 기사단장. 그러나 불의의 사고로 현재는 가이라스 왕국 해방 전선의 해방군 보병대 대장을 맡고 있다. 그녀의 동료 대다수는 그녀의 이름이 너무 길고 복잡하다는 이유로 '마리'라는 애칭을 사용한다.

환영회가 끝날 무렵, 술집에 남아 있는 사람은 마르티네즈와 그녀의 오랜 전우 던칸, 단둘뿐이었다. 해방군 보병 부대 '멤피스 벨'의 대장과 부대장 겸 참모를 맡고 있는 둘의 이야기는 끝날 줄을 몰랐다.

"아하핫, 정말 놀랐죠, 그땐. 내가 직접 자른 워처의 머리가 갑자기 굴러와 내 장화의 발목 부분을 물 때 말이죠. 내 정신이 아닐 정도로 다급하게 장화를 벗긴 했는데…… 하, 정말 십년감수했어요."

술기운에 약간 홍조를 띤 마르티네즈의 얘기를 들은 던칸은 쿡쿡 웃으며 고개를 끄덕였다.

"하핫, 나도 옆에서 보며 정말 놀랐지. 장화와 함께 내가 마법으로 구워 버리지 않았다면 또 어떻게 됐을까. 아직까지 나도 간담이 서늘하다니까."

환영회 시작부터 지금까지 네 번이나 똑같이 되풀이된 대화였지만 당사자들은 질리지 않은 듯했다. 그렇게 한참 재미있게 얘기하고 있을 때, 한 드워프족 노병이 맥주잔을 들고 던칸 옆에 앉았다.

노병은 볼에 난 흉터에 어울리지 않게 환히 웃으며 둘에게 물었다.

"무슨 얘기를 그렇게 재미있게 나누시오? 나도 끼워 주지 않겠소?"

기분 좋은 날인데 사양할 이유가 없었다.

"아, 물론이죠. 음, 그런데 할아버지는 처음 뵙는 분인데 어디서 오신 분입니까?"

마르티네즈의 물음에, 노병은 시선을 그녀에게 돌리며 대답했다.

"나? 아, 난 여기서 북쪽에 있는 루우델 산에서 무기를 만들던 조디악이라 하오. 자랑이긴 하지만 해방 전선 원년 멤버이기도 하지. 지금은 전우들을 거의 다 잃고 여러 부대를 순회하다가 여기까지 흘러 들어왔소. 지금은 비전투원이라오. 대장간에서 무기를 고치고 있지. 역시 직업과 나이는 속일 수 없는 모양이야. 허허허헛."

"아, 대단한 분이셨군요. 그런데 원년 멤버이시면 지금쯤 요새 사령관 정도는 되셔야 하지 않나요?"

마르티네즈의 말에 조디악은 곧 크게 웃음을 터뜨렸다. 던칸과 마르티네즈는 의아한 표정을 지으며 노인을 바라보았고, 그는 곧 한숨을 쉬며 말했다.

"요새 사령관을 맡을 사람은 따로 있는 거요. 난 그 정도 소질이 없소. 단지 도끼를 들고 싸우는 것과 무기 고치는 것에 소질이 있을 뿐이라오. 잘하는 것으로 도와주는 것이 가이라스 해방 전선의 모든 이들에게 도움이 되는 것 아니겠소?"

"그렇군요."

던칸과 마르티네즈는 한 대 맞은 사람처럼 고개를 숙였다.

곧 셋은 다시 이야기를 나누기 시작했다. 조디악의 무용담이 주를 이루었지만, 그의 얘기는 던칸과 마르티네즈의 시간 관념을 마비시키기에 충분했다. 그야말로 역전과 재역전 그리고 죽음의 느낌마저 생생히 살아 있는 얘기였다.

한참 동안 자신의 무용담을 얘기하던 조디악은 곧 새로 받은 맥주로 목을 축이고 토시로 거품을 닦으며 다시 얘기를 시작했다.

"당신들 최전방에 가 본 적 있소?"

둘은 고개를 저었다.

"없다고? 음, 그럼 들어 둘 이야기가 하나 있소. 내가 한 달 전 은퇴 전투로 참전했던 '포지프 평원' 전투 때 본 것인데, 난 사령관이 제18대대까지 부대를 나누는 것을 보고 정말 놀랐다오. 분명 인원 수는 부대 열일곱 개를 만들 정도인데 열여덟 개를 만들었으니 말이오. 그리고 더 놀란 것은 마지막 제18대대를 본 순간이었지. 웬 청년 하나만 덩그러니 서 있는 것 아니겠소."

"예? 하하핫."

마르티네즈는 웃음을 터뜨렸다. 던칸도 마찬가지였다. 역시 미소를 머금은 조디악의 얘기가 계속됐다.

"난 이곳 사령관은 미쳤으니 어서 후퇴할 준비를 하자고 동료들에게 소곤댔는데, 이상하게도 그 청년을 아는 다른 동료들이 내 말에 박장대소를 하는 게 아니겠소."

"아, 아니 왜요?"

"나도 왜 그런지 그때는 알지 못했소. 그런데 전투가 시작된 순간 난 그 이유를 알았지. 당신들 '멤피스 벨'은 워처의 본대를 물리칠 정도로 상당히 우수한 부대라고 했는데, 당신들은 한 전투당 브롤과 투르바의 부대를 몇 개나 격파할 수 있소? 물론 평균적으로 말이오."

던칸과 마르티네즈는 술기운에 잘 돌아가지 않는 머리를 굴리며 기억을 더듬어 보았다. 그러나 술을 마시면 대담해진다는 인간의 특성상 그들은 약간의 허풍을 섞어 대답했다.

"아마, 브롤이라면 세 부대 정도 격파할 수 있을걸요? 투르바는 머리가 좋아서 두 부대 정도?"

다른 사람들이라면 혀를 내두를 정도의 전적이었지만 조디악은 살짝 코웃음을 칠 뿐이었다.

"세 부대? 하하핫, 내가 본 것을 믿지 않을지도 모르지만, 그 18대대는 한 전투마다 브롤의 부대와 투르바의 부대를 각각 세 개 이상씩 격파했소. 그러니 여섯 부대지."

"예?"

마르티네즈와 던칸의 표정은 일순간 바보처럼 변했다. 조디악은 맥주를 다시 들이켜고 말을 이었다.

"정말 나도 놀랐다오. 단 한 명이, 그것도 자이언트족이 아니고 보통 인간인데도 합계 여섯 부대를 혼자서 격파하는 장면을 보고 말이오. 마법도 쓰지 않았소. 단지 검술만으로 그 괴물 같은 전과를 올린 것이오. 그 젊은이의 검술……, 사각(死角)이라는 것은 존재하지도 않았소. 어떤 방향에서 공격이 날아오든 순식간에 되받아치거나 피했고, 한 번 검을 휘두를 때마다 10여 마리의 브롤들이 고기 조각으로 변했소. 투르바의 정교한 사격술조차 그 젊은이에게는 통하지 않았소. 날아오는 화살을 수직으로 이등분할 정도의 괴물 같은 검술 실력이었으니 당연했지. 또 그렇게 움직여 대는데도 지치지 않더군."

둘은 할 말을 잃었다. 처음에는 거짓말이겠거니 했지만 바로 이어진 노인의 얘기는 그 말이 사실임을 자연스럽게 입증해 주었다.

"그 청년 별명이 아마 '붉은 머리 사신'였지? 아직도 눈에 선하다오. 회색 망토, 붉은 장발 그리고 보기만 해도 소름 돋을 정도의 보라색을 띤 독특한 바스타드 소드 등등……. 그 머리 색깔만큼이나 그 청년에 대한 기억은 강렬하구려."

마치 소설과도 같았지만 그들도 붉은 머리 사신에 대한 소문을 들어본 적 있는 마르티네즈와 던칸은 한마디 반문도 하지 못했다.

"우리 부대에 있던 자이언트 부대의 대장과 바바리안 부대의 대장도 그 청년을 함부로 건드리진 못했소. 보통 때는 친절하지만 전투 시엔 정말 저승사자와도 같은 살기를 내뿜거든. 그 청년이 적이 되는 상상은 정말 생각하기도 싫소. 인간치고는 너무나도 강하기 때문에 그쪽 사령관도 그를 그리 신용하진 않았지만, 그건 그냥 질투가 나서 그런 것 같고……. 소문으로 듣자하니 약 4개월 전인가 갑자기 나타났다고 하는데, 용병이라는 것 말고는 예전 직업도 불명이고 어떤 나라 태생인지도 불분명하다 하오. 다만 확실한 것은 나이가 스물넷이라는 것과 이름뿐이오. 이런, 이름도 잊어버렸구먼. 하여튼 늙는 건 싫다니까."

조디악은 멋쩍은 듯 머리를 긁적였다. 하지만 던칸과 마르티네즈는 그것만으로도 충분했다.

얼마간의 대화가 이어진 후 던칸과 마르티네즈는 내일을 기약하며 조디악과 헤어졌고, 둘은 싸늘한 밤길을 걸으며 그 수수께끼의 떠돌이 검사에 대해 또다시 대화를 나누었다.

하지만 대화 내용은 조디악이 말한 선을 넘지 못했다. 직접 보지 못한 사람이었기 때문이다.

던칸과도 헤어진 마르티네즈는 집에 들어섰다. 실루엣은 벌써 안경을 벗고 잠들어 있었다.

마르티네즈는 따뜻한 욕조에 몸을 담그며 조디악의 얘기를 되뇌어 보았다.

"사신이라 불리는 검사라……. 정말 궁금한데? 단독으로 한 전투당 여섯 부대를 해치우는 건 롬바르트도 어려울 텐데."

마르티네즈는 쓸쓸한 표정을 지으며 자신의 어깨에 머리를 기대고 볼을 비볐다.

"롬바르트, 보고 싶어……."

며칠 후, 충분히 휴식을 취한 마르티네즈에게 사령관의 명령이 떨어졌다. 지원 병력을 이끌고 최전방에 위치한 사이롤 요새로 이동해 달라는 것이었다.

마르티네즈는 실루엣과 함께, 그리고 던칸 역시 자신의 부인과 아들을 데리고 사이롤 요새까지 가야 했다. 최전방에 기지여서 좀 불안하긴 했지만, 다수의 병력을 후방에 썩힐 수도 없었으므로 그녀는 아무런 반대도 하지 않았다.

사령관실을 나서기 전, 마르티네즈는 며칠 전 조디악에게 들은 '붉은 머리 사신'에 관해 물었다. 그러자 사령관은 깜짝 놀라며 마르티네즈에게 되물었다.

"아니, 마리. 자네가 어떻게 그를 알고 있나? 전방에 간 일이 한 번밖에 없고, 게다가 한 번도 그를 본 적이 없을 텐데……?"

사령관의 질문은 조디악의 얘기에 신뢰감을 더해 주었다. 마르티네즈는 전방에 가면 그 검사를 만날 수 있냐고 물었고, 사령관은 확실치 않다는 표정을 지으며 고개를 끄덕였다.

"흠, 그럼 마침 잘됐군. 그 용병은 지금 사이롤 요새에 있다고 하네. 그를 만나거든 나중에 나에게 얘기나 좀 해 주게. 나도 그가 어떻게 생겼는지, 얼마나 강하기에 3백에 가까운 브롤들을 단 20분 만에 참살할 수 있는지 궁금하거든. 아, 출발은 내일모레네. 그럼 수고하게."

마르티네즈는 이상할 정도로 기대감에 부풀었다. 분명 전방에 가는 것은 언제 죽어도 이상할 것이 없는 일이었지만, 검을 쓰는 사람으로서 괴물 같은 실력을 가진 검사를 만날 수 있기 때문이었다.

"예, 알겠습니다, 사령관님."

"휴, 정말 지치는군, 마리. 이럴 때 맥주라도 죽 들이켜면 정말 좋겠는데 말이야. 하하핫."

던칸의 말에 마르티네즈는 그저 미소를 띨 뿐이었다. 그러나 옆에서 걷고 있는 실루엣의 표정은 그렇지 않았다.

"스승님, 또 저번처럼 음주 상태에서 주문을 쓰시려고요?"

"아, 그럴 리가! 내가 그 일 때문에 루시리스에게 얼마나 혼났는데. 기억 안 나니? 새벽에 집 앞에서 무릎 꿇고 있던 내 모습 말이야. 하하하핫."

"네네, 기억나죠, 기억나죠."

실루엣은 어깨를 으쓱하며 고개를 저었다.

그리고 얼마를 더 이동했을까. 작은 평원을 뒤로한 사이롤 요새의 거대한 모습이 마르티네즈들의 눈에 들어왔다.

멀리서 개들의 소리가 들려왔다. 들개 떼였다.

마르티네즈는 왜 그 개들이 중앙 쪽으로 달려가다가 말고 멀리 돌아갈까 생각하며 시선을 다시 요새 쪽으로 돌렸다. 그때 후열에서 걷고 있던 드워프 조디악이 마르티네즈에게 달려왔고, 그는 말에 탄 마르티네즈를 향해 힘겹게 소리쳤다.

"마리, 마리! 대열을 멈추게! 그 이상 가면 위험해!"

"예?"

마르티네즈는 곧바로 대열을 멈췄다. 말에서 내린 마르티네즈는 조디악에게 이유를 물었다.

"조디악, 무슨 일이죠?"

조디악은 곧 손가락으로 요새 남문 앞의 평원을 가리키며 말했다.

"저길 보게. 들개들이 오직 저 부분만 돌아서 가고 있어! 그건 저곳에 콜코가 있다는 소리야! 더 이상 전진하면⋯⋯."

그 순간 대열 중앙의 지면이 크게 솟아올랐다. 곧 악취를 풍기는 추악한 거인 콜코 한 명이 괴성을 지르며 모습을 드러냈고, 연이어 네 명의 콜코가 조디악이 가리킨 평원에서 솟아올랐다.

길게 포효를 하던 그들은 손에 든 육중한 돌 방망이를 들고 대열이 있는 쪽을 향해 질주해 오기 시작했다.

"대장님, 지시를 내려 주십시오!"

한 병사의 다급한 목소리가 마르티네즈의 귀를 흔들었다. 돌발 상황에 놀란 가슴을 진정시키던 마르티네즈는 인상을 구기며 크게 소리쳤다.

"젠장, 분산해! 분산 신호를 보내! 일단 대열을 다시 정비한 뒤 공성용(攻城用) 화살로 상대한다!"

마르티네즈는 곧바로 조디악과 함께 말에 올라탔고, 던칸, 실루엣 등과 함께 콜코가 없는 쪽으로 달렸다.

한편 대열 중앙에서 솟아오른 콜코는 묵직한 발과 돌 방망이로 미처 피하지 못한 병사들을 처참히 깔아뭉갰다. 그 콜코의 기습으로 인해 도망치지 못한 병사는 상당수였고, 그로 인하여 피해는 계속 늘어났다.

"마리! 난 루시리스에게 가 볼게!"

뒤에서 들려온 던칸의 목소리였다.

마르티네즈는 입안에 '예'라는 말을 머금으며 던칸 쪽을 돌아보았다. 하지만 그 순간 마르티네즈의 입 밖으로 튀어나온 말은 전혀 다른 것이었다.

"더, 던칸! 위험해요!"

"뭣? 으, 으아아악!"

순간 콜코의 돌 방망이가 던칸을 태운 말에 직격했고, 말과 던칸은 각기 다른 방향으로 날아가 버렸다. 운 좋게도 던칸은 살았지만 콜코의 공격에 직접 당한 말은 날아가면서 즉사하고 말았다.

그러나 거기서 끝이 아니었다. 콜코가 던칸을 향해 눈동자를 돌린 것이다.

던칸은 정신을 잃은 상태였다. 신의 가호가 있지 않는 한 던칸은 죽음을 당할 것이 뻔했다. 결국 마르티네즈는 말을 멈춘 뒤 장궁을 들고 콜코의 눈을 조준했다. 이 한 방에 동료의 목숨이 좌우된다. 그녀는 제발 맞길 바라며 활시위를 당겼다.

"그 각도로 쏘면 맞지 않아, 아가씨."

그 순간 마르티네즈의 눈앞에 붉은색 그림자가 치솟았다.

그는 인간이라고는 믿어지지 않을 정도의 점프력과 탄력 그리고 속도로 던칸을 노리고 있는 콜코에게 돌진했다. 이윽고 보라색의 검광과 함께 돌 방망이를 든 콜코의 오른팔이 공중으로 튀어올랐고, 콜코는 악취 나는 피를 내뿜으며 몸부림쳤다.

"우, 우오오오!"

그러나 그것도 잠시. 그 붉은색 그림자는 다시금 튀어올랐고 괴성을 지르던 콜코의 머리도 일순간 목에서 떠나고 말았다.

그 경이적인 광경을 처음부터 끝까지 눈으로 직접 확인한 마르티네즈는 믿을 수 없다는 표정으로 그 붉은 장발의 검사를 바라봤다. 마르티네즈의 뒤에 타고 있던 조디악은 마치 구세주를 만났다는 표정으로 덩실덩실 춤을 추며 소리쳤다.

"하하핫! 봤나! 나타났네! 내가 말한 그 '붉은 머리 사신'! 역시 감이 좋은 젊은이란 말이야. 하하하핫!"

붉은 머리 검사는 곧바로 던칸에게 다가가 그를 부축해 일으키더니 손으로 던칸의 볼을 살짝 치며 소리쳤다.

"자자, 자고 있을 시간 없소! 이런, 이봐요, 거기! 아가씨!"

"예, 예?"

멍하니 검사를 바라보던 마르티네즈는 흠칫 놀라며 대답했다. 검사는 그리 가볍지 않은 던칸을 이불 가져오듯 가볍게 데려온 뒤 마르티네즈에게 맡기며 말했다.

"그분을 부탁드리죠. 의식만 잃은 것이니 안심해도 돼요. 어쨌든 그분을 데리고 빨리 이곳을 벗어나세요. 콜코 녀석들은 복수심이 강하니까."

"아, 잠깐만요!"

마르티네즈는 자신도 모르게 그 검사를 불렀다. 전혀 그럴 상황이 아닌데도 말이다.

그 검사는 슬쩍 마르티네즈에게 시선을 돌렸다. 유리 조형물과도 같은 매끈한 얼굴선, 검은색에 가까울 정도로 짙은 붉은색 눈썹, 그리고 알 수 없는 감각이 서린 날카로운 눈매. 마르티네즈는 생각해 봤다. 이 모든 것을 적절히 조화시킨 저런 남자를 두 글자로 줄여 '미남'이라 하는 것일까?

"음…… 용건이 있다면 빨리 말하시오. 급하다는 것 모르오?"

"죄, 죄송해요. 성함이 어떻게 되시죠?"

마르티네즈는 순간 생각했다. 자신이 왜 바보같이 이 상황에서 남자를 불러 이름을 물어야 했을까. 그러나 의외로 그 남자는 친절하게 대답해 주었다. 물론 표정에는 '한심한 여자'라는 말이 쓰여 있었지만.

"리오, 리오 스나이퍼라고 합니다. 흡!"

그의 몸이 흐려진다 싶더니 그가 있던 자리에 다른 콜코의 돌도끼가 매섭게 떨어져 내렸다. 몸을 피한 남자는 자신감에 넘치는 미소와 함께 거인의 굵은 팔뚝을 박차고 뛰어올랐고, 상대의 굵직한 목을 표적으로 삼은 그는 매섭게 검을 휘둘렀다.

"끅!"

목이 떨어져 나간 콜코는 이내 뒤로 쓰러졌고, 그의 머리 역시 역겨운 소리를 내며 바닥에 떨어졌다.

붉은 머리 남자는 자신을 향해 모여든 네 명의 콜코를 돌아봤다. 역시 보통 사람과는 달라서인지, 그는 검으로 자신의 어깨를 툭툭 두드리며 그들에게 손가락질을 해 댔다.

"자, 목표가 나 하나로 줄었으니 이제 계산도 쉬울걸? 오너라!"

마르티네즈는 콜코들을 향해 다시금 뛰어오르는 그의 뒷모습을 말없이 지켜봤다.

그녀의 배낭 속에 고이 간직된 일기장. 그 일기장에 씌어진 클루토, 리카라는 단어와 저 붉은 머리 남자가 어떤 관계인지, 그리고 앞으로 알게 될 거대한 운명이 얼마나 가혹한 것인지 그녀는 알고 있는 것일까.

그녀가 내뿜는 안도의 한숨 속에, 콜코 넷의 몸이 차례로 땅에 쓰러졌다. 에스토드 왕국의 누군가가 보낸 붉은 머리 사신에 의해……

〈외전1 끝〉

브롤

인간과 비슷한 키를 가진 야만 종족. 외형 역시 인간과 비슷하지만 두상이 위아래로 길고 눈, 코, 입 등이 인간에 비해 상당히 튀어나와 있다. 성격은 호전적이며 그만큼 검도 잘 다루지만 지능이 낮고 쉽게 흥분하는 경향이 있어 자멸에 빠지는 경우가 많다. 대개 용병 생활을 하며, 투르바라 불리는 아종(亞種)이 있다.

콜코

거인족. 힘이 강하고 땅굴을 파며 지하로 이동하는 능력을 지녔지만 체취가 아주 고약해 아군 병사를 괴롭히곤 한다. 그 외에 특별한 점은 없으며 주로 용병 생활을 한다.

악마왕

실질적으로 악마를 다스리고 움직이는 7인의 최고 악마를 칭한다. 비록 신은 아니지만 무한한 삶과 불멸의 육체를 지니며 중상급 신에 필적하는 경이적인 힘을 지니고 있다. 서로 특별한 서열은 없지만, 악마왕 사탄이 리더 격이다.

악마대공

악신계의 실력자 7인의 악마왕 밑에 존재했던 4인의 강마(强魔)를 칭한다. 현재 셋은 소멸됐으며 마지막 남은 다르칸은 어떤 이유로 인해 수천 년간 행방불명되었다가 최근 다시 등장했다.

귀부인

7인의 악마왕 바로 아래의 직위. 처음 만들어질 때부터 현재까지 리리스가 차지하고 있지만, 사실 리리스는 악마왕에 필적할 정도의 힘을 가진 존재여서 변덕스러운 그녀가 일부러 제8의 악마왕을 맡지 않기 위해 바로 아래의 직위를 악신에게 원했다고 전해진다.

마신

오랫동안 힘을 쌓은 정령이 기준치를 넘어서면 실체화하는데, 그것을 흔히 마신이라 칭한다. 진짜 신처럼 불로불사는 아니지만 상당히 강력한 힘을 가지고 있으며, 특정한 소속 없이 자유로이 활동한다. 단 개중엔 악마 등과의 계약으로 마신이 되는 경우가 있는데, 그런 경우엔 계약을 한 악마의 부하가 된다.

고신전쟁

2백 년 전, 고신 부르크레서가 일으킨 혼란의 시기를 통칭한다. 부르크레서가 어떻게 소멸됐는지, 또 어떻게 일이 마무리됐는지에 대해서는 극소수만이 알고 있으며, 마지막 전장이었던 말스 왕국 역시 그때 당시의 자료를 공개하지 않고 있기에 2백 년이 지난 현재 거의 잊혀진 일이 되었다. 3백 년 전에도 비슷한 사건이 있었다고 전해진다.

로하가스 제국

에스토드 왕국이 있기 전 존재했던 국가. 고신전쟁 직후 황제를 잃고, 내란으로 완전히 분열되어 역사 속으로 사라지고 말았다. 불가사의할 정도의 수준 높은 마법 과학력을 지니고 있었다고 전해진다.

그랜드 크로스 나이트

고신전쟁이 있기 훨씬 전, 환수(幻獸)의 대란으로 인해 멸망의 위기에 빠졌던 세계를 구했다고 전해지는 전설의 존재. 금발에 하얀색 옷을 입고, 빛의 검을 휘둘러 사악한 환수를 멸했다는 기록만 남겨져 있을 뿐, 자세한 기록이나 역사적 문헌 등은 전혀 존재하지 않는다.

플렉시온

신 중의 신, 주신 하이볼크가 만든 신검 중 하나. 빛의 힘을 지니고 있으며 멸신의 기술이라 불리는 레퀴엠을 무리 없이 사용할 수 있는 전용 병기이기도 하다.

츠바이헨더

양손대검, 투핸드 소드의 다른 이름. 양손으로 잡고 사용하는 대형 검을 일컫는다.

디바이너

락토레리움이란 특이한 금속으로 만들어진 완전 무속성의 검. 그로 인해 마법검을 가장 효율적으로 사용할 수 있기도 하다. 신검치고는 강도가 떨어지지만 활용도는 높은 편. 리오의 전용 검이다.

무명도

명계의 도공이 만든 칼. 엄청난 강도와 날카로움을 가진다. 지크의 전용 검.

무문도

무명도를 만든 도공의 다른 칼. 상당한 길이와 무게를 지니지만 날이 그리 넓진 않다. 무명도와 맞먹는 강도와 날카로움을 지니고 있다. 지크의 전용 검.

벨벳 크로스

반드시 두 개를 사용해야 한다는 철칙이 붙는 마검. 원래 고대의 파괴신 시바가 사용하던 검 중 한 쌍이지만, 시바의 소멸 후 그녀가 사용하던 검들은 마족이나 악마, 또는 천사들에 의해 뿔뿔이 흩어져 현재는 각각의 이름을 가진 쌍검으로 가끔 세상에 나타난다.

마법검

검에 마법을 걸어, 물리적인 타격과 마법의 타격을 동시에 입히는 기술.

고급 기술로서 개인이 마법검을 사용하는 경우는 상당히 드물다.

비행선

마법과 기계 기술이 적절히 융합된 고속이동 비행물체. 에스토드 왕국에서만 사용하며, 자세한 것은 본문에 되어 있다.

가즈 나이트 이노센트 1

© 이경영, 2016

초판 1쇄 인쇄일 2016년 12월 23일
초판 1쇄 발행일 2016년 12월 30일

지은이   이경영
펴낸이   정은영
책임편집 이지웅

펴낸곳   (주)자음과모음
출판등록 2001년 11월 28일 제2001-000259호
주소   04083 서울시 마포구 성지길 54
전화   편집부 (02)324-2347, 경영지원부 (02)325-6047
팩스   편집부 (02)324-2348, 경영지원부 (02)2648-1311
E-mail   neofiction@jamobook.com

ISBN 978-89-544-3688-5 (04810)
     978-89-544-3687-8 (set)